U0137575

文化名家暨
"四个一批"人才丛书

2000——2020

在场

精选版

毛浩
————
主编

团结出版社
UNITY PRESS

图书在版编目（CIP）数据

在场 / 毛浩主编 . -- 北京：团结出版社 , 2023.7
ISBN 978-7-5234-0130-9

Ⅰ . ①在… Ⅱ . ①毛… Ⅲ . ①新闻 – 作品集 – 中国 –
当代 Ⅳ . ① I253

中国国家版本馆 CIP 数据核字（2023）第 072810 号

出　版：团结出版社
　　　　（北京市东城区东皇城根南街 84 号　邮编：100006）
电　话：（010）65228880　65244790（出版社）
　　　　（010）65238766　85113874　65133603（发行部）
　　　　（010）65133603（邮购）
网　址：http://www.tjpress.com
E-mail：zb65244790@vip.163.com
　　　　tjcbsfxb@163.com（发行部邮购）
经　销：全国新华书店
印　装：三河市东方印刷有限公司

开　本：170mm×240mm　16 开
印　张：36.75
字　数：551 千字
版　次：2023 年 7 月　第 1 版
印　次：2023 年 7 月　第 1 次印刷

书　号：978-7-5234-0130-9
定　价：88.00 元

目录

九　微观中国

引　言

当代写志

一

2008 年 8 月 8 日晚 10 时，北京，国家体育场"鸟巢"。第 29 届夏季奥运会开幕式表演环节结束，我甩开让人喘不上气的闷热，走到平静如水的街上。

这是一个"万人空巷"的夜晚，大街上没有车，没有人。由于还有组织报道的任务，我决定中途退场，徒步走回 8 公里外的海运仓胡同。

思绪还留在刚才的场景里。在没有空调的鸟巢，狂热的观众营造出巨大的声浪，与强劲的鼓点摩擦，仿佛要把空气点燃。一群身着民族服装的孩子手拉手护送国旗进场，音乐骤起，"歌唱我们亲爱的祖国，从今走向繁荣富强"，没有人指挥，九万人自发地开始合唱，我不禁心头一热。

偷眼看看周围，这些平时老成矜持的媒体老总也都在大声地唱着，有个头发花白的家伙竟然眼里噙满泪水。的确，大家都太不容易了，大半年来，我们隔三岔五一起开会，见证了太多折腾，火炬传递最艰险的时候，这个流泪的同行跟我嘟囔："早知道这么难，我们就不该申办！"

礼花再次绽放夜空，我边走边想，我们应该怎样记录，才会让后世人不忘今晚？

回头来看，这场开幕式是空前绝后的。在此之前，中国没有足够的国力，在此之后，不必如此铺陈。无疑，北京夏季奥运会是中华民族复兴史上的重要时刻。NBC 主持人马特·劳厄尔对开幕式中"梦回大唐"的环节印象深刻，他评论说：中国人是在暗示，在过去的十个世纪中，他们九个世纪都是 GDP 世界第一，现在他们又在梦想他们的复兴。

在本书中，北京奥运会也是一个关键节点，你在书中可以看到，它是21世纪前20年的一个分号，在它的前后，时代的特征有明显的不同。作为断代史观察，我们试图记录下这20年中国伟大复兴的时代进程和加速崛起下的历史脉络。

20年间，我们自加入世界贸易组织起步，开始一波发展周期，由高速增长的狂飙突进，到步疾蹄稳的常态发展：用10年左右时间，快速追赶到GDP世界第二位置，再用10年左右时间，调整步伐，全面协调，来到复兴目标的山脚前。至2020年春，全球新冠疫情暴发，给下一个十年增添重大变数，复兴历程又进入新阶段。

2000年，我国GDP是1.21万亿美元，占全球GDP总量的3.5%左右，列世界第六位；人均GDP为959美元，列全球第133位。20年过去，2020年，我国GDP总量已达14.7万亿美元，占世界总量的17%，居世界第二位；而人均GDP则突破1万美元，追赶到世界第63位。实际上，此前四年，人民币作为四种储备货币之一，已进入国际货币组织特别提款权篮子。中国还成为缴纳联合国会费和国际维和摊款的第二大户。拉长景深不难看到，这20年，是国家崛起的主升期。

但如果缩小焦距，你也会发现一个发展中大国"不平衡不充分的发展"。你会看到，我们行走的脚步有时不免跟跄，有些个体不免进退失据。这是一枚硬币不可分割的两面——有时甚至互为因果——都被我们记录留存。

据统计公报，2020年全国城镇居民人均可支配收入43835元，农村居民人均可支配收入17131元，分别是2000年的约7倍和7.6倍。但这期间，大米约涨了5倍，猪肉涨了6倍，北京的房价涨了约20倍，而家电、汽车和手机，可比价格则基本持平，有的还下降。还有政治生活、文化生活、社会生活，以及自然环境，众多变量反复加入，算法不断校正，让算式变得复杂无比。实际上，我们报道定格的时代表情十分丰富，豪迈、愉悦、焦虑、痛楚等等，图景斑驳，是为历史的底稿。

中国崛起是 21 世纪最重大的事件，如此宏大、剧烈、深刻的运动，其推动的引擎大概有四个：

——市场化改革，使资源配置得到优化，生产者积极性得到激发，大大提高经济效率；

——全球化开放，充分发挥了比较优势和规模效应，释放出强大一体化能量；

——城市化改造，提供了生产要素的聚集效应和溢出效应，尤其是数亿农村剩余劳动力进城转化为巨大人口红利；

——信息化革命，尤其是搭上互联网技术快车，以数字化、智能化、网联化，给经济带来新动能。

20 年的发展脱不开这四个大方面，而我们的全部报道或直接或间接，或事件或人物，或庙堂之高或江湖之远，都可关联到这四个方面上。作为一家有恒定价值观的大报，编辑记者各自的独立写作，订成一册，浑然构成了我们自己对 20 年历程的系统叙事和逻辑自洽。

二

咒语一经念出，潮水就涨起来了。社会主义市场经济自从 1992 年被确立，就再没有回头路可走。新世纪 20 年，中共中央共召开了四次三中全会，市场在资源配置中从基础性作用到决定性作用，改革的市场化方向从未有所动摇。其中，十六届三中全会和十八届三中全会分别作出了《关于完善社会主义市场经济体制的决定》和《关于全面深化改革若干重大问题的决定》，它们设定建成更加成熟更加定型制度体系的时间都是 2020 年。

改革从蓝图落到现实，面前并非一马平川，其间经历了先富与共富、效率与公平、速度与质量、增长与环保的种种政策调整或思想激荡。

2003 年，我国人均 GDP 跨过了 1000 美元，国家统计局一位副局长告诉中青报记者王尧："这是一个国家经济高速腾飞的起跑点，如果把握得好，我们这代人可能亲眼目睹中国经济的起飞。"后来的事实证明，他说对了一半，次年全国两会上，国家发改委主任马凯补充了另一半：这可能是一个发展黄金时期，也可能是一个社会矛盾凸显期，登上这个台阶以后，许多国家经济停滞，矛盾激化，有的甚至出现社会动荡。

许多人后来都承认，一段时间，中国社会经济发展的确遇到了瓶颈。这表现为，一是粗放的经济增长已难以为继，二是出口导向政策的积极效应逐渐减弱。与此同时，改革行进中途，各种权力寻租、腐败蔓延、贫富差距扩大。这是一块沼泽地，全社会曾跋涉在迷茫和阵痛中。

与其他国家不同，中国推行的是社会主义市场经济，始终没有放弃政府和国有资本在国民经济中的主导作用，这是"中国模式"的重要秘诀。蹚过沼泽，市场要规范，政府要规制，法治化市场经济成为唯一正确路径。市场化和法治化从此双轮驱动，冲动与约束的博弈也贯穿了新世纪的20年。

新闻职业的好处，就在于你能置身在历史现场，有时你笔下的新闻，甚至可能成为历史的一部分。2005年7月，新疆阜康煤矿发生重大矿难，几十名闻讯赶来的记者被安置在一间办公室里等待消息。中青报记者李润文、刘冰采访无着，急得在办公室里打转。这时屋角一堆破衣服下的几张废纸引起了他们的注意，扒拉开一看，是一些公函和汇报材料，还有一张"内外联系电话"名单。"这个也许有用！"他们小心地把名单收进包里。

第二天，政府发布了一条信息：涉事煤矿由100多个自然人共同投资注册，此前该矿据称是国有煤矿，李润文和刘冰心想：这些股东会是些什么人呢？

走家串户没有结果，李润文和刘冰又翻看政府提供的材料，突然，一个名字跳进眼帘：抢险救灾领导小组后勤组副组长、阜康市副市长刘小龙，"怎么这么熟悉？"回过头再去翻那张电话表，果然有个人也叫"刘小龙"。手机拨过去，"你好，你是刘小龙副市长吗？""是的，我是。"猜测得到了证实。

副市长的电话号码为什么会出现在三名矿主和四名矿长的号码之间？这个疑

惑被写进报道并报告给中央调查组。此后的调查证实，刘小龙在煤矿参股并收受贿赂，另外，该矿 100 余名股东大多数是哈密矿业集团的在职干部。

矿难频繁出现在我们 2005 年前后的报道里，这并非偶然。1996 年矿业权市场化改革起步，许多国营矿企转制，但市场并未完全放开，行进中途的改革留下寻租空间，在丰厚利润招引下，一些政府官员入股煤企，"官煤勾结"低成本违规作业，成为矿难不断的重要原因。在我们的阜康报道后不久，国务院办公厅等部门发出"紧急通知"，要求入股煤矿的国家机关工作人员、国有企业负责人必须撤出投资，逾期不撤资的就地免职，并提出 9 月 22 日为最后期限。当年年底整肃成绩单公布：全国 4878 名干部从煤矿撤资 5.62 亿元。

人均 GDP 初达 1000 美元的几年，是矿难最多发的时期，每年伤亡事故都在 3000 次以上。但这也是中国经济增速最快的时期，历史就是这样踉跄而坚定地向前。

作为写作者，我们当时可能陷入了具体事例的烟尘，在编写本书的过程中，才发现了这种矛盾的二重性，我们是为改革鸣锣开道的鼓吹者，也是法治秩序的守夜人，有时两者可能相互龃龉。这种身份或者立场的恍惚，是前 20 年不曾有过的。

高考是千家万户渴望起点公平的一个标志。在本书里，你会读到许多与高考有关的往事。许多的试验，初衷良好，但后来招致口诛笔伐，在盐碱地里收获寻私、舞弊和腐败等"跳蚤"。20 年时间里，我们不间断地揭露现行加分制度、特长生制度和保送生制度的缺陷，连续推出隆回违规保送案、厦门马拉松作弊案、重庆民族成分造假案、娄底武术加分作弊案、浙江"三模三电"舞弊案、罗彩霞被冒名顶替上大学案等一系列调查报道，它们推动改革举措不断修正规范，甚至收回。就在写作本文时，教育部宣布已取消了体育特长生、奥赛优胜者、省级优秀学生等五类全国性加分。

高考改革的所有指向，都是为"一考定终身"纠偏，让各样人等皆可人尽其才。这样的初衷不可谓不正义，让人肃然起敬，但对人性恶的软约束，常常使其在执行中变形，走到美好愿望的反面。在中国改革的前20年，我们是改革的铁杆拥戴者，那时的口号是，支持改革，哪怕它千疮百孔。但进入矛盾凸显期，粗鄙失序成为矛盾主要方面，维护法治、规则、秩序变得更为重要，这是这一时期我们报道理念的一个重大转变。

三

"能不能派记者去多哈？"

2001年初冬的一天，这个问题在编委会上被提出来，在这下面，其实是一个更大的提问：中国加入世贸组织这件事儿到底有多大。赴多哈采访中国入世会议纯粹是自选动作，需要自己向大会申请并自理差旅食宿。在此之前，我们还没有这种自主跨国采访的先例。

后来的事实证明，中国入世是一件天大的事。新世纪初，经济全球化风头正劲，国际企业纷纷在世界市场配置资源，比较优势和规模效应大大提高了经济效率。但中国入世，我们与西方各有猜忌，14年谈判后终成正果，不能不敬佩当时领导人的决断。在走进萨尔瓦大厅前两小时，首席谈判代表龙永图接受了中青报记者杨得志的独家采访，他说加入WTO，意味着国际社会对中国经济、法制环境的认可。这种无形资产的深远影响，是其他任何东西所无法企及的。

12年后，中国成为世界第一贸易国，年顺差2597.5亿美元，有力助推了中国的经济腾飞。更重要的是，中国由此完全融入世界大循环，时刻感受到全球化的潮汐，国际政治风云和经济浪潮深入到中国内部，即时广泛地影响着我们的市场、政策和社会情绪。

新世纪20年是中国崛起的主升期，连续超越意、法、英、德、日，这冲击着世界秩序固化的堤岸，又反弹回来，在国内激起惊天浪花。20年里，除"9·11"事件后有过短暂的缓和，中国与美西方的摩擦未曾间断，且日趋激烈，中国青年反对外来压力的运动风起云涌，构成了20年历史的重要篇章。

在国家崛起过程中，中国青年何以自处？回顾20年来的爱国主义思潮和行为，当代爱国主义新增添的精神内核与价值诉求日渐清晰：

——在国际交往日益频繁、全球化不可逆转的浪潮中，维护我们的国家利益和民族利益；

——在中国发展世人瞩目的背景下，寻求我们国家在世界上全新的定位和方向；

——在对外开放日益扩大的现实中，探索构成我们民族精神、民族性格的新内容。

回过头看，20年的国际关系也贯穿着一个悖论：在"全球化"的刺激下，国家意识反被激活和强化，面对更为广阔的市场，越来越多的国家选择从民族主义那里去寻求使命感和进取心。中国青年的爱国行动也充满博弈：勃发的激情如何不冲出轨道，成为和平崛起的正能量。

指导我们报道的，始终是一种理性爱国主义。按马克斯·韦伯的说法，理性可分为"工具理性"和"价值理性"。所谓"工具理性"，在意的是结果，其取向和标准在于行动是否"奏效"，是否能够引向我们期待取得的成果；而所谓"价值理性"，在意的则是过程，其取向和标准在于行动是不是"正确"，是否能够合乎我们对特定精神价值的追求。我们所持的理性爱国，既是在追求令我们达成现代化强国的结果，也是在追求崇高的精神价值。这些崇高价值包括和平、平等、正义等，其中法度是基础——既遵守国际法，也遵守国内法，我们有充分表达的自由，但一切以法度为底线，铺垫其上的是理性的思维、开放的心态和发展的眼光。

2004年的夏天格外燥热，日本队与中国队相遇在亚洲杯足球赛决赛上，由于此前日本首相参拜靖国神社，以及钓鱼岛争端，中国青年反日情绪高涨，比赛尚未打响，空气中就充满了火药味。此时，中青报被期待能做点儿"灭火"的工作，有人相信，"中青报的话也许球迷听得进去"。

刚分到评论部的华科大毕业生曹林被叫进办公室。年轻人手快，当天就拟好初稿，稍做修改，评论发往夜班，次日见报。《我们看着日本　世界看着我们》

的主要观点是，应该把体育比赛与历史问题分开，在旁观者等着看笑话的时候，尊奉体育精神，礼貌观球将是一种更有力的爱国表达。不出所料，评论在网上炸了锅，有板砖，也有认同，后来高层的评价是：这瓢凉水没能灭火，但降了温。

对抗偏激，似乎成了我们的一种职责。2012年9月，"保钓运动"席卷全国，古城西安最为炽烈，数万人反日游行，部分区域演变成打砸日货商店和日系品牌轿车。一张网传照片引起编辑部注意：一个参加游行的青年在目睹打砸行为后，心理发生变化，转而站出来高举"前方砸车，日系掉头"的牌子，引导日系车主躲避狂躁人群。"给珍子打电话，标题就叫《拐点》"，正在西安探亲的记者秦珍子受命就地采访。她在人人网数百条评论中翻出一个线索，迅速找到了李昭，发回长篇特稿。

"在刊发之前我们就知道这会是一个标志性稿件"，时任《冰点周刊》主编的徐百柯回忆，好作品"要为大事件、大背景找到一个核心的意象，可以是一个人、一种性格，甚至是一种情绪。"在编辑部看来，"拐点"这个标题被赋予了三层意义：它是现实的拐点，车的拐点；它是李昭内心的拐点，从开始激情澎湃去游行到后面勇敢地举起那块牌子；最后，它也是整个民族的拐点，青年们从情绪狂热到理性思考的转折，举牌照片十万次被转发，"转发也是一种力量，鼠标也是一种力量"。

加入世贸组织，举办北京奥运会、上海世博会、杭州G20峰会，提出"一带一路"倡议，新世纪20年里，中国快步走近世界舞台的中央。这个节奏过于迅猛，让我们的身份变得含混不清，我们必须重新回答"我是谁""我们向何处去"这类最根本的问题。我们一直认为，风起云涌的爱国运动，在本质上是青年自发地在寻求解答，如果站在历史的高度，他们应当得到属于自己的荣耀。

但是，由于近代史上的屈辱过于深重，弱国心态沉蓄太深，寻找答案的过程十分漫长，充满了曲折坎坷，持续了整个20年。这其中，举办北京奥运会是国民心态最重要的一次洗礼。

2008年4月，奥运火炬传递在巴黎受阻的消息传回国内，尤其是残疾姑娘金晶以身护火炬的照片上传网上，立即激起了国人的极大义愤。屡试不爽的"抵制×货"模式被祭出，目标锁定家乐福。"5月1日，让全国的家乐福冷场！"一则短信在手机上传递，短信末尾还附了一句"转发20个，你就是最爱国的中国人"。接着几天，几则家乐福资助"藏独"的信息又流传开来。据新浪网的调查，88%的网友赞成抵制，中青报自己的民调显示稍低，但赞成抵制的人也过半。激情，就这样被点燃了。

与此同时，理性的声音也开始出现。初步发达的网络让弱声音也有了舞台，争论得以充分展开，一些公众人物纷纷下场发言，我们在报纸上也连续刊发《真情可嘉　理性不足》《辨利弊得失　做量长较短》等评论，阐明在经济全球化时代，以暴制暴的抵制只能杀敌一千、自损八百，还可能遂了滋事者的心愿，搅了奥运盛事的大局。此后我国政府部门发声，对家乐福等企业反对"台独"、支持北京奥运会的表态表示欢迎。

这是一场全社会的公开辩论，媒体正面引导，民众自我教育，事态渐趋平静。我们在4月底又进行了一次民调，此时针对"怎样对待此类问题"的提问，85%的人选择了"理性"，针对"最应该避免的情况"，选择"反应过激"的占64.74%，选择"过分忍让"的占46.49%。最后，我们发表了一篇特稿《一个发展中大国的理智与情感》，记录了"家乐福事件"的全过程，文章结尾写道："时间永远向前，中国人也是。100天后，各国朋友将自远方纷至沓来，北京——欢迎你！"

四

诺贝尔经济学奖得主斯蒂格利茨曾预言：中国的城市化和美国的高科技将是影响21世纪人类发展进程的两大关键因素。说这话时，中国的城市化刚驶上快车道，2000年城市化率为36%，比世界平均城市化率低12个百分点，到2021年，这个数据一跃而为约65%，20年间至少有四亿农民涌进各类城市。

新世纪20年里，我们完成了一段高度浓缩的城市化进程。国际经验认为，按美元不变价估算，城市化最快速度发生在人均收入2700美元左右，我国的这个时刻是2009年。也就是说，美国花了120年、日本花了60年来消化的过程，我们电闪雷鸣般地，到2021年就完成了绝大部分，离70%的完全城市化率只有咫尺之遥。

按国际经验，城市化每提高1个百分点，GDP可提高1.5至2.5个百分点。实际上我们城市化的提速与经济的腾飞，轨迹是完全重合的。很难说清是农民进城加速了经济的增长，还是经济增长拉动了农民进城，但内部岩浆的运动，迟早会喷涌勃发。其间，2001年中国入世，作为一个外部变量倍增了喷发能量的烈度和广度。

如此剧烈的运动，浓缩在如此短的时间里，带来的正效益和副作用都显而易见，并且相互纠缠，盘错而生。城市一天天健壮，但衣服尺码有时会跟不上，显得捉襟见肘。名列世界前茅的高楼都修建在这20年里，几场著名的城市危机事件也发生在这个时期。

在此后的阅读里，你会看到，因基建拆迁引发的"钉子户"抗争、高房价带来的"蚁族"蜗居、劳资矛盾导致的富士康十四连跳、特大暴雨带来的城市瘫痪、世纪疫情暴露的公共服务短板，等等，以及伴随的物权法、劳动法等法律诞生、修订，还有大规模的城市基建和逐年增加的民生预算。

斯蒂格利茨之所以将中国的城市化列为21世纪人类发展的关键因素，就在于他看到了中国四亿农村剩余劳动力转移到工业和服务业，并将通过经济全球化过程的比较优势变现。人口学家的研究佐证了这一判断，到2009年，中国的壮年人口（15-64岁）占总人口的71%，此后开始下降，但仍处在人口结构的"奶牛时期"。新世纪20年，人口高峰、城市化和经济全球化三个窗口叠加，释放出巨大人口红利，这被看作是中国经济腾飞背后最大的秘密。

在这一伟大进程中，农村和农民是默默付出的一方，作为城市化和工业化的对应物，在相当长一段时间里，城市吸走了农村的大部分青壮劳力，农村自己却变得空洞，逐渐凋敝。"剪刀差"集中表现为农村廉价劳动力与工业品之间的价差，这是"人口红利"秘密下面的秘密。直至 2015 年 11 月，我国以解决"两不愁三保障"为目标，正式开始脱贫攻坚战，5 年后，7000 万农村人口脱贫，藉此开始转入乡村振兴。这 20 年里，中国农村和农民的巨大付出和艰难转型，是城市化进程的 B 面，构成了我们历史底稿重要的一部分。

在此后的阅读中，你会看到发自乡村的诸多真实记录，在中青版本的历史底稿上，关于农村剩男现象的调查报道，是别有意味的一笔。

由于计划生育政策与传统子嗣观念的综合作用，从上世纪末到本世纪初，中国的出生人口性别比出现了严重失衡，最高的 2007 年达到 100：125，世界第一。2010 年前后，这些多出来的男孩陆续进入婚龄，于是出现"婚姻挤压"。此时正是城市化的高峰期，"婚姻挤压"最终挤向了相对贫穷落后的农村，造成严重的农村"剩男"现象。为了警醒社会，推动对这一危机的解决，我们决定做一次深度报道。

在充满机会，全社会都在忙着流动和选择的年代，做这样投入产出不成正比的长线调查，无论对媒体还是记者，都是件十分"奢侈"的事情。从 2014 年冬启动，我们先后向豫、冀、湘、鄂、皖、甘、桂等省区的贫困农村派出记者，由于只有在春节期间，外出打工青年才能集中返乡，整个采访跨越了两个冬春，在这个过程中，先后有两批主力记者离职，最后由第三拨记者接力完成。"就像养昙花，要集齐好几个花期，才能最后惊艳一现"，主笔刘世昕把那段采写经历比作一场睡不醒的"噩梦"："每换一次人，工作就停顿一段时间，后面的记者先花很多功夫整理前人的采访录音，然后再接着往下进行"。事实上，在得到报道带来的巨大职业成就感后，参加第三拨报道的 3 名记者，后来也全都辞职离开了报社。

后来报道披露的事实触目惊心：婚姻挤压下，农村剩下的"光棍"高达 3600 万，城市吸走了劳动力，还吸走了本就短缺的姑娘。"剩男"是中国城市化独有的现象，是部分农村贫困人群在大时代下的特殊隐痛。让他们被社会看到，就是这组报道的使命和价值。让人欣慰的是，也就是在报道刊发这一年，脱贫攻坚战正式打响，而执行了 30 多年的生育政策也出现了重大调整。

五

2008 年北京奥运会后的第 21 天，美国雷曼兄弟倒闭，金融风暴呼啸而来。

对已融入世界经济循环的中国而言，最直接的冲击就是外贸塌方，当年 11 月，出口增速刀削般从上月的 19.2% 降到 -2.2%，进口增速则从 15.7% 下降到 -17.9%。作为拉动经济的三驾马车之一，国际贸易突然"趴窝"，并由此转入持续下滑轨道。当时外贸对中国 GDP 的贡献份额已达 22%，塌方立即拉低整体经济，到当年 10 月，上证指数从上年最高 6124 点跌去 70%，为全球股市"熊王"。国际经济学界再现"中国崩溃论"，这一年的诺贝尔经济学奖得主克鲁格曼在《纽约时报》撰文"Will China Break？"，中国要歇菜了吗？

然而他们都低估了中国经济的韧性和腾挪空间，时也运也，除了四万亿的投资拉动，此时杀出来救主的还有一支"奇兵"——互联网经济。

2008 年后互联网经济兴起，背后支撑是经济高速发展的重要成果——4 亿多"中产"的形成，以及伴随而来的消费升级。互联网经济的早期形态集中在传播、社交、电商、支付等下游应用领域，这拆除了企业与消费者之间的篱笆，调整了产品的错配，也畅通了售买的渠道，一个以中产阶层为中坚的"新消费"市场被激活，那架一直沉寂的消费马车开始发力。到 2013 年，中国第三产业增加值占 GDP 的比重达到 46.1%，第一次超过第二产业，产业结构发生历史性变化。

与投资拉动不同，互联网经济是一种内生动力。2008 年，中国网民达 2.98 亿人，首次超过美国跃居世界第一，到 2020 年年底，中国网民增长至 9.89 亿人，其中手机网民占 99.7%，渗透率几近饱和。因势利导，政府及时推动了互联网＋和供给侧结构性改革，把火烧向供应链上游，中国经济搭上信息技术革命的快车，维持了崛起的势头。

作为信息技术革命最重要的表征，互联网经济是一个增量蛋糕，它消解了过往资质和经验的门槛，在这个充分竞争的造富天堂里，诞生了无数平地而起的知识富翁和年轻的新中产。

这样的经济基础，让上层建筑随之嬗变，互联网形塑了新的时代精神和生活方式。20年里，有三茬新人登台，他们的青春与互联网发展同步，可以统称为"互联网一代"，本书记录了他们在互联网海洋里的迷茫、叛逆、化蛹成蝶。

早在2000年，作为最早的媒体网站之一，中国青年报旗下网站中青在线的论坛里藏龙卧虎，第一批网络"大虾"（大V的前身）每天都在这里"神仙打架"。这年9月底，作为青年话题论坛主持人，当时号称"互联网第一写手"的朱海军却连续多日没有现身。

朱是一个小学劳动课教师，在现实生活里很落魄，却在网络上呼风唤雨，以"狂人"著称。青年话题版主李方曾这样解释朱海军对网络的痴迷：在网上，现实世界里"沉默的大多数"终于有地方说话了，并且发现有人倾听，这种感觉多么美好呀！

然而当一个人将全部希望和欢乐都交给虚拟世界，后果也很可怕。朱海军失联几天后，人们得知，因连续熬夜上网，他突发心脏病独自在寓所去世。消息传开，悼念朱海军成了一个"网络事件"，"就像在无数个夜晚，总有无数网友趴在网上，寻找还没有入睡的同类"，网友们"通过悼念一个人的方式来彼此认同，并最终达成对网络生活的认同"。编辑部决定要做点什么，李方自告奋勇写下了《天堂里有没有互联网》。这是记录早期互联网生活最具代表性的一篇作品。

2010年后，随着智能手机普及，中国进入移动互联时代，开启了互联网经济的全盛时期。那是一个"大众创业，万众创新"的火红年代，千团大战，三国演义，风投裹挟着热血青年潮水般涌入，前仆后继，杀出了称羡世界的"新四大发明"，以及无孔不入的互联网渗透。

我们一直想找到一个合适的意象来反映这一轮的互联网风云，2014年初春，记者陈璇找到了这个意象。

"在互联网创业史上，'车库'是一种带着神奇魔力的地方"，她写道，除了惠普，上世纪 70 年代，乔布斯和沃兹尼亚克在乔布斯养父的车库里，开发了第一台苹果电脑；1998 年，谢尔盖·布林和拉里·佩奇租下位于加州门罗帕克市圣玛格丽塔大街一处 56 平方米的车库，创办了谷歌公司。

实际上，陈璇找到的地方，就叫"车库咖啡"。

这个藏在一家小旅馆二楼的咖啡馆，被人称作"创业者的乌托邦"，互联网江湖上的许多著名事件就发生在这里。

陈璇泡在咖啡馆，目睹怀揣各种奇特想法的创业者来这里"办公"，不用交租金，只需买一杯咖啡就可以坐上一整天，安心写代码、修改商业计划书，或者会见投资人。几天咖啡喝完，陈璇发现，这里不乏搬到隔壁写字楼的成功者，但更多的人没有结果，有的后来选择回到体制内。他们都曾经是所谓的"离经叛道者"，"只有在这个创业才是正题的地方，自己才不会被视作异类。"

一位美国硅谷的创业家也来过这个地方，回去后在华盛顿邮报网站上发表了一篇文章，标题是《美国人应该真正害怕中国什么》。文章里说："中国真正的优势在于下一代——那些从顶级高校毕业后选择创业的学生身上，他们聪明、动力十足、野心勃勃。"

实际上，中青报很早就开设了 IT 报道的版面，并且从 2004 年开始，就开辟了创业周刊，这在报纸中并不多见。在这上面，你可以看到互联网江湖的故事，以及大佬们曾经青涩的面容。

六

2020 年本就是许多规划的终点，其中最重要的就是第一个百年目标：实现全面小康，四周拱卫的，还有诸如 9800 万人脱贫、城乡居民人均收入较 2010 年翻一番、完善市场经济制度、改革高考制度，等等，人们期待的是一场盛大的收官。突如其来的新冠疫情没有阻挡既定目标实现，但确实干扰了我们的节奏，这让 2020 年的分界色彩更加鲜明。疫情的影响远比人们想象的严重，足以划分出一个新的后疫情时代。

我们记录了这场灾难，这称得上是一次绝无仅有的经历——封城之下，我们随同中央指导组入汉——得以在武汉疫区展开采访。疫情初期，致病率和致死率都很高，16 名自愿报名的记者撒向前线，他们持特别通行证，驶过空荡的街道，深入到医院和方舱。在当时，我们的报道是外界获知信息少有的渠道之一。

那时，每次接受记者报题都伴随痛苦的心理纠结，越是价值高的采访越需要冒险。腊月二十九，记者争取到进入医院"红区"的机会，希望记录下这个不平凡的除夕。这是到武汉后首次可以进"红区"，但对不确定性的巨大担忧，让我们临时叫停了这次行动。

很难说清这个决定是否正确，但可以确定的是，它留下了永难消弭的遗憾。在理智上我们都知道，我们在记录历史，这个遗憾督促我们，在此后更刻意地覆盖有典型意义的地点、人物和事件。战"疫"期间，我们留下原创报道近 2 万条，你在本书中可以读到其中精华的篇章。

新世纪 20 年，灾难频仍，地震、洪水、暴雨、飓风，以及非典、禽流感、新冠，灾难报道也构成了我们叙述的很大一部分。对于灾难，我们能做的，就是真实地传达，传达灾难的现场，以及灾难中的人性。然而并不是所有的报道都是合格的史料，这更像是一种奖赏，一些优秀报道经过时间的淘洗，延续了生命，被赋予了历史记录的功能。在很多时候，这已经是非常高的标准。

但是，对于有雄心的媒体来说，新闻的功能还不止于此，它们天然拥有介入进程的"历史主动"，参与人们对现实认识的构建。有的时候，它们甚至会设置议题，主动去影响受众内心的信念。梁启超在《敬告同业诸君》中不无激越地阐释了这种主动："有客观而无主观，不可谓之报。主观之所怀抱，万有不齐，而要之以向导国民为目的者，则在史家谓之良史，在报界谓之良报。"

创刊 70 多年的中国青年报，在她的而立之年明了办报宗旨：推动社会进步，服务青年成长。她曾经首倡过"向荒原进军"，参与过平反"四五运动"，为知青回城和农民工进城呼吁，替留学生正名，这都是局势未明时发出的先声。在新世纪20年，国家快速崛起，我们接续助力其中，炽烈与诚恳，此书可鉴。

2017年召开的中共十九大正式宣布，中国特色社会主义进入新时代。大会报告像一篇雄心勃勃的宣言，宣告发起中国复兴的总攻：到本世纪中叶，建成现代化强国，实现中华民族伟大复兴。

新世纪20年，无论市场化、全球化、城市化还是信息化，客观上都导致中国社会进一步去组织化、去中心化，尤其是青年一代的利益分化更为严重，因此，聚拢人心，凝结共识，成了国家崛起大局中的一个胜负手。除了全民共识的"中国梦"，在总攻打响之时，青年群体也急迫需要一呼百应的号令。

我们意识到了这一点，在十九大报道预案里设定了这个目标。10月18日大会开幕，现场记者拿到报告文本第一时间传回报社，编辑们立即开始研读。"新时代的总任务就是建设社会主义现代化强国"，"总书记专门给青年讲了一段话，中华民族伟大复兴的中国梦终将在一代代青年的接力奋斗中变为现实"，议到此处，朦胧中那层纸被捅破，大家眼前一亮："我们跑冲刺的一棒，不就是最终的'强国一代'吗？"

几天后，报纸刊发记者张国、刘世昕的稿件《强国一代》，大会闭幕时，我们发表社论对此做了更明确的概括："当代青年的人生黄金时期与'两个一百年'奋斗目标的实现过程完全吻合，我们是这一历史进程的见证者和建设者，当代青年是继往开来的强国一代。"

与灾难报道注重客观传播和忠实记录不同，时政报道作为新闻主动的极端，媒体需要在事实的选择和强化上，渗透进价值判断，实现舆论的引导，即李普曼所说的，用"新闻媒介影响我们头脑中的图像"。

呼唤"强国一代"，就是我们有意操作的一次议题设置。此后几年时间里，我们推出系列报道，召开研讨会，制作流行歌曲，组织"强国一代有我在"大讨论。在第一批00后满18岁时，我们甚至包下一列"开往2049的高铁"，为他们举办成人礼。五四运动百年，我们发起了覆盖全国的"青春万岁，强国有我"

宣誓接力活动……

就像20世纪后30年有"团结起来，振兴中华"，新世纪20年，从"强国一代"到"强国一代有我在"，再到"请党放心，强国有我"，也是非常成功的"议题设置"，它在记录历史的同时，也在无意间被写进历史。

七

20年是一个比较尴尬的时段，很少有人拿它做断代的观察。认真想来，这很可能是人们认识角度的一个疏漏。

20年，足以让一个婴儿成年，让一个壮年老去。以这样的理念来看，新世纪20年已然是一个独立周期，自加入世贸起势，经北京奥运冲顶，以新冠疫情收官，形成了一个完整闭环，具备了质的规定性。让我们兴奋的是，对它的断代系统记录，还是一个空白。

但我们并不寻求做"全传"，甚至我们只定位自己是一份未完工的底稿。埋头在时效要求的写作，指向是纷乱的，需要足够的数量规模和时间长度，才能理出深潜其中持续已久的头绪，这就像勃兰兑斯评论巴尔扎克的长篇小说，在烟雾腾腾的湿柴缝隙中，偶尔才会闪现出刺眼的烈焰。

更何况，隔代写史是学界不成文的约定。刚刚过去的20年，因格外的复杂多变而面目模糊，我们对如此近距离的观察心怀畏惧。所谓面目模糊，是说那些报道过的事实还相互分离着，虽然自身个个纤毫毕现，但看不见与他物的关联，以及所有关联建立起的系统，这妨碍了我们的评判。例如"矛盾凸现期"的一些社会现象，单独看只有放大的污秽，拿到过程中观察，许多却滋生着进步的因子，而一些曾建立奇功的应急之举，则带着与生俱来的遗症，只有透过时间的滤镜，才能穿越历史的迷雾。

霍布斯鲍姆在写作《极端年代》时曾说："任何一个当代人欲写作20世纪历史，都与他处理历史上其他任何时期不同，不为别的，单单就因为我们身处其中。"对共同经历的这段历史，我们也饱含深情，难以自拔。也许作为新闻从业者，在当时的编采中恪守了专业操守，对具体事实秉持了理性和克制，但当把它们串联起来，赋予评价和逻辑的时候，我们必须保持谦卑，这只是有限时间内局部的单体的描述，它不是"史"，很大程度上，它更像"志"，是编年或分类的新闻记录。

在新闻记录的诸多版本中，中青版本是无可替代的一种。对大时代的正面叙事无疑是媒体最重要的工作，所有媒体都参与传播，它们最终变成了家喻户晓的常识。通常它们是宏大和严肃的。我们这个版本选取的是"通稿"之外的记录，未必是宏大叙事，或者直接的正面视角，更多是时代的侧影、背影，甚至倒影，主角则是时代交叉点上一个个的个案或个体，它们通常具象、生动，充满戏剧性。

不要低估这个版本的价值。人们大多偏好科学的认知方式，即找到某一事物所在因果关联的系统，却忽略了这个事物本身。闵斯特堡曾有一个妙喻：面对海水，当我们见到了蒸发出来的盐分，收集了电解出来的气体之时，海水却不见了，我们再看不见堆银卷雪似的波浪，听不到鼙鼓雷鸣似的涛声。大时代有毕竟东流的趋势，也有百转千回的曲折，有不可阻挡的国家崛起，也有跌宕起伏的个人命运，"中青版本"的使命，便是以平民视角和专业精神，去探究时代与人性的宏阔或幽微。

从事新闻工作的好处，便是可以身在时代前线，或亲历历史现场。能够出版这套20年选本，除了以上的"大事因缘"，还有一点个人的机缘巧合。我自1984年大学毕业即供职中国青年报，迄今已38年。1999年底，我从记者站调回编辑部，开始参与重大报道的组织策划工作，在这里我完整经历了新世纪的20年。

14年前，从"鸟巢"走回海运仓的那个良夜，我曾许下心愿，要在退休前编出一个记录中国新世纪20年崛起的"中青版本"，从那时起，这个念头就一直折磨我。在几届编委会带领下，一茬一茬的编辑记者同心勠力，如今，这个"中青版本"已然成型。我渴望可以做一个编选者。14年间，我对纸媒未来的疑虑日重，魔鬼梅菲斯特的呓语在耳边不时响起：这就是文字的黄金时代，真美呀，请停留一下！

但传媒是个以分秒计的职业，时间永远向前，新闻川流不息，容不得人稍作停留。

2022年6月，我卸任中青报总编辑，我知道那一刻到来了。感谢"文化名家暨'四个一批'人才"项目，感谢编选团队，让我第一时间得偿所愿。

中国崛起，是21世纪最重大的事件，它配得上足够丰富的记录版本。下面是我们的讲述。

毛 浩

2022年10月9日于中青大厦

一 盛事华章

历史新方位

102岁的焦若愚已经9次参加中国共产党全国代表大会，在他任职北京市市长的1982年，中国共产党第十二次全国代表大会的报告中首次提及了"中国特色社会主义"。

10月18日，大会开始后，焦若愚在主席台上只坐了35分钟就被搀扶着离场。即使只是象征性的，他也不愿缺席这个注定写入历史的时刻。

台下，22岁的乒乓球运动员朱雨玲第一次以全国党代表的身份走进人民大会堂，她桌上摆放的大会报告封面上，依然印刷着那个熟悉的关键词"中国特色社会主义"，只不过这一次，多了个定语——"新时代"。

历史是流动的，老树催新枝，根深才叶茂。身处历史中的人们，亲历了党和国家发展中诸多变与不变，接续着追寻民族复兴伟大梦想的不懈奋斗。

中国特色社会主义的变与不变

红豆集团党委书记周海江有个爱在文件上划杠杠的习惯，这个连续三届当选的"老代表"，拿到十九大报告时，在大标题中的"中国特色社会主义"下面重重地划了道红杠。"又是这个关键词"，民营企业家周海江对这个词有种本能的敏感。

相对周海江的朴素认知，中共中央党史研究室原副主任李忠杰的观察更加理性专业。

建设"中国特色社会主义"这个命题是邓小平在党的十二大开幕词中第一次明确提出的，很快在国内外产生重大影响。

"梳理文件可以发现，改革开放以来历次党的全国代表大会，连续七次将'中国特色社会主义'写上了报告大标题。"李忠杰说，十三大报告的标题是"沿着有中国特色的社会主义道路前进"，十四大报告的标题是"加快改革开放和现代化建设步伐，夺取有中国特色社会主义事业的更大胜利"，十五大报告的标题是"高举邓小平理论伟大旗帜，把建设有中国特色社会主义事业全面推向二十一世纪"。

此后，十六大报告的标题是，"全面建设小康社会，开创中国特色社会主义事业新局面"，十七大报告的标题是，"高举中国特色社会主义伟大旗帜，为夺取全面建设小康社会新胜利而奋斗"。十八大报告不仅在标题中采用了"坚定不移沿着中国特色社会主义道路前进"的表述，而且将"全面建设小康社会"改成"全面建成小康社会"。

这些都清楚地表明，改革开放以来，我们党的理论创新和实践探索，都是紧紧围绕中国特色社会主义这个主题展开。中国特色社会主义一直是引导中国前进的一条红线。

习近平在十九大报告中明确指出，中国特色社会主义是改革开放以来党的全部理论和实践的主题。因此，这次大会的主题依然写上了这个关键词："不忘初心，牢记使命，高举中国特色社会主义伟大旗帜，决胜全面建成小康社会，夺取新时代中国特色社会主义伟大胜利，为实现中华民族伟大复兴的中国梦不懈奋斗"。

不变的是中国特色社会主义主线主题地位，变化的是内涵的丰富发展。

周海江注意到，在十九大报告主题词中，出现了一个新名词："新时代"。"至少有37处提到新时代"，周海江特意划出了所有出现在报告中的"新时代"。

在中共中央党校教授严书翰看来，"新时代"是十九大报告中最重大的理论创新，意味着中华民族迎来了从站起来、富起来到强起来的伟大飞跃。严书翰说，中国特色社会主义进入新时代的根本标志是，形成了习近平新时代中国特色社会主义思想。

"实际上，中国特色社会主义的内涵一直都在不断丰富和发展。"中共中央党史研究室原副主任石仲泉说，"在我看来，邓小平理论是整个中国特色社会主义理论的一个本源理论。'三个代表'重要思想、科学发展观是中国特色社会主义理论的重要组成部分，是对邓小平理论的直接继承和发展。"

"如今中国特色社会主义有了最新成果，这就是习近平新时代中国特色社会主义思想。"严书翰说，这个思想是十八大以来党的重大理论创新成果，是对马克思列宁主义、毛泽东思想、邓小平理论、"三个代表"重要思想、科学发展观的继承和发展，是党和人民实践经验和集体智慧的结晶，是中国特色社会主义理论体系的重要组成部分。

习近平新时代中国特色社会主义思想包括改革发展稳定、内政外交国防、治党治国治军等一系列新思想新理念新战略，已建立起完整的思想体系。因此，在十九大报告中，习近平总书记宣告："中国特色社会主义进入了新时代，这是我国发展新的历史方位。"

社会主义初级阶段的变与不变

我们党团结带领中国人民进行改革开放新的伟大革命，"实现了中国人民从站起来到富起来、强起来的伟大飞跃。"这是习近平总书记在庆祝中国共产党成立95周年的重要讲话中对改革开放伟大历史贡献的重要概括和重要论断。

中共中央党校原副校长李君如发现，这个论断在十九大报告中出现了极为细微而又极其重要的变化。习近平总书记在报告中说，党的十八大以来，在新中国成立特别是改革开放以来我国发展取得的重大成就的基础上，"中华民族实现了从站起来、富起来到强起来的历史性飞跃"。

一个论断是"从站起来到富起来、强起来"，一个论断是"从站起来、富起来到强起来"。这两个具有极为细微变化的重要论断，其内在精神是贯通一致的，区别只是在所指称的历史阶段不一样而已，但是这样的区别意义十分重大。

这意味着，从十八大以来，中国特色社会主义已经进入新阶段，十九大报告正式称之为"新时代"。这是一个发生了巨大变化的阶段，呈现出了自己的阶段性特征。

"我们应该注意到，十九大在提出'新时代'这一历史方位变化重大结论的时候，明确指出我国社会的主要矛盾已经转化为人民日益增长的美好生活需要和不平衡不充分的发展之间的矛盾。"李君如说，这是一个全新的判断，他把它称为理论创新的重大成果。毛主席在1937年的《矛盾论》精确地指出，"不同质的矛盾，只有用不同质的方法才能解决"，"如果人们不去注意事物发展过程中的阶段性，人们就不能适当地处理事物的矛盾"。

10月18日，坐在台下的十九大代表、中国科学院遗传与发育生物学研究所研究员王秀杰也注意到了总书记关于社会主要矛盾变化的论述。在她脑海里联想到的是，从中学时代就接触到的社会主义初级阶段主要矛盾的表述："我国社会的主要矛盾是人民日益增长的物质文化需要同落后的社会生产之间的矛盾"。

这个诞生于1981年十一届六中全会的表述，几乎是上个世纪70年代以后出生的人的共同记忆。现有经典教科书和《党章》，也一直沿用这一提法。在36年之后，这个论断退出历史舞台。

"物质文化需要"和"社会生产"的矛盾，是一对经典的马克思主义生产力和生产关系的矛盾范畴。中共中央党校教授韩庆祥认为，改革开放近40年后，无论是生产供给这一端，还是社会需要这一端，都已经发生了巨大的变化。

从供给端来看，"中国制造"既能上九天揽月，又能下五洋捉鳖，"社会生产"，尤其是物质生产上，总体上已经难言"落后"。从社会需要来看，温饱已经解决，最广大人民的需求也不仅局限在"物质文化"层面。

韩庆祥说，人民群众对美好生活的向往曾经被习近平总书记概括为，"期盼有更好的教育、更稳定的工作、更满意的收入、更可靠的社会保障、更高水平的医疗卫生服务、更舒适的居住条件、更优美的环境，期盼孩子们能成长得更好、工作得更好、生活得更好"。而从社会发展来看，我国已经是世界第二大经济体，但更加突出的问题是发展不平衡、不充分，已经成为影响人民日益增长的美好生活需要的主要因素。

韩庆祥进一步解释说，主要矛盾的变化是关系全局的历史性变化，对党和国家工作提出了许多新要求，化解新时代主要矛盾，要在解决发展不平衡、不充分上下功夫，而习近平总书记提出的创新、协调、绿色、开发、共享五大发展理念就是钥匙。

对主要矛盾的新论断，十九大党代表、陕西省省长胡和平感触颇多。他说，对陕西来说，发展的不平衡不充分就是面临的最大问题，要着力解决。不平衡有东西部的不平衡，也有产业结构的不平衡，还有区域的不平衡，以及国有经济和民营经济发展的不平衡。陕西有很多优势，但很多优势还是潜在的，没有转化成发展的优势，这些都说明发展的不平衡和不充分确实是我们的主要矛盾。

在李君如看来，当人们捕捉到十九大报告关于主要矛盾表述发生重大变化时，一定要注意到报告中另一个重要判断："我国社会主要矛盾的变化，没有改变我们对我国社会主义所处历史阶段的判断，我国仍处于并将长期处于社会主义初级阶段的基本国情没有变，我国是世界最大发展中国家的国际地位没有变"。

为什么我国已经是全球第二大经济体，但依然处于社会主义初级阶段？清华大学国情研究院院长胡鞍钢解释说，我国生产力相对过去十分落后的水平得到空前的发展，但是相对发达国家仍然比较落后，尤其是劳动生产率水平、创新能力和质量等仍然有很大的追赶空间，人均收入、人民生活水平等仍然有很大差距，农业就业比重、农村人口比重等仍然很高。

胡鞍钢特别强调，虽然进入新的发展阶段，但仅仅是初级阶段中的新起点新阶段，而并非是超越初级阶段的新阶段。

他作的结论是：变化的是社会主义初级阶段阶段性特征，不变的是社会主义初级阶段的本质。

现代化目标的变与不变

回顾历史，中国的现代化运动贯穿于中国近现代史的全过程，但一直到新中国成立特别是改革开放才有了一个崭新的开端。因此，建设现代化国家这个宏伟目标寄托了中华民族太多的期望和情感。

党的十八大刚结束不久，习近平总书记就提出了"中华民族伟大复兴中国梦"，他深情地说："我以为，实现中华民族伟大复兴，就是中华民族近代以来最伟大的梦想。这个梦想，凝聚了几代中国人的夙愿，体现了中华民族和中国人民的整体利益，是每一个中华儿女的共同期盼"。

早在1987年，邓小平就在"三步走"战略中提出，要在21世纪中叶基本实现现代化的战略目标。党的十三大正式做出了"三步走"的战略安排。从此，建设现代化国家一直是当代中国人追求的目标，也是改革开放以来历次党代会不变的战略目标。

仔细观察改革开放之后历次党代会报告可以发现，现代化社会主义国家之前的定语也是在不断变化的。

十三大报告提出，"为把我国建设成为富强、民主、文明的社会主义现代化国家而奋斗"。现代化奋斗目标进一步具体化，分解为经济建设、政治建设和文化建设方面的目标。十七大报告则明确，"建设富强民主文明和谐的社会主义现代化国家"，增加了"和谐"一词。

在十九大报告中，观察家们已经注意到，在现代化目标的表述上又有了细微的变化：到本世纪中叶，把我国建设成为富强民主文明和谐美丽的社会主义现代化强国。多了"美丽"一词，"现代化国家"改为"现代化强国"。

李君如说，这一变化，围绕的是经济、政治、文化、社会和生态文明建设这"五位一体"总体布局，强化的是新发展理念中"绿色发展"的提法。从社会主义现代化国家到社会主义现代化强国，一字之变，彰显了中国共产党和中国人民的信心和决心，呼应的是"从站起来、富起来向强起来的飞跃"。

战略目标内涵在发展微调，但现代化目标基本界定没有改变，中国梦就是建设现代化国家目标更含情感的表达，跟邓小平"三步走"战略是一脉相承的。

战略目标没有变，但实现目标的步骤在细化调整。

经过上世纪80年代和90年代两个十年的艰苦奋斗，我们完成了"解决温饱问题"和"奔小康"这两步战略目标。在20世纪和21世纪之交，党中央开始谋划如何布局实现邓小平提出的第三步战略目标，实现中国的现代化。

十五大提出了在完成"奔小康"的任务后还要"建设小康社会"的构想。十六大报告提出："我们要在本世纪头二十年，集中力量，全面建设惠及十几亿人口的更高水平的小康社会，使经济更加发展、民主更加健全、科教更加进步、文化更加繁荣、社会更加和谐、人民生活更加殷实。这是现代化建设第三步战略目标必经的承上启下的发展阶段，也是完善社会主义市场经济体制和扩大对外开放的关键阶段。"这是人们今天常说的"两个一百年"奋斗目标的缘起。

到党的十八大，离十六大设定的全面建设小康社会的年限只剩8年时间了。正是在这样催人奋进的背景下，十八大作出了一个极其重要的决策，这就是到2020年"全面建成小康社会"，并且把十八大到2020年定性为"全面建成小康社会决定性阶段"。

十九大报告承继十八大的战略安排，进一步提出了"在全面建成小康社会的基础上，分两步走在本世纪中叶建成富强民主文明和谐美丽的社会主义现代化强国"的战略步骤。

第一个阶段：从2020年到2035年，在全面建成小康社会的基础上，再奋斗十五年，基本实现社会主义现代化。第二个阶段，从2035年到本世纪中叶，在基本实现现代化的基础上，再奋斗十五年，把我国建成富强民主文明和谐美丽的社会主义现代化强国。

习近平总书记所作的十九大的报告获得了71次掌声，其中最长的掌声出现在对现代化强国的描述的时刻，长达16秒。他说，到那时，我国物质文明、政治文明、精神文明、社会文明、生态文明将全面提升，实现国家治理体系和治理能力现代化，成为综合国力和国际影响力领先的国家，全体人民共同富裕基本实现，我国人民将享有更加幸福安康的生活，中华民族将以更加昂扬的姿态屹立于世界民族之林。

最热烈的掌声折射出人们对中华民族伟大复兴中国梦的期待。确实，中华民族从来没像现在这样离强国目标这么近。自1840年以来，中国人孜孜以求的复兴梦一定会在我们这一代人手中实现。

刘世昕　张国

2017年10月20日

"强国一代"有我在
—— 一位学者与一位十九大代表的对话

对话人：

艾四林，清华大学马克思主义学院院长、中央马克思主义理论研究和建设工程首席专家

张　坤，十九大代表，中国青年报社党委书记、社长、总编辑

张　坤：我印象非常深刻的一点是，（十九大上）很多代表事后回忆说，坐在人民大会堂里一边听十九大报告，一边不由自主地计算年龄：再过15年，以及再过30年，我多大，会在哪里，会做什么？我自己也是这样做的。

因为，十九大在历史上首次明确了一条强国路线图：到2035年，中国要基本实现现代化，然后到2050年前后，建成"富强民主文明和谐美丽的社会主义现代化强国"。很小的时候我们就知道要实现"四个现代化"，以前总觉得这是个远景规划。现在突然发现它可能就在眼前了，离得不太远。

艾四林：30年前，邓小平提出了基本实现现代化的"三步走"战略安排，成为国人的集体记忆。按照最新的计划，"基本实现现代化"的奋斗目标将提前15年实现。再往前数，中国解决温饱问题以及达到总体小康，分别是在上世纪80年代末和世纪之末实现，进程都比预想的要提前。

2018年是改革开放40周年。这40年改变了中国的面貌，也改变了世界的面貌。中国融入市场化、全球化大势，从跟随者变成领先者，甚至部分领域的领跑者。40年里，全体国民其实一直走在超车道上。中国不仅在国力上赶超了一个个大国、强国，也经常超过自己的预定计划。快车上的乘客，往往会忽视自己的速

度。从窗外看，对速度感受最为强烈。所以这些年，国外总在感慨"中国速度"。

这是中国发展的一个特点。它是有规划的。从救亡图存、民族解放，到繁荣富强，规划是连续的。无论是毛泽东"四个现代化"，邓小平"三步走"，还是如今的强国路线图，我们总是在为下一代人规划，同时在为下一代人奠基。

张　坤：听完十九大报告当天，我在个人微信公众号上写了一篇文章《美的聆听》，感叹中国特色社会主义进入了新时代。这个继往开来的新时代，正奏响划时代的最强音、最美音。当时就想到，"强国"内涵中有"美"这样生命层面的深层关照，也想到"生命周期""生命情境""生命价值"等与新时代同行的生命课题需要研究和破解。

未来30多年，是国家和个体的两个生命周期同频共振的时代。从国家发展的生命周期来看，中国先后站起来、富起来，正在进入强起来的黄金时代；从人的生命周期来看，当今青年的人生黄金时期与"两个一百年"奋斗目标的实现高度吻合，是这一历史进程的见证者，更是参与者和创造者。使命在呼唤——"强国一代"！

十九大期间，《中国青年报》在头版醒目位置刊登了一篇报道——《强国一代》，各方面反响很大。文章指出，"强国一代"已经上场。他们职业生涯的起点和终点，将参与、见证、伴随中国回归世界强国之林的"临门一脚"。这是1840年鸦片战争国家沉沦以后历代先辈的执念。复兴之日，他们将是"家祭无忘告乃翁"的一代人。

强国梦实现后，我们将可以告慰很多先辈。我们可以告慰康有为、梁启超、孙中山、李大钊等以身许国救亡图存的先贤，告慰毛泽东所领导的、宣告中国人民站起来的"建国一代"。而我们自身这一代人，都是邓小平所开启的改革开放后投身工作的一代人，属于"富国一代"。现在，从站起来、富起来到强起来的伟大飞跃中，是"强国一代"走近舞台中央的时候了。

艾四林："强国一代"不是贴在身上的一个简单标签，应该说是历史选择了这一代人，历史发展到今天，这一代就是"强国一代"。正如习近平总书记在不同场合多次谈及，"每一代青年都有自己的际遇"。

我最近给学生讲课，讲到"强国一代"，讲国家的战略和这一代人的使命，他们也是热血沸腾。我1981年入大学，正好是改革开放开启的时期。我们这一代人，过去的30多年，时间都去哪儿了？回想起来，我们背负的是改变国家落后面貌的责任。邓小平说，贫穷不是社会主义，当时社会的主要矛盾是"人民日益增长的物质文化需要同落后的社会生产之间的矛盾"。"落后"两个字，强烈刺激了我们。一个国家把落后的帽子戴到自己头上，那需要多么大的勇气？这种耻感促使我们去改变。现在，我们把"落后"两个字丢到了太平洋里。未来30年，我们还会继续作贡献，但主力军是当今的年轻人了。

上世纪80年代，一位诗人写了首诗，体现了对国家的期待，后来成了流行歌曲，叫《八十年代新一辈》。我至今还能唱出其中一些段落："再过二十年，我们重相会，伟大的祖国该有多么美！"

那时恐怕没人想到，今天的中国会比当年歌里唱的还要好。我们那个年代设想未来的时候，可能更多想到的是物质怎么充裕一点，吃得更好一点，多看几场电影，国家能够在国际上更有尊严一些。最多是以小康的标准去想象，还不是"强国"的标准。现在，外国留学生说中国"新四大发明"风靡世界，我们当时能想到吗？借用一句时髦的话："贫穷限制了我的想象力。"

张　坤：确切地说，是中国突破了全世界的想象力。举个例子，当年支付宝日交易量几万笔时，设定的日交易量上限为一亿笔。后来每秒就要处理十几万笔，不得不做了升级，感慨"对未来的想象力一定不能够太小"。

民国外交家顾维钧的回忆录里说，当年在讨论世界大事的时候，一位外国外交官傲慢地说："我经常忘记地图上还有一个中国。"今天，国际场合中，很多人最关心的是有没有中国代表到场、中国的意见是什么。中国共产党召开十九大，一个政党的内部会议，来了史上最多的外国记者，被称为"站在世界地图前开的党代会"。日本每日新闻社社长朝比奈丰前不久来中国与我们交流，他说让他很受冲击的几个场景，一是满大街的共享单车，二是男女老少都在拿着手机扫码，购物、看电影，这些在日本只是有所耳闻。法国《世界报》载文说，中国曾长期以来被视为"世界工厂"，那么现在它正在成为"世界创新工厂"。

中国曾经错失了科技革命和工业革命的机会，不仅失去了世界强国的地位，而且差一点就"万劫不复"。我们当然不会沉浸在外界的赞美中，但种种迹象告诉世人，中国回来了。1990年47个处于低人类发展水平组别的国家中，中国是目前唯一进入高人类发展水平组别的国家。联合国的目标是，到2030年在世界范围内消除绝对贫困。中国是第一个贫困人口减半的发展中国家，并且将在2020年消除绝对贫困，实现全面小康。

这一切的背后，是中国这列快车换挡提速，成为世界第二大经济体，对世界经济增长的平均贡献率达到30%以上，超过美国、欧元区和日本贡献率的总和；以及最重要的，是一代又一代人的青春。中国没有"奇迹"，如果说有，那就是几代人朝着同一个方向的接续奋斗。

十九大报告中，习近平总书记留了一段给青年的寄语，在朋友圈里"刷屏"了，"中国梦是历史的、现实的，也是未来的；是我们这一代的，更是青年一代的。"当年，李大钊在《晨钟报》创刊号上也写过一句话："国家不可一日无青年，青年不可一日无觉醒。"今天的青年必须认识自身所处的方位。认识你自己，认识你所处的时代，对每个人的人生选择都非常重要。无数国民的选择，汇成国家的取向。

艾四林：我们这一代人，年轻时的偶像中有一位虚拟人物，即《钢铁是怎样炼成的》主人公"保尔·柯察金"。保尔的名言是："人最宝贵的是生命，生命对于人只有一次。一个人的生命应当是这样度过的：当他回首往事的时候，他不会因为虚度年华而悔恨，也不会因为碌碌无为而羞耻。"

每个时代塑造了青年族群，每一代青年族群又塑造了自身的时代。今天的青年，身处巨变中的国家，他们的气质、个性、特征迥异于任何一代人。只要愿意，我们可以用很多坐标系来刻画他们。他们是这个国家长久以来，没有经历战争、没有经历饥饿、没有经历"运动"——充分享受了发展成果、没有受过委屈的一代；他们是最具市场规则意识的一代，也是网络生存的一代，随着人工智能的发展，他们很可能会是直面机器人的第一代人；他们还是起点最高的一代，得益于整个国家所处的历史方位，他们与国外同龄人处于相同的起跑线上，无论是眼界还是能力，都不输于人。中国新增劳动力平均受教育年限已达13.3年，处于历史上最好的水平，与发达国家的差距显著缩小。

社会上有一种"代际歧视""九斤老太论"很流行，似乎每一代人对下一代人都恨铁不成钢，感慨"一代不如一代"。我不赞成这种论调。当年人们曾说80后独生子女是"小皇帝""小太阳"，批评他们"离经叛道"，担心他们成为"垮掉的一代"——跟西方当年"垮掉的一代"含义不同，我们完全是以一种对年轻人不信任的口吻造出这个词。现在，从卫星上天到深海探测，这批人都是顶梁柱，垮掉了吗？

张　坤：歧视年轻人是短视。中共一大会议党代表中有个独特的"28岁现象"，代表共计13人，平均年龄28岁。毛泽东当时也是28岁。就是这批年轻人，在嘉兴南湖的一条船上，领航了中国的未来。28年后，他们建立了新政权。

革命胜利前夕，毛泽东给一大代表李达写信说："吾兄乃本公司发起人之一，现公司生意兴隆，盼兄速来参与经营。"这么多年的发展中，中国可以比作一个"创业公司"，一代代人陪伴它成长为举足轻重的巨头。每个人都是创业者，新时代开启，某种意义上是再创业、再出发。创业者的成就感是坐享其成者所没有的。

艾四林：当然，这一代人无论从身体素质还是心理素质上，都需要做好"为中国负责"的准备。周恩来求学时说，"为中华之崛起而读书。"现在的年轻人是否仍具备这个动力？一所大学的心理学系做过一个调研，认为相当一批学生是缺少动力的。

发达国家走过这样的路：富裕的一代容易走向狭隘，学习劲头不足。很多西方人不知道中国在哪儿。中国日益走近世界舞台的中央，意味着责任，意味着能力。"强国一代"应该有更强的全球意识和本领恐慌。我们要培养这种意识，从现在开始让我们的青年有全球意识，不能成为狭隘的民族主义者。我们未来既是一个强国，还是一个大国，就要有大的境界，大的样子，不能小家子气。不能固守在一个小圈子里面，那是自我毁灭。

张　坤：中国现在提出构建"人类命运共同体"，"强国一代"未来考虑的一定是人类发展的问题。人类有一种崇高的东西，在内心深处向往美好。"强国一代"的使命感还在于，不仅要能在中国做点事情，还要为人类、为更长远的事情贡献力量。

如习近平总书记所言，少年强、青年强是多方面的。中国传统文化一向认为，"强"不是指单纯的身体技能，而是文化素质等各方面的"强"。文化日用而不觉。老子说，"守柔曰强""天下柔弱莫过于水，而攻坚强者莫之能胜""至柔者至刚"，蕴含了辩证法的思想。"强"不是赤裸裸地与人搏斗，没有智慧没有方法，那不叫"强"。"强国一代"不仅要具备向外的力量，还要有不断向内心深处行走的能量，只有两者结合起来，才构成强。

中国需要以更加优雅自信的姿态进入强国之列。当年流行一时的"外国的月亮格外圆"的心态我们没有了，但"土豪"的心态也不应该有。不能"有钱任性"，而应有钱又有礼。

艾四林：当代年轻人越来越"自我"。当今青年很大的一个特点是自我意识觉醒。这并非缺点。自我意识觉醒，是现代化的一个进步。自我意识一方面意味着权利，另一方面意味着责任。更何况，中国的家国情怀对一个人的影响历来很大——我们的姓名跟别人不同，姓氏在前，名字在后。这是我们骨子里的价值取向，极端的利己主义在中国没有市场。

上世纪80年代初，《中国青年》杂志《中国青年报》先后开展了对"潘晓来信"引起的青年人生观大讨论。我当时正读大学，也参与了这场讨论。当时有一个观点是"主观为自己、客观为他人"，把这个叫做合理的利己主义。这是特定环境下的选择。现在"强国一代"仅仅达到这样的境界是不够的。这只是个底线，我们应该高出这个底线，才不会滑落到底线的水平。一个人始终抱着"主观为自己，客观为他人"的想法，最后就会变成"客观为自己"。

在一次座谈会上，习近平总书记曾说过，青年不能做看客、当过客。最近，他在会见清华大学经济管理学院顾问委员会海外委员和中方企业家委员时又指出，教育就是要培养中国特色社会主义事业的建设者和接班人，而不是旁观者和反对派。

任何一个时代，弄潮儿一般都是赶上了国家发展的大潮。走出"自我"，融入这个社会，看到社会前进的方向，看到大潮，才能做领跑者。否则就会缺乏动力，成为旁观者，旁观者最后的结果是沦为落伍者。

"强国一代"也不会是温柔乡里成长起来的。追求"小确幸"，但不能沉溺于"小时代"。年轻人不能只享受、不付出，没有勇往直前永不懈怠的精神状态，就无法完成民族复兴的使命。

人的品格不是自动形成的，是通过受教育的过程形成的。教育起到很重要的作用。教育者不能简单说"我的课堂我做主"，你是在为国家培养人才，不是为自己培养徒弟。十九大报告在谈到社会主义核心价值观时指出，要培养担当民族复兴大任的"时代新人"。让年轻人意识到"强国一代"的责任，从教育到就业引导，都要做很多工作。他们要上大舞台，到主战场，不能小富即安，缺乏奋斗精神。

十九大后，我们在课上让学生谈"何为好社会"。五六十人依次上台去谈自己的认识，他们不可能站在国家领导人的高度去畅想未来，但他们使用的关键词，跟十九大报告中所描绘的美好社会是一样的。

张　坤：核心价值观在人生中的表现，就是我们倡导的"向上向善好活法"。近几年，我在中央党校参加《习仲勋与群众路线》与《习近平的七年知青岁月》出版座谈会时，分别作了"一位可敬可亲可学的群众领袖"和"做知行合一的人民服务员"两个发言（后发表于《学习时报》），深深体会到总书记的人民情怀、基层情感，也深深体会到"广大青年要坚定理想信念，志存高远，脚踏实地，勇做时代的弄潮儿"，这就是新时代的一种"知行合一观"。

时代在变,价值永存。把人生价值和国家命运联系在一起,从来都没有变过。邓稼先那一代人,本可以在国外生活优越,却选择回国隐姓埋名,发展中国的核弹。新闻史上,中青报有个名篇叫《第五代》,写的是1978年国门打开后留学生的故事——派出留学生是改革开放之初的一个标志性事件。那股留学潮在当年是褒贬不一的,很多人担心他们不再回来。

留学潮持续了很多年。我们2017年年初又发表长篇报道《洄游中国》,这次记录的是史上最大规模的海归潮。10多年前中国每送出7人留学,迎回1人,现在八成人会回来。截至2016年年底,留学回国人员达到了265.11万人。过去很长一个时期,舆论往往称某人放弃优厚待遇"毅然回国"。现在人们心态更平等、更开放,不再动辄说"毅然",中国需要这些人,这些人也需要中国。

留学潮为中国形成了庞大的海外人才储备。可以相信,这种储备将是强国之路上的战略资源。强国,归根到底还是要靠人才。40年来,中国崛起的秘密之一,就是庞大的人力资源。

艾四林:现在,中国面临老龄化问题。"人口红利"正在消失,人口结构将发生巨变。这只是"强国一代"面临的问题之一。越是接近强国目标,难度越大、风险越大。每一代人都有自己的问题,我们说"强国一代"起点更高,也必须看到他们面对的挑战更大。

对外,他们面对的世界,不稳定性和不确定性更加突出;对内,他们面对经济由高速增长阶段转向高质量发展,转变发展方式、动能转换的关键时期。过去,解决社会的主要矛盾是解决吃饱穿暖的需要,现在,人们对美好生活的向往,满足起来更难,这一代人的个人化程度、差异化程度等都是上一代人所不能比拟的,问题更复杂,需求更多元。

我们还要看到,青年发展中出现了很多困难。从"蚁族""蜗居"的流行词到"葛优躺"的表情包,都能看到问题。当年轻人唱出"感觉身体被掏空"时,有戏谑成分,也一定有现实感受。让青年能够通过努力实现个人梦想,需要全社会正视问题,创造条件。

张　坤："你若端着，我便无感。"新时代也应该是让年轻人更加贴心有感的时代。青年发展问题承载着亿万家庭对美好生活的向往，也通往国家和民族的未来。《管子》说："一树百获者，人也。"投资一代人，会改变国家的未来。

"党和国家事业要发展，青年首先要发展。"中共中央、国务院印发了史上第一份《中长期青年发展规划（2016—2025年）》。规划中提出了很多指导意见，比如扫除影响就业公平和教育公平的障碍，优化创业创新的环境，在年轻人中倡导"向上向善好活法"等。

我相信，"强国一代"身上的使命基因是天然的，并且一定会被激活。他们的征途是星辰大海。这一代人正在创造属于自己的"伟大"。时代会在他们身上打上烙印，他们也会在时代留下自己的印记。十九大报告说："历史车轮滚滚向前，时代潮流浩浩荡荡。历史只会眷顾坚定者、奋进者、搏击者，而不会等待犹豫者、懈怠者、畏难者。"

最近几年，社会上流行一个说法，"你所站立的地方，就是你的中国；你怎么样，中国便怎么样；你是什么，中国便是什么；你有光明，中国便不再黑暗。"对于"强国一代"来说，这个说法浓缩成一句话就是："'强国一代'有我在！"

张　国

2017年12月27日

以青春之我成就青春中国

——写在五四运动 100 周年之际

历史学家的研究发现，每个世纪的第二个10年发生的重大事件，往往决定了这个世纪的独特风格。

1919年爆发的五四运动就是这样的决定性事件。五四运动作为首次真正意义上的群众性爱国革命运动和伟大的思想解放运动、新文化运动，确认了救亡强国实现现代化的目标，廓清了发展道路的迷雾，准备了领导政党的诞生，开启了新民主主义的新阶段。贯穿中国整个20世纪的主线就是谋求民族复兴，五四运动成为了这条历史主线的伟大起点。

过去100年里，五四运动不但没有被人忘记，而且一直在发挥着重要影响。1921年，李大钊在五四运动两周年时撰文说："我更盼望从今以后，每年在这一天举行纪念的时候，都加上些新意义。"

如今，我们又站在新的历史节点上，面对实现百年夙愿前所未有的历史机遇，我们有必要认真思考：这100年间蕴藏着怎样的历史逻辑？五四精神有着怎样的时代价值？我们当下处在怎样的历史方位？新时代中国人尤其是当代青年，肩负着怎样的历史使命？

一

从时间的维度上看，1919年前后，正是国人旧的自我认同衰朽、新的自我认同诞生的关键节点。第一次世界大战后世界格局的重构，对中国提出了一个必须回答的问题：古老的中国走向全新世界舞台时，当何以自处？

公元前221年，秦始皇嬴政诛灭六国，开启了中国长达2000多年的君主专制史。其间，中国经历了反反复复的起落兴衰，但在跌宕起伏的历史进程里，作为中国社会最高秩序的封建帝制却罕有动摇。黑格尔曾经不无激烈地指出，中国的历史从本质上看是没有历史的，它只是君主覆灭的一再重复而已，任何进步都不可能从中产生。

直到1911年，辛亥革命推翻了清王朝。大清的灭亡，不仅是一个王朝的终结，也敲响了整个封建帝制在中华大地上的丧钟。从此之后，"王朝"与"天下"的观念，彻底失去了主宰地位，中国人不得不重新摸索出新的自我认同。

"世界进入中国，使中国进入世界不可避免"，在这种情势下，此时被视为西方富强本源的"民族国家"——主权的唯一合法的表达形式——遂开始成为政治精英追求的理想模式。随着民族国家观念的建立，中国开始在与世界各国的对照中建构起自我的"存在"，在全球坐标上标定现代化方向，并由此踏上了融入世界秩序、跻身世界民族之林的征程。

20世纪初叶，正是中国被列强欺凌、国运跌入谷底的时期，中国人一朝梦醒，便"自知"自己的弱国地位，巴黎和会的外交完败更是刺痛了中国人的国耻意识，五四运动正是这种全民族初醒下重塑与抗争的双重变奏。

二

1840年英帝国通过鸦片战争打开了中国的门户，中国开始了长达百年屈辱的近代史。这期间爆发于1895年的甲午战争给中国知识分子的刺痛最为剧烈。

19世纪中叶，曾经由各路宗藩贵族主宰的封建日本，在塑造出民族国家认同后快速实现了近代化并称霸亚洲。实际上，日本跻身世界列强，正是以甲午战败的大清国为垫脚石。完败于以往的"蕞尔小国"，这无异于给昏睡帝国的一记猛掌，一如梁启超所云"唤起吾国四千年之大梦，实自甲午一役始也"，陈独秀所云"甲午一役，军败国削，举国乃大梦始醒"。

甲午战争后，中国的先进分子以敌为师，全面学习西方文化，日本作为桥梁，成为师从西学的首选之国。大家抱有"勾践种蠡坚忍自奋之图"，一时赴日留学人数之巨令朝廷不得不出面整治，"学部以留日学生达万二三千人，通电各省停派赴日速成学生"。

采撷西学的涓涓细流，终在1915年前后汇聚成思潮激荡的浩浩洪流，这一年陈独秀从日本回国创办《青年杂志》，以此为标志，中国迎来了一个大师辈出、百舸争流、中西对垒、新旧激辩的思想解放的大时代。

"德先生"和"赛先生"来了，巴枯宁和克鲁泡特金来了，工读和新村来了，基尔特社会主义来了，思潮的混杂与主义的翻新让人眼花缭乱，目不暇接。有研究者说，新文化运动是中国思想文化史上一股偶尔漫出了河道的激流，汪洋恣肆，脱缰而去。

三

发生在1919年5月4日的"五四事件"是整个五四运动的漩涡。这一天，3000多名北京的大学生齐聚天安门前，呼喊着"外争主权，内除国贼"的口号，举行了震惊中外的五四大游行。

"五四事件"的主体是青年学生。自1905年废除科举制度，新式学堂渐渐兴起，现代学生群体逐步形成。他们接触先进文化较早，较有组织性，又天然具有精神的纯粹和敏感，当时中国既无集中民意的政府，也不具备迅速改造国民素质的条件，于是在民族危难的重压之下，青年学生爆发出空前的爱国热忱，自觉要担起天下的兴亡。

那一年，美国哲学家杜威正好在北京讲学，他在给女儿的信中写道："想想我们国内14岁以上的孩子，有谁思考国家的命运？而中国学生负起一个清除式的政治改革运动的领导责任，并且使得商人和各界感到惭愧而加入他们的运动。这实在是一个了不起的国家。"

数十万爱国青年在整个运动中所爆发出的能量与勇气，使中国社会各阶层再也不能无视他们的存在，青年开始以一个整体登上政治舞台，并被大众寄予了殷切的希望。

在一个长幼有序、师道尊严的社会，青年能得到如此尊崇，发挥这样的作用，要得益于新文化运动。五四前后，真真是一个青春崇拜的年代，社会对青年的赞美达到了前所未有的高度——

"青春如初春，如朝日，如百卉之萌动，如利刃之新发于硎。"

"青年者，人生之王，人生之春，人生之华也。"

新文化运动助推的近代化浪潮，让原本资历最浅的年轻人，成了最先"开眼看世界"，最容易接受新知的人。于是，他们第一次担当先锋推动国家前进，"老大帝国"，成为了朝气昂扬的"少年中国"。

毛泽东同志曾经对青年在革命运动中的作用有过准确描述："'五四'以来，中国青年们起了什么作用呢？起了某种先锋队的作用"，"什么叫做先锋队的作用？就是带头作用，就是站在革命队伍的前头。"这种作用贯穿了此后100年的革命历程，千万青年志士冲锋在前，前仆后继，为人民幸福、民族复兴接续奋斗。青年勇开风气之先的光荣传统发轫于五四运动，五四运动由此成为中国青年运动的伟大起点。

四

沉迷于美国总统威尔逊对战后秩序的鼓吹，一战刚结束时，中国社会对民族复兴充满乐观情绪，人们普遍相信中国战胜国的身份，"将予中国以绝好机会，中国将乘此时机，以其悬案诉于世界，将来巴黎和约，中国必可与各国列于平等之地，而所谓不平等条约者，皆将从而废除"。

然而和会既开，就显露了其分赃的残酷真相。原来此前两年，日本既与英、法、意、俄达成凤约，将战后德国在华利益转至日本，以换取日本应允中国参战。因此从一开始，中国指望达致的主要目的，收回山东和胶济铁路权宜以及废除"二十一条"等就注定要失败。弱国无外交，"国际间之黑幕竟如此，而犹表张公理正义！恐公理正义，将呼冤不置也。"

和会的最后摊牌，意味着协约国道德的破产与西方现代性的祛魅，中国社会的情绪急转直下，"他们寻找这个新纪元的黎明，可是中国没有太阳升起，甚至连国家摇篮也给偷走了。"绝望的中国精英开始质疑西方的价值观，甚至质疑中国认同西方的可能性，重新谋求中国的出路与自我救赎之道。

这种质疑也植根于辛亥革命之后的社会现实。民国成立后，不单挂出了共和国的招牌，连议会制、多党制、普选等这些西方国家的政治组织形式和活动程序，一度也被热热闹闹地搬到中国来。结果不但党同伐异，争论不休，而且在袁世凯旧势力的反扑下，连那点形式上的东西也被抛到九霄云外了。

中国的历史，在这里与辛亥革命重新接轨，在一个半封建半殖民地的社会，人们必须切实思考，在列强环伺的情景下，如何创建制度适合的国家，来实现民族的复兴。一度漫出河道的激流，终于再次纳入河道。

五

1917年，俄国十月革命胜利的消息传到中国，引起了中国知识界的关注，"共产主义的幽灵"开始在中国大地徘徊。

五四运动以后，"社会主义热"骤然升温。胡适曾描述过这种突变："欧战以后，苏俄的共产党革命震动了全世界人的视听；最近十年中，苏俄建设的成绩更引起了全世界人的注意。于是马克思列宁一派的思想就成了世间最新鲜动人的思潮，其结果就成了'一切价值的重新估定'：个人主义的光芒远不如社会主义的光耀动人了；个人财产神圣的理论远不如共产及计划经济的时髦了；世界企慕的英国议会政治也被诋毁为资本主义的副产制度了。"

社会主义新思潮一开始也是包罗万象，十分庞杂。在辩争推究之后，一些先进的中国知识分子决定走俄国人的路，将马克思主义作为解决中国社会问题的济世药方，一些志同道合者在新的旗帜下开始集结。

除了陈独秀、李大钊两位导师式人物之外，一大批在五四运动中崭露头角的先进青年和具有初步共产主义思想的知识分子如毛泽东、蔡和森、邓中夏、瞿秋白、周恩来、恽代英、赵世炎、李达、李汉俊等人，以及老同盟会员董必武、吴玉章、林伯渠等人，也都经过各自的努力，较早成为了马克思主义者。

早年的毛泽东曾说："主义譬如一面旗子，旗子立起了，大家才有所指望，才知所趋。"并且"不可徒然做人的聚集，感情的结合，要变为主义的结合才好"。在理论学习和与工农结合的实践中，先行者们也发现，"笼统的学生运动已不济事了，现在要根据马克思的学说来组织一个共产党。""俄国革命的成功得力于俄国共产党的领导，中国马克思主义者也要抓住这一点前进。"

五四运动两年后，中国共产党在上海成立。这是中华民族发展史上开天辟地的大事变。从此，中国革命有了正确的前进方向，中国人民有了坚强的领导核心，中国命运有了光明的发展前景。

建党19年后，毛泽东对五四运动的作用给出了评价：正是这场伟大运动，"在思想上和干部上准备了一九二一年中国共产党的成立"。

六

关于中国的现代化之路，在锚定科学社会主义之前，五四运动的次年，曾有过一场意义深远的论战。

这场"关于社会主义"论争的一方是以张东荪、梁启超为首的资产阶级改良派，另一方则是早期的马克思主义者陈独秀、李大钊等。张东荪们认为，当时中国太贫穷落后，没有现代工人阶级、劳动阶级，商人也不构成有力的阶级，"现在中国就要实行社会主义又似乎太越阶了"，因此应该埋头实业，而开发实业只能以资本主义方式，正如张东荪所说"在开发实业以裕民生的大要求下，我们是可极力提倡协社，然而无法阻止资本主义的进行。"

依现在的视域看来，当时的中国，国内缺乏一个统一的中央政府，又缺乏足够的资本和人力资源；国外列强掌控政经命脉，也绝不允许中国发展成为一个强盛的资本主义国家。因此，张东荪等开出的与政治脱钩的救国方案只能是黄粱一梦。

早期马克思主义者对张、梁进行了激烈的批驳，他们认为，中国社会实况与欧美略有不同，但社会主义运动的根本原则，却无有不同。另一方面，欧美、日本产业大革命的影响，使中国大多数无产阶级直接受外国资本主义的压迫剥削，因此之故，"中国无产阶级所受的悲惨，比欧美、日本的无产阶级所受的更甚"，所以中国与其他国家一样，到了无产阶级革命的时代。

早期的社会主义者在用马克思主义基本原理分析中国社会时，主要强调国际资本主义发展的总趋势与对中国的影响，忽视了作为一个单独的政治、经济实体的特殊性，强调马克思主义理论的普遍性，忽视现实与理论的历史的、具体的结合。这带来了他们在认识上的偏差。

关于社会主义的论争，在毛泽东的新民主主义论才找到了正确答案：新民主主义把中国革命分为两步走，既不能走资本主义道路，又不能立即实行社会主义，中间需要有个过渡时期，等条件成熟后再迈入社会主义。

在1940年发表的《新民主主义论》中，毛泽东将五四运动标定为旧民主主义与新民主主义的分水岭，"五四"以前，"中国资产阶级民主革命的政治指导者是中国的小资产阶级和资产阶级"，"五四"以后，"中国资产阶级民主革命的政治指导者，已经不是属于中国资产阶级，而是属于中国无产阶级了。这时，中国无产阶级，由于自己的长成和俄国革命的影响，已经迅速地变成了一个觉悟了的独立的政治力量了。"

七

中国无产阶级的觉悟，离不开五四知识青年的发动和唤醒。这是五四运动成为分水岭的根本依据。

学者费正清曾断言：辛亥革命建立的新政体是覆盖在旧中国上的薄薄的一层皮。它距离中国民间社会极其遥远。在建立民主共和国后的几年里，民众仍然处在"知有朝廷而不知有国家""知有一己而不知有国家"的懵懂状态。五四运动作为一场爱国革命运动和思想解放运动、新文化运动，通过思想启蒙和全民教育，改白话文，创报刊，使国家观念得以普及，国民意识得以唤醒，弥补了辛亥革命的不足。运动后期，青年学生北上南下，进工厂去乡村，深入工农群众，动员百姓，宣讲新知，更是有力促进了全民的觉悟和积极参与。

毛泽东曾描述："五四运动，在其开始，是共产主义的知识分子、革命的小资产阶级知识分子和资产阶级知识分子（他们是当时运动中的右翼）三部分人的统一战线的革命运动。它的弱点，就在只限于知识分子，没有工人农民参加。但发展到六三运动时，就不但是知识分子，而且有广大的无产阶级、小资产阶级和资产阶级参加，成了全国范围的革命运动了。"

1919年5月《远东每周评论》报道说，成百上千万个农民、商人和工匠破天荒第一次谈论国内和国际大事，以前他们做梦也没想到会对此发表意见。你可以走进任何一家食品店，所有人都纷纷在你周围谈这个话题。通常在各茶馆里贴着的"莫谈国事"标语已经不再时兴了。这些青年勇士的所作所为，真不平凡——大概中国终于真正觉醒了。

青年知识分子在与工农群众的交流中也得到了成长。五四运动直接目标的实现，让青年看到自身的局限，认识到人民群众的伟力，开始自觉接受人民的教育和革命实践的锤炼。

1939年5月4日，在纪念五四运动20周年大会上，毛泽东对五四肇始的青年运动作了理论概括和总结，"全国知识青年和学生青年一定要和广大的工农群众结合在一块，和他们变成一体"，到工农群众中去，把占全国人口百分之九十的工农大众，动员起来，组织起来，与他们一起奋斗，最终实现人民解放，民族复兴，这，就是中国青年运动的方向！

八

1949年10月1日，中华人民共和国成立，那些在开国大典上立于天安门城楼之上的身影，有数位正是当年满怀热血的五四青年。

此时，离1919年开启救亡之旅，已过去了30年之久。民族独立、人民解放的历史任务终于完成。中国人百年来卑躬屈膝的历史就此封存。站起来，这正是无数仁人志士魂牵梦绕孜孜以求的目标。

中国共产党甫一成立，就面临着阶级压迫和民族危亡的双重压力，就义无反顾肩负起实现中华民族伟大复兴的历史使命。与其他政党不同，我们党立党为公，自立为国家公器、民族公器，不仅是无产阶级的先锋队，也是中华民族的领导核心，自从有了中国共产党，中国人民谋求民族独立、人民解放和国家富强、人民幸福的斗争就有了主心骨，中华民族的复兴大业就有了根本保证。

党成立后的前28年，一直致力于推翻帝国主义、封建主义、官僚资本主义三座大山，建立工农大众当家做主的人民民主共和国。毛泽东就明确提出："我们共产党人，多年以来，不但为中国的政治革命和经济革命而奋斗，而且为中国的文化革命而奋斗；一切这些的目的，在于建设一个中华民族的新社会和新国家。"

在无数次的试错摸索后，中国人民选择在中国共产党领导下，通过新民主主义革命，夺取全国政权，用一个集中了全体人民意志的新中国，来为现代化建设奠定根本政治前提，为民族复兴扫清根本障碍。

习近平总书记指出，"一个政党，如一个人一样，最宝贵的是历尽沧桑，还怀有一颗赤子之心。"中国共产党始终葆有的一颗初心，就是为人民谋幸福，为民族谋复兴，强国梦复兴梦，贯穿着党的奋斗史。

新中国成立后，我们党带领人民完成社会主义革命，推进社会主义建设，完成了中华民族有史以来最为广泛而深刻的社会变革，为民族伟大复兴奠定了坚实基础。接着，我们党又团结带领人民进行改革开放新的伟大革命，开辟了中国特色社会主义道路，迎来了中华民族从站起来、富起来到强起来的伟大飞跃，为中华民族伟大复兴开辟了光明前景。

习近平新时代中国特色社会主义是马克思主义中国化的最新成果，是新时代全党全国人民为实现中华民族伟大复兴而奋斗的行动指南，它是在改革开放40多年的伟大实践中走出来的，是在中华人民共和国成立近70年的持续探索中走出来的，是在对近代以来170多年中华民族发展历程的深刻总结中走出来的，是在对中华民族5000多年悠久文明的传承中走出来的，而五四运动在这一探索过程中，具有里程碑意义，从那以后，社会主义成了中国人民自觉的道路选择和思想指引。

九

经过一代代人的探索和奋斗，今天，中国特色社会主义进入了新时代，这是我国发展新的历史方位。

这个新时代，是当代共产党人承前启后、继往开来，决胜全面建成小康社会、进而全面建设社会主义现代化强国的时代，是全体中华儿女勠力同心、奋力实现中华民族伟大复兴中国梦的时代。

习近平总书记在党的十九大报告中指出：今天，我们比历史上任何时期都更接近、更有信心和能力实现中华民族伟大复兴的目标。我们要不负人民重托，无愧历史选择，奋力推进社会主义现代化和中华民族伟大复兴，在本世纪中叶把我国建设成为富强民主文明和谐美丽的社会主义现代化强国。中华民族伟大复兴的中国梦终将在一代代青年的接力奋斗中变为现实。

与"五四青年"一样，当代青年是中国发展史上又一个不寻常的重要代群，二者时代不同，发展任务不同，但同处国家发展的关键时期，同样肩负历史重任。当代青年生逢强国时代，生命的黄金时期与这一伟大的历史进程正相吻合，是亲身投入实践，亲手完成夙愿的"强国一代"。这是当代青年千载难逢的历史荣光，更是当代青年责无旁贷的历史使命。

党和人民对当代青年寄予了殷切期望。习近平总书记明确提出："要从实现中华民族伟大复兴的中国梦，从党和人民事业发展的战略高度来看待青年，要重视青年作用，依靠青年力量。""实现中华民族伟大复兴的中国梦，是党和国家工作大局，也是中国青年运动的时代主题。"

五四先驱李大钊曾这样寄语中国青年：以中立不倚之精神，肩兹砥柱中流之责任……以青春之我，创建青春之国家，青春之民族。100年过去，先辈的叮嘱言犹在耳，吾辈青年岂容解甲，惟有自请长缨，日夜兼程！

十

在那个国运沉沦的年代，"五四青年"们曾用一些特殊的方式来谋求国力的强盛，他们曾"跪求"商户抵制洋货，挨家挨户推销国货。

但是，强大要靠全体人民的拼搏和日积月累地奋斗，不是靠"抵制"别人可以得来的。据经济学家俞宁颇1934年的研究，每次抵制日货行动结束后，日货年销量并不会有太大的降低，而且由于消费欲望短期抑制，突然的爆发反倒可能导致更大增长。历史就是这样的吊诡！

2010年是一个特别的年份，在被日本GDP超越50年后，中国终于实现反超，成为世界第二大经济体。

100多年前，中国赴日留学生都怀揣着这样的心愿：日人向西学而胜之，吾将学日人而胜之。但当GDP实现超越的时候，各方的反应却出奇的平静。对！甲午战争时，中国的GDP就高于日本，可那又如何？

"世界第二"的位置，很像是泰山上的"快活三里"，在登顶前突然迎来一段缓坡，风景迷人，充满诱惑。可背山工知道，一旦在此松劲，就很难实现登顶。"世上最大的诱惑就是停歇的诱惑"，越是靠近终点，停歇的欲念就越强烈。初步富起来的中国人也正经历着"沉于安乐"的考验。

当今的90后、00后们，相较父辈兄辈，生于富足年代，思想新锐，视野开阔，但因为没有筚路蓝缕的经历，缺少前后阶段的对照，更易小富即安，甚而未富先老，未强先衰，在这个大时代里，满足于"小确幸"，丧失掉进取的精神，忘却了奋斗的目标。

每个时代都应有自己的精神支柱，尤其是那些关键的大时代。美国崛起时期，新教伦理发挥了重要助推作用，它为人们提供了一种心理驱动力和道德能量，新教教义鼓励教友努力工作，勤俭节约，"上帝不会让一个人具有五分的才干只得到二分报酬"。马克斯·韦伯说："一个人对天职负有责任乃是资产阶级文化的社会伦理中最具代表性的东西，而且在某种意义上说，它是资产阶级文化的根本基础。"

中国的强国之路无法也绝不会从宗教中去吸取精神力量。那么，新时代，我们应当构建怎样的价值驱动，寻求怎样的精神支撑？

十一

中国人的精神密码只能到自己的基因序列中去解锁。

习近平总书记指出："实现中国梦必须弘扬中国精神。这就是以爱国主义为核心的民族精神，以改革创新为核心的时代精神。这种精神是凝心聚力的兴国之魂、强国之魂。""爱国主义始终是把中华民族坚强团结在一起的精神力量。"

中国的爱国主义有其迥异于西方的精神内核，它更多体现为一种"家国情怀"，体现为"家国同构"的共同体意识。在长达2000多年里，以血缘为纽带的宗法关系发挥着重要作用，它把家与国紧密联系在一起。《孟子》有言："天下之本在国，国之本在家，家之本在身。"血缘和政治的联姻是家国一体伦理政治的存在前提和纽带，血缘关系和政治生活的相互渗透，保证了家国同构政治模式的合法化和合理化。

在传统文化中，中国社会没有宗教的外在超越，不会从上帝那里求得心理安慰，更多依靠的是一种"人文信仰"，从个体为价值共同体作出贡献，为国家民族奉献甚至牺牲的过程中产生道德感和神圣感，由此生成精神力量。中华民族也正是藉此历经磨难，精魂不散，生生不息。

但是，传统的家国情怀也有其局限性。在早前中国人的意识里，中华帝国并非一个"民族国家"，而是由承受天命的天子来统治的所谓"天下"。在忠孝道德观影响下，移孝为忠，朕即天下，皇家即国家，因此，很大程度上，报国尽忠的是李唐王朝、赵宋江山、朱明社稷、大清天下。这种以私利为计的体制注定缺少更坚实的民意基础，落后的"国家观"也限制了其精神凝聚的深度和广度。

毛泽东曾指出："五四运动的杰出的历史意义，在于它带着辛亥革命还不曾有的姿态，这就是彻底地不妥协地反对帝国主义和彻底地不妥协地反对封建主义。"这种彻底的不妥协，让五四运动的爱国主义从根本上超越了历史局限，民主和科学的新思想也开始注入爱国主义，使其具有了全新的灵魂，民主要把人民当做治理国家的主体，科学要求寻找符合规律的发展道路。"五四"以后，中国的先进分子不再寄希望于当政者和上层社会，转而唤起民众以实现救亡爱国，于是一种以人民民主为灵魂的新的爱国主义观念诞生了。

十二

"知责任者，大丈夫之始也；行责任者，大丈夫之终也。"责任和担当，乃是家国情怀的精髓所在。由于"新国家观"的灌注，五四运动承继并超越了传统的家国情怀，成为首次真正意义上的群众运动，各阶层在民族大义的旗帜下达成了空前的团结，这使得五四运动最终实现了既定目标，而五四勇士们也在救亡壮举中获得了精神激励和自我圆满。

那个年代，青年们智性勃发，血脉贲张，为济世救民，不惜舍生取义，慷慨赴难，"天下者，我们的天下！国家者，我们的国家！社会者，我们的社会！我们不说，谁说？我们不干，谁干？"五四青年演绎了最"燃爆"的青春，展现了最热血的担当！

秉承五四爱国主义精神，家国同构，以复兴宏愿激发个体的道德感和神圣感，将个人前途与国家命运同频共振，藉此建立起当代青年的精神支撑和奋斗动力，坚定对中国特色社会主义的道路自信、理论自信、制度自信、文化自信，与人民一起奋斗，最终实现民族复兴中国梦，这才是五四精神最大的当代价值，也才是我们对五四运动100周年最好的纪念。

习近平总书记曾勉励青年"得其大者可以兼其小"，"小我"同"大国"本应同声相应、同气相求、同命相依。"国家不可一日无青年，青年不可一日无觉醒"，100年前如此，当今亦如此。

"吾愿吾亲爱之青年，生于青春，死于青春，生于少年，死于少年也……进前而勿顾后，背黑暗而向光明，为世界进文明，为人类造幸福，以青春之我，创建青春之家庭，青春之国家，青春之民族，青春之人类，青春之地球，青春之宇宙……"

新时代的青年们，请回答1919年的诸位先辈！

仲青平

2019年4月23日

解　放

——献给新中国成立 **70** 周年

通常，人们把1949年当作是一条历史分界线，已往是解放前，此后是解放后，以此划分开了旧社会与新中国。从此，中国发展进入了新纪元。

新中国的成立，以及由此带来的新民主主义革命的胜利和社会主义革命的推进，开启了中华民族有史以来最为广泛而深刻的社会变革，为当代中国一切发展进步奠定了根本政治前提和制度基础。

是什么样的剧变才当得起这"5000年历史之最"？是什么样的动力才能负载起这70年巨龙的腾飞？

一

1947年7月，刘邓大军千里跃进大别山，中国人民解放军开始转向战略反攻。毛泽东在给中国人民解放军的训令中，响亮地喊出"打倒蒋介石，建立新中国"的口号。

当时，辽沈、淮海、平津三大战役还没有进行，国民党军队在数量上暂时还大于人民解放军，毛泽东却从全国人心向背、国民党区域经济崩溃状况和军事形势变化的综合分析中，敏锐地觉察出：国共双方谁占优势的问题已经解决，下一步将要面对的就是建立一个新中国了。

其实，新中国之梦从中国共产党诞生的那天起就已孕育。中共一大就提出党的奋斗目标是以无产阶级革命军队推翻资产阶级的政权，消灭资本家私有制，由劳动阶级重建国家。这一崇高纲领虽然因革命形势变化而更换搭配了许多现实目标，但这一激动人心的梦想，始终萦绕在中国共产党人的心底。在短暂试错后，中国共产党很快开启了武装夺取政权的艰苦斗争。

1940年，毛泽东在延安窑洞里撰写了《新民主主义论》，明确宣示了这一奋斗的目标："我们共产党人，多年以来，不但为中国的政治革命和经济革命而奋斗，而且为中国的文化革命而奋斗；一切这些的目的，在于建设一个中华民族的新社会和新国家。""一句话，我们要建立一个新中国。"

1945年，毛泽东在中共七大政治报告中，进一步完善了新中国梦想的核心价值内涵，提出"建立一个新中国，一个新民主主义的中国，一个独立的、自由的、民主的、统一的、富强的中国"。

1947年，随着我军转入全面大反攻，"解放"这个字眼频繁出现在中国共产党的各种文告里。3月24日，八路军延安总部对外正式改称"中国人民解放军总部"；4月9日，中央发出通知，对外正式使用了"中国人民解放军"这一名称。10月10日，发表了《中国人民解放军宣言》，宣布了成立民主联合政府等几项基本政策，正式提出"打倒蒋介石，解放全中国"。

此时，新中国的胎动已清晰可闻。对未来新生的国家，人们充满期待和憧憬。这就像艾青在《黎明的通知》中所抒发的那样：

为了我的祈愿
诗人啊，你起来吧
趁这夜已快完了，请告诉他们
说他们所等待的就要来了！

二

1949年3月，中国共产党在西柏坡召开了七届二中全会。这是新中国成立前最后一次中央全会。在会上，毛泽东豪迈地说："我们不仅善于破坏一个旧世界，还要善于建设一个新世界。"

当年的6月30日，毛泽东发表了《论人民民主专政》，阐明了资产阶级的民主革命让位于工人阶级领导的民主革命，资本主义共和国让位于人民共和国的历史必然性，并指出，这是自鸦片战争失败以来，中国人民100多年探索奋斗得出的历史结论。

也是在这篇雄文里，毛泽东充分论述了"人民民主专政"这一马克思主义国家观的新创造，"对人民内部的民主方面和对反动派的专政方面，互相结合起来，就是人民民主专政。"这言简意赅地勾勒了未来新中国国体的基本内涵。

1949年10月1日，中华人民共和国中央人民政府宣告成立。九州方圆，华夏风云，千载岁月，百年奋斗，历史终于汇聚在此刻，汇聚在中国共产党的旗帜下。

当时担任《大公报》记者的萧乾事后回忆说："如果重生是奇迹，今天我看见了5000年老中国的重生。老了时，我将拍着胸脯对我的儿孙们讲，开天辟地的那一天，我在场！"

千万人民兴奋地感觉到新世界正在到来，社会精英们更聆听到呼啸而至的时代潮汛。解放前夕，蒋介石曾设宴招待新当选的中央研究院院士，邀请他们一起去台湾。结果，81名院士，只有9人赴台，60人留在大陆。当中国共产党提出召开政治协商会议，著名民主人士纷纷响应，"共同策进，完成大业"，在他们看来，为之毕生奋斗的目标，马上就要实现。

70年过去，人们渐成共识：新中国的成立不同于此前任何一次改朝换代。一般的政权更迭，已无法概括这次巨大的社会变革。这是中国历史上最重大的一次"解放"，是彻底的"民族解放"，是根本的"人民解放"，更是生产关系革命性调整后，社会生产力的空前大解放。这是历史群山中的喜马拉雅，雄视过往，并深刻影响了未来。

三

1949年"解放",其第一层的意义是民族解放。这是自鸦片战争以来,中国人民浴血奋斗,孜孜以求的目标。

1840年,鸦片战争,清政府战败,被迫与英国签订中国近代史上第一个屈辱的不平等条约《南京条约》。有学者统计,由此至1949年的108年中,中国同21个国家签订了745个不平等条约,这在世界殖民主义历史上是绝无仅有的。借由不平等条约,世界列强在中国获取了很多特权和利益,而中国则从古典的朝贡体系的"天朝上国"被纳入到近代世界的国际秩序里,逐渐沦为半殖民地国家。

尽管中国人民从未放弃过抗争,但帝国主义始终像一座大山,沉重地压在中国人民的身上。因此,新中国甫一成立,采取了与以往政府迥然不同的外交政策,对于中国与西方国家的一切不平等条约断然否认,并且不承认旧的外交关系的继续存在,从而在很短的时期内便取消了西方列强残留的在华特权。毛泽东曾形象地说,这就像是"另起炉灶"和"打扫屋子",旧中国的屋子太脏了,等我们打扫干净,再重新开门迎客。

在人民政协第一届全体会议上通过的《共同纲领》宣布:"中华人民共和国必须取消帝国主义国家在中国的一切特权。"这包括把海关和关税收支掌握到自己手中,全部取消外国在华军事特权,全面恢复中国领水主权。

据此,外国在中国大陆的所有军事特权和经济特权均将取消,这彻底结束了鸦片战争以来国家主权被肆意践踏,外国人在中华大地耀武扬威的百年屈辱史。正是在这次会议上,毛泽东喊出了那段震惊世界的话:"我们的工作将写在人类的历史上,它将表明:占人类总数四分之一的中国人从此站立起来了。"

四

"人民解放"是1949年解放更深一层的意义。这是中国有史以来,从未有过的政治革命。

公元前221年，秦始皇嬴政诛灭六国，开启了中国长达2000多年的君主专制史。其间，中国经历了反反复复的起落兴衰，但作为中国社会最高秩序的封建帝制却罕有动摇，无论是李唐王朝、赵宋江山、朱明社稷，还是大清天下，无一不是君主统治。黑格尔曾经不无激烈地指出，中国的历史从本质上看是没有历史的，它只是君主覆灭的一再重复而已，任何进步都不可能从中产生。

辛亥革命推翻帝制，建立民国，但最终仍然堕落为官僚资本把持的少数人统治。正如曾参加辛亥革命的致公党创始人司徒美堂所说，虽名为中华民国，其实与人民无涉。

中国共产党人已经洞悉，一直处在社会底层的工农群众，要想从既往的阶级压迫中解放出来，翻身做主人，惟有让自己成为统治阶级才能实现。正如马克思在《共产党宣言》中所指出的，"共产党人不屑隐瞒自己的观点和意图。他们公开宣布：他们的目的只有用暴力推翻全部现存的社会制度才能达到。""无产者在这个革命中失去的只是锁链。他们获得的将是整个世界。"

因此，中国共产党一旦成为执政党，就必然坚定实现自己的政治意志，旗帜鲜明地与无产阶级和广大人民站在一起。

国体是国家的基本性质，即国家政权的阶级性。新中国成立前夕，确定什么样的国体，成为世界关注的焦点。对此，中国共产党早已成竹在胸，在1948年9月召开的中共中央政治局扩大会议上，毛泽东就明确指出："我们政权的阶级性是这样：无产阶级领导的，以工农联盟为基础，但不仅仅是工农，还有资产阶级民主分子参加的人民民主专政。"1949年6月30日，毛泽东在《论人民民主专政》中进一步提出，"人民民主专政需要工人阶级的领导。因为只有工人阶级最有远见，大公无私，最富于革命的彻底性。"而且，"人民民主专政的基础是工人阶级、农民阶级和城市小资产阶级的联盟，而主要是工人和农民的联盟，因为这两个阶级占了中国人口的百分之八十到九十"。

最终具有"临时宪法"性质的《共同纲领》明确规定："中华人民共和国的

国家政权属于人民。人民行使国家政权的机关为各级人民代表大会和各级人民政府。"这是中国有史以来最民主的、最能反映绝大多数人民意志的政权。

宋庆龄曾感慨道:"自从1949年10月1日——这具有历史意义的日子以来,中国最伟大的转变就是我们的国号中有史以来第一次有了'人民'这两个字。这两个字不是为了装饰点缀,它的重要意义在于同样有史以来第一次表明我们政府巨大力量的所在——人民。"

人民一旦获得解放,就必将爆发出推动历史前进的磅礴伟力。在新政协筹备会的第一次会议讲话中,毛泽东就对此充满自信:"中国人民将会看见,中国的命运一经操在人民自己的手里,中国就将如太阳升起在东方那样,以自己的辉煌的光焰普照大地,迅速涤荡反动政府留下来的污泥浊水,治好战争的创伤,建设起一个崭新的强盛的名副其实的人民共和国。"

五

早在1919年五四运动之后,致力于民族复兴的中国知识分子,就披沙拣金,经过辨析思考,在历史前进的十字路口,选择了将科学社会主义,作为实现现代化的正确道路。

这是因为,当时的资本主义已经显现出全球性的困境,资本主义制度的基本矛盾,生产社会化与资本私人占有之间的冲突已经十分尖锐。人们普遍认为,以公有制和计划生产为特征的社会主义经济制度,才能解放生产力,实现民族富强和振兴。

然而,不能指望资产阶级政权来革自己的命,在无数次的试错摸索后,中国人民选择在中国共产党领导下,夺取全国政权,用一个集中了全体人民意志的新中国,来为建立社会主义制度奠定根本政治前提,为民族复兴扫清根本障碍。

在马克思看来,生产力与生产关系、经济基础与上层建筑的矛盾是人类社会的基本矛盾。正是由于这一基本矛盾的运动,人类社会从低级形态发展到高级形态。在社会主义公有制之前，所有的经济制度都是以私有制为基础的，因此，马克思指出，"共产主义革命就是同传统的所有制关系实行最彻底的决裂；毫不奇怪，它在自己的发展进程中要同传统的观念实行最彻底的决裂。"

《共同纲领》标定了新中国是新民主主义即人民民主主义的国家，这意味着在中国将向社会主义制度过渡，意味着生产关系和上层建筑将进行前所未有的革命性调整，从这个意义上讲，1949年"解放"，更是有史以来最深刻的制度革命，是生产力一次空前的大解放。

马克思主义认为，物质生产力是全部社会生活的物质前提，"人们所达到的生产力的总和决定着社会状况"，无产阶级社会革命的目的就是解开资本主义基本矛盾的死结，以全新的社会主义公有制解放生产力，创造更为美好的人类生活。在纪念马克思诞辰200周年的时候，习近平总书记曾深有感悟地说："解放和发展社会生产力是社会主义的本质要求，是中国共产党人接力探索、着力解决的重大问题。""我们要勇于全面深化改革，自觉通过调整生产关系激发社会生产力发展活力，自觉通过完善上层建筑适应经济基础发展要求，让中国特色社会主义更加符合规律地向前发展。"

然而，并不是所有时候，我们都葆有这样清醒的认识。如果说民族解放和人民解放在1949年，随着中华人民共和国的成立，已一举实现，完毕其功，那么生产力解放的历程则曲折坎坷，充满艰辛，生产关系和上层建筑的反复校正伴随着共和国发展的整个70年。

六

新中国成立后三年，原先满目疮痍、百废待兴的旧山河，就基本收拾完毕。到1952年，工农业生产已经全面超过解放前的最好年份。

奇迹般的恢复，让人相信新的奇迹。1953年9月，中共中央决定开始进行社会主义革命：在一个相当长的时期内，逐步实现国家的社会主义工业化，并逐步实现国家对农业、对手工业和对资本主义工商业的社会主义改造。毛泽东在一份文件上写道:"这条总路线是照耀我们各项工作的灯塔。"

个体农业的改造路径是,在互助组的基础上,发展土地入股的初级农业合作社,逐步过渡到土地公有的高级农业生产合作社,实现农业集体化。土地公有化的深刻变革,带动了农业的增产增收,受到了农民自发的欢迎。

1952年,河北农民王国藩把村里最穷的23户农民联合起来,办起了一个初级社。办社之初,社里唯一的一头驴,还有四分之一的使用权属于没有入社的村民,因此人们把他们叫做三条驴腿的穷棒子社。但是,正是靠着这三条驴腿,这个穷棒子社在第二年就发展到了83户,粮食亩产从120多斤增长到了300多斤。

毛泽东在其编辑的《中国农村的社会主义高潮》一书中提到了王国藩:"我看这就是我们整个国家的形象。难道六万万穷棒子不能在几十年内,由于自己的努力,变成一个社会主义的又富又强的国家吗?"

在农业合作化运动如火如荼的时候,对手工业和资本主义工商业的社会主义改造也在同时推进。通过实行从低到高的国家资本主义形式,最后采取公私合营,完成资本主义工商业的社会主义改造。到1956年1月,全国最大的工业城市上海宣布全市10万多户私营工商业全部实行公私合营。"红色资本家"荣毅仁在庆祝游行时说,"社会主义改造对于我失去的是属于我个人的一些剥削所得,得到的却是一个人人富裕繁荣强盛的社会主义国家。"

1956年秋天,是一个不同寻常的收获季节。这年9月,新中国成立以后的第一次党代会八大召开,正式宣布社会主义制度在我国已经基本建立。这时,离上一次党代会召开已经有11年。在这11年中,在中国共产党的领导下,中国经历了新民主主义革命胜利和完成社会主义革命两次伟大的历史转折。

也是在这次会议上,刘少奇代表中共中央所作的政治报告指出:我国国内主要矛盾,已经不再是工人阶级和资产阶级之间的矛盾,而是人民对于经济文化迅速发展的需要,同当前经济文化不能满足人民需要之间的矛盾。

1952年9月,毛泽东在一次中央会议上提出,要用10年到15年的时间,基本上完成社会主义的过渡。然而，生产关系如此深刻而剧烈的革命性调整，最终只用了不到4年的时间。

七

中国的第一个"五年计划"是跟"三大改造"几乎同步实施的。社会主义经济制度从一开始就显示了对生产力的巨大解放，并深刻影响了此后几十年中国经济的发展。

这5年是新中国经济效益最好的时期之一，尤其工业化突飞猛进，其成就远远超过了旧中国的100年，年平均工业总产值增长速度达到了惊人的18%，而同时美国的增长速度为3.6%，英国为3.8%，资本主义国家速度最快的日本，也只有15%。世界震惊于这样的经济奇迹，叹服于社会主义经济制度释放出的巨大能量和活力。

作为我国第一个编制的五年计划，"一五计划"的制定是真正的"摸着石头过河"。负责具体编制任务的陈云在一份报告中这么说："我们编制计划的经验很少，资料也不足，所以计划带有控制数字的性质，需要边做边改。""一五计划"先后五易其稿，其过程历经曲折与艰辛。等到1955年7月全国人大通过这份计划时，它已经实际执行两年半了。

这个时期的一大成就是诞生了一批"共和国的长子"：鞍钢、沈飞、武钢……1956年7月14日，长春第一汽车制造厂的工人们迎来了一个不平凡的日子。新中国第一批国产汽车在这里出产，汽车的品牌就叫"解放"。

八

按照马克思主义经典理论，上层建筑包括政治、法律制度及其设施和社会意识形态这两个部分。生产力的发展引起生产关系即经济基础的变化，随着经济基础的改变，上层建筑或慢或快也要发生变革。政治制度及其组织设施的变革一般较快，但政治思想和道德、艺术、哲学等意识形态变革则往往来得较慢。

上世纪60年代初期，新的生产关系基本调整到位，社会主义意识形态也随之逐渐演变成型。这其中最典型的就是以雷锋精神为代表的社会主义道德观念开始蔚然成风。

雷锋，这个普通的战士，应该是新中国最具影响力的道德楷模和平民英雄。1963年，毛泽东等中央领导纷纷题词"向雷锋同志学习"。

我国社会主义经济基础的确立，要求在全社会建立一种新型的道德规范和行为准则。劳动人民当家做主，要求人们以新的态度对待社会和国家；生产资料公有制要求人们用集体主义原则处理国家、集体、个人三者之间的利益关系；人与人之间在政治上经济上的平等，全社会开始形成助人为乐的良好风尚；在社会主义按劳分配原则的基础上，社会先进分子进一步倡导艰苦奋斗、无私奉献。

雷锋的典型意义，在于他集中地体现了社会主义的时代精神，是新兴的社会主义道德的一个全面的实践者，是具备新型社会主义道德的理想人格。社会主义经济关系所要求的一切道德规范和行为准则，他都默默地、一丝不苟地、全心全意地实践着。"做一颗永不生锈的螺丝钉""人活着就是为了让别人生活得更美好""把有限的生命投入到无限的为人民服务之中"，他用自己的一生总结了社会理论工作者需要用文字去概括和总结的社会主义道德体系。

与以往社会不同，社会主义上层建筑对自己的经济基础具有更大反作用力，它能够促进经济基础迅速发展，推动社会主义制度不断完善，从而不断解放和发展社会生产力。上世纪60年代初，社会主义意识形态的成型，不仅造就了当时社会道德风尚的黄金时代，而且激发了生产热情的释放，"雷锋叔叔"成为经济发展的精神标杆。

九

"一五计划"的巨大成功，让全国上下信心倍增，对改变国家落后面貌的心情更为迫切。1958年5月,中共召开八届二中会会,通过了"鼓足干劲、力争上游、多快好省地建设社会主义"的总路线,提出了十五年赶上和超过英国的目标,正式吹响了"大跃进"的号角。

总路线的核心是"快",一万年太久,只争朝夕。1958年8月,中央北戴河会议决定当年要炼钢1070万吨,而已过去的8个月钢产量只有400万吨,这意味着剩下的4个月要生产600多万吨。于是"全民大办,全面跃进",年底钢产量竟达1108万吨,但其中有300多万吨是废钢。

"速度焦虑"逐渐让全民陷入癫狂。农业"产量"一路攀升,小麦、玉米、棉花的"卫星"接连上天。全国最大的一颗水稻高产"卫星",亩产竟报13万斤。虚假浮夸的数字,使人们误以为生产力水平实现了突飞猛进,以至于大家又急着想去改变生产关系。

中央北戴河会议提出,"看来,共产主义在我国的实现,已经不是什么遥远将来的事情了",决定在农村掀起人民公社化运动的高潮。

人民公社的组织规模,一般是一乡一社,2000户左右,全社实行统一核算和分配,并鼓励实行部分供给制,例如公共食堂。这种体制的特征后来被概括为"一大二公"。

北戴河会议认为,人民公社的建立就是要摸索一条过渡到共产主义的具体途径。而在一些地方,更是急忙提出了实现共产主义的时间表。在河北省徐水县规划的方案中,按劳分配的原则被取消,工资制也不再实行,所有的人都有一份津贴,而日常的生活,从衣食住行到生老病死,甚至理发、洗澡、看电影,一切都由公社包起来,叫做"十六包"。他们准备在5年后,即1963年进入共产主义社会。

试图跑步进入共产主义,违背了经济发展的客观规律,超越了历史发展阶段,严重制约了生产力发展。受害最烈的是农民。1959年的粮食产量为14385.7万吨,跌落到1951年的水平,油料产量甚至低过1949年。

历史在1957年拐了一个180度的急弯。当年2月,毛泽东在《正确处理人民内部矛盾》中指出,急风暴雨式的群众阶级斗争基本结束,"我们的根本任务已经由解放生产力变为在新的生产关系下面保护和发展生产力"。但到了9月底的八届三中全会上，他却又讲道："无产阶级和资产阶级的矛盾，社会主义道路和资本主义道路的矛盾，毫无疑问，这是当前我国社会的主要矛盾。"对社会主要矛盾的这一修改，导致我们党在阶级斗争扩大化问题上一再犯错，直至导致爆发了"以阶级斗争为纲"的"文化大革命"。

马克思曾明确指出，无产阶级社会革命的目的就是要解放生产力。早在几十年前，毛泽东在窑洞里构想新中国的时候，就把富强、民主、文明当成了新国家的核心价值。但是在相当长一段时间，我们迷失了这个方向、这颗初心。所以，当1978年党的十一届三中全会提出"三个转变"，首先要把"以阶级斗争为纲"转向"以经济建设为中心"时，会场里的掌声，像一声惊雷，标志着我们党的觉醒，宣示着全国人民拨乱反正的决心！

十

邓小平在一次会见外宾时提出："现在我们正在做的改革这件事是够大胆的。但是，如果我们不这样做，前进就困难了。改革是中国的第二次革命。"

这次"革命"并不是要颠覆基本社会制度，而是我们党对不适应生产力发展的局部的生产关系，尤其是超越历史阶段的部分，进行主动调整和自我改革。当然，这个调整也必须冲破思想的禁锢和利益的藩篱，也需要巨大勇气和顽强的斗争。

改革率先在农村拉开大幕，焦点就是把人民公社运动过度追求公有化程度的"一大二公"体制，回调到符合中国农村实际的家庭联产承包责任制。土地承包以后，农民与集体的关系，由过去行政指挥关系变成了以承包合同为内容的经济关系；农户实际成为一个自主经营，独立核算，自负盈亏的经济实体，成为农村发展商品经济的微观主体。这种大胆而深刻的变革，极大地解放了生产力，受到广大农民的热烈拥护，到1987年，98%的农户选择了家庭联产承包责任制。

邓小平同志曾经说过："生产关系究竟以什么形式为最好，恐怕要采取这样一种态度，就是哪种形式在哪个地方能够比较容易比较快地恢复和发展农业生产，就采取哪种形式；群众愿意采取哪种形式，就应该采取哪种形式，不合法的使它合法起来。"这一基本思想方法，体现在40年改革开放的全过程。

梳理中国共产党召开的历次代表大会，可以清晰地看到从传统计划经济体制到社会主义市场经济体制逐步改革，生产力不断得到解放的历程。

继党的十一届三中全会实现具有深远意义的伟大转折之后，1982年召开的党的十二大提出坚持国营经济的主导地位和发展多种经济形式，贯彻计划经济为主、市场调节为辅的原则。

十三大系统性地阐述了社会主义初级阶段的理论，明确概括了党在社会主义初级阶段的基本路线。大会指出，社会主义有计划商品经济的体制，应该是计划与市场内在统一的体制。

党的十四大实现重大理论突破，第一次明确我国经济体制改革的目标是建立社会主义市场经济体制。党的十五大提出了社会主义初级阶段的基本纲领，指出，公有制为主体、多种所有制经济共同发展，是我国社会主义初级阶段的一项基本经济制度。党的十六大、十七大沿袭、深化和完善了这一改革思路，并提出了"全面、协调、可持续"的发展观。

党的十八大以来，中国特色社会主义进入了新时代。十八届三中全会提出了深化改革总目标，明确提出使市场在资源配置中起决定性作用，更好发挥政府作用。

党的十九大吹响了建设社会主义现代化强国、实现中华民族伟大复兴的冲锋号。习近平总书记在大会报告中，开宗明义地表明了我们党的初心和使命，这就是为中国人民谋幸福，为中华民族谋复兴。贫穷不是社会主义，解放和发展生产力才是社会主义的本质要求和奋斗目标。

我们共同拥有的今天，开始于1949年那个金秋。革命先辈经过浴血奋斗，完成了新民主主义革命，建立了中华人民共和国，确立了社会主义基本制度，为当代中国一切发展进步奠定了根本政治前提和制度基础。

他们中的绝大多数虽然都已离开了我们，但他们的事业刻在了历史的丰碑上。让我们向共和国的开国元勋们致敬！向为建立新中国而奋斗的革命先辈们致敬！向为民族独立和人民解放前仆后继奉献牺牲的千万无名英雄们致敬！

中国特色社会主义进入新时代，这是我国发展新的历史方位。新时代中国共产党人的历史使命就是最终实现中华民族的伟大复兴，这是近代以来中华民族最伟大的梦想，也是新中国创立者们的崇高愿景。

新中国成立前夕，毛泽东同志在政协一届全体会议上就深情地说道："中国人从来就是一个伟大的勇敢的勤劳的民族，只是在近代是落伍了。这种落伍，完全是被外国帝国主义和本国反动政府所压迫和剥削的结果。100多年以来，我们的先人以不屈不挠的斗争反对内外压迫者，从来没有停止过，其中包括伟大的中国革命先行者孙中山先生所领导的辛亥革命在内。我们的先人指示我们，叫我们完成他们的遗志。"

70年过去，我们国家的面貌、人民的面貌已发生天翻地覆的变化。在新时代，我国社会主要矛盾已经转化为人民日益增长的美好生活需要和不平衡不充分的发展之间的矛盾。但是，社会主要矛盾的变化并没有改变我们对我国社会主义初级阶段的判断，我国仍处于并长期处于社会主义初级阶段的基本国情没有变，我国是世界上最大发展中国家的国际地位没有变，仍需要我们坚持以经济建设为中心，不断深化改革，不断艰苦奋斗，藉此不断解放和发展生产力。

无论是共产主义远大理想还是中国特色社会主义共同理想，都召唤我们不断创造更丰富更高质的物质产品和精神产品，创造更为美好的人类社会和个人生活，从这个意义上说，解放没有穷期，改革永在路上。

仲青平

2019年9月25日

二 大道之行

我站立的地方

一

现代文明一定是吃尽了苦头，才走到我国西藏边境这个叫"陇"的地方：2018年第一个月，在爱迪生发明电灯近140年之后，这里的灯丝终于接入了国家电网。

对于4000多公里外的北京来说，陇只是西南偏南方向上一块毫不起眼的石子，却嵌在一道不可忽视的屏障上：中国与14个陆地邻国中的12个划定了约两万公里长的边界线，占陆地总边界的9/10，而它所拱卫的部分属于另外的1/10。猿猴在崇山峻岭间来去自如，它们脚底携带的泥土，牵扯着两个大国的相处。

1960年，中国人民解放军的一支队伍经过长途跋涉，走到这里扎下营地。中华人民共和国至此诞生了11年，西藏自治区则要再等几年才会设立。

这支戍边队伍如今的一名晚辈看过这几年热播的电视剧《冰与火之歌》，剧中的"守夜人"角色，让他想起了自己的身份——相似之处在于，他们都是在一个令人畏惧不前的冰封之地，一个接近与世隔绝的地方，守护着一个庞大的国家。

"这个国家的绝大多数人不知道我们在巡逻，我们也不会到处去说。"这个名叫刘东洋的年轻人说。他们的守护范围大都是无人区，其中一个地名翻译过来就叫"魔鬼都不愿去的地方"。

英国军官贝利1913年接近过陇这个位置，但他的笔记注明他并没有到达。他的同伴曾用"西藏最后一村"形容周边另一村落。

刘东洋来时是2009年，通往外界的公路刚刚打通，这是道路由原始向现代的又一次换代。

今天的驻军叫六连，隶属于西藏军区某部边防团。第十七任团长谷毅记得，过去道路只容一车通行，两车会车需要一方退到宽阔的位置，悬崖边倒车几公里是常有的事。一辆卡车曾翻下悬崖，造成9人遇难。

谷毅不怎么费力就能说出许多有关道路的深刻回忆，比如大雪封山，将人困在山中数月走投无路。他见过封山之苦：一名战友的父亲患病，等到春天冰雪消融，第一辆邮车送来一摞电报，惜字如金的电报概括了发病到病危的全过程，每一封都求他"速归"。除了最后一封，带来的是噩耗。

"长夜来临，守望开始，至死方休……我是黑暗中的刀剑，城墙上的岗哨。我是御寒的火焰，启明的光线，醒世的号角，护国的盾牌。""守夜人"誓言里这样说。

二

对生活在陇的边防官兵来说，特殊的边情时常提醒他们，自己置身于真正的边防线。"提高警惕，保卫祖国"刻在山南军分区大门两侧，门内第一块石头上则是5个大字："站在最前线"。

陇这个地方不存在绝对的安静，这里的夜晚适合孕育"铁马冰河入梦来"式的梦境。距离宿舍10米以内是水声隆隆的甲曲河，河流的喧嚣和雪山的沉默在士兵的床头对峙。

"有人说，在这里，即使是睡觉，也是在守卫边疆，在保卫自己的祖国。"今天，21岁的士兵卢盛玉说。

他们开饭前经常合唱的歌是《当那一天来临》。没有人期待"那一天"真的到来，或者说，他们今天厉兵秣马的一切努力，都是为了避免"那一天"来临。

峡谷密林间，这个小小连队里，每个人都熟记一句话：决不把领土守小了，决不把主权守丢了。

三

刘东洋的老班长杨祥国可以举出很多证据，证明陇也在缓慢进化。

没有人比杨祥国对此更有发言权。他是这里的"活化石"，还没人像他一样在这"崖壁下面巴掌大的地方"生活了这么久。

杨祥国17岁那年从重庆来到这里服役，多年后他因背疼去了医院，发现身高矮了1厘米。医生说是由于长期负重造成脊椎下陷。医生不敢相信他的年纪，告诉他这种症状最早会在五六十岁的人身上出现。

今天，34岁的杨祥国已经接受自己拥有五六十岁的脊椎。他甚至笑着解释，人类脊骨像是弹簧，而他的那条"弹簧"一直被重物压住，没怎么松过，缓冲的间隙小于常人。

整个西藏边境，他所在连队的巡逻线最苦，也最险。但这些路必须有人去走，陆地边防的一个意义在于：到达某片领土，宣示主权的存在。

谷毅说，一代代人都是如此，用双脚丈量国家的领土。"祖宗疆土，当以死守，不可尺寸与人"。

这里没有界碑，也没有"您已进入中国"的边境警示牌，有的只是脚印。留下最多脚印的是个头不足1米7的杨祥国。

杨祥国后来成为部队里一位著名的开路先锋式的人物。他走过最多的巡逻路，多数时候，他都腰系绳索，手持砍刀，走在最前。

他负责开路。在这里，他见识到什么叫"走的人多了便成了路"。有的路线往返要在野外生存六七天，沿途是峭壁、冰河、雪山和原始森林。山与山之间断了一截，就"抬几根棒棒"搭上梯子，手拉绳索，从空中走过。

一条路曾统计出200多处危险路段，但杨祥国说，数字永远无法精确——这一次是坦途，下一次就可能变成天险。

负重与路线长度成正比。他们连牙刷都不带，嚼口香糖代替刷牙，"少拿一点是一点"。但人均负重三四十公斤仍属正常。需要架梯通过的路段太多，以至于他们会背上钢梯，拆分后多人携带。必背的还有高压锅、汽油、大米、蔬菜、罐头和火锅底料，否则体力难以为继。

杨祥国因饭量大得名"杨大碗"，但他不敢多吃，经验是吃八分饱，以便赶路。

在超过2000米的海拔落差里爬高伏低，人体受到挑战最多的是肺和脚。肺的体验千篇一律，整个途中都像是快要拉破的风箱，脚感则因人而异。

一位首长参加过一次巡逻，返回时发现脚指甲掉了一个。又过了些日子，他告诉别人，十个脚指甲全没了。

营长余刚解释，不常走这种路，脚指甲会很快充血、顶起，连续五六天就会脱落，"十指连心"地疼。

杨祥国被称为"巡逻王"，但他也免不了濒临崩溃。他形容，每一次巡逻后都会"对人生多一些领悟"。最长的连续行军会从凌晨两三点走到傍晚，人到后来连话都不想说，只是跟着前人的脚后跟，机械地移动。

连队里养的狗有时也跟着巡逻，但需要人抱着走过危险路段。走着走着，一些狗没再回来。

一年前入伍的程金虎原计划到飞机上做空少，他大专学历，空中乘务专业，可惜英语不过关。他在成都销售过广告牌位，父母希望他去政府部门谋职，但他认为自己身为独子，需要一些锻炼。

然后，他得到了充分的"锻炼"。"有些地方如果你脚一打滑，基本上就回不来了，下面都是几十米、几百米的深渊。"

恐怖的路段各有各的恐怖：刀背山、刀锋山、老虎嘴、绝望坡，这些非正式的地名出处已不可考。绝望坡最好是埋头去爬，抬头看一眼都会失去勇气，"越看越没力气"。刀背山山脊只有沙发椅那么宽，侧面坡度接近直角，下面照例是深渊。

最受欢迎的地方，无疑是卧在河里的一块"两间房子大小"的石头，离宿营点不远。"我们叫它'诺亚方舟'。"杨祥国解释，"你看到那个'诺亚方舟'，就相当于看到希望了。"

2018 年 1 月 9 日，西藏山南军分区边防某营，杨祥国站在玻璃前。他入伍以来参加大小边境武装巡逻近百次，47 次与死神擦肩而过，身上大小伤疤 21 处，被官兵们称为"巡逻王"。赵迪／摄

四

当一次巡逻终于完成，远远望见平地，有经验的军官会转过身，退着下坡以保护膝盖，毛头小子则恨不得一步冲下去。

踩到平地的瞬间，用从大学休学入伍的士兵李声松的话来形容，有种劫后余生的感觉，似乎力气全回来了，生出"还能再走上几十公里"的错觉。

余刚有一个"特别特别强烈"的感受：双脚本来疼得火烧火燎，也许正在流血，踏上平地时痛感像是突然消失了。"就像打仗一样，接近胜利的时候，战斗快结束的时候，人的战斗力是空前的。"

但只要往车上一坐，他就立即感到人要"散架"了。

连队会提前杀猪等候。巡逻归队是与重大节日并列的值得杀猪的事情。据余刚解释，一方面是因为巡逻时常饿肚子，更重要的是，每一次巡逻都经历一次生与死的考验，每一次归队都相当于一次凯旋，值得犒劳。

虽然这些人露营时总是发誓说回去头一件事要"吃点好的"，但真正面对满桌饭菜，总有人抢着去冲澡——归队时，他们自腰部以下全是黑泥，迷彩服的花纹都已分辨不出。

几年前，一群从北京来出差的部队干部在门口等候他们。一见面，年轻的士兵看到这些"首长"当场哭了起来。余刚有点不知所措，他的妻子正在这里探亲，他看到女首长们一边哭一边掏出在拉萨买的首饰，直往他妻子手里塞，"嫂子你辛苦了，你拿去，你在这儿不容易，我们回拉萨再去买。"

从最长那条巡逻路返回，有些人会瘦好几斤，刘东洋比较清楚这一点。他受过高等护理教育，在连队做了卫生员。

他与这里的伤痛打过很多交道。途中扭伤，就地用山泉冰一下，严重的打上封闭针。名叫山虱子的小蜱虫制造的麻烦不小，要用镊子轻轻拔出，以前有过发现不及时而导致手术的先例。一些伤口在巡逻结束后才会被发现。余刚某次摔过跤，多日后感觉手掌有异物，挑开看到里面已经化脓，肇事者是比米粒大一点的碎石。

风湿是相当普遍的职业病，不难理解：一路上浑身湿了干干了湿，有时人一觉醒来发现帐篷进了雨，而自己正躺在水里。

杨祥国庆幸没患风湿。"我就一个'脊椎下陷'，其他还好，嘿嘿。"

他身上共有21处"光荣疤"，它们从他第一次走上巡逻之路开始积攒。新婚之夜，他曾羞于让妻子看到自己的身体。

所有问题中，脚底的水泡因太过平凡而常被忽略，正常程序是用针挑破，消毒敷药，但人们更多是找个树刺扎破，或者忍住不去处理——不想影响赶路，更不想经历把背囊放下再背起的过程。

"背的东西太重，重新站起来太消耗体力。"余刚说，一般休息不会超过5分钟，因为低气温下停顿久了肌肉容易僵硬，加大抽筋的概率。

那么，什么是休息?

这位老兵突然起身，半蹲，弓腰，喘着粗气，双手撑在膝盖上——这就是休息。

五

如果换个心情，这一路的不少景致其实是"诗情画意"的。他们在轰鸣的水声中穿过竹林，绕过瀑布，跨过乱石，从五六人才能合抱的参天大树下经过。会与猴子、黄羊、野猪、松鼠和小熊猫打照面，会见到质地密实、刀枪难入的稀有树种红豆杉。头顶有看不到影子但歌喉动听的鸟儿，也有美貌惊人但叫不出名的鸟儿。

但是，那种对风光的好奇早在第一次巡逻中就消磨殆尽了，每个人提起这些路，都会使用一些描述炼狱的词语。因为等在前面的，也许是世界上最可怕的事情。

这是国家无战事但边关有牺牲的年代。六连有据可查被追认为烈士的就有14位，因公牺牲者远多于此。1984年，时任西藏军区司令员张贵荣到此踏勘道路时心脏病发作，痛苦地拽着马尾死去。

所有烈士中，最年轻的看着像个孩子。2005年，19岁的古怒在巡逻途中摔下了悬崖，他的目的地是"阿相比拉"——当地语言所说的"魔鬼都不愿去的地方"。

古怒是杨祥国的重庆同乡，比杨还要瘦小。杨祥国是他的班长，余刚是他的排长，但他们都因事缺席了那次巡逻。余刚当时正在昆明参加军校的考试，"我们有一个人没了"，他接到电话。他第一反应不是古怒，是"最不听话"、令他最不放心的一个兵。

是过桥时出了事。那里是一处湿气很重的陡壁，木桥和山石上生着青苔，下面看不见底。为防万一，过桥要一个一个来。古怒位于队尾，因此他可以看到聚精会神过桥的战友次仁珠杰所看不到的：山体滑坡的泥石流正从右侧滚来。

泥石流并不稀奇。"走着走着，碗大的、锅大的石头就下来了。"余刚说，"最好站在原地，看着石头往哪个方向（滚）。"

但这次来不及了，古怒冲过去推开了次仁珠杰，自己却被石头砸了下去。

他摔出不太远，人们找到他时，他仍有意识，但颅内出血，伤得很重。他死于归途。

他本来已进入回家倒计时，再过5个月就会退役。那次巡逻出发前，他站在宿舍的楼梯转角处，对人说他再去最后一次巡逻。他还提议，这次回来，大家要开个小火锅，"烫个菜"。

最后的痛苦挣扎中，古怒力气很大，抬他的两个人也差点出事。那天带队的连队指导员殷永飞事后告诉余刚，如果这二人也摔下去，"老子不管了，也飞下去了"。

余刚至今耿耿于怀，他习惯在队末收尾，如果那次他在，走在后面的就不会是古怒。

这是余刚第二次见到牺牲。在古怒出事的同一个位置，1998年，另一名士兵罗国稳摔了下去。余刚当时是新兵。他记得，人们系着绳索下去寻找罗国稳，绳子放了七八十米，才发现他落在一棵树上，树尖刺破了他的心脏。

二人遇难之地，后来叫"舍身崖"。

舍己救人的古怒被追记一等功，他穿过的军服进了团史馆。人们为他穿上新衣，把他葬在营区一公里外的地方。在那里，他可以永远眺望他的连和他的路。

而那位司令员的纪念碑，则竖在通往连队的公路一侧，碑上顶着红星，裹着哈达。余刚路过时习惯下车敬上三支香烟，祈求昨天的司令庇佑今天的部属。

"有些人会到祖坟上许愿保佑升官发财，我从来没有许过这个愿。"余刚说，他一直都在祈祷兄弟们"健康平安稳定"。

有时，余刚会在古怒墓前对新兵感慨："看看我们古怒，永远在这个地方了。"

除了余刚和杨祥国，与古怒有过交集的战友都已离开了这个连队，但这个小个子仍常被提起。新兵来时要认识他，老兵走时要向他告别。17岁的新兵匡扬武记得，他们报到的第二天，就被带去给古怒扫墓。

为表心诚，扫墓时每人自掏腰包买点祭品。年轻人充分发挥了他们的创意，水果、饼干、鸡翅、薯片、花生、不同品牌的可乐，酸奶要插上吸管。无论是否抽烟，人人敬三支烟，香烟插在旧弹壳里固定。

余刚还会拍下照片，发给古怒的家人。驻军始终与重庆这家人保持着联系。杨祥国与4位退役者多年来有个约定，只要他休假回重庆，就同去古家看望。

古怒的母亲最初连续三年来扫墓，2015年又来过一次，向众人分发了她亲手做的鞋垫。儿子出事10年了，她仍坚持到遇难处祭奠，拉着团政委杨守宝的手，哭得一把鼻涕一把泪。等到回归平静，人们听到她说："我养了个好儿子。"

六

古怒葬礼几个月后，他的指导员殷永飞被哨兵发现半夜晕倒在水沟里。他清醒后告诉别人，自己起夜时听到古怒在喊他，感觉四周密密麻麻都是人，但每张脸都是古怒的脸。

失去古怒是殷永飞"终生的遗憾"。余刚不确定他今天是否走出了阴影。据他所知，殷永飞给古家寄过冬虫夏草等药材。殷后来调离了连队，然后又在2017年彻底告别了军营。临走之前，他又一次去了古怒的墓地，嘱咐余刚不要再像他一样"把兵带没了"，嘱咐人们多去看看古怒。

实际上，那场事故给整个连队都投下过阴影。很多人都有这种感觉，杨祥国说，不知是谁发现了巧合：从1984年算起，每七年牺牲一人，"七年之痒"。

余刚也承认，大家经过古怒出事地时会紧张。有一次，距离那里大约500米的位置，一个士兵踩滑，摔出十多米。余刚远远看到他一动不动，第一反应是

"完了，又一个"。他以最快的速度赶去，看到那人眼睛很亮，但说不出话，直至获救仍不知发生了什么。那一年，他感到"压力空前大"，每次巡逻选人，挑了又挑，慎之又慎。

在刘东洋记忆里，到了2012年，大家普遍有点担心，他不认为这是迷信，毕竟那种巧合让人"难免心里嘀咕"。那年年底，最后一次巡逻结束时，他松了一口气。

当2012年的日历终于翻到尽头，所有人松了一口气。一个关于时间的"魔咒"被时间打破了，它是无稽之谈，却带来过真实的阴影。

但即便如此，人们报名巡逻时仍争先恐后。平时表现突出的才会被选中，不止一人落选后越级找营长诉苦，"为什么又不让我去？"

余刚试着找出一些安慰性的借口，比如"你个子太小了"。

"难道我个子太小了是我的错吗？"

还有一位叫胡玺乾的士兵，被调到了县城，总觉得哪儿不舒服，找到机会向团长申请，又调了回来。

余刚始终"搞不清楚"，为什么对一件事的恐惧与无畏，可以在人的身上并存。但他相信，"你作为边防一员，你一次巡逻没去过，你由衷没那个自豪感。"

"遇到巡逻，马上斗志就来了，火苗就燃起来了。平时你没看他怎么样。"连队现任指导员母科说，这是体现一个军人价值的时候，留守者心里会怄火。

母科生于1988年，入大学时就是国防生计划挑选的后备军官。在他看来，中国军队是"for honor（荣誉导向）"，而雇佣军制度是"for money（金钱导向）"。

死神其实一直离得不远。余刚就曾在悬崖上救过人，最终两人抓住绳子悬在半空，死里逃生。

如果摔下去——"那么今天在这里跟你说话的就是别人了。"

在后来者眼中富于传奇色彩的杨祥国，曾47次与死神擦肩而过，救过人13次，也被人救过。他摔下被树接住过，下面只看得到细细的水线。战友张威被他救过多次。有一次张威丢了墨镜——这可能导致雪盲症进而遇险，杨祥国与他轮流戴一副墨镜，手拉着手行军。

"巡逻路上你把手伸出去，就相当于把生命托付出去了。"杨祥国说，跟这些人平时连电话都不常打，但彼此是在心里抹不去的。大家曾生死相连过。

这条路上的一个传统，不知始于何年，一直传到了今天：巡逻者每人左臂会系一根红布条。余刚说，红布条从实用角度是一个便于辨认的记号，同时在心理上是一个寓意平安的信号。以前物资紧缺，大家撕布条时都很小心。

前些年，连里的一个习惯是巡逻前让写遗书。遗书存在留给家人的"后留包"里。

杨祥国忘了写过多少遗书。他18岁那年第一次留下遗言，很慎重地写了两封，一封给父母，一封给暗恋过的中学同学。18岁的遗言里其实没什么大不了的事情：嘱咐爸妈保重身体，以及告诉那个有点像演员李若彤的女孩，他曾是那样自卑和懦弱而没有表白。

天长日久，他很快写到"没什么感觉了"。到后来不知还能写些什么，就照抄过去的遗书，换个日期。他记得别人的一封遗书里只写了5个字："我一定回来。"

杨祥国带过的藏族士兵白玛坚增说，自己从没想过巡逻时牺牲，"我们都觉得肯定不会出事。"

"我没有想过是因为，随时都是准备着，没必要去想。"杨祥国说。

但一些做法表明他对这个问题有所考虑。他是独子，在父亲9年前因病去世后，他鼓励母亲抚养了亲戚家的一个女孩。

他解释说，每个人都会想到牺牲——就算不去想，不代表没有看法。军人本身就意味着牺牲，毫无怨言的那种。"自然而然的事儿你就觉得没必要想了。"

余刚并非独子，他承认做过最坏的打算：万一那一天到来，至少父母还有兄弟姐妹照顾。

团长谷毅认为，这里存在某种一茬一茬人"战天斗地"、前仆后继所形成的魂和魄，"它是语言文字无法完整表述的"。年轻人来到这里，会被无形的东西感染，形成一种自觉。这种自觉难以言喻。

"有什么秘密呢？你也会默默无闻地坚守。"余刚说。

七

对所有人来说，巡逻之路最具吸引力的地方莫过于终点，他们所说的"展国旗"——也就是上级所确定的宣示主权的地方。

杨祥国说，走到那里，再苦再累，腰杆会不自觉地挺到最直，军姿应该是"最标准的时候"，因为清楚地知道自己代表的是中国。谷毅猜测，或许是"这种荣誉让人上瘾"。

"和平年代有无形的战场。"母科说，很多人觉得当兵的吃军饷却"什么事都不干"，"我在网上看到过这些言论。没有部队在这儿守着，国家能安宁吗？"

"展国旗"的时刻，所有人集合，拉开一面国旗，打开摄像机。指挥官在镜头前向上级报告："现在是北京时间"某年某月某时某分，巡逻分队经过了几天几夜到达指定地域……

那一刻到来时，每个人会自觉或不自觉地整理武器装备和着装，他们会拉好拉链，翻出领花，饱受脱发困扰的人甚至会仔细地用军帽遮住发际，以最佳形象示人。

"展国旗"时，李声松会有身后十几亿双眼睛看着自己的感觉。即使不远处的情况不明，气氛十分紧张。"好像整个中国在当我的后盾，我后面有13亿人，有什么可怕的？"

程金虎认为那时有一种"丰收的喜悦"，他的四川同乡、22岁的唐银则说，那是觉得"当兵很值"的时候。"你到那个地方很累，但是国旗展出来的时候，整个人都好了。"

唐银尝试过这样向老家的朋友介绍自己的工作："你现在能够安稳地坐在这里吃饭、坐在那里打牌，是因为我们的存在。"

宣示主权时，指挥官会带领大家喊一些号子，诸如"祖国万岁，人民万

巡逻结束时，边防人"展国旗"的时刻。　李斌／摄

岁""祖国必胜，人民必胜"。

在2017年一个这样的时刻，指挥官带头喊了一句："我们站立的地方是——"

"中国！"人们高声回答、敬礼。

八

见到国旗，哪怕是在探亲时，杨祥国都有可能联想到那些巡逻路线，条件反射一样。

原本，父亲并不希望杨祥国当兵。17年前，这个贫苦的农家子弟参加过高考，只考上了大专。父母送他去复读，指望他考入好的大学，改变命运。他那时是个平凡的、给人"乖巧"印象的孩子。

复读一个多月后，他听到年度征兵的消息，打算去报名。在中国1998年的罕见洪灾中，解放军的救灾表现令他印象深刻。虽然父母反对，他找到了支持者——他的叔公在西藏当过兵，在镇上工作，"说话有影响力"。他成为家族里第二个穿军装的人，也分到了西藏。

命运跟他开了个玩笑。到西藏后，他先是在一个兵站集结休整，与多数初到高海拔地区的人一样，见识了难熬的高原反应。一个凌晨，军车把这些新兵送到不同目的地。他迷迷糊糊上错了车。车上中途点名，发现名单里没这个人，而他也不明白怎么回事。后来，部队干脆把他的档案转了过来。

他就这样到了这里。中国正在经历势不可挡的城市化，几亿人从农村迁居到城市。但像他这样的人朝着一个相反的方向，走到了国家的末梢，让高耸入云的喜马拉雅山暂时阻隔了人生其他的可能性。

余刚记得，当年他参军前，母亲对他提出的第一条希望是争取在部队留下，"能从穿胶鞋的换成穿皮鞋的更好"。

"我们那个时候，想尽一切办法要留在这里。现在国家条件好了，出去打工也不是很差的出路。"

新兵匡扬武原本要去开挖掘机，像他一样，大多数人原本已经或即将坐在"世界工厂"的不同工位上。刘东洋短暂地当过护士，唐银学了半年汽车维修，从内地部队转来的刘佳在大专学过几个月的"机电一体化"，一个叫谢厚毅的中专毕业生说，自己本来有很大可能去城里那些正在装修的高楼里做水电工。

2011年，中国修改了《兵役法》，考虑因素之一就是不少适龄者优先选择升学和就业，"兵员文化素质在低层次上徘徊"。有关服役年龄、大学生参军方面的条款都作了修改。

自那以后，陇这个地方迎来的大学生日益增多，以前连读过高中的人都少见。年龄放宽后，生于2000年的一代人于2017年开始抵达，2000年12月出生的匡扬武是其中之一。

九

当兵没多久，匡扬武购买了一个剃须刀。这里很多人的购物清单上都包括人生中第一个剃须刀。

军旅生活是另一把剃刀。匡扬武变壮了，而一个外号"胖子"的人很快成了瘦子。相当一部分人把病毒分子结构一样的夸张发型留在了老家。长辈原本就对这种染过色、桀骜不驯的发型缺乏耐心。经过剃刀的一次次修理——有时在入伍地和服役地分别修理一次，这些发型变成了整齐划一的板寸，连人的气质都被修剪过了。

匡扬武当初在中学成绩不佳，感到迷茫，在这里他表示忙得没空"迷茫"。生活像是修剪过一样整齐，起床号，开饭号，训练号，熄灯号，时间被完整切割，像床上叠出的"豆腐块"被褥。训练场上队列"向右看齐"时，走廊里的脸盆排成一线，也保持着一种"向右看齐"接受阅兵的姿态。

与"国家"这个概念的接触，显然对这些年轻人的成长产生了作用。家境很好的王凯强承认，"这种意识是来了部队以后有的。"

他刚过18岁，家人本来希望他去学管理，接手家族企业。那时他认为前面"没有方向"，父母安排的轨迹又太乏味。他6年内在4个省份转过学校，依然喜欢逃课和打架。他的铁杆朋友有5位，"一个比一个高调"。

有一天，这些人突发奇想要去从军。"忘了具体是谁说了，整天没事干，还不如当兵体验一下。"王凯强说，他们约好只服役两年，大不了"去后悔两年"。

但不是所有人都通过了征兵手续。6人中有4人到了部队，两人去国外留学。王凯强不久就意识到大家真的分道扬镳了：他打算期满后争取多待几年，而留学的朋友则对他的生活表示了嘲笑。聊天也总是存在隔阂，他们说的话题不再令他感兴趣了。

他说，来到这里才知道，"没有我们在这儿守边，他们不会享受到那么多"。但这话，他并没告诉朋友。"你嘲笑就嘲笑。"

"感觉在这儿长大，责任比较重。"谢厚毅说，一是部队的责任，一是家庭的责任，好像突然全都感受到了。

入伍几个月后，匡扬武将自己攒下的津贴给父亲转去一万元。"钱没什么地方花"，他告诉家人。父母高兴地推辞着，表示先替他存下。

军官们都承认，如今"兵不好带"了。谷毅团长说，他们知识面广，思想活跃，敢于表达，自我意识和民主意识强，"现在他们会多问你为什么"，会强调"这个事我认为怎么办"。但他强调，在接到任务、需要担当的时候，他们没有一点狭隘和自私。

团政委杨守宝认为，没有谁是一来就具备所有能力的，前人最多吃苦能力强一些。如今的一次次巡逻证明，这一代人的体能和意志力都不差。只要把他们用好、训好，"这些孩子能当顶梁柱用"。

十

每周两次开着皮卡车到来的邮政送货员最清楚一点：互联网及快递业的繁荣，密切了这里与外界的联系。车上的包裹总在增加。

那些发自老家、经过两家以上快递企业转手才最终到来的雪饼、薯片、辣条、奶茶和乳酸菌饮料，证明收件人仍是妈妈眼中的孩子。

那辆旧皮卡帮一位在新疆做生意的父亲送来干果，替广东乡下的一位母亲捎来自制的红薯干。四川一家人寄来的是家乡特产的挂面和"八宝油糕"，不知出于何种考虑，西藏一位母亲给儿子寄来了压缩干粮。通常来说，能收到什么取决于"跟爸妈报需求"，零食几乎一开箱就会被人哄笑着"宣示主权"。

按照规定，只有"8小时以外"才允许使用智能手机，这让年轻人难受不已。"我们这一代很多都是'低头族'，"李声松说，每个人都要克服离开手机心里"发痒"这一关。

但不管怎样，新人已经带来了很多从没有过的东西。连队的书架上，同时摆着《习近平论强军兴军》与文学杂志、言情小说。在刘佳从内地转来后，书架上多了介绍腾讯和蚂蚁金服等互联网企业的图书。那是他从网上买的，他相信这类企业是"风向标"。还有人在读介绍共享经济的电子书。

在他看来，边防生活相对枯燥，但优势在于，如果对自我有要求，在这里磨练几年，做什么事都会有很强的执行力和意志力。

某种程度上，这个地方像是一所寄宿制学校：公共场所张榜公示着各科考核成绩，大门外的杂货摊生意兴隆，篮球场上每周发生对抗。美国职业篮球赛很受欢迎，中国女排的崇拜者，同时喜欢在电视机前"指挥"足球队。晚间熄灯以后，卧谈反而渐入佳境，匡扬武感到，"跟学校里差不多"。

露营时，年轻人像在学校时那样围成一圈，跟着手机里的音乐轻轻哼唱。很多人学会了演奏吉他、笛子或是萨克斯。当一个在老家组过小型乐队的士兵拨动吉他，整个宿舍都会为他安静下来。匡扬武花了80多元，从网上买来一个音乐播放器。年轻人喜欢跟风，他是班里第4个购买这款播放器的人。

网络升级带来了时兴的音乐、玄幻小说、"鬼畜"视频，以及新款手机游戏。余刚这样的老兵生出新的苦恼：过年时例行的纸牌比赛没落了，新人会组队在游戏的世界里竞技。

新人带来的另一个变化，黑板倒是显示得很清楚：过去囿于文化水平，老兵为出黑板报头疼不已。为了让字体好看一些，他们打印出内容，把文字的轮廓刻出，涂上粉笔灰，再沾到黑板上。新人现在用电脑绘画和打字，通过投影仪投到黑板上去临摹。

十一

在瞬息万变的外界面前，陇仍然存在一些迟缓和脱节。这使它具备了一些只在一个大国的末梢才能看到的状态。

每个人休假时都感到，自己落后于语言的更新了。朋友重聚，"他们说什么都特别快，反应也特别快，我要想一下他是什么意思。"刘东洋说。李声松与大学同学聊天，这些人随时蹦一个新词、一个新"梗"出来，比如"打call"，但他不知道那是什么。外面流行的"梗"，总是要经过一定时间的发酵，才会在这里生效。

"一直在边防连队当兵的人，都很单纯很纯洁。我们这边的人看起来很傻，眼神不一样。"白玛坚增说，他在军校里遇上其他地区的军人，自我感觉比人家能老上10岁。

穿梭在城乡之间送来的快递袋里，一些东西像是走错了地方：卫生巾，可以垫到鞋里，让巡逻的双脚舒适一些；面膜，多半是探亲之前，这些年轻人为了让父母见到自己少一些沧桑，修复皮肤的徒劳尝试。

西藏军区干事晏良记得另一个令他印象深刻的尝试：他的一个战友临时抱佛脚，从拉萨回家之前，走进了一家美容院。

这世界上不会有任何一家美容院，能够去除地球"第三极"留给这些人的"高原红"烙印。天长日久，他们的身体会发生一些缓慢的变化。伤口总是好得很慢，别处一个星期结痂的伤口，这里需要两个星期。刘东洋猜测，在高海拔地区，人体机能出现了下降。

老兵们都认为以前比现在冷。每时每刻，在看不到的地方，冰川在消融，雪线在上升。他们生冻疮的概率在降低，部分得益于条件的改善，但他们相信与气候有关。

余刚有一整套应对冻疮的可怕经验：长时间用温水浸泡，泡软后撕掉冻疮，涂上"高原护肤霜"，不停揉搓，再贴上创可贴。晾干皮肤，再浸入温水，撕掉创可贴，用夹子扯掉坏肉，再涂护肤霜。

冻疮曾经极具创意地每年拜访他的手脚和耳朵：手背开裂，指缝也开裂；横着开裂，也竖着开裂；直线开裂，也呈三角形开裂。有一年他去广西出差，当地武装部干部仅仅根据他的耳朵就推断，"你是西藏的吗？"

"西藏"意味着特殊的艰苦程度。国家针对"艰苦边远地区"部队服役者的优待政策里，地区分为几类，分配到驻五、六类艰苦边远地区或者特、一类岛屿"或者西藏部队"的，高定两个职务工资档次。

中国第一大城市上海在征兵办法里承诺，对"到西藏等高原艰苦地区"服役的义务兵优待金，按照标准的两倍发放。

晏良见过很多的西藏边防兵，容易识别的特征是他们通常皮肤更黑。由于缺乏维生素，长期生活在边防的人指甲是平的，有点像麻将牌的"白板"。耳朵冻烂的很可能刚从哨所下来。另一个特征是脱发，缺氧和压力的双重后果。

不满40岁的余刚摘下军帽，展示他的生平憾事之一：发际线后退了不少。山南军分区一个叫无名湖的哨所，一位2017年底退伍的士兵脱发严重，家人安排他相亲，他戴了假发，聊到高兴处，不小心把假发扯了下来。

"四个字：青春易老。"晏良感慨。

十二

每个人都知道，在最好的青春留下之后，自己迟早会向西藏告别。在六连，连入伍不久的新兵都已在做一些打算。很多人在努力攒钱买房。一位士兵说："大家都为房价恼火。"

多数人将到中小城市谋生，重新汇入城市化的浪潮。回去后，他们首先要克服疏离带来的不适应症状，谷毅称之为"地域差"。身体会"醉氧"，表现是反应迟钝，喜欢昏睡。购物时要学会讲价，避免上当。

有一回，晏良拜托妻子在成都教一个西藏军人如何坐地铁——对方没见过地铁是什么样子。这些人在含氧量不足海平面40%的"世界屋脊"服役时，国家迎来了持续的繁荣，一个产物就是铁轨迅速在大中城市的地下蔓延开来。

每一年，新兵穿上军装也就是老兵摘去帽徽的季节。在六连，"欢迎新战友"的横幅背面可能就是"欢送老战友"，送来新兵的汽车掉个头就接走老兵。

这样的时刻总是伴随着痛哭流涕。老兵们甚至会对着狗说上一会儿话。唐银说，大家都明白，"走了以后，这一辈子基本上那条路上再也不会有你的脚印了。"

有人尝试将营区的野牡丹种子带回家，令人惊讶的是它们的倔强——在别处基本不会成活，成活也不开花。那些碗口大小的粉色、黄色、白色花朵是点亮整个营区最富色彩的事物。

当他们最终离开，许多人没有见过山南"站在最前线"的那块大石，没有见过拉萨布达拉宫的喇嘛。他们只是凑近飞机的舷窗，俯瞰过亚洲中部这个一望无际的"屋脊"。他们只是在巡逻之路有限的半径里踏过西藏的土地，吹过印度洋送来的季风。不少人承认自己当年哭过，初到西藏"一下飞机心就凉了一半"。

临别时，他们千方百计讨一张照片带回——证明自己宣示过主权的照片。

余刚和杨祥国都不知接待过多少退伍战友回来"探亲"，也有人发誓不"混出个样子"绝不回来。但通过那张照片，混没混出"样子"的人都可以一次次回到这个离首都很远但离"主权"很近的地方。

"这些照片，我相信他一辈子都不会丢。"白玛坚增说。

有一年，余刚接到了昔日老班长打来的电话。他在深圳打工，拜托余刚给寄两身迷彩服。

余刚问他为什么，"还没穿够吗？"

"结婚时和你嫂子穿军装拜堂。"

余刚买了一辆不适合西藏路况的汽车。他已经打算，将来有一天离开这里，会带着全家人从县城出发，去市里，去省会，去首都，去好好看看江山，"美好的中国大地我想去走一下"。这是他对未来30多年"美好生活"的向往，"没有更多更高的要求了"。

2018年的第一个月，因为出差，余刚平生头一回去了北京。但直到离开他仍没看清首都长什么样子。他没登过天安门，甚至不知它在什么位置。也就是说，他自幼视为图腾的那个建筑，他20多年来在西南偏南方向、千万里外所为之站岗的那个部位，他始终没有见到。

张　国

2018年7月18日

中国面壁者

中物院是一个什么样的存在？

对很多人而言，这里不为人知。而事实上，这里影响着这个国家的所有人。

中国工程物理研究院，被熟悉的人尊称为"核九院"，这个中国唯一的核武器研制生产基地，实现了原子弹、氢弹、核武器小型化等一系列重大跨越。它保障和支撑着我国的战略核威慑能力，是奠定我大国地位的"定海神针"。

在崎岖重叠的西南大山环抱中，这支隐秘强大的科研力量已默默存在了近60年。于敏、钱三强、王淦昌、邓稼先、朱光亚、陈能宽、周光召、郭永怀、程开甲、彭桓武等"两弹元勋"，曾战斗在这里，用强大科研实力护佑着祖国的和平和安宁。

他们是大山深处的潜伏者，他们是真正的面壁人。

面壁经年，与尘嚣隔绝，等到能公开身份时已是古稀之年，多位"两弹元勋"未及登上国家最高领奖台就与世长辞了，更有许多人奉献一生，始终不被世人所知。

斯人已逝，名将渐老。面对波谲云诡的全球大势和建设世界强国的新征程，新一代的中国面壁者接续使命，他们是谁？他们是怎样的一群人？

他们在改革开放和繁荣的市场经济环境下出生，在坐拥全球风云的互联网世界长大，他们大多毕业于名校，但他们是否能如老一代科学家那样"深藏功与名"，耐得住山沟里的寂寞，继承下那辉煌且沉重的执剑人衣钵？

2018年新春，中国青年报·中青在线记者走进中国工程物理研究院，走近"核九院"的年轻人。

国家级实验装置神龙二号，是我国核武器闪光照相技术发展的一个重要里程碑。中国工程物理研究院供图

驾驭神龙二号的人

"哗啦啦啦"，一个大型的卷帘门应声而起。给记者开门的，是身形单薄、穿着半旧夹克的80后何小中。

这个文弱书生是清华博士。

貌似"车库"的门内，是一个足以让人自叹渺小的宏大空间。神龙二号，国家级实验装置如一条巨型的"神龙"盘踞在此，裹挟着奔涌而至的万千能量。

在一个个像钢铁兵马俑一样列阵排开的供电装置面前，何小中介绍起神龙二号，眼里瞬时有了光——他就像这支庞大军团的指挥官，信心十足。

他第一次来中物院是大四时，那是一个樱花盛开的季节。九院的一切都被镶上了粉红的梦幻金边。当时还是神龙一号，何小中被瞬间击中："如果我能在这里……"

时隔11年的今天，他已经是神龙二号的驾驭者之一。何小中和这个团队八九十位成员一起，在前人探索基础上，完全自主地设计建造了这支"钢铁军团"。

科研大国逐鹿天下。神龙二号是直线感应加速器，我国核武器闪光照相技术发展的一个重要里程碑。何小中们站在核科技的最前沿。

美国研制的强流脉冲加速器目前能拍4张照片，但是脉冲跨度无法扩大。而神龙二号的技术路线是独创的，可瞬间拍3张照片，与神龙一号结合也能拍4张。同时，在许多参数上要比美国装置更强，性价比更高。"听说美国即将新建类似装置，也在参照我们的技术路线。"何小中很自豪。

神龙系列加速器的研制成功，让我国加速器技术上了一个大台阶。"它的拍照功能，拿出其中一点点技术成果，就能大大改进核医学CT设备。"何小中负责的一个项目，就是把加速器拍照技术民用化，"一旦批量国产化生产，人们上医院拍加强CT的价格能便宜一大半"。

如果用当下互联网创业市场的套路评价，何小中这样的技术精英，应该是身家千万上亿，西装革履在五星级酒店融资ABCD轮的"青年才俊"。

不过，用市值给这些年轻人和他们的事业标价，恐怕无论多高，都显得廉价。

何小中每天进门，都经过一个简陋的张贴栏，上面有一张照片：他的清华老校友王淦昌先生正在埋头题字。

王淦昌是中国"两弹一星"功勋奖章获得者，是世界激光惯性约束核聚变理论和研究的创始人之一。

大师虽去，风范永存。他一笔一画的题词是："继续努力，必须超过美国。"

80后山沟人

真正了不起的人，都深藏不露。一切伟大的事业，也是如此。

从绵阳出发，目标川北某县。一路上的蜀地山水，即使三九天也旖旎碧绿，汶川特大地震时滚落的巨石与险坡依稀可寻。

再往前翻过几重山，才能进入某研究所职工周一到周五的集体宿舍。科研生产地点还要再走数公里的山路，他们是"实打实的山沟人"。

而这儿，只是中物院人嘴里的"老点"之一，年龄大一些的九院人很多都有"老点情结"。

一群又一群名校精英看了招聘启事，前来勘察。到绵阳走了一批，到县里又走了一批，剩下的，发现到县城后还得往山里再走好几十公里，又有一批忍无可忍地回头离开了。

该所某研究室主任法涛，属于逆流而上最终留下来的人。这位北大博士有一张符合中国人审美的国字脸，嘴唇抿得很有力，自带一股遗世独立的正气。

一年365天，法涛和他的同事起码220多天都远离家人，工作在大山深处。

每个周五，天擦黑了，下班出山的大巴，首尾相接，在山高路窄的偏僻大山里蔚为壮观。

任务来了，很多人几个月不能离沟。回家，是这里最美的词。所以，法涛的微信头像就是婴儿的脸部特写：宝贝的小嘴微张，似乎在说，"快来爱我吧，爸爸"。

这些喜欢逆流而上钻山沟的80后技术骨干和室主任们，每个人都有炫目的文凭，都有广阔的国际视野，选择钻入这崇山峻岭，为什么呢？

一所的胡建波是日本东京工业大学的博士，后来在加州理工师从一位物理界的诺贝尔奖得主。

他是浙江人，本想去上海。一所的吴所长一句话就改变了他的人生："这是一个核武器二次创业的机会，你来不来？"

去年10月，他带着早稻田大学毕业的夫人和两个年幼的孩子回到祖国，扎进了绵阳这座西部科技城。

位于绵阳的中物院大概适合各种不适应世俗的"呆萌"。这里可以避开大城市病——手机上班就被锁，没有什么芜杂信息干扰，开的车、住的房子都还不错，想生老二也毫无经济方面的担忧。复旦博士杨志剑说起同学在上海，忙碌的工作节奏和紧张的生活压力下，不敢生孩子，不能把老人请来身边——立刻获得很多同事的赞同。

这些凡俗的原因，是九院年轻人留下来的口头理由："我们这里房价不太高，买得起大些的房子，幸福指数很高"，"衣食无忧，后顾无忧，可以专心做科研"。

当更进一步走近他们，就能发现博士们选择这里的决定，或许来自别样的触动。

聚集在科研的"天堂"

七所牛津女博士徐晨将自己的人生抉择放在了毕业旅行的最后。当时，渡轮正在横穿英吉利海峡，周围很静只有涛声。一次经历跳入她脑海——

读博时她和同学去看一场新电影，座位周围都是英国本地人。黑暗中，她有事扫了一眼手机，马上关了。可没想到，后排的白人男性上来就在她头上捶了三下。

徐晨流着泪想：如果是在自己的祖国，或者如果自己是白人，绝不会受到这种侮辱。

她在船上决定，要将职业选择与强国梦合二为一。如今，29岁的她在牵头研究核废料的回收，手头的科研经费已过千万元。

七所的王欢，博士毕业于比利时的鲁汶大学。他记得2008年中国发生了很多大事，大地震、奥运会。有一天，他的比利时同事忽然冲进实验室高叫："恭喜你，今天有3个中国人上太空了，你知道他们叫什么？"忙于做实验的王欢不好意思地摇摇头。倒是这个"老外"得意地报出神舟七号3位中国航天员的名字。

"在欧洲，你看一个人一天的工作基本就代表了他的一生。没有太多激情，没有波澜壮阔，一眼能看到天边。"王欢来到绵阳，所长尊重他：去成都基地，还是去沟里？"既然来了，就去沟里吧"。

南开本硕博9年，美国德克萨斯州达拉斯分校两年，虽背靠大山，三所的张龙对那些把国外生活工作描绘成彼岸世界的"传说"嗤之以鼻。

受经济不景气影响，西方国家的科研经费拨款都在紧缩，搞科研的拿奖学金越来越困难。"美国学IT出来年薪15万美元，化学博士后出来才4万～5万美元。导向不是很清楚吗？"

真想搞科研，大山环绕的中物院就是"天堂"。

在中物院流传着一个"归去来"的故事。祝文军大学毕业来到中物院，5年后，他去复旦读博，再去香港工作。可香港3年的时光令他发现，那里虽然能接触更多前沿内容，但是做材料的人太多。他又回来了，"我喜欢做独一无二的事，而中物院具有独一无二的科研条件"。

九院的博士们最自豪的是：高校老师想做实验、拿数据，都要排队找设备、借地方，而在他们这里，有世界一流的设备、最棒的实验室，不需要排队等、费劲协调才能用！

不可避免地，海归会有一些水土不服。但这些80后想得很清楚，他们没有白皮肤和那些国家的基础教育，很难登上他国的核心舞台。只有在自己的祖国才可能进入科技的中枢，只有自己的祖国走向强大，才能把格局与底蕴赐予她的优秀子孙。

"所谓精致的利己主义者，这里肯定不适合。"张龙说，但你想搞点事、干事业，就不需要犹豫。

要求得越少，离真理越近

青海草原、戈壁荒漠、深山沟里，上世纪五六十年代，同样有一批活泼的年轻人，为中国核工业事业开疆拓土、留下伟业。

他们是核九院的奠基者，是那个时代新中国能够调配的"最强大脑"。

朱光亚、邓稼先、于敏、周光召们，那时正当年。在正确的时间正确的地点，正是国家的一声号召，他们便义无反顾："搞个大炮仗，让祖国真正站起来!"

这一代人,从科学家到管理者到技术工人,每个人都如同一个反应堆,放射出前所未有的能量,照彻了历史的时空。

83岁的胡干达老人仍然耳聪目明反应敏锐。在中物院,他当了近30年的办公室主任,贴身服务过这些"两弹元勋"。

网上有人说,新中国成立时一穷二白,如果把搞原子弹的钱都拿出来提高人民生活水平,就不会有饥荒了吧?

老人说,实际上恰恰相反!

上世纪50年代,新中国积贫积弱,核大国对我们进行核讹诈,核打击一触即发,中国处于战争的阴影中。当时的毛泽东主席决定中国加紧研制核武器,"我们也要搞原子弹!"

3年困难时期,九院的大多数科技工作者还在青海高原,饥饿、浮肿折磨着他们。彭德怀元帅听说了,立刻打电话,让海军送来带鱼、陆军送来绵羊,保证原子弹的研究工作顺利推进。

"彭老总当然清楚,如果我们早有原子弹,抗美援朝的阵地上战士就不会牺牲那么多,甚至美国有可能就不敢来,原子弹是'卫国重器'。"胡干达说。

然而,核九院本来要迎来500个苏联专家手把手地指导核武器研制,但最后出现在北京的只是一个什么关键技术都不说的"哑巴和尚"。而且苏方很快就毁约了。刚刚支起的摊子,只剩下一群仅仅知道一丁点核原理的年轻人。那是1959年6月,为了记住耻辱,第一颗原子弹的代号就叫"596",也称"争气弹"。

"中国人聪明啊。"胡干达老人说。1945年美国在广岛、长崎扔下了两颗原子弹"胖子"和"小男孩",分别是两种核爆的激发方式,一种是内爆式,一种是枪式。

中国的核武器研究路线,必须面对两种路径的选择。那时候中国资金有限,时间倒计时,只能二选一。缺少前期试验支撑,原理上都可以,所以两种意见争论异常激烈,公说公有理,婆说婆有理。

当时的李觉院长让"技术大拿"朱光亚谈看法。朱光亚那时也不到40岁，为人稳重，不爱说话。而一旦发言，总是掷地有声。听取充分讨论后，他建议用内爆式。后来，中央拍板，中国第一颗原子弹采用了这条路径。

几十年后，美国解密当年"胖子"和"小男孩"在日本爆炸的效用，承认内爆式更有效，证实了我们当初的判断。

1996年全世界暂停核试之前，美国核试验1179次，中国只有45次。底子太薄了。胡干达说："但中国人聪明，定的目标是一次试验多方收益。"把每一次试验的参数掰开了揉碎了进行研究，我们积累了很多独特的经验，走出了一条中国自己的路。

1964年10月16日，我国第一颗原子弹爆炸成功，打破了超级大国的核垄断。而中国研制氢弹用时最短，更是创造了世界核武器科技史上的惊人奇迹。封锁、屏蔽，都没有阻挡当年的年轻人。

民间流传着"于敏构型"的故事，说五大拥核国家的氢弹理论模型只能分两类，中国的和外国的。中国能够以最快速度实现从核裂变到核聚变的飞跃，关键是于敏的物理贡献，他因此被称为"中国氢弹之父"。

当然，九院以及于敏本人从不认同这个说法。对核工业人来说，西方那种个人至上的评价标准，不适合九院人集体奋斗、协同攻关的状态。

朱光亚对于敏的评价是：从材料、设计到构型，于敏对氢弹的成功研制发挥了不可替代的作用。

那一年，1967年6月17日，于敏的超强大脑飞速运转，与九院的同志们一起让氢弹的轰鸣声响彻地球的时刻，他不过41岁。

于敏的名字，直到上世纪80年代获得全国劳模时，才算真正解密。

在那一代核工业年轻人中，王淦昌算是年长的。他一来九院就是副院长，当时条件很差，51岁的他和九院其他院领导，一起住帐篷，而让年轻的科技人员住条件稍好些的房子。

到今天，与世界并跑的激光打靶实现核聚变的设想，就是王淦昌1964年首先提出的。这一技术路线，后来被称为"人造太阳工程"，影响了中国核工业几十年，甚至关系到人类文明未来的千年大计。

邓稼先也一样，第一颗原子弹爆炸那年他才40岁。

因战备需要，1969年九院整体从青海搬迁到四川，分散于川北群山之间。看过《马兰花开》的人都知道，邓稼先与夫人许鹿希常年两地分居。1980年代，许老师终于答应来邓院长工作的绵阳梓潼看看。这是全院的喜讯。作为办公室主任的胡干达更是紧张兴奋，他斟酌再三，决定把邓稼先卧室的一张1.2米的单人床换成双人床。

可邓稼先进门一看，问，床怎么换了？胡干达如实交代，"从招待所搬来的，让许老师睡得舒服点"。

邓院长狠狠地看了他一眼，发出指令，换回去！

至人无己，神人无功，圣人无名。

无我之后，方能有彪炳史册的成就。后来，邓稼先和于敏，他们都把获得的属于个人的奖金，拿出来奖掖中物院和高校的年轻学子。

庄子说，嗜欲深者，其天机浅。苏格拉底说，他要求的东西越少，他离神越近。此之谓也。

胡干达说，中物院这棵大树，是全国人民在最困难的时候，勒紧裤腰带种起来的。有了"两弹一星"这棵遮风挡雨的参天大树之后，我们中国人才算彻底站起来，挺直了民族的脊梁。

两弹一星，同样把中国保送成了联合国安理会常任理事国，也让对中国欲下杀手的国家，不得不放下身段，甚至咬着牙前来握手。

正如习总书记说的，以战止战，能战方能言和。这是战争与和平的辩证法。

六十年，三代人

蓝可是于敏带的唯一的博士。在她眼里，老师于敏思维敏捷、逻辑严谨，他深刻的物理洞察力、快速的数学计算能力和非凡的记忆力让她惊叹，"那是几百年才能出一个的超强大脑"。

可为什么于敏不带学生？1980年代，于敏已是学部委员（即院士）。可十几年间，他一直没招到过一个博士生。

国之大业，没有接班人怎么行？

身边的人分析：一是他要求太高，面试全没过，报考于敏的学生成了"江湖上一个可怕的传说"；二是原子物理类专业太冷门，第一等的聪明人，那个年代都下海经商或出国了。

大概要命的是第三，当了于敏的学生户口没保障，那个年月研究生是宝贝，落个大城市户口轻轻松松，但九院并不保证能有北京户口。

上世纪八九十年代，核九院与很多军工单位一样，走上了艰难的"军转民"的道路。胡干达说，当年他们什么都干，洗衣机、电子管、房地产，各种合作各种尝试。但九院人老实惯了，十桩生意九被骗，赔得多挣得少。最惨的是，人才大量流失，不少人去了绵阳市里的长虹电器。

1991年6月，蓝可操着四川普通话跟于敏打了个招呼。那是在烟台养马岛的一次强激光研讨会上，她知道，65岁的于敏刚刚淘汰掉两个国内顶尖大学的男生。

"太紧张了！"第一次坐在圈子里名声赫赫的于敏对面，蓝可满心忐忑，"在浓密的眉毛后面，他的眼神太锐利了"。她本科是电子科大的，名气比北大清华差远了，他能选上我吗？

博士考试成绩出来了，蓝可落榜。

没想到，于敏却说：你先来工作吧，考察一年，如果行，明年再给你一次考我博士的机会。

中国德高望重的核物理大权威，千挑万选要了个落榜生，还是个女的。很多人不明白。蓝可说于敏跟她在一起只谈工作，也从来没解释过。

"他不会跟我谈别的，说起社会上事情，尤其阴暗面，他马上会打断：不管那些，咱们只专心做好自己的工作。"

就在与中国青年报·中青在线记者见面这几天，导师于敏身体不好，住院了，一度处于半昏迷状态。

蓝可去医院看老师，从书包里掏出一摞材料，"于老师，我们刚刚做了8发物理实验，都很成功，我给您讲讲哦？"

她能感觉到，老师的眼皮一抬，那道锐利的目光直射出来。但同时警报也响了。监控仪显示，于敏的血压从140忽然飙升到208。

10分钟后于敏的血压才恢复。

"我们心意相通。"蓝可说，老师就是为了科研而生的，"我也是。"

九院人说起蓝可：人很瘦弱，但影响力很大，工作狂，女汉子，"像于敏"。

回想1991年的那次面试，也许，当理想的火苗最萎靡的时候，蓝可的执着和简单，就成了于敏最好的选择。

蓝可读博进入九院九所，一个组15个人。后来，年轻人基本都走了：有人下海发了财，有人改换门庭，也有人出国留学，改了行。

她舍不得，"我就喜欢科研"。蓝可最喜欢办公大楼的走廊上悬挂着的一张巨幅油画，是当年程开甲和周光召激烈争论的场景。每次经过的时候，她都觉得很踏实，"我喜欢他们留下来的这种氛围"。

"杨振宁在美国入了国籍得了诺贝尔奖，也不能接触最尖端的武器领域啊。"胡干达说。到了较量的最高层，拼的不光是技术，还有你背后的那个国家。

这句话，说到了很多科研人的心坎里。20年后回头看，蓝可认为那些当年离开的小伙伴，选择了下海出国，其实就是选择了离开大国竞技的核心舞台。

这也许就是"国运"与个人成就的关系。

"真是天佑我中华，当年在国家最危险的时候，能在西部荒原集中这么一批优秀的青年，把'两弹'搞出来！"在蓝可眼里，自己这些60后70后是承上启下的一代。虽然可能无法超越老师，但责任重大，"必须把老一代的精神传承下来"。

1999年中国驻南联盟大使馆被炸。中国人被一掌击醒：大国之交，哪有那么多风花雪月？只富不强，人家照样说打就打。

国防白皮书这样定位："核力量是维护国家主权和安全的战略基石。"深陷人才断层的中国工程物理研究院，迎来了机遇。

但，世易时移，开始富起来的中国很难再找到大批于敏、邓稼先式的人才了。

做科研的最高境界，就是忘我。在核工业领域，要冲向新目标，路上的诱惑太多了，那么多岔路、那么多电阻，还有很多小目标……如果一个个面壁人不能激活身体里的小反应堆，恐怕就没有持续的能量，让他们完成更重的国家使命和更大的科技挑战。今天，在核禁试的时代，简单说就是转入实验室里探索武器物理规律，过去的核爆走向微观。在核领域的攀登之路更艰险了。"可控核聚变"，世界战略科技竞争的重要制高点，是人类文明大跃迁最根本的挑战之一。

于敏常对后辈们说：我们从无到有，很难；你们现在走向微观可控，更难！这是"第二次创业"。

人才淘汰的物理机制

中物院的节奏外表上看比北京上海慢一些，处处给人传递一种温暖的淡定。相对于三四线城市，九院人的收入水平不差，能保障他们拥有中上等的物质生活。

但表面的安逸下面，九院人有个"死穴"就是教育问题。别的都可以忍，但在孩子教育这件事上，九院人有点不淡定了。

上海一个顶级高校"抢"胡建波的时候，拍着胸脯说，尽管来，你孩子附中附小都给你包了，"这个条件真的很诱人，确实有点儿心动"。

法涛也有些犯嘀咕，从孩子出生，他们就总能感受到全国时不我待的教育焦虑。"在这个山沟里，会不会耽误了娃娃的前程？"

中国工程物理研究院的传统文化，是献了青春献终身、献了终身献子孙。老一代中物院人，天天工作顾不了家，孩子在山沟里得不到优质的教育资源。明明都是海归名校，孩子有的竟连高中都没法上。"核二代"有的只能在单位里从事后勤保障服务工作，有的只能在社会上打工谋生。

但无欲无求的时代毕竟过去了。法涛只要不加班，周末就开上车，接上夫人孩子，一脚油门去成都。在那个繁华的大都市，听听音乐会看看比赛，让孩子在城市中心的游乐场玩一玩，见识一个四通八达的大社会。

没有人，没有一代接一代的传承，再伟大的事业都不能持久。

中物院人事教育部规划教育处处长李科，对九院过去30年人才"流动"规律，有一种近乎物理学的精确梳理：

第一阶段是"难招人"。横跨上世纪整个90年代，那的确是一个"卖导弹不如卖茶叶蛋"的年代，人们追求"富起来"，军工"遇冷"。

第二阶段是"好招人"。1999年南斯拉夫"炸馆"事件后，军工重热，国家加大了各种投入，人才对九院"回暖"。

第三阶段是"招准人"，进入新世纪后，国家战略牵引的一系列重大创新科技工程项目上马，九院重新找回了精气神儿。

李科说，人才成长有其自身规律和特点，而最根本的一条，搞科技的人才，必须尽力解决好他们的后顾之忧，给他们一个赢得事业荣誉最大的舞台。

但事实上，这很难。

地理位置偏远，严格的保密，社会显示度低，必须克制社会上盛行的物欲和浮躁心态……决定了新生代"面壁者"，只能是个崇尚精神的精英群体。

这是一个按照明确可控目标而实施的"自然选择过程"，或者叫做"中物院人才淘汰机制"：

首先，高考将这些聪明的脑袋筛选出来，但其中更多的省、市、县状元流向了金融和经济学院。

其次，学物理的人都很聪明，改行搞金融驾轻就熟。在选择学物理的人中后来又流走一批。

然后，出国深造的人很多为生活所迫或者受到了年薪千万的诱惑，也去了华尔街。

最后，清华、北大、中科大这些中物院的定点班学生来到绵阳，又在现实生活的判断中，再次分流一批又一批。

……

"千淘万漉虽辛苦，吹尽黄沙始到金。"只有经受住了大浪淘沙的人，才是中物院真正需要的人才。

纯金的颗粒

中物院这60年，像一块磨刀石，有太多的材料在上面磨，也因此显露了其成色和真面目。做中物院的"强国一代"，不是因为你牺牲了在大城市的优厚待遇，放弃了火热的互联网生活，就能做成的。

这是一个非常残酷的"双向选择"。

2016年一年，这里流失了百余名青年才俊。

李科有点着急，但没用。因为这是由九院的人才筛选物理机制决定的。

名校博士应该在一个方向精研，钻之弥深。在中物院你即使是博士，也可能让你和工人师傅在一起，半年一年都要在车间解决一个个具体的加工技术难题。这里的技术工人不少是最牛的大国工匠，新来的毕业生，会被他们敲打。当你穿上统一的防辐射服，从头到脚都被套住，一站就是几个小时，只有两只眼睛用来交流。你受得了吗？

名校生多深谙在学术圈成名的路数，发论文结交名人接受采访，而中物院不少岗位你只做不说，而且可能永远都不能说。你受得了吗？

这里是任务导向，你必须在服务国家需要的基础上，发挥自己的创新性思维。你再聪明，也可能永远得不到诺贝尔奖，而只是大国重器中的一个螺丝钉，你受得了吗？

……

"我难道不能自由选择吗？""选择我的对口专业不行吗？"可以，但选择的首要前提是国家的需要。

大国核竞赛，是一场淘汰赛。这决定了中物院必须以同样的机制，来选择属于自己的人才。而选择的同时，就是淘汰。

四所的黄鑫清华毕业来中物院时，心里也是两个小人在打架，"社会上自由主义思潮对我还是有些影响的"。

后来去中国科学院大学读博士时，他曾试着挣钱。一边在学校做实验完成学业，一边用打游戏的时间来帮人做程序挣外快，两三万元进账好像也不难。有一天他忽然问自己，"我需要挣多少钱？我一辈子花多少就开心了？"

黄鑫意识到，挣钱养家当富人，太简单太没有挑战了。

等博士毕业，他再次走进中物院科技馆，从前难以入心入脑的"入院教育"震撼了他。他懂了，蜚声中外的大科学家、核武器事业的重要奠基人郭永怀先生，他的人生为什么无悔、为什么那么有意义。站在郭永怀烈士雕像前，黄鑫觉得自己的人生方向清晰了——如果说老一辈制造了歼7歼8，我们就必须造出歼20和五代机六代机。

是的，他们有自己特殊的傲娇时刻。

比如，九三阅兵和朱日和大阅兵，当大国重器东风31、东风5B这些战略核武器碾过屏幕、耀眼全球时，研究室的前辈们就会坐不住："你看，你看！这个战斗部里有我的设计、有我的计算。"

新一代便会被感染，"10年后我设计的战斗部接受检阅时，我就可以对儿子说，你看这是你老爸团队做的！"这是用钱能买来的吗？

也因此，法涛们、胡建波们留下来了，他们相信有自己血脉的孩子会理解老爸的荣耀与付出的真实意义。

年轻学霸们越来越意识到自己肩上的担子。他们开始关掉那些庸俗成功学的体系接口，把"一时挠不着的生活奇痒"真正放下。过去一边沉迷魔兽游戏一边搞研究也能出成绩的聪明头脑们，开始无暇个人生活了。

大浪淘沙，风雨砥砺，留下的，就是纯金的颗粒。

每次，蓝可一听到有谁说，"能干的人都出国了"，就很不服气。她会追上去抬杠："我们中国国力越来越强，就是我们这群不能干的人干出来的。"

或者听到谁说，"中国培养的最顶尖人才都出国了"。蓝可也会追上去不服气地争辩：什么叫顶尖？那些学校只培养出了国就不回来的学生，能叫顶尖吗？国家培养了你，你不服务于这个国家，能叫顶尖吗？！

一朝壁破惊天下

在中物院八所，横卧着有两个足球场大的神光-Ⅲ号激光装置。

身高一米八的杨冬，经常带着名牌大学的在读生观摩。他的使命就是留下其中的黄金种子。

宣传栏上，贴着两张科幻电影海报：一张是《钢铁侠》，因为它身上的聚能环就是核聚变的小反应堆；另一张是《星际迷航》，飞船在宇宙中的跃迁也是靠核聚变提供能量。

这个有60年历史的科研高地，正在学着俯下身段，倾听90后95后的需求。

中科大毕业的杨冬发现，在用模型演示打靶的时候，每一个90后都会在听到"砰"的一声时特别兴奋。杨冬自己也是这样，当时在上海"神光-Ⅱ号"实习的时候，每次打靶之前，都有一个电子的声音，什么什么准备好了，然后是《斗牛士进行曲》，最后"砰"的一声。这种仪式感给了他巨大的诱惑。

潘建伟是杨冬中科大的前辈，他和他主导的量子通信研究走在了世界前列，看来很可能在科学史上留下英名。"我呢？"——杨冬希望像师兄一样建功立业。对他来说，没挑战的事，为什么要干？！

36岁的清华人邹文康，不厌其烦地为记者讲述可控核聚变的原理。"这是进行极端条件物理研究的大科学实验很好的平台。"邹文康打开门，一座圆形大金属装置展露在记者面前。

"聚龙一号"如果通电，这些巨大的扇形金属装置，会释放出数百万安培的电流，散发出蓝色的光芒。能量流向那些靶心上的钨丝，在亿分之一秒内辐射出来功率数十万亿瓦的X射线……"当巨大的能量聚集在这些十分之一头发丝粗的钨丝上，引发核聚变"。

可控核聚变，人类能源革命的终极梦想。"真正的学霸来到这里，就会心里痒痒。"邹文康说。

杨冬他们走的是激光驱动聚变点火路径，而邹文康他们走的是Z箍缩驱动点火路径。人类探索未来聚变能源最前沿的两条路，建造出中国的"人造太阳"——就是两个人和他们所在团队每天的工作和要实现的宏伟目标。

面壁十年图破壁。中国面壁者的一个重要国家使命，就是突破人类科技极限的巨大挑战，使可控核聚变梦想成真，铸就新时代"两弹一星"新的辉煌，为人类文明进步服务。

杨冬、蓝可们，还有躺在病床上大脑仍然飞速运转的于敏先生，这几代人，正在共同酝酿、实施着这一世界上的超级大科学研究工程。

中国一度落后、一度彷徨，优越了上千年的基因，一旦被高温高压高强度的压迫状态所激发，那种深藏着的潜能，就开始聚集、融合和释放。从"站起来""富起来"到"强起来"，这个民族的荣誉感和自豪感，像沸腾的巨大电流，从这片土地的深处迸发出来，抛开了对那些"高鼻子先生"的幻想，拼尽了所有的力量，聚力那个伟大复兴的目标。

60年沧海桑田，重重蜀山依然沉默。

在记者面前，杨冬和中科大老同学言杰拥抱在一起，他们在一个院子里工作7年，这是第二次碰面。不见面不代表没联系，因为每个人手中的计算、心中的构思、忙碌的任务，都在服务于同一个国家级的大任务。

当年的"神童"们，今天聚集在一起并肩而战，正在开辟一条属于中国人自己的路径，挑战人类智商极限、忍耐力极限，和能量增益的极限。

杨冬很享受这种感觉。他常对参观的95后说：一个比神光-Ⅲ号更先进的装置，会是什么样的？这样的项目，影响着人类的未来。这是一道最难的题目，你愿意来应战吗？你敢来吗？你能来吗？

一束束强烈的高功率激光，闪电般冲向一个直径不到1毫米的靶腔，巨大的高能量密度等离子体下，氘氚材料应声而爆，原子聚变释放的能量四散溅开……

这时候，时间静止了。

只有望向微观世界旋转原子的一双双眼睛。那是于敏、王淦昌、邓稼先，是钱三强、朱光亚、陈能宽、周光召，是郭永怀、程开甲、彭桓武，是蓝可、是杨冬、是黄鑫、是邹文康、是何小中、是法涛——

"小时代"与他们无关。这些年轻人，注定是一个大时代的执剑人。

他们是中国面壁者。

堵力　邱晨辉

2018年4月17日

只有荒凉的沙漠，没有荒凉的人生

即使在新疆，且末县也是最艰苦的地方，县城与塔克拉玛干沙漠只有一河之隔。"在且末别说是工作，就是生活下去也是一种奉献！"这是新疆维吾尔自治区人民政府一位老领导对且末人民的评价。

2000年8月，侯朝茹、庞胜利等15名保定学院（原保定师范专科学校——记者注）2000届毕业生来到这里执教。除1人因特殊原因返回内地外，其他14人在且末一干就是14年。如今，14人中有12位中学教师、两位党校教员——全部坚守教育一线。

这在塔克拉玛干沙漠不能不算是一个奇迹。

要知道，在紧邻且末县城的沙漠边缘，即便是在滴灌系统的呵护下，红柳、梭梭、骆驼刺的成活率也不足15％。

一次沙尘暴就能"刮"走几位教师

在巴音郭楞蒙古自治州所属的"八县一市"中，地处新疆与西藏交界处的且末最偏远，与巴州州府库尔勒市仅有一条沙漠公路相连。这个全国面积第二大的县，到2012年人口也不过10万余人，其中近73％是维吾尔族同胞。

由于紧靠塔克拉玛干沙漠，且末的年降水量不足20毫米，气候干燥——曾经全年风沙、扬沙天气高达196天。

"当时一场沙尘暴就能'刮'走几位教师！"且末县教育局局长廉春喜在且末二中当过老师，也在民汉合校后的且末中学担任过校长。对于当年且末教育的艰难，他记忆犹新：都说打铺盖卷走人，可为了"逃离"且末，有的新来的教师连铺盖卷都能不要！

上世纪90年代中期，且末二中终于盼来一位紧俏的物理专业大学毕业生。学校领导那个高兴啊——安排吃饭住宿、不停嘘寒问暖。

谁知天公不作美，当天夜里刮起了沙尘暴。第二天一大早，宿舍里铺盖卷余温尚存，新来的大学生已不知所踪。

且末，这样的不辞而别曾一再上演。

对于那些被沙尘暴"刮"走的老师，廉春喜虽然觉得遗憾，但从不可惜：对娃娃没感情，留得住人也留不住心！

2000年春天，到保定学院招聘老师时，且末二中已在"等米下锅"——新学年马上就要开始，初一7个班的班主任有6个还没着落！

在这次招聘"双选"会上，且末二中的招聘条件只有一个——能吃苦。他们对所有的应聘者只问了两个问题：是否农家子弟？有无兄弟姐妹？

2000年7月3日，奔赴且末前，保定学院2000届15位毕业生在母校门前合影。资料照片

15人全是农家子弟，有两人放弃了专升本

1999年，党中央刚刚启动西部大开发战略，到祖国最需要的地方去——这个想法令不少即将走出校门的保定学院2000届毕业生激动不已。

听说且末二中来招聘，政教系的苏普用自行车带着同寝室的庞胜利去报了名；体育系的王建超和王伟江这对情侣也一同前去面试。

对于品学兼优的他们而言，当时可选择的机会其实很多。庞胜利的父亲已经在涞源县城为他联系了工作；王建超已经收到了专升本的录取通知书；保定市的多所中学也向河北省优秀毕业生李桂枝频频抛出橄榄枝……

不可否认，在人生的十字路口他们也经过了艰难抉择。那阵子，王建超这个开朗的姑娘一下子瘦了14斤。

侯朝茹还记得，当班车从自家门前那条公路启动时，她紧紧咬住下嘴唇不敢回头：远行的姑娘身上揣着的是东拼西凑借来的1000元路费，身后是为供她上学已债台高筑、病痛缠身的爹娘。

上火车时，苏普的右臂缠着黑纱——久病的母亲就在十几天前刚刚离开了他……

就这样，15名保定学院2000届毕业生最终还是坐上了西行列车。在清一色的农家子弟中，有6人是学生党员，有3人是当年的河北省优秀毕业生，有两人放弃了专升本机会。

经过5天4夜的艰苦行程，踏上且末这片陌生的土地时，辛忠起的第一反应却是：比想象中的好！

和"希望工程第一人"张胜利一样，辛忠起也家住涞源县的太行山区深处。去之前他就想：且末的条件应该比张胜利曾执教的桃木疙瘩小学更艰苦吧！因为艰苦程度没能比过张胜利，这个20出头的小伙子内心还不免有点小失落。

且末太缺老师了！来了不到一个星期，他们就站上了讲台。初一年级7个班，他们中有6人担任班主任。

嘴唇干裂、嗓子肿疼、流鼻血……每个初到且末者的遭遇，他们一样也没能幸免。不久，他们更与"臭名昭著"的沙尘暴不期而遇。

"天毫无征兆地一下就暗下来了！"正在上课的侯朝茹下意识地想打开教室的电灯，却发现停电了。学生对她大喊："老师，沙尘暴来了！"

空气中弥漫着呛人的尘土味儿，光线越来越暗，能见度不足两米。学校通知马上停课，由老师护送学生回家。

第一次遇到这样恶劣的天气，难免让人心生恐惧。但送完孩子回到宿舍，井慧芳却为孩子耽误的课程担起心来："沙尘暴一来学校就停课，这对孩子是多大的影响啊？"

带出的首届学生就在巴州中考成功"逆袭"

不同于以往的援疆干部，也不同于后来的"西部志愿者"，带着户口到且末执教的保定学院2000届毕业生，既没有为他们量身打造的优惠政策，更没有对未来的美好承诺。

没有谁的奉献是必须的！在自我价值被认可、个人选择受尊重的今天，即便选择离开，且末也会报以理解和宽容。

一位同来的老师2002年最终还是决定离开了。初春的车站，孩子们在寒风中自发排好整齐的队伍为老师送别。望着朝夕相处两年的老师，纯真善良的孩子哭成一片——次又一次地挥手，一句又一句地"老师一路顺风！"

"只为孩子们真诚的泪水，两年的付出今生无悔！"这位老师最终带着在且末的欢笑和泪水离开了。

选择留下，就意味着要接受东部和西部的差距。且末中学（2001年且末一中和且末二中合并为且末中学——记者注）校长王琦坦承：与东部发达地区相比，且末至少落后50年！

且末教育凭啥留住人才？对此，王琦的回答干脆得让人有些"泄气"：啥优势也没有！但14名保定学院2000届毕业生的表现让他长了些许底气。

2003年，保定学院2000届毕业生执教后带出的第一批初中毕业生，中考成绩就在全巴州名列前茅。在一年前，这是想也不敢想的。2002年在巴州总结中考成绩的教育工作会议上，位列该州倒数第一的且末中学领导，还满脸通红地表态说："且末且末，我们不能总当老末！"

"每一个西部教育工作者都有属于自己的传奇。"作为土生土长的"老教育"，王琦告诉记者：北京上海年薪百万的成就感也难敌这样一次"从倒数第一到名列前茅"的成功逆袭！

"只有荒凉的沙漠，没有荒凉的人生！"和14年前一样，这巨幅的标语依旧豪迈地站在从库尔勒到且末的沙漠公路边上，迎接着进入塔克拉玛干沙漠的年轻人。

保定学院24名毕业生做了且末人

4月13日，在且末中学教师侯朝茹、庞胜利带领下，中国青年报记者来到了与且末县城一河之隔的治沙站。

且末小学体育教师张丽和中共且末县委党校教员杨广兴——这些保定学院的老同学也闻讯赶来。"这里是我们的骄傲！"几个人这样表达对亲手栽下的红柳、梭梭等沙漠植物的感情。

"沙漠植物有个特性。"庞胜利望着一排排红柳、梭梭告诉记者，"它们的根不但扎得深，而且互相连接在一起，当一棵植物缺水了，其他植物就会通过根系为它输水……"

这些老师能够在且末扎下根来，且末中学校长王琦将其中一个原因归结为群体间的互相帮助和鼓励。而作为他们中的一员，中共且末县委党校教员苏普说得真诚：还真是割舍不下这份同学情谊。

2001年，张丽选择到且末工作，是因为同班同学王建超告诉她：且末缺少体育教师。王建超早一年来且末，张丽初来乍到没有宿舍，王建超就把丈夫王伟江"赶"到了男教师宿舍，让张丽搬了进来。2003年，英语教师荀轶娜到且末时，身上揣着侯朝茹寄给她的照片——刚启用的新学校、新建成的县城广场、当地独特的自然风光。而她来之前，这位保定学院的学姐还为她粉刷了宿舍墙壁，购买了格调温馨的窗帘……

自2000年以来，陆续有24名保定学院毕业生带着户口来到这里，做了且末人。

谁要是加班晚了，孩子自然会去这些叔叔阿姨家找饭吃；谁把钥匙锁在屋里了也不用担心，放在同学家的备用钥匙不只一把。

2002年正月初九，王建超的儿子顺利出生了。且末中学教师辛忠起早早赶来看望。见到老同学，和王建超血型一样的他快人快语："我昨天晚上哪儿都没去，怕你需要还等着给你输血呢！"

且末县医院没有血库，妇女生孩子如有需要都是临时找血型相同者来救急。

2014年4月12日，拿着老照片，在且末工作的保定学院2000届部分毕业生合影，与往事干杯。
陈晓光／摄

如今，儿子已经12岁了，但老同学的这句话，王建超依然记得。

在沙漠边缘的"闪婚"与"裸婚"

2000年，15名保定学院2000届毕业生一到且末，且末县的领导就鼓励他们在当地买房子，学校领导也忙着帮他们介绍对象。在这些"老且末"看来，早点安个家，他们就能把根扎下来。

来且末工作的保定学院20多位毕业生中，先后成就了7对夫妻。2000年到且末二中工作的4个女教师，就有3个嫁给了同去的男同学。

爱情总是在艰苦的环境中悄悄萌发。

2001年结伴回保定探亲时，站了十几个小时，井慧芳晕倒在拥挤的火车车厢里，正是同学加同事的陈荣明一路照顾，让她认定了这个淳朴善良的小伙子。2003年，初到且末的荀轶娜对当地饮食不习惯，作为先到且末的学长，朱英豪跑了几条街为她买回两个馒头，赢得了姑娘的芳心……

或许，有了共同吃苦的经历，才能享受共同吃苦的幸福。荒凉的塔克拉玛干沙漠，盛产至纯至真的爱情传奇。

"你要是7月13日回来，我就和你结婚；你要不回来，我们的事就算了吧！"——刘庆霞现在仍记得2007年7月她发给周正国的短信内容。

当时，周正国在且末中学工作，刘庆霞在河北阜平县任教。老乡加校友的二人，其实以前从没见过面。通过朋友撮合认识后，也只是通过电话、短信聊了半年多。

接到刘庆霞的最后通牒时，周正国正在乌鲁木齐接受专业培训，只请到了几天假，但就是在这几天里，相亲、提亲、成亲"一气呵成"。

2007年7月13日，在阜平县汽车站，刘庆霞第一次见到周正国；第二天，周正国便和父亲到刘庆霞家提了亲；提亲不到24小时，姑娘就和周正国领了结婚证，登上了回新疆的火车，一起到且末安家落户去了。

不过，刘庆霞绝不是个轻率的姑娘。通过半年的电话交往，她觉得嫁给周正国已有充足的理由："我信得过正国的人品，他是从贫困山区走出的穷孩子，买房子没要家里一分钱，说明他有担当；年纪轻轻就担任了教研组长，表明他有能力。"

在且末不仅有"闪婚"。杨广兴告诉记者："我们当中绝大部分都是'裸婚'。"

2001年，王建超和王伟江结婚时，两人调换到了一间宿舍当新房，两张单人床拼在一起做婚床，桌上放的是工会送来的暖壶，床上铺的床单是演讲比赛的奖品。

井慧芳和陈荣明结婚时连结婚照都没拍，孩子1岁多时，还是陈荣明妈妈提议去补拍了婚纱照。如今，这张照片就挂在家里：井慧芳穿着婚纱，身边的陈荣明抱着孩子。

扎根在祖国最需要的地方

过去14年经历的挫折和不顺，周正国不愿多说一个字，理由简单充分：怕住在阜平县大山深处的老父亲为他担心！对于万里之遥的父母，周正国、刘庆霞夫妻俩从来报喜不报忧。而他们的父母面对困难时，也是对他们"能瞒就瞒"。

女儿女婿和外孙女每一次探家，张丽的妈妈都高兴异常，忙里忙外，买这买那。一次探亲回到且末后，张丽给父亲打电话问起母亲，看着正躺在病床上输液的老伴，父亲一时没忍住，哭着埋怨女儿："以后你们还是别回来了，每次你前脚刚走，你妈都难过得大病一场。"

不久前，辛忠起还特意拜托准备探家的老同学侯朝茹，顺便看看远在河北涞源县的爸妈。辛忠起的母亲身体不好，最近连续几次跟父亲视频聊天，他都说母亲不在……直到侯朝茹回来告诉他：老太太好着呢！辛忠起悬着的心才算落了地。

对于父母，他们总感觉回报得太少。

前年母亲生病住院，辛忠起的父亲给他打电话，问他能不能"备下些钱"。这是这些年来父亲第一次开口要求支援，辛忠起连声说："没问题！没问题！"

知道儿子也不富裕，父亲竟有些不好意思地问辛忠起："这钱以后还不还你？""爸，你说啥呢！"放下电话，辛忠起这个全家合力供出的唯一一个大学生失声痛哭。

探亲一次，行程5000多公里。但趁着父母健在，能回就要回——这几乎是他们一致的想法。

三口之家探望父母一次，路上吃住花费不小。即使到了现在，只要孩子不随行，他们就坚决不坐卧铺。"回家一次怎么也要给父母放下些钱啊！"

刚来且末时，庞胜利曾给父亲写信表达自己的愧疚和不安。父亲回信说："你以后不要提'不孝'二字。你正是到了祖国需要的地方。现在不是号召全国人民到那里去开发吗？你们是祖国的排头兵，是好样的！爸爸为你自豪、为你骄傲！你常给爸爸来信就是最大的孝，别忘记！"

这封落款时间为"2001年3月26日夜"的信，庞胜利一直保存着，经常会拿出来念一念。

2002年，赵艳菊从保定学院毕业后，来到且末中学当了一名语文教师；3年后，弟弟赵国宝从保定学院毕业后，也追随姐姐到且末中学；2009年，两人的父母卖了家乡的房子，来到且末与他们团聚。

如今，对赵艳菊一家来说，位于南疆最南、沙漠边缘的且末，就是他们的家。

樊江涛　马丽娟　陈晓光

2014年5月3日

世博一代

沈佳敏并不知道自己设计的"雷宝"徽章去了哪里。它可能被人带到了太平洋的一个小岛上，或是非洲的一个部落里。经由上海世博会这样的平台，它走到任何一个国度都不足为奇。

沈佳敏所在的上海师范大学建筑工程学院制作了约2000枚同一式样的塑料徽章，以纪念本院学生担任世博会志愿者。很快，它融入了世博园里流行的上千种徽章里。

当初，这位22岁的上海人花了3天时间设计草图。他的主要创作是为上海世博会的吉祥物"海宝"加了一顶帽子——那是在中国家喻户晓的一顶帽子，它曾随"毫不利己，专门利人"的共产主义战士雷锋的形象风靡全国。

当学院征集徽章图案时，"雷锋叔叔"是沈佳敏想到的第一个形象。在喜欢一级方程式赛车和歌手孙燕姿的沈佳敏眼里，戴雷锋帽是件很"潮"的事。

他给"海宝"穿戴上雷锋的风雪帽和棉大衣，又把雷锋胸前的钢枪改成一道"志愿者"横幅，就成了"雷宝"——既"雷锋"，又"雷人"。

让沈佳敏始料未及的是，在很多人眼中，"雷宝"成了史上规模最大的一场志愿服务行动的标志，甚至有人将它当成了中国新一代年轻人的象征。

做世博志愿者成为一种时尚

"我们预料到报名火爆，但普通市民特别是青年人的踊跃程度，还是远远超出我们的预想。"上海市精神文明建设委员会办公室主任马春雷说。马春雷的另一个身份是上海世博会志愿者部主任。

2010 年 10 月 31 日晚，上海世博会青年志愿者（"小白菜"）在世博园门口列队，欢送最后一批游客。游客纷纷与"小白菜"击掌告别。李建泉 / 摄

上海世博会招募了18万名注册志愿者，九成以上为高校学生。在8个月的遴选期内，报名人数超过了61万，91.2%为年轻人。当时，共青团上海市委搞的一项有各行业1962名青年参与的问卷调查发现，愿做世博会志愿者的青年比例达74.3%。

"筛选是很痛苦的事情。我们提供的岗位远远不能满足参与者的需求。"马春雷说。

一些家长为了能让子女入选，千方百计托关系，希望开个"后门"。"甚至有的领导也打电话来，希望自己的孩子能参与点志愿服务。"马春雷说。

除18万名注册志愿者外，还有200万人担任了城市文明志愿者，这意味着上海本地常住人口中每10人就有1人参与。这还不够，上海世博局还有一个体验项目，安排各界人士短暂体验志愿者的生活，一时也热得烫手。世博会开幕不久，60多家媒体负责人在上海开"世博峰会"。主办方没想到的是，总编们最想做的是体验一日志愿者。

"怎么就突然成了一种时尚？"许多人不解，但不妨碍热浪不断升级。为了做志愿者，辞掉工作的也不乏其人。马春雷好奇地问过一位辞职的广告公司经理："这么好的工作为什么不做了？"这位时髦的女孩答道："工作再去找吧，无所谓的。当世博志愿者可是过了这村就没这个店啦！"

上海世博会志愿者部经常发现一些奇怪的"志愿者"，他们没有证件、服装、设备，多是因故未能入选的报名者，自掏腰包购买160元一张的门票，进园区进行志愿服务。一些志愿者服务期满后甚至又自费跑回去执勤。

19岁的帅小伙沈雨潇是小有名气的"志愿狂人"，他的岗位在韩国馆附近的"问询处"。为了当上"问不倒"的志愿者，回校后，沈雨潇总是匆匆吃完晚饭，换上便装，和另一个志愿者坐1个小时的地铁再进世博园，熟悉路线、看各个馆。

几天下来，他就练成了"人肉搜索机""活地图"。直到有一天，他的志愿者证件丢了，这名学心理学的大学生才发现，自己"病了"，不能进园的3天，他不知所措，几乎要疯掉。第三天晚上拿到补办的证件时，他又欣喜若狂起来。

2010年4月，上海世博会志愿者宣誓上岗。赵青／摄

志愿者中每天都会出现平时让人难以想象的奇迹，也诞生了数不清的新纪录。

在21天的服务之后，首批上岗的来自复旦大学的志愿者们留下了一本578页、37万多字的《世博志愿服务宝典》，光手绘图纸就有200多张。一位游客拜托欧洲片区的志愿者收集一份英文报纸，结果志愿者换了十几拨，报纸居然一期不落。

没有哪位志愿者能说清自己帮过多少游客的忙。官方统计，按世博园平均每天40万的客流量计算，8万名园区志愿者每人每天服务580人次。

最炎热的两个月里，志愿者吃掉的润喉糖，把包装盒码起来的高度足有"两个上海金茂大厦（全球最高的摩天楼之一）那么高"。

我们都没准备好

但在前期，很多人并没有预想到这种"爆发"。事实上，人们对于"志愿者"角色的认知，也是逐渐提升的。

最初，上海世博局里流行一种"无用论"。一些人考察2005年日本爱知世博会回来，带回一条经验：志愿者"可有可无"。当年爱知世博会的志愿者的确十分松散，组织者的管理要求是，要做到即使志愿者全部脱岗，世博园仍可正常运营。

许多人由此引申，志愿者就是"路边的花花草草"，"有你不多，没你不少"。

筹备期火急火燎的工作多的是，"开园前的头等大事是如期完成工程"。在这种情况下，志愿者的许多准备工作排不上议程。

据上海世博会园区志愿者部部长、共青团上海市委副书记夏科家回忆，最难的时候是今年三四月。那时，把志愿者工作统一放在志愿者部实行"条条管理"，还是下放在14个片区实行"块块管理"，是个艰难的选择。

最终选择的是"块块管理"，志愿者部在每个片区都派驻了主管。但因为工作得不到足够的支持，"14个片区主管经常哭着鼻子回来"。

一位主管对记者说："有些领导起初对志愿者工作不是很了解，以为你是来添麻烦的。"为了解决志愿者的一瓶水、一顿饭，或是休息室、桌椅板凳等基本条件，他们到处碰壁，感觉"很凄凉"。

从4月20日起，上海世博会进入试运营阶段。"当时所有人都没有准备好。"夏科家说，开园前最后一夜，他是抱着步话机入睡的，一整夜"步话机里传来的是到处喊卡车拖垃圾的声音"。世博园在仓促、慌乱中开始了试运营。

试运营后来被中共中央政治局委员、上海市委书记俞正声评价为"漏洞百出，狼狈不堪"，志愿者工作则是被领导严厉批评的"狼狈不堪的8个方面"之一。

由于施工未完成，志愿者无法提前进园，缺乏实训，不熟悉环境，也得不到足够的信息，志愿者面对游客几乎"一问三不知"，外界出现了很多负面评价。

"其实，试运营第一天，志愿者也只比游客提前1个多小时到岗，连张地图都很难得到。"志愿者部的工作人员回忆说。

赵强是中国馆志愿者的片区长。直到世博园试运营开始前的最后一分钟，他还在期待"上面"能给他一份表格——上面表明有多少志愿者岗位、在哪里、职责是什么。可他很快发现，根本没有这样的表格，"中国馆的177名志愿者就像空降兵一样，散落在中国馆的各个角落"。

在上海街头，很多大屏幕播放着关于志愿者的MTV。画面里，志愿者拿热水瓶给游客倒水；志愿者帮游客修坏了轮子的自行车；志愿者给外国游客介绍京剧……

"可宣传片里拍的这些事，志愿者都没干。志愿者真正干的事，宣传片里没有。"赵强说。

一些管理者也不知道"志愿者到底应该干什么"。志愿者被当做"临时工""棒棒军"使唤，"走，跟我走7个"，"来，我要5个，男的"。有的被调去当搬运工，有的被调去布展厅。来了外国人，志愿者又瞬间从体力劳动者变成脑力劳动者，充当翻译。

最滑稽的是，有少量志愿者被拉到世博村。管理者面对突然到来的人手不知该如何安排，想想餐厅正在忙乱，就一拍脑袋："要不就让他们去洗盘子吧。"

面对几乎手足无措的局面，俞正声及时提出了16个字的解决思路："补充力量、加强实训、适时入园、循环使用"。随后，占总数10%的志愿者后备力量提前投入，补充装备，局面逐渐扭转。

"当时真的压力很大，有种意见甚至说，你们到底行不行，不行就别用大学生啦！"志愿者部的许多工作人员现在想起来依然后怕。

从负面评价到誉满天下

更难消除的误解来自游客。

"他们当我们是'全能百科'。"来自上海交通大学的志愿者沈之成说，"我感觉什么人都见过了。"有人毫不客气地"像使唤保姆一样"让志愿者推轮椅；有人把怀里的孩子塞给志愿者，要求照看；有人把钱递给志愿者，让志愿者帮着"买瓶可口可乐"；一些男游客缠着漂亮的女志愿者聊天，要电话。

一位大爷向志愿者借手机，在长途电话里和老伴儿对骂了半个小时；有人帽子丢了，要求志愿者帮着去找帽子；有游客上小火车就开始吃苹果，火车到达时，苹果正好吃完，顺手把垃圾袋递给志愿者……

一位游客理直气壮地说："志愿者不是让干什么就干什么吗？"

中国馆南广场的焦点矛盾在于中国馆预约券，志愿者为此承受的抱怨也最多："什么？发完了？我就要看中国馆！中国人不让看中国馆？""我第一个冲过来的，怎么还拿不到券，一定是你们拿去卖了，私藏了。"有人推推搡搡抢志愿者的包。一名志愿者的胳膊还被抓出一道道血印。

这名志愿者不得不再次鞠躬说："不好意思，中国馆是长期场馆，以后可以再来看。"

有的游客提出的问题能雷倒一片：中国馆的《清明上河图》里有多少人？几头猪？几只骆驼？听说图上有小偷，出现在哪里？为什么德国"汉堡案例馆"里没有汉堡吃?

有人当面批评志愿者"傻",或骂他们"形式主义";也有人不客气地问:"你们志愿者一天至少有200块吧?——没有工资?不可能!你当我们傻啊?"

"你真的是自愿的吗?还是学校要求的?是不是做志愿者能加学分?""在外国做志愿者都是自带干粮的,你们还发餐券、酸奶、巧克力,这哪叫志愿者?"

志愿者中一些平日的"娇娇女"被骂哭了:"你们把中国馆预约券都留给了外国人,傻瓜、狐狸精……"试运营5天,赵强每天给志愿者开会,开会前总是给他们"12分钟的发泄时间",让他们尽情地说出委屈,甚至大哭。

对志愿者,人们的称呼也五花八门:"服务员""师傅""小姐""小雷锋""绿衣服""小白兔",还有"哎""喂喂"。还有人会冷不丁戳一下或者揪一下志愿者,算是打招呼。

正式开园后,"小白菜"这个称谓流传开来。关于这个称谓的诞生,流传这样一个版本。

园区试运营第一天,开园前1小时,中国馆的177名志愿者身穿白绿相间的制服,抓紧时间拍了一张集体照。负责拍照的复旦大学带队老师在镜头一看,惊呼道:"怎么一锅白菜汤?"

"小白菜"称呼从此不胫而走。起初,它还单指外形,试运营后,大家都理解了"小白菜"的另一层含义,在"杨乃武与小白菜"的民间故事里,"小白菜"是个受尽委屈的角色。

试运营期间,复旦大学钱玳发表了一篇非常著名的日志,其中提到:我们,就是那批天天被骂脑残的"90后";我们,就是那批被说娇生惯养垮掉的一代;我们,就是认认真真服务,还被那些工作人员、安保,甚至游客指着说"老实、傻"的"小白菜"……

"好在这样的情况并没持续多久,正式开园后对志愿者的正面评价就接踵而至。"夏科家介绍说,到开园1个月时,"小白菜"已誉满天下。有人说"志愿者是世博园里活着的展品","比《清明上河图》印象更深的是志愿者的笑脸","智利的国家形象在地下700米矿井里，中国的国家形象在上海世博会的志愿者身上"。

世博局定期对10类工作人员开展公众测评，志愿者的得分每次都遥遥领先，"地位不可动摇"。亲历多次世博会的国际展览局秘书长洛塞泰斯感慨，游客与志愿者的接触，已经成为"游客体验上海世博会的一个重要组成部分"。

现在，钱琲再看当初的委屈，恍若隔世。

志愿服务回应时代诉求

"80后"王雯婧是欧洲片区的长期志愿者，一个深受"小白菜"欢迎的"菜头"。她曾是云南一家电台的音乐节目主持人，是见了刘德华就尖叫的"追星族"。但见的名人越多、收入越高、名气越大，她觉得"心里越空"。汶川特大地震后，她泪流满面地看着电视上那些活跃着的志愿者，自己也想做点什么。

"当时经济条件和心情都很适合，于是空出了半年时间来当世博志愿者。"王雯婧说。

上海人刘志东理解这种心情。他是当地一个草根社团——"黑蝙蝠"车队的队长。"黑蝙蝠"迷恋一款古董级的三轮摩托车，喜欢戴着墨镜，穿着黑衣黑裤，身上叮当哐啷地挂着金属配饰，在马路上飞驰而过，很酷，很"拉风"。

刘志东说，最初大家是"同类相吸"，一块喝酒、打架、游山玩水，时间一长，一些人不满足于此。5年前的一次旅途中，"黑蝙蝠"资助了一所深山里的小学，"从不流泪"的车友被孩子们感激的眼神所打动，突然发现"帮助别人的感觉这样好"。

他们参与了许多公益项目，在上海世博会期间，"黑蝙蝠"用摩托车接送上海世博会的"小白菜"和物资，因此被人们称为浇灌"小白菜"的"小水滴""志愿者的平方"。

此举的代价是车队的分化，一些年轻的成员退出。也有一些人，走了又回来。刘志东对记者说："你不开垦荒地种粮食，它就会长草。人的思想也是这样。"

相比"黑蝙蝠"，上海白领王诗敏的志愿生活更为平常。和很多20多岁的女孩子一样，王诗敏爱时尚、爱逛街。她还有一个很特别的爱好——爱做手语志愿者。说起自己学手语的经历，她有点儿不好意思：这可真是追时尚的结果。

2006年，正值东方卫视的草根选秀节目《加油！好男儿》热播，聋哑少年宋晓波以一首《感恩的心》打动了无数人。追时尚的王诗敏开始学习这门"语言"。

时间长了，她发现手语可以帮助很多人。一打听，有这样想法的还不少，一群志同道合的年轻人便组建了"天使之翼"手语团。这是一个民间公益组织，大家业余把《阳光总在风雨后》《祈祷》等励志歌曲编成手语，教给义工和一些团体，让更多的人学习手语。

加入手语团后，王诗敏找到了组织：团队有更广泛的信息渠道，可以找到更多需要帮助的人。上海世博会期间，王诗敏的业余活动就是陪聋哑孩子参观世博园。

上海市社会科学联合会发展研究所常务副所长徐中振担任一个公益创投项目的评委，他常常被那些"求着别人做公益"的年轻人感动："有的在自闭症孩子中建乐团，有的无偿'快乐三点半'——为困难家庭接孩子。"

他注意到，近年来，社会的公益活动显著增多，"这是社会发展到一定阶段的必然结果。一方面，个人'仓廪实而知礼节'，一方面，社会自身也在修复。前些年对集体主义价值观的过度消解已引起普遍不满，时代呼唤对个体工具主义的超越以及产生新的团结合作机制。"

"上海世博会回应了这个时代呼唤，也在回应这个时代呼唤中相逢了志愿者服务的诉求。"徐中振说。

我付出缘于我愿意

2010年10月16日是诞生纪录的一天。103.27万名游客涌入上海世博园，形成世博史上单日最高客流。上海交通大学的当期志愿者第二天将离岗。

很多人愿意把这一天称作"一生最美好的一天"。不仅仅是因为这一天"约有141个国家的人口总数少于园区人数","这一天见到的美女比一辈子见到的都多",还因为"这一天被需要的感觉最强烈"——

每走半米，世博轴的志愿者就要发出10份地图。每3秒钟，交通点的志愿者就要重复一句"请不要拥挤"——嗓子哑了，每人用完了3只"小蜜蜂"对讲机的电池，还被数不清的人头包围。

在中国馆为游客盖章的维吾尔族女大学生米日姑·亚森说，自己每秒钟要盖3个章，像一个机器人。

每批"小白菜"即将离岗的时刻，休息室比平日显得空旷。他们希望时间能更长些，"哪怕多服务一分钟、多服务一名游客"。

有位拍纪录片的导演不解地问"小白菜"："你为什么要做志愿者？"

一名"小白菜"这样回答："因为我这几天看到的笑脸、听到的谢谢，比我18岁之前看到的、听到的都多。"

上海外国语大学学生徐菁的一句话后来被广泛引用："我不计较在这件事上付出的时间、精力和爱心，我付出的一切缘于'我愿意'。"

徐中振1998年曾做过一项调查，超过70%的青年自称是利己主义的。"也许，高度竞争的功利性社会把这一代人的精神追求遮蔽得格外厉害，但即便这样，人的本真追求最终是阻挡不住的。"徐中振说，"这一代人是有终极关怀的，他们等待的，只是与大事件的交汇。"

2005年4月，上海发生民间反对日本加入联合国常任理事国的事件，让人惊讶的是，事件的主力竟是年轻白领。徐中振开了几个座谈会，发现骨干成员不乏年薪数十万元、衣食无忧的外企高管。"好几个是奥迪车友会的成员。"近些年，从抗议南海撞机到护卫奥运火炬，几乎都是平时看上去庸庸碌碌、斤斤计较、不问天下事的"80后"。

世博志愿行动是最新的一次爆发。"这是我们自己内心驱动的选择。"华东师范大学研究生朱啸天说，"这次志愿者给大家印象最深的，就是他们的微笑。

在这样苦和累的状态之下还保持微笑，我相信他们都是发自真心的，因为这样他们能得到一种幸福。"

朱啸天谈到了他当志愿者的初衷："首先，这是国家非常大的活动，能够参与其中，就是幸运；第二，我本身读新闻专业，以后也将走上媒体的职位。我觉得这是一次非常好的实习机会，千载难逢；第三，也是最重要的一方面，我觉得奉献、付出，自己得到的是快乐、认同感和归属感。"

"这与'学雷锋'的利他主义有所区别，在公益的同时也有自益。"徐中振说，这就不难解释"小白菜"的许多"怪异"的举动。

在世博园，岗位差异很大，有的是"黑暗岗"，因为光线暗，常常被人忽视；有的是"沉默岗"，"小白菜"一天说不上一句话；而中国馆的VIP通道岗，每天可以见到很多名人，连战、王力宏、于丹等，距离"小白菜"仅半米。

中国馆志愿者实行轮岗制。钱琲轮了一圈岗，最后说："我不要B2的休息室，不要VIP接待，我只要属于我的南广场"，因为南广场"被需要的感觉最强烈"。

相比南广场的"阅人无数"，复旦大学的吕爽面对的只是一台咖啡机。最忙时，她一天要在新闻中心煮600杯咖啡。即便如此机械、乏味，她还是深爱自己的岗位，她把刚换上的第三台咖啡机称作与她并肩作战的"新型武器战友"。

"如果说，世博是一部电视剧，我在剧中的角色就是一个小配角，台词就只有一句：'直走右转'，虽然简单，但对需要的人可是非常重要的。"一名志愿者说。

最后一天服务世博园，沈雨潇把所有的徽章别在志愿者胸带子上，像个将军一样出征。

他以自己的方式结束在"白菜地"的日子。在园区，他装扮成"钉子"游客，用各种问题"刁难"下一批接班的"小白菜"。

钱琲也患上了"白菜综合征"。她已经习惯对人鞠躬微笑，有一次换掉"白菜服"回到学校后，看见宿舍门口站着一位家长，她条件反射地走过去对他鞠躬微笑说，"您好！先生，请走这边，有座位。"对方愣住的表情，让钱琲意识到她"穿越角色"了。"我们已经爱上这种'白菜'生活，突然要离开了，心里很舍不得。我们'小白菜'不是怕苦怕累，只是怕被遗忘。"

在园区，"小白菜"变得格外易感动，游客一个小小感谢的举动都能弄哭她们。南广场上，一位外国游客走到烈日下的一名"小白菜"面前，拿出防晒霜挤在她的手心里，说"SPF60，防晒效果很好"。这名"小白菜"当时就"石化"了，感动得一塌糊涂。

一位女游客很满意志愿者的服务，送给"小白菜"一枚徽章，那是她的祖国巴巴多斯的国徽。国徽上刻着：自豪与勤勉。这位游客指着"小白菜"胸前的志愿者牌子说：这几个字说的就是你们呀。

一名"小白菜"写道：在太阳的照耀下放出大片大片的氧气，我是一棵快乐的白菜。

别给我们下定义

沈佳敏对课本里雷锋的记忆远不如周立波相声里解构的雷锋形象深刻。周立波嘲笑人们学雷锋，一拨人帮老奶奶从街这头送到那头，下一拨又从那头送到这头，周而复始，老奶奶在"雷锋"的帮助下"永远回不了家"。

在他眼里，运动式的学雷锋是功利的，而真雷锋是纯粹的，"小白菜"就是新时代的"真雷锋"。

"菜农"袁秀雅负责世博园C片区的志愿者管理工作，她认可沈佳敏的看法。世博会184天，她近距离认识了"雷宝一代"的矛盾和复杂。

这些平日里把个人利益算得很清楚的"AA族"，会随身带着药品、电池、零食等供游人应急。有游客病了，平时粗心的小伙子也会细心地让游客先吃点食物，再服药。

袁秀雅还见过很多染着五颜六色头发、扎着小辫子、看起来自由散漫的艺术系男生。但当他们穿上"白菜皮"，一下子就进入了"为人民服务"的角色。

这些讨厌形式主义的大学生，不辞辛劳地做内心喜欢的事情。在校时，他们可能有时会逃课，来到世博园却没有一个逃兵，甚至有的怕影响志愿服务，把手术时间推后。让人惊讶的是，尽管这帮孩子平时非常散漫，可世博期间没有一辆巴士因为志愿者的迟到而延误。

"小白菜"可以容忍游客的不理解，始终保持微笑，却不能容忍工作人员对他们一点点的"不尊重"。他们常问"菜农"：我们到底与工作人员有什么区别，比他们低吗？

这些独生子女可以自费进园服务，却对下一个"小白菜"接班时迟到耿耿于怀。一名男生这样向上级投诉："我看好表了，3点30分交接班，他们3点31分了还没来。"

"我自己的事要做到最好，不属于我的事情，我一分钟不能等。"有人对袁秀雅说。

他们拥有自己的表达方式。世博园的徽章，很多是学生自己做的。天热晒黑了，姑娘们别上"求美白"的徽章；男生被孩子们叫叔叔，他们怕显老，就在胸前别上"叫哥哥"的徽章；有的"寂寞岗"，游客少，工作清闲，就别上"求搭讪""求调戏"；还有人更"赤裸裸"，不被别人表扬，就自我表扬：戴上"人见人爱"徽章。

徽章甚至成了"硬通货"。复旦大学团委设计的"团团"徽章能换5张预约券，9枚加拿大枫叶徽章，15枚红十字会徽章，99枚泰国徽章……有经济头脑的"小白菜"成了"徽章达人"。一位欧洲人很满意"小白菜"的服务，愿意拿相机甚至300欧元，换一枚志愿者基础章。在网上，有人为它开出的价格是1万元人民币。

在"菜农"看来，他们连解压的方式都那么"90后"。"团团"是复旦大学设计的卡通形象，身子圆，没有手，像是上海人吃的青团。"小白菜"在回校的路上给"团团热线"打电话。"团团，你是美女吗？你的男朋友是圆圆吗？""团团，你眼睛这么大，戴美瞳了吧？"

休息时，他们会上网"偷菜"，弹吉他，说"打鸡血""淡定""霸气""好雷人”这些他们自己的语言。在黑板上，他们把每天听到的游客提的雷人问题画成“囧”字，一个问题画一笔，最后“囧”最多者胜出。

他们在休息室的墙壁上涂鸦，从屋内到走廊、到楼梯，除了电梯按钮、消防栓，到处都涂满了志愿者的画和文字，那里“人人都是梵高，人人都自由作文”。墙上有做体操减肥的胖海宝——那是上海体育学院的学生画的，也有戴着老账房先生的圆眼镜、手里拨拉着金算盘的海宝——不消说，这是上海财经大学学生留下的财迷海宝。

夕阳下，“雷宝爸爸”沈佳敏突然眼睛发亮，指着徽章上“雷宝”蓝蓝的手腕说：“对啊，为什么我不给雷锋海宝戴上手表呢，那不更贴近时代，更潮吗？”

“上海的发展比上海人的发展要快。”一位老外的这句话曾让马春雷很受伤。他说，世博志愿者让上海在“人的现代化，精神现代化”路上，迈出了一步。城市让生活更美好，不是楼高了，花草多了，最生动的是“人让生活更美好”。

“是人。人！”在一间空旷的会议室，他用力地咬着这几个字眼。

10多公里之外，最后一批“小白菜”上岗的交接仪式，在世博园非洲联合馆褐色的大石头阵前举行。有人说：“等我们老了，社会有很多志愿者，我们被别人服务时，就是对我们今天做‘小白菜’最好的回报。”

沈佳敏摸着他的“雷宝”徽章，眼望黄浦江，悠悠地说：请别给我们这一代人定义！

徐中振没有在厚厚的书稿里定义这代人，他在等待。他说，志愿者精神这次大爆发后，不会消失，而是留在这代青年的血液里，也许我们等候10年，就会看到当时基因发挥的作用，这就是“世博一代”！

看来，我们的报道还将有一个长长的续篇。

从玉华　张国　周凯　李伟
2010年11月1日

洄游中国

命运之力有时变幻莫测——很多年前，赵海平登上赴美国的飞机时，以为自己踏上了一条"不归之路"，此后的20多年一再证明了这一点。他是中国一个省份30年前的高考状元，毕业于美国的名牌大学，在世界高科技之都硅谷拥有成功的事业，加入了美国国籍，把父母也接到了美国。一个典型的"美国梦"的故事。

但在2015年3月，命运显示了它神秘的力量：赵海平辞掉工作，坐上了飞往中国的航班，重新寻找机会。

连他的新雇主起初都不太确信他的决定。一位招募他的人力资源经理回忆，他的到来"大家都没想到"。

赵海平是脸书（Facebook）的第一位华人工程师，因做了一项软件优化从而为公司节省数十亿美元而为人称道。

但是现在，他感到自己回来得有些迟了。他注意到，回国热已经持续了一个时期，特别是在李彦宏等人回国之后。2000年回国的李彦宏创办了百度。

"我意识到了，很多人已经回去了，国内的机会太多。"赵海平对中国青年报·中青在线记者说。

起初，他没有兑换足够的人民币，向朋友借了10万元用于周转。在杭州，他租下房子，分别购买了中美两国的医疗保险，一年申办一次工作签证，忍受骨肉分离的痛苦。

"国内互联网的规模是超出我想象的，"他说，"你没法想到——哦天啊，中国的盘子可以做得这么大！"

遵照脸书离职者的传统，赵海平在脸书上张贴出自己的工牌，附上一段告别语。他称自己在中国找到了用武之地，要继续"成为最伟大的计算机科学家的梦想之路"。

洄游

如同太平洋中一条洄游的鱼，赵海平正处于一股清晰的潮流中。从东到西，从西到东。在2015年，这股潮流携带着40多万条大大小小的"鱼"。它们穿越地球上最广袤的水域，到太平洋西岸寻找饵料丰富的栖息地和产卵地。

本世纪以来，中国大陆经历了史上最大的海归潮。2000年有38989人出国留学，这一年回国的留学生只有9121人。而在2015年，两类人分别达到52.37万和40.91万。

中国在1978年改革开放后打开国门，派出留学生，时任国家领导人邓小平说，"要成千成万地派，不是只派十个八个"。由此发端的留学潮为这个国家形成了庞大的海外人才储备，到2015年年底，累计有404.21万人。

人才储备伴随着人才逆差。逆差最大的一年，每送出7人留学，才会迎回1名海归。大量游子羁留海外的问题困扰着中国。

20年前，中国科学院自动化研究所硕士李才伟与班长刘圣坐着同一架飞机，去了美国同一所大学。与大多数人一样，他以为自己不会回头。

如今，他们都降落到了中国。刘圣2010年从硅谷拿到风险投资，在苏州创办了一家企业，李才伟则从硅谷搬到杭州，成为蚂蚁金融服务集团的一名从事风险控制的架构师。

李才伟记得，当年30人的班级有25人赴美留学，刘圣是回国的第一个。他认为这一波回国潮始于2010年。

在2009年他也有过机会回国，但放弃了。他归咎于自己当初不具备那样的视野。

很多海归都后悔了，后悔的不是回国本身，而是回国迟了。

李才伟的同事俞本权，在升职前夕离开谷歌（Google）。他说，他在硅谷认识的华人中，已有20多人回国。大部分在BAT（中国三大互联网企业百度、阿里巴巴、腾讯的简称），少数自己创业。

在他的硅谷华人朋友圈中，2001年谈论最多的是子女教育等话题，没人讨论回国。2010年有人陆续回国，回国的方式多以外企雇员身份派到中国。再后来，逐渐有人进了BAT，2014年前后出现了回国创业者。

而他本人，自2010年开始，频频被中国企业委托的猎头公司试探。

几年前，俞本权与李才伟在硅谷的公司有过交集。如今，他们在杭州的同一家企业又相遇了。

正如赵海平到达杭州时，不出意料地在这里遇上了脸书的前同事。

回国不再"毅然"

更精确的统计数字显示，大潮比这些人所感知的更早。

2002年，中国被世界贸易组织接纳的次年，出国与归国人数之比达到本世纪以来最高的6.94∶1。

此后，差距不断缩小。2010年，2.11∶1；2015年，1.28∶1。

少数人的选择成了多数。到2015年年底，已完成学业的中国留学生中，回国的占了八成。

中国与全球化智库主任王辉耀指出，中国的发展模式曾经依靠"人口红利"，未来30年，要靠"人才红利"。

全球最大职场社交网站领英（LinkedIn）的服务器，更直观地观测到了趋势。

从领英向中国青年报·中青在线提供的数据来看，2010年至今，35~44岁回国的成熟人才，从只占海归的6.15％，升到了12％。

在2014年，领英所能观察到的海归最集中的还是在外企，3年后，是华为、百度、腾讯这类中国企业。

领英中国区解决方案服务总监王欢说，2008年美国爆发金融危机后，企业大量裁员，很多华人岌岌可危。当时她帮助中国企业去"人才抄底"。有人"被迫"考虑了中国企业。

"现在不是抄底了。现在不是被动，是一个趋势。"王欢说。

过去很长一个时期，当一位高级人才选择回国，舆论往往称其放弃优厚待遇"毅然回国"。

但王欢发现，现在人们心态更平等、更开放、更理性，不再"毅然"。很多人不甘于在国外一眼望得到头的平淡生活，或者忍受少数族裔的"玻璃天花板"。

通过领英招募回国的一个海归，手握26份工作邀约，最后选择了一个薪酬不是最高、企业规模也有限的企业。

"真的是有梦想的。"

兜售梦想

赵海平的选择就是出于梦想。

他承认回国是一个很大的"坎儿"，家庭是不得不考虑的最重要的因素。

他好奇中国庞大数字背后的技术挑战。阿里巴巴11月11日的单日交易额远超美国感恩节、"黑色星期五"和网络星期一的线上交易总和。

"这种独特性是我寻找的东西。"

他表示薪酬不是自己最看重的——"我钱挣得已足够多"；"技术生命的价值是没有办法衡量的"。

在硅谷，李才伟曾有4年就职于PayPal。2013年加入蚂蚁金服之前，他以为这是中国版的PayPal。

但蚂蚁金服首席技术官程立对中国青年报·中青在线记者说："我们在全世界范围内很难找到对标。"

39岁的蚂蚁金服人工智能部总监盛子夏认为，他们相当于"PayPal+Visa+富国银行+嘉信理财+AIG+FICO+Lending Club"。

程立2005年刚到这里时还没读完大学，他记得工程师人手一本介绍PayPal的书。如今，令程立"很羞愧"的一件事是，他当年亲手设计的支付宝日交易量上限为一亿笔。那时每天交易量只有几万笔。7年后，他们不得不花了很大力气去改进。现在每秒就可以处理十几万笔。

"对未来的想象力一定不能够太小。"他感慨。

当李才伟在2013年到来时，他身边的海归几乎为零。3年后，100多名海归组建了名叫"大圣归来"的即时通讯群，寓意是神话里"西天取经"的孙悟空。

"没有无缘无故的海归。"这家公司的招聘总监薛晖说。"绝对是大势，大势往哪个方向走，人们就会跟随那个潮流。"

她认为，国外这些人有意愿回国，需要有个场子能够托住，而他们恰好顺应潮流，托住了这样一股力量。

她形容自己的团队是一个搬家公司。前些年，把人从北京、上海"搬"到二线城市杭州，现在是从硅谷、西雅图"搬人"。他们与近百家猎头公司合作，"像篦子一样"筛过国外大企业，寻找可以"松松土"挖过来的人选。

被他们跨海"搬"回的人才，属于美国典型的中产阶级。他们大多生于1970年代的中国，在美国积累了相当的财富，住着大房子，生活非常安逸，能看到以后二三十年的样子，很多人入了美籍，看上去什么都不缺。

但是，她负责向这些人"兜售梦想"。

这是一个人生的选择

因为一个偶然的机会，密歇根州立大学前教授金榕发现他的梦想在中国。

2014年，他利用学术休假在阿里巴巴做顾问，帮助优化网站广告位的投放，结果收益明显提升。

"你做的算法，真的影响到几亿人，想想还是蛮激动的，真的是改变世界的感觉。"他对中国青年报·中青在线记者回忆。

用了10年时间晋升为正教授、人到中年的金榕决定改变职业路径。2015年，他辞去终身教职，与学术界告别。

获得一份体面的工作需要十几年，而辞掉它只需几分钟就够了。文质彬彬的金榕说，自己从没进入工业界，更没有想到，第一份工业界的工作会在中国。5年多以前，他还认为回国是不可思议的事情，需要巨大的勇气。

他本人回国的决定在家庭会议上遭到了激烈的反对。最终，他只身一人登上了飞机。"我觉得就是要赌一把。""不留退路。"

金榕在杭州和西雅图各领导着一个研究机器学习的团队。他当初力主以西雅图为基地，否则他不会考虑这份工作。一年多后，他的态度发生了微妙的变化，"现在在杭州的话，也能接受。在我刚加入的时候，是不可想象的。"

他招募了一些学生、朋友，对每个人强调："这不仅是一个职业的选择（job choice），这是一个人生的选择（life choice）。"

"之前没人这么跟我说。"他说。

在更大的层面上，他分析，现在大家对回国习以为常，很多人在认真考虑回国，只不过是时间点的问题。这股潮流跟中国的上升和美国的相对"衰落"有关。

回国与否，中国历代留学生的考量从来都离不开"国家"这个词。他们的个人选择往往也影响了国家。

逾一个半世纪以前，中国第一位海归容闳从耶鲁大学毕业。他入了美籍，但影响了近代中国：他带出更多留学生，并促成了中国第一座机器厂的诞生。

他的理想是，"以西方之学术灌输于中国，使中国日趋于文明富强之境"。

在容闳回国近100年之后，另一位留学生写了一封《致中国全体留美学生的公开信》："为了选择真理，我们应当回去；为了国家民族，我们应当回去；为了为人民服务，我们应当回去……"

那是1950年2月，数学家华罗庚在返回新中国途中的信。他引用中国古语说："梁园虽好，非久居之乡。"

当时包括科学家钱学森、邓稼先在内，1000多位留美学生回到了久经战乱、极度虚弱的中国。

多年后人们发现，中国"两弹一星"功勋奖章23位获得者中，有21位海归。

赵海平的出国之路也与"国家"交织在一起。他得益于国家方向的转变。

他1987年夏季成为河北省高考理科状元，到北京读大学。两个月后，肯德基在北京开出第一家餐厅，轰动一时，成为中国开放的一个证明。在这一年还发生了一件日后才被注意到的小事：北京向国外发出第一封电子邮件，标志着这个国家与互联网时代的早期接触。邮件内容只有一句英文："越过长城，走向世界。"

等到1992年赵海平真的飞越了长城，邓小平刚刚发表了他著名的南巡讲话，地球上人口最多的国家确定转向市场经济，并迎来经济的腾飞。

赵海平到美国才见到了超市。他回国探亲时给家里捎过电话机、微波炉、摄像机，这类电子设备是当时人们带得最多的礼物。

这些很快成了历史。当他2015年回到中国，他需要带回的只是自己。

中国已是第二大经济体。他像个外星人，震撼于上海人习以为常的密密麻麻的高架桥，也为崭新的百货商场感到新奇。

出国时，中国还是自行车上的王国；归来，汽车时代早已开启了。"生活条件的提高降低了很多人回国的心理门槛。"赵海平说。

李才伟不得不习惯了杭州的堵车。"这个城市比（旧金山）湾区小很多，但是感觉时间距离比硅谷还大。"

金榕意识到自己以前生活在一个"封闭的世界"。他乘坐中国高铁后，这种感受尤为强烈。中国在2008年成为高铁上的国家。但在1989年，他乘火车从南方到北方上大学花了44个小时，他记得厕所是乘客争抢的"不错的地方"，很多人只能睡在车座底下。高铁完全颠覆了他的印象。

中国很多城市，从地摊买一包零食、在菜场买一棵白菜，都可手机支付。这让赵海平感慨，"中国很多地方做得比美国先进了"。

在李才伟看来，中国企业曾经搬运了国外的很多模式，但是在最近一两年里创新了很多模式。

"其实我们这批人并没有在中国真正生活和工作过。"成年后没走上社会就客居异国的赵海平说，"我现在是美国国籍，但是我作为一个中国人，没有在这里工作过，总是很遗憾。"

生命在于折腾

不止一次，50岁的生物学家施一公表达过同样的遗憾。

"中国在全速发展，国内的同龄人脚踏实地地推动着她的前进；我不想只做一个大洋彼岸的旁观者。"他在自己的博客里说。

几年前，他结束普林斯顿大学的终身教职，卖掉房产，举家回国。他目前担任清华大学副校长，还在杭州西湖边筹办一所私立大学，目标是建成加州理工学院式的精英学府。

很多人劝他回美国。他一次次解释：从决定回国那一天起，未考虑任何退路。

清华大学向他发出邀请时，他只考虑了一天。后来他解释，回国前，"内心总觉得缺少点什么东西，总是怅然若失。我缺什么？缺少的是对祖国的回报，缺少对自己求学时期信念的坚持，缺少让我振奋的直接帮助同胞的成就感！"

一位支持者这样回复他："中国需要海归，海归更需要中国。"

方恩（天津）医药发展有限公司董事长张丹形容，许多海归都有类似的经历。他们先是有一个"美国梦"，追求深造和平等的发展机会。现在，"中国梦"对他们有更大的吸引力：一个报效祖国的机会，一个没有"玻璃天花板"的上升机会，一个使自己所有的知识和经验能110%发挥出来的机会。

大约20年前，搜狐创始人张朝阳在解释自己为什么回国时说："那时候在国内遇到的任何人，我觉得他们都活得那么理直气壮，哪怕他们是在跟人吵架。"而美国华人即使做教授，都给他一种疲弱无力感。"我相信这是长期客居他乡给人造成的外在精神缺憾。"

俞本权相信华人在硅谷存在"玻璃天花板"。"不管怎么样，你融入主流文化里面还是缺了一块。差就差在你跟人家喝酒喝咖啡的时候在聊什么。虽然大家都不说，多多少少都是能感觉到的。"

年轻一些的盛子夏感到烦恼的是，在那里每个人都是一颗具体的螺丝钉。

他此前在美国一家信用卡公司工作，朝九晚五。"早一分钟上班、晚一分钟下班都觉得亏了。"他的一个同事某次写代码还差一个分号就将完成，结果到了下班时间，立即关了电脑。

在中国通过工作面试后，他立即飞回美国，辞职、卖房、卖车，告别那种安逸的、"不咸不淡"的生活。

李才伟在硅谷也有强烈的"螺丝钉"之感。"这种日子不是在这个岁数想要的。你感觉自己在虚度人生——我觉得大部分回来的人都是这样的。"

2016年美国总统大选，他在杭州投出了选票。在另一个问题上，他已用脚投票：回国。

家庭问题让他纠结了很久。太太支持他，但当时读六年级的女儿激烈反对。他只能在杭州独居，每天与家人视频聊天。如今谈起孩子他仍忍不住眼圈发红。

俞本权把3个孩子带回了中国，他太太也辞掉了在美国的高薪工作。

他认为，在薪水相差不大的情况下，国内有更好的位置，可以做更大的事情。"我对于机会是相信的，方向是认的。"

中国亲友惊讶地问他们，"人家都往外跑，你们都往回跑干嘛？"

"生命在于折腾。"在他的离职信中，俞本权引用了一句并不存在的"中国老话"。

不同于华罗庚当年引用的"梁园虽好，非久居之乡"，它简单、粗暴。

以冲刺的速度长跑

回国后，俞本权得知他须向现雇主交一份"离职证明"才能入职。他不知怎么做，只好给前上司写了一封邮件，写清离职时间，算作"证明"。

在国内为了办一件事，赵海平被要求证明自己20多年前的户口注销情况。他不得不让自己的姐姐跑到家乡秦皇岛，从某一个派出所里开具了这份证明。

在很多方面他们都重新认识了中国：政府的官僚气息没那么重了、办事效率高了。街头随地吐痰、插队、闯红灯的频率低了很多。软的方面和硬的方面都在提高。

由于到处都是工地，俞本权对迷路习以为常。

如同鱼类从咸水来到淡水，洄游者必须适应不同的水体。薛晖招过一名海归，带着3个孩子回国，一年半就又回到美国了。还有人待了一个月，来去匆匆。

金榕从"一开始"就感觉到了巨大区别。中国的公司业务跑得非常快，上线一个产品后，要立即根据用户的表现进行调整，但技术不可能几周就有变化。如果完全听命于业务团队，技术团队就会沦为工具性的存在。

"他们叫做小步快跑。但对技术来说这是蛮痛苦的。"

俞本权对记者形容，国内是"以冲刺的速度长跑"。比如国内企业要实现某个功能，一拍脑袋，明后天就要上线，连夜开始软件"攻关"。虽能快速上线，后续维护成本反而高于开发成本。每一天，他都会遇到这种冲突。

到来之初，盛子夏就听从了中国上司的告诫：这里是一片"蛮荒之地"，可以施展拳脚，显示出自己的价值。他后来也转告别人："你是要在蛮荒之地拓荒的，不是来做螺丝钉领任务的。"

"想来折腾折腾的，你就来折腾，想赚钱的安逸的我就不劝人家来了。"

某种程度来说，洄游者造成了"鲶鱼效应"。

在蚂蚁首席数据科学家漆远来到之前，这家公司原本在用传统技术做智能客服，但他力主做深度学习，颠覆了原方案。他知道得罪了不少人。有人意见不合，走了。

他被提醒过："漆远，要挺住，听说你要完蛋了。"

作为首席技术官，程立见过那些激烈的争吵。"过程就是几股真气融为一体的感觉。"程立说，希望冲突是化学反应。没有冲突就没有真正的合作。

漆远也困惑，自己是不是太直率了，是不是要圆滑一些，"中国特色一些"。

程立对记者说："我比较喜欢硅谷回来的人的技术文化和工程师文化。非常直率，想到什么就说什么。"

他们富的时间还不够长

从地理上来说，这些人的确离开了硅谷。但从另一个角度来看，他们仍处在"硅谷"的包围中。

在距离旧金山超过1万公里的杭州，能够找到以硅谷命名的写字楼、小区、超市、中餐馆。在北京，网络地图上有1100多个标记着"硅谷"的位置。

而旧金山湾区那条举世闻名的狭长山谷，谷歌所在的山景城（Mountain View）被华人叫做"望山屯"，雅虎所在的桑尼维尔（Sunnyvale）叫"阳谷县"。当他们回到中国，又是遍地"硅谷"。

中国各地对硅谷有一种特殊的渴望，这个词语的流行程度与这种渴望成正比。

从硅谷回来的北极光风险投资公司创始人邓锋认为，全世界最好的创新创业地点可能是硅谷、北京的中关村和以色列的特拉维夫。"我刚刚回国的时候并没有这么乐观，今天还真的是越来越乐观了。"

在母校清华大学的一次演讲中，邓锋对年轻人说，美国所有的创业机会在中国都有，但有些机会在中国有而美国已经没有了。"因为我们过去相当于一张白纸，你可以画最新最美的图画。"

金榕则强调"这真是一个让人兴奋的地方"。

他通常清晨四点半起床，晚上十点半到十一点之间离开公司。"什么是最好的工作？如果你每天早晨起来想的第一件事情是去办公室，那就是。"

不过，他注意到，中国很长一段时间是追赶者的角色，缺乏勇气去挑战一些真正难的问题。跟随，而不是领导。

赵海平也说，国人习惯了"看美国在做什么"，其实美国的东西也不一定很好，中国可以在自己的环境下，创造从未有过的解决方案。"中国需要好好思考，去做一个从0到1的工作。"

他回国后的一个体会是，硅谷人潜意识里总觉得自己的技术是最好的，其实走出硅谷发现，技术差距没那么大。

很多年前，中国改革开放后第一批留学生曾向国人感慨，美国"人人争当经济人"，14岁的中学生因为经商有道备受推崇。

今天，类似的剧情正在中国上演。

赵海平说，不管华尔街、硅谷还是中国，大家对于"赚钱"的重要性没有什么异议。区别在于，每片区域对钱的理解是不一样的。如脸书创办人马克·扎克伯格所言，成立企业的目的是为了创造价值，在创造价值的同时，"钱是我的奖赏"。

"我希望大家对钱的理解能够有一个升华，而不是只要不择手段赚钱就OK。"赵海平说，中国现在对金钱的宣扬过了头了。"你什么时候见过硅谷的富二代在炫富的。在中国看到炫富的情况你就笑了，你就觉得他们富的时间还不够长。"

他想也许再过五年十年，这个国家对钱的观念才能够"沉淀"下来。

每个海归都在打量中国的不同侧面。但在一个问题上，他们很容易达成一致：中国以雾霾为代表的污染问题会让有意回国者充满顾虑。

每当被问起在国内最不开心的事情，施一公总是回答：空气污染。

他在北京患了慢性咽炎。常有海外科学家问他国内的空气，"这是他们最关心的问题之一"。

这位生物学家有一天选择在博客上谈论这个问题。他承认自己内心里做了一番斗争：他痛恨空气污染，可是又担心自己的公开谈论让更多人对回国心存顾虑。因为，他是那么希望人们回到中国来。

张　国

2017年1月11日

三　时代深处

瓮安答卷

3年前，这里爆发了一场闻名中外的大规模"群体性事件"。只有近10万人口的瓮安县城，有3万多群众走上街头。由于对一位16岁少女溺水死亡处置不当不满，再加上谣言煽动，愤怒的人群先后冲击了县公安局、县政府和县委，并点火焚烧了3座办公大楼。

冲天大火震惊全国。1935年，中国工农红军在瓮安建立了长征路上第一个人民政权——桐梓坡农会。70多年后，这里的基层政权却遭到了质疑：她的执政能力和领导水平究竟如何？反腐防变的能力怎样？她的执政基础是不是正受到威胁？

在一段时间里，"瓮安执政"成了全国领导干部的一道考题，"瓮安之问"引发了社会的深沉思考。

瓮安人的解答是写在现实中的。3年过去，瓮安交出了怎样的答卷？

信访奇迹：80%纠纷可止于初访

2008年7月4日，"6·28"事件刚过去6天。龙长春从贵州省委办公楼出来，连换洗衣服都没带，就直接前往瓮安履任县委书记。此前，他的职务是铜仁行署副专员。一同"空降"的还有代县长谢晓东、公安局长庞鸿和政委周胜。

新班子带着省委的基本判断上任："6·28"事件是当地社会矛盾长期积累，民间怨愤淤积太久的结果，是典型的泄愤式群体事件。"近10万人的县城，3万多人上街，办公楼烧着了有群众还欢呼。"龙长春坐在车上，一位老领导的话言犹在耳："瓮安县委坐在火山口上了尚不自知！"

此时的瓮安县委大楼已是满目疮痍，龙长春只能先在林业局"安营"。在这里他劈出了第一板斧——县委书记大接访。"要化解民怨，就必须直面矛盾。"他在临时办公楼里先竖起了"为人民服务"的屏风，又在一楼设立了信访接待室。一时间，楼前人流熙来攘往，办公室灯光彻夜通明。

4天后的赶场天，公开大接访的大棚搭到了县城中心的广场上。由于电视台提前发了预告，所以一大早访民就蜂拥而至。工作人员在入口处"放号"，叫到号后，访民按反映问题被分到不同部门的棚子里，但许多人进场后却直奔县委书记的大棚。

当天一共接访了115个号。傍晚收摊时，上访群众不愿离开，县委、县政府承诺：放号有效，下次继续使用。瓮安县信访局原局长秦综就在现场，他对中国青年报记者分析说："这种场面表明，老百姓对新一届县委县政府抱有希望。换句话说，这些信访件能不能办好，决定了老百姓能不能重新相信你。"

在此后的40天里，像这样的大规模公开接访又举行了两次。

除了书记大接访，瓮安还同时启动了干部大巡访、教师大家访、公检法司大联访、乡镇干部大走访，俗称"五大访"。"五大访"引爆了全县的信访潮。"2008年上半年县上信访只有42件，7月4日到年底，就爆涨到2121件次3449人次。"秦综回忆说，"许多长年积案都翻了出来。"

构皮滩水电站移民搬迁是瓮安的一个著名积案。由于不满安置政策，部分移民长期上访。2004年12月，当时的县领导带队到江界河村商议补偿标准，谈判陷入僵局。有村民将宪法拿给县领导，让其当众朗读第二章"公民的基本权利和义务"，矛盾瞬时激化，干部群众发生激烈争执。不满的移民把工作组扣了两天，工作组最后在警察解救下才得以脱身，解救中多名村民受伤。从此，江界河移民成了瓮安一块板结的伤疤。

这块伤疤不时化脓。一些移民参与了"6·28"事件，还有的移民抢占乡政府食堂，自己淘米做饭。2009年夏，瓮安县工作组到江界河村进行了逐户访问，他们发现，僵局缘于敌对思维，对人民内部矛盾只要工作到位，再死的结也解得开。

新政策很快出台：愿意搬迁的移民，及时补偿到位。暂时不愿搬的不强迁，哪天愿意哪天迁，县机关部门对口帮办手续。实在难离故土的，政府花钱在水线上平整一块地，供其建房安置，并由县领导逐一"包保"。

"移民后来大多自愿迁走了，300多户中留下的只有20多户。"龙塘乡党委书记李飞对记者说，"留下的也已安定，江界河基本实现了息访。"

大接访当年接案3170件，结案率达98.1%。"6·28"前，瓮安的信访结案率只有18%。半年间，信访结案率提高了80.1%，堪称奇迹。

大接访次年，瓮安信访量迅速回落，2010年下降到693起，较2008年下降68%。"80%的上访其实完全可以止于初访。"一份总结报告写道，"如果基层执政得力，民怨何以如此淤积，又怎么会爆发'6·28'事件？"

权力失范：干群关系扭曲错位

"6·28"事件其实早有前兆。

"2008年的时候，冲突已有好多次。农民扣干部，警察抓农民，有一次水库移民甚至冲击了公安局。"一位瓮安老干部对记者说，"点燃县委大楼的那把火，是迟早的事。"

"瓮安事件的深层原因是干群关系的严重扭曲。"中央党校党建教研部主任王长江分析说，"公仆跟他的主人，在角色上出现了严重错位。"

"玉山帮"案是这种扭曲错位的典型案例。

"玉山帮"是当时瓮安最大黑帮。因其骨干多为玉山镇人而得名。在2008年7月被剿灭前，它已在瓮安横行了10年。其间，多名黑帮头目成为中共党员，一个黑老大的父亲甚至被任命为村支书，其能量让外间人瞠目。

在"玉山帮"的审判卷宗中，记者看到了6名国家工作人员的名字，其中有乡镇党委书记、科局级干部和公安干警等。判决书写道：由于他们的庇护纵容，

"玉山帮"得以获得政治和经济力量，从而发展壮大。

中坪镇党委原书记杨兆明是曝光的保护伞之一。乡邻周知的是，他的儿子拜了"玉山帮"老大熊教勋做干爹。2005年，"老亲"熊教勋看上了一座铁矿，可当地商人的承包合同还没到期。多次滋扰威逼无效，熊教勋即请杨书记出场"劝退"，并允诺赠送未来"腾飞"洗矿厂干股。

此事正合杨兆明之意。他随即伙同副书记郎永林以无证开采为由，威逼原老板退出了矿山。事后杨、郎如愿各分得"腾飞"六分之一股份，先后获利人民币20多万元。在"腾飞"，杨、郎也默认了职责，即提供"官方保护"。

中坪镇国土所曾因"腾飞"手续不全下发过十多次停采通知，但由于杨、郎屁股坐在了"玉山帮"一边，"腾飞"每次都顺利过关。郎永林事后供述，"我每月都要与国土所到各个矿山检查安全生产，但'腾飞'从未被处罚。即便他们单独去的时候，也只是象征性地下过处罚单，没有真正处罚过。"

中坪镇派出所原所长杨育平的"角色穿越"更为戏剧。杨育平和"玉山帮"另一老大卢宝霖是干亲，两人的合作堪称经典。卢的生意主要是开赌场，杨在卢的多个赌场都有干股，杨调到哪里，卢的赌场就开到哪里。由于杨的庇护，卢的赌场形同敲诈。而且因为有此内鬼，多次打击"玉山帮"的行动都落了空。

具有红黑双重身份的杨育平多次上演无间道。2007年1月，杨得知县公安局决意要禁赌，就给"玉山帮"传过话去："我们搞的赌场应该停了，不如我带派出所把它砸了，也好给群众一个交代。"3天后，杨带着五六个警员冲到赌场，当场砸了啤酒机，还煞有介事地罚了"玉山帮"3000元。"两千块买了头猪，所里年终聚餐。剩下的一千元交给内勤上账。"

此事不仅成为杨育平夸口的工作业绩，还成为他在法庭上为自己辩护的证据。

在瓮安，我们经常听到过去这种角色错乱的故事。有警察在警局旁的饭馆吃饭常不给钱，结果老板见他来就关门。有派出所经费不足，就派员隐藏在乡村小路边，等有人骑摩托车过的时候，突然窜出来执法，"没有说服教育，只有罚款放行。"一位老民警说，"有时一辆摩托车一个月能被查三四次。"

"完全忘掉党的宗旨和自己的身份啦。"临危受命的瓮安县政法委书记吴智贤对记者说，正本清源的第一步，就是要让干部和警察知道：我是谁！

重归公仆：组织压力逼出奇效

压力让瓮安人警醒。醒来后首先做的就是把公仆们"赶"到百姓中去接地气，建感情，找回自己应有的位置。这是强制性的，自干部作风教育整顿以来已问责127名干部。

杨胜乾是雍阳镇原政法委书记，因"6·28"事件受到处分，被调往鱼河乡任乡长助理。深溪村是乡里情况最复杂的村，杨胜乾选择到那里"从头再来"。

进村第一次开大会，"那天出大太阳，主席台在屋檐下的阴凉处，村民们都坐在坝子中间。"杨胜乾说，自己刚在台上坐下，就听到有人喊，"为哪样你坐在阴凉里，我们晒太阳？""对哈，大家都坐在一起。"杨胜乾应和着赶紧把桌子搬到坝子中间。

顶着烈日，他扳着指头一项项地说村里可能发展经济的路子，村民们也一直仰着头，仔细地听着。那次大会后，杨胜乾成为深溪村党总支书记。

接着，杨胜乾为村里引资准备发展1000亩精品猕猴桃种植基地。但一下子流转出这么多土地，在过去肯定要吵得天翻地覆。杨胜乾给农户一笔笔算经济账，靠着增加收入美好前景说服了大家。"现在懂得了什么是为老百姓执政。"杨胜乾总结，把自己摆在服务者的角度，用一颗公心干工作，才会赢得公信。

治吏的同时也在治警。2011年春，瓮安公安系统选派了100名年轻干警到老百姓家去当"义工"。20天里，跟老乡同吃同住同劳动，不准请假，不准探视，凡私自离岗一律关禁闭7天。

中坪镇派出所民警曹开野被派到一个小山村住户，一落脚，房东就问他："你还记得我吗？"曹开野马上愣住了。

原来，2007年一个冬夜，这个村民曾到派出所报案，说自己的耕牛被盗，因此类案子费时费力，曹开野不积极："太晚了，明天再去看吧。"村民重复了很多遍心中的焦急，没能说动小曹出警。第二天，小曹又因为有其他事情，最终没去勘查现场。

"你知道吗？我那天特别失望。其实也并不指望能找回牛，只是希望在最害怕的时候，你们能起点震慑作用。"那个老乡说，"可我连这都没得到。"

此时留给曹开野的只有痛悔。"那次活动回来，许多人的总结都写成了检讨书。"

"瓮安现象有很强的自上而下的组织内管束特点。"王长江教授说，"而这里的作风转变之所以效果好，是因为他们不仅有风暴，还形成了一套有效的制度。"

瓮安县委组织部率先试水建立了"基层组织局"。他们首创了机关和基层党支部"双向组织生活"。"现在县乡村干部都实行了'写民情日记''记民情台账'制度，以检查干部下基层的情况和对农户的了解。"瓮安县委常委、组织部长彭志伟说，"这些记录都是提拔任用干部的依据。"

最有特色的是副科级干部任村支书的制度。目前已有49个副科级干部任村支书，约占全县村支书总数的一半。这种典型的自上而下的瓮安做法，在这里还真起到了立竿见影的作用。

熊永忠是铜锣乡著名的上访户。他所在的村组大片林地因构皮滩水电站的兴建而淹没，可国家给的补偿款却被原村支书廖德云私吞了。后来廖德云被判刑，可他的家族势力仍非常强大。讨款无果，熊永忠只有不断上访。

2011年8月，铜锣乡党委换届，熊永忠再次上访。令他意外的是，新来的党委书记宋华当场表态，15日内肯定给个答复。此时正值瓮安县推行副科级干部任村支书制度，铜锣乡党委将副书记下派村里兼任村党总支书记，同时将临近两村的党总支副书记实行异地交流任职。

由于排除了人为干扰，实地调查很快就有了结果。12天后，宋华等人到熊永忠家商议，听取意见，最后决定用一笔专门的资金解决问题。

等到这个结果，熊永忠大喜过望："多年的上访路，走到这里，算是到尽头了。"

不仅如此，在多次目睹了乡干部的新作风后，熊永忠将一份入党申请书交给村党支部，他对中国青年报记者说，为老百姓干事的党，值得加入！

立党为公：利益切割标示执政理念

瓮安矿产丰富，自古就流传着"谁能识得破，金银用马驮"的诗句。如何切割好这块"肥肉"，一直考验着瓮安的基层政府。

瓮安的磷矿大多在玉华乡，这里也是矿群矛盾最尖锐的地方。由于矿产的开采，当地地下水源曾被挖断，人畜饮水发生困难，而地基的下沉，也导致一些百姓的房屋开裂。

"政府的税收增加了，老板腰包鼓了，村民非但没有受益，甚至还受了损失。"玉华乡乡长张林才说，"这样的发展怎能不累积危机？"

2007年4月，玉华乡岩根河村田坝组村民与当地矿产开发公司发生纠纷，在解决过程中，村民又与政府人员发生冲突，13名村民被拘留。随后村民冲击了县公安局。"6·28"事件当事少女的干爹也曾参与此事。一年后，正是他用冰棺保存少女遗体，导致事态向恶性发展。

"参加群体性事件的许多人其实并没有什么政治诉求，大多是因为具体的经济利益问题。"王长江说，"对于人民内部矛盾，解决的关键是切割好利益。执政党要为最广大的人民群众谋利益，这是瓮安人用血换来的教训。"

2008年10月，瓮安县人大通过了《关于建立瓮安县和谐矿区建设基金的议案》，制定了"谁开发、谁保护，谁引发、谁治理，谁破坏、谁恢复，谁受益、谁补偿"的原则，明确矿山开采业主的责任，保证治理资金和治理措施落到实处。

在新理念指导下，玉华乡解决了一桩历史公案。牛宫村由于矿产开发，许多农民失去土地，生活无着。运输矿石是很大一块肥肉，可乡里的车队长期交给私人老板经营，村民得不到一点利益。为此，失地农民常常堵路。

"6·28"后，玉华乡动员老板退出车队，然后成立了"北斗装运有限责任公司"，村民一人一股，每股2500元，总集资120万元。公司雇佣经理班子负责运营，除提取一定公益金帮助村里的孤寡老人，红利年终均分给每个村民股东。2011年，每个股民都分到了2000多元。

"公司制度非常严密。每年出生的婴儿在次年入股。"总经理舒泇华说，"公司成立后，再没发生过堵路，一堵路，就损害自己的利益啊。"

切民间资本的"蛋糕"不易，切政府自己的"蛋糕"更难。

这方面，瓮安也有教训。2007年前，瓮安县工农业产值和财政总收入都增长很快，但用于民生的支出却很低，以至怨声载道。

对此，瓮安一中校长李凤奇的感触最深。在他的记忆里，2008年以前，政府不但不对学校发展投入经费，还要将学校收费中的40%交给财政统筹，"2007年瓮安一中就'统筹'走了116万元。"有校长曾经跑到教育局局长办公室去争取、吵架，还是依旧统筹。

当时，瓮安全县3200多名教师承担着近8万中小学生的教育任务，其中瓮安一中的师生比达到1∶30，全县人数最多的班级有145人。"全县初、高中校内住宿只能容纳2000多名学生，七八千名学生在校外租房居住。"李凤奇说，"由于管理跟不上，黑社会势力慢慢渗透到学生中间，'6·28'事件中，青少年成为参与的先锋。"

痛定思痛，瓮安县领导在反思会上表示："就是砸锅卖铁也要先把民生的欠账还上！"2008年以来，瓮安县偿还教育历史欠账4826.77万元，投资3.06亿元建设和改扩建重点学校，筹资3978万元改造了一批农村初中和薄弱学校。县城学校每班学生变成了60人左右，校内宿舍也基本满足了需求。

观念一变，思路大开。征地拆迁是各地政府最头疼的事，然而瓮安县城改造实施3年，涉及的4000多拆迁户却无一上访。"根本原因就是让利于民。"瓮安县委副书记、县长尹德俊说，"把利益多切一点给老百姓，是市政工程，就切政府的；是商业开发，就切开发商的。"

瓮安的补偿政策确实优惠：对县城居民拆迁执行"拆一补一，结构陈新不补差"政策；将农民土地征收补偿标准从每平方米25元提高到43.09元；对失地农民的安置方式由原来单一的货币安置，转变为小城镇安置、货币安置、划地安置、社会保障安置等多种安置方式，让百姓自主选择。

如此力度的让利补偿，在全国也是超前的。有人曾经提醒瓮安其中的风险，但瓮安县委的回答是："发展是为了人民，只要有利于老百姓的利益，就值得干。"

还权于民：百姓评判永葆警醒

通过过去3年多的治理，瓮安的成绩单十分靓丽：全县生产总值年均增长17.3％，财政收入年均增长27％。2011年，瓮安实现县内生产总值52亿元，财政总收入7.5亿元，分别是2007年的2.37倍和3.13倍。

2011年群众对干部满意度比2007年增长57.2个百分点，群众安全感指数比2007年增长38.65个百分点，排名全省第2位，尤其是人民群众对公安机关的满意度从2007年的全省垫底提升到全省第1位。

瓮安的未来也十分光明。一个以县城为中心的60平方公里规模的城市雏形正在显现，瓮安工业园区已经吸引总投资216亿元的57个项目落地建设，农民工创业园及瓮安职校正在工业园区内建设。更让瓮安百姓欣喜的是，县城到贵阳的高速公路将于今年开工，建成后将使到省城的车程缩短到1个小时之内。对瓮安这样一个资源大县来说，这无疑将会如虎添翼！

"从大乱到大治，瓮安所做一切的根本就是回归党的宗旨。瓮安的实践也证明，执政者只要醒着，就有的是办法去解决问题，攻克难关。"王长江分析说，

"但是，怎样才能保证执政党永远警醒，不再睡去？"

王长江曾在瓮安干部陪同下去参观原县委大楼的废墟。大家议论说，这是对执政者的警示。

回到宾馆，王长江和瓮安县干部一起讨论起了黄炎培与毛泽东的"窑洞对"。

67年前，黄炎培先生曾在延安对毛泽东说："我生六十多年，耳闻的不说，所亲眼看到的，真所谓其兴也勃焉，其亡也忽焉。一人，一家，一团体，一地方乃至一国，不少单位都没有能跳出这周期率的支配。"

毛泽东回答："我们已经找到了新路，我们能跳出这周期率。这条新路，就是民主。只有让人民来监督政府，政府才不敢松懈。只有人人起来负责，才不会人亡政息。"

"瓮安就是按这个思路在探索，有了脱胎换骨的变化，我们对瓮安也应该有新的解读。"贵州黔南州委副书记、瓮安县委书记陈昌旭对记者说，"瓮"字由一个"公"和一个"瓦"组成，"公"代表立党为公，"瓦"代表群众，只有"公"字当头，才能赢得群众拥护，只有做到"公心、公开、公平、公正、公信"，才能实现瓮安"政治安定、社会安稳、生产安全、干部安心、群众安逸"。

目前，瓮安已普遍推行了村务民主决策的"一事一议"制度、科级干部由群众考评组"下评上"考核制度、各级政府部门公开承诺制度等等。

今年2月23日，瓮安举行了一次承诺大会。全县23个乡镇、81个机关单位的负责人在电视镜头前，用普通话对2012年的工作作出公开承诺。"诺而必为，为而必力，言出必行，行必有果。"陈昌旭说，"这就是要对所有承诺的工作，让老百姓可以一条条地对照监督。"

让干部们印象深刻的，还有2010年的村（居）民委员会换届"海选"。

"民主是一个多环节有机联系的系统。在中国现实情况下，选举环节的单项突进，并不一定会有期待的结果。"王长江说，"这不能成为不搞民主选举的理由，总得开始，发展民主的问题要靠民主的发展来解决。"

2010年的"海选"就是这样的"渐进"。全县有21个乡镇的24个村、1个居委会进行了"海选"，占应选村（居）数的25.8%。

"海选"不确定正式候选人，公开报名竞选，村主任、副主任在选举会场向选民发表竞职演讲，由选民直接投票选举。"竞争非常激烈。"一份工作总结写道，"最受村民青睐的还是凭自己双手富起来的人，竟然有107个农村产业带头人和164个农村经济能人进入村委会。"

在这次选举中，36.4%的原村（居）主任没有连任，而新当选的副主任则占到83.6%。这让村干部们第一次切实感到了压力。

"只要执政者的动力和压力都是自下而上的，都来自于内部，来自于老百姓，瓮安就一定能够长治久安。"王长江说。

毛浩　董伟　白皓

2012年4月27日

剩下3000万

——中国农村剩男现象调查

据国家统计局最新数据，我国2015年出生人口性别比为113.51。在过去的20多年里，这个比例曾一度高于120，是世界上最悬殊的出生性别比例之一。这意味着，每出生100个女孩，会多出生20多个男孩。如今，那些在出生性别比最高的年代诞生的孩子正在陆续进入婚龄。

20多年来，市场经济发育，城市化进程推进，计划生育政策实施，所有的这些因素交织影响着中国的性别失衡问题。作为一个曾高度城乡二元化的国家，其"婚姻挤压"更多地挤向了边远、贫困地区，数千万"剩男"的婚恋难题正引发更严峻的社会问题。这个问题事关发展，事关权益，在迈向全面小康的攻坚战中，不应被忽视。

腊月细碎的雪花化在了年味逐渐升腾的豫东韩朱岗村，邓孟兴家里格外热闹，大多是头发花白的父母领着腼腆的后生，话题只有一个："他叔，俺儿子年纪不小了，你留意给寻个媳妇吧。"

56岁的邓孟兴嘴里应着，心里却直打鼓。他在镇上开了10年的婚介所早在2014年就关门了，附近十里八乡的男孩太多，女孩太少，介绍对象的活儿没法干。

可老邓10多年来当媒人的名声还在，家里有男孩的还是会趁着年轻人打工回来过春节的机会，在腊月和正月里频繁出入老邓家，拜托他帮着解决终身大事。

"还有6个小妮儿。"老邓对村里谁家有适婚的女孩了如指掌，但他心里明镜似的，这掰着指头都数得过来的姑娘，很难看得上村里那40多个未婚男青年，"还有条件更好的小伙儿从外村找来呢"。

2010年之前，老邓一年还能撮合成十几对，但似乎就是从那一年开始，曾经密密麻麻记录着男女青年信息的小本上，只有男孩儿的信息在不断增加，女孩儿的信息越来越少。

老邓总结说，估摸着是20多年前出生的男孩远远多过女孩。其实，老邓朴素的认知早已经是人口学家研究的重点。

过去的10多年，西安交通大学人口与发展研究所教授李树茁和他的同事在不断对人口普查信息进行分析的同时，还对全国28个省（区、市）300多个行政村的性别失衡情况进行了田野调查。

他们给出的结论是，由于上世纪80年代开始的市场化、城市化和计划生育政策的复合影响，中国人口性别结构已整体失衡。

近一二十年的全国人口普查数据已厘清了一个事实：我国出生人口性别比从上世纪80年代初开始就一路走高，并持续高位徘徊。最高峰的时候，出生性别比高于120，远超107的正常值，一度成为全世界出生性别比最高的国家之一。

李树茁等人根据几次全国人口普查的数据，以20世纪80代初我国的出生人口性别比为参照，对我国1980年到2010年间出生人口的性别情况进行分析，推算出这30年间，出生的男性为2.9亿，女性为2.54亿，男性比女性多出大约3600万。

"如今，这一代人正不断进入适婚年龄，失衡后果逐渐显现。"李树茁的判断是，从2010年开始，中国将经历长达几十年的"男性婚姻挤压"，"1980年代后出生的男性中，将有10%至15%的人找不到或不能如期找到配偶。考虑到边远地区是婚姻挤压的最后一级，农村失婚青年的比例要高得多。"李树茁说，"这轮危机规模大、来势猛，持续时间长，必将构成困扰21世纪中国社会的一个突出问题。"

"被迫失婚"的大龄剩男密集出现

相亲成为春节主旋律的远不止河南的韩朱岗村。鄂中柴湾村的王飞龙夫妇提起3个儿子的婚事也是长吁短叹。

王飞龙自己有3兄弟，这3兄弟又分别有3个儿子，9个男孩都到了适婚年龄。这个人丁兴旺的大家族，近四五年来春节前后的主题就一个，拜托能找到的一切社会关系，安排一场又一场的相亲。

每年还不到腊月，王家的几个妯娌就开始四处奔走，张罗相亲的事，但能安排相亲的女孩实在太少，大多数时候，男孩们只能在网吧里无聊地度过。尽管各种网络社交工具也曾让一些农村男青年有机会在虚拟的环境中实践爱情兵法，但毕竟那大多是镜花水月。

9个男孩的相亲波折几乎让这个家族每年春节都被愁云笼罩，大一点的那几个孩子已经奔着30岁去了，按农村的习俗，过了30岁还没娶上媳妇，打光棍几乎就已成定局。

女孩稀缺，媒婆生意难做，最直接的后果就是大龄剩男密集出现，不少剩男多的地方被戴上了"光棍村"的帽子。

武汉大学社会学系副教授刘燕舞近年来在国内多个村庄做田野调查，他观察到，一些农村的光棍率之前较为平稳，但从80年代之后开始急剧上升，"这个现象非常显著"。

他根据自己收集到的信息计算出，一些村里的剩男比例在3%左右，如果做个简单的估算，全国农村在峰值期大约有2000万左右的剩男，平均到68万个行政村，每个村就将有近30个剩男。

李树茁团队对300多个行政村的实地调查显示，每村平均大龄未婚男性达9.03人。其中，近80%的大龄未婚男性身体健康，没有残疾，"他们的失婚不是身体原因造成，属于被迫失婚"。

每年春节，华中科技大学"中国乡村治理研究中心"都会要求研究人员写篇回乡记。在这些乡村笔记中，几乎所有学者都把经济拮据列为农村剩男失婚的最根本成因。博士生刘锐曾讲述过一个辛酸的过年故事。

2014年春节，刘锐的同乡、37岁的邓长清没有回家过年。邓的母亲曾生过几场大病，家里没能积攒下多少积蓄，因此小邓初中毕业后就南下打工，希望趁年轻挣点娶媳妇的钱。然而由于学历低，只能靠打零工生存，几年下来，仍然没能脱贫。父母也曾找人介绍，但媒人看到小邓的家境，都摇头不愿接单。

不知不觉人到30，小邓逐渐感受到单身的压力。最让他难受的是，因为单身，年终回家不仅遭到兄弟奚落，而且邻居也会指指点点，父母每谈及此事就长叹。有一年，全家吃完团年饭，母亲借着酒兴提及此事，说着说着竟落下泪来。小邓对家里的愧疚感日重，次年大年三十，他给家里打电话，决定不回来了。他说，现在找到一位带着两个小孩、即将离异的外省女人，希望年后人少时带着媳妇回家。放下电话，母亲大哭一场，觉得自己对不起儿子，愁云笼罩了整个新年。

"现代婚姻鼓励个人能力，但个人能力由家庭文化决定，当经济上既处弱势，家庭教育又不足时，光棍就会被惯性源源不断地生产出来。"刘锐写道，"回到村里，长辈说得最多的话是，农村人要面对现实。"

争夺新娘

王飞龙夫妇现在最后悔的就是，当初下手晚了，大儿子24岁了才开始替他张罗婚事，这时绝大多数的同龄姑娘早已成婚。

王飞龙说，自己家经济条件不好，儿子们也没太大本事，媒人都不待见。媒人给王飞龙甩下过一句话，现在家里条件好的男孩，十七八岁就开始相亲了，像你家这样条件一般的，现在才动手，难啊！

王飞龙自己就是24岁结的婚。"那时候农村到处都是倡导晚婚的标语，乡上也得等你到24岁才给办证。可没想到，如今儿子这个年纪谈婚事就已经晚了。"

这似乎已经形成了一个轮回，王飞龙的父亲那一辈也是在十八九岁就得娶妻生子，那时候早婚是为了尽快完成传宗接代的使命，在经历了二三十年间的晚婚光荣之后，到了王飞龙儿子这一辈，又被"男多女少"的困境裹挟着回到早婚的路径。

华中科技大学"中国乡村治理研究中心"博士生夏柱智来自鄂东南的红村，他这几年回家过年时就发现，农村相亲定亲的时间大大提前，村里十七八岁的男孩们就已加入相亲大军了。用当地媒婆的话说，"现在女孩那么少，必须早早给占上"。

该中心另一位博士生魏程琳来自河南商丘，2014年回家过春节时，魏程琳意外地发现，18岁的堂弟阿坤已经订完婚，阿坤的父亲海叔正在实施下个计划，给16岁的小儿子张罗相亲。

海叔掰着指头给魏程琳比画，现在村里的女孩子少得很，处于相亲阶段的男孩子有10个，女孩却只有4个，你不抢，别人就下手了。"亲戚家的一个孩子都22岁了，还没找着对象，家里人为这事都快急死了"。

夏柱智介绍说，在他的家乡，春节前后，青年们陆续回村，许多人在这一个月内把婚姻的所有程序——见面、定亲和认亲、结婚全部走完。"办完没有证的婚礼，就各自外出打工，谈不上了解，年轻人是完成个任务，老人则是卸下副重担"。

西安交通大学的百村调查印证了早婚回潮现象。在其调研报告中写道：早婚回潮说明，在男女性别比失衡的大背景下，男性不得不采取早婚的策略来抢占稀缺的女性资源。

由于女性资源稀缺，争夺新娘的范围被扩大。"现在农村离婚妇女也很抢手。过去农村离婚女性大多被嫌弃，但现在也成了被争夺的对象。"

律师姬如松老家也在豫东农村，他告诉记者，村里去年离婚了12对，女的很快全都被抢走又结婚了，男方则只有3个再婚，其余很可能从此沦为光棍。"12个人里有个是我外甥，后悔得不行。"

姬律师的说法得到了媒人邓孟兴的证实。在他的小本上，二婚甚至三婚妇女都很抢手，"带着拖油瓶也没关系，因为彩礼要得少，越是离婚的，找过来说媒的越多。"老邓说："我们这儿，离过婚的人再找，叫大媒，给媒人的礼钱都要多些。"

因为实在没有合适对象，一些贫穷农村的男青年的择偶标准一降再降，"只要拣到碗里的都是菜，相貌、年龄、交流沟通什么的都不重要了。"姬如松告诉记者："身体残疾、智力缺陷的女性也都有媒婆踏破门槛，只要是女的，怎么样的都能给说到婆家。"

在豫东一个村庄里，中国青年报记者发现，一户人家就因为无力给二儿子支付昂贵的彩礼，只得给他娶了一位智力有缺陷的女孩。女孩基本不能自理生活，家里人怕她跑丢了，只能成年累月地把她关在屋里，吃饭时，再把她放出来。

她的丈夫常年在外打工，几乎不与她一起生活。但对其父母而言，儿子成家结婚算是完成了一桩心事。"有老婆总比打光棍好吧"，年迈的父亲苦笑着对记者说。

一个笑两个哭

鄂中柴湾村的王飞龙没想到，他们弟兄仨在给儿子张罗对象时，竟碰到一个同样的难题：当相亲的女方听说，男方家里都是3个男孩时，都会不约而同地提出要涨彩礼。

女方的解释是，你们家男孩多，负担重，结婚时不多要点彩礼，以后不可能再从父母那里得到什么了。

这样的解释让王飞龙哭笑不得。他年轻时候找媒婆介绍对象时，如果说谁家兄弟多，那绝对是加分项。

那时候，如果没分家，男孩多，壮劳力多，挣得也多，家境肯定更殷实。即便结婚分家了，那谁家的兄弟多，能帮衬的人多，在村里就有话语权。而如今，兄弟多的男孩居然在婚姻市场上要减分。

华中科技大学"中国乡村治理研究中心"博士魏程琳在河南老家观察到的现

象与柴湾村一致。同村的阿凌兄弟三个，阿凌是老大，相亲时，女方要12.8万元的彩礼，阿凌的父母也咬着牙同意了。可没几天，女方反悔了，理由是阿凌家兄弟太多，怕女儿嫁过去后过不上好日子。

魏程琳说，同村20岁的阿亮就更惨了，他家里4个兄弟，他是老大，根本没有媒人愿意上门。他奶奶说，人家女方家庭一听是兄弟4个，连见面的机会都不给他。魏程琳感慨说，也就这十来年功夫，时风就大逆转了。

媒人邓孟兴把他手里的男孩分成了3类：一等男，家里经济条件不错，个子一米七五以上，有能力，城里有房；二等男，家里条件过得去，个子不能太矮，至少上过初中；三等男，经济条件差，身高低于一米六五。"但兄弟多常常一票否决"，邓孟兴说，如果家里有三个以上兄弟，即便条件不错的二等男，甚至一等男，都会降到三等男。

三等男基本上就是困难户。邓孟兴说，这两三年来，他几乎不给三等男介绍对象，因为成功的几率太低，说不成媒的话就收不到费用，瞎耽误工夫。

夏柱智在回乡记里记述了一个案例。这户人家有4个儿子，至今全都打着光棍，"鄂北农村婚俗，彩礼加婚房，至少20来万"，夏柱智写道："要给4个儿子都娶上媳妇，那是不可能完成的任务"。现在四兄弟中最大的已32岁，全家火急火燎，"全家最后的决定是，4个兄弟合作给一个儿子娶回一个媳妇"，夏柱智说："毕竟不能断了香火！"

中国农村子嗣观念历来很强大。在豫东的孟庄村，中国青年报记者在与一位老计生干部的聊天中得知，当年为生男孩，村民想出了各种极端做法，"有把全家口粮都拿去交罚款的，有躲在外地几年不回来的，有离婚重娶的，传宗接代，惟此为大呀！"

"子嗣观念今天仍然根深蒂固，但是在当前剩男困境下，这种观念也在发生微妙变化"。魏程琳说，巨额的结婚成本，把多子多福的逻辑颠覆了，"调研发现，在一些子嗣观念相对较弱的农村，独生子女已成为普遍现象；在子嗣观念强的地区如华南、华北农村，拥有两孩以上的家庭所占比例也极低。"

2015年10月29日，甘肃省天水市甘谷县古坡乡魏家坪村，41岁的魏祥祥正在接父亲的电话，由于至今还孑然一身，好多活儿父母都安排他去做。魏祥祥家里7个兄弟，他排行第七，哥哥们都结婚了，因为家里实在没钱了，魏祥祥单身至今。李隽辉／摄

这也许就是农民的现实逻辑：必须要一个儿子来延续香火，但也拒绝更多男丁来增添负担。研究人员的判断得到了那位老计生干部的验证："前年村头老邓家生了个大胖小子，全家乐得合不上嘴，今年又添了孩子，抱出来一看是个儿子，当爹的'哇'的一声就哭了。"

饥不守道

"不干媒婆的人想象不到女孩稀缺到什么程度，"媒人邓孟兴说，"春节前后，一个未婚女青年的家门口能同时停着四五辆车，车里满满地坐着四五位后生，都排着队，等着和女孩见面。"

姑娘每天的时段已经被不同的媒婆承包了，一早起来，就坐在家里等着不同

的媒婆按着时间段带着他们手里的男孩上门来。遇到姑娘觉得条件不错、顺眼的男孩，她会多聊几句，留个QQ号，加个微信。看不上的，冷场几分钟后，男孩只能知趣地默默离开。

邓孟兴说，往往是他领着的这几个男孩还没聊完，另外的媒人就频繁地给他打电话催促，该人家的时间了。

一个女孩过年期间一天见十几男孩并不新鲜。邓孟兴印象中，有一个女孩一个春节就见了100多个男孩。

"那个姑娘条件不错，见了100多个男孩，总算百里挑一定下一个。可没想到，不多久，两人就吹了。来年的春节，大家听说这女孩又单着了，赶紧又来排队相亲，这一回，又见了90多人。"

"在农村婚姻市场上，女方已取得绝对优势，已经是完全的女尊男卑。"家乡在晋北的博士生李顺观察到，许多千百年改不动的风俗现在也改变了。

"在我的家乡，婆媳地位大逆转，特别是家庭条件不好的家庭，媳妇都得供着，婆婆得赔着小心，生怕哪点不如意，让媳妇跑了。"李顺说："婆婆疼的不是媳妇，疼的是钱呀。"

入赘为耻的观念也自然消解。"严峻现实让男人放下了面子，大家对倒插门也见怪不怪，甚至衍生出市场，山西吕梁就有专门介绍男性入赘到临近地区的媒婆，每人收费5000元。"

在皖南一个村庄，记者听说了王大超的故事。王大超家境贫穷，日子过得磕磕绊绊，眼看按常规结婚无望，31岁那年，他几乎花光所有的积蓄，从广西买了一个媳妇回来。没想到的是，才过了一周，新媳妇就跑了。王大超欲哭无泪，以为此生只能打光棍了。

又过了两年，33岁的王大超遇到一个寡妇，对方要求他倒插门。考虑再三，他最终决定入赘。这一举动震动四邻，因为这个寡妇其实是他的表婶，也就是寡妇的前夫是王大超的表叔。"让人感慨的是，这一圈几近乱伦的关系，没有遭到村民责难，相反获得了大家的同情和祝福。"

"适龄女性的严重缺乏，让农村剩男饥不择食，饥不守道。"婚姻生态失衡对传统伦理的冲击，让在各地进行田野调查的学者们感到震惊。

在一些特别贫困地区，大龄未婚男性甚至会采取"转房"的方式来结束单身。"转房"最为常见的是同辈之间的收继。在贵州山区，陈姓人家有兄弟4人，三哥在一次矿难中死亡，此时四弟已31岁尚未成亲。为了不让三嫂改嫁带走赔偿，也为了省去无力支付的彩礼，父母作主，让老四娶了自己的三嫂。

"'转房'有违儒家传统道德，历代的村规民约也一再禁止，但在男性婚姻挤压的最低端，这种形式又死灰复燃。"

中国近来的人口普查数据及全国1%人口抽样调查数据显示，婚姻挤压在中国绝非个案，几乎所有省份的农村地区都存在不同程度的女性缺失。更让人忧虑的是，"目前危机还只是初现，随着上世纪90年代以来出生的男性迈入婚龄，中国男性婚姻挤压的程度还会加重。"已研究此问题十多年的李树茁警告说："更严重的危机还没真正到来。"

（宣金学、向楠参与了部分采访。应被采访者要求，部分人名、地名使用了化名）

刘世昕　何林璘　杨海　兰天鸣

2016年2月23日

2015年，中国青年报派出多路记者分赴豫、冀、湘、鄂、皖、甘、桂等省区贫困农村，并会同西安交通大学人口与发展研究所和华中科技大学"中国乡村治理研究中心"专家，历时半年，对中国农村剩男问题进行了全景调查，推出全媒体深度报道，预警社会，并以期引起更多关注和扶助。报道共四篇，此为第一篇，其余三篇《市场的自由与束缚》《低处不胜寒》《消失的女孩》请扫码阅读。

留守一代
——中国农村留守儿童报告

农民进城产生留守儿童，全世界如此。但是，中国特殊的城乡二元结构，让这个问题变得更加深刻复杂。农民工融入之难，造就其家庭分割之剧，这在世界上都是罕见的。

无论是3年前父母一方或同时外出的6100万，还是民政部等部门最近公布的父母皆外出的902万，都是巨大的数字。如此众多的留守儿童在家庭关爱缺失中成长，这是社会之痛。

如果说当年农村父母与孩子分离，是生计所迫，社会和个人都有其正当性，那么在我们成为"中等收入国家"以后，政府财政和家庭财产都已迈过拐点，这个正当性正在削弱。儿童保护权已应超越经济发展权。

今年2月，国务院发布了《关于加强农村留守儿童关爱保护工作的意见》，首次提出要"从源头上逐步减少儿童留守现象"，"到2020年，儿童留守现象明显减少"。这份高规格的文件，还明确规定了解决留守儿童问题的部门职责：由民政部牵头建立农村留守儿童关爱保护工作部际联席会议制度。

可以预见的是，留守儿童问题正迎来拐点。此时，一方面路径渐显，可以回望；另一方面面临攻坚，急需推力。我们推出这组全景报道，希望给这个世界级现象留下一个记录，也希望它能有助于国家顶层设计得到有效落实。

曾经的留守儿童蒋能杰，如今留在村子里，和自己两岁半的儿子在一起。2016年夏天，坐在自己的农家小楼里，蒋能杰告诉中国青年报·中青在线记者，他不会让孩子离开自己。

蒋能杰是少有的自觉抗争者。为了不让更多孩子重蹈自己的覆辙，大学毕业后，他成了一位独立制片人，自费拍摄留守儿童题材纪录片，工作室就设在农村家里。

蒋能杰的纪录片已获过各种大奖，2014年，《村小的孩子》获凤凰纪录片大奖最佳长片奖。影片以几个留守儿童为线索追踪拍摄了6年，其间蒋能杰把公益互动做到了极致，但截至拍摄结束，留守孩子们的命运仍未有根本改变。

最新的摸底调查印证了蒋能杰的感觉。中国目前有902万父母皆外出务工的16周岁以下留守儿童。全国妇联2013年的一项研究报告测算，父母有一方或双方在外务工的留守儿童人数达6100多万。

英国BBC电视台在访问村小孩子的父母后评论，农民为中国的现代化作出了巨大牺牲，包括牺牲孩子的童年。现代化就是一把双刃剑，以往伤得更多是农村和农民。有观众在看完《村小的孩子》后，在影评中写道："应该反转了，救救孩子。"

其实受伤的不仅是这些孩子，还有整个社会。上世纪90年代成批出现的留守儿童，迄今已有一代人，有过无父（母）陪伴经历的人约占同龄人口的五分之一。

这个人群中相当比例的人留有心理阴影，是整个社会的隐疾，负面影响正逐渐显现。

更让人担忧的是，留守二代也已出现，这可能形成代际传递。"该调整的时候不调整，该反哺的时候不反哺，这必将埋下更大后患"，记者采访的多名专家这样警告。

蒋能杰记得，有一次做完关于留守儿童的放映活动后，他曾和一个观众吵了起来。站起来发问的观众理直气壮地说："我该纳的税纳了，你这个片子应该放给官员看。"蒋能杰告诉他："你们不是没关系的，他们的孩子如果出了问题，也可能影响到你的孩子。"他说着有点激动，"一个不健全的制度下，没有谁能置之度外。"

社会之痛

蒋能杰家的黄色小楼，矗立在村头。这栋"名声在外"的小楼，一层是小卖部，二层的一间则是汇集了各方捐赠的图书室。如今这里成了村里孩子新的聚集中心。

蒋能杰和他的助手是村里少见的青壮年。村子比蒋能杰小时候更空了，这个群山环绕的湘南村庄原本有1700多人，但其中900多人外出打工，剩下的都是老人和孩子。现在，村里10个孩子中就有8个是留守儿童。蒋能杰本人也曾是其中一员，他上小学4年级时，妈妈南下打工，10年后，爸爸也去了广东，当了一名建筑工人。

1984年，蒋能杰出生的前一年，国务院出台了《关于农民进入集镇落户问题的通知》，松开了农民进城务工的口子。第二年，全国外出打工的农民一下子突破了2000万，比改革开放初期高出10倍。也是在1984年，中国的粮食产量从1978年的3亿多吨，增长到了4亿多吨，建国以来首次出现粮食过剩的供求波动。

这是实行"大包干"带来的生产力解放，但也对农业人口产生挤出效应。许多研究者认为，这是当年出台进城松动政策的一个大背景。

上世纪90年代初，进城风吹到了蒋能杰所在的湘桂交界的小村。蒋能杰的父亲记得，1994年前后，村子出去打工的人开始增多，到1996年，蒋能杰的母亲也南下到广州的一间玩具厂工作。

城乡收入差距急剧拉大，从1985到2006年，城乡居民人均年收入比从1.73：1扩大到3.27：1。这个差距足以让农民骨肉分离也在所不惜。

1994年分税制改革，农民的实际税费有所加重。同时，农村福利体系随着人民公社制解体，新的福利制度又未跟上，农民的教育和医疗负担也加重。1994年到1996年，农民种地基本不赚钱，有的甚至还倒贴钱。

有一年蒋能杰的母亲过年回家，11岁的小儿子吃饭时说："我8岁没到你就出去了，我都没有得到过母爱。""我听了很伤心，眼泪都要掉下来。我说，我是在外面给你们挣钱啊。"蒋能杰的母亲回忆道。

农民向城市迁徙，产生留守儿童，各国如此，"但中国与其他国家最大的差异是户籍制度"，联合国儿童基金会驻华代Rana Flowers曾对记者说，这让中国的留守儿童问题变得更加深刻和复杂。

中国的城市户口附着了住房、医疗和教育等诸多社会权益，不是城里人就会遇到种种限制，让你待不住留不下，尤其是孩子入学，成了城市控人的重要手段。因此，分居城乡成了许多打工家庭的无奈选择，也由此诞生了无数骨肉分离的痛苦记忆。

问答网站知乎上曾流传一篇讲述留守经历的万字长帖，迄今已收获了3000多个点赞。作者这样写道：

每次从城里回来，都要一个星期疗伤，我不停地哭，很多次心痛到无法呼吸。默默吃饭的时候也忍不住啜泣，这会招来外公的大发雷霆，他大概不懂或者是因为无能为力。

有一次我爸妈说要回来看我，从得知消息的那天起，我就坐在院子里望着马路上的大巴车，当我察觉到大巴车好像速度慢下来的时候，我就屏息凝神，而当它从我面前驶过，我内心又布满失望，然而，没走几步，它好像停了下来，我又重新燃起希望，但是最后却发现，下车的并不是父母。这种情绪上的起伏时常折磨着一个不到10岁的孩子。

我记得很小的时候，爸妈回来看我，我晚上总是会搂着妈妈问她，能不能再多待一个太阳升起的时候？她说，只要我把课文背熟，她就会回来。

所以，小时候语文课本里的每一篇文章我都背得滚瓜烂熟。然而，她并没有回来很多次。

有一次，我弟弟过生日，那天下着大暴雨，早上上学时外公告诉我，爸妈今天会回来，我记得那天中午最后一节课是一个小测验，我拼命做题，提前交了卷，冒着大雨往家里奔，但，当我回去的时候，爸妈已经带着弟弟刚离开。我追着车子奔跑，边跑边哭，这种感受，实在太痛苦了。

谁又不想把孩子带在身边呢？实际上，相当数量的进城务工家庭尝试过让孩子进城生活，但大多数孩子最终还是返回家乡，成为"回流儿童"。据公益组织歌路营统计，现有寄宿学校中回流儿童已占到22.5％。

"来回拉锯，其实给孩子带来的心理伤害更大。"专家们写道，"那是更深的一种痛呀！"

麻木者醒来

2014年7月的一天，一个匿名网友在知名网站知乎发起了一个提问："曾经的留守儿童长大后是个什么状态？"

帖子快速发酵，到现在，帖子下已盖起来了16页高楼，300多人分享了自己的故事。

这是曾有留守经历的一群人的集体倾诉。"只有当个人的痛苦体验进入集体关于自我身份意识的核心时，创伤才出现在集体层面。"上海行政学院刘建洲教授这样分析道。

知乎跟帖中许多人都是成年后才知道自己曾是留守儿童。"当时不觉得有什么特别，周围家庭都是这样，父母不出去反而不正常了。"蒋能杰对记者说。直到20岁，上大学的蒋能杰看到一篇关于留守儿童的文章，才突然感觉心被刺中了。

这种自省是隐秘而迟到的，在现实生活中，留守儿童身份认知常被当事人本能抗拒。中国青少年研究中心副研究员张旭东曾组织学生进行过返乡调查，有个同学家访一个留守家庭时发现一个细节，孩子在学校发放的信息表"是否是留守儿童"一栏，写的是"否"，访谈者小心翼翼地问他为什么这样填，孩子就立刻把话头岔开了。

访谈过程中，"电视里开始播出一个留守儿童电视片，他像被刺痛了一样，立即站起来换了台。"据学校后来的总结，这次回乡调查中，当问到是否喜欢留守儿童这个词，被访者全都回答否定，并表示不愿意接受别人帮助。

当事人的刻意隐藏让许多观察者产生了迷惑。2016年，报告文学作家关军受公益组织"上学路上"委托，住到甘肃一所九年制乡村学校采访了3个月。刚接触到基层教育工作者，他听到的却是"留守儿童并不是个严重问题"。

新旧两任校长都认为，当地家长大多不关心孩子的学业，甚至有打骂孩子的恶习，"这样的家长留在家里又有什么温暖？"隔辈抚养总归要温和得多，哪个更有利于孩子的身心健康，他们认为"很难说"。

家人不在身边会影响子女的学习吗？受访的几位老师都觉得，情况因人而异，有的孩子会放松学习，有的孩子则更加自律。至于青春期问题，"所有孩子都有的吧，而且留守孩子很多，大家一样，也就没啥可自卑的。"

"留守儿童是个伪问题"，这个观点上下都有很多支持者，"难道这只是社会精英的臆想，被人为夸大了吗？"关军一度对自己此行的意义产生了怀疑。

实际上，对留守儿童问题的认识，全社会都经历了一个逐步深化的过程，并呈现了精英先导的鲜明特征。

最早的关注来自学界。1995年2月，孙顺其发表在《教师博览》杂志上的《留守儿童实堪忧》一文，可视为最早讨论农村留守儿童的文章。2001年6～7月，史静寰教授等进行了"农村外出劳动力在家子女状况研究"，这是最早的留守儿童专题研究。自孙顺其文章后近10年，这个问题只作为一个概念讨论，政府没有介入，媒体也少有报道。

转折出现在2004年。这年5月，教育部召开了"中国农村留守儿童问题研究"座谈会，次年5月全国妇联又在郑州召开"全国农村留守儿童支援行动研讨会"，据曾参加"郑州会议"的中国人民大学教授段成荣回忆，"各省市妇联、共青团、关工委，加上学者两三百人，可能是头一次就留守儿童问题召开如此大规模的会"。

两次会议都认为留守儿童问题已是严重社会问题，但会议只是"研讨"，没有提出更多实际的措施。"当时没有调查数据，会议报告也承认现状认识不清。而且妇联毕竟只是个群团组织，没有权力部门协调，很难有实质进展。"中国农业大学叶敬忠教授曾这样评论。

但这两次会议确实推动了社会对留守儿童的关注。2005年，第一本关于留守儿童的书籍《关注留守儿童》出版，学界、舆论界的讨论迅速增多。

国家层面的关注，2006年是个重要年份。在这一年全国两会上，24位政协委员提交了《关于为农村留守儿童建立成长保障制度的提案》。同年秋天，国务院农民工工作联席会议办公室、全国妇联等12个部门共同组成了农村留守儿童专题工作组。

2008年，"留守儿童"字眼首次出现在中央一号文件中。自2012年开始，每年的政府工作报告上，农村留守群体的保障问题都成为固定的内容。

"到2010年，留守儿童问题已得到上下普遍重视，但社会的认识还限于对当下问题的忧虑，还没意识到这个人群心理问题潜在的后患。"长期追踪报道留守儿童的记者陈然说，"当第一代留守儿童成年走入社会，尤其自己成为父母后，他们的心理问题就开始集体显现，尤其'富士康13连跳'后，学界才率先关注到这个问题的潜在后果。"

"至于'知乎高楼'式的倾诉，应当被看作是一种集体自省。"陈然说，除了身份认同，他们在对待自己后代问题上也表达了格外一致的警醒：

"以后我们有小孩儿了绝对要带在自己身边，就算再累也得带着。"

"如果没有经济条件，我不会把孩子生下来。"

"我不会生孩子了，女，25岁。"

留守综合征

在农村，儿童留守最常见的形式是隔代抚养，据民政部最新的调查，祖

（外）父母陪伴占到89.3%。"这些老人年老体衰，文化程度不高，许多地方一人要抚养多个孙辈"，张旭东告诉中国青年报·中青在线记者：不要说精神心理上的辅导，就是基本物质条件，有的人都很勉强。

一篇田野笔记曾讲了个故事：一个小男孩被拴在一棵树上，过去一问才知道，原来是因为孩子太调皮，爷爷管不了他，只有采取这种"粗暴"措施。"没办法，经常闯祸。"爷爷直叹气，"他爸妈不在，我们追不上他呀！"

村小放学后，几位老人带着各自的孙子、孙女往家走。孩子们的父母都在北京、天津打工，一年回家一次，孩子们常年由老人们看管。刘飞越／摄

26岁的李雪刚上小学时，父母就外出打工，她向中国青年报·中青在线记者描述了自己的留守经历。三年级前，她跟爷爷一起生活。爷爷太老了，顾不上她，"以前不知道洗发水，都是用洗衣粉洗头"，"小时候吃鼻涕，别人笑我，但是没人教"，"看到河边桑葚就想去摘，很危险，但是跟爷爷在一起时他也从来不拦"。

父母看不下去，把李雪接进城生活了一年多，五年级时又送回乡下姥姥

家。姥姥姥爷身体稍好些，于是两个老人就带着九个孩子生活。"姥姥姥爷并不怎么欢迎我，因为要去吃他们的住他们的。""在姥爷家物质上是满足的，但是心理上很孤单。那时候懂点事了，小孩太多了，有了对比就有了落差。"李雪说。

到了中学，李雪的孤独越发深重，她开始写日记，在日记里自己跟自己说话。说话也解脱不了，就用小刀在手臂上扎，"感到心里有股火，这样才解气。"她告诉中国青年报·中青在线记者，"那时，我觉得没有人关心我，没有人爱我"。

"父母，尤其是母亲的陪伴，是其他任何人无法替代的。"张旭东说，"可惜大多数农村父母并不明白这个道理。"2015年，张旭东所在的中国青少年研究中心发布了《全国农村留守儿童群体研究报告》，调查数据显示，相比非留守儿童，留守儿童的意外伤害几率更高，心理问题相对更多。

在知乎上，充满了这种倾诉："爷爷奶奶是文盲，当我犯错的时候，他们对我的教育方式就只是打和骂。""第一次来大姨妈，没有人可以问，以为自己要死了。""初二的时候，身边的同学都辍学去打工了，我好想有人帮我指点一下，我到底该不该继续读书……"

陈希7岁时开始和爷爷奶奶一起生活，初中开始住校，每两周回家一次，到高中，一个月回家一次。"每年见爸妈1到2次，被带出去社交的机会几乎为0。"为了弥补自己的缺陷，考上大学后，陈希专门修了社交礼仪之类的课程，又看了各种礼仪教学的视频。"但是，有些东西哪里是课堂上学得来的。"在第一次给研究生导师敬酒的时候，她把导师的杯子倒满了红酒，而自己只倒了一点点，"唉，路漫漫……"

"最开始对父母充满依赖，但得不到回应，就用坚强来包裹自己。"陈希写道，"跟父母的关系也就这样逐渐疏远。"有一年春节，父母回来住了几天，离开时怕陈希和弟弟不舍，就偷偷地离开，可到车站发现身份证落下了，就又返回家，进门一看，两个孩子有说有笑，没有一点悲戚。爷爷解释说："知道留不下你们，哭也没用，就不指望什么了。"

那年陈希只有12岁。"表面上非常的独立，但是内心不够强大。大部分关卡都是自己咬牙坚持，从来都不会和父母说，却总会在夜深人静的时候哭成傻瓜。"

一个匿名网友这样写道："始终不太理解为啥很多同学可以和父母每周甚至每天打个电话。我中学时一个月偶尔还会联系一次父母。大学后，由于不怎么需要向他们要钱了，于是每个月联系也都没了。可是这能怪谁呢？我甚至能和陌生人攀谈很久，但是对那遥远的亲生父母，我……"

在第一代留守儿童的自我描述中，他们既自卑，又极其自尊。一条知乎跟帖写道："受不了任何人瞧不起我，不管是真瞧不起我，还是我认为的瞧不起我……不让任何人介入我的生活决定，除了自己，所有人都觉得靠不住。"

对环境的不信任，让一些人沉沦，也刺激一些人奋起。"只有能力才能给我带来安全感。"26岁的艾琳还记得自己的传奇式逆袭，"高中前我的成绩很烂，天天被父母骂，高考却考到文科班第六。"

那时候艾琳每天睡4个小时。"可能很多人也很拼，但我是敢说，我比身边的同学还拼很多，很少有人能做到像我这样疯狂。"艾琳说，其实动力也很特别，就是高二时特别希望能摆脱现有的家庭环境，"我一度是因为恨而不是爱而努力的。"

另一个"留守儿童"王小琪，在知乎上把这种逆袭心态描述得更淋漓尽致。王小琪从小就被送到寄宿学校独立生活，高考结束后，爸妈对王小琪没有期望，也不问成绩，后来不知怎么知道她考进全校前十，又再三问她是不是多说了300分。

"那时候我连志愿都填完了。"王小琪说，"就这样，我毫无压力地碾轧了所有亲戚朋友的孩子。"然后，他又拒绝了任何庆祝，自己独自去了大学。"而且从大二开始，学费、生活费，到各地的旅游费，我都是自己解决的。我很享受这种自己带给自己的安全感。"

"在留守儿童中不乏后来打拼出来的成功者，因为他们知道无人可依靠，更早懂得自立自强。"一位心理专家说："但是这种刻苦努力下面，也埋藏着过度敏感偏激的心理隐患。"

情感障碍是留守儿童成年后最常见的心理疾病，也是他们倾诉的主题之一。

"我名下有两套别墅，开着宝马。然而因为涉及性格问题，一直没女朋友。留守儿童很难有朋友跟女朋友的。因为太需要别人的肯定了，不管友情还是爱情都会用力过猛。"

"大部分时间都是单身，短暂的几个男友都是自己提出分手，因为想要避免被抛弃，就先去抛弃别人。"

"不敢奢望爱情，像顾城的诗——'为了避免结束，你避免了一切开始'。"

对于情感障碍，学习心理学的王小琪曾这样自我解析："在和异性的关系处理上，因为过于彪悍，我吓走了很多异性。很多留守儿童在男女关系上，要么像我这般高贵冷艳别扭，要么就是混乱。这是源于安全感的极度缺失不自觉就高冷了，其实这不过是一种自我保护而已。"

春节，山村里两辈、四位老人迎来两个回乡的孙女。孙女们虽在村里长大，现已走出大山有了属于自己的生活。大孙女已经成家立业，这次带着老公和孩子回家过年。刘飞越／摄

后果渐显

2010年3月的一个上午，18岁的田玉从富士康龙华宿舍的四楼跳下，当时她刚来富士康1个多月。昏迷了12天后，她醒了，发现自己左腰部以下瘫痪。

作为苹果的代工厂，富士康是中国制造业的一个标杆，而"连跳事件"更让这个大陆最大出口企业在中国经济起飞史上，留下沉重一笔。2010年一年里，有18名工人试图在富士康厂区自杀，14人死亡，4人幸存但重伤。逝去的生命十分年轻，定格在17岁到25岁。

富士康严苛的工作环境和军事化管理首先被归因。蒋能杰的助手王明飞曾在富士康打工，他对中国青年报·中青在线记者回忆说："工作的地方，就是一个流水线。大家穿着防尘服，只露出两个眼睛。我们不能说话，面着面上了一个月班，不知道对方是谁。很恐怖。"王明飞很郁闷："下班时，出厂门黑压压一片。宿舍分两班，即使休息时，也很难和别人说上话。这样生活。没病也会憋出病来。"

深圳心理咨询行业协会会长邹光宇发现，在自杀现象最集中的富士康龙华厂区，当时的40万工人里，80%以上是80后和90后的新生代农民工，其中许多人曾是"第一代留守儿童"。邹光宇发微博说，"上一代农民工一般比较能吃苦抗压，而这一代年轻人寻梦理想一旦破灭，就意味着巨大的心理灾难。这是一个需要呵护的心理弱势群体。"

基于3500多份调查样本，中国社会科学院的汪建华和清华大学的黄斌欢也发现："相比同龄非留守群体，有留守经历的新生代农民工更难适应高强度和高重复性的简单劳动。"

1990年出生的王明飞，从记事起父母就在外面打工，据他的观察，工友许多跟他一样是爷爷奶奶带大的，一到城市里很不适应。"有的靠喝点酒、唱歌排解压力。有的就谈恋爱。那种环境下，有爱情滋润还好一点，万一感情出了问题，就会想不通。"

田玉也是一名曾经的留守儿童，在湖北农村由祖母抚养长大。在苏醒过后，她对香港理工大学的潘毅教授讲述了跳楼的缘由：由于曾调换过厂区，工资卡交接出现问题，她未能领到第一个月的工资。在往返交涉后，工资仍没有着落，那时她用完了带到深圳的钱，手机又坏了，无法跟深圳的表姐联系。

"我很绝望，脑袋一片空白。"这是她跳楼前的心情。

"田玉麻烦并不大，如果有一点外界帮助，也不至于走上绝路。"潘毅说，"可是在最焦虑的时候，她却没找到任何支持。"

"日常生活中，每个人都需要从社会关系网络中获得一定的情感支持，否则就会产生孤独、抑郁、焦虑等不良情绪，严重者会发生心理上的崩溃。"安徽师范大学何海波在其论文中写道：富士康打工者的焦虑，"一方面，童年时父母的缺位直接造成了成年后他们应对逆境和保持心理健康的能力较差。另一方面，作为新生代农民工，他们刚刚离开学校或者家乡，还没能建立新的社会关系支持网络。"对于田玉来说，在最后关头，她甚至没有得到来自父母的心理支持，她和家里不直接联系，实在有事就通过表姐，与表姐失联，就切断了所有亲情援助。

成年后跟父母的感情隔阂，体现在许多留守儿童身上。在记者采访中，时常听到这样的倾诉："12岁以后，我就不会让我妈洗内衣"，"进城以后，我跟我爸睡在一张床上，感到特别不自在"，"我从来都只叫'妈'，叫不出口'妈妈'——"

"许多父母认为孩子还小，有爷爷奶奶照顾行了，等孩子高考了再回来，那个时候才重要！可那时候你已经丧失了跟孩子建立亲子关系最关键的时期。"北京师范大学教授乔东平说，"那时再来建立亲密关系就很难了，这些孩子从此失去了最重要的心理支持。"

不仅如此，跟父母的感情隔膜，可能会扩展为更大范围的人际隔膜，从而对外界关上心门。在张旭东等学者对留守儿童的调查中，有17.6%的留守儿童表示社会支持的主要来源是自己。

"这不仅是富士康的问题，中国各地的工地和流水线上，都有这样程度不同的心理疾病患者，这是未来中国发展的一个大隐患。"邹光宇说，"社会必须正视这个事实。"

在一所乡村学校进行沉浸式采访后，报告文学作家关军也得到了自己的答案。经过100天的铺垫，即将离别的时刻，关军安排了跟留守学生一对一的交流，他看到了"贝壳张开"的时刻——平日沉默而回避的小孩，打开坚硬的保护壳，露出不轻易示人的一面。说起父母缺失的痛楚，他们常常哽咽，一边哭，一边抠桌角，或撕扯纸片。

"就像一只只贝壳以一定的角度张开，或大或小，我短暂窥见了孩子柔软的内心世界。"关军说，"虽然孩子们一出门，很快又变回了原样，贝壳已经合拢，就像什么都不曾发生。"

现在，关军确信：留守儿童问题不是臆想，它是一个真实重要的存在。

迈过拐点

在知乎上，大多数讲述者最终表达了与父母的和解。尤其是自己成为父母后，第一代留守儿童在理智上理解了父母当年的选择。7岁就开始留守的陈希写道：成年之后，和父亲的关系有所缓和，也意识到父母的迫不得已，有他们的局限。"原谅他们的局限就像原谅自己的出生一样，是和解的开始。"

对于父辈的出走，叶敬忠称之为经济力量的"无声强制"。"没有声音强制你出去打工，可他不出来又怎么办？"叶敬忠说，"不要在道德上指责他们，在当时，他们出去打工是出于生存需要，有足够的正当性。"

然而，随着我国进入"中等收入"国家，怎样对待留守问题，社会舆论开始出现反转。"这是因为经济快速发展与社会矛盾激化的'双刃效应'日益凸显。"中国青年政治学院教授陆士桢分析说："体现在留守儿童问题上就是，一方面是物质生活水平、受教育的状况不断优化；另一方面则是社会生存环境，包括家庭环境持续相对恶化，尤其是留守儿童恶性事件近年成爆发之势。"

2015年的"6·9"事件是个标志性事件。当年6月9日，贵州毕节一个家庭的4

个留守儿童集体服毒自尽，孩子中最大的哥哥13岁，最小的妹妹才5岁。据民政部社会事务司未成年人保护处林依帆透露，这个事件直接推动了国务院高规格文件的加快出台。

2016年2月，国务院发布了《关于加强农村留守儿童关爱保护工作的意见》，首次提出，要"从源头上逐步减少儿童留守现象"，"到2020年，儿童留守现象明显减少"。这份史无前例的高规格文件，还明确规定了解决留守儿童问题的部门职责：由民政部牵头建立农村留守儿童关爱保护工作部际联席会议制度。

"为什么有这么大的动作？因为留守儿童问题已经到了某种临界点，已经成为影响我国经济发展与社会和谐稳定的重大问题，如果我们不能保护这个国家最弱小的子民，我们国家的合法性在哪？我们经济发展有何意义？"林依帆说，"留守儿童问题拖不起，也等不起，我们要以最大的行动去破解这个问题。"

中国已成长为世界第二大经济体，财政收入超过15万亿元人民币。"我们的社会经济发展已经迈过拐点，政府已有实力来兼顾一些社会福利。"陆士桢是个坚定的"儿童优先论者"，她引用美国经济社会学家泽利泽的话说，孩子具有社会文化属性和道义上的"无价性"，对待儿童，"需要在市场机制的重重包围中穿越而出，形成一个非常规的市场，由非经济的标准来规制。"

陆士桢说，目前顶层设计已经有了，需要做的是让它能落地。具体地说，主要就是建构留守儿童救助和保障机制，重点确保资金投入；完善法律政策体系，强化监护监督运作力度；全社会多方合作，让留守儿童的关爱扶助制度化。

农村人均收入也已迈过拐点。"2015年，全国农民工人月均收入3072元。现在许多村子里小楼林立，小车也不少。"中国青少年研究中心少年儿童研究所所长孙宏艳说，"打工父母离开孩子的正当性在削弱"。

即便是毕节四兄妹家，家里也起了小楼，出事前存折还有3000元存款。"可哥哥却在遗书里写'死亡是我多年的梦想'。"孙宏艳说："是什么让一个13岁的孩子如此绝望？这个质问希望他们父母能听到，也希望所有留守儿童的家长能听到。"

2014年底，蒋能杰拍完第三部关于留守儿童的纪录片《初三》后，开始犹豫要不要继续拍摄这个题材。在这之前，他的纪录片已经很有影响，伴随的公益活动也做到了极致，各种采访和捐赠纷至沓来，美国俄勒冈州的大学生也到村里来调研。

因为影片中讲到过上学交通不便，湖南卫视甚至给村里赠了一辆校车。但是当地道路太窄，安全是个很大的问题。后来，路修好了，当地政府却无法负担校车司机和汽油开支。"作为一个独立纪录片制作人，我深深感到自己的力量渺小。"蒋能杰当时说，也许今后拍摄的纪录片会跟商业体制靠拢。

然而才过了一年，蒋能杰又掉头回来拍摄一部留守儿童题材的剧情片。这一年关于留守儿童发生了许多事情，有好的，有坏的。敏感的他感觉到，也许一个向好的拐点真的快来了。他决定还是要做点什么，让他的儿子能有一个光明的未来。

（文中部分人物名字为化名）

程曼祺　胡宁

2016年11月23日

2016年3月，在国务院发布《关于加强农村留守儿童关爱保护工作的意见》发布后，中青报派出多名记者，历时半年，采写了这组全景报道，报道共四篇，此为第一篇，其余三篇《寄宿青春》《女童之痛》《文明标尺》请扫码阅读。

那些变成石头的肺

肺的洗礼

早上7时15分，53岁的煤矿工人张沛被推进手术室。躺在洁白的手术台上，他一言不发，神情略显紧张。他正等待接受"双肺同期大容量灌洗手术"。

这一天是2006年4月12日。北戴河国家煤矿安全监察局尘肺病康复中心四周异常安静。而若在夏季，这里早就游人如织了。

8时30分，在全麻状态下，医生把一根"Y"形导管插入张沛的口腔，用来进行左右两肺的"气、水"分隔：一侧肺由麻醉呼吸机供氧，维持人体的气体交换；另一侧肺则连接管道进行灌洗。

"咕咚咕咚"，在寂静的手术室里，液体倒入仪器的声音异常响亮。1000毫升澄清的氯化钠液体沿着粗大的导管一次灌入张沛的肺里，冲刷、裹挟着沉淀在里面的煤粉。不到3分钟，从引流管缓缓排出的液体，已变得浑浊不堪。

3个多小时，共有10瓶总计10000毫升的液体进入张沛的肺里。从肺里灌洗出的液体被回收进几只大玻璃瓶。待瓶子静置几分钟，拿在手中细看，上方的液体中悬浮着一些灰色的絮状物，而底部，是密密的一层黑色煤灰屑末。

12时许，手术仍在进行。回收液颜色逐渐变浅，从黑色变成灰色，直至接近无色。

13时11分，手术结束。

张沛是山西省平朔露天煤矿一位有着30年矿龄的老钻工。早在1995年，因为二期尘肺病，他在这间手术室接受过同样的治疗。两天前一进医院，张沛一眼就认出了当年给他做手术的尘肺科主任陈刚："大夫，您还记得我吗？我又来了！"

手术后的第二天，黑瘦的张沛脸和脖子布满红色的斑块，但精神不错。他声

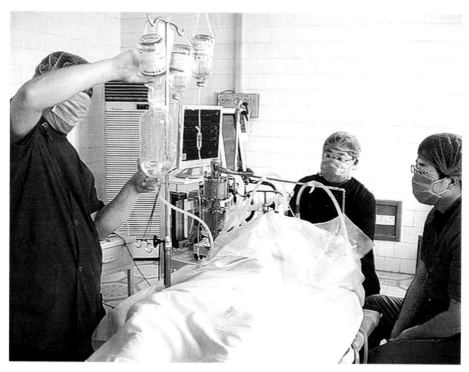

手术现场　周欣宇 / 摄

音很大，嗓音沙哑，说话时不时爆发出一阵阵剧烈的咳嗽声。

他讲起熟悉的井下生活：工人们开山放炮时用干风钻凿岩。电钻一开，岩石粉、石渣随风四处飞溅。鼻子里堵得全是颗粒大小不一的渣子，需要用手抠出来才能呼吸。每天收工后的好几个小时里，吐的痰都是灰色的。

1990年前后，张沛开始感到呼吸困难，尤其是夜里，经常一口气上不来被憋醒，靠着被子坐许久才能再慢慢入睡。以前结实的身体突然垮了，原本轻松的活儿也变得吃力起来。1995年，他被确诊为尘肺病。

此次，和张沛一同来洗肺的，还有他的十多个同事。前年，矿上进行了一次体检，但始终没公布结果。直到这次来之前，这十几个人突然接到领导的电话："你们去洗洗肺吧。"张沛没有多问。他知道自己算是不幸中的"幸运者"，其实，矿上像他这种症状的人并不少见。

举着张沛的胸部X光片，陈刚主任指点着上面密布的"蜘蛛网"介绍，张沛呼入的粉尘末，都是入侵人体的异物。人体要想方设法消灭它们，结果就在肺内形成了许许多多的"包围圈"。在显微镜下观察，"包围圈"的中心是极细微的粉尘，周围是与它们展开过斗争的"吞噬细胞"，以及密密匝匝包绕的纤维组织，像横切开的洋葱头一样。这样的一小块结构，在医学上称为"矽结节"。虽然它的直径只有几个毫米，但是这些矽结节广泛分布在肺里，占据了肺泡的位置，使患者的呼吸一天比一天困难。

渐渐地，这些矽结节越长越大，后来会相互融合，成为直径十几厘米的大团块，正常的肺组织被这些硬邦邦的东西取代了，自然会严重影响到呼吸功能，直至呼吸衰竭，最终死亡。

据介绍，目前世界上也没有能治愈尘肺病的特效药。洗肺只能在一定程度上减轻病人的痛苦，减缓病情的发展，但无法从根本上逆转病情。

1995年洗肺后，按照治疗要求，张沛应该脱离井下作业。因为已经受到创伤的肺如继续接尘，病情将加速恶化。但现实的情形是，张沛的儿子正在上中学，

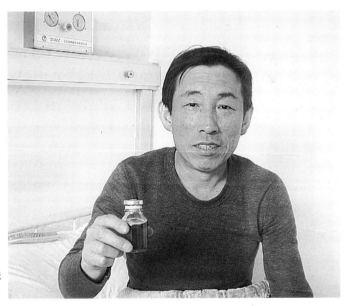

张沛手持从肺中灌洗出的回收液　周欣宇／摄

在矿井做后勤服务的妻子收入极低，全家的生活基本上靠他一个人的工资维持。于是一天也没犹豫，张沛重返原来的岗位。直到1997年以后，张沛的工种变成"钻机维修"，但仍然是在井下工作。

10年里，张沛所在的煤矿，年产量已从300万吨猛增到3000万吨，每吨煤的价格也从几十元上涨到三四百元。而他的肺，在煤炭行业的这个春天里，正在继续"枯萎"。

即使如此，在医生们眼中，像张沛这样的国有煤矿尘肺病患者，其境况远不是最窘迫的。在采访中，几乎所有的医生异口同声说过一句话："最最悲惨的是那些农民工，得了病没人管只能等死，他们是弱者中的弱者。"

梦断矿山

30岁的杨国焰看上去像个小老头。一件破旧的蓝色条纹西服穿在身上，就像被挑在一根竹竿上。当他说起话来时，像是有一只风箱在你耳旁拉来拉去。

杨国焰11岁上学，16岁小学毕业，之后在寨子里种了两年地。直到这时，他还不曾离开过贵州省天柱县柱溪乡的地盘。这里，因为承接着大自然的丰沛雨露，树绿山青，空气清新。外面的世界什么样，他浑然不知。

18岁那年，同寨的一个伙伴随口对他说："跟我去矿上打工吧，一天能挣二三十呢！"

杨国焰不信："干啥能赚那么多钱？我没技术，人家要吗？"

"肯定要！你那么壮，哪个会不要呢？"那是1994年，杨国焰说那时的自己，身体结实得像头小牛，和寨子里的年轻人摔跤打架，从来没人赢过他。

天柱县附近的大山里那几年开了不少小矿。一个拉上一个，渐渐地，寨子里几乎所有的青壮年男人，吃饱家乡的饭食，深吸一口甜甜的空气，再看一眼期望过上好日子的妻儿老小，转身沿着田埂走出山去，奔向那些个给他们带来梦想的矿山。自然，没有人想到，离家的人们，会带着灰色、黑色，甚至花岗岩一样颜色的肺回到山寨。

杨国焰的工作是打炮眼。"塞进雷管，点着炸药，只听'轰'的一声，地动山摇，四周全是灰，两米以内的灯都看不见了"。

从那时起，他断断续续在四五个小矿井打过工。一次干几个月，挣上两三千，就回家待几个月，没钱了再出去干。

生活条件明显好转的杨国焰娶了邻寨一个姑娘。结婚几年，女儿儿子相继出生。可就在这时，他的衰老进程明显加速。

2000年，杨国焰感到自己的身体大不如前。稍微干点重活，就像扛了千斤重担一样沉重，"气只能喘到一半就喘不动了"。开始他以为是支气管炎，可无论打针、吃药，怎么也治不好。两年以后他被确诊为三期尘肺病。

杨国焰不敢再去矿上打工了。可光在家里种地，入不敷出，一年下来，净收入源自每斤3元多钱卖掉的家中仅有的两头猪。他一狠心，远到浙江打工，在工地上帮人家剪钢筋。别人每月能挣一千多元，他干不了重活，每月只能挣到四五百元。

不久，他在浙江碰到一个同寨人。老乡告诉他，他的妻子跟别人走了。临走前丢下一句话传遍了寨子："谁会跟个半残废人过日子呢？"

杨国焰没有怪罪妻子。他赶回老家，把孩子委托给一个乡亲，一个月出50元，请人家帮着做饭洗衣。

他和几个一起打工的人去找以前的矿主，希望讨个说法，但被臭骂一顿，还险些遭打。他们也想去法院起诉，但因他们与矿主之间从未签订过劳动合同，无法确立劳动关系。他们当中有人一年去几家矿，有的干了两年就再没去过，劳动与患病的因果关系难以确定，最后只能作罢。

为了洗肺，杨国焰拿出这几年在浙江的全部存款，又在寨子里挨家挨户借了4000元，总算凑够了洗肺要花的8000元。

"寨子里得这个病的已死掉四五个了。"杨国焰像在说别人的事情，看不出一点伤痛，"能借到钱的就来治病，借不到钱的在家等死。"

漫长的沉默中，杨国焰肺里"拉风箱"的声音在病房里显得格外刺耳。不知说什么好，我匆匆说了声"保重"，起身告辞。

第二天，突然想起忘了给杨国焰拍张照片。可陈刚主任告诉我，他已经离开医院。前一天的检查结果表明，他患有严重的肺结核，这是尘肺病最常见的合并症。有肺结核是不能洗肺的，否则非常危险。

"他说来之前就知道。"陈刚翻看着病历，"但是因为上不来气太痛苦，太想洗肺了，故意隐瞒了病情。"

我有点接受不了，觉得病人抱着满腔希望而来，却满腹失望而去，实在有些残忍。

陈刚像是看透了我的心思，说："这样的事情太多了。"

他讲起一个故事：去年3月，来了一位背着氧气瓶的病人，42岁的年龄看上去像是60多岁。他的呼吸已经明显衰竭。为了筹钱治病，他把家里惟一的一头牛都卖了。但他这种情况，根本上不了手术台。一听不能手术，他一下跪倒在陈刚面前。

"作为医生，我每天跟那么多病人打交道，这时仍然感到钻心的痛。"他说，"尘肺病一旦到了晚期，根本没有救治的可能。昌明的现代医学这时毫无用武之地，只能眼睁睁地看着患者活活憋死。"

张沛和杨国焰只是中国上千万煤炭大军中两名再普通不过的矿工，但他们用眼睛、双手和肺，一同见证了十多年来煤炭行业的春暖和秋凉。

白伤猛于红伤

北戴河国家煤矿安全监察局尘肺病康复中心的老主任车审言也用自己的眼睛和手术刀，见证了尘肺病在中国的发展史。

她回忆，上世纪80年代初，各矿务局每年夏天都往北戴河送疗养员，这是当时煤炭系统的一项传统福利。矿工们来疗养时，常常有人找到医生，说自己咳嗽、胸闷，要求借疗养的机会顺便治病。经过检查，他们几乎都患上了同一种病——尘肺病。

1988年之后，随着煤炭行业的体制改革和整体不景气，很少有矿务局再送工人过来疗养了。北戴河疗养院只能重新寻找自己的生存之道。车审言很清楚，对矿工来说，最迫切、最需要的当然是治疗尘肺病。

经过技术上的探索和准备，1991年3月15日，尘肺科首次为患者成功施行双肺灌洗手术。当年总共洗了45只肺。这些人，大多是矿务局送过来的疗养员。

此后，车审言和同事经常到矿山寻找病源。"我们一说尘肺病的症状和危害，呼啦一下就围上来好多矿工，边听边使劲点头。"说起那段历史，车审言从椅子上站了起来，"但煤矿的领导不欢迎我们，甚至私下说，求求你们快走吧，工人们要是都知道自己得了尘肺病，就没法干活儿了。"

那些年，车审言在矿山亲眼目睹过不少重度尘肺病人。他们普遍的症状是胸闷、胸痛、气短、咳嗽、全身无力，重者丧失劳动能力，甚至不能平卧，连睡觉都要保持跪姿，最后往往发展成肺心病。"那就不仅仅是肺的问题了，而是全身多个脏器的全面衰竭。其状之惨，让人不忍目睹！"

怀着对尘肺病患者的同情，每次手术中，车审言都把使用的灌洗液的瓶盖留存下来，存多了就拿到废品收购站卖掉，再把换来的钱全买成贝壳项链，病人洗完肺要走时，她就送上一条。说到这里，车审言掉下了眼泪，她摘下眼镜，抽泣着说："花几毛钱买的小项链，会让他们喜出望外。他们说要带回去送给老婆、孩子，因为他们自己根本舍不得买。"

即使车审言们如此努力，整个90年代，疗养院的病员还是越来越少，直至2000年，来洗肺的病人仅有60多名。但最近这两年，车审言发现，尘肺病人群有突然爆发的趋势，在一些地方甚至出现了"尘肺村"。比如浙江泰顺的一个村庄，曾经有二三十名尘肺病人一起结伴来洗肺，其中有些是非常年轻的患者，"胡子还没长出来就已经三期尘肺了"。

卫生部刚刚发布的数据也在印证着车审言的感觉：截至2005年年底，中国尘肺病病人累计已超过60万例，死亡17万人。每年新增上万人。

"全世界的尘肺病患者，中国就占了一半。而中国的尘肺病患者，煤矿工人又占一半。"车审言介绍，"你可能不相信，我们国家每年死于尘肺病的患者，是矿难和其他工伤事故的3倍还多！"

据主任医师马国宣介绍，发达国家如今基本已消灭了尘肺病。国际劳工组织和国际卫生组织早在1995年便建立了全球消除尘肺病项目，目标是到2030年消灭尘肺病。中国政府也做出了相应承诺。

而现实的情形比简单的数据还要严峻。据陈刚透露，所谓"60万"的尘肺病人数，仅仅只是国有大型煤矿的病例数。按照在全国煤矿总产量中的比重，地方、乡镇，甚至私人煤矿的尘肺病病例要远远高于国有大型煤矿，实际数字至少在百万人以上。

中国煤炭职业病研究所所长马骏预言，照此趋势发展下去，到2010年前后，尘肺病将成为中国农村非常严重的社会问题。

"形势不等人啊！"马国宣几次重复着这句话。

尽管尘肺病发展的严峻形势已引起中南海的高度关注，经温家宝总理批示，中国煤矿尘肺病治疗基金会已于2004年11月成立，同时启动了尘肺病康复工程。但截至目前，该基金会仅收到18家企业的4000多万元捐款。

"这笔资金对于众多需要救助的尘肺病人来说，只是杯水车薪。"马国宣翻看着厚厚的病人档案说，由于资金和能力所限，康复工程主要面向会员单位的尘肺病人。大量返乡的煤矿农民工，不在康复工程的范围内。

"何况，我们现在总共只有10个医生，两个手术台，每年只可以给300多名病人洗肺。如果增加到4个手术台，每年最多可以洗600多人。即使这样，上百万的病人什么时候才能洗完？"马国宣苦笑着摇头。

一位多年从事安全生产专业报道的记者告诉我，现在各地政府对于矿难等"红伤"的关注程度非常高，但对于以尘肺病为代表的"白伤"还缺乏足够的重视。

"为什么？"他在电话中的声音有些激动，"因为尘肺是把钝刀，杀人不见血。它不传染，不会马上威胁生命，更不会导致旅游萧条、餐馆歇业，而且'牺牲'的往往都是农民工！"

富饶的贫困

一个月来，尽管采访了数十名患者、医生和相关人士，听他们直接或间接地讲述了大量煤矿工人的艰难与辛酸：矿井下那黑漆漆的巷道、弥漫的烟尘和不绝于耳的咳嗽声，以及煤矿昔日的衰败与今日的繁荣，但对于一直生活在城市的我，那一切似乎都不够真切。

煤矿工人究竟是怎样一群人？他们怎样生活着？是什么让他们甘愿冒生命危险、忍受尘肺的折磨？煤矿工人到底怎样分担着时代高速发展的成本与收益？特别是那些尘肺病患者，难道真如一位社会学者所言：他们的肺，在追赶急驶的GDP车轮时衰竭而死；他们的肺，在为富不仁的矿井中窒息而亡。

我决定亲眼到矿山去看看。据说，想了解中国的煤矿要到山西，距太原市不到40分钟车程的西山煤电集团就是个不错的样本。

从太原市开车上山，目的地是西山集团下辖的已有50年历史的官地矿。国家历任领导人都曾视察过这里。

一路上，陪同前往的工作人员告诉我，沿途两侧的山坳里，隐藏着无数大大小小的私人煤矿，其中大多数没有生产许可证。对此，大家虽心知肚明，但因井水不犯河水，彼此睁一眼闭一眼。

到达官地矿，无法取得下井许可。我只好爬上护栏观望黑洞洞的井口。真是好一派繁忙、热闹的景象啊：每隔几分钟，就有一列装载着原煤的轨道车驶出矿井。一节车厢装煤3吨，一车20节左右，可以装煤约60吨。有关人员介绍，该矿去年产量达到423万吨，创历史最高水平。即将开工的总投资超过三亿元人民币的中国第一条地下输煤管道，入口在官地矿井下300米深的储煤仓，出口位于太原第一热电厂附近，完工后将使该矿年产再增加300万吨。资料显示，官地矿7000多名职工中，有近3000名一线工人，其中绝大部分是农民工。正式工的比例很小，一般是班组长和一些技术工种。农民工又分为农民合同工和农民轮换工，合同年限1年至8年不等。官地矿每班下井人数800多人，每天三班，24小时不间断作业。以前矿山效益不好，逢年过节都会放假，但从2003年以后，一年365天都是工作日。下午3时，上早班的工人坐着绞车升井了。早班的工作时间是早6时到下午2时。但工人从井口坐上绞车，首先要穿过8700米的大巷，历时40分钟，再下车步行20分钟才能到达工作面。这样，每天在井下的时间实际上大大延长了。

尽管有充分的心理准备，钻出绞车的矿工们还是让我吃了一惊：28℃的气温下，他们个个身穿劳动布制作的厚棉服，脚踏黑色胶靴。全身上下，除了牙齿白得耀眼，到处都是乌黑的，尤其是鼻孔下面的两道黑，分外显眼。

"怎么不戴口罩呢？"我走上前问。

一群人哄地笑了："在井下哪有人会戴口罩呢，本来就闷得上不来气。"

这群人，几乎全部来自晋南的贫穷山区。矿上每年到几个定点的偏远地区招工，经济条件稍好的地区，根本不用去，也没人会来。

矿井两侧的山上，错落着许多大大小小的房子。这里是矿工们自发形成的村落，当地人称为"棚户区"。山上没有路，只有一条踩出来的小道，弯弯曲曲地通往山顶。我们呼哧呼哧地喘着气爬上山，随便敲开一户人家的房门。

这是矿工翟谷（应被采访者要求使用化名）的家。他的妻子徐芳（化名）今年27岁，儿子上小学一年级。8年前，来自山西运城农村的他们花500元买下这座房子时，屋顶只铺着块破油毡。陆续花了几百元修理，才能够勉强遮风挡雨。

"别的还能将就，就是没水。"徐芳指了指地上的两只小塑料桶，又指了指儿子，不好意思地说："旁边的山上有个水塔，都是俺俩去提水的。"

我举起相机对准徐芳，她的脸"唰"地红了，慌忙用手挡住镜头低声说："俺们是受苦的人，别拍了，丢人呢。"

刚刚升井的矿工　周欣宇／摄

　　来自山西的有关资料显示，到2005年底，这个省仍有9.4万户，共计25.6万煤矿职工住在"棚户区"。大同的同煤集团的70万职工家属中，目前仍有16万人住在自建的"棚户区"内。

　　这些"棚户"是矿工们自己建造的，反衬着煤矿行业节节上扬的业绩神话。

　　据报道，2003年中国煤炭产量达到16.67亿吨，比2002年增长22.6%；2004年达到19.56亿吨，同比增长17.3%；2005年继续增长为21.1亿吨。

　　中国煤炭协会一名副会长说，近几年累计投资煤炭的资金已达2000多亿元。全国煤炭行业的投资2003年为437亿元，同比增长43.3%；2004年为702亿元，同比增长60.8%；2005年对煤炭的投资接近900个亿，同比增长50%左右。

　　由于煤炭供不应求，价格飞涨，在山西这片昔日贫瘠的土地上，随处传诵着"煤老板"们富得流油的神话。特别是"2005胡润能源富豪榜"发布之后，公众的传闻进一步得到了印证。

有关煤老板们的暴富神话，最著名的莫过于一次集体购买了20辆"悍马"的新闻。一位山西记者向我证实了这一传说的"真实性"："在太原市某大酒店门口经常可以看到悍马的身影。那真叫一个霸气，轮胎和坦克的一样宽。"

除了购买豪车，据说煤老板们还喜欢购买豪宅。他们的目光多投在北京、上海，当然广州、深圳、海南等南方城市的豪宅区也能发现他们的身影。据说，在北京建国门外的SOHO现代城等高档楼盘，经常可以看到山西煤老板们开着豪车出入。去年煤老板们组织的上海购房团，其团员身家的门槛是5000万元。

一位山东记者绘声绘色讲了这样一个亲身经历的故事：几个山西来的煤老板到山东办事，顺便买了一些土特产准备带回家，可因为东西太多乘飞机麻烦，老板们大手一挥："那就顺便买几辆商务车一起带回去！"

在煤老板们如此炫目的生活背后，全国大大小小的煤矿几乎都在拼命超产。然而安全生产设施投入的比重不升反降。

据安监总局测算，中国国有煤矿的安全投入缺口巨大，生产设备超期服役的约占三分之一。中国煤炭工业协会中小煤矿委员会副理事长兼秘书长马德军认为，非国有煤矿投入不足的情况更为严重，尤其是私营煤矿，几乎是一片空白。

资料显示，我国对煤矿安全投入只占GDP比重的1%左右，而在发达国家，这一比重是3.3%。国家煤矿安全监察局局长赵铁锤说："全国国有煤矿累计的安全欠账非常惊人！根据测算，今后三年内，至少需要投入约518亿元资金才能清欠这些陈年老账。"

然而现实的情况是，大多数私人煤矿的通风口都被当成拉煤的通道了，因为多打一个通风口，就得花费几百万元乃至上千万元经费。在张沛工作的露天煤矿，许多地面土方工程都承包给了私人工程队，但他们连降尘必备的洒水车都没有。

国家煤矿安全监察局安全监察司司长宋元明断言，与上世纪六七十年代相比，现在煤矿工人的收入标准其实大大降低了。过去，一个煤矿工人养活一家人富富有余，而现在许多井下一线煤矿工人年收入不足1万元，家中的生活相当困难。

出身煤矿家庭的北京理工大学学生张昶曾利用暑假时间做过一项调查。在陕西省某大型煤业集团，井下一线工人的年收入，不到中高层管理人员年收入的5%。与之对应的是在上世纪80年代初，井下工人的工资在70元以上，即便是矿长（相当于正处级二级生产部门负责人）月工资也只有72元左右。也就是说，20多年来，管理人员年收入的上涨幅度是一线矿工上涨幅度的24倍之多。

"煤价上升带来的收益是别人鱼塘里的鱼，看起来眼馋，事实上却离自己很远。"张沛酸楚地说。

在北戴河国家煤矿安全监察局尘肺病康复中心的标本室里，一个木柜子里摆着十几瓶液体。这些都是尘肺病患者洗肺后的回收液：灰黑色的、乳白色的、砖红色的、墨绿色的……不同的颜色，源自不同工种矿工的肺。

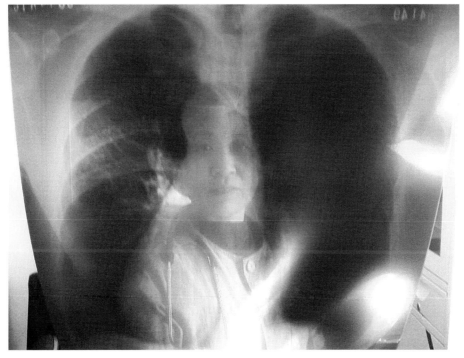

马国宣面对尘肺病患者的胸片愁眉不展　周欣宇／摄

主任医师马国宣指着一个被福尔马林液体浸泡的灰黑色的肺部标本说，这是一个长期被煤尘摧残的肺，几乎已经全部纤维化，它的重量超过正常肺的一倍以上。她永远不能忘记，那次她参与一个尘肺病人的尸检，当她的手术刀割在尸检病人的肺上时，发出吱啦吱啦的声音，"感觉像切在石头上一样"。

周欣宇

2006年5月17日

四　风起潮涌

不可阻挡的价值发现

一个幽灵，一个庞大市场的幽灵在中国大地徘徊。

几乎所有的国有企业、科研院所和政府机关都听到了它的敲门声。

进入入世元年，这敲门声变得急促。据联合国贸易发展组织年度报告，2001年有469亿美元的外资投向中国，数量连续七年居发展中国家之首。9月23日，著名的科尔尼管理顾问公司公布了他们的发现，中国已超过美国，成为全球最具投资吸引力的地方。稍后，外经贸部也宣布，截至2002年8月底，我国外商投资企业已多达41万家。

在这一投资热的背后，是2300万经过挑选的中国人涌向了外企，其中不乏机关、国企的栋梁之材。

发展，难免韬光养晦；经济，总是利弊交织。国企、外企，孰为熊掌，孰为鱼？

回答是多种多样的。只有现实是惟一的——无论你是否喜欢，不管你愿不愿意，一个全球一体的人才市场已经来了，它带来了人才价值的再发现，引发了一次人才的大流动。

第一章　市场失衡

A. 水向西流

飞机，平地而起。目的地：广州。

2002年春，中国人民保险公司发给国家人事部的一份紧急报告引起本报编辑部的注意。报告列出了长长一串公司骨干投奔"洋保险"的名单：

王真，中国人保总公司国际部原总经理，跳槽到慕尼黑再保险公司任驻华首席代表；

白人伟，中国人保总公司骨干，跳槽到圣保罗再保险公司任驻华首席代表；

高聪，中国人保总公司后备干部，跳槽到瑞士再保险公司任驻华首席代表；

谢刚，中国人保总公司后备干部，跳槽到苏黎世保险公司任驻华首席代表；

……

报告据此作出预测："我国入世后，外资保险公司大举进入陆续开业。我们估计其中50%以上的岗位将从我公司挖人填补。"报告紧急呼吁，请在薪酬政策上松绑，让中资公司在人才争夺上，放手一搏。

春江水暖鸭先知。在开放时间表上排在前面的行业，近年已开始感受到一只大手在搅局。

——近几年，四大国有商业银行流失4.13万人，其中，最为前哨的中国银行有4000多人辞职，而中国人民银行总行1999年至2000年就走了60多人，基本上是硕士、博士，许多人到了外资银行和金融机构；

——近10年，200多家海外保险公司进中国，其骨干60%来自中国人保，为此，这里被戏称为保险业的"黄埔军校"；

——短短几年，中科院物理研究院从700多人锐减至400人，很大一部分流向了摩托罗拉、微软等跨国公司。

"这是一场不公平的竞争！"——国企老总们这样抱怨。

"这是一次不正常的流动！"——专家们如此评论。

说它不公平，是因为"他们净挑有本事的、年轻的、男的"；说它不正常，是因为"这简直就是水向西流，流动一边倒，一定是市场发生了倾斜"。

在北京大学EMBA班的一次课堂讨论上，一位来自国企的学员问老师："我们怎样才能引进一流人才？"

"没有办法。"这位兼课老师在著名猎头公司光辉国际任职，曾为一家大国企做过一单生意，但国企的开价让他尴尬退场。"我给你的建议是，用二流人才吧。"

市场残酷，不仅在于弱势一方难以还手，而且在于——流动才刚开始，谁知道还有怎样的滔天洪水？

B. 新市场来了

记者组南下广州采访的第一个对象是徐风云。

徐风云，1971年出生，时任法国让古戎公司中国区常务副总经理。知道徐风云，是因为他的一个传奇。

2000年的一个冬夜，香港一家豪华宾馆里，让古戎公司中国区董事长杨涛与徐风云正在进行一次密谈。当时，徐还是一家著名国企的销售总监。

"如果你来，我们付的年薪是167万元，外加股权350万元。"

"多少？"徐风云慌了，此时他的年薪是7.2万元，杨涛的开价超出了他的想象，而且此前他们才见过几次面。

"让古戎各地的常务副总都是这个价，我给你100个小时考虑。"

带着40多页合同回惠州，连着两个晚上，徐风云都失眠。最后，还是妻子帮他下了决心：签！机会不是经常有的，做男人嘛，就要像个男人样！

30岁的徐风云1992年大学毕业，先在湖北一家媒体干记者，月薪358元。1995年，辞职南下，在联通广东分公司当上月薪2400元的部门经理。从358元到2400元，徐的身价涨了近7倍。

然而这次，徐的身价一下涨了30倍。"到广东是永久换夏利，到让古戎是夏利换宝马！"

"如此巨大的落差只说明一个问题，一个新的人才市场出现了，那是一个全球一体化的市场。"中国人民大学劳动人事学院副院长彭剑峰评论说，高级人才永远是稀缺资源，他们在全球范围内进行配置。尼日利亚球星到意甲踢球，英国的牙医到香港开业，现在都是平常事。

"过去，我们离这个市场比较远，随着开放的扩大，有更多的人被纳入了这个市场。"

光辉国际（中国）有限公司总经理白刚给出的市场行情证实了彭剑峰的判断："原来跨国公司里，香港、新加坡人的薪酬是中国本土职员的1.5～2倍，欧美人则是2～3倍。但这一差距正在迅速缩小，现在，总经理一级年薪大约相差30%，财务总监、市场总监、销售总监等相差20%左右。"

安达信1999年的一项调查表明，有47%的跨国公司按全球统一的标准发放年终奖。而世界最大的跨国公司GE则表示，在经过多次争论后，总部已决定制定全球统一的薪酬标准，"到时，同类职位在北京拿的报酬与在巴黎的报酬将是一致的。"

第二章　流失？流动？

A. 绝地阻击

齐红儿注定将成为这一轮流动的标志性人物。

2001年，中国加入世贸组织前夕，身为中国加入世贸组织谈判服务贸易领域牵头人，齐红儿突然跳槽到微软中国公司，出任"政府关系高级经理"。一时舆论哗然。

齐在办理离职手续时，遇到了麻烦。外经贸部人事司领导找她谈话："你必须在部里的不涉密岗位工作一年，才能算辞职离开；否则，外经贸部将以辞退的方式论处。"

"这是一个不合情但合理的规定，一种不得已的自我保护。"司长解释说，"你知道得太多了。"

于是，被视作谈判功臣的齐红儿最终被辞退。辞退公告刊登在外经贸部机关报《国际商报》上，广而告之。

与此同时，众多国有单位也在使出各种招数，封堵日益剧烈的人才外流。

李宁原是北京某国有企业计算机开发中心骨干，现跳槽至亚信中国科技有限公司任高级测试工程师。

他对自己离开的经历刻骨铭心。"当我提出离开时，中心领导软硬兼施，先是恐吓，说一要扣户口档案，二要罚钱。然后利诱，说厂里要盖房子了，留下来的人人有份。"

进厂时，企业跟李宁签了一份合同：若5年内离开，违约金为每年4000元。但李宁走的那一年，正赶上大批年轻人要离开，厂里紧急开会，决定将违约金提高至2.4万元。

"中心内部的BBS上，年轻人贴出了一篇篇声讨檄文，有个同事还要把单位告上法庭。最后，双方妥协，单位把违约金降到1.2万。很多人最终还是走了。"

然而，在中国船舶重工集团公司725研究所，人才阻击战却取得了阶段性胜利。2001年，这家成立于1961年的老科研所举行了一次讨论分房条例的职工代表大会，会议以压倒多数通过决议，离开的人要办房产证，必须服务20年以上，不到20年，把房留下。

党委书记王伍才对记者组说，过去工程技术人员收入低，工资除吃饭养孩子就没有了，所以房子是一种补偿。过去的政策，企业固定资产里包括职工住房，属于生产资料，不是生活资料，与办公用房、宿舍是一类的。你说宽容也好，不宽容也好，"725"的房子就要放在"725"的人身上。

在采访中我们发现，扣房、扣档案、设置违约金等做法，在国有单位普遍存在。

魏志宏，原中国人民银行银行职员，2001年初到德勤国际任会计师。离开的前一年，他买了行里的房子，当时，机关要求签一个补充合同，从现在起，再为央行服务10年，离开时房子才能带走。

"这个时限规定，不是从刚入银行时算起。而是从买房时算起，这明显是拿房子拴人。"

果然，等到魏志宏要走时遇到了麻烦。央行比较开明：你有两种选择：不拿档案，房子可以住着；拿走档案，就要退房。进外企要档案，否则就是招黑工，无法上保险和公积金。可那小两居，也要三四十万呢。

离开央行那天，魏志宏非常感慨："一切都要从头做起了，因为在物质上，我几乎一无所有了。"

B. 国企苦水

国企的阻击并非师出无名，因为他们认为，"这根本就是一场不平等的竞争！"

一家事业单位与一家外企争夺一个技术骨干失利，我们与这家单位的人事处长进行了一次长谈。

"王军要走，我也劝过他，他说你开24万我就不走。我说外企用人苛刻，哪天你不行了怎么办？他说，一年24万，3年72万，这都签有协议，等我不行了，我已经可以买车买房给孩子治病了。说着说着，我就蔫了。"

李处长叹口气说："我们打不起价格战。外企不承担养闲杂人员、退休人员，但我们得管。这样，花在人身上的成本不一样，假如利润一样，外企省下的费用可以给人才提高待遇。这就像家庭，一家养一个孩子，另一家养4个孩子，收入一样，但孩子生活水平肯定不同。"

他举了个极端的例子，有个员工换肾，一次手术费就是20万元，治疗排异反应的药费一个月就是5000～7000元，单位已为此花了100多万了，还看不到头，他本人支付了5%，大头单位都给兜了。"这样的人，在道义上我们不能撵走，而且从法律上讲也找不到开人家的依据，所以这样的负担我们得背。"

"从1998年起，事业单位实行聘用制了。其规定明确指出：疾病，非因公致伤、残的职工，停工医疗期每两年聘期内累计不得超过3个月，超过期限予以解聘，解聘后发给本人3个月工资的医疗费。但是，1998年以前进单位的毕竟是绝大多数，这枚历史遗留的苦果，我们还得吞下去。"

国有单位人才外流是流失还是流动？在我们众多采访对象中，洛阳725所党委书记王伍才的回答最为经典："对国家是流动，对单位是流失。"

李宁所在的那家国企，之所以使出狠招，擅改合同，提高违约金，据说就是因为它简直变成了中转站——每年分来的大学毕业生，大部分拿到北京户口一两年，就投奔了别处。

魏志宏离开央行时，物质收获的确不多，但是在央行7年，他先是在西南财大拿了硕士学位，又在1998年被派至英国LOUGHBOR-OUGH大学国际银行专业学习，2000年刚到中国人民银行研究生部读博士，2001年初就跳到德勤国际。有人质问："培训算不算投资？学完就走算不算忘恩负义？"

对离开725所走的人，许多都没给档案。党委书记王伍才说，"所里在负担这么重的情况下，培养了你，凭什么让你说走就走？"

C. 我为什么离开

阻击有阻击的道理，流动有流动的理由。

一位机关报社的人事处长给我们讲了一个故事：

那年单位分房，所有的职工都参加了排队。这支队伍看起来很怪，名记者、中层干部、照排工人、小车司机相互掺杂，但大家都清楚其间的主要依据，那就是年头——工龄和社龄。

"你说谁重要，谁贡献大，可能争一年也争不清。只有年头是不用争的。"富有经验的人事处长说，"谁都会老，在年头面前人人平等。"

说来也巧，房分到最后一套，快轮到一位颇有影响的名记者了，可排在他前面还有一个傻子。

名记者气坏了，找领导，造舆论，一时成为食堂饭桌上的焦点。报社明知事情荒唐，可更清楚，如果破例，坍塌的将是整个秩序。事情以名记者的离开而告终。

"这就是计划经济时代的逻辑。"人事处长说，"表面的公平下埋藏着最大的不公平——否认人的差异，泯灭人的价值。"

我们在采访中发现，在许多国有单位中，这种逻辑余威尚在。正是它构成了许多人离开的深层原因。

"离开央行，是因为那里几乎没有升迁机会。"亚洲开发银行中国代表处的崔凤对记者组说。在央行熬到处长，快的要5年，慢的10多年。"有的同事工作了16年，还没有达到副处，但我认为他们工作满不错的。即便升处长，因为司长位置有限，大多数人在处长位置上要停留很长时间。我不愿意耗了。"

"我到这家网站，就是冲着钱。"王军直言不讳，在原单位排队分房，他10年内没戏。可3000元的月薪又怎敢奢望买房？于是，在7年间王军换租了10多次住房。"有一次孩子问：爸爸，我们为什么老住地下呀？我真是无言以对。"于是，当一家网站开出24万年薪时，他立即离开了。

"我跳到美国玛雅公司，是因为跟领导不对付。"原小浪底工程外事处的胡树农说，"我在单位一向爱争活，领导看我不顺眼。那年，地质部中国地名大辞典编撰时，我自己要求写词条。回来后，领导说了一句话：'那是该你干的吗？来了3年，能不能懂点事？'"

王维王敖原是某高校系主任，现任三井物业（中国）有限公司业务副总经理。他的离开，缘于一个偶然的发现。"高校里很讲论资排辈，只要他的年头比我长，不管课讲得好不好，难度大不大，他当副教授，别人就只能当讲师。"

一次，王维王敖受邀外出代课，他的一节课别人开150元，而比他资历高、年岁比他长的教授只能拿100元，而在学校，王维王敖的课时费是15元，那个教授的是20元。那时，王维王敖惊讶地发现，自己是有价格的，外面不是职称、年头学校领导说了算，而是市场说了算。

毕竟，时代不同了。围墙外面，一个日益国际化的人才市场已经发育。它开始四处敲门。

第三章　不可阻挡的价值发现

A. 市场说话

在见到徐风云之前，我们已经听到了对他的种种议论。

2000年年中，还任职国企的徐风云曾到山东经济学院做过一次讲演，对700多名学子讲怎样选择自己的职业。

课间，一位同学发问："如果给你机会，你会选择外企吗？"

"不会"，徐风云脱口而出，"我会永远留在这里。"

台下掌声雷动。同学们钦佩他"忠于事业、忠于理想"。

可就是在这次讲演中，徐风云认识了杨涛，而且仅半年后，就跳槽到了让古戎。

徐风云的辞职报告只有70多个字，最后8个字是"去意已决，覆水难收"。

在第一笔预付款到账后，徐风云为当农民的父母盖了幢别墅，余下的都买了原来那家国企的股票。

徐风云此举，在公司引起强烈反响，"卖身""钻钱眼儿"的议论此起彼伏。

公司老总是个科学家，他只问了徐风云一句话："小徐，他们给你开了多少钱？"当听到那个天文数字后，老头使劲儿地抽烟，然后伤感地说："我可以批你走，但小徐你记住，要是干得不开心，欢迎你再回来。"

我们终于见到徐风云，已是到达广州的两天后。此时，他的头衔已换成了香港新华联合有限公司首席顾问兼执行总监，去年，他又跳槽了。如今，他在广东，俨然已是个名人。

刚离开让古戎在家休息的时候，徐风云接到许多陌生电话。

"都是猎头公司打来的。这些猎头太厉害了，只要放出点味儿，他挖地三尺也能把你找出来。"

"这是市场在找他",赛思卓越企业管理顾问公司总经理黄剑说,"我们不过是市场的使者。"

自1998年起,数千家猎头公司"爆炸性"地在中国出现,他们的业务,主要来自外企。

"赛思卓越手头正在为几家世界一流的外国投资银行找人,他们需要一批中国投资经理。不久,许多国内投资公司的职员,就要接到我们的电话了。"

在黄剑看来,人才和其他资源一样,是可以进行市场交易的。"给徐风云高薪,是因为他值这个钱。在人才市场上,某级职位的报酬其实蛮固定的,你能支付这个价吗?如果不能,人才就注定要流失。"

B. 价值再发现

广州,记者组去寻找潘潇,同时钩沉一段历史。

潘潇,曾领衔创办全国最大的人才市场——南方人才市场。南下,我们听到最多的,就是这个名字。有人说,不采访潘潇,就等于漏掉了一块人才流动史的"活化石"。

1988年初,在全国还在争论"人是不是商品"的时候,走在改革前列的广州人成立了人才交流中心,并开展了人事档案挂靠业务。广州一时成了全国的"人才洼地",当年,广州市的人才拥有量从1983年的全国第9位,一下子跃到第3位。但这在当时,还是犯规动作,不少单位把状告到国家人事部,说广州破坏了人事制度。

"百万大军下广东,那真是人才的一次大解放。"谈起当年,潘潇不禁眉飞色舞。

潘潇最得意的,是他经手了南方人才市场的第一份人事档案。1988年,从英国获MBA学位的陈荔兴在江西原单位被闲置起来。当时国内MBA也就几十号人,陈荔兴不甘心空耗时光，动了南下的念头。可原单位死活不放人。陈一打听，广州人才交流中心可以挂靠人事档案，正愁一张单没做呢。于是，他毅然决定吃这只螃蟹。

做这张单的就是小处长潘潇，头脑活泛、笑眯眯的一年轻人。如今，陈荔兴已是广州一大公司财务总监，一个操中英双语的高级白领。

潘潇还记得广州"第一高"当年引起的轰动——一个个子不高的大学应届毕业生，急匆匆地闯进来，张口就说自己要去一家洋公司，人家开价2000元！交流中心一下子炸了窝，局长的工资才200元呢！几个旁边办公室的漂亮姑娘都装模作样送材料过来瞅这个不起眼的小伙儿。

"南方人才市场的诞生，标志着一个全国性人才市场的出现，它更充分地发掘了人才的价值，也整体地抬高了中国人才的价格。"现任广州市人事局局长的潘潇指点江山，"现在我们正在进入一个全球性市场，它必将带来人才价值的再发现。"

潘局长最近看到一份材料，我国国企领导年收入低于两万元的，占总数的62%。在40家中央直属大企业中，年收入最高的中国化工总公司老总，年薪21万元；最低的中国第二重型机械厂老总年薪只有1.2万元。这还不如外企接待小姐的收入。

在武汉，国企和外企之间，博士的平均工资相差10倍！

最典型的是国家外汇管理局，一支70多人的精英队伍，管理着2000亿美元的外汇储备，而他们的平均年薪只有5万元。这在外国同行看来，简直难以想象。有人选择了离开。

朱镕基总理看不下去了，亲自过问，2001年，国务院特批：有关人员工资增加1倍，对于特别的操盘手，月薪两万元，年薪24万元。

"人才流动，总体来说是利大于弊。最大的利就是能使人尽其才，物有所值。"潘潇的话透着沧桑。

C. 在流动中升值

卓越网原CEO王树彤被誉为职业经理人的"跳远冠军"。短短几年里，她完成从清华到微软、思科，再到卓越如此高难度的"三级跳"。

这个美丽女人充满了故事：微软做全球霸主时，她在微软；当Cisco市值世界第一时，她任Cisco中国公司的市场部经理；而当互联网热扑面而来的时候，王树彤成了卓越网的CEO。

从清华跳到微软，王树彤是想"轰轰烈烈地活"。在微软，她经历了从第一次员工大会的1000人，到最后一次参会的9000人的迅猛发展。但这似乎还不让她过瘾。6年后，她进了当时世界上最成功的公司之一——思科公司，在那里，她以惊人的速度被提拔，最后升至中国市场部经理，成为思科高层惟一的中国大陆人。

然而，在思科的市值正在冲顶的时候，她却突然决定离开思科。那时，她手里还捏着大笔待升值的股票。对她的辞职，很多人都不理解，说她"疯"了。

坐在记者对面，王树彤拿出一张白纸，在纸上画了一个抛物线，又在抛物线的最高点，画了一个更高的弧线。"很多人的一生就像这抛物线，从起点攀升到最高点再下滑。我的自不量力就在于我敢在最高点时，改写路线，走更高的一条弧线，这样人生就永远没有最低点，只有不同水平线上的最高。"

相较于王树彤的戏剧性，张跃的故事要普通得多。

1998年，张跃离开一国家部委，先到一杂志做英文编辑，觉得不对路，便跳到一家加拿大出版公司的中国办事处。办事处的计划是把一些国外的书搬到中国出版，这比较接近张跃的理想，她踌躇满志，跑遍了北京的书店进行推销。但很快，政策封杀了该办事处，她失业了。

2000年，张跃到了国外一大通讯社的财经网站，当频道经理。那时网站真是红透了，"我们发疯似地烧钱、造声势、作秀。半年后，网站泡沫破灭，我再次出局。"

接着，张跃进了一家美国公司的中国办事处。在这里她发展很顺，一直做到了事业发展部经理，这在那家美国公司是老三，仅次于中国区首席代表和财务总监两个美国人。

不久前，张跃去了趟原部委在安定门的宿舍大院，那里已物是人非。1991年与她同时进部委研究所的4个人，现在只剩下1个大专生。"有时候我也问自己，都30多岁了，还这么折腾，值吗？但仔细想想，我的头衔越来越高，收入越来越多，离理想越来越近，还有什么不满足？"

在采访中，大多数人不愿谈自己的收入。徐风云的回答是："我第一次跳槽时，没人知道我，可当我离开让古戎时，我接到过30多个猎头公司的电话。"

李宁以前所在的那家国企，如今依然壁垒高筑，但是，新来大学生的月薪已悄悄上涨了400元。

市场的力量，就是这样坚韧，不可阻挡。

第四章　观念震荡

A. 人才不是劳力是资本

在任余礼的电脑里，存储着各种天气、各种环境下的白马和红马形象，阴晴雨雪，风景如画。

任是上海市对外服务有限公司国际人才分公司的副总经理。这个"伯乐总管"的电脑，记录了上海国际化进程的一个侧面：1994年向外企派遣雇员3800人，1995年6000人，1999年1万人，2001年4.12万人。

过眼的是万马奔腾，留下的是观念激荡。

1985年6月，27岁的梁玉平作为首批本土雇员，走进了三菱商事株式会社。第一个月开工资让她激动：128元。要知道，当时一张公共汽车票几分钱，一盒饭才一毛五。她赢得的，是羡慕。

1991年，当庄顺山出任一家丹麦企业驻华首席代表时，引起的则是震荡。6位数的年薪比普通外企雇员高出了10倍！全上海为之一震。

"庄顺山不是单纯的劳动力，而是人力资本"，经济学家魏杰对此解释说，"难以替代的职业经理人和技术创新者一样，构成了企业的核心竞争力，他们的财富创造力不亚于货币资本。所以，他们不是简单地拿工资，而是要遵循资本分配的规律。"

然而，这样的观念离绝大多数国企还很远。在欧美企业，高级管理者收入是中层职员的12倍，普通职员的60倍到100倍。而在我国，据对40家中央直属大企业的调查，公司总裁与普通员工收入相差最大的6倍，最低的不到1倍。

中国海洋石油总公司是国企中醒得较早的。去年，他们请到了基辛格博士当顾问，帮着分析海湾局势。人是来了，但开工资时遇到了麻烦——这种国际性人才是有国际行情的，但这种价格，在现行的规定里没有。中石油只好等基辛格每搞完一次演讲就偷偷塞给5万美元，打个擦边球。

有家企业计划搬到保定，理由是保定物价比北京低，所以人才成本相对低。"我们要用最好的人才，最低的成本打造最优秀的企业。"但是，招聘的结果是一无所获。

"他们不明白，只有低端人才的价格才与当地物价相关"，人力资源专家彭建峰说，"高端人才是在全国，甚至全球市场上配置，低于通行价的报酬怎么招得来人？"

"我给他们的建议是，给高端人才期权，让他们参与产权分配。"

B. 两张工资单的理念

王维岭给我们提供了两张工资单。

一张是他曾在某高校拿了10年的工资单。工资单是张小纸条，分四部分：第一是国家规定的档案工资；第二是结构工资，它的计算是课程的难度系数乘以课时费乘以上课的节数；第三是福利，指独生子女费、洗理费、误餐补助等；再就是年终奖金。

另一张则是三井物业（中国）有限公司的工资单。它要大得多，分类也更细：基本工资、资本津贴（按级别、头衔、责任大小确定金额）、考察加薪（指个人能力的评估）、行政职务津贴。

除了国家规定的住房公积金、保险费等，员工的福利还有夏季津贴、春节津贴、旅游费、独生子女费、桑拿洗浴费、孩子出生补偿、直系亲属去世补偿等，种类繁多，因人而异。"这些都规定在人手一本的《工作手册》里，清晰明了，没有扯皮拉筋的事。"

"两张单子一比，你就会发现外企管理理念与国企的最大差别，那就是人性化。"

摩托罗拉有一个普通的操作员，最初的月薪只有270元。但第一天上班，她就感到270元也值得待下去。因为当时的摩托罗拉没有食堂，工作餐都是从外面定的。她是回民，全公司就她一人是回民，管理部门在定饭时专门给她要了回民灶，并在盒饭外系了一根细细的红线。

正是这根红线系住了她的心，从那天起，她分外努力地工作。7年后，她成了一条生产线的主管，她也经常问手下："你在过去三个月里受到尊重了吗？"

在上海，一家英国老板无力给员工提工资时，就赠送"精神福利"，将员工原先不起眼的职位称呼得十分体面，如将前台秘书称为"口头通讯部负责人"，把擦玻璃的清洁工改称"光线照明提高者"。

在亚信，一个有潜力，但又暂时无法提职的员工，将会获得一笔"形象工资"，以认可他的价值。

高福利，曾经是国企留人最大的本钱，但落后的理念、粗放的管理，让这一优势荡然无存。在一些IT业外企，出现了"福利超市"，雇员可以根据自己的喜好，自己选择如何使用自己的福利经费。而在大多数国有单位，福利仍然千人一面，千篇一律。

"其实单位花钱不少，她是真对你好，可执行起来总觉得不对味儿。"王维岭回忆当年，一到月底年末，总有用不完的肥皂、吃不完的苹果、用不完的油，男女老少人人都提拎着大包的卫生纸回家，几十年如一日。"在外企，福利完全货币化了，白领们无法想象，衣冠楚楚，开着名车，却要提拎着一壶油回家，那该有多土"。

C. 人才需要经营

我们到洛阳725所采访时，所长孙建科正在接电话："1992年走的？那么多年了，放了算了。"

放下电话，孙所长对我们苦笑：一个擅自外出读研的人，我们扣着档案。以前到哪个地方落户都要档案，很多事没档案不方便。现在档案重要性低了，许多地方可以重新做。放了算了，扣住没什么意思。

725所还算开明的。我们在采访中发现，一些国有单位，在签协议时就明确规定，在若干年内，员工不许读研、不许出国留学。

"在原单位，企业、处室对我都没有定位，领导突然说某个项目厂里需要，你去做吧，可没几天又说不能做了，不了了之。这里没有让你长期做下去的东西，我不知道未来的发展将是怎样。"现在已跳到亚信的董宁回忆工作过的那家国企，"你就像支蜡烛，无须补充，只需燃烧，自生自灭，直到退休。"

与国企的"蜡烛论"相反，外企更愿意把人才当作"资本"来经营。

程蕾的新职务是欧莱雅（中国）公司的培训和职业发展经理（Training & Devolpment manager）。在欧莱雅，新来的大学生，都要当一年的培训生，公司安排他们不断轮岗，熟悉各个部门的工作。在年底，培训生们根据自己的喜好和公司的需要，选择自己的发展方向。"当确定发展目标后，公司会再为他们安排相关的技术、管理等方面的培训。"程蕾说，"我的工作，就是帮助他们规划发展，明确目标，使欧莱雅能从他们个人的努力中获益。"

"是资本就要投入，在所有投入中，培训当然是最直接的。"抱着这样的理念，外企大都在培训上非常慷慨。摩托罗拉、西门子等大公司在中国都办有大学，上海贝尔公司甚至宣布，员工在外读MBA，公司补贴学费的50%。据广州管理协会2001年公布的一项调查结果，90.9%的外企每年的培训费占销售收入比例的5%左右，其中内训预算每人每年平均为9831元，内训时间为每年11天，外训预算为每年704元，时间为每年5天。

在北京大学EMBA班上，曾进行过一场辩论：在流动率很高的今天，员工培训是利大于弊，还是弊大于利？

来自国企的学员大多认为，既然人才是流动的，这笔钱的回报就不确定，谁花谁吃亏。

而来自外企的学员则另有理解：就个案来说，可能是损失，但就整个职员群体而言，肯定有回报。更重要的是，培训本身就是一种留人的手段。

这样的碰撞，贯穿在我们的采访中。上海劳服公司国际人才分公司副总经理任余礼曾对我们说，这场人才竞争首先是观念的竞争。其实，在交手之前，胜负已经见了分晓。

第五章　因为市场在那里

A. 回流微澜

微软给齐红儿专门设了一个职位：政府关系高级经理。

"很多人对这个职位有误会，认为就是走门子拉关系之类。其实大的跨国公司不会干违法的事。我的工作，只是与政府相关部门保持沟通，遇到不公平待遇的时候能够有申诉的机会。"齐红儿时常这样解释。

可尽管如此，由于齐在安排比尔·盖茨参加APEC上海会议上的成功，关于她的议论，还是再次热络起来。

这不是一个孤立的个案。在采访中，我们发现外资驻华机构的名录里，相当比例的首席代表是前政府官员，而且大多来自原来对口的部门。这构成了一个有意味的现象——官员投洋。

从央行国际司跳到亚行驻中国代表处的崔凤，一上班就发现，他的24个同事中，有11个官员，其中有9个是原国家机关官员，分别来自央行、财政部、水利部、农业部、交通部等国家部委，包括5个处长、1个副处长，"简直可以组成一个小政府"。

"这中间，的确存在一个灰色地带。"中国人民大学劳动人事学院副院长彭剑峰说，"人才的价值有3种：能力价值、道德价值和资源价值。政府官员具有丰富的信息和人际资源价值，往往成为外企争夺的目标。可这种资源中哪些是政府的，哪些是个人的，的确很难分清。"

齐红儿回忆说，当初刚有走的念头，许多知名的跨国公司就登门拜访。这中间，最多的就是各类外资金融、保险、商业等服务企业。他们开出极为优厚的条件，希望齐红儿加盟。这些外企深知，作为中国加入世贸组织谈判服务贸易领域牵头人的齐红儿，对他们来说，是多么巨大的财富。

"他们看中我，当然是因为我的公务员背景，尤其是在加入世贸组织谈判中协调各部委所积累的关系和经验。"这位前外经贸部处长承认，"尽管，我早就宣布了一条原则——绝不利用国家的资源甚至是国家的秘密去赚钱。"

然而，建立在个人道德上的阀门毕竟是靠不住的。对齐红儿的出走，外经贸部不愿多说，但也承认："至少留下了一个安全隐患。"

在采访中，有一个故事被许多人提到。据说，它已经被写进MBA的教材——

有一年，国家投资1.5亿元委托某国企搞一个技术创新项目。在历尽千辛万苦后，终于快看到成果了。

万没想到，这时，一家企业突然找到技术攻关小组的组长："赵工，到我这儿干吧，给你15%股权。"

赵工一算，15%的股权，意味着每年100万元红利。100万元啊，此生不愁钱了。于是，他一张辞呈走了人。

当时最终成果尚未出来，在这种情况下，法律规定只是不能把研究资料带走，"可你不能宣布人走脑袋留下呀，那些实验数据可都装在脑袋里。"对赵工出走，厂里只能吃哑巴亏。

7个月后，赵工为新企业拿出了研究成果。当年，该企业销售收入两亿元，而国家的巨额投资却打了水漂。

"这一轮人才流动也有回流。"著名人才问题专家王通讯说，"这是新的人才市场还不规则，还不充分。"

B. 不充分的国际市场

市场的不充分也体现在外企内部。

拿着百万年薪的徐风云离开让古戎的情形，与当年离开国企一样突然。

今年初，杨涛离职，中国区新来了一个美国老板。这位哈佛的MBA，带来了一批哈佛MBA。

"美国老板的傲慢和偏见是肆无忌惮的，而且在经营理念上，我们发生了很大分歧。"徐风云回忆说，"他奉行哈佛MBA课堂上的那一套，而我更注重市场的中国特色。他对我的'野路子'很不认同。"

私下里，还有香港员工骂内地员工是"口陋仔"（水货）。"他们以为我听不懂，其实我懂。" 渐渐地，徐风云的人一个个离职，他们受不了这里压抑的环境，尽管这是一个一年创造4.5亿元销售额的精英团队。

有一次，徐风云跟老板又发生了激烈争吵，老板咆哮道：知不知道哈佛是全球最好的学校！徐风云忍无可忍，下决心离开。"对于我来说，基本物质问题解决了，钱就不过是个数字，我更在乎一种做大事的精神追求"。

市场的不充分，表现在中外员工报酬、权限和信任度的差异。在许多外企中，外籍副手收入高于中籍老总，这种差距超出了正常的异地补偿。在一些日资公司，员工被要求讲日语。在上海，担任某外企首席运营官的郑晓军博士坦言：为了突破"天花板"，自己加入了外籍，随即便产生了"质的飞跃"。

一位某外企的中籍首席代表到上海对外服务公司诉苦，原来，这家外企要成立中国公司了，而这位战功卓著的首代却被安排为副手，公司从欧洲另派一个老外担任总经理。

首代一气之下，提出辞职。"也不是公司不重视我，远在欧洲的老板亲赴上海挽留。面子给足了，但关节处仍不松口"。33天后，欧洲公司同意他的辞呈。首代感叹：这块天花板简直就是花岗岩呀！

张跃在外企做到了三把手，她对我们袒露心扉："说实话，老板对我不薄，但我仍能感到中西文化巨大的差异，感到美国人的傲慢和偏见。"张跃一脸无奈，"我觉得自己就像夹心饼干中的那层奶油。一边我得维护中国同胞的利益；另一边我得无条件执行美国老总的决策。当下属与老板发生矛盾时，我常常苦于难做人。每每那个时候，我就想我的终点在哪儿？我会继续流动吗？"

事实上，回流已经发生。在接受我们采访的时候，齐红儿刚刚离开了微软。"原因还是那块无法突破的天花板"。

C. 新国企　新希望

飞机再次起飞。目的地：北京。

在我们采访期间，发生了一系列重大事件。

5月，中共中央办公厅、国务院办公厅联合下发了《2002～2005年全国人才队伍建设规划纲要》。这是新中国成立以来，我国第一次制定综合性人才规划。《纲要》指出，在未来几年，面对人才全球化的新情况，要使人才总量和结构有较大优化，必须下决心，痛改干部人事制度和人才管理体制的积弊，完善人才市场体系和管理法规，让优秀人才人尽其才，人畅其流。

7月，10余家部委单位联合组织的"中国企业经营管理者激励与约束机制及有关政策的研究"宣告完成，研究成果上报国务院。这项课题研究由国务院发展研究中心党组书记陈清泰任总负责人、著名经济学家吴敬琏担任总顾问，历时一年之久。舆论认为，这意味着中国企业家薪酬制度改革正式提上日程。

在基层，觉醒的国企已等不及红头文件了。联想请翰威特重做薪酬体系，白沙请和君咨询搞差异分配方案，中海油在其海外上市公告中称，其高管可有70万元至80万元期权。还有网通、招行、中移动、中国船舶重工集团公司725研究所……

"抱怨没有用，也别想去阻挡。"中国科学院机关服务局局长张克扬的话很实在，"为什么要改革？因为市场在那里。"

从去年开始，中科院开始岗位聘任制试点。"今后几年，全院7万多人里将有3万人进入创新岗位，他们将拿到有足够吸引力的报酬。"中科院机关服务局局长张克扬说，其余的人则将转岗分流。"其中，有9500名后勤人员将脱离事业单位编制，走向市场。年底，院部的物业公司就要挂牌"。

刘培森在中科院物理所已工作了23年。这个41岁的司机一直拿着全所科研提成，但1300多元的工资还是让他牢骚满腹。"那时，老司机们聚在一起聊天，老是抱怨研究室的小年轻，毕业没几年就拿好几千块。"刘培森笑着说，"现在看来，是我们把比较对象找错了。"

1999年，物理所率先改革，将70多名后勤人员转制到自负盈亏的物业公司。这一转，让司机们着了慌，"人家可以接受你的服务，也可以接受别人的服务，实在不行，打个车一样出去办事。过去不干，照样拿基本工资、科研提成，现在出一趟车拿一趟车的钱，能不急吗？"

司机班的同事已经走了好几个，但刘培森不打算走。"我觉得收入还可以，出去开出租收入虽然高一点，但那会很累，而且还有被劫车的风险。"

"把约翰的还给约翰，把彼得的还给彼得。"但愿觉醒的，不只是中科院。

（杨得志、林蔚对本文亦有贡献）

罗旭辉　刘畅　从玉华

2002年11月5日

车库咖啡

在北京的中关村，有这么一个地方。有人说，这里是"创业者的乌托邦"，也有人用甜蜜的口吻赞美它是"创业者的初恋"。一位在中关村"混迹"20多年的IT人士，更愿意把这里比喻为"互联网的江湖"。

小米公司的雷军、天使投资人徐小平，这些在中国互联网和投资界声名鹊起的"大佬"们，时常会来这里坐坐。

两年多前的一天，穿着T恤衫、牛仔裤和一双绑着橙色鞋带儿帆布鞋的雷军，当着众人的面，把手里的小米手机"哐当"一声摔在地上，以证明他的产品"很有品质"——就是在这个地方。

那时，雷军还不敢用10亿元赌注和格力电器的董明珠打赌。那是一个在2013年年底引起国内商界轰动的赌局，赌的是：5年之内，小米公司能否在营业额上超过"传统行业"的格力。

同样是两年多以前，一位美国硅谷的创业家来这个地方看了看，回去后在华盛顿邮报网站上发表了一篇文章，标题是《美国人应该真正害怕中国什么》。文章里说："中国真正的优势在于下一代——那些从顶级高校毕业后选择创业的学生身上，他们聪明、动力十足、野心勃勃。"

很多终日泡在这里，埋头写代码或者修改商业计划书的人，似乎都在等待揣着钱袋子的"天使"降临在自己身边。他们中的一些人无数次地幻想，如果资本看中了自家技术和创意，没准自己就是下一个"雷军"，或者下一个"马云"……总之，是下一个创业传奇。

这究竟是什么地方？

在这里，不用付租金，只要买一杯咖啡，就可以坐上一整天，给自己打工

其实，这个地方，是一家咖啡馆。

它坐落于一家"特价房130元／天"的宾馆里，门脸还不如隔壁的一家牛肉面馆醒目。只有站在宾馆外面向半空仰望，才能看到灰色的砖墙上面，有一个蓝色箭头拐了弯，朝下指着："宾馆2楼"。

走近这家宾馆，一股牛肉面的香气，而不是咖啡的味道，在鼻腔里弥漫。北京的深冬，裹着军大衣的宾馆前台服务员，对着推门而入的人们，几乎面无表情。那些背着双肩包的年轻人，像一阵风一样，从她的眼前晃过，然后一蹦一跳地冲上楼梯。

宾馆的电梯门上，贴着一张纸，上面写着：2楼不停。

爬上电梯不达的2楼，才开始嗅到咖啡的味道。要说装修的情调，这家咖啡馆难以达到一般店面的及格水平。屋顶没有装吊顶，连普通的天花板也省去了。通风管道和空调压缩机近乎暴露在屋顶下，仅仅裹着一层黑色的保温纸，有的地方还开裂着，就像被太阳暴晒过的沥青马路一样，粗陋不平。

咖啡馆的红色大理石地砖，经过无数双鞋子的磨蹭，有些发黑。包裹墙壁的灰色墙纸，有的已经卷边，部分开始脱落。

有人评价，这种装修风格很"后现代"。但这家咖啡馆的工作人员说，当初这样设计，是为了省钱。

开这家咖啡馆的人，名叫苏菂，今年34岁。将近3年前，他为咖啡店选址，几乎跑遍整个中关村西区，最终选中了这家鼎鑫宾馆的2楼。很重要的原因是，"这里的租金不贵"，每平方米2元／月。

不少经常光顾这家咖啡馆的人说，这里怎么看，都更像一个地下车库。事实上，苏菂第一眼看到这个占地800多平方米的地方时，它本就是一个堆满货物的大仓库。

对于苏䓖来说，在一间大仓库里开咖啡馆，反倒符合他的胃口。

2011年，苏䓖去了趟美国。他开车在加利福尼亚的帕洛阿尔托和圣何塞之间蜿蜒几十公里的狭长地带，跑了大半个月。这个狭长地带，就是著名的硅谷。

苏䓖专门去"拜谒"帕洛阿尔托市爱迪生大街367号。那里有一间占地30多平方米的老旧木质车库。1938年，一个名叫比尔·休利特的单身汉和带着老婆的戴维·帕卡德，在这间狭窄的车库里，开始创业。

当时，他们只有一个工作台、一个钻床、一套老虎钳等粗陋的工具，启动资金有538美元。

他们在车库研发了第一款产品，一个测试音频的振荡器。两个合伙人以抛硬币的方式，决定了谁的名字放在公司名称的前面。就这样，惠普（Hewlett Packard，即HP）诞生了。

再后来，爱迪生大街，这条当年不起眼的郊区街道，被公认为世界第一个高科技区域——硅谷的诞生地。

如今，每年有将近4万人来爱迪生大街参观，苏䓖就是其中一位。虽然游客最多只能靠近"惠普车库"的铁门，但这并不阻挡人们观瞻车库的热情。

在互联网创业史上，"车库"是一种带着神奇魔力的地方。除了惠普，人们还津津乐道的是，上世纪70年代，21岁乔布斯和26岁的沃兹尼亚克在乔布斯养父的车库里，开发了第一台苹果电脑；1998年，谢尔盖·布林和拉里·佩奇以每月1700美元租金，租下位于加州门罗帕克市圣玛格丽塔大街232号一处56平方米的车库，创办了谷歌公司。

"美国有硅谷，硅谷有车库，中国为什么不能有个类似车库的地方，让有想法有创意的年轻人低成本创业？"回国后，在一家上市公司当投资总监的苏䓖，辞了职，开始创业。

2011年4月，一家很像地下车库的咖啡馆，在北京开业了。一些创业者选择在这里起家，看上去似乎比当年的布林和佩奇还要幸运。因为，在这家咖啡馆里办公，不用付租金，只要买一杯咖啡，甚至厚着脸皮不停地蹭喝免费的柠檬水，就可以在黑色木质咖啡桌前，坐上一整天，给自己打工。

不过，这家向车库看齐的咖啡馆，也有很多不足，比如无法提供充足的暖气。1月的一天下午，北京气温降到零下9摄氏度。咖啡的热气从杯子里往上蹿，但靠窗的人们还穿着厚厚的羽绒服。

有人抱怨："窗户漏风，空调好像也有一个没工作。"

然而，不到下午3点，这家咖啡馆里已坐满了人。那些常年在这里办公的创业者，牢牢地守着属于他们的一张咖啡桌。

他们的头顶上方，垂着十几盏像鸟窝一样的吊灯，灯光有些昏暗，以至于带着闪光灯的摄影记者，很不满意这里的光线环境。

这里很多人爱提的一件事是，360公司的周鸿祎起步时的办公室也和这差不多。一个合作伙伴去找他谈事情，发现他的办公室暗无天日，白天都需要把灯全部打开。

他们把创业看作是一种跳出"体制"的方式，毫不犹豫地跳出条条框框想问题，去冒险，有野心

平日里，一张圆脸的苏芮，总爱坐在咖啡馆的黑色软沙发上，端一杯咖啡，摇晃着双腿，迷瞪一双小眼睛，注视着咖啡馆里进进出出的人。

每天"吱呀"一声，推开咖啡馆那扇黑色双合木门的人，有在这里"扎根"创业的老面孔，也有创业者最喜欢的投资人，还有很多慕名来这个"乌托邦"坐坐的新面孔。

时间长了，就连苏芮本人，也不敢轻易判断，走进咖啡馆的人究竟是什么来头。

前些天，一个穿着老款皮夹克的小伙子进了咖啡馆。他的夹克不合身，肩缝耷拉在肩膀下面，毛衣凌乱地扎在裤带里。头发很油，一缕一缕地，贴在脑门上。

他买了一杯咖啡，坐在靠角落的咖啡桌前，从带轱辘的双肩包里掏出一盒纸牌。整个下午，他几乎只干了一件事：在桌上铺纸牌。

他的"奇怪"行径，引来旁人的关注。有人在一边儿嘀咕："你看这个人，好奇葩呀。"

在这个咖啡馆里，流传着很多"奇葩"的故事。比如，有一个小伙子，逢人就拽着对方胳膊不松手，两眼放着光，像做演讲一样，"乔布斯好厉害呀，他改变了世界……"

而他的结束语是："我是搞安利的，你有兴趣吗？"

有一个1990年出生的姑娘，从2012年底就常驻咖啡馆，和团队一起创业。她讲了一件自己眼中很"奇葩"的事情。前一阵子，有一个60多岁的男人，穿着一身黑棉服，戴顶毛线帽，总是出现在咖啡馆。他经常走到别人跟前，歪着脑袋问："你是投资人吗？"

"这大爷说他发明了一款四个轮子的摩托车，还张嘴就来：我这个发明很牛啊，1000亿元投资也不嫌多！"姑娘一边讲，一边忍不住地乐。

突然，她冒了句："在别人看来，我也是奇葩吧。"至少，她已经被自己最好的朋友，列入"奇葩"行列，属于"离经叛道"的一类人。

不少在这家咖啡馆创业的人，都自称是别人眼中的"离经叛道者"。一个名叫张迪奇的30岁小伙儿，不顾做公务员妈妈的反对，从电视台辞职，在这里搞一个"时间拍卖"的社交网站。还有一个叫黎志平的85后男生，从月收入过万元的国企辞职，跟着一个只有4个人的团队，开发一款类似微信的手机聊天软件。

"放着好日子不过"，"脑子进大水了"……很多人是在别人的嘲笑中，走进这里的。

终于，在这个谈创业才是正题的地方，这些创业者觉得自己"不是异类"。有时，他们反倒看不惯那些甘愿一辈子待在单位里的人，"简直难以想象啊"。

"不安于现状"、"拒绝平庸的生活"以及"不喜欢循规蹈矩"，等等——面对别人给他们贴上的诸如此类的标签，很多创业者爽快地照单全收，"是这样的，我接受"。

那位名叫卫维克·维德瓦（Vivek Wad-hwa）的硅谷创业家，曾经光顾这家咖啡馆。事实上，维德瓦还是一个经常在清华大学讲课的学者。他从很多中国年轻人身上，发现这代人与上代人的区别，"他们毫不犹豫地跳出条条框框想问题，去冒险，有野心"。

更重要的是，维德瓦在中国大学课堂上听到关于"你为什么想要成为企业家"的答案是，"他们把创业看作是一种跳出'体制'的方式，一种成为自己的老板、创造自我成功的途径"。

25岁的黎志平说，他之所以离开那家薪水不错、还发饭补的国企，很大原因是"每天过得太安逸了，担心自己不再进步"。他抱怨，上班一年半，几乎没加过一天班。

这个年轻人用一种透着自豪感的语气说，自己挥手告别的国企，曾是马云任职过的企业。1998年底，马云从这家企业总经理的位置上辞职，领着他的创业团队撤离北京，回杭州创业。6个月后，阿里巴巴网站上线。

黎志平还回忆起，当年参加新员工培训时，有一位老员工提起马云的故事，还说自己"差点也跟着走了"。不过，新人们难以从那位老员工的语气里判断，"他到底有没有后悔"。

"没准我也会成为下一个马云呢！"在昏暗的灯光下，一直安静写着代码的小黎，抬起头，将下巴颏儿磕在笔记本电脑盖上，笑着说。

那天晚上，一直到天黑，咖啡馆逐渐空落起来，穿皮夹克的小伙子仍旧在桌前摆纸牌，没跟人交流过。一位衬衫口袋里搁着手机的中年男人，坐到他旁边，主动跟他搭讪。

原来，这个一下午被周围人称为"奇葩"的小伙子，研发了一种类似于三国杀的游戏纸牌。他来咖啡馆，是想找人测试一下他的游戏，同时也找找投资人。

事实上，这个主动跟他说话的中年男人，来这家咖啡馆的目的，就是要找"可以赚钱的好项目"。不过，揣着钱来的"天使"，并不看好这个一直独自玩纸牌的创业者。

理由是，"他始终无法迈出这一步，大胆走到别人面前，推销他的产品。至少，他缺少一种勇气"。

这个地方可以没有充足的暖气、合适的光照，但是绝不能没有强大的网络和足够的插线板

近一两年，这家聚集了众多创业者的咖啡馆，名气变得越来越大，"几乎科技圈里的人都知道这个地方"。与此同时，这里卖的咖啡，价格也在上涨。从开始的15元钱一杯，卖到现在的28元钱，逼近很多知名国际品牌咖啡店的价钱。

不过，这家咖啡馆的常客，恐怕不会计较咖啡的价格，甚至可能并不太在意手里端着的东西是否好喝。

有人说，每天弥漫在这家咖啡馆空气里的，除了摩卡和拿铁的气味，还有一种气息，来自这些创业者身上，那就是无法掩饰的野心。

一个初次探访这家咖啡馆的人，进来坐下没多久，就开始感叹："这个地方真像一个江湖，感觉人们都好牛啊，头衔都是'C'字打头吧。"

在这里创业的人，有的头衔已经带上字母"C"，比如某家网站的CEO（首席执行官）、COO（首席运营官），以及CTO（首席技术官）。或者，有的人正在努力让自己的"title"（头衔）和"C"字沾边儿。

靠近咖啡馆门口的一面墙上，贴满了花花绿绿的招聘启事。有些招聘启事都省得打印，纯手工书写。那些趴在A4纸上歪歪扭扭的汉字，大多在召唤一个牛气的技术合伙人，或者最有创意的运营官，往往也在宣告一个"有前途"的互联网产品，正在诞生中。

如果有人突兀从某个角落里冒出来，主动向陌生人搭讪，并且兴致勃勃跟对方介绍自己"超牛"的创业项目，也并不奇怪。

很多创业者不讳言，创业是为了追求更多的财富，"如果说不想挣钱，那就

是虚伪"。

在这个创业的江湖里，被奉为经典的财富故事是，YouTube网站创始人陈士骏20个月赚130亿元的传奇，李彦宏看到百度股价在纳斯达克一路狂飙时的泪流满面。

两年前，在一家成熟互联网公司担任项目经理的段利军，辞职后去咖啡馆创业。周围人不理解，问他："你为什么敢去创业呢？"

"我没有车，没有房，也没有老婆。我一个月在公司挣个一两万，什么时候才能在北京买得起房？"出生于河北农村的段利军说。

在发家致富的欲望驱动下，如同野草般在咖啡馆里拼命生长的创业项目，大部分和互联网有关。不少野心勃勃的创业者认为，互联网是一个巨大的金矿，他们人生的第一桶金，应该从这里挖出来。

常年停留在这家咖啡馆的人，大概都无法想象，如果离开网络，他们是否还有勇气在这里待下去。在这个被他们视为"乌托邦"的地方，可以没有充足的暖气、合适的光照，以及舒适的桌椅，但是绝不能没有强大的网络和足够的插线板。

于是，插线板的电源线缺乏审美地吊在半空中，而不是匍在地上，是为避免人们被繁杂的线路绊倒。靠近书架的角落里，一只大黑箱轰鸣着，里面摆着几台路由器，插满接口的网线像树枝一样凌乱伸展。

在一些创业者看来，互联网的魔力，更多在于它可以制造快速致富的传奇。而真实的暴富故事，就诞生在这家咖啡馆里。几个玩比特币的人，在短短数月里晋升为"千万富翁"。

数天前，"千万富翁"赵东和几个同伴，窝在咖啡馆的一间小屋的沙发里，嘴里叼着一根烟，手指头"噼里啪啦"地敲着键盘，忙着被他们视为"金融革命"的比特币事业。作为这家咖啡馆的"老人"，赵东起初痴迷于搞"开源硬件"，在圈子里小有名气。后来，他卖掉自己的部分股权和房子，重新找投资项目，其中就包括价格暴涨的比特币———一种复杂代码组成的"电子货币"。

尽管从某种意义上说，比特币和赵东的千万财富，都存在于虚拟的网络世界中，但这不妨碍很多创业者羡慕这位个子不高的年轻富翁。有时，会有人黏在赵东身边，跟他开玩笑："给我投资几个比特币？"

不久前一个周五晚上，一场有关比特币的沙龙在咖啡馆里举行。挤在各个角落的人们，在吃掉了上百盒披萨饼和蛋挞之后，被主持人拉进一种热闹的氛围中。一位胖胖的男主持，在台上欢快地向众人提问："大家猜猜，现在比特币的价格是多少呢？"随之，一个阿拉伯数字从屏幕里跳出来，现场掌声雷动。

虽然大半个咖啡馆都沉浸在喧闹的海洋中，但还是有些人低着头，对着笔记本电脑，默默地修改着某款正在开发中的软件代码。

即使身在"乌托邦"，也不是人人都沉浸在创业的快感中

这家闻名中关村的咖啡馆周围，林立着很多高端大气的写字楼。有人从那些写字楼里义无反顾地出走，没过多久又骄傲地回去。只不过，他们从打工者，变成了老板。

段利军就是这么"华丽丽"转身的。他离开那间咖啡馆，带着6个人的团队，搬进一个大堂里挂着水晶灯、摁电梯需要刷卡的写字楼里。

他开发的一款手机游戏，用户量在短时间内暴增，宣告他的初始创业成功。如今，他坐在月租金1万元的高档写字楼里，有时会透过落地窗，向咖啡馆的方向张望一下。

这样活生生的成功案例，激励着不少渴望"逆袭"的草根创业者。不过，另一种论调在创业圈里，也如同明镜一样高悬——"创业失败的几率是99%，成功的几率只有1%"，或者"创业成功是一种小概率事件"。

随口问问咖啡馆里的创业者，他们大多赞成这个令人失望的观点。但是，他们中的大部分，很固执地认为自己会是那个占据"1%"和"小概率事件"的人。

"出来创业的人，多少会有一种赌徒的心理。"一位较早开始在咖啡馆"混"的创业者说。他叫刘辉，是圈子里的"老江湖"，人称"辉哥"。

车库咖啡现场　郑萍萍／摄

一个常驻车库咖啡创业团队的成员在门外抽烟透口气　郑萍萍／摄

辉哥爱穿贴身的棉麻衣服，时常在人前炫耀自己的身材，一副玩世不恭的样子。事实上，他最近有些焦虑，他创办的一家研制企业软件的公司，遭遇发展瓶颈，"从去年9月份开始，就没有收入了"。

对于搞创业的人来说，一时间没有收入，甚至还倒贴钱，是件很正常的事情。从韩国留学回来的周杰（化名），正在研发一款儿童教育发展评估软件。自打创业以来，"1年半都没有收入"。

连续4个多月睡在朋友家客厅沙发上，但周杰觉得自己"一点儿也不悲催"。同样，尽管遇到了结结实实的困难，辉哥还是会跟别人说"最近正在跟阿里巴巴谈收购"。

有时，这里的创业者会无情地打击周围人，"你这个东西不靠谱嘛"。更多时候，他们会互相鼓励，"你这个项目听上去很不错"。来自同道中人的赞扬，像是一针兴奋剂。

口上虽说"不悲催"，但是创业路上的绝望感，还是说来就来。去年，有一阵子，周杰的创业项目碰到难题，令他整个人都狂躁起来，"眼睛只能看到半张咖啡桌前的亮光，周围一片漆黑"。

绝望至极，他抓起手机，跟自己的创业合伙人说："我想死！"电话那边传来一句："放屁！我正忙着呢。"接着，就断掉了。

有时，创业的现实，相比于起初的幻想，确实令人很纠结。不久前，一个上海的创业者，怀着朝圣般的心情，走进这个"乌托邦"。

当她和别人聊起自己的创业经历，眼泪就开始在眼眶里打转。这个30岁的姑娘，原本是上海的一名公务员，"从体制内走出来"，和朋友合伙开了一家儿童乐园。

"起初想得很美好，办一个室内迪士尼，还做了市场调查"。于是，她在银行贷了款，跟亲戚朋友借钱，甚至卖掉了车和房，不断往自己的梦想里投钱。

但是，她被创业中各种"莫名其妙"的细节所缠绕。"以前坐在办公室里，高高在上地应对别人"，如今她忙着往消防、工商、税务等各个部门跑。

顾客挑刺，税务部门罚款，成本像雪球一样越滚越大，打击接二连三，让她愁得"三天三夜都没合眼"。

后来，当她听说北京有一家咖啡馆，被称为"创业者的天堂"，就立马买了机票，连着一个星期泡在咖啡馆里，"找点灵感和机会"。

曾经壮志凌云的女创业者发现，即使身在"乌托邦"，也不是人人都沉浸在创业的快感中。比如，一个从建筑设计院辞职的80后男青年，满腹辛酸地感叹"创业就是撞墙"，连声后悔当年在机场看了马云的电视访谈，上了互联网这条"贼船"，却至今也赚不了大钱。

这个远道而来的上海姑娘，最近也挺"纠结"，并且开始"怀疑人生"。有行业大佬劝她把店面转让，"赶紧收手"。但是，她又不甘心半途而废。或许，她更害怕的是重新回到"体制内"那种"机械刻板"的平淡生活。好在，她当初办的是停薪留职，仍然有回去的机会。

有一种奋斗，连接起加州帕洛阿尔托市爱迪生大街367号，与北京中关村海淀西大街36号

在附近经营一家书店的张伟，过去从不光顾咖啡馆，最近倒成了这里的常客。他还记得，当初那块蓝色的咖啡馆招牌挂上墙时，很快就隐没在周围一片花花绿绿之中。

就在短短两三年间，这家以创业为主题的咖啡馆越来越红火，它所在的街道却日渐萧条。这个名为海淀图书城步行街的地方，一直以来是北京传统图书业的重要集散地，有一个规模很大的图书城。

2006年，张伟在图书城"昊海楼"里租了一间店面，做起图书生意。那时，他赶上了海淀图书城发展的好光景。2005，在城市规划蓝图中，这里将成为北京市第一个创意产业基地。为了匹配这个代表着产业转型的商业品牌，海淀区政府还对图书城进行了一番改造，给这条步行街装上夜景路灯，加了园林绿化，将街

内店铺统一装修成灰色砖墙的北京风格。

当年，这条被打造得很古朴但又追求现代化的步行街，吸引了很多创业者，他们在这里开书店、乐器店以及服装店，在墙上挂起花花绿绿的招牌。

在张伟的记忆里，这条街上曾经人头攒动，年轻人爱在这里约会，书店里到处都是"充满书卷气"的面孔。数字显示，最繁华的时候，这条街上每日人流数可达到数十万。

创业者之一的张伟，在这轮创业潮中赚到钱，买了车和房，在北京扎下根儿。

但是，好景不算长，古朴建筑楼群里的大小书店，在和网络电商的拼杀中，"死掉很多"。

那些花花绿绿的招牌，陆续从灰色砖墙上消失，有的干脆被扔在街角，和一些装修后被废弃的砖块木头堆在一起。雪芹书画社、向阳体育文化用品店等曾经"算有名气"的品牌，已成为这条街上的一段历史。

这样的景象让张伟不免唏嘘感叹。如今最爱光顾书店的人，除了店铺老板，就是快递员。"最凄凉的是，店里一整天都不进顾客。"有的书店老板干脆将店铺改装成格子间，自己每天坐在电脑前，上网搞图书批发和零售。

一到下午，整栋楼里几乎没有人声，只是像复读机一样，不断"播放"着快递员撕扯透明胶带时尖利的"哧哧"声。

夜幕降临后，这里陷入一片沉寂，只有零零星星的身影闪进咖啡馆。整条街上，最大的光源就来自这家咖啡馆，灯光透过玻璃窗，斜斜地从半空中洒下来。

曾经踌躇满志的张伟，站在昊海楼外面，一抬头就能看见那块蓝色的招牌，但是他一直"没有太在意"。到后来，他开始不解，为何好多书店开不下去了，一家咖啡馆里却人气兴旺。

前不久，张伟终于走进了这家咖啡馆。他似乎解开了谜团。

见证了一条街的兴衰两极，张伟逐渐明白，技术浪潮涌过来，"很多传统的东西，不顺应这个趋势，就可能被淘汰"。如今，他坐在咖啡馆里，最爱跟别人聊的话题是，"传统书店如何利用互联网转型和升级"。

不过，张伟说，他不想放弃开书店。"搞科技的人，难道就不读书吗？如果这里以后发展成为创业大道，读书人应该更多啊！"

这位资深的书商不赞成将传统书店全部请出这条街。他认为，"活下来的书店自有生存之道"。

或者，他更留恋的是，他们这代人在这条街上的创业历程。

"让我的传统书店转型和升级，也算是我的二次创业吧。"这个在北京创业将近10年的中年男人说。

曾经的创业者，不经意间就会留下一些奋斗的印记。与这里——北京中关村海淀西大街36号，相隔16个时区的另一条街道——美国加州帕洛阿尔托市爱迪生大街367号，正是一代美国创业者的记忆符号。

2007年，那间诞生了惠普公司的车库入选"美国历史古迹"名录。"（惠普）车库的重要性，在于它所体现的创业精神。"美国国家公园管理局下属国家古迹注册处的历史学家这样表示。

事实上，北京的这家咖啡馆，这个"创业乌托邦"，名字就叫作"车库咖啡"。

陈　璇

2014年1月22日

当网红，打工是不可能的

拥有600万粉丝的三炮，是靠"土"和"叛逆"走红网络的。在激荡着乡村非主流风的配乐中，他和同伴戴着鲜艳的杀马特假发在村头尬舞，骑着改装过的家用摩托车在山路上翘车头，把柴房当KTV自嗨，在发廊用瓦刀染头发……

这些都是《叛逆少年》中的场景。一年多前，三炮开始在快手上发布这个用手机拍出的系列搞笑短片，很快，这个初中没毕业、曾在广东打工的农村青年，成了快手广西第二大网红。

在广西上林县塘红乡，他家贴着瓷砖的小楼快成了旅游景点。每到周末，总有十几岁的农村少年结伴骑着摩托车寻过来。有的希望三炮收自己为徒，有的追星般偷拍几张照片后悄悄溜走。一个贵州少年骑了50多天单车过来，只为瞧上一眼。

如今，和三炮一样放弃打工、返乡拍段子的年轻人越来越多。"打工是不可能打工的，这辈子都不可能打工的。"正如这个在快手上被翻拍了无数次的段子所喻示的，三炮和他在农村的追随者们都在渴求一种新的人生自由——不打工。

留守青年

6月的一天上午，三炮家的后院里，上万只蚕慵懒卧在层层叠叠的桑叶上，许久不见动弹。院外蝉鸣不已。

塘红乡车别庄仅剩的3个留在家乡的年轻人——《叛逆少年》里的三炮、表哥和疼叔，正在酣睡，网络的世界昼夜颠倒。

在现实中，他们是堂兄弟，一起长大，一起外出打工，如今一起在老家拍段

塘红乡 F8 合影　受访者供图

子。有人戏称他们是"留守青年"。但和父辈共同生活的他们，更像活在另一个平行时空里。

　　三炮的父母早已出门采桑叶。儿子走红的网络世界，似乎与他们无关。街上每隔两天有集市，兜售簸箕之类的农具，买卖者几乎都是中老年人。

　　下午三四点，阳光不再那么刺眼，车别庄突然闹腾起来。

　　玩快手的年轻人醒了。公路上传来机车轰鸣声，同样留守塘红乡的蓝城、大表哥、小马林、大卫和阿蓝陆续到来。在一片片红色裸砖楼房中，三炮家的黄色小楼格外显眼，它是少数外墙贴了瓷砖、所有楼层都装了门窗的房子。方圆几十里，这是年轻人最密集的地方。

　　大家直呼网名，几乎全是95后，清一色穿网购的T恤衫，脚下是粘着泥的拖鞋。

客厅台式机35英寸的曲面屏亮了，大表哥坐在电脑前的转椅上，身体跟着音乐节拍摇晃，不时打着响指。

拍段子是一天中最重要的工作。想出搞笑的梗最难，灵感可能源自任何地方。听到一段魔性的音乐，想起电影中某段经典台词，或是瞥见门口快要散架的黑色28杠自行车、扔在院中一角的大红色编织袋……一个关于打工或返乡的段子就此诞生。

三炮坐在小板凳上沉思了一会儿，决定拍一个模仿《流星花园》F4耍酷的段子。他和表哥、小马林戴上拉直的斜刘海假发，大表哥套上暗红色西装，踩上7块钱一双的黄色塑料凉鞋。他们要扮演刚从广东打工归来、在村里风光无限的年轻人。

4个人拖着帆布拉杆箱，手插裤子口袋，一边沿着村口公路漫步，一边面无表情地望向跟拍的手机镜头。大表哥从西装口袋缓缓掏出一把塑料小梳，向上捋了捋头发，漫不经心地将梳子朝脑后一抛，留给镜头一个不羁的白眼。

在村口来回走了近10遍，三炮总算觉得"那种感觉到了"。拍完后，头发蓬乱的他坐在家门口垃圾堆旁的钢管上，低头用手机自带的软件剪辑视频。几年里，他用这个软件鼓捣出了上千个作品。

和其他人一样，初中没毕业的三炮说不出这个只有英文名的软件叫什么，只知道它的图标是一颗星星。

这个不到一分钟的段子最终在快手上收获了超过400万播放量，20万个赞。

有人称三炮是"快手周星驰"。对他拍的《叛逆少年》系列，有网友评价"笑得不能自理""大片即视感""演技比一些小鲜肉好多了""拍摄和剪辑相当专业"。

"都是本色出演。"三炮笑了笑。这帮农村青年从未接受过任何专业的表演训练。在拍段子之前，他们在广东操作冲压机、做模具、打包装、炸鸡块、修车……

四五年前，他们从未想过，有一天，他们会成为网红。

自由之路

在《叛逆少年》中，几乎每个角色都个性鲜明。

三炮是穿着校服的初中生，呆傻木讷，总被人欺负；表哥是个护弟狂魔，老实中带点闷骚气质；大表哥是个非主流忧郁青年，经常陷入伤感回忆中；酱爆痞里痞气，天不怕地不怕，就怕阿妈打电话；小马林是车神，骑摩托车会翘头，每次出场都引发女生尖叫；疼叔则是当年叱咤塘红的老车神，如今退隐江湖，走村串户卖豆腐。

从广东打工归来的大表哥，带来了令人艳羡的"贵族气息"——他留着鲜红杀马特发型，穿着用别针拢住裤裆的西裤，身上挂着泛光的铁链，在村里坚持说普通话。他还使劲将两个表弟往时髦的路上推，带他们喝"不加奶的珍珠奶茶"，去乡里的野狼沙龙做头发。

一天，大表哥挥舞着铁链，教两个表弟"吸引异性的舞蹈"，蹲在树林中暗中观察的酱爆闪了出来。

他喊着周星驰电影中的经典台词登场："在捏个moment，我酱爆感觉到，我要爆呃！"

"你是哪个厂的？"音乐骤停，身上满是水泥的大表哥扔掉铁链。

"天城五金厂，3号车间，580吨冲压机，操作员，酱爆呃！"身穿带毛领的天蓝色西装、留着紫色杀马特发型的酱爆缓缓仰起头，竖起大拇指、食指和小拇指。

"酱爆？！"三炮和表哥同时瞪大了眼。

天色渐暗，山间树林飘荡着黑黢黢的影。酱爆用三只手指伸进上衣口袋，夹出手机，搁在地上作舞台灯光。他走近大表哥，冷冷地说："如果我没有猜错，你的口袋里还有半斤水泥。"

大表哥咬了咬嘴唇，狠狠地将口袋中的水泥一把把砸向地面，一场斗舞在尘土飞扬中开始。

莫名的台词、夸张的表演、怀旧的配乐，让这段农村尬舞极具魔幻现实色彩。很多人不知道，这段无厘头剧情并非完全虚构。

有一次直播，三炮做出酱爆三根指头冲天的经典手势，问他们，"这是什么意思？"

屏幕上弹出一条条"摇滚""耍酷"等回答。三炮不断摇头。

这个手势源于真实的打工经历。

初二，三炮辍学了，他"也想出去打工"。

那些沾染了城市气息、衣着洋气，说话夹杂着普通话、给村里孩子买糖的打工者，对小山村的少年来说闪着奇异的光芒。村里老人种田一年的收入赶不上他们打工一个月。读小学时，三炮家还是土房子，有一次他洗澡时，整面墙"哐地"倒了下来。那时，他吃得最多的是猪油拌饭，很少见到肉。

出去打工意味着，有钱，能做自己想做的事。初中时，三炮迷上网络，QQ空间背景是一片黑，签名是无头无尾的句子，夹着符号堆砌的"火星文"。他的头发快到肩膀，斜刘海几乎遮住半边脸，自以为相当"飘逸"。但他最羡慕表哥的发型，后面不是塌下来的，而是向上飞起的爆炸头，三炮一直想弄个一样的，却苦于没钱烫发根。

蓝城是酱爆的扮演者，他比三炮高一届，少年时他迷上了音乐。在网吧一边打游戏，一边戴着大耳机听歌，当尖锐颤栗的电音、语速飞快的说唱从耳机中传出，他瞬间感觉电流击遍全身。

塘红乡没有KTV，蓝城和几个同学请病假跑去县城。几十公里的路，坑坑洼洼，他们骑着摩托车硬挺挺地驶过。唱歌的钱，是前一周吃泡面攒出来的。他喜欢点周杰伦的歌。唱完歌，几个男生挤在小宾馆30块一晚的房间里，第二天赶回学校。

初中两年，无心学习的三炮没买过一支笔，实在要写字就找同桌借。平时上课，他总趴在桌上睡觉。

初二下学期，三炮离开了学校，退学手续都没办。疼叔算是个循规蹈矩的学生，他原本想上高中，但中考分数还不到总分一半。家里供不起他读职校，只好放弃。在他的班上，仅仅两人升入了县城的普通高中。

大多数人选择辍学去广东打工。临近中考时，老师会苦口婆心地给学生打电话，劝他们回来参加中考。大卫回来拿了个初中毕业证，毕竟有些工厂招聘要求提高了。

真正进厂后，三炮才发现，靠打工通往自由，只是一个农村少年的幻梦。

天城五金厂、冲压机和杀马特

三炮的工作是给产品打包装。每天工作11个小时，除了上厕所，一刻不能离开工位。他有点后悔辍学，"打工比上学辛苦得多"。

疼叔的父母住在山上，每日放羊养猪。受访者供图

更难耐的是无聊和压抑。人成为机器的一部分，人类的肢体是它们延长的终端。每天，三炮的手重复着同一套动作，每过一小会儿，他就困得不行，头几乎要砸到桌上。

他开始学抽烟解闷。只有利用上厕所的5分钟，抽上一支烟，他才感觉自己获得了片刻的逃离。

蓝城去了老爸打工的厂，后来老爸在佛山办了个小作坊——天城五金厂。蓝城带着从前的同班同学大表哥，投向了这个日后蒙上神奇光晕的地方。

但在现实中的天城五金厂，工作庸常得几乎让人忘了自身的存在。车间生产锁具，比农村的厨房大不了多少。大表哥是冲压机操作员，每天重复三个动作上千次——左手将材料放入模具，右手调整，最后脚踩用两根手指踏板，几吨重的冲床哗地压下来，一个金属制品初步成型。

因为工作太无趣，蓝城在车间摆了个音箱，放DJ舞曲，他将音量开到最大，一边操作机器，一边摇晃身体。

一天，意外险些发生——大表哥差点没从机器里取出左手，一个指甲砰地断成两半。

小马林也差点因走神出事。他在另一家工厂操作机器，将标志印在产品包装上。有一次他没把产品放上去，把自个的手搁上去了，幸好是个小型机器，否则几根手指已经没了。

几年后拍《叛逆少年》，三炮没怎么想就设计出了冲压机操作员酱爆出场的标志性动作——三根竖起的手指。在他对工厂的记忆中，断指相当普遍，身边有朋友缺了好几根指头。

"很多人以为是很high的感觉，很酷，其实在厂里待过的人一眼就能看出来，我想表达的是手指被机器压断了。仔细看镜头，酱爆拿手机是用三根手指去夹的。"在直播间，三炮不停对粉丝强调，"在厂里上班的朋友们一定要小心啊！"

在工厂的压抑氛围中，蓝城见到了很多"杀马特"。他们非常在意外表，"想让别人觉得自己是最独特的"。这些年轻人穿着颜色鲜艳的西装，留着斜刘海和爆炸头，脚上是尖皮鞋，却做着"很脏很脏的工作"。

大家打招呼永远是同一句话："你是哪个厂的？"比较工厂的大小、操作的机器、伙食有没有肉，成了这些打工青年虚荣心的膨化剂。

下了班，三炮认识了同乡的蓝城、小马林，一起玩摩托车，在水坝上翘头、飙车。

他们都自视"爱车如命"。摩托车是改装过的：卸了车头，这样玩翘头更轻便；加装了排气管，跑起来声音更响。塘红到佛山600公里，为了把摩托车从老家弄过来，他们冒雨骑了15个小时，期间还被警察逮住罚款。

镇上的杀马特们更浮夸，除了加装排气管，还在摩托车上缠着五颜六色的彩灯，连车轮的轴上都缠着。虽然车很拉风，但其实他们车技一般，三炮挺鄙视。《叛逆少年》中那辆缠满彩灯、贴着5块车牌、装着8根排气管的鬼火摩托车，就是为了嘲讽他们而设计的。

玩车久了，三炮开始渴望拍下和朋友玩车的日常。买一部拍视频效果不错的苹果手机，是他打工时最大的心愿。

刚来广东一年多时，他曾因买手机被骗过。那时他还是个木讷的"厂仔"，花300元在路边买了部"来路不明的苹果4S手机"。回宿舍后，他才发现手机开不了机。折腾了一周，他不肯放弃，将手机放在水里泡，用厂里的电容笔测试屏幕，用螺丝刀拧开后盖，直到他看到了一块黑乎乎的铁板，他才彻底醒悟——对方给他调包成了模型机。

最终，即便厌倦了工厂、经常辞工的三炮入不敷出，他还是借钱买了部真正的苹果5S。他没想到，手机改变了他的命运。

从打工者到网红

最初玩快手的时候，三炮没想过靠它挣钱。

刚开始只是下班后拍拍炫车技的场景，他们在佛山拍了一年多，目睹着快手从gif时代升级到短视频时代。

随着粉丝增加，广告商找上门来。都是几十块钱的小广告，让他们在视频下面贴上微商的联系方式，有祛痘的、有卖面膜的，展示3天就可以删掉。蓝城接过15元一条的广告，小马林甚至接过10元一条的。

这几个年轻人逐渐意识到，在这个新崛起的流量平台上，粉丝就是钱。

拍多了摩托车，担心粉丝审美疲劳，他们开始尝试加入一些搞笑的故事情节。最初没什么创意，几乎每个视频结尾，三炮总被一脚踹下水坝。

每次从水里爬起来，三炮都会头疼发晕，但他觉得，只要剧情需要，一切牺牲都是值得的。跳水的次数多了，他发现"涨粉很快"。

尽管拍段子挣的钱不多，难以维持生计，但这几个年轻人觉得比打工强多了。几乎每个人说得最多的一句话是——"关键是自由"。

在天城五金厂只干了几个月，蓝城就待不下去了。老爸每个月只给他发300元工资，这位创业者还是老一辈人的观念——"反正等我老了，我的钱都是你的钱"。另一点也让蓝城极不适应，晚上出去和朋友玩，老爸经常管着他。

他逃一般地离开父母。过年时亲戚们问他："以后准备干什么，不可能老是打工吧？"

"我想当明星。"蓝城说。他想唱歌，想上电视。

"神经病。"亲戚瞪他。他们所谈论的"不打工"，是去学一门技术，以后在厂里不用打杂，而是当师傅。

家人送蓝城去学做模具，他学了几个月不干了；他跑去炸鸡汉堡店当厨师，用小本子偷偷记下配方和机器型号，为以后自己开店做准备；汉堡店倒闭后，他去加油站当服务生，白天拍视频，晚上上班；专心拍段前，他终于自己开了家网店，做DIY手机美容。

2015年年底，蓝城和三炮、小马林回到老家过年。喧闹的时刻过去，年轻人几乎都走了，塘红乡恢复了平日的空寂，他们却留了下来。

"在外面生活成本太高，要租房要吃饭，在家管吃管住。"三炮决定在家拍段子，才18岁的他已欠下好几万元。

这几个年轻人戴上假发，演老头、演女人、演杀马特，在村里跳泥潭、骑摩托，拿着手机到处拍来拍去，几乎没人明白他们在干什么。

在小马林的爸妈眼里，他们就像疯子一样，既不种地也不出去打工，"整天依依妖妖的（广西方言，形容不正经）"。

他们开始在家拍段子时，表哥正在山上扛木头，一天挣108元；疼叔还在广东修车，晚上老板打电话随叫随到；阿蓝在工地上搬砖、开吊机，他觉得工地比流水线上有意思，无聊时至少还能玩玩泥巴。

三炮让他们也加入，可疼叔觉得三炮没干正经事儿——每天晚上不睡觉，成天捧着手机。

直到诧异地看着三炮一点点还清欠款，甚至手头变得宽裕，疼叔终于意识到，网络世界里或许藏着生活的另一种可能。

加入的人越来越多，他们的创作力变得惊人，每天能拍出六七个段子。几个人的想法一碰撞，一个点子就蹦出来了。

三炮的粉丝量快速涨到了100万，不过，之后的上升路又变得相当缓慢。

几乎所有主播都在拼命争夺有限的关注度。三炮目睹过各种噱头的炒作：刚开始流行约架，一言不合拍桌子，学社会大哥叫嚣"风里雨里，我在高速路口等你"。还有一段时间流行自虐，有人把头埋在沙坑里，有人鞭炮炸裤裆，还有些人"东吃西吃"，对着镜头面无表情地咬下老鼠的头，嚼碎，吞下。

在用户平均学历不超过高中、多半来自农村或三四线城市的快手平台上，人们能看到形形色色的农村主播。许多段子手给自己打上标签"全村人的希望"，评论区经常出现"不嫌弃农村的点赞"。

三炮很难说服自己去炒作，"附近很多人会看到自己的视频"。

在玩了3年快手后，他做出一个尝试，开始拍搞笑长视频。与小段子相比，长视频要求更强的编剧能力，但它更适合讲故事。

从一开始，三炮就想好了系列视频的主题。叛逆少年，就是他自己，也是千千万万的农村普通少年。

成为下一个三炮

事实证明，三炮选对了路。

为了拍出好段子，三炮习惯了晚上不睡觉，漫无目的地看视频、看电影，从中找灵感，学镜头的连接，周星驰有的电影他看了几十遍。一起做后期的大表哥积累了上百个歌单，精心挑选每一首配乐。有时为了实现画面需要的"五毛钱特效"，大表哥会用手指一根根在手机上画5个小时。

《叛逆少年》拍了一年多，长度加起来接近一部90分钟电影。三炮的粉丝量一年内翻了五六倍。那些炒作约架、自虐、喊麦的主播，几乎都已被快手平台封禁。

6月的一天下午，3个00后少年骑摩托车来到了三炮家门外。他们来自几十公里外的邻镇，穿着拖鞋，留着蘑菇头，怯生生地蹲在围栏外。

这是他们第三次来了。他们能脱口说出三炮家什么时候贴的瓷砖，也能一眼认出《叛逆少年》中每个角色对应的演员。

对这几个男孩来说，三炮是唯一的偶像，"喜欢他视频里那种感觉，那就是我的生活"。说起电视上那些影视明星，他们摇了摇头，"不喜欢，离自己太远了"。

3个男孩中，一个初二辍学，正在跟师傅学印刷，以后想开个打印店。另外两个还在读初三，一个打算毕业后去学理发，一个计划读职高。

他们也渴望像三炮一样拍段子，过上和父母不一样的生活，"以后不打工"。有一个男孩甚至给自己列出时间表，5年内要像三炮那样成功。

随着粉丝越来越多，三炮也开始注意对未成年人的影响。视频中出现飙车剧情，他会加上"经过加速处理，请勿模仿"的提示。在直播间，三炮经常强调未成年人禁止给他送礼物。看到疑似小孩给他刷礼物，他会问，"你是不是还没成年啊？你加我微信，我把钱退给你。"

高考前一天，三炮和伙伴们在山间公路上拍视频。明晃晃的太阳下，镜头里，他用不标准的普通话调侃道："六月高考不努力，七月工地做兄dei啊，兄弟们，高考加油！"

三炮身上年少成名、摆脱打工的光环，除了吸引一大群农村少年，也吸引着其他尚未成名的段子手。

短短两周，三炮家来了几批外县的快手团队。他们大多一边做小生意，一边拍段子，"从小有当演员的梦想，虽然现实不允许，但至少能在快手上当当戏精"。

他们来三炮家观摩学习、一起拍段子，顺便涨涨粉丝。有人总结，三炮家门前简直是块宝地，无论在这里拍点什么，都有相当概率上热门。

三炮家成了车别庄最热闹的地方。三炮的姑姑喜欢来这里小坐，和陌生的客人们聊天。她记得，今年大年初五，三炮家的小楼里、院子中甚至围栏外都站满了年轻人。村里归来的打工者、广西几大有名的快手团队、慕名而来的粉丝们欢

大表哥从广东打工归来　受访者供图

聚一堂，他们尽情地吃饭、喝酒、谈天说地。

那一刻，在人声鼎沸中，三炮的姑姑有种感觉，这个曾因外出打工冷清沉寂的村庄恢复了她童年时的那种生气。

就算网络消失了，也不可能再去打工

村民们逐渐习惯了这群举止怪异的年轻人。三炮周末去村小学拍片，一个六年级的女孩从虚掩的门缝中瞥见了他们，拽着妹妹飞快地跑来围观拍摄；她们的父亲也好奇地戴上了紫色杀马特假发，拿起手机自拍。

没人认为他们不务正业了。靠着拍段子挣的钱，年轻人都装修了老家的房子，给自己买了车，三炮还给父母换了辆面包车，方便他们去收桑叶。

可对这群段子手来说，不安的心态并没有消失。即便是家乡，一样的云，一样的天空，看久了还是会腻的。

"我们现在就是原地踏步。"蓝城有强烈的危机感。团队中最有主见的他，似乎预见，网络带给他们的东西终有一天会衰减、甚至消失。

无论儿子的收入如何增加，他们的父母都坚持和从前一样辛苦劳作，养蚕、放羊、养猪、跑三轮、开大巴车。在他们眼中，孩子依靠网络的生活根本不可持续。

为了抵御这种风险，年轻人也努力在现实世界中拥有谋生能力：蓝城在卖潮鞋，疼叔在卖黑头贴，三炮即将在县城开个奶茶店。他和朋友从网上买回一箱箱材料，每天跟着课程学习做奶茶。

和从前不同的是，他们希望未来依靠灵活的头脑谋生。疼叔很笃定，"就算网络消失了，我也不可能再去打工的。"

蓝城坚持要转型。他张罗着成立了工作室，他们将不再是一个松散的团队，而是一个有组织的公司，在利益分配上会有更具体的约定。

蓝城还看到，他们要摆脱角色的束缚。《叛逆少年》系列给他们带来了关注，却也让他们陷在固化的角色里。在粉丝心中，三炮似乎永远都是村里那个穿着校服的初中生，疼叔是戴着秃顶假发的老头，大表哥是红发杀马特。

看到他们过得比以前好了，总有粉丝评论，"你们飘了，不像农村人了。"

三炮恰恰感觉自己"拉了"，人气掉了。虽然粉丝数还在稳定上涨，但是播放量没达到他的期望值。与俊男靓女的主播相比，他直播时的打赏并不高。

有时他觉得自己"很土"。去南宁参加盛大的广西网红聚会，三炮穿着白色字母T恤就去了，疼叔甚至拖鞋都没换。站在舞台上，身着礼服裙的主持人介绍三炮是"广西知名农村段子手"，与其他网红相比，他显得拘束，没说几句话。

在塘红农村老家，他们平日更加随性。三炮会在地上找没抽完的烟头，点燃了继续抽。表哥会帮亲戚杀猪，疼叔会在朋友盖房子时拎灰递砖。拍完段子，想吃鱼了，几个人径直跳下蓝城家的泥塘。

从前他们并不在意自己土，快手粉丝正是喜欢他们的土气。可去往更开阔的平台时，他们开始对自己的形象感到不满。在新浪微博上，三炮只有10万粉丝，其他人只有几千粉丝，对他们来说，这个平台"太高大上了"。

几个月前，蓝城去掉了快手名中的"酱爆"，只剩下他真实姓名中的"蓝城"两字。他对粉丝宣告："酱爆已经死了。"

为了学说唱，他开始用手机软件学英文单词。他嫌老家太闭塞，没几个人知道潮鞋，懂嘻哈，县城酒吧里放的音乐都是"土嗨"。他要努力变酷。

"不能老是绑在一个地方。"蓝城说。

三炮也想过，"以后做大了可能去外面发展"。

去年冬天，几个年轻人头一回去了北京，头一回见到下雪。一家网络音乐制作公司邀请蓝城去录歌，机票住宿自理，发行后也没有收益。他毫不迟疑地接受了邀请，带上喜欢民谣的疼叔和以后想当DJ的大表哥。第一次坐飞机前，蓝城给自己买了2000元阿迪达斯的衣服和鞋。去了北京后，3个男孩挤在200多元一晚的快捷酒店里。

尽管录的歌不是自己喜欢的风格，但蓝城觉得至少离梦想近了一步。封面图片中的他们，搭配的不再是杀马特假发、凉鞋和摩托车，而是吉他、鸭舌帽和格子衬衫。

　　许多粉丝并不适应这种变化，感叹"贵族气质消失了"。从打工者到农村段子手，再到网络歌手，蓝城还渴望去掉头衔中"网络"二字。他最新发行的说唱歌曲就叫《做自己》，歌里唱着："人生只有一次，没重启，这次我想做自己。"

郭路瑶

2018年7月4日

拐 点

2012年9月15日下午两点左右，李昭手持一块纸板站在西安市长安中路由南向北方向的机动车道上。纸板上写着"前方砸车，日系调头"。

这条路通往钟楼，那里是西安的中心。看到这块纸板的日系车驾驶员，立即向南折返。与此同时，一群反日游行者正从北面向这里涌来。他们经过的道路上，几辆日系车都被掀翻、砸毁。

直到下午3点左右，几位交警采纳李昭的建议对向北必经的两个十字路口进行"交通管制"，他才放心回家。

这个疲惫的小伙子掏出手机打算给朋友打个电话，忽然发现自己举着纸板的照片，已经被微博转发两百多次。此时他仍然没有意识到，自己做了一件多么"特殊"的事情。他和另外3位市民阻止了近60辆日系车开往可能遭遇打砸的方向。

它们几乎包括所有日系品牌，从并不昂贵的铃木"北斗星"，到豪华的雷克萨斯。和那些底盘朝向天空、玻璃悉数破碎的车辆一样，它们都悬挂着"陕A"的牌照。

到当天晚上，李昭的照片已在微

李昭在路口举起警示纸板　资料照片

博中被转发10多万次。尽管并不知道他的姓名和身份，大部分网友还是不吝将各种褒奖送给这张照片的主角。

"他在自己站立的地方为这晦暗的一天留下了些许的亮色。"有人评论道。

想象自己正在为守护国家领土完整"尽一点点心意"，他心里"激动得很"……他此时还能够接受眼前的画面，停在人行道上的日系车被砸，"能想到，没什么意外的"

如果不是周五晚上"恶补"了两场漏掉的"中国好声音"，李昭不会凌晨3点才入睡，更不会错过跟同事约好的反日游行出发时间。直到早上9点多，一通电话才把他从睡梦中叫醒。

起初，他舍不得离开被窝，就眯缝着双眼，边打哈欠边用手机刷微博，看新闻。

这时，一幅照片出现在手机屏幕上，他的10个同事在公司门口拉起了5条写有标语的横幅。李昭一下子就注意到了"捍卫主权，踏平东京"8个大字。这个1985年出生的小伙子忽然一阵兴奋，"血上头"，起床随便抓了身衣服换上，连早饭也来不及吃，就拉开门冲了出去。

正是从这样一个再普通不过的周六早上开始，保钓反日游行的人们开始陆续出现在中国多个城市的大街小巷。

事实上，在9月11日日本政府与钓鱼岛所谓的"拥有者"栗原家族正式签署岛屿"买卖合同"当夜，李昭便在微博上写道："爸，我要参军！！我要保卫钓鱼岛！！！"

这个"一腔热血不知咋抒发"的年轻人没忘记给自己的"豪言"配上一张钓鱼岛的照片，却并没有把这条微博拿给当军官的父亲看。他认定，"我爸要说我幼稚嘞！"

9月15日这天上午，李昭打车赶到他和同事约定的出发地点。但当他到达时，却得知同事们早已随大批队伍向市中心的钟楼进发。

由于道路已经开始拥堵，这个体重190斤的大块头下了出租车拔腿就跑，一路追赶"大部队"。想象自己正在为守护国家领土完整"尽一点点心意"，他心里"激动得很"。

当李昭穿过南门厚厚的城墙时，他看到双向8车道的南大街已经被人群填满，攒动的人头密密麻麻，一直延伸到尽头的钟楼。在他途经的人行道上，还有两辆被掀翻的日系车。

尽管没想到这么早就开始"砸车"了，李昭此时还能够接受眼前的画面。在他看来，停在人行道上的日系车被砸，"能想到，没什么意外的"。

有人拍下了此时钟楼附近的场景。在西安城中心、最为繁华的地段，东西南北4条大街上，全都是人。

与此同时，相似的人群也涌动在青岛、长沙等城市的主要路段。

11点左右，李昭终于在钟楼东北角和6位同事会合了。他赶紧帮忙举起那条激励他从被窝里跳出来的横幅。虽然这条横幅"拉开还站不下6个人"，而大家也没有准备统一的服装，但眼下的一切已经足以让李昭感到"骄傲"。前一天，有人在公司聊天群里发了条关于游行的帖子，他马上响应，而这支"7人小队"很快就在网络上集结完毕。

这次他的心"揪了一下"，因为车是在机动车道上被掀翻的，"之前在人行道上，说明是停着的，但这一辆估计是在行驶中被拦住的"，他心里琢磨着，但身体被人潮推动

当看见有人拿矿泉水瓶接连不断地砸向一家并未开门营业的日式餐厅的玻璃窗时，李昭仍然没觉得有太大的问题。"大家有气，这可以理解。"他和同事们跟随人群一路向北，沿北大街朝省政府所在的新城广场行进。

就在他走后不久，另一个西安小伙子兰博也来到这家餐厅附近。他目睹了

"太吓人"的一幕。一些手持扳手、砖块、木棒的男子开始打砸餐厅的外墙和灯箱招牌，砖块飞起、落下，餐厅外墙很快便豁开一人多高的裂口。

"虽然门口人挤人，但只有百分之五砸，百分之九十五都在看、在拍照。"兰博说起当时的场景，有些无奈，"即使看不下去，也根本没法去制止，他们太疯狂了。"

兰博忽然觉得自己"低估了形势的严峻程度"，他马上联系了一个开着日系汽车的朋友，并开始陪他四处寻找"避难所"。

当两个年轻人终于找到一个尚有车位的地下停车场时，兰博压根儿没想到，一开下去，便会看到"震撼的一幕"——几千平方米的车库几乎停满了，除了看见一辆奔驰，他的视线范围之内，全部是日系车车标。

正当兰博和朋友终于松了一口气时，李昭已经快要到达目的地新城广场了。他又看到一辆被掀翻的日系车，但这次他的心"揪了一下"。因为车是在机动车道上被掀翻的。

"之前在人行道上，说明是停着的。但这一辆估计是在行驶中被拦住的。"李昭心里琢磨着，但身体被人潮推动，直抵广场。

广场上的大钟快指向中午12点时，人们开始有序地横向排开，各自亮出横幅，高喊爱国口号。"这是我最爽的一刻！"李昭回忆起当时的场景，声音提高了一大截。

他的一个同事，外套早被汗水完全浸透。但即使秋风裹着凉意吹袭，同事也根本顾不上脱掉，只是反复对李昭念叨："我心里热！"

12点30分，李昭和同事们决定照前一天"约定"那样结束游行，"该回店回店，该回家回家"。

他们收起横幅，排成纵列，怕被冲散而双手搭在前面一个人的肩膀上，穿过愈加拥挤的北大街，原路返回。

他一下子心痛起来：上午游行途中见到的被砸车辆，只是受到门窗、外壳等"覆盖件"损伤，车主损失"应该还不算太大"；而此时所见的车辆，已是"毁灭性"的伤

李昭其实没打算就这么回家。之前，他和一个朋友猜测，爱国游行"真正的高潮肯定是从中午12点才开始呢"。两个人好好地想象了一番那种群情激昂的场面，于是商定，"午后再一起行动"。

为了找朋友践行约定，李昭兴冲冲地往地铁站赶，满心想着振臂高呼"打倒日本鬼子"的情景。一上午连口水都没喝过，他却丝毫没觉得渴。然而，他的脚步在一个十字路口生生被顿住。

他看见一辆已经被掀翻的日系车，两个人在上面又蹦又跳，咣咣地踩踏着汽车底盘，并高声叫喊着。一群人簇拥着他们，一边发出吼叫，一边继续用木棍、扳手打砸两人脚下的车。

那一瞬间，李昭事后回忆，他不禁问自己："这还是我想要的爱国游行吗？这些打砸的人到底是谁？想干什么？"

同样的问号，也充满了谢一静的脑袋。在这座城市西边的另一条大街上，这个姑娘乘坐的公共汽车正在拥堵中缓慢地走走停停。"隔几分钟就看到一辆被砸的日系车，一路上根本就看不过来！"在经过一个公园时，她看见两个人带头跳上一辆停在路边的日系轿车。

"砸！砸日本车！"他们高喊着。很快，从马路的另一边，一群人冲了过来。"黑压压的，有两三百人。"谢一静从未见过那样的场面。人群中靠前的将道路两边的防护栏整个儿掀翻推倒，以便后面的人越过。他们很快簇拥在那辆日系车周围，等车顶上的两人喊完口号跳下车后，便抢起手中的扳手、榔头，向车身挥去。

"太无知了！难道这样能够表达爱国之情吗？"这个大学刚毕业不久的姑娘当时气愤极了。而满载乘客的公交车上，"打着爱国的幌子发泄"、"给咱西安人丢脸"这样的议论声，也不断钻入谢一静的耳朵。

在城北的那条街上，李昭也听见了高喊，"看！索尼！砸索尼！砸！"

这句甚至无法分辨来自什么方向的话，让他感到"脊梁后一阵冷，从头到脚都发毛"。他紧张地四顾寻找，终于看到路的东北角，有一家日本著名电器品牌的专卖店。人群开始涌向店门。李昭看着，"暗自倒吸了一口凉气"。

事实上，就连名称有些接近日语的店铺都无法幸免。谢一静曾看到几个人抄着扳手砸毁一家名为"丰田造型"的美发厅的招牌。这个"丰田"，和那家日本汽车公司显然毫无关系。

在去往地铁站的不足一公里路上，李昭看见好几群人在打砸路边已经被推翻的汽车。他干汽车销售6年，前3年在东风日产做销售员，现在则是一汽大众一家4S店的销售经理。作为"业内人士"，他一下子心痛起来：上午游行途中见到的被砸车辆，只是受到门窗、外壳等"覆盖件"损伤，车主损失"应该还不算太大"；而此时所见的车辆，已是"毁灭性"的伤。

此时，长沙平和堂商店已经被游行队伍中的部分狂热分子攻击，而青岛一家日系车4S店正向外吐着熊熊大火。上海不少日系车被损坏，苏州一些日式餐厅也正在被打砸。

作为销售，他特别理解客户买车的心情，"我想对砸车的人说，那些车主的生活水平并没有你想象的那么好，你做的事不是反日，是伤害自己的同胞"

"真正的爱国游行其实已经结束了。"李昭失望地对自己说。他一头钻进地铁站，前往朋友家所在的地方。

地铁中的李昭并没有看到，此时，这座他生活了27年的城市，正在承受着更大的创痛。

一些人将砖块、U型锁和铁榔头扔向矗立在钟楼西南角的钟楼饭店，要求交出日本游客。一些人点燃了被推翻的车辆。冰柜、沙发被从一家商场二楼的日式餐厅的窗口中抛出；有些砖头、石块没能飞蹿到二层，便直接砸碎了一楼商场的玻璃墙。

人群聚集的上空，黑烟滚滚，"全是烧橡胶的味道"，兰博回忆道。他眼看着一群人将围绕着钟楼的、本应是为国庆节增色的鲜花连泥拔起，掷向维持秩序的武警战士。在泥土、砖头和随手抄起的投掷物的攻击下，武警始终保持手持盾牌的姿势，一些战士的脸上血迹斑斑，却只能一动不动地坚持着。

"不是黄头发就是有文身，要么就戴着大金链子。"兰博回忆那些带头砸店、烧车者的特征，"和那些排着队、有秩序的学生、老百姓根本不一样。"这位平时"没啥可怕"的大小伙子站在路口，禁不住"浑身汗毛倒立"。

这时，李昭正走出地铁"体育场"站。已是下午1点30分左右。因为拦不到出租车，他便沿着长安路步行向南。经过长安大学校门时，他突然看到一辆电瓶车由南向北，对一辆轿车紧追不舍。电瓶车驾驶员不断大喊："掉头！掉头！"

起初，李昭揣测着，周六结婚的人多，它们肯定同属结婚车队，而电瓶车担任着指挥的任务。正在这时，3个"看着像大学生"的年轻人走到了他的身边。他们站在公交车道上，一见向北行驶的日系车辆，便大声叫喊："前面砸车呢！别走了！"

李昭恍然明白了。一辆"被漏掉"的铁灰色日系轿车，此时正好朝他驶来。几乎没有考虑，他"下意识"地伸手就拦。"赶快掉头！"李昭使尽全身力气冲司机大喊。"人家听没听见，我当时真的不清楚了。"但他来不及替那个依然向北行驶的司机担心太长的时间，便马上开始准备拦住下一辆日系车。短短几十秒钟内，他觉得，帮助日系车掉头，"得做这件事"。

"干了6年，我早就不分品牌爱车了。"李昭说着，指了指自己T恤衫上印着的跑车图案。作为销售员，他特别理解客户买车的心情。"我想对砸车的人说，那些车主的生活水平并没有你想象的那么好。你做的事不是反日，是伤害自己的同胞。"

当被问及会不会担心"营救"日系车可能跟游行人群发生冲突时，李昭回忆起，他曾看见"人头黑压压从北往南，朝着我这方向移动"。这个自称"有点儿痞气、有点儿叛逆"的小伙子忽然笑了，"真来打我，就跑么！"

他当时更加在意的，是游行队伍越往南来，他越要"拦快一点、拦多一点"。

他用摊主给的圆珠笔写下4个大字"前方砸车"，写完了他才发现，地方不够，"日系调头"4个字，只能写得小一号，纸箱很容易被笔尖划破，他就轻轻地把这几个字描了好几十遍

为了随时和游行队伍保持距离，他和另外3个"同伴儿"商量，一边拦车，一边向南移动。这样一来比较安全，二来南面有几个十字路口和车辆掉头处，更方便司机返回。

走了几步，李昭又发现了一个问题。一些日系车主听不清楚他们的呼喊，反而打着转向灯，左右躲闪，加速向北边驶去。"也许他们误以为我们就是打砸车辆的暴徒。"

李昭很快找到一个饮料摊，前面堆满了空置的纸箱。"老板，前面砸车，我想要您一个箱子，写个牌子。"他赶紧说明用意。"随便拿！"摊主对他挥挥手。

拆开纸箱，李昭用摊主给的圆珠笔写下4个大字"前方砸车"。写完了他才发现，地方不够，"日系调头"4个字，只能写得小一号。纸箱很容易被笔尖划破，他就轻轻地把这几个字描了好几十遍。

来不及将纸板的边缘撕整齐，李昭就举着它站到了机动车道中。同时，他让一个同伴儿为自己拍了张照片。他站的位置，是长安中路与兴善寺东街的交口。

"雷锋做好事还写小本本呢，我得给自己留个纪念，也得给我朋友解释，我是为正事儿才迟到的。"事后，他这样解释拍照的原因。

这正是后来被广为传播的那张照片。最初，李昭把他发布在自己的微博中。为了"低调"，他把这条微博设置成"好友可见"，并@了几个要好的哥们儿姐们儿。他没想到的是，其中一个朋友的顺手转发，很快就把他变成当天的"微博红人"。

照片上的李昭顶着阳光站在马路上，举纸板的憨厚模样打动了数以十万计的网友。更打动人的则是纸板上那句话——"前方砸车，日系调头"。

"爱国，先爱同胞。"有网友对此评价道。

事实上，像这样爱国的，并不只是李昭一个人。

在谢一静乘坐的公交车上，靠窗的好几位男乘客都努力把头伸出窗外，只要看见对面驶来日系车辆，便会一起大喊"掉头"。座椅上的几位老人也帮忙挥手示意。

58岁的老钟开着一辆"海南马自达"行至大雁塔北广场前的三岔路口，车辆占满了4条车道，几乎一动不动。这时，一支游行队伍朝这个方向走来，有人高喊："看，日本车！砸！"

老钟出门时满心认为"人绝不会失去理智"，但此刻一下子慌乱了。他试图右转，一个年轻人迅速朝他跑来，"你是日本车，别走了，前面砸车！"他想倒车，却擦到了护栏。正在进退两难之际，一个中年人又跑过来提醒他："快找地方躲起来吧！"

老钟最终把车藏在了过街地下通道入口的墙下。因为"敏感"的日系车标，他很快成了附近几个人关心的对象。

对面餐厅年轻的保安向他说起，刚才，一辆日系轿车在前方路口被围堵，女车主和她的小女儿被赶下车。在人们群起砸车时，小女孩抱住妈妈的腿，吓得大哭不止。保安小伙子实在按捺不住，努力冲进人群，想救出这对母女，却立即遭到殴打，只得抱头逃离。

一对情侣走过来反复端详，夸赞老钟"藏得漂亮"，又叮嘱他"千万小心"。

有西安网友在微博上发布了两张照片，写道："在西华门，有辆日系车不幸被堵在人群中，眼看着要被砸。车主是位年轻的母亲，车内还带着孩子。几个好心市民让小女孩站在前面拿着国旗，他们几个围在车的周围，喊着口号：'理性爱国，不要砸车！'在这些好心市民的帮助下，这对母女得救了。谢谢好心人！"

而李昭继续举着纸板，和3个同伴儿向南走去。

行至长安中路小寨十字路口，站在机动车道中的李昭觉得自己"被围观了"。许多人在过街天桥上停下脚步，从各个方向看着他。还有人举着相机对他拍照。

"现眼了。"李昭在心里自嘲。但他马上开始向岗楼上的交警说明北边游行的情况，并恳请警察出面封锁由南向北的道路。

从1点30分到3点，据李昭粗略统计，他们4人共拦住近60辆日系车。没有一位驾驶员来得及向他们道谢，但李昭觉得特别理解。"那种情况下，他们掉头都像违章超车似的，那快，那霹雳！"

直到交警在连续两个十字路口封锁了由南向北方向的车道，他们才放心离开。

走的时候，李昭和那3个年轻人没有互留联系方式。"虽然是萍水相逢，做点力所能及的事，但这种志同道合的默契让我很感动。"李昭说。他记得一个"同伴儿"曾在分别后追上来，递了瓶水给他。

他开心地接受了，一把拧开瓶盖，狠狠地灌了几口水。

他始终认为自己只是做了一件"应该做和能够做"的事，"就像你在新加坡不乱扔烟头，肯定没人给你鼓掌"，舆论的热情赞许一方面让他开心，一方面又让他有点寒心

在回家的路上，当李昭第一次打开微博的时候，他发现自己的照片被转发了，之前的192个粉丝还增加了两个。

最初感受到被关注时，李昭很开心，"一路走，一路刷"。下午3点30分到家后，他的照片转发数量又增加了100多个，粉丝数量则增加了200多个。

"爸，我今天干了一件正事！"李昭喜滋滋地对父亲炫耀道。他在部队家属院长大，从来不爱军装，更不想过"听起床号"的生活，但在父亲的影响下，他从小便有一个"立下战功"的梦想。

不过，他也看到跟帖的评论中有人说："这娃杯具了，他肯定会被极端爱国者报复的！"李昭这时有些害怕了。为了出门不被人认出，一向心思细密的他专门洗了个澡，把照片中自己所穿的衣服全套换掉。

这天晚上，一整天没吃饭的李昭到家门口的餐馆给自己点了一大碗"葫芦头"（肥肠泡馍），特意要了3个馍、一份凉菜和一瓶汽水。他一边享受着自己喜爱的西安小吃，一边得意地发现，照片转发达到近万条。

朋友们看到微博后给他打来的电话一直持续到深夜。公司行政总监也发来一条私人信息，告诉他，自己女儿班上的英语老师给小朋友晒出他的照片，小女孩自豪地对着全班说："这是我妈妈的同事！"

这句话看得李昭傻笑了半天。"能给小朋友正面的影响，真不错！"

但是，这些积极的评价同样让他反思。因为他始终认为自己只是做了一件"应该做和能够做"的事。"就像你在新加坡不乱扔烟头，肯定没人给你鼓掌"，舆论的热情赞许一方面让他开心，一方面又让他有点寒心。

夜幕降临时，李昭回到家里。一场大雨忽然降落西安城。

此时，"躲起来"的老钟，因为游行引发大堵车依然无法返家。他坐在自己日系车的发动机盖上，用身体挡住车标，直到浑身湿透。"往旁边迈3步就是房檐，但我不敢去躲雨。"他郁闷地说。

一个丈夫，蹲在街道上默默捡汽车的碎片，并脱下衬衣遮挡住破损的车窗，为车内哭泣的妻子挡雨。

累了一天的李昭，脑袋一挨枕头就睡着了。此前，眼看着自己在微博上"火"起来，这个年轻人满脑子想的都是"真火了怎么办"。他不想上电视，"主持人穿红的，我穿照片上的，坐一群观众哗哗鼓掌，太假了"。他也不想成为什么"典型"，戴着花上台领奖，"还以为干了多大的事儿"。他更不期待有姑娘因为他火了而向他示爱，因为"感情靠缘分的"。

但他仍想更多人看到自己的故事，不为别的，只图"下一次，也许能好一点"。

其实，即便是在"这一次"，"好一点"的转变也随时发生着。

整整一天，西安人老孙和妻子都在游行的队伍中。亲友圈里，他们是"激进爱国者"的代表，看到日系车被砸、日餐厅被毁，老孙始终表示："应该砸，就得矫枉过正！"

但是，当他结束游行返家时，正好看见一辆日系轿车朝着人群砸车的地方驶来。就在那一瞬间，老孙透过挡风玻璃，看见了车主的脸。"我也不知道我是咋了"，他迅速伸手拦住了那辆车，并将它引进自己住的小区避险。

"其实都是咱自己人么！"事后老孙低声说起缘由。

9月16日，李昭像往常一样去上班。下午，他收到一张朋友发来的照片，拍的是昨天游行队伍经过的西大街浮雕墙《盛世长安》。钟楼旁的这条街号称"西北第一金街"，这组浮雕讲述的是这座历史古城的辉煌过往。只是，照片里的浮雕墙上，属于"秦始皇"的那一片被焚烧车辆的浓烟熏得漆黑。

秦珍子

2012年9月19日

五　历史背影

一百年前这一天

最初，那看起来只是一个平常的周日。上午10点多，后来被称为"学生领袖"的北京大学学生罗家伦，才刚刚从城外回到学校的"新潮社"。一个同学推门进来，说，今天的运动不能没有宣言，北京八校的学生推举北大起草，我们推举你执笔。

罗家伦觉得"不容推辞"，便站着靠在一张长桌旁，写了篇100多字的小文，用了当时刚兴起的白话文。写后只字未改。

"现在日本在万国和会要求吞并青岛、管理山东一切权利，就要成功了！他们的外交大胜利了！我们的外交大失败了！山东大势一去，就是破坏中国的领土！中国的领土破坏，中国就亡了！所以我们学界今天排队到各公使馆去要求各国出来维持公理……"

其时是1919年5月4日，大清王朝灭亡了7年多，北京的大学生对抗议的流程已经熟门熟路：他们提前开了动员的学生大会，向同学们筹到了款项；送了英文的备忘录给驻北京的各国公使馆；还连夜做了条幅、标语——标语分中西不同文字，为了让外国人也能看懂。

此刻，只差一份向大家说明学生心愿、唤起大众支持的行动宣言了。

"……务望全国工商各界，一律起来设法开国民大会，外争主权，内除国贼，中国存亡，就在此一举了！

"今与全国同胞立两个信条道：

中国的土地可以征服而不可以断送！中国的人民可以杀戮而不可以低头！国亡了，同胞起来呀！"

对参与者而言，也许最想不到的事情，便是在他们吼出自己的声音之后，"全国工商各界"真的都愤而起来，翻开了现代中国的一页。

中華民國八年五月四日北京學界遊行大會被拘留之北京高師愛國學生七日返校時攝影

北京学界欢迎被拘学生返校　资料照片

"五四"集会学生　资料照片

"我们……对于现状极力攻击，无非想打破'非人主义'而极力唤醒'人'的生活"

很多年后，这些学生在回忆五四运动时说，他们之所以奋起做那样一件事，与蔡元培在北京大学转移学风有关。

北京大学曾以它守旧的传统而闻名于世——罗家伦每每说起"五四"，总会强调这一点。

北大前身京师大学堂诞生之初，"进士馆"里读书的"学生老爷"们，往往随身带个听差。上课铃一打，听差就喊"大人上课了"。当1917年罗家伦入学的时候，北大的学生依旧官气甚浓，许多人在政府各部"挂名兼差"，对学术毫无兴趣。

但1917年，因为蔡元培担任北京大学校长，这种风气迅速地改变了。

罗家伦遇到的，是一个正萌发出新气象的北京大学：大学由教授们管理，兼容并包。几个不学无术的"英国下等流氓"被辞退了，改由辜鸿铭来教授英文诗歌——辜鸿铭脾气古怪、政见惊人，但学问很好，把英国诗歌分为"外国大雅""外国国风""洋离骚"等几类，罗家伦既觉得欣赏，又"想笑又不敢笑"。前清举人陈汉章也是教师，以博学著称。罗家伦记得，有一回他问陈汉章"中国

罗家伦 资料照片

的弹词起于何时"，对方说"我等一会儿再告诉你"，两个小时后，罗家伦拿到了一封信，上面列了27条关于弹词起源的线索，没有给出结论。

他们的同事则包括精通文言文却提倡白话文而被这帮人当作"神经病"的钱玄同，刚从美国归来的胡适，没有博士文凭、主张激进的陈独秀，乃至"在上海做无聊小说"的刘半农……除了生于1879年的陈独秀已经40岁"高龄"，这几位都在30岁上下。

而陈独秀，还带来了他主办的刊物《新

青年》。

在《新青年》上，陈独秀写过他理解的青年该有的模样："自主的而非奴隶的"，"进步的而非保守的"，"进取的而非退隐的"，"世界的而非锁国的"，"实利的而非虚文的"，"科学的而非想象的"。

1917年考入北大的学生杨兴栋记得，一进大学，就发现北大课外的艺术活动特别多：画法研究会、音乐讲习所、新闻研究会……而且请来的指导老师都是一流的。比如《京报》主笔邵飘萍，就是新闻研究会常见的嘉宾，五四运动发生前那阵，他每周日都会为同学们演讲他的新闻采访经验。

陈独秀 资料照片

罗家伦最喜欢的，是图书馆馆长李大钊的图书馆主任室。李大钊是将马克思主义引入中国的一位先驱。那间办公室是师生聚会的场所，屋里"充满学术自由的空气"，新兴的社会主义理论是这里最常见的话题。

罗家伦与傅斯年是仅有的两个天天要去图书馆主任室报到的学生，他们也是后来五四运动在北大的主要组织者。

"因为我们'入世未深'，所以还有几分没有与社会同化，而且不知世路艰险，所以还敢放大胆子，以第三者的眼光，说几句'局外话'。"1918年冬天，这两位学生与朋友们着手创办了1919年1月问世的《新潮》杂志。

罗家伦说，大家的动机是不满于《新青年》的部分文章，想办一份杂志与《新青年》抗衡。陈独秀与李大钊为他们争取到了每月3000元来自学校的资金，胡适则担任《新潮》顾问。

"我们……对于现状极力攻击，无非想打破'非人主义'而极力唤醒'人'的生活。"在《新潮》中，罗家伦留下了这样的话。

《新潮》初生，不到一个月便印刷了三版，并且一次比一次的印数多。

尽管发展迅速，但这些年轻人观点的传播并没有现在看上去的那么顺利、那么理所当然。江苏省曾为了保存"国粹"，下令地方政府和学校不得购买或阅读这类报刊；北大学生顾颉刚为《新潮》写了一篇文章，主张女子当有独立的人格，被人拿去给大总统徐世昌看了，政客们施压给蔡元培，要他开除陈独秀、胡适、罗家伦和傅斯年。

新旧交替，是那个时代知识分子难以回避的挑战。躲在旧传统中假装岁月静好已经无济于事了。这也是第一次世界大战后在巴黎和会上突然受到全世界瞩目的中国驻美公使顾维钧所经历的。这一年他31岁，他入过旧式私塾，也接受过全英文的中学、大学教育。他在巴黎和会上的演讲有理有节，令人印象深刻。

"他不是突然间变成了一个英雄。"在接受中国青年报采访时，顾维钧继女杨雪兰回忆。少年时，顾维钧就是家中第一个穿起西式服装、早早剪掉辫子的人；他在美国哥伦比亚大学求学，不光学习法律，还主编杂志、参与辩论社，与团队一起获得过许多奖项。

用杨雪兰的话说，"语言要过关，思想也在学习。"

1919年5月，这些饱受新文化影响的人物，被巴黎和会上中国的"外交大失败"联系到了一起。

北京大学	北沙滩、景山东街、北河沿	3000/2400人
北京高等师范学校	和平门外厂甸	925/700人
北京法政专门学校	西城太仆寺街	/700人
北京工业专门学校	西四牌北祖家街	200/150人
北京农业专门学校	阜成门外罗道庄	200/150人
北京医学专门学校	前门外后孙公园	200/130人
铁路管理学校	西单李阁老胡同	200/ 人
高等警官学校	北新桥以西	/300人
北京税务学校	朝阳门内大雅宝胡同	/320人
中国大学	前门内西城根	1400/1450人
汇文大学	崇文门内盔甲厂	/80人
民国大学	宣武门外储库营	300/300人
朝阳大学	东四海运仓	200/350人

"五四"当日参加学校及人数

"大家往外交部去，大家往曹汝霖家里去！"

5月4日下午1点，恰如事先预备好的那样，北京13所大专学校的3000多名学生聚集在天安门前的空地上。北京高等师范学校的学生提早吃了午饭，最先抵达广场。他们鼓掌——欢迎后来者。北京大学学生由于是游行的领导者，在校园里跟前来劝阻的教育部代表辩论了许久，最后才来到广场上。

教育部代表也跟着北大的队伍来到了聚会处，劝学生们各回原校，稍后再派代表向使馆和政府交涉。

但学生不为所动。

在之前一天的集会上，他们早已就这个问题有过决议："我们起初讨论国家的危机，大家都同意，造成山东问题的原因是腐败和不公平。所以我们作学生的应该奋斗，让全世界看到'强权绝对不是公理'。"

"国家至此地步，神人交怨，有强权，无公理，全国蔀然如梦……独一般学生敢冒不韪，起而抗之。虽于事无大济，然而其心可悲，其志可嘉，其勇可佩！"清华学校的学生闻一多，后来这样写信给父母解释自己对五四运动的看法。城外的清华学校没有参与当天的游行，但闻一多很激动，那天夜里他手书了一幅岳飞的《满江红》，偷偷贴到了学校食堂门前。

"青年人是幼稚的。"1944年，闻一多在一场五四历史座谈会上说，"但是青年人的幼稚病，有时并不是可耻的，尤其是在一个启蒙的时期……"

天安门前的集会没有持续太长时间。现场嘈杂，也没有扩音设备，后面的学生都听不太清演讲者在说什么。几次短暂的讲话过后，学生们整队离开广场。

罗家伦起草的《北京学界全体宣言》，此刻已经被印刷成了2万张传单。

根据北洋政府陆部驻署京师宪兵排长白崎昌的报告，下午两点半，游行队伍走出中华门，向使馆区所在的东交民巷前进。头一排的学生扛着两面五色旗，后面则紧跟着一副北京学界赠给"卖国贼曹汝霖、陆宗舆、章宗祥"的"挽联"。队伍里，学生们手持着上千幅白旗子和形形色色的标语，也向看热闹的市民散发传单，整个队伍"步伐整齐，仪容严肃"。

陈独秀、李大钊创办的《每周评论》杂志1919年5月11日一篇文章这样描绘当时的情形："许多人民看见掉泪，许多西洋人看见脱帽喝彩，又有好些巡警也掉泪。"

但当队伍到达东交民巷西口的时候，却被捕房阻拦了。事实上，学生们已经通过了最外头的美国军营，罗家伦与其他几位学生代表进入美国使馆，留下了一份说帖。正值周日，美国公使芮恩施出城游玩，使馆参赞对学生"说了一番很漂亮的话"，自告奋勇要去跟使馆的警察打招呼，放学生进去游行。

"我逃掉了一次严峻的考验。"错过此事的芮恩施后来回忆。

他这样理解当时的局势："在北京沮丧的中国人民把希望都集中在巴黎，当北京得到巴黎可能接受日本要求的暗示时，学生第一个冲动是要去见美国公使，去问他这个消息是否真实，并且要看他有什么话可说……"

接下来的一段时间——约有两个小时——游行队伍被军警阻拦在东交民巷的入口。

因为英、法、意公使也都不在，学生代表也仅被允许在使馆留下了说帖。学生们在午后的日头下暴晒，只能看着"手持木棒的巡捕"在身边走来走去，自己却不能通过东交民巷。

李大钊 资料照片

罗家伦跑了几个使馆之后，又回到美使馆，询问参赞沟通的结果。得到的答复是：使馆区警察不介意放行，但刚刚北京政府的警察总监来电话了，说是不可让学生通过。

这下，大家更生气了。

"停了许久，后来说是可以通过了，可是一进东交民巷就往北拐，从利通饭店的后面，悄悄地穿行过去，到了东长安街，停了一下。大家都十分气愤，也十分泄气，说：难道就这样回学校吗? 警察宪兵来回跟着我们跑，但不敢动手。"北大学生杨兴栋也在游行队伍里，据说，他是后来最早几个跳入曹汝霖住宅的学生之一。在回忆文章中，他形容在使馆区外的自己感受到了"耻辱"，"气炸了肺"。

大约就在这个时候，人群中传出一个声音："大家往外交部去，大家往曹汝霖家里去！"

一个英国记者在报道中形容，学生们"队伍整齐"地来到曹宅前，那架势"很配称作文明国家的学生"。

根据一些回忆，到达曹宅后，学生提出让曹汝霖出来解释与日本缔结密约的原因（日本在巴黎和会提出两国此前签订了密约——编者注）。曹宅门口的警察不理会学生的要求，只是试图迫使他们退后。愤怒的学生开始向曹宅投掷手中的白旗，随后，瓦片、石块也被扔进了院子里。不知什么时候，几个学生翻进了院子，从内打开大门。

人群涌入了院子。正在曹宅议事的章宗祥被误认为是曹汝霖，挨了学生一顿打。学生在屋里来来回回地寻找曹汝霖，却并没发现他临时藏在两个卧室隔间里。曹宅的许多陈设、家具都被破坏了，香水瓶被砸了许多，女眷的屋里香气四溢。曹汝霖的妻子在家，她告诉学生，曹汝霖在总统府吃饭，没回家。

这时候，在一片杂乱中，罗家伦看到北京高师的两个学生，从身上掏出来"许多自来火（火柴）"。

下午5点多，曹宅烧起来了。

傅斯年把记载着学生代表名字的日记本扔进了火堆。在1931年写下的回忆文章里，罗家伦似乎还是没特别想明白发生了什么：原本只是要去使馆区抗议而已，这些人"为什么要在身上带来这许多的自来火呢"？

"我们中国到了将亡未亡的时候了，现在所以未亡，全仗一点国民的志气"

很多人都说，带火柴到现场的人是北京高师学生匡互生。匡互生自己也是这么承认的。

"因为他们到处搜不出那确实被大家证明在内开会未曾逃出的曹汝霖、陆宗舆、章宗祥，"他后来写道，"只得烧了他们借以从容商量作恶的巢穴，以泄一时的忿怒。"

1919年，大四学生匡互生已经29岁了。他16岁起习武。辛亥年，湖南民众响应武昌起义，还在读中学的匡互生跟着老师参加了攻打巡抚衙门的行动；后来，又因为撰文批判湖南督军，他不得不连夜逃亡，另一位老师为了掩护他，被军阀枪杀。

虽然愤怒，学生仍保持了克制。"我们事先约定，不要打死人，……不准侵犯妇女，不准趁机抢掠财物，这些群众都自觉做到了。"北大学生罗章龙回忆说，"章宗祥被打时……有一个时髦年轻的女子吓得了不得，大家叫她离开，护送她到另外一个地方暂避。"

几十年后，曹汝霖写文回忆火烧赵家楼，还不忘提一句："对我双亲，承他们没有惊动。"

起火约半个小时后，警察开始捕人。被捕的共有32人，北大学生许德珩在内。根据他的回忆，等到开始捕人，大批学生早已撤离，"剩下我们少数想维持秩序整队而行的同学，被他们逮捕了"。

这并不是唯一的一次逮捕。一个月后，也就是6月3日，因为五四运动的余波，政府又大规模逮捕北京上街演讲的学生，监狱人满为患，导致北大法科校舍正门临时贴上了"第一学生拘留所"的字条。这一轮逮捕激起了更大的愤怒，6月5日，5000多名学生走上北京的街头，发表演讲。

据陈独秀记录，这天上街的学生都带好了牙刷、牙粉、面包、行李，准备好了陪同学去坐牢。五四运动的消息也早已传到了天津、上海、南京、武汉等地，激起了各地同学的义愤。此时的大逮捕，更引发了全中国的愤慨。6月5日这天，上海的学生罢课、商人罢市、工人罢工。那时候，许德珩就作为北京学生代表身在上海，促进了"三罢"的实现。

清华学校学生焚烧日货 资料照片

五四运动终于蔓延到各地，并且影响到了不同阶层。

用美籍华裔史学家周策纵在《五四运动史》中的话说，"学生的新思想以不可思议的广度传遍了全国各大都市"。

商女犹知亡国恨，甚至是青楼女子都发起了"青楼救国团"。

"我们中国到了将亡未亡的时候了，现在所以未亡，全仗一点国民的志气。"这是1919年6月，上海西福致里的青楼女子妙莲所写的《敬告花界同胞书》："我本我的良心，想出几条办法，劝告我全国花界同胞，各本良心，尽我国民应尽之天职。"

罢工7天，上海一点没有出现骚乱。其他众多城市随后也出现了罢工。

"这是中国历史上第一次基于政治和爱国的大罢工。"周策纵评价道。

20年后，毛泽东在延安发表了一次纪念五四运动的讲演。他总结："中国的知识青年们和学生青年们，一定要到工农群众中去，把占全国人口百分之九十的工农大众，动员起来，组织起来。没有工农这个主力军，单靠知识青年和学生青年这支军队，要达到反帝反封建的胜利，是做不到的。"

学生们上街演讲　资料照片

在1919年的中国，那场事件的结果之一是，各地罢工之后，学生们在鞭炮和欢呼声中走出了牢狱。6月10日，北京政府下达训令，解除了曹汝霖、陆宗舆、章宗祥三人的职务。

在罗家伦看来，官员罢免等只是"皮相"上的胜利，五四运动真正的影响，在于打破了青年对国家问题的麻木，使社会组织大量出现，民众势力大增。

有学者认为军警当日的行动已经算是克制、当局的反应也堪称迟缓。但也有学生直到晚年都记得被捕后的遭遇：他被捆住了双手拴在板车后拖着走，突然想到童年时，在乡下，乡民们赶集时，就是这样对待家畜的。

就算是被捆在拉猪的手推板车上，学生代表易克嶷还在说："20年后又是一条好汉！"

"这些杂志里面所讨论到的当前种种问题与所发表的各种舆论，比在美国报摊上所搜集到的任何47种杂志所讨论到的问题更时兴、意见更复杂"

许多人是在回到学校后，才发现有同学不见了的。

晚上7点，赵家楼的火仍在燃烧，各校学生终于确定有同学被捕了。此时，曹汝霖的家眷被护送到使馆区的六国饭店安置，章宗祥进了医院。东交民巷一带宣布戒严。罗家伦极其疲倦地跑回宿舍，才睡了一个小时，便重振精神，开始商量如何营救同学。

在罗家伦的记忆中，众人很快就营救达成了一致。而匡互生则记得，高师代表的意见是："大家应该跟着被捕的同学一同去牺牲，不应该只是希望被捕的同学早点出狱来跟着我们快活。"

5月4日晚，为了营救被逮捕的同学，北大学生干事会成立。里面的学生，有许多新潮社的成员，也有许多人之后会加入李大钊参与创办的"少年中国学会"。

这些人，以后会进入各行各业，塑造未来数十年的中国。他们会看见国家自春秋战国以来罕见的智性勃发，也会分道扬镳。

从某种程度上来说，"五四"这一天，改变了这代青年的成长环境。

"五四运动原是一个短暂的爱国运动，热烈的，自发的，纯洁的，'如击石火，似闪电光'，很快的就过去了。可是年轻的学生们经此刺激震动而突然觉醒了，登时表现出一股蓬蓬勃勃的朝气……"当年在清华学校读书的梁实秋，同样经历过"五四"："当时以我个人所感到的而言，这一股力量在两点上有明显的表现：一是学生的组织，一是广泛的求知欲。"

史学家周策纵曾以清华学校为例，统计了1919年前后大学生的改变——"五四"前，学生们会组织佛教俱乐部或是拳击、科学等主题的社团，而"五四"后，大量以艺术、戏剧、音乐、诗歌、农业、演讲甚至世界语为主题的社团出现了。

少年中国学会部分成员合影　资料照片

"学生们已经长期组织起来，计划去教育全国的民众和穷人的孩子。"1919年8月，一位美国记者报道，"单单在上海，就开办了16所免费学校，让没有能力交学费的孩子念书。同样的行动正在全国各地普遍进行。"

1917年，也就是五四运动发生的两年前，旅居海外多年的胡适回国。他想了解一下过去这些年国内出版界有什么可看的书，但遍寻不得。在上海，他从哲学领域找起，花了一整天的时间，找出一本《中国哲学史》，却发现文中的句子还是这样的："孔子既受天之命"，"与天地合德"。

"我看了这个怪现状，真可以放声大哭。"胡适写道。

几年后，旅居美国10年的燕京大学教授刘廷芳回国，却在大街上感受到了一种前所未见的"力量和氛围"。某一个晚上，他走访报摊和书店，买下了47份不同的杂志，发现"这些杂志里面所讨论到的当前种种问题与所发表的各种舆论，比在美国报摊上所搜集到的任何47种杂志所讨论到的问题更时兴、意见更复杂。"

期刊被赋予这些名字:《新生》《新气象》《新人》《平民》《光明》《救国》《新学报》《新文化》《新学生》《新妇女》《平民道德》《平民教育》《觉悟》《少年中国》《新生活》《曙光》……

"据说两年前只有一两种试验性的、用白话文写的期刊,今天却有300多种。"1920年,在中国讲学的哥伦比亚大学教授约翰·杜威在北京记录下了这样的新知,"自从去年五月以后,学生已经开始出版许许多多期刊,都是白话文的,而且都是用普通人能明白的语言讨论问题。"

胡适 资料照片

杜威在1919年5月1日前后抵达中国,迎头遇上了突然爆发的五四运动。他被眼前的这一切"迷住了",一住就是两年。在寄给女儿的家书里,杜威说:"我发现上次我把这里的示威游行比作一般大学里男生宿舍的打斗,对这里的学生来说有欠公平……想想我们国内14岁以上的孩子,有谁思考国家的命运?而中国学生负起一个清除式的政治改革运动的领导责任,并且使得商人和各界人士感到惭愧而加入他们的运动。这实在是一个了不起的国家。"

1919年7月1日,"少年中国学会"在北京成立,许多受五四运动影响的青年人都加入了这一组织,比如冲到赵家楼"痛打卖国贼"的北大学生邓中夏,还有曾被逮捕的许德珩;乃至湖南来的师范毕业生毛泽东、江苏来的学生张闻天。这可能是"五四"时期受众最广、影响最大的青年组织。

李大钊曾说过:"我们'少年中国'的理想,不是死板的模型,是自由的创造;不是铸定的偶像,是活动的生活。"

看起来,这是已经与上一代截然不同的青年,他们心中挂念的不再是做官,反而更重视"学术上的进步""精神上的快乐",将努力的方向改做了"以劳动所得,自立互助,进而改革社会"。

北京的学生忙着救国时，外交官顾维钧在巴黎也遇到了愤怒的人群。根据他的回忆录，当地中国留学生和华侨代表每日都到中国代表团驻地，要求他们拒绝在巴黎和会条约上签字。签约仪式前夜，众人再次到来，一位年轻女士用大衣口袋里的"手枪"对准了代表团秘书长。顾维钧设法解了围。

几年后，顾维钧在纽约遇到了那位名叫郑毓秀、其实是中国第一位女博士的女士。她说，当时自己只不过用一根玫瑰枝藏在袋中，吓唬代表团而已。

谈起往事，郑毓秀哈哈大笑，夸他是个勇敢的人。

"好吧，让我们在战场上相见"

1919年6月28日，巴黎和会闭幕之日，为中国代表留着的两把座椅始终空着。

"汽车缓缓行驶在黎明的晨曦中，我觉得一切都是那样黯淡——那天色，那树影，那沉寂的街道。我想，这一天必将被视为一个悲惨的日子，留存于中国历史上。"顾维钧在他的回忆录里说。

顾维钧 资料照片

"他最后的决定，是看法律，不是（单单）为了爱国。"在接受中国青年报·中青在线记者采访时，顾维钧的继女杨雪兰解释，顾维钧是学国际法的，因此他清楚，从法律方面，中国作为一战的战胜国，应该拿回自己的权益，让山东回到自己的国家。很多人在电影里看到顾维钧在巴黎和会的形象，觉得他"好像是英雄"，他是依据法律，找出了对中国有利的条款。

但是面对强权，虚弱的中国处于弱势地位，这时的法律还能有多大作用？

当天凌晨，顾维钧与和会秘书长会晤，试图在签约仪式上发表口头声明，被拒绝。

他描述自己的心情是"生气又沮丧"："我已清楚，中国无路可走，只有断然拒签。"

直到巴黎和会闭幕的时间，顾维钧才收到一封北京政府发来的拒签令。北京的解释是，他们早些时候发出过一封电谕，奇怪的是巴黎不曾收到。

北京政府真的按时发出过那封拒签令吗？他不知道。

他在回忆录中是这样写的："实际上，直到6月28日下午，中国代表已拒绝出席和会全体会议之时，代表团从未收到北京关于拒签的任何指示。"

巴黎和会的拒签，看上去为五四运动画上了一个句号。但许多人渐渐都发现，1919年5月4日的影响，远远超越了时间意义上的一天。对"五四"的思考与纪念，在一切还没有结果的时候就开始了。

"我更盼望从今以后，每年在这一天举行纪念的时候，都加上些新的意义。"1921年，纪念五四运动两周年时，李大钊说。

1925年7月，少年中国学会最后一次召开大会，与会者就国家的前途命运吵得"拳不停挥，口沫四溅，各以杀头相威胁"。

告别的时候，邓中夏握着湖南老乡左舜生的手，说："好吧，让我们在战场上相见。"

左舜生并未与邓中夏在战场上相见。

他一度官至国民政府农林部长。1949年以后，他避开国共两党，远离台湾与大陆，在香港成为一名历史学教授。对他而言，在高校里教近代史，也并不是容易的事——"因为现代香港青年学生对政治患上冷感病，对近代史一无所知"。

成了历史学家的左舜生在一篇怀念蔡元培的文稿中留下过这样的文字："戊戌（变法）辛亥（革命）的外表，自然也侧重在趋新，但戊戌的手段为'托古'，辛亥的号召为'光复'，其本质却是保守的。一直到了'五四'，然后才是一个现代中国的奠基，才是把中国推进现代文化氛围中的第一步。"

邓中夏 资料照片

1933年，无政府主义者匡互生在积劳成疾后逝世。去世前，他正竭力筹款，重建被侵华日军炸毁的学校——这个火暴性子的湖南人，在人生的最后时光把全部精力投入于建设一个"修养健全人格，实行互助生活，改造社会，促进文化"的校园。

几个月后，邓中夏在南京雨花台被国民政府枪决。

邓中夏大学毕业时，拒绝了胡适、蔡元培推荐的留学奖学金，也拒绝了家里为他在政府谋的差事。他告诉父亲，自己想做的事情是："联合各同志，做到人人有饭吃，个个过富裕生活。"

五四运动后次年，邓中夏跟着李大钊组织起了北大的马克思学说研究会，后来又成为中国共产党最早的党员之一。

五四运动之后，许多城市都出现了"社会主义研究会"之类的社团。李大钊和邓中夏誓死追求的社会主义，与实用主义、改良主义、无政府主义等诸多"主义"反复较量，逐渐被大多数人认同，最终成为中国人实现现代化的自觉选择。

2019年4月30日，在北京举行的纪念五四运动100周年大会上，中共中央总书记习近平指出："五四运动改变了以往只有觉悟的革命者而缺少觉醒的人民大众的斗争状况，实现了中国人民和中华民族自鸦片战争以来第一次全面觉醒。经过五四运动洗礼，越来越多中国先进分子集合在马克思主义旗帜下，1921年中国共产党宣告正式成立，中国历史掀开了崭新一页。"

1919年5月4日，晚上8点，赵家楼的大火才刚刚被扑灭。青年罗家伦已经走上了营救同学的道路。他先是联络了北京各校，约定第二天共同罢课声援同学；然后又跑了10余家报馆，一家接一家地对媒体解释这天到底发生了什么，等一切告一段落，已经是凌晨3点。

那一天，他彻夜未眠。

日后，他会成为名牌大学校长，会带着师生躲过侵华日军的战火。但在1919年的大街上，这只是一个跟文科的陈独秀老师、图书馆的李大钊老师关系很好的学生，在为他们自己的新世界而呼号。

与顾维钧一样，后来，他从未在家谈起过五四运动。女儿罗久芳是在长大以后，亲自去研究近代史，整理书信、文稿，才看到了父亲当年的豪言壮语。

在《新潮》杂志一篇名为《今日世界的新潮》的文章中，大学生罗家伦谈到了自己对世界的理解："此后的社会主义，并不是要以雷厉风行的手段，来摧残一切的个性；乃是以社会的力量，来扶助那班稚弱无能的人发展个性。"

这让罗久芳感慨不已：这分明是一个年轻人尚不成熟的政治理念，但这句话中模模糊糊点出的那个方向，后来竟让她的父亲为之奋斗了终身。

而对那一切的起点——1919年5月4日那个周日发生的事情，罗家伦在22天之后第一次尝试为它命名。

他概括的名字最早出现在他的老师陈独秀、李大钊创办的《每周评论》杂志上，迄今正好流传了100年——"五四运动"。（马宇平对本文有贡献）

黄昉苨

2019年5月8日

胜利日

改变世界走向的那一天，在一片宁静中开始。

1945年8月15日，星期三，天气晴。东京万里无云，地面就像被晒焦了一样散发出热气。很多年后，人们回忆往事，都对那天的酷热记忆犹新。

7点多，宁静被空袭警报打破。然而，此时，一个声音随着电波传向日本全境，引起了更大的震动。

收音机里的节目中断，播音员用凝重的语调开始播报："现在开始播音。诚惶诚恐蒙陛下颁布诏书。……诚惶诚恐蒙天皇陛下于今日正午亲自进行广播。不胜惶恐，请全体国民谨听玉音。"

这是日本平民第一次有机会聆听裕仁天皇的讲话。此前，天皇被视为"神的化身"，让他站到麦克风前对民众讲话，简直是难以想象的。

"要是天皇陛下说：请大家都跟朕一起死，那我们大家都必须死吧？"日本作家高见顺记得，听到广播时，妻子这样猜测。似乎也没有其他可能了。作家甚至有些怨愤：到了最后关头，才有话告诉大家，为什么不早些说？

同一天，天蒙蒙亮的时候，中国上尉军官金逸群驾驶着B-52轰炸机从武汉起飞。这次的任务是：彻底炸毁日军控制的黄河大桥。

背上降落伞，登机，他已经作好了不再回来的准备。

要炸毁大桥，必须让飞机"像滑冰一样"低空掠过水面，而这座大桥两边满是日军布置的机关枪，很多人都牺牲了。金逸群想，这次去是要硬碰硬的。

然而还没等轰炸，无线电耳机里传来了另外的命令："日本无条件投降，你们安全返航。"

很多年以前，当金逸群只有12岁的时候，在苏州的小学里，他第一次见到天

8月15日，日本天皇发布投降诏书。

资料照片

空掠过日军的轰炸机：三架飞机，六个红太阳在天上转。

从此，再也不会有这样的景象了。

在乳白色的天空下，他忍不住大喊："啊，回家了，回去了！"

崭新的一天已经开始。

"战争就要结束了吗？"他想，"胜利了，我就要回家。"

1945年8月15日这天，在广播的震撼下，恐怕没有几个日本人注意到，在那个几乎被酷热凝固的早晨，东京街头甚至不再有人贩卖早报。

帝国一声令下，一切早已安排妥当：日本当天所有的报纸，都在中午天皇讲话之后才能售卖。

日本投降了。而在这样的新闻管制下，日本人民全然不知。

1945年8月15日出版的日本《每日新闻》 资料照片

　　在其他地方，这早已不是新闻。早在8月10日，一份电报已经通过中立国瑞士被送到了中、美、英、苏四国政府。在电报中，日本政府表示：只要能确保天皇制继续存在，日本就接受《波茨坦公告》。

　　来不及细细思考，许多大城市一下就陷入狂欢。那天清早，正在搞装修的美国白宫门口聚满了听到消息的群众，大家在刷了一半油漆的大楼前喊着"我们要见哈利"（哈利是杜鲁门总统的名字）。英国伦敦市中心的皮卡迪利广场聚满了狂欢的人群，《大公报》特派员萧乾那天也走上了伦敦街头，当地人主动走上来对他说："这个日子让你等候十年了，你应当比我们更欢喜呀！"

　　与此同时，经历5年轰炸的国民政府所在地重庆，恰是吃晚饭的时间。大约下午6点，几个乐疯了的美国人出现在街头，大喊大叫，见人就拉手。没人听得懂他们在说什么，但有人已经开始琢磨：这种情形，难道是日本投降？

　　当天傍晚，中央社在街边贴出了最新消息，山城沸腾。

　　"狂跑，狂叫，跟着爆竹响遍了每条街道。车涌到街上来，人涌到街上来，这是八年来没有见过的场面，没有人能分辨得清各种声音，没有人笔墨能形容这场面。"《大公报》描写道。公务员陈克文则在日记中写下了别人的感叹："我们到底有这样的一日！"

8月10日晚上，重庆的饭店茶馆全都客满，庆祝的人群彻夜不归。在过往作为"陪都"的5年中，这座城市有约12000名市民在轰炸中身亡。现在，不会再有敌机突然从头上扔下炸弹。人们终于可以无所顾忌地狂欢了。

夜幕中，探照灯在山城打出了象征胜利的"V"字。

据说，当时的国民政府主席蒋介石，正是从官邸外的喧闹声中得知了日本乞降的消息。

即便在远离大城市的四川小城，东北大学的河南籍学生郭衣洞也已身陷欢庆的人群中。当时，流亡的东北大学在四川省三台县复课，每天，校方按时从县政府的收音室领一份16开大小的油印"新闻简报"。半个世纪以后，已经以"柏杨"之名闻名于世的作家仍清晰记得那天的头条消息：美国投下原子弹，日本宣布投降。

这消息来得如此突然，以至于柏杨形容它"比今天突然听到美国向古巴投降还不可思议"。

这天晚上，时任53军军部参谋的中国军人蒋润苑身在云南禄丰县城。他没有看到任何新闻，却碰上一群狂欢的美国大兵，听到有人一声声喊着"日本完蛋了（Japanese，broken）"……

"战争就要结束了吗？"他想，"胜利了，我就要回家。"

深夜，日本即将投降的消息传到了延安。八路军总司令部参谋戴镜元当时正和毛泽东在一起。2005年，戴镜元老人对日本NHK电视台回忆过当时情形："毛主席和我们一样非常高兴，但也同时又很冷静，给我印象很深。毛主席早就通过各种情报预料到日本要完蛋了，他预见到日本侵略者马上就会垮台，胜利即将到来……已经在考虑胜利以后的事情。"

10日晚上24点，毛泽东向八路军下达命令：立即收缴日伪军武装并保障其安全，如遇日伪军拒绝投降应坚决消灭。

在白宫，美国总统杜鲁门与同僚们陷入了争论："我们是否应将这则发自东京的电讯，视为对《波茨坦公告》的接受呢？在保留天皇制的同时，能否指望消除日本的好战精神？能否把附有如此重大的'但是'的电文，当做我们奋战以求的无条件投降呢？"

最后，同盟国给了一个模棱两可的回复，既重申《波茨坦公告》不可更改，也没有否定天皇制。

还有什么能改变日本投降的既定事实呢？8月12日，白宫前聚起了等待日本无条件投降消息的人群。然而，杜鲁门空等了一天。日本没有回应。

媒体开始发问：日本答复为何迟迟？

事实上，就在8月15日零点，日本东部军管区依旧响起了全区空袭警报。警报声中，某军事基地的36架主力机接连飞向天空，当地居民甚至依然劲头十足地围拢到机场附近，挥舞国旗，大声叫着"万岁，万岁"……

在那里，没有人想过，战争即将结束。

日本政府最初选择了无视《波茨坦公告》，随即原子弹便落到了广岛

即便8月10日已过，外界早已欢庆了几天，在日本，由于消息封锁，全体国民依然生活在战争的妄想中。

当面对美国接连投下的原子弹时，大多数日本皇军想着的还是"一亿玉碎"——一场决不投降的本土决战。男丁们已然上了战场，剩余的学生和妇女被组织起来，训练用竹枪"进攻""刺杀"以及"自杀"。

日本著名外交官加濑俊一后来解释说："如果公众知道政府在和美国谈判，这件事就会被搅和了，它会导致一场革命。"

日本军人的反应似乎可以印证他的话。14日，一名听到风声的海军大佐给海

军省和军令部的高官们发送了长长的电报，其中写道：帝国军人绝不相信投降，他们与强制推行投降条件的当局发生冲突是理所当然的事情。

陆军省军事课员井田正孝则劝说负责守卫皇宫的近卫师团负责人与他们一块儿去"清君侧"："南美的小国巴拉圭，在五年的战争中一直打到人口失去八成。芬兰如此，我们的敌国中国也如此。我认为，如果只有我们国家，在自负为神州正气之民的同时，却不进行本土决战就投降的话，那只能说是也太会盘算了。像这样半途而废地中止战斗，欺骗特攻队员玉碎而去的英灵，我认为没有比这更无耻的了……"

他们所不知道的是，日本政府早就慌了神。

早在7月26日，《波茨坦公告》发布时，面对"吾等美国总统、中华民国政府主席，及英国首相，代表吾等亿万国民，业经会商并同意对日本应予以一机会，以结束此次战争"这样的话，军部的不少下层职员竟不约而同地打听：斯大林的名字呢？

镇静下来以后才意识到，苏联还没正式对日宣战，当然不会签署。

一个多星期后，苏联参战，日本首相铃木贯太郎没头没脑地对外孙说了一句"是时候结束一切了"，便匆匆忙忙出了门。

盟国给出的"机会"，是不容更改且稍纵即逝的。

正如《波茨坦公告》中所写："吾人通告日本政府，立即宣布所有日本武装部队，无条件投降。并对此种行动有意实行予以当适之各项保证。除此一途，日本即将迅速完全毁灭。"

日本政府最初选择了无视这一公告，随即原子弹便落到了广岛。

最终，在14日的御前大会上，面对哭成一团的阁僚们，裕仁天皇下了一个结论。

会议上，他不断用白色手帕擦拭着两颊，但不失冷静地说道：

"我也听到很多反对的言论，但我的想法与之前所说的没有什么区别。……我很清楚国民宁可玉碎也要为君主和国家牺牲的心情，但是，不管我自己会怎么样，我都想尽力挽救国民的生命。如果战争再继续下去的话，最终的结果就是我国将完全变成一片焦土。"

日本非虚构作家半藤一利认为，作为军人，日本陆军大臣阿南惟几心里是绝对容不下"投降"和"退却"这种词的，但当天皇下了"最后的圣断"，服从，也是他的天职。

御前会议开始前，阿南曾请求铃木首相两天再召开御前会议，被拒绝。

当他离开的时候，军医小林问首相：为什么不能答应陆相的要求？铃木解释说，如果错过今天，也许就不仅是满洲与朝鲜，苏联会一路打到北海道去。那样的话，日本恐怕就会像德国一样被瓜分——他们必须抓紧"对手是美国"这个机会。

"但是阿南将军恐怕要死了。"军医说。"我知道。"首相回答，"对不起。"

到这时候，才终于能够松一口气

8月15日日出之际，日本陆军大臣阿南惟几给自己执行了古老的切腹仪式。切腹时，他穿着天皇御赐的衬衣，而预备在入殓时使用的军装里则装着次子的相片——这个21岁的年轻人，早前已经在中国战死。

如果从抗战开始时算起，到1945年8月14日为止，"大日本帝国"的陆军共阵亡148万余人，海军45万余人，还有100万死于战火的平民。

阿南咽下最后一口气之后不久，已然得到日本政府"无条件投降"回复的中、美、英、苏四国便联合发表声明，正式宣布日本投降。

此时是重庆时间早上7点。这一声明注定会改变无数普通人生命的轨迹。

湖南人陈致平当时正带着妻儿在四川山区逃难。为了能当一个"中国人"，这位很有书生气的教师带着全家人从湖南出发，穿越日军封锁线，途经广西、贵州，一路行走去重庆。旅途最落魄的时候，这个五口之家丢失了两个儿子，与所有出发时携带的财物。遇到庆祝的人群之前，重整旗鼓的这家人，已经在山里走了好几天。

他们的长女、后来的台湾女作家琼瑶记得，那天，山下传来了仿佛枪战一般"噼里啪啦"的巨响，父亲很惊讶：难道日军已经攻到四川了吗？

然而，一群人从山下的小镇子里跑出来，领头的人挥舞着一面青天白日旗，大声喊着："抗战胜利了！日本人无条件投降！无条件投降！"

那时父母的心情，琼瑶在自传中描述说，只有杜甫的《闻官军收河南河北》里的那些句子可以形容："初闻涕泪满衣裳"，"漫卷诗书喜欲狂"。

听到胜利的消息后，时任53军军部参谋的蒋润苑也想起了杜甫这首诗中的句子："白日放歌须纵酒，青春作伴好还乡。""我说行了，这回该我回老家了。"

此刻，在全世界范围内，懵然不知何事发生的，唯有日本臣民。

从早晨7点21分起，日本的广播电台播送了如下内容：

谨听陛下的广播；

13日鹿岛滩航空部队的战况；

13日傍晚，航空部队在冲绳本岛东海岸攻击军舰；

7月24日至8月12日，中部太平洋方面潜水部队的战果；

满洲、朝鲜方面的战况；

缅甸－锡当河的主力会和；

巴厘巴板方面的战况；

谨听陛下的广播；

延安、新华社电；

华盛顿电；

关岛电；

莫斯科大使馆工作人员的状况；

原子弹爆炸。

如果只听广播里发布的战况，日本军队依旧在不断挫败盟军：或是击落了前来空袭的飞机，或是击沉了航空母舰。

8月15日凌晨，在军事管制导致的一片漆黑中，几名年轻军官指挥着负责守卫皇宫的近卫军团发动了政变。他们试图阻止帝国投降。想的方法也很简单：找到天皇已经录好的投降录音带并销毁。

事实上，日本政府的无条件投降电报早在几个小时前就已经发给盟国。这些人并没意识到，他们的举动全无实际意义。

那天凌晨，还有一队人马——横滨的一群士兵和学生——在首相官邸前架起了两挺机关枪，对着大门一通扫射。可首相并不在官邸。他们随即赶往首相私宅，又扑了个空，这些人随即放了一把火，把铃木家烧了。

然而，青年军官们在皇宫里迷了路。直到天亮，一无所获。东京时间上午11点，录音被安然运到了广播电台。

与此同时，重庆时间上午10点，蒋介石在中央广播电台开始了他的胜利演讲。

讲稿是蒋自己写的：

"我中国同胞须知，'不念旧恶'及'与人为善'为我民族传统至高至贵的德行。我们一贯声言，只认日本黩武的军阀为敌，不以日本的人民为敌，今天敌军被我们盟邦共同打倒了，我们当然要严密责成他忠实执行所有的投降条款，但是我们并不要企图报复，更不可对敌国无辜人民加以污辱，我们只有对他们为他的纳粹军阀所愚弄所驱迫而保持怜悯，使他们自拔于错误与罪恶。

"要知道，如果以暴行答复敌人从前的暴行，以奴辱来答复他们从前错误的优越感，则冤冤相报，永无终止，绝不是我们仁义之师的目的。"

在那间闷气的广播室里，只有蒋介石一人看上去似乎浑然不觉炎热，尽管他还穿着紧扣衣领的咔叽军装。在20个随员面前，他架起角质框的眼镜，看着讲稿，缓缓向民众通告战争已经结束的消息。街道上，民众们发出欢呼。

10分钟后，广播结束。欢呼声传入楼内。然而，就在那一瞬间，时任美国《时代》周刊驻重庆记者白修德看到蒋介石的头骤然低垂，失眠的眼睛里露出疲惫，就好像抗战八年的紧张，在那一瞬间才终于得以松一口气。

"为什么日本会相信，自己能打败这所有的国家呢？"

时间邻近正午，世界各地的日本臣民都作好了听广播的准备。

为了这次播报，白天没有供电的地方，特意安排了特别供电。在政府机关、邮局、停车场等地方的收音机都被利用起来。东京再一次陷入沉寂。人们都停止了工作，守候在录音机前。

除了前一晚在宫中没能找到录音的青年军官椎崎、畑中。在皇宫面前的广场上，他们向行人散发印制粗糙的传单，希望能令"皇军全体军官及诸位国民"铭记他们"奋战到最后一人倒下"的心意。

没有人理睬他们。还没等录音正式播放，传单散尽，两人在皇宫前举枪自尽。

正午，天皇的声音第一次在媒体上响起："朕深鉴于世界之大势与帝国之现状，欲以非常之措施，收拾时局，兹告尔忠良之臣民。朕着帝国政府通告美、英、中、苏四国，接受其联合公告……"

大多数日本人，在那一刻刚刚得知投降的消息。

一个前一天刚刚经历过政变的近卫团成员，当时正在执行守卫任务。正午刚过，他听到皇宫外面传来"哇——哇——"的巨响，此起彼伏，"就好像是大地下面涌出的轰鸣"。

"像哭泣，又像怨声。"他回忆说。

无数闻讯而来的人在皇宫前哭喊，那样的环境让人"只觉得到了世界末日"。

"我知道，100个人中有99个人都很困惑，他们期待天皇督促他们继续战斗，因此，震惊是巨大的。"日本著名外交官加濑俊一，当时负责把日本投降的消息通知中、美两国。他一直记得当初国民的震惊："特别是年轻的军官，都在说要战斗到最后一刻，因此也糊涂了。"

成千上万的人为天皇的讲话而哭泣，哭声又不时被军人自尽的枪声打断。

在中国，由冈村宁次带领着，侵华日军总司令部的全体人员都集中在一个广场上聆听了广播，据说，当广播结束，所有的人都还呆呆的，没有人离开烈日灼烤的广场。

半个多月后的9月2日，日军对盟军的投降仪式才正式举行。那天，当徐永昌上将代表中华民国政府在降书上签字时，他不禁萌生了"而今安在哉"之感。

他说，那并不是为胜利沾沾自喜。

徐永昌告诉《中央日报》社的记者，中华民族不是穷兵黩武的民族，一个爱好和平的民族如今能通过这样"兵不血刃"的过程获取世界永久和平，不是一件大喜事吗？

1945年抗战胜利，新六军在南京人民的热烈欢迎中行过市区，日军散坐在卡车上退出驻地。资料照片

同一天站在"密苏里号"甲板上的，还有日本代表。

他们印象深刻的是，上万名美国大兵与各国代表占据了密苏里战列舰的几乎每个角落。8点55分，当日本代表团成员走上甲板后，他们在众目睽睽之下等待了几分钟。代表团成员加濑俊一回忆说，他觉得"百万双眼睛就像带火的箭一样"射向他们，"我们感到浑身疼痛"。

而看着面前成千上万身着制服、佩戴着勋章的各国军人，船上一位日本外务省的随员有点恍惚。他不禁去想：

"为什么日本会相信，自己能打败这所有的国家呢？"

当这漫长的一天过去时，"大日本帝国"已不复存在

当天皇的声音在广播中响起时，13岁的台湾女生林文月在操场上和同学们抱头痛哭。

她当时正在上海的日租界里读书。8月15日中午，日侨学校里，所有人在老师的带领下一起听了天皇的讲话。尽管还不甚明白战争的含义，从小一直自以为是日本公民的她还是清楚了一个含义——战败国的子弟。

没过几天，她又被告知，自己是战胜国国民，是中国人。穿着日本学校的校服，她和父亲一块儿走街串巷，把中国国旗挂起来。

沦陷区的中国人，能从日本人的动向判断出胜利将近。在嘉兴烟雨楼，人们注意到心情沮丧的日本管理者哭着把杯碗盘碟都往南湖里扔；城里的日侨被集中到中学操场上跪着听广播，听完后一个个泣不成声地出来。

当这漫长的一天过去时，"大日本帝国"已不复存在。

也有人到很晚才得知这一消息。8月15日晚上，赶去奔袭敌人的八路军某连队指导员王亮在路过的村边看到了让他难以置信的标语：哈哈，日本鬼子投降了！

他忙着去打仗，没细想。那天，他收获颇丰，抓了一二十个俘虏，缴获一匹日本大白马，但私下里忍不住要琢磨：这标语到底真的假的？

"两亩地，一头牛，老婆孩子热炕头"，军队里流传的顺口溜，说的就是大家想象的战后生活。

那天延安也是艳阳高照，下午，日本无条件投降的消息传来，全城轰动。

这天晚上，延安举办鸡尾酒会招待盟国友人。而室外狂喜的人们，则在城市的东、南、北各区举行火炬游行。人群从窑洞里涌出来，寻找有限的柴火、棉袄，甚至拆了大生产用的纺车，做成火把，点亮了山岭河畔。除了火把队，游行队伍里还有乐队、秧歌队，《解放日报》甚至注意到了一个卖瓜果的小贩，把筐里的桃李一个个抛向空中，喊着："不要钱的胜利果，请大家自由吃啊！"

诗人艾青写下了这样的句子：

"有人在点燃火把，有人在传递火把，有人举着火把来了……告诉我，什么欢乐，能像今天夜晚这样激荡人的心呢？"

但并不是每个人都有幸享受胜利的喜悦。就在日本宣布无条件投降前两天，兴奋于"敌人投降"消息的嘉兴青年陈光旭忍不住上街张贴标语，结果被城里的宪兵队捉回去痛打，不幸殒命。

抗战14年，中国军民共伤亡3500多万人。

上亿人背井离乡，妻离子散。

能见证这一天的人，都是劫后余生。

狂欢后的重庆，市民们渐渐恢复平静。《大公报》记者观察到，大家开始互相询问："你几时回老家？"或是说："将来你怎样回老家？"

陈致平终于结束了逃难。战后，他接受了上海同济大学的教职，举家迁往上海。在那里，他妻子第一次见到母亲生前亲手做的小婴儿服，它们都是为琼瑶的出生而准备的，此刻，却成了天人永隔的明证。

1948年，曾任中美混合空军联队B-25轰炸机飞行员的金逸群如愿退伍还乡。

而在8月15日那天，从中央广播电台播音间中走出来的蒋介石，第一时间给

南宁欢庆胜利的孩子们　资料照片

身在延安的毛泽东发了一份电报，邀请他赴重庆"共商大业"。

一个新的时代即将开始。

那一年9月3日的《新华日报》在社论中这样畅想战后的新世界："我们必须建立战后的和平，我们必须建立不同于战前的新的中国。一切努力就应该从今天让人民获得民主权利做起。""能够做到这些，也就是使中国成为一个独立、自由、民主、统一的新中国，那么就有了现实的基础来发展工业，达到富强的目的……""我们深信，由于抗战的锻炼，中国人民已经有了空前的觉醒、团结与力量，这就是中国人民实现和平愿望的主要保证。"

所有的改变都始自那一天，日本投降日。

当天晚上，距离东京480公里的古城京都，一名曾因参加地下共产党而被捕的大学教授破例走出了自己的隐居处。因为坐过几年牢，河上肇的身体不好，避不见人。但这一天，他觉得自己得写点什么：

啊，如此幸福，

活至今日，

看到战争结束

这珍贵的一天。

此刻我也

爬出病床，

看天空，

如洗的月光。

黄昉苊

2015年8月15日

一九四九

中国的1949年是在两份新年献词中到来的。一份出自毛泽东，另一份出自蒋介石。这使那个元旦在历法以及更广的意义上，都属于辞旧迎新的一天。

在河北的西柏坡村，毛泽东在他的献词里说："一九四九年是极其重要的一年，我们应当加紧努力。"

他的头一句话就洋溢着自信："中国人民将要在伟大的解放战争中获得最后胜利，这一点，现在甚至我们的敌人也不怀疑了。"他誓言将向长江以南进军。

长江以南，"金陵王气黯然收"的南京，蒋介石在总统府宣读了他的《新年文告》。他已决定下野，脱了戎装，身着长袍，对种种问题引咎自责，表示"只要共党一有和平的诚意，能作确切的表示，政府必开诚相见，愿与商讨停止战事恢复和平的具体方法"。

而毛泽东用希腊《伊索寓言》"农夫与蛇"的故事，鼓励国人作出选择。他还宣布，这一年要召集"政治协商会议"，组建"民主联合政府"。

70年后，曾在1949年政治协商会议上亲手投票决定组建"中华人民共和国"的人，仅剩一位在世了。他在北京一个安静的社区里深居简出，由于双目失明，他已无法目睹这个国家最新的样子。

接受中国青年报·中国青年网记者采访时，这位名叫田富达的老人吃力地回忆着过去。他的记忆已不太完整。谈到兴奋之处，他身体前倾，向着空气伸出双手。用这双手行使投票权的时候，他还只是一个刚满20岁的年轻人，与毛泽东、周恩来、宋庆龄、李济深等人同在一个会场。让他记忆深刻的是，那次会议决定了"中国要走什么路"。

包括政权的缔造在内，许多事情都是在这个会场里决定的：国旗上有无必要出现黄河、斧头和镰刀；电影插曲《义勇军进行曲》能不能当国歌；国号是"中华人民民主共和国"还是"中华人民共和国"，甚至，国号可不可以简称"中华民国"。

　　用毛泽东的开幕词来说，"将决定关于成立中华人民共和国的一切事宜"。

　　而田富达本人在那决定性的大会上的发言磕磕巴巴——当时他是没怎么受过汉语教育的台湾高山族人，表示希望"赶快解放台湾人民"。这个愿望至今也还没有达成。

　　事实上，台湾问题是1949年留给后世的少数悬而未决的问题之一。

开国大典　资料照片

一

1949年是解决了很多问题的一年。"中国人从此站立起来了",毛泽东在这一年说出了他流传最广的名言。

与后世许多人的印象不同,这句话的出处不是10月1日的开国大典,而是10天前的政协会议开幕式。原话是:"诸位代表先生们:我们有一个共同的感觉,这就是我们的工作将写在人类的历史上,它将表明:占人类总数四分之一的中国人从此站立起来了。"

当年为此热烈鼓掌的代表,只剩田富达了。另一位代表谢邦定逝世于2019年5月,在此生写过的最后一篇回忆文章里,这位98岁的老人形容:"这一场景,至今仍然刻在我的脑子里。"

时任政协会议筹备会副秘书长孙起孟注意到,邻座几位年事较高的代表一边流泪,一边"使劲拍掌"。

那次会上,选择国旗是令田富达最为激动的环节之一。在众多选项里,他选了那面红底五星旗,"大多数人同意这个版本"。

几天后的开国大典,他站在天安门城楼的栏杆边,流着泪欣赏了它的第一次升起。

1949年的中国,升起和坠落同时发生。

宣读《新年文告》一个多月前,蒋介石刚刚失去了"国民党第一支笔"陈布雷。他的众多文稿出自陈的手笔,包括"一寸山河一寸血,十万青年十万兵"等中国抗日战争中的名句。

但陈布雷拒绝见到1949年。在一个夜里,他服下了两瓶安眠药。在留给蒋介石的遗书里,他说自己"书生无用,负国负公"。他的子女已加入共产党。

1948年最后一天,学者胡适与傅斯年在南京对着"滚滚长江东逝水",喝酒,吟诗,落泪。两天后,胡适将他们吟诵的陶渊明的诗句抄在日记里:"种桑长江边,三年望当采。枝条始欲茂,忽值山河改……"

那份新年献词里，毛泽东创造了一个在后世颇为流行的句式——"将××进行到底"。"××"可以是"改革""价格战""低碳"甚至"爱情"，但在1949年，毛泽东所说的是"将革命进行到底"。

到这年3月，河北唐山的陶瓷厂工人李向东说，他们在茶壶上面不再画金鱼、美人和兰花，画上了"将革命进行到底"，还有"打到台湾去"。

台湾是田富达的老家，也是蒋介石即将退守的那个中国第一大岛。他已为后路作了安排，包括向岛上运送有价和无价的物资：一吨一吨的黄金，一箱一箱的故宫珍宝，一片一片刻着甲骨文的龟甲。

这年除夕的前一个寒夜，一艘叫"太平轮"的巨轮与另一艘船相撞沉没，被称为"中国的泰坦尼克号"。随它沉没的有纱厂的机器、银行的文件和近千人。

这就是1948年和1949年交接时的中国：有的沉入水中，有的浮出水面。

"1948年终于过去了，这也宣告了一种政治体制和一段历史的终结。"时任美国驻华大使、原燕京大学校长司徒雷登在他的回忆录里说。他目睹蒋介石"周围的环境不断崩塌"，想到了自己前任的一番话——日本刚刚入侵中国时，那位大使说，中国正在上演一出历史剧，而我们只是坐在前排的观众，只能观赏它，而不会对剧情有任何的影响。

"当时，我还在怀疑作为美国的代表是否只能做一名观众，直到现在，这个观众换成了我，坐在一个豪华的包厢里，观看一场更为悲惨的演出。"

但20岁的田富达在华北军政大学校园里读到毛泽东的新年献词时，想的是，"中国解放，不会是很远的事了。"

二

时间比预计的要早。中国共产党的计划是，自1946年6月算起，用5年时间打倒国民党。

1949年元旦，内战进入了第三年，解放军在兵力上由长期的劣势转入了优势。具有决定意义的"三大战役"中，东北的辽沈战役已经结束。华东的淮海战役中，国民党的将军杜聿明收到了解放军发给他的单刀直入的"敦促投降书"。

"你们想一想吧！如果你们觉得这样好，就这样办。如果你们还想打一下，那就再打一下，总归你们是要被解决的。"

淮海战役打完两周后，民主党派领袖及无党派民主人士李济深、沈钧儒、马叙伦、谭平山、朱学范、蔡廷锴、章伯钧、郭沫若、茅盾等55人，联名发表《我们对时局的意见》，支持解放军进军江南："革命必须进行到底。"

只隔了两天，在天津得胜的解放军士兵罗士杰在家书里说，"只要再有一年，这个全国光明的日子就会来临"。

围绕1949年，很多人都在计算时间。南京政府代理总统李宗仁算错了。他以为，"同共产党隔江对峙个三年五载还是可以的"。

田富达的同龄人牟明亮，一位来自山东的士兵更加迫切。他在1948年3月的家书里说："大人在家好好安心吧。蒋介石就在今年灭亡……"

不幸的是，他牺牲在胜利前夜——解放军渡过长江的决定性战役里。

1949年4月25日早晨六点半，正在南京的司徒雷登突然被人吵醒，他发现卧室进了几个士兵——解放军渡过了长江。

"其中一个人对我的仆人说，所有的一切都是属于中国人民的，他们很快就会全部拿回来。"他这样记录。

两天后的夜里，解放军的指挥官邓小平、陈毅等走进了总统府。在蒋介石从前的办公室里，邓小平讲了个笑话：蒋委员长悬赏缉拿我们多年，今天我们找上门来了。

下野的蒋介石原本希望避免这样的局面。1949年前3个月，国民党试图通过和平谈判，划江而治，在中国形成"南北朝"。

南京政府还找过司徒雷登，希望美国联合其他几个强国交涉。"我知道这是毫无用处的，可还是遵循他们的意思进行了尝试。"但是，其他国家"都礼貌地拒绝了，并表示这是属于中国内政，应该由他们自己来解决"。

4月1日，以张治中将军为首的代表团赴北平谈判。在司徒雷登印象里，这就像"愚人节的玩笑"。谈判没有成功，而且对国民党开了个玩笑——谈判代表张治中、邵力子、章士钊等人，一致同意留在北平，他们最后都出席了政治协商会议。

之后的几十年，国民党军官陈宝善一次次反思过失败。他"做梦也没想到"，会落败到这种程度。在他看来，解放军的训练不如他们，补给也不好。"我能说出的原因是，军心变了。不然怎么会垮得这么厉害呢？"

根据解放军的师长高锐的说法，攻打济南的时候，做法是"边打边俘边补"——打下一个据点，马上清查一下俘虏。俘虏掉头就参加攻城，换下国军的帽子，或者，直接去掉帽徽。

田富达曾是俘虏。他17岁时参加了国军，稀里糊涂从家乡台湾到了大陆。第一次上战场，他的枪托被解放军的子弹打穿，他问怎么办，排长说："扔了扔了！"

"还有200发子弹呢？"

"扔！"

"很痛快"，他挥着手，回忆起战场上的对话，以及第一次上战场被俘的经历。

他还记得上战场的路走了9天——"走向解放"的9天。

"我们被'解放'得很快，早上10点就'解放'了，中午就问我们，你想回去还是想留下来？"他对中国青年报·中国青年网记者回忆。

回去，部队会发给三块大洋。他想了半天，加入了解放军。

田富达少年时的名字是"富田达夫"——自1895年中日甲午战争后到1945年日本投降，台湾一直是日本的殖民地。日本投降那天，他"才知道自己是中国人"。

陈毅曾形容，淮海战役的胜利是支援前线的百姓用小推车"推出来的"。国民党高级将领杨伯涛被俘后的见闻，部分印证了这一点。

在被押往后方的路上他看到，村落里炊烟阵阵，人声鼎沸，"共军和老百姓在一起，像一家人那样亲切"，有的围着一个锅台烧饭。他明明带领大军经过同一个地方，所见的是门窗紧闭。

杨伯涛感慨："我们这些国民党将领，只有当了俘虏，才有机会看到这样的场面。"

"共产党正是在国民党经济与政治政策挫败、丧失民心的氛围之下，才赢得关键性的军事胜利。"美国历史学家史景迁指出。

司徒雷登也承认，尽管自己在国民党中有很多好友，但此时的国民党，"几乎拥有了它当初推翻的那个腐朽政府的一切恶习"。

1949年7月31日，美国国务卿艾奇逊在写给总统杜鲁门的信里说："他们不是被从外部打败的，而是内部系统的自行崩溃。"

国民党撤到台湾时，中央研究院院士81人里，仅有9人赴台。南开大学校长张伯苓做过国民政府考试院长，受蒋介石邀请同乘飞机赴台，他的学生周恩来托人捎信，"老同学飞飞不让老校长动。""飞飞"是周恩来上学时的笔名。张伯苓拒绝了蒋介石，分手时，蒋介石因为失望，没太留神，头磕到了车门框上，"咚"的一声。

三

在福州，一位92岁老人也拒绝了蒋介石的邀请，签字欢迎解放军入城。他叫萨镇冰，早年投身清末的洋务运动，甲午海战中，他任北洋水师副将。

很快，萨镇冰的名字，出现在1949年参加政治协商的662人名单里。

政治协商这件事情，在内战时的中国不是第一次出现。

3年前，重庆有过一次"政治协商会议"，国民党、共产党和中国民主同盟等党派都参加过。但最后，国民党撕毁了决议，在民主程序缺席的情况下召开国民大会，起草宪法。历史学家史景迁的评语是："此情此景不禁令人回忆起1914、

1915年间，袁世凯对宪法与国会的操弄。"

1948年4月30日，中共中央发布纪念"五一"劳动节口号，又一次发出了号召。有别于旧的，这次提出要召开"新的政治协商会议"。

"五一"口号发布当天，毛泽东给身在香港的中国国民党革命委员会中央主席李济深、中国民主同盟在香港的负责人沈钧儒写信发出邀请，他提议开会的地点在哈尔滨，时间在1948年秋季。

哈尔滨是共产党占领的第一个大城市。1948年，它陆续见到了从不同通道秘密北上的民主人士。

民革领导人之一朱学范曾在东北的农村和企业调研了40天，他写信告诉李济深，他在这里看到的人民都是喜气洋洋，"有了生气"。

沈钧儒等人是从香港乘苏联货轮来到的，先到朝鲜的罗津港上岸，再到哈尔滨——他们要躲开国民党的封锁。

抗日名将冯玉祥的骨灰后来也到了这里。在此之前，他已与蒋介石决裂，在美国访问时就被中华民国吊销了护照。他从美国启程回国参加政协会议时，当时的报纸标题为："冯玉祥离美归来　参加新政协确信民主必胜"。

这年9月1日，冯玉祥搭乘的苏联"胜利"号轮船在黑海失火，他不幸遇难。两个月后，他的妻子李德全带着骨灰盒到了哈尔滨，呼吁他的老部下"掉转枪口"。

这一年的松花江，出现了冰封后又解冻的奇观。沈钧儒赋诗一首，称赞"地气也随人事转，从今北雁不须南"。

中国的局势也在"冰雪消融"。随着时局的演变，这些人持续向南。他们在哈尔滨繁华的马迭尔宾馆里谈过政治协商的事项。辽沈战役打完，他们又在沈阳谈。郭沫若、马叙伦、许广平等人在乘船赴约的途中，从鲁迅与许广平年幼的儿子周海婴摆弄的收音机里，听到了沈阳解放的消息。

等到1949年1月19日，毛泽东、周恩来发给宋庆龄的邀请电报里，说的是"新的政治协商会议将在华北召开"。

两天后，"华北剿匪总司令"傅作义决定起义，交出北平。

四

消息在一个傍晚传来。

下午六点，北平的居民从收音机里听到："请听众十分钟后，听重要广播。"

五分钟后："请听众五分钟后，听重要广播。"

第三次："请听众一分钟后，听重要广播。"

人们一分钟后听到，国民党守军与解放军达成了《关于和平解决北平问题的协议》。

解放军在2月3日举行了入城式。队伍经过前门箭楼时，忽然拐弯，进了东交民巷。人们惊喜交加。那里过去是外国使馆区，是中国饱受欺凌的象征之地。

10天后，第一次到北平游览的解放军军官宋云亮，给未婚妻写了一封信。他介绍了这座城市里的电车和"比驮粮的小毛驴还多"的汽车。这一天最使他兴奋的，是去了东交民巷。

"听说原先国民党统治的时候，这是'外国地'，中国人是不大敢去的，可是今天北平已经是人民的城市了，东交民巷的外国人们也再不那么盛气凌人了。"他告诉未婚妻。

关于北平，田富达所能记起的是傅作义的参会资格问题。他向中国青年报·中国青年网记者回忆："傅作义要当代表，很多人特别是解放军的同志想不通。"

解放军与傅将军的部下刚刚在战场上互为死敌。有人说，见到这些国民党，就想起牺牲的战友。

田富达说，在政协会议之前，他所在的军队党小组议论过傅作义的资格问题。组长朱德作了表态，平息了议论。"朱老总说，想不通也得想通。他虽然杀了不少共产党，但是他也立了功了，你看，我们现在开会的北京，安安静静，他有功劳。"

就此，毛泽东也曾说过：有些代表性人物，我们不能代表，不然，就是开党代表会议了。

傅作义到政协会议报到时，是开幕前两天，他刚在绥远和平协定上签完字，赶回北平。饭店的房间不够用，陈毅把房间让给了他。

所有代表里，中华民国国父孙中山的夫人宋庆龄最为特殊。北平是孙中山逝世之地，她本不想回到这里。邓颖超带着毛泽东和周恩来的信去上海接她，周恩来信里的"略陈渴望先生北上之情"，"略"字被毛泽东改成了"谨"字，更显恭敬。毛泽东自己的信，干干净净，无一处涂改，与他平日风格迥异。

邓颖超在上海等了两个多月。

当宋庆龄抵达北平，毛泽东登上火车迎接。

为了等到这些人，为了举行政治协商会议，最先协商出的134人组成了筹备会，分为6个小组工作，运转了3个多月，从6月15日开到9月20日，比"三大战役"的任何一场都要久。

毛泽东在筹备会第一次全体会议上说："中国人民将会看见，中国的命运一经操在人民自己的手里，中国就将如太阳升起在东方那样，以自己的辉煌的光焰普照大地，迅速地荡涤反动政府留下来的污泥浊水，治好战争的创伤，建设起一个崭新的强盛的名副其实的人民共和国。"

说这番话时，他左手拿着发言稿，右手不时挥舞。说到"命运一经操在人民自己的手里"，他手臂上扬，做了个向上划的手势。当说到中国"如太阳升起"，他的手臂更大幅度地举起。

这3个月里，按照"团结一切可以团结的力量"的原则，产生了正式代表和候补代表662人的名单。

根据中国政协文史馆三级职员李红梅的研究，中国当时有近百个大大小小的政治团体，并非所有团体都会接到邀请。例如，"中国农民党""青洪帮"等超过20个党派就不在其中。共产党员约占44％，各民主党派代表约占30％，无党派人士约占26%。

662人里，国民党名将杨杰的遭遇令人扼腕。他死在政协会议开幕两天前，国民党派出的特工在香港经过一番伪装暗杀了他。会议代表名单上，他的名字加了黑框。按席次，他是第55号代表。

五

9月21日晚七点，第55号代表没能抵达的政治协商会议，终于开幕了。

综合田富达和社会学家费孝通的记忆，参会的人有穿工装的，穿长袍的，穿短衫的，穿旗袍的，穿西装的，穿军装的，戴瓜皮帽的；有说汉语的，说英语的，说客家话的，说蒙语的，说藏语的。

"这些一看就知道是身份不同的人物，能够聚在一起开会，讨论建国大事，对我来说真是平生第一次遇到。"费孝通说。

周恩来的履历表填得很准确，他没忘记填写自己用过的两个别名，学历一栏填了"南开大学肄业"和"留学法国"。宋庆龄的那张表格显示她来自上海，属于"特别邀请"代表。但毛泽东填错了，学历写了"小学"也写了"师范学校"，没有填写年龄，反而把籍贯写到了年龄一栏。这时他56岁，会后，他和他的画像都将出现在天安门城楼上。他会成为这个古老国度一个新生政权的领导人。

他的"永久通讯处"一栏，只写了两个字：北平。

提交表格时，这些人的身份都是代表，每人都要签到、验证。

开会地点是中南海怀仁堂。这里事先请建筑学家梁思成主持了改建：在天井上加了顶子，改成了会堂。否则，容不下那么多人。

在这个地点，慈禧太后驾崩，八国联军设立了指挥部，袁世凯的灵堂也设在这里。但此时，旧的地点迎来了新的事物。

主席台上对称挂着孙中山和毛泽东的巨幅画像，中间是政协出炉不久的会徽，两侧是解放军军旗。

毛泽东以政协筹备会主任的身份宣布大会开幕。军乐队奏起《中国人民解放军进行曲》，会场外响起礼炮，全体代表鼓掌，时长5分多钟。

有人发现，连军乐队都是从国军投诚过来的。

主席团成员谢邦定记得，台上未设座位，不说"就座"，主席团登台时，说的是"就位"。

毛泽东浓重的湖南口音在会场里回荡："如果我们的先人和我们自己能够渡过长期的极端艰难的岁月，战胜了强大的内外反动派，为什么不能在胜利以后建设一个繁荣昌盛的国家呢？"

他的开幕词持续了18分钟，引起41次掌声。

气象学家竺可桢记过人们的发言时间，比如，刘少奇讲了14分钟，宋庆龄12分钟，何香凝15分钟，华侨司徒美堂加上翻译13分钟。

几年前曾与毛泽东在延安讨论过执政"历史周期率"的教育家黄炎培记得，直到夜里十一点才散会。晚上有"大雷雨"，等到会议结束，雨已停了。

文史学家宋云彬的日记里说，宋庆龄的演讲词"最为生辣，毫无八股气"，可惜她说的是上海话，有失力道。她发言时，雷雨大作，电灯忽灭，幸而不久又亮了起来。

除去休息，会议开了8天，共有85人发言。

宋云彬的日记里，留下了这些点评：梅兰芳善唱戏，但读演讲词"不成"；陈嘉庚方言太浓，必须靠人翻译，他逐字念稿，像"过去私塾先生念书"；傅作义的发言"最坦率"。

傅作义在会上说，今后将以"将功折罪"的心情，为新中国的建设尽力。他赢得了20次掌声。

作家刘白羽认为，国民党高官傅作义等人的发言之所以博得掌声，并不是由于他们做了历史的见证，更重要的是"如百川之趋大海"，显示了人心所向。

48岁的农民代表李秀真，儿子死在了战场上。她穿着对襟上衣，上台颤抖着说："我们开这个大会不容易啊！这是千千万万人的血汗换来的，我的儿子没有亲眼看见新中国，我做娘的替他看到新中国。"

黄炎培把新中国比作"新建的大厦"，由许多钢骨水泥的柱子撑起，第一是中国共产党，还有各民主党派、人民团体，大厦的主人是"四万万七千五百万中国人民"。

田富达以台湾民主自治同盟代表身份来到这里。他20岁，很多事情似懂非懂，是会场里最年轻的人之一。他的汉语水平不好，发言稿准备了两天，经过了台盟一位工作人员的润色。即便如此，他也念得不太流利。

发言后，他情不自禁过去握住了毛泽东的手。毛泽东对他说了什么，他因为心情激动，一句都没听清。

与会代表中的记者徐铸成记住了一句惊人的话。根据他的日记，原国民党将领吴奇伟在发言最后，举手高呼"中国国民党万岁！"

吴奇伟指的是"共产党万岁"，但过去说"国民党万岁"说惯了。

六

代表们将要决定的最重要文件，是政治协商会议的《共同纲领》。它是建国纲领，具有临时宪法性质，决定了国体、政体等大事。

这份纲领的草案，最早是李维汉起草的一个版本。然后，周恩来把自己关在中南海勤政殿里一周，写出了另一个版本。先后经过三次起草，三次更名。

毛泽东批示其中一版时，曾提醒为他送件的胡乔木，"你应注意睡眠"。

在最终通过的版本里，第一条是："中华人民共和国为新民主主义即人民民主主义的国家……"

据谢邦定回忆，有些代表曾建议把国家的社会主义前途明确写入，周恩来解释，新民主主义一定要向社会主义发展，但在现阶段应该通过宣传、解释特别是实践来证明给人民看。暂时不写出来，不是否定它，而是更加郑重地看待它。

在纲领的草案里，周恩来写着："中华人民共和国（简称中华民国）……"

与国家最高政权机关的产生方法、政务院的架构等相比，国号是引发争论最激烈的。

毛泽东在筹备会全体会议上喊的3个口号，有一个是"中华人民民主共和国万岁"。

清华大学教授张奚若认为，"人民"已经表达了"民主"的意思。黄炎培和张志让则主张要用"民主"二字，并认为以后可改称"中华社会主义民主国"。

至于简称，提议"中华民国"和"中华民主国"的都有。

在一个征求意见的场合，年过八旬的司徒美堂说："我是参加辛亥革命的人，我尊敬孙中山先生，但对于中华民国4个字，则绝无好感。理由是中华民国，与民无涉。"

9月27日，政协全体会议最终决定，国名是"中华人民共和国"，不要"中华民国"简称。

周恩来在这天补充说明不再写"简称中华民国"时，会议记录专门提到，此处有掌声。

这一天，还决定了国旗、国歌等事项。筹备会此前登报发布了征集启事，国歌收到632件曲谱、694首歌词，但没找到满意的。马叙伦、徐悲鸿、郭沫若等人主张，暂用抗日战争时期的《义勇军进行曲》。

但有人说，歌词"到了最危险的时候"已经过时。郭沫若、田汉等都认为可以修改歌词。张奚若、梁思成举出法国国歌《马赛曲》为例，主张不改，保持完整性。

周恩来也赞成不改。他说，这首歌在抗战中起过巨大的鼓舞作用，尽管新中国成立了，我们还要"居安思危"。

这次讨论，在《义勇军进行曲》的合唱中结束，合唱者包括词作者田汉。

国旗的应征图案在一个月里收到了2992幅，其中从美洲寄来的国旗图案23幅，还有的来自国民党统治区。

征集启事明确要求"红色为主"，应征图案里三分之二是红色，仍有三分之一以白、蓝、黄等为底色。

朱德设计了一个版本，旗子左上角为蓝色长方形，嵌有红五角星；陈嘉庚设计的那面，有镰刀和斧头图案；郭沫若设计的国旗上有两个长条，象征长江和黄河。他们都落选了。

张治中坦言，他不欣赏旗子中间带有黄杠，认为有国家分裂之感。

正式会议期间，初选委员会将累计收到的3012幅图案选了38幅印发全体代表讨论。第32号当选，但是作了一定的修改，去掉了最大那颗星星上原有的镰刀和锤子元素，因为像模仿苏联国旗。这个图案本来是被淘汰的，几经讨论，又复活了。

它的设计者、上海市民曾联松，一年后收到了中央政府寄来的政协纪念刊一册和人民币（旧币）500万元，"作为酬谢你对国家的贡献，并致深切的敬意"。

9月27日，《国旗、国都、纪年、国歌决议草案》通过：国都定于北平，改名北京；纪年采用公元；国歌未正式制定前，以《义勇军进行曲》为国歌；国旗为红地五星旗，象征"中国革命人民大团结"。

消息传出，前门大街瑞蚨祥布庄的红布快速售罄。

开会期间，田富达住在另一位代表、台湾同乡会会长林铿生家里。很多同乡来打听消息。"人们最关心的是谁当主席，"他说，"也关心首都在哪儿。"人们猜测，毛主席既然到了北平，那么石家庄就不会是首都。

会议最后一天下午，选举中央人民政府主席、副主席及委员。

投票者576人，每个都很慎重。据刘少奇报告，无人弃权，没有废票。毛泽东当选主席，得票是575张。

投票过后，代表们从怀仁堂到了天安门广场，为人民英雄纪念碑奠基。竖立"为国牺牲的人民英雄纪念碑"，也是他们在会上决定的。

已是傍晚，毛泽东在暮色里宣读了他起草的碑文：

"三年以来，在人民解放战争和人民革命中牺牲的人民英雄们永垂不朽！三十年以来，在人民解放战争和人民革命中牺牲的人民英雄们永垂不朽！由此上溯到一千八百四十年，为了反对内外敌人，争取民族独立和人民自由幸福，在历次斗争中牺牲的人民英雄们永垂不朽！"

谢邦定"有点意外"，他没想到，会把1840年鸦片战争以来牺牲的先烈，悉数纳入"人民英雄"之列。

这几天的很多事情都塑造了这个国家。就连马叙伦在请假时提出、由鲁迅遗孀许广平代为转达的一个建议，最后也影响后世：希望把10月1日定为国庆日。

田富达是大会宣言起草委员会成员，在他印象里，9月30日，宣言很快就获通过。

"中国的历史，从此开辟了一个新的时代。"那份宣言说："全国同胞们，中华人民共和国现已宣告成立，中国人民业已有了自己的中央政府。"

那天晚些时候，北京饭店里举行了近800人的庆祝宴会。根据孙起孟的记录，"人人都多喝了些酒，因为人人都有吃喜酒之感。"

田富达那个晚上兴奋得没有睡好，因为，"要开国了"。

10月1日下午三点，毛泽东用湖南口音拖着长腔宣告："同胞们，中华人民共和国中央人民政府今天成立了！"

第一面国旗在《义勇军进行曲》中升起。

城楼上的田富达流下了眼泪。他四处眺望，见到了他所在军校的台湾学员。他们原本要参加分列式，结果改去了观礼台。他们含泪遥遥招手。

而那位曾在参观东交民巷后兴奋不已的炮兵宋云亮，迎来了他更难忘的时刻：在开国大典指挥鸣放礼炮。

这个时候，蒋介石在广州的一个公馆里，静静地听到了无线电波送来的湖南话。

七

70年间，见证者们渐次离开了人世。李红梅和同事今年9月出版《人民政协诞生实录》一书，她4月曾去医院探望谢邦定，约好等他出院后再去拜访，一个月后，听到了他去世的消息。

2019年9月20日，田富达出席了中央政协工作会议暨庆祝中国人民政治协商会议成立70周年大会。他是特别邀请嘉宾，坐在头一排。他已看不到任何人的表情，只能听到人们在说话，在拍手。过后，他对中国青年报·中国青年网记者说，置身于那个会场，他想起了70年前的另一个会场。他当时那么年轻，"一点思想准备都没有"，就被选为代表，进入了一扇开启历史的大门。

他仍存着当年的代表证和纪念刊。脱了线的纪念刊里收录了他1949年的发言。

"如今我最大的心愿，和70年前在政协大会上发言时说的一样，希望早日看到祖国统一的那一天。"他说。

今年，他庆祝了90岁生日，他的弟弟专程从台湾到北京为他祝寿。他已极少出门，但仍准时收听《新闻联播》，这个时候他会谢绝打扰，哪怕自己的孩子也不可以。如此关注外界信息，他解释，"最大的原因之一就是我的家乡还没解放。"

70年后，田富达还记得，天安门城楼上不准大声喧哗，人们站在那里，小声议论，欣赏盛大典礼和北京的景色。

1949年的北京还没那么多高楼。这些人从天安门城楼上可以看得更远，他们面前是30万人，以及一个辽阔的国家。这个国家，从8800多米的海拔高度自西向东倾斜，分成了3个阶梯。这个国家，从南到北跨过了5个温度带。这个国家，拥有众多源远流长的大江大河。这个国家，地球上大多数动植物都能找到栖息之地。

但他们所面临的，又是一个被连年战争摧残过的国家：1949年，中国人的身高要比现在矮很多，人均预期寿命是35岁，新生儿的死亡率是200‰。有的民族还处在原始社会。全国只有11.7万名大学生，小学的净入学率只有20％。全国原油产量只有12万吨。北京街头上没有一辆汽车是中国产的。海军司令员去甲午海战标志地刘公岛考察时，因为没有船只，租了一条渔船。

甚至在开国大典的阅兵式上，受阅的17架飞机也都是战利品，为了阅兵效果，有9架飞过天安门后又悄悄折返重飞了一次。4架飞机是携带实弹飞行，如遇敌机偷袭，要"立即进入战斗"。那次阅兵前，受阅官兵接到的命令包括，如遇空袭要原地不动，"天上下刀子也不能动"。一年之后，北京真的破获了一起轰动的案件——有人计划在中华人民共和国的第一个国庆日炮轰天安门。这只是新生政权面临的威胁之一。

　　这一天，还有一半以上的国土没有解放。至于台湾，解放军对金门岛的炮轰要到30年后——1979年元旦《告台湾同胞书》提出"尊重台湾现状、实现和平统一"方针——才会停止。

　　人民英雄纪念碑奠基了，但9年后才会竖起。士兵们在10月1日这天的阅兵式上接到了新的进军命令，"解放一切尚未解放的国土"。其中的很多人将在西南、西北或东南的战场上，像纪念碑所铭记的前辈们那样战死。

　　在毛泽东的计划里，夺取全国胜利，只是万里长征走完了第一步。他所说的"赶考"刚刚开始。1949年3月23日下午，从西柏坡出发之前，他对周恩来说："今天是进京的日子，进京赶考去。"

　　周恩来说："我们应当都能考试及格，不要退回来。"

　　毛泽东说："退回来就失败了。我们决不当李自成，我们都希望考个好成绩。"明朝末年的农民起义领袖李自成，曾在这座古都建立政权，但只维持了40天。

　　1949年，中国有132个城市。从农村壮大的执政党要试着学习接管和治理这些城市。党的工作重心要实现由乡村到城市的转变。不管是毛泽东还是他的盟友、他的敌人都承认，这会是一个挑战。"帝国主义者算定我们办不好经济，他们站在一旁看，等待我们的失败。"他说。

　　这一年，到中国访问的苏联代表米高扬发到莫斯科的电报里，这样报告他的见闻："必须指出，我与之会谈的政治局委员们在一般政治问题、党务问题、农民问题和整个经济问题方面，都是十分内行的，而且是对解决这些问题都很自信。不过他们在生产业务问题方面知识很贫乏。他们对工业、运输和银行的概念也很模糊。"

美联社的一位记者在报道里预言，这个国家太大了，又穷又乱，不会被一个集团统治太久，不管他是天使、猴子还是共产党人。

在10月1日这天，天安门见到的有必然也有偶然：1919年，年轻的许德珩在它面前喊过救国的口号，成为五四运动风云人物；30年后，他经历了协商建国的整个过程，登上城楼，出席开国大典。

典礼举行时，许德珩未来的女婿邓稼先还在美国留学。再过几个月，核物理学家邓稼先获得博士学位的第9天，就会启程回国，日后他将成为中国原子弹的设计者，被同学杨振宁誉为"中国几千年传统文化所孕育出来的有最高奉献精神的儿子"。这年年底，政务院文化教育委员会成立了"办理留学生回国事务委员会"。从1949年8月至1955年11月，共有1536名高级知识分子归国。

他们面前，这个国家刚刚从硝烟中"站立起来"。在物质和精神的很多方面，新与旧的交接仍在进行。

但有一点，已经再清楚不过："北京时间"开始了。

张　国

2019年10月1日

"最大走资派"的儿子上了大学

1978年初的一天，北京起重机厂一车间铆焊工刘源，被工友告知："有你的通知书！"

他跑着去车间办公室。按惯例，车间办公室外边的窗台上，摆放着用皮筋扎着的一摞信。其中的一封，印着北京师范学院（现首都师范大学）的字样。

从这一天起，国家前任主席也是"最大的走资派"之子刘源，确定将迈入北京师范学院历史系的门槛。

26岁的刘源历经跌宕的命运，在此再度转了一个紧要的急弯儿。

此时，距离刘源的父亲刘少奇辞世，已近10年。他的母亲，王光美，还被关押在秦城监狱。

刘源等到的这份录取通知书，比厂里其他考生的到得都晚。这份拿在手里轻飘飘的信件，是他一生中和上学、读书有关的至关重要的第三封信。

距此大约12年，北京四中初二学生刘源，把一封同样轻飘飘的信件，悄悄搁在国家主席刘少奇的案头。

信是四中高三（5）班的两位学长托送的。这两个当时的优秀生，把信交给刘源的时候很郑重，说是要造反，要造资产阶级教育制度的反，说当时的教育考试制度让白专的留下来了，把闹革命的、工农兵都挡在学校外面了。

刘家有规矩，不允许捎信。刘源不敢把信直接交给父亲，只搁在桌上。

没过几天，这封信就刊载在1966年6月18日的人民日报上。信的结尾，是"现在北京四中全体革命师生向全市革命的同志倡议：立即废除高等学校入学考试制度！"

和这封信同时刊载的，还有来自北京女一中的另一封抨击高考制度的信件，和《人民日报》社论《彻底搞好文化革命，彻底改革教育制度》。

新中国在1952年建立起来的统一高考制度由此而废。

史家论称：废除高考，是继1966年5月北京大学聂元梓等人贴出"全国第一张马列主义大字报"之后，"文革"的又一重要突破口。

提及当年亲手递出去的这封信，刘源摇头苦笑：1966年我递的信要求取消高考，11年以后，又是我写信要求参加高考。

命运在这里向刘源，以及他们这代人，龇了龇牙，露出嘲弄的哂笑。

这一次，刘源致信的对象，是"中共中央邓小平副主席"。

1977年7月，邓小平复出，自告奋勇主抓科技和教育工作。恢复高考的消息不久即裹挟着人们的兴奋和期待在民间迅速流传。"我们在工厂一般大的工人，平时都在一块谈论。这一拨人都感到特别振奋"。或许还有机会，刘源想。

当年8月21日清晨，北京长安街沿途的高音喇叭里传出头条新闻：恢复高考。

北京起重机厂召开正式会议传达相关文件，报考条件就张贴在车间的墙上。刘源经过仔细研读，发现报名的政审条件中不涉及出身，只说了本人不能有历史问题、政治问题。

他决定报考。但内心深处，对会不会被允许参加考试，非常怀疑。毕竟，他的父亲刘少奇头上，还压着"全国最大走资派"的帽子。

刘源的不安很快被证实不是没来由的。

他的报名被厂里组织部门退回，理由是超龄。刘源26岁，非正式的传达里，恰好有"最好25岁以下"一说。刘源不服气。他初二辍学，是老三届的初中生，是年的高考，对老三届的高中生都是放开的，"他们的年龄肯定比我大"。

30年以后，阅历丰富的刘源分析当年拦他的原因时，已经很释然：实际上就是出身问题，但人家不说。也不能说我本人有什么问题，就说我年龄不行。当时的环境中，不让我考，不会犯错误，让我考，就可能冒风险。

以刘源的年龄划线，厂子里9个年龄大过他的工友，一律被卡下。

"我挺生气，所以就给邓小平写了封信"。30年岁月烟尘之后，刘源仍然能很清晰地复述信的内容：

我管他叫小平叔叔，开头就自报家门，说我是刘少奇的儿子刘源。我这几年从农村又到工厂，听说您恢复工作抓高考，很高兴，大家都很振奋。我想考大学，现在厂子里不让考，如果因为我父母的原因、我的出身不让我考，我很不服气，何况你这个招生简章并没有这么讲。让我考我考不上，是我自己的事情，谁也不怨。

信不长，就一页纸，钢笔书写工整。刘源在信封上写就"中共中央邓小平副主席"，贴了4分钱邮票，在自己的住处北京永安里附近随便找了一个邮筒投进去。

他不知道会不会有结果，又会有什么样的结果，属于有枣没枣打三竿子。但如果没写这封信，后悔是一定的。

10余天后，来了回音。刘源和9个情况相近的工友，全部被放行。

报考的时候，刘源填了政审表。父亲一栏，填"刘少奇"，母亲一栏，填"王光美"，本人成分一栏，填"战士、学生、农民"，"现在是工人"。籍贯、政治面貌、社会关系等等，一概填了一个"众所周知"。

刘源他们拿到的，是当年北京市高考考场里最后10个考号。离高考举行，仅余一个星期。

这最后一个40人的考场相对空荡，只坐了不到20个考生，10名来自北京起重机厂。他们中的7位，后来成为幸运的77级。

小平叔叔的批复，刘源至今没见过，"具体怎么批的不知道"。只知道邓小平批给当时的北京市委书记吴德，吴德转批给北京市负责高招的同志，最后是厂教育处通知刘源可以报考的消息。

许多年以后，刘源推测这封信流转和送达的过程：这个情况比较特殊，下面拆信的人看，也会觉得很有意思，"我要把这个信递给邓老，看他怎么表态"。下面当个事情一级一级报上来，他就不好压了，越往上走越不好压。信就这样到了邓小平的手里。

这当然是个未经证实的过程。可以确切知悉的，是1979年1月，刘源的母亲王光美出狱。在和邓小平的一次碰面中，王光美提及儿子要求参加高考的信，和邓的亲自批复。邓小平微微笑了一会儿。

其时，刘源已经在北京师范学院历史系就读。

师院历史系77级班主任周兴旺第一次见到刘源，是在北京崇文门内旅馆。

这家旅馆，是当年北京市高校招生录取现场。

周兴旺就代表北京师范学院历史系在此招生。

他住的房间里，床上摊满档案袋。在周兴旺的记忆里，他所能接触到的档案，都经北京市高招办筛选。高招办当时掌握着一份20个典型"可教育好子女"的名单，都是被打倒的中央一级领导人的子女。高招办领导让他在刘源和薄一波的儿子薄熙来这两份档案中选一份。他想：那就选个大的吧。拿了刘源这一份。

"就几页纸，但拿在手里觉得重。"他知道自己不能做主，必须带回学校汇报。因为怕丢，这份档案就在他家防震棚里架高的双人床上，过了一夜。

录还是不录？考生刘源的问题，一直报到当时师院的领导机构"北京师范学院革命委员会"，并为此专门开会研究。革委会主任是军人，副主任崔耀先是老干部，被"三结合"进去的，经验丰富。在讨论会上，崔耀先展现了四两拨千斤的功力。

他看着刘源的档案，说，这个学生在农村插队，是因为肝炎被退回北京养病的。这个身体呀，能过关吗？得让他去医院复查。身体行的话，没有理由不让他上吧？

一个可能被上升到政治层面的、大是大非的问题，就此降到了一个很普通的、可度量也能执行的标准上。政治问题，变成体质问题。

刘源因此有机会去崇文门内旅馆，找周兴旺老师。

周兴旺在见到刘源的一刻，内心酸楚。眼前的小伙子，一身紧袖口灰蓝色工装，已经显旧了。周想：怎么也是个国家主席，干了一辈子革命，家里人落到这样。

周兴旺带着刘源去了同仁医院。这是一场只有一个学生的特殊体检。

直到此时，刘源开始相信，上大学，真的"可能有戏"。

周兴旺在1979年年初被借调至北京市委办公厅信访处工作，其间处理了一封吴晗之子的来信，反映考大学不被录取。周兴旺想，连刘少奇的儿子都录了，吴晗的儿子有什么不能录的？就把信递到时任北京市委书记的林乎加手里。经林批示，吴晗之子顺利入学。

这算是北京师范学院录取刘源的一个附加成果。

1978年3月8日，刘源入学。起点公平的高考，让他的命运曲线重新划出上升的轨迹。

刘源的大学之路，似乎充满着偶然。偶然的信，偶然的送达，偶然的批示，偶然地遇到崔耀先……30年以后，忆及这些偶然，刘源非常肯定地说：那仍然是一个必然的结果，"再早，想都别想；再晚，就不存在不让你报考"。

刘源的妹妹刘亭亭，78级考生，顺利考取中国人民大学。小妹刘小小，79级考生，以当年北京市总分第二、两门单科第一的成绩考入北京大学。

这些偶然，只可能发生在1977、1978年。"四人帮"粉碎了，"两个凡是"还在，多年的禁锢未除，但松动已经萌芽。那是中国的惊蛰期。

在师院东风楼101教室，崔耀先有过一次迎新讲话，他说：我们这届招了997个学生，996个都是劳动人民子女，1个是"可教育好子女"。

同学们就相互打听，哪个？谁？谁是刘少奇的儿子？

十几年不见的小学同学、初中同学都在师院77级碰了面。开学第一天，同班的王宏治一进教室就看见了妹妹的小学同学刘源，俩人一通猛聊之后，王宏治还冲着来打听的同学说"不知道"，本能地替刘源遮瞒身份。

刘源在大学一年级领到的历史教材，扉页上还印着"打倒叛徒、内奸、工贼刘少奇"。老师讲课，也会在批林彪、批"四人帮"的时候，批一下刘少奇。这种时候，低调的、规矩的大学生刘源，最通常的反应，是"不反应"。

1980年5月17日，刘少奇同志追悼大会在北京人民大会堂举行。中国共产党历史上最大的冤案彻底平反。

此时，刘源的大学生活，已经持续了大约800天。

师院历史系不是刘源的第一志愿。他最想上的，是北大哲学系，考分也够，但未被录取。他的父亲平反后，北大曾经派一位老师专程找到刘源，问他：你还想上北大吗？这是你原来报考的大学。

那位老师话说得很真诚：当时没收，确实不对，现在也许可以补救一下吧。原来你报的哲学，现在上的历史，你愿意上哲学还是历史？

刘源没有选择转校。对北京师范学院，他心怀感激。

在纪念恢复高考30周年的今天，当年的直接受益者、目前已是解放军中将的刘源表示，恢复高考决策的英明和意义，怎么评价都不过分，"它挽救了这么多人"。他提醒，更应该回头看之前荒唐的10年。

"历史证明，正确的东西总会回来。"但一个国家和一代人所付出的代价，都太过惨痛了。

对目前饱受抨击的高考制度，刘源也认为确实是有问题，需要改革。但他反复说，"不是没有砸碎过，全砸碎了更完蛋。"

1966年，刘源亲手递出的信里，就有"不破不立"的话。建议对高考作"彻底的改革"，"立即废除高等学校入学考试制度"。

都是这几年看着挺眼熟的言语。

历史的螺旋式上升中，有必然重复的节点吗？

周珣　叶铁桥
2007年6月25日

1997年7月1日：大雨转晴

最后一个英属香港人1997年6月30日23时56分在联合医院出世。4分钟后，一个写进人类历史的时刻到来：没有战争杀戮、没有流血革命，香港政权的交接在降旗和升旗间和平地完成了。

胡训军迎着维多利亚港的海风，盯着猎猎作响的五星红旗，"军人在战场上交锋亮剑，打仗就是死、就是牺牲。"这位参加过战争的军人告诉中国青年报·中青在线记者，"用握手进行防务交接，比刺刀见红来得更震撼。"

那一刻到来时，数以万计的街头的士、游艇汽笛在1997年7月1日零时零分，

1997年7月1日零点之后，香港政权交接仪式结束，中国国旗和香港特区区旗在会场上空高高飘扬。李振盛 / 摄

一齐鸣响10秒钟；兰桂坊一家取名"1997"的酒吧门前时钟下，人群挤成石榴籽，此前这里是圣诞节倒计时的主场；在港督府前执勤的警员迅速从衣兜里取出新警徽，用了5秒，将制帽上缀有英国女王皇冠的旧警徽换下，新警徽上标有紫荆花图案和中文"香港警察"。

那晚在会展中心新翼当值的2000多名警察，都完成了这个动作。在入口执勤的阮鸿翔，40多岁，摘下帽子，用手指着被汗水浸湿的头发，一字一顿地对内地记者说，"我的头发与你的一样，都是黑头发。"

在四川的邓小平旧居里，雕塑前贴了喜字。人们将房间重新打扫了一遍，门窗全部打开，打开所有电灯，两台彩色电视机同时播放着交接仪式的现场实况。一位四川老人伸着手指朝电视机走去，"小平，你再多活四五个月，不就能看到这一天了吗。"年过九旬、住在香港新界的蔡松英在同一时刻发出同样的感慨，

1997年6月30日，彭定康抱着最后一次降下来的港英旗帜乘港督专车离别港督府。李振盛／摄

"就差那么一点儿时间，他竟不能来。"

储藏室里的默契

6月的最后一个下午，阴雨。港督府里最后的静谧时光留给了末任港督彭定康一家。

他静静地坐在工作了5年的办公室里，当英国国歌《天佑女王》的音乐响起，彭定康走出港督府，没有打伞。港督有离任时坐车在花园前绕3圈的传统，希望以后可以故地重游，但彭定康只绕了两圈，就驶出了大门。

两年后，他在自己的书里写道："我知道殖民地总督就像苏门答腊的犀牛、佛罗里达的海牛一样，都是濒临绝种的动物，但是，唯其濒临绝种，更要干出一番不同凡响的事来，我所要在香港做的就是保证帝国最光荣的撤退，并获得最耀眼的收视率。"

英国要光荣和体面，中方要主权和庄严。香港岛半山山麓一栋黄白相间的意式小楼里，双方谈判的气氛胶着又紧张。

这栋建筑被用作中英联合联络小组的办公处。回归前半个月，香港天气阴沉闷热，空调开足马力，让谈判代表陈佐洱的肩周炎又犯了。

这是时任国务院港澳办一司司长陈佐洱自北京赴香港的第1194天，上千个日夜只围绕一个主题——香港顺利回归。

为文件条约里的一个词、谈判桌上的一句话都要与英方"鏖战"数轮。到了这一天，陈佐洱负责主谈的14项议题已陆续达成协议，中方代表处喜气洋溢。在这个当口，来自北京的一个重要电话突至，陈佐洱预感"这将是我跑完香港回归大业最后一程接力棒中最难过的一道坎儿"。

电话里，北京要求刚刚回到祖国怀抱的香港决不能一分钟不设防，驻香港部队先头部队必须携带武器于7月1日零时以前进入香港。重点是零时以前。

北京给出的理由是显而易见的：假如驻香港部队零时进港，从北到南抵达全部营地需要2～3个小时，形成一段防务真空，而那段时间里，中英两国领袖正在全世界的瞩目下进行香港政权交接的盛典，数千名前来见证的各国政要和各界名流也都云集于此，需要保证他们的安全。

尽管中方多次斡旋，英方代表包雅伦仍然表示"遗憾"。一轮轮谈判在互表"遗憾"中结束。时间已经不允许再原地踏步了，中方决定更改战术，率先"发炮"：如果没有中方合作，英国"体面撤退"所做的努力将前功尽弃。比如搭载皇室的游轮和兵舰不得不按中国的指示，把所有舰面武器套上炮衣、枪衣，才能驶离中国香港水域。

包雅伦生气的时候，脸会涨得通红，他沉吟了一会儿，没有给出直接回应。一个下午又过去了，会议在走廊朦胧的灯光下不欢而散。陈佐洱和包雅伦走在代表团的最后，走到楼梯口时，互相对视了一眼，同时收住脚步。

"我们两个再谈谈吧？"包雅伦轻声问道。

陈佐洱点点头，走进一间空着的小房间。这是一个堆放杂物的储藏室，三四平方米，有一张条凳。他俩把门虚掩，同坐条凳上。没有灯光、没有译员，谁也看不清谁的脸。

"中方还能做出哪些松动？"包雅伦直截了当地问，陈佐洱给出底线内的让步，包雅伦吐了一口气，拖长声调"嗯哼"了一声。陈佐洱心想，这事有戏了。

第二天的谈判果然异常顺利，陈佐洱忍着肩周炎的疼痛，建议先头部队在威尔士亲王军营进行防务交接，有迎有送，双方都有面子。英方也不再坚持先头部队的数量应与英军的250人相若。北京给的底线是500人，陈佐洱争取到509人，因为9是数字中最大的，也是中国的一个吉利数字，有一个成语，叫九九归一。

"你们可以下岗，我们上岗，祝你们一路平安"

湖南人谭善爱用"霸蛮"形容自己的性格。在老家，人们用"弯一步"表示遇见厉害人物要躲一步走，而谭善爱的外号是"弯三步"。他作为509人中的一员，在6月30日晚上9时进入香港。

他后来被人称为"最霸气军人"。在威尔士亲王军营那个备受关注的夜晚，谭善爱中校瞪着大眼睛，对英方卫队长埃利斯说："我代表中国人民解放军驻香港部队接管军营，你们可以下岗，我们上岗，祝你们一路平安。"

此后这句话被多种场合反复提及，成为历史的一个注脚。谭善爱和埃利斯握手的照片也被收进博物馆。3年后，谭善爱有一次在武汉乘出租车，司机兴奋地认出他的脸，坚决不肯收钱。

那晚的所有细节，在谭善爱的脑中都如刀刻般清晰。"毫无疑问，那是我人生中最光荣的10分钟。"他对中国青年报·中青在线记者说。

当谭善爱和埃利斯分别从两个房间走出来时，闪光灯就没有停止过。他那时才意识到，"嚯，这么多人。"但脑海里已经没有空间放下紧张，全是流程、流程、流程。

"在那种时刻，好像失去了作为'人'的感知，所有神经都不在周遭的环境上，完全被神圣感笼罩着。"

胡训军当晚也在防务交接的现场，为媒体"打前站"。晚上9时，记者就开始排队了，蜿蜒两三百米的队伍。那晚仪式结束时，有的人鞋跑掉了，有的拿个席子在大厅地板上坐一晚。黑灯瞎火，谁也看不见谁，"人都在亢奋状态"。那时网络和手机都不普及，传图片需要洗出胶片，文字则传真回内地。

卫队长张洪涛紧张极了，他告诉中国青年报·中青在线记者，"怕队员受外界干扰，听不到指令。"

胡训军说，"一切结束后，才觉得空气黏黏的，周围吵吵的，恢复成生活中的'人'。"

当时，军人谭善爱把它理解为一个不允许犯错的任务。"我们不是扛着压缩饼干来的，要有泰山压顶的气势。"

谭善爱和英方卫队长埃利斯，两人本来不懂对方语言，于是约定说完最后一句话时音调提高一点，知会对方。走路时要同时迈步，他们约定抬一下脚跟示意彼此。

"50多年里，生活中那么多场景，只有这个场景在我脑海里清醒得很。整个画面太清晰了，甚至地上标记站位的黑点我都忘不了。越来越多回忆的时候，才意识到原来这个事情那么重要。"50多岁的谭善爱说。

他口中的话曾经换过三个版本，"你们可以走了""你们走吧"都显得生硬。他天天嘴里念叨，一个人对着墙练，对着窗户练，领导一见到他就一句话，"来，谭善爱，说。"

20年后在自己的办公室里，谭善爱仍然能重现这句话，连音调、语气和停顿都无丝毫差别。

那会儿，他一回家就让妻子扮演英军，每天睡觉前练几遍，邻居有次好奇地问他们，"是在拍电影吗？"

当日历翻到1997年6月30日这天时，谭善爱叮嘱在老家的爸爸晚上要看电视直播，他当时坐在驻香港部队的第一辆车上，电视直播他的车轮轧过深圳和香港的地界。他拿起卫星电话打给爸爸，信号问题把声音拉长了，爸爸问他，"你是喝了酒吗？"

那天夜里，镇上工作的小学同学在电视里看到了谭善爱，立马骑着自行车赶回老家告诉谭的家人。

谭善爱如今已经转业，成为深圳宝安巡警大队的一员，很多同事并不知道他的这段重要往事。"希望别人记住1997年7月1日，不强调个体，记住这个日子就可以了。"

20年前，当五星红旗第一次在香港军营升起，谭善爱感到的是"任务完成，击个掌吧"的那种轻松。"当时没有拔高，祖国的主权啊、香港的回归啊。我们只是具体的执行者，承担这个任务，并做得圆满。当然也包括，熬了3年多，和平进驻的喜悦。"

埃利斯中校是最后离开军营大门的英国军人，那是1997年6月30日23时59分

50秒。埃利斯直接走向停泊在50米外的军舰"漆咸号",船已经发动。那日维港有风,船随着风开走了。"漆咸号"以西不远的上环水坑口,正是1841年英国殖民远征军最初在香港登陆的地方。

真空12秒

两公里以外的会展中心新翼,迎来了它出席贵宾最多的一次聚会。

23时42分,国家主席江泽民、国务院总理李鹏、邓小平夫人卓琳、联合国秘书长安南等已全部就座,会场内响起礼号声,中英双方仪仗队以相同的威严和不同的军姿走进会场。

时任外交部礼宾司司长安文彬在台下紧紧攥着一块手表,他唯一重要和紧迫的任务是确保五星红旗在零时零分零秒于香港上空升起。

为此,他特地从美国买了一块相当精准的手表,与伦敦格林尼治天文台和南京紫金山天文台对好时间。

他曾为了一秒钟与英方正式谈判10次。英国答应在23时59分59秒降下国旗。然而中方的指挥抬起指挥棒,管乐手开始吸气,到吹出第一个音符,需要两秒钟。仅仅是一秒,安文彬和他的同事费尽口舌和智慧,终于得到英方同意。

中英双方彩排时,英国广播公司的播音员拿着查尔斯王子的讲稿,按照他平时的演讲速度念了一遍,准确计算用时。

仪仗队举枪礼之后,查尔斯王子发言。安文彬最害怕的事情出现了:查尔斯王子的讲话超时了23秒。多年之后,人们从查尔斯王子的日记中窥见他那天"激动"和"哀伤"的心情。

安文彬不得不紧急启动预案。此后,中方在各个流程上加快速度,试图抢回丢失的时间。两国仪仗队进入会场,清脆的步操声划破查尔斯王子发言后会场曾经有过的一刹那静默,三名号角手站在高位吹响号角。

23时56分,3名英军和3名手持中国国旗的解放军进场步上礼台。空手的英军向英方主礼人敬礼，27岁的升旗手朱涛则向中方主礼人呈示中国国旗。然后，3名香港皇家警察与3名手持特区区旗的特区警察亦步上礼台，两者本属同一部队，只是制帽上的帽徽已经不同。

一番"抢夺"之后，时间被拉回原有轨道，甚至多出一秒。越来越靠近时针、分针、秒针汇合的时刻，中外嘉宾全体起立，目光集中于竖立在主席台前左右两边的旗杆上，英国降旗仪式开始。

升旗手朱涛站在一侧，忽然意识到英国国歌节奏快了，这个在彩排中已经烂熟于心的节奏像被按了快进键。英国国歌奏完，全场一片静默。本来，如果时间把握精准的话，中国国歌能在零时准时响起，与英方无缝衔接，但意外频发，英国国歌提前结束了。

朱涛的汗马上下来了，后来有人告诉他，他攥着绳子等待升旗的手一直在抖。

那是朱涛人生中至今为止，最安静、最紧张的12秒。除了心跳，没有人发出声音。

秒针一步步逼近零钟，中方指挥在等待指令。朱涛告诉中国青年报·中青在线记者，"全场真空，鸦雀无声。我们站在位置上，所有人都盯着我们，不能往下看，军乐团指挥在我右前方。"他所处的位置并不能看见钟表，完全不知道现场发生了什么，"怎么突然听不见声音了？是不是耳朵出问题了？"连查尔斯王子都忍不住张望。

上场之前，朱涛紧张到流鼻血，仪式开始前两小时才止住。队长对他说，"流什么都得上啊"。他鼻子塞着纸，搬个椅子对着墙角一遍一遍地听国歌。压力大到"看谁都烦"。

这个1.92米的大个子为了国歌奏响的46秒，练了超过5000遍。当时一位领导说中华民族有5000年的历史，怎么也得练5000遍吧，他只当是个夸张的说法，没想到最终自己练了不止5000遍。

排练过程中，队长将会展中心的照片带回内地军营，按照1∶1的比例造出了

"半个"仪式现场，"英军那一半就不管了"。

国旗旗杆是8.28米，特区旗杆是7.28米，这两个高度是根据会场高度和观众的视觉舒适度严格计算出的。

朱涛记得上到主席台后要走9步立定，整个升旗过程要拉8把，反复的排练已经让他形成肌肉记忆。他若晚一秒，国旗的高度就差12.3公分。

"那12秒，我心里也没底，但国歌一响，感觉就找回来了。"他蓄了12秒的力，终于使上劲。

升旗的过程不能抬头，一直到退场，他也无法抬头看一眼旗子到底升没升到头。退场路过队长身边时，他小声问了一句，"队长，上去了没有？"队长没理他。后来他才知道，队长也紧张得无暇望一眼旗子。直到回到休息室，电视里反复播放升旗的镜头，零时4分，江泽民主席宣布，中国对香港恢复行使主权，朱涛的一颗心才落下。

回到宾馆，大家都很兴奋，有夜宵吃，有说有笑。朱涛没兴奋起来，"可能心理负担过重，刚解脱，兴奋点达不到。"他凌晨一点钟多回去睡觉，睡了很久，睡得很踏实。

香港一夜

那一晚，会场之外，烟花的烟雾留在雨点与香港高楼大厦间。

香港导演陈可辛那天早上在美国，CNN（美国有线电视新闻网）一直在讲香港，讲倒计时。"我们这些人对回归有很大的矛盾，既有对以前的留恋，也有对前面的期待。心情很复杂，不知道想见证还是不想见证。"上午10点钟，他与友人一起吃早餐，心血来潮地问对方："如果我赶一点钟最后一班回香港的飞机，是否来得及。"

他马上回家拿护照，在机场买了机票。晚上8点多钟落地，这个拍过很多场烟花戏的导演，第一次在飞机上看到庆祝的烟花，满街都是人。"那个情绪特别复杂，很难讲得清楚。"2004年，内地和香港开始合拍电影，陈可辛是香港导演北上的第一人。

那天，香港一家中国传统的精品店挤满外国人。他们抢购银筷子、邓小平同款的手表、印有中国国旗的棒球帽和紫色丝绸拖鞋等。一位女士在太阳下山前，也没有找到一件合身的猩红色外套，她绝望地哭了："我必须穿点够'中国味'的东西！"

交接来临前的日子，美国《旗帜周刊》的记者写道，香港看上去像一个跨世纪的狂欢场，摩天大楼拼成的天际线装饰着红色、黄色和绿色的灯，公共广场装饰着火烈鸟、五彩龙和红灯笼。数百辆的士的电台天线上已经飘动着新区旗。

亲历回归现场的记者林良旗的回忆不尽相同，他看到的"香港是很平静的，不像我们想象得那么热烈。香港不像内地好像有那么强烈的色彩，它那里是海的色彩，蓝蓝的、静静的。"让他印象最深的恰恰是海外的华人。

香港回归的时刻，是伦敦时间6月30日下午4时，在英国外交部的招待会上，大屏幕播放着BBC（英国广播公司）的现场直播。当看到英国国旗慢慢降下和中国国旗冉冉升起的情景，大厅一片肃静，在场的英国人个个表情严肃，默不作声。

82岁的彭威夏拉着腿脚不太灵便的老伴花了2个小时才到达伦敦东区的体育馆。他家住在伦敦西南，平时很少来东区，但今天不同，华人聚集在一块大屏幕前看交接仪式的实况转播，"我是无论如何也要来的"。

在英国教了大半辈子中文和历史，"这是我一生中最激动的时候。"他说。

"风吹国旗展开的一刹那，我想的是我不是记者，我就是中国人，在场所有的中国人可能就是一个想法，我什么也不是，我就是中国人。你不是官人、不是商人、不是记者，在这一刻，每一个黄皮肤的人都想着我是中国人，这种自豪感很强烈。"林良旗回忆道。

那晚，香港增加后备电力供应容量。地铁通宵服务，九龙巴士的主要干线通宵运营，30条线路巴士延时服务。传媒在回归期间不允许员工休假，聘用了很多临时工，摄影师、剪片师身价突然暴涨。柯达（远东）有限公司发言人表示，5月份数码相机销量比上年同期激增5倍。

仪式结束后，查尔斯王子和彭定康乘坐不列颠尼亚号游轮离开香港。这艘皇家游轮即将退役，它的餐具印有王室徽号，古董电话和伦敦白金汉宫所用的极为相似。

那日下午，喝了茶后，查尔斯王子出发到体育馆，在雨中参加豪华铺张的告别仪式。毛毛细雨徐徐落下，所有东西都湿透了。他坐在讲台上，脚下的红地毯变成湿淋淋一团糟，吱吱作响。当他走到演讲桌前的一刻，暴雨随即猛降。查尔斯王子看着手上湿淋淋、黏作一团的数页讲稿，尝试辨认文中的内容。"我生平从未试过在'水中'发表演说，这是首次。事实上，没有人听到我说了些什么，因为大雨打在雨伞上的声音太吵了。"

英军陆续登上离开的船只，因为下雨，很多衣服没干，士兵们拎着衣架正往船上走。彭定康的三个女儿痛哭起来，她们在香港完成了各自的青春期，感知了神秘东方的亚热带风光和抒情风格。

"砰"的一声关上的舱门，把他们和香港的夜色隔开。一位美国记者写道：英国查尔斯王储乘坐的游轮驶离香港，红旗取代了蓝旗，当大英帝国的太阳最终沉落时，天上下雨了。

新一天开始

7月1日，中国集邮总公司北京一家营业部开门2个小时，就售出了3000多套《香港回归祖国》纪念邮票。下午3时，北京饭店迎来了香港回归后第一批来京旅游的香港客人。

午夜时分，内地运载鲜货禽蛋产品的"三趟快车"已经抵达港九货场。凌晨4时，第一班双层有轨电车开始在港岛稠密的楼群中穿行。这种带有古旧色彩的电车在这里几乎行驶了一个世纪。

6时不到，在湾仔汕头街卖报的李老伯将当天的报纸摆放整齐。600多万人的香港拥有上百种报刊，是世界上报刊密度最高的城市。

8时，中环、湾仔商业区，上班族步履急促，但茶楼里的老人们依然慢悠悠地"饮茶"吃点心。

黄大仙庙香烟缭绕，赛马场依然人声鼎沸，超级市场仍以各种花招吸引着主妇和菲佣。

那一天的香港，用一位香港政坛老将的话说，"就像卡萨布兰卡里的里克咖啡馆，各色人等轮番亮相"。

香港各大饭店推出"1997回归宴"；200对新人选择在这一天举行婚礼；来自山西农村的锣鼓队与刘德华同台表演；邓亚萍要在97形状的球台上使出绝技。

这一天，也是驻香港部队大部队进驻的第一天。徐志辉扛着第一面出现在香港的八一军旗，开过地界，从北到南，停在赤柱军营。他告诉中国青年报·中青在线记者，当时在车上站了两个多小时，一动不动。

前一晚，士兵们没有睡好觉。一大早，他们一手举着红色的小镜子，一手刮胡子。

"以前对香港的印象就是《古惑仔》，很乱。"徐志辉说，他们怕有人捣乱，盾牌、防暴器材、警棍、头盔全带在车上。

结果迎接他们的是鲜花。"好多鲜花往车上扔，很大的雨。有人穿着雨衣，有人打伞，有个看上去70多岁的老人站在路边一直摆手。"

香港居民也对军营充满了好奇。一到军营开放日，2个小时，几万张参观票迅速抢光。香港人看到床上的"豆腐块"都很惊讶，忙问"这个是怎么做的，艺术品吗？"

"打前站"的胡训军告诉中国青年报·中青在线记者，那个年代，他眼里典型的香港人形象是这样的：戴着墨镜，穿着花衬衣，扎一条领带，白西装金链子，黄金大戒指，头发一染，拎个密码箱，一看就知道"大款"来了。"我们这边穿着不合身的西装，灰蓝色衬衫，颜色稍微多了一点，但花衬衫接受起来也有难度。"

他当时觉得香港什么都贵，地特别值钱，"跟现在北京的房子一样"。吃一顿河粉要40港币，而他一个月的工资才三五百元，吃5港币一个的肯德基鸡腿是最廉价的生活方式。

当年，谭善爱发现香港人没有空手在街上走的，于是外出上街，也学他们拎个袋子，哪怕是空的。内地来的则喜欢在香港仰着头数楼。

徐志辉在2015年再去香港时，第一站就是回赤柱军营看看。如今这位湖南省益阳市气象局的工作人员，最爱看的网站是凤凰网。

胡训军家里的博古架上，一直摆着一个镶了很多水钻的鼎，那是香港回归的纪念品。因为时间久远，很多水钻脱落了。

1997年，一台VCD能换一平方米上海房子；桑塔纳2000小轿车正风靡；阿迪达斯和爱马仕首次进入中国，政府文件指出，商品短缺时代基本结束，中国消费者正式登上历史舞台，展现惊人的力量。

那一年发生了很多大事。乔布斯重回苹果公司；一群科学家在苏格兰宣布世界第一只克隆羊多利已经出生；艾敬在《我的1997》喋喋重复着："香港，香港，怎样那么香。"

那一天，世界上最忙碌的香港启德机场依然繁忙。平均不到两分钟就起降一架飞机。一艘名为"汾河"的两万吨巨轮驶离葵涌的八号货柜码头，前往中东。

7月3日上午10时，联交所大楼内一声铃响，歇息了5天的香港股市开市。几分钟后，电子显示屏上出现了特区成立后香港的第一个恒生指数，15345.99，开盘跳升149.2点。

香港影院里，王家卫的电影《春光乍泄》正在上映。那一年年末，内地贺岁电影鼻祖《甲方乙方》在北京亮相，里面一句经典台词后来被无数次借用、修改和诠释——1997年过去了，我很怀念它。

（武欣中、洪克非对本文亦有贡献）

参考资料：陈佐洱《交接香港亲历中英谈判最后1208天》

纪录片《香港回归全纪录》

杨 杰

2017年6月31日

六 灾难记忆

回　家

在前往地震重灾区映秀镇的山路上，我第一次遇见了程林祥。

那是5月15日下午大约2点钟的时候，距离5·12汶川特大地震发生已近3天。大范围的山体滑坡和泥石流，摧毁了通往映秀镇的公路和通讯，没有人知道镇子里的情况究竟怎么样。我们只能跟随着救援人员，沿山路徒步往里走。

那已经不能称之为"路"了。连日的大雨，把山路变成了沼泽地，每踩一步，大半只脚都会陷进泥浆里。无数从山上滚落的磨盘大的石头，在人们面前堆成一座座小山。

救援者几乎每人都背着30斤重的救援物品，在烂泥浆和乱石堆中穿行。他们一边要躲避山上不时滚下的足球大小的碎石，一边要防止一脚踏空。在脚边十余米深的地方，就是湍急的岷江。那是雪山融化后流下的雪水，当地人说，即便是大夏天，一个人掉下去，"五分钟就冻得没救了。"

沿途，到处是成群结队从映秀镇逃出来的灾民。他们行色匆匆，脸上多半带着惶恐和悲伤的神情。这时，我看见一个背着人的中年男子，朝我们走来。

这是一个身材瘦小、略有些卷发的男子，面部表情看上去还算平静。背上的人，身材明显要比背他的男子高大，两条腿不时拖在地面上。他头上裹一块薄毯，看不清脸，身上穿着一套干净的白色校服。

同行的一个医生想上去帮忙，但这个男子停住，朝他微微摆了摆手。"不用了。"他说，"他是我儿子，死了。"

在简短的对话中，这个男子告诉我们，他叫程林祥，家在离映秀镇大约25公里的水磨镇上。他背上的人，是他的大儿子程磊，在映秀镇漩口中学读高一。地震后，程林祥赶到学校，扒开废墟，找到了程磊的尸体。于是，他决定把儿子背回去，让他在家里最后过一夜。

紧跟程林祥的，是他的妻子刘志珍。她不知从什么地方捡来两根树干，用力地拿石头砸掉树干上的枝杈，然后往上缠布条，制造出一个简陋的担架。在整个过程中，她始终一言不发，只是有时候略显暴躁地骂自己的丈夫："说什么说！快过来帮忙！"

担架整理好后，夫妻俩把程磊的遗体放了上去。可担架太沉，他们抬不上肩膀，我们赶紧上去帮忙。

"谢谢你。"她看了看我，轻声说道。原本生硬的眼神，突然间闪现出一丝柔软。

在那一刻，我的心像被什么东西狠狠揪了一下。

因为急着往映秀镇赶，我不能和他们过多交流。望着夫妻二人抬着担架，深一脚浅一脚离去的背影，想到这一带危机四伏的山路，我决定，从映秀镇回来后，就去找他们。

2

5月16日，我从映秀镇回到成都。从那天开始，一直到21日，每隔几小时，我就会拨一次程林祥给我留下的手机号码，但话筒那边传来的，始终是关机的信号。

5月21日上午10时，在结束了其他采访后，我和摄影记者贺延光商定，开车前往水磨镇，去找寻这对夫妻。

从都江堰前往水磨镇的那段山路，已经被救援部队清理过，勉强能够通车。但这几天，余震始终没有停止，路上又增加了几处新的塌方点，很多路段仅能容下一车通过的宽度，路旁不时可以看到被巨石砸毁的面目全非的各种车辆。去过老山前线的贺延光说，这些车就好像"被炮弹击中了一样"。

路上，我们还经过了两处很长的隧道。地震给隧道造成了严重的破坏，在车灯隐约的照射下，能看到山洞顶部四处塌落，裸露在外的巨石和钢筋张牙舞爪。隧道内还有一些正在施工的大型车辆，回声隆隆，震得人耳膜发胀。

黑暗中，我突然间意识到，数天前，程林祥夫妻走的就是这条山路，抬着儿子的尸体回家。在四周一片黑暗的笼罩下，他们会是怎样一种悲伤与绝望的心情？甚至，他们俩能够安全到家吗？

到水磨镇后，我才终于松了一口气。

镇上的许多居民说，数天前，他们都看到过一对夫妻，抬着儿子的尸体经过这里，往山上去了。但他们不认识这对夫妻，也不知道他们住在哪里。

水磨镇派出所的一位警察说，本来，他们可以通过全国联网的户籍档案，查到程林祥的住址。但现在，镇上没有电，网络也不通，没有办法帮助我们。

程林祥没有给我们留下详细地址，但在之前简短的对话中，他曾告诉我们，他的二儿子程勇，在水磨中学上初中。

果然，水磨中学的很多老师都认识程磊和程勇。他们告诉我们，程林祥的家，就在小镇外山上几里地的连山坡村。

和映秀镇比，地震给这个小镇带来的破坏不算太严重，两旁还有不少比较完整的房屋。前方的路已经不能通车，我和贺延光小心翼翼地穿过满是砖块和瓦砾的街道，沿途打听前往连山坡村的道路。

3

下午3时许，在山下的一个救灾帐篷前，我们终于找到了程磊的母亲刘志珍。

刘志珍已经不太认得我们了。但当我们告诉她，那天在映秀镇的山路上，是我们帮她把担架抬上肩膀时，她原本陌生的眼神，一下子变得热切起来。

"对不起，对不起。"她开始不住地向我们道歉。因为她觉得，那天在山路上，她对我们很冷漠，"有些不够礼貌。"

这天下午，有部队把救灾的粮食运到镇上，她和程林祥下山去背米。老程已经先回山了，她听村子里的邻居们说，都江堰有很多孤儿，便聚在这个帐篷前，商量起收养孤儿的事情。

"这几天，我心里空荡荡的。"在带我们回家的山路上，这个刚失去爱子的母亲边走边说，"有人劝我再生一个，可我觉得，这也是浪费国家的资源。不如领养一个孤儿，然后像对程磊一样，好好对待他。"

我们都沉默了，实在不知道该说什么好，只能跟着她，沿着泥泞的山路往上走。

程林祥的家，在连山坡村的半山腰上，一座贴着白瓷砖简陋的三层小楼。这本是一个四世同堂的大家庭，程磊96岁的曾祖母还健在，爷爷奶奶还能下地干农活。这对只有初中文化的夫妇，原本在镇上的一个建筑公司打工，他们每个月收入的一半，都要用来供养两个孩子上学。

程林祥还认得我们。"我们家盖房子，没和别人借一分钱。"他颇有点骄傲地说。而更让他骄傲的是，两个儿子都很懂事，在学校的成绩也都不错，前一阵时间，他还在和妻子商量着外出打工，为兄弟俩筹措上大学的学费。

但现在，一场大地震之后，原本洋溢在这个家庭里的圆满的快乐，永远地消失了。

4

地震发生的时候，程林祥夫妇都在镇上的工地里干活。一阵地动山摇之后，镇上的一些房子开始垮塌，夫妻俩冒着不断的余震，往家里跑。

家里的房子还算无恙，老人们也没受伤，没多久，在水磨中学上课的二儿子程勇也赶到家里。他告诉父母，教学楼只是晃了几下，碎了几块玻璃，同学们都没事。

夫妻俩松了一口气，他们并不清楚刚刚的地震意味着什么。程林祥甚至觉得，远在映秀读书的程磊"最多就是被砖头砸了一下，能有什么大事呢"。

但从外面回来的邻居们，陆续带回了并不乐观的消息。镇上的房屋垮了一大半，通往外界的公路被山上滚下的巨石堵住了。村子活了七八十岁的老人都说，他们一辈子都没见过"这么大的动静"。

在持续不断的余震中，夫妻俩忐忑不安地过了一夜，13日早上7时，他们冒着大雨，前往映秀镇的漩口中学，寻找在那里读高一的大儿子程磊。

通往映秀镇的道路，已经被连夜的山体滑坡摧毁，许多救援部队正在徒步赶往这个和外界失去联系的小镇，夫妻俩跟着部队一路小跑，上午11点钟，他们赶到了映秀镇。

可呈现在这对满怀希望的夫妻面前的，却是一幅末日景象。

程磊就读的漩口中学，位于镇子的路口。此时，这座原本6层的教学楼，已经坍塌了一大半，程磊所处4层教室的那个位置，早已不存在了。

整个镇子变成一片瓦砾场。幸存下来的人们，满脸惊恐的表情，四处奔走呼喊，救人的声音此起彼伏。连夜徒步几十里山路，刚刚赶到的搜救部队，都来不及喝一口水，就投入到了救援中。

夫妻俩穿过人群，来到了漩口中学前。逃出来的孩子们，在老师的帮助下搭建了一些简陋的窝棚。他们找遍了窝棚，只遇到程磊班上的十几个同学，他们都没有看见程磊。其中一个同学告诉程林祥，地震前，他还看见程磊在教室里看书。

那一瞬间，夫妻俩觉得好像"天塌了"。

他们发疯一样地冲上了废墟，翻捡起砖块和碎水泥板，用双手挖着废墟上的土，十指鲜血淋漓，残存的楼体上坠落下的砖块，不时砸落在身边，他们却毫无感觉。

5

夜幕降临，映秀镇依旧下着大雨，什么都看不见了。

夫妻俩无法继续搜寻，和程磊班上的孩子们挤在一个窝棚里。懂事的同学们都上来安慰他们，说程磊不会有事的，他可能藏在某个地方。还有同学宽慰说，如果程磊真的不在了，"我们都是你的孩子"。

但夫妻俩什么话都听不进去，一整天，他们粒米未进，一口水也没喝，只是望着棚外大雨中那片废墟发呆。

夜里的气温越来越冷，程林祥只穿了一件短袖衫，刘志珍穿了一件外套。她犹豫了一下，还是把外套递给了学生们。那天晚上，这件外套传遍了窝棚里的每一个孩子。

14日早上，天刚刚亮，彻夜未眠的夫妻俩突然升起一个希望的念头：程磊有可能已经回家，他们只是在路上彼此错过去了。想到此，夫妻俩一刻也待不下去了，急匆匆步行4个多小时，回到了水磨镇的家中。

可儿子并没有回来。

这天晚上，刘志珍仍是难以入眠。凌晨三四点钟，以前从不沾酒的她，灌下一大口白酒，昏昏睡去。

天快亮的时候，昏睡中的刘志珍突然间听到一个隐约的女人声音："你的儿子还在里面，明天去找，能找到的。"她一下子从梦中惊醒。

这一夜，程林祥也做了一个梦，他模模糊糊地看到，儿子正一个人坐在教室的角落里看着书，还抬头冲他笑了一下。

于是，天刚刚亮，夫妻俩又抱着一线希望，再往映秀镇。他们随身带了一套干净的校服，和一条布绳，想着要是儿子受伤了，就把他背回来。

但残酷的现实，瞬间打碎了夫妻俩的幻想。

6

发现程磊的时候，他的尸体，被压在一块巨大的水泥板的缝隙里。

那是15日上午10点钟左右，程林祥夫妻又站在了漩口中学的废墟前。"像是冥冥之中有人在召唤"，程林祥绕到了废墟的背面，走到了一块水泥板前，他把身子探进那条20公分左右的缝隙，便看到了儿子和另外两个同学的尸体。

夫妻俩顾不得哭，他们想把程磊的遗体从缝隙中拉出来，可是缝隙太小了。

夫妻俩跑下废墟，向跑来跑去的救援部队求援，刘志珍一次又一次地给经过的人们下跪，把膝盖跪得青紫，可并没有人理会他们。只有一个士兵过来看了看，无奈地说："现在我们要先救活人，实在顾不上，抱歉。"

程林祥不知从什么地方捡来了一根铁镐，这个父亲用力地砸着那块巨大的水泥板。半个小时后，水泥板逐渐被敲成了碎块，他俯下身去，把找寻了两天的儿子，从废墟中拉了出来。

从程磊倒下的姿势，可以推测地震发生时的情形：他和两个同学从教室跑出，但楼体瞬间塌陷，顶上落下的水泥走廊，把他们压在了下面。

程磊的身上没有血迹，他的致命伤在头部和胸口。后脑上有一个拳头大的伤口，数吨重的水泥板，把他的胸骨全部压断。

5月15日，父亲程林祥背着17岁儿子程磊的遗体回自己的家乡水磨镇。贺延光／摄

母亲想给他换上带来的新衣服，但程磊的全身已经僵硬。夫妻俩跪在他的尸体前，抚摸着他的手脚，一遍遍地呼唤他的名字。

几分钟后，程磊的四肢竟慢慢地变软，母亲把他身上的脏衣服扯下，为他套上了干净的校服，然后在头上裹上了带来的薄毯。

程林祥把儿子背到了背上，他停住身，掂了掂儿子身体的重量，走上了回家的路。

7

在采访中，我问了程林祥一个很无力的问题："你想过吗？回去的路上会有多危险？"

"我要带儿子回家，不能把他丢在废墟里。"这个原本貌不惊人的男子身上，突然间散发出一种平静的力量，"我只想，我每走一步，他就离家近一步。"

可那时走过映秀镇山路的人都知道，沿途的山上，会不时滚下碎石，余震不断，路滑，脚边就是湍急的江水，正常人走路都很艰难，而程林祥的背上，还背着近一百斤的儿子。

正在长身体的程磊，身高1.65米，已经比父亲高出了2厘米。趴在父亲的背上，他的双脚不时摩擦着地面，每走几步，程林祥就要停下来，把儿子往上掂一掂。刘志珍在丈夫身后，托着儿子的身体，帮助他分担一些重量。

程林祥把儿子的双手绕过脖子，轻放在自己的身前。一边走，程林祥一边和儿子说话："幺儿，爸爸带你回家了。你趴稳了，莫动弹啊。"

儿子的身体在背上起伏着，带出的一丝丝风响，像是一声声呼吸，掠在程林祥的脖颈上。有那么一瞬间，他甚至觉得儿子还活着，还像小时候那样，骑在爸爸的身上，搂着爸爸的脖子。

程林祥的力气原本不大，在工地上，别人一次能背二十块砖头，可他只能背十多块。可此时，他似乎觉得"身上有使不完的力气"，背着儿子一步步地往前走。

在路上，有好几次，他都险些被山上滚下的石头砸中。但那些石头只是擦身而过，落进下面的江水里，发出沉闷的声响。

"我知道，幺儿一定会在天上保佑着我，让我们安全到家。"程林祥心中默默想着。

那天早上，在遇见我们后，刘志珍制造了一副简陋的担架。在比较平缓的路段，她就和丈夫一起抬着儿子走，当担架无法通过时，程林祥依旧把儿子背在背上，一步步爬过那些巨大的石块。

一路上，程林祥常常滑倒，程磊的遗体摔到了地上。他一边和儿子道歉，一边把他重新背起。

许多迎面而来的救援者，在遇见这对带儿子回家的夫妻后，都向他们伸出了援手。有几个士兵帮助他们，把担架抬过了最危险的一个路段，还有人给了他们

程磊妈妈和奶奶相拥恸哭　贺延光 / 摄

一瓶水，但程林祥并没有收下，他瘦弱的身躯，再也无法承受多一斤的重量。

此时，通往映秀镇的水路已经打通，人们可以坐着冲锋舟，在都江堰的紫坪铺水库和映秀镇外五公里的汶川铝厂码头来往。渡口上有很多等船的灾民，但当知道程林祥背上背的是死去的儿子时，人们默默地为他们让出了一条路。

冲锋舟溅起的水花，不断打在程磊的身上，细心的母亲连忙为他擦去水渍，船上的人们也默默地看着他们。

晚上8点，程林祥夫妻带着儿子，终于回到了水磨镇。闻讯赶来的邻居们从他们肩上接过了担架，那一刻，夫妻俩突然间觉得身上的力气消失得干干净净，他们一下瘫软在地上。

他们的肩膀，已经被树干上未除干净的分岔，扎出了一个个血洞，但那时，他们察觉不出一丝的疼痛。一路上，也自始至终没有掉过一滴眼泪。

8

在采访中，程林祥和刘志珍都拉开衣襟，给我看了他们的肩膀，上面划着一道道深紫色的还未愈合的伤口。

但我能察觉到，更深的伤口，其实刻在这个家庭每个成员的心里。

程磊的奶奶这些天一直在后悔，程磊离开家的那天，去摘家里樱桃树上的樱桃，她怕树滑摔着，狠狠骂了程磊几句。

"我的好孙子啊，"这个老人仰天痛哭道，"你回来吧，奶奶让你摘个够啊！"

程林祥的爷爷，要把自己已经预备好的棺材让给程磊用，但程林祥阻止了他。他知道，如果用了老人的棺材，程磊走得会不安心的。

但程林祥也满心遗憾。因为突如其来的死亡，来不及向棺材铺的木匠定做，他只能买到一口顶上有一处烧焦痕迹的棺材。"不知道儿子会不会怪我。"他内疚地说。

15日那一整夜，程家所有人都静静地坐在家后面的小山坡上，十几位邻居也陪着他们，没有人说话。中间的担架上，躺着程磊穿着干净校服的遗体。那天晚上，月亮很圆很亮，程林祥可以很清楚地看到，在月光的抚摸下，儿子脸上的表情，如熟睡般平静。

16日早上，天色慢慢放亮，程林祥放了一挂鞭炮，然后和二儿子程勇一起，把程磊的尸体轻轻放进了那口有烧焦痕迹的棺材里。

程勇和哥哥的感情很好，兄弟俩从小到大都住在一个房间里，即便在盖了三层的小楼后，还是不愿意分开。

这时，程勇发现，哥哥本是伸直的手指，突然间握成了一个拳头。他呼唤着哥哥的名字，把他的手指一根根拉直。然后，他亲了亲哥哥的脸，把一个手电和两本书放在了哥哥的头边，慢慢合上了棺盖。

在回忆这些事时，刘志珍一直抱着一个土黄色的镜框，里面镶有许多儿子年幼时的照片。偶然间有泪水滴在上面，她赶紧用袖子擦去。

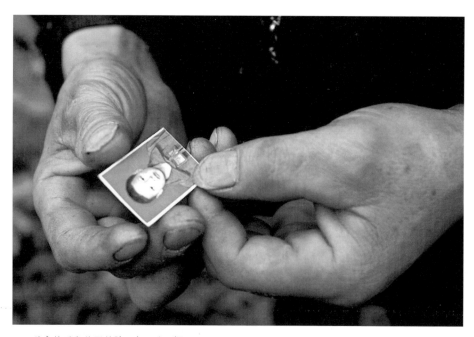

父亲的手和儿子的脸　贺延光/摄

可长大后的程磊不爱照相。最新的一张照片，还是他一年前参加中考时的报名照。这些天，她一直把它放在口袋里，不时地拿出来看一看。

9

在亲人们断断续续的回忆中，我逐渐拼凑出程磊完整的样子。

这是一个很清秀的大男孩，小时候，常有人笑话他长得像"女娃"。他的脸上有两个小小的酒窝，笑起来总是很羞涩，很内向，不大爱和陌生人说话。

程磊的成绩一直不算太好，但初三那年，他突然和父亲说，自己要好好读书，以后准备考大学。初三下学期，他的成绩开始突飞猛进。去年7月，他考上了当地最好的高中，上学期，他的成绩是班上第一名。

因为父亲总在镇上打工，程磊和母亲待的时间更长，性格受母亲的影响也更多一些。他常帮母亲打扫房间，洗衣服，没事的时候，爱和母亲坐在堂屋的饭桌前，细声细气地说话。母亲一直喊他"幺儿"（注：小儿子），即便有了二儿子程勇后，也没改口。

程磊的理想曾让母亲感到吃惊。今年春节前的一个晚上，他突然告诉刘志珍，自己以后要当一个山村教师，"去帮助那些山里的穷孩子们"。

"当山村老师很苦的。"母亲说。

"苦也苦得值得，我不怕。"程磊回答。

他脾气很好，和班上的同学们一直处得很融洽，从来不像同龄的一些男孩一样喜欢打架。他体育不好，开家长会时，老师还劝过刘志珍："程磊老是一个人在教室看书，你要劝他出去活动活动啊。"

程磊的手很巧。在他的书架上，还摆着几件他自己制作的手工作品。他很爱护书本，从来不在书上打折或者乱写字。那些纸制的台灯、笔筒，都是他从废挂历上裁下的纸张做的。

春节时，母亲给他买了一件红黑相间的羽绒服，衣服大了，程磊有些不高兴，母亲还安慰他："你一直在长身体，明年这个时候，衣服就能穿了。"

这几天，家里人收拾出程磊生前穿过的衣服，满满当当地放在他的床上。父亲和二弟程勇怕刘志珍睹物思人，想把这些衣服丢掉，可刘志珍坚决不同意，说是要留个念想儿。

刘志珍已经好几夜睡不着了。她只是躺在儿子的床上，摸着他的衣物，喝些白酒，才能隐约入睡。她总是希望自己能做梦，在梦里儿子能够出现。可每天早晨醒来，等待她的，都是失望。

"幺儿，"她轻拍着程磊的坟头，小声说道，"妈妈现在只有一个念想儿，妈妈晚上做梦的时候，你来陪妈妈说说话，好不好？"

她说这些话的时候，父亲程林祥一直在边上垂着头，用手拭去不断涌出的眼泪。

本来，在整个采访过程中，我一直抑制着不断涌上的悲伤。因为我知道，自

程家灾后的全家合影（左起：母亲、祖母、曾祖母、祖父、父亲）　贺延光 / 摄

己只不过是一个记者，一个旁观者，也许我永远也不可能真正理解这个家庭，这个母亲失去至亲、爱子后的悲恸和痛苦。

但就在这一刻，我突然想起千里之外的父母，在知道我来震区采访后，他们那彻夜难眠的焦虑的脸庞，再也控制不住夺眶而出的泪水。

10

程磊的坟，就在家后面几十米的山坡上。

这是一块几十平方米比较平缓的空地，一面朝着山下，边上有条小河，风景很好。坟边的树林里，有鸟儿在枝间跳动，发出清脆的鸣叫。

程家在这里有几亩田地，离家的前一天，程磊还在这里帮着奶奶收割油菜。小时候，他很喜欢和小伙伴在这儿玩耍，吹吹风，钓钓鱼，偶尔抓住一只小鸟，他会把鸟儿喂饱，然后放走。

但现在，这里只有一座用石头垒起的小小的新坟。坟前没有墓碑，只插着几束已经熄灭的香。地震后，家中找不到完整的容器，父亲找到一个缺了大半个角的白瓷盘，上面放着两块芒果味的威化饼干，当作祭品。

程磊并不爱吃这些零食，但地震后，路断了，食品供应上不来，找不到他生前最爱吃的苹果和桔子。这让家人们觉得心里很不安。

"会慢慢给他补上的。"刘志珍说，"以后，我们一边种田，一边陪着他。一家人还是在一起。"

离坟不远，就是程家住的救灾帐篷。通讯中断后，他们只能通过一台小收音机，来了解外面的信息。5月19日的全国哀悼日，一家人觉得也应该做点什么。

村子里找不到旗杆，也没有国旗，他们便在帐篷边竖起一根竹竿，在竹竿的中部捆上一块红布，就算是下半旗了。每天下午的2时28分，这户农民就在旗杆下站上一会儿，用自己的方式，来表达对死难者的哀悼。

偶尔有微风吹来，这块微微抖动的红布，和天蓝色的帐篷布，构成了山坡上的一缕亮色。

这天傍晚6时半，在这根竹子制成的旗杆下，摄影记者贺延光为这个大家庭，拍下了灾后的第一张全家合影。除了被亲戚接去外地避难的二儿子程勇外，这个家庭的成员——曾祖母、祖父、祖母和程林祥夫妇，全部在场。

程磊也没有缺席，母亲一直捧着那个土黄色的镜框。在母亲的怀里，他面对着镜头，依旧露出发黄而羞涩的微笑。

5月11日的那个上午，这个懂事的大男孩洗掉了家里所有的脏衣服。吃过午饭后，他从父亲那儿接过100元钱生活费，叮嘱正在院子里学骑摩托车的弟弟注意安全，然后挥手微笑着和母亲作别，跳上了前往学校的汽车。

一天后，突如其来的大地震，把他淹没在倒塌的教学楼里。

林天宏

2008年5月28日

永不抵达的列车

7月23日7时50分

在北京这个晴朗的早晨，梳着马尾辫的朱平和成千上万名旅客一样，前往北京南站。如果一切顺利的话，这个中国传媒大学动画学院的大一女生，将在当天晚上19时42分回到她的故乡温州。

对于在离家将近2000公里外上学的朱平来说，"回家"也许就是她7月份的关键词。不久前，父亲因骨折住院，所以这次朱平特意买了动车车票，以前她是坐28个小时的普快回家的。

12个小时后，她就该到家了。在新浪微博上，她曾经羡慕过早就放假回家的中学同学，而她自己"还有两周啊"，写到这儿，她干脆一口气用了5个感叹号。

"你就在温州好好吃好好睡好好玩吹空调等我吧。"她对同学这样说。

就在出发前一天，这个"超级爱睡觉电话绝对叫不醒"的姑娘生怕自己误了火车。在调好闹钟后，她还特意拜托一个朋友"明早6点打电话叫醒我"。

23日一早，20岁的朱平穿上浅色的T恤，背上红色书包，兴冲冲地踏上了回家的路。临行前，这个在同学看来"风格有点小清新"的女孩更新了自己在人人网上的状态：

朱平　资料照片

"近乡情更怯是否只是不知即将所见之景是否还是记忆中的模样。"

就在同一个清晨，中国传媒大学信息工程学院的2009级学生陆海天也向着同样的目的地出发了。在这个大二的暑假里，他并不打算回安徽老家，而是要去温州电视台实习。在他的朋友们看来，这个决定并不奇怪，他喜欢"剪片子"，梦想着成为一名优秀的电视记者，并为此修读了"广播电视编导"双学位，"天天忙得不行"。

据朋友们回忆，实际上陆海天并不知道自己将去温州电视台实习哪些工作，但他还是热切地企盼着这次机会。开始他只是买了一张普快的卧铺票，并且心满意足地表示，"订到票了，社会进步就是好"。可为了更快开始实习，他在出发的前几天又将这张普快票换成了一张动车的二等座票。

23日6时12分，陆海天与同学在北京地铁八通线的传媒大学站挥手告别。

7时50分，由北京南站开往福州、途经温州南站的D301次列车启动。朱平和陆海天开始了他们的旅程。

后来，人们知道陆海天坐在D301次的3号车厢。可有关朱平确切的座位信息，却始终没有人知道。有人说她在5号车厢，有人并不同意，这一点至今也没人能说得清。

几乎就在开车后的1分钟，那个调皮的大男孩拿起手机，在人人网上更新了自己的最新信息："这二等座还是拿卧铺改的，好玩儿。"朱平也给室友发了条"炫耀"短信：马上就要"飞驰"回家了，在动车上，就连笔记本电脑的速度也变快了，这次开机仅仅用了38秒。

D301上，陆海天和朱平的人生轨迹靠近了。在学校里，尽管他们都曾参加过青年志愿者协会，但彼此并不认识。

朱平真正的人生几乎才刚刚开始。大一上学期，她经历了第一次恋爱，第一次分手，然后"抛开了少女情怀，寄情于工作"，加入了校学生会的技术部。在这个负责转播各个校级晚会、比赛的部门里，剪片是她的主要任务。

室友们还记得，她常常为此熬夜，有时24个小时里也只能睡上两个钟头。一个师兄也回忆起，这个小小的女孩出现在校园里的时候，不是肩上扛着一个大摄像机在工作，就是捧着一台笔记本电脑做视频剪辑。

就像那些刚刚进入大学的新生们一样，这个长着"苹果脸"的女孩子活跃在各种各样的课外活动上，她甚至参加了象棋比赛，并让对手"输得很惨"。

有时，这个"90后"女孩也会向朋友抱怨，自己怎么就这样"丧失了少女情怀"。随后，她去商场里买了一双楔形跟的彩带凉鞋，又配上了一条素色的褶皱连衣裙。

黄一宁是朱平的同乡，也是大学校友，直到今天，他眼前似乎总蹦出朱平第一次穿上高跟鞋的瞬间。"那就是我觉得她最漂亮的样子。"一边回忆着，这个男孩笑了出来。

可更多时候，朱平穿的总是在街边"淘来的，很便宜的衣服"。当毕业的时节来临，朱平又冲到毕业生经营的二手货摊上买了一堆"好东西"，"那几天，她都开心极了"。

她平日花钱一贯节俭，甚至每个月的饭钱不到200元。这或许与她的家庭有关，邻居们知道，朱平的父亲已经80多岁，母亲60多岁，这个乖巧的女儿总是不希望多花掉家里一元钱。

就连这趟归心似箭的回家旅程，她也没舍得买飞机票，而是登上了D301次列车。

"车上特别无聊，座位也不舒服，也睡不痛快，我都看了3部电影了。"朱平在发给黄一宁的短信里这样抱怨，"我都头晕死了。"

在这个漫长而烦闷的旅途里，陆海天也用手机上网打发着时间。中午时分，朋友在网上给他留言，"一切安好？"

陆海天　资料照片

他十分简短地回答了一句，"好，谢。"

在陆海天生活的校园里，能找到很多他的朋友。这个身高1.7米的男孩是个篮球迷，最崇拜的球星是被评为"NBA历史十大控球后卫"之一的贾森·基德，因为基德在38岁的高龄还能帮助球队夺取总冠军。

师兄谢锐想起，去年的工科生篮球赛上，陆海天的任务就是防守自己。那时，谢锐还不认识这个"像基德一样有韧性"的男孩，被他追得满场跑，"我当时心里想，这师弟是傻么，不会打球就知道到处追人。"

其实，在篮球场上，这个身穿24号球衣的男孩远不如基德那样重要，甚至"没有过什么固定的位置"。可在赛场内外，他都是不知疲倦的男生。他曾担任过中国网球公开赛的志愿者，"对讲机里总是传出呼叫陆海天的声音"。志愿者们在高近10米的报告厅里举办论坛时，也是这个男孩主动架起梯子，爬上顶棚去挂条幅。

学姐吴雪妮翻出了一年前陆海天报考青年志愿者协会时的面试记录。在这个男孩的备注里，吴雪妮写着："善良，任务一定能够完成。"

甚至就在离开学校的前一个晚上，他还在饭桌上和同学聊了一会儿人生规划。据他的朋友说，"陆海天最讨厌愤青，平时从来不骂政府"。如果不出意外，他可能会成为一个记者，冲到新闻现场的最前线。而第二天到达温州，本应该是这份规划中事业的起点。

在这辆高速行驶的列车上，有关陆海天和朱平的信息并没有留存太多。人们只能依靠想象和猜测，去试图弄清他们究竟如何度过了整个白天。"希望"也许是7月23日的主题，毕竟，在钢轨的那一端，等待着这两个年轻人的，是事业，是家庭。

7月23日20时01分

人们平静地坐在时速约为200公里的D301次列车里。夜晚已经来临，有人买了一份包括油焖大虾和番茄炒蛋的盒饭，有人正在用iPad玩"斗地主"，还有人喝下了一罐冰镇的喜力啤酒。

据乘客事后回忆，当时广播已经通知过，这辆列车进入了温州境内。没有人知道陆海天当时的状况，但黄一宁在20时01分收到了来自朱平的短信："你在哪，我在车上看到闪电了。"

当时还没有人意识到，朱平看到的闪电，可能预示着一场巨大的灾难。

根据新华社的报道，D301前方的另一辆动车D3115，遭雷击后失去动力。一位D3115上的乘客还记得，20时05分，动车没有开。20时15分，女列车长通过列车广播发布消息："各位乘客，由于天气原因，前面雷电很大，动车不能正常运行，我们正在接受上级的调度，希望大家谅解。"

有人抱怨着还要去温州乘飞机，这下恐怕要晚点了。但一分钟后，D3115再次开动。有乘客纳闷，"狂风暴雨后的动车这是怎么了？爬得比蜗牛还慢"。将要在温州下车的旅客，开始起身收拾行李，毕竟，这里离家只有20分钟了。

20时24分，朱平又给黄一宁发来了一条短信，除了发愁自己满脸长痘外，她也责怪自己"今年的成绩，真是无颜见爹娘"。可黄一宁知道，朱平学习很用功，成绩也不错，"但她对自己要求太严了，每门考试都打算冲刺奖学金"。

已经抵达温州境内的朱平同时也给室友发了一条短信："我终于到家了！好开心！"

这或许是她年轻生命中的最后一条短信。

10分钟后，就在温州方向双屿路段下岙路的一座高架桥上，随着一声巨响，朱平和陆海天所乘坐的、载有558名乘客的D301，撞向了载有1072名乘客的D3115。

两辆洁白的"和谐号"就像是被发脾气的孩子拧坏的玩具：D301次列车的第1到4位车厢脱线，第1、2节车厢从高架上坠落后叠在一起，第4节车厢直直插入地面，列车表面的铁皮像是被撕烂的纸片。

雷电和大雨仍在继续，黑暗死死地扼住了整个车厢。一个母亲怀里的女儿被甩到了对面座位底下；一个中年人紧紧地抓住了扶手，可是很快就被重物撞击，失去意识……

附近赶来救援的人们用石头砸碎双层玻璃，幸存者从破裂的地方一个接一个地爬出来，人们用广告牌当做担架。救护车还没来，但为了运送伤员，路上所有的汽车都已经自发停下。摩托车不能载人，就打开车灯，帮忙照明。

车厢已经被挤压变形，乘客被座位和行李紧紧压住，只能发出微弱的呼救声。消防员用斧头砸碎了车窗。现场的记者看到，23时15分，救援人员抬出一名短发女子，但看不清生死；23时25分，一名身穿黑白条纹衫的男子被抬出，身上满是血迹；然后，更多伤者被抬出列车。

有关这场灾难的信息在网络上迅速地传播，人们惊恐地发现，"悲剧没有旁观者，在高速飞奔的中国列车上，我们每一位都是乘客"。

同时，这个世界失去了朱平和陆海天的消息。

在中国传媒大学温州籍学生的QQ群里，人们焦急地寻找着可能搭乘这辆列车回家的同学。大二年级的小陈，乘坐当晚的飞机，于凌晨到达温州。在不断更新着最新讯息的电脑前，小陈想起了今早出发的朱平。他反复拨打朱平的手机，可始终无人接听。

黄一宁也再没有收到朱平的短信回复。当他从网上得知D301发生事故后，用毫不客气的口吻给朱平发出了一条短信："看到短信立即回复汇报情况！"

仍旧没有回复。

因为担心朱平的手机会没电，黄一宁只敢每隔5分钟拨打一次。大部分时候无人接听，有时，也会有"正在通话中"的声音传出。"每次听到正在通话，我心就会怦怦跳，心想可能是朱平正在往外打电话呢。"

可事实上，那只是因为还有其他人也在焦急地拨打着这个号码。

同学罗亚则在寻找陆海天。这个学期将近结束，分配专业时，陆海天和罗亚一起，凭着拔尖的成绩进入了整个学院最好的广播电视工程系。这是陆海天最喜欢的专业，可他们只开过一次班会，甚至连专业课也还没开始。

朋友们想起，在学期的最后一天，这个"很文艺的青年"代表小组进行实验答辩，结束时，他冒出了一句："好的，Over！"

"本来，他不是应该说'Thank you'吗？"

陆海天的电话最终也没能接通，先是"暂时无法接通"，不久后变为"已关机"。也就在那天夜里10时多，朱平的手机也关机了。

在这个雨夜，在温州，黄一宁和小陈像疯了一样寻找着失去消息的朱平。

约200名伤者被送往这座城市的各个医院，安置点则更多，就连小陈曾经就读的高中也成了安置点之一。

寻找陆海天的微博被几千次地转发，照片里，他穿着蓝色球衣，吹着一个金属哨子，冲着镜头微笑。但在那个夜晚，没有人见到这个"1.7米左右，戴眼镜，脸上有一些青春痘"的男孩。

那时，陆海天就在D301上的消息已经被传开。朋友们自我安慰：陆海天在D301，这是追尾车，状况应该稍好于D3115。另悉，同乘D301的王安曼同学已到家。

人们同时也在寻找朱平，"女，1.6米左右，中等身材，着浅色短袖，长裤，红色书包，乘坐D301次车"。

人们还在寻找30岁、怀孕7个月的陈碧，有点微胖、背黑色包包的周爱芳，短发、大门牙的小姑娘黄雨淳，以及至少70名在这场灾难中与亲友失去联系的乘客。

一个被行李砸晕的8岁小男孩，醒来后扒开了身上的行李和铁片，在黑暗中爬了十几分钟后，找到了车门。周围没有受伤的乘客都跑来救援，但他只想要找到自己的妈妈。后来在救护车上，他看到了妈妈，"我拼命摇妈妈，可妈妈就是醒不来。"

追尾事故发生后，朱平的高中和大学同学小潘也听说了朱平失踪的消息。她翻出高中的校友录，在信息栏里找到朱家的电话。24日0时33分，她告诉QQ群里的同学，她已经拨通了这部电话，可是"只有她妈妈在家，朱平没有回去过"。

这位年过六旬的母亲并不知道女儿搭乘的列车刚刚驶入了一场震惊整个国家的灾难。"她妈妈根本不知道这个消息。"小潘回忆通话时的情景。朱妈妈认为，女儿还没到家可能只是由于常见的列车晚点，她已经准备好了一桌饭菜，继续等待女儿的归来。

凌晨3时许，黄一宁和小陈分头去医院寻找已经失踪了7个小时的朱平。他们先是在急诊部翻名单，接着又去住院部的各个楼层询问值班护士。

广播仍然在继续，夜班主持人告诉焦急的人们，只有极个别重伤者才会被送往温州医学院附属第三医院和附属第一医院。而在那时，黄一宁根本不相信朱平就是这"极个别人中的一个"。在医院里，死亡时刻都在发生。

当黄一宁看到，一位老医师拿着身份证对家属说，这个人已经死了，他的心里紧了一下。有的死者已经无法从容貌上被辨识，一个丈夫最终认出了妻子，是凭借她手指上的一枚卡地亚戒指。

可朱平却像是从这个世界上消失了，谁也不知道她的下落。

当小陈最终找进附一院时，他向护士比划着一个"20多岁，1.6米高的女孩"时，护士的表情十分震惊，"你是她的家属吗？"

那时，小陈突然意识到，自己之前抱有的一丝希望也已经成为泡沫。他从护士那里看到了一张抢救时的照片，又随管理太平间的师傅去认遗体。女孩的脸上只有一些轻微的剐蹭，头发还是散开的，"表情并不痛苦，就好像睡觉睡到了一半，连嘴也是微微嘟着的"。

他不敢相信这就是自己的"包子妹妹"。但是，没错。他随后打电话给另外几位同学，"找到朱平了，在附一院。"

黄一宁冲进医院大门时看见了小陈，"朱平在哪里？"

小陈没说话，搂着黄一宁的肩膀，过了好一会才说，"朱平去世了。"

两个男孩坐在花坛边上，眼泪不停地往下掉。小陈又说，"可能是我王八蛋看错了，所以让你们来看一下。"

黄一宁终于在冰柜里看到了那个女孩，她的脸上长了几颗青春痘，脖子上的项链坠子是一个黄铜的小相机，那正是他陪着朱平在北京南锣鼓巷的小店里买的，被朱平当成了宝贝。

那一天，他们一起看了这条巷子里的"神兽大白"，"就是一只叫得很难听的鹅"。那一天，朱平炫耀了自己手机里用3元钱下载的"摇签"软件，还为自己摇了一个"上签"。

"你知道吗？我们俩都计划好了回温州要一块玩，一起去吃海鲜。可是看着她就躺在太平间里，我接受不了。"回忆到这里，黄一宁已经不能再说出一句话，大哭起来。

7月23日22时

朱平是在23日22时44分被送到医院的，23时左右经抢救无效后身亡。

21时50分，被从坠落的车厢里挖出的陆海天，被送到了温州市鹿城区人民医院。据主治医生回忆，那时，他已经因受强烈撞击，颅脑损伤，骨盆骨折，腹腔出血，几分钟后，心跳停止，瞳孔放大；在持续了整整一个小时的心肺复苏后，仍然没有恢复生命的迹象，宣告死亡。

在D301次列车发生的惨烈碰撞中，两个年轻人的人生轨迹终于相逢，并齐齐折断。这辆列车在将他们带向目的地之前，把一切都撞毁了。

天亮了，新闻里已经确认了陆海天遇难的消息，但没人相信。有人在微博上写道："我不敢相信也不愿相信！希望有更确切的消息！"

陆海天才刚刚离开学校，他的照片还留在这个世界上。这个总是穿着运动装的男孩有时对着镜头耍帅，有时拿起手机对着镜子自拍，也有时被偷拍到拿着麦克风深情款款。

直到24日中午，仍有人焦急地发问："你在哪？打你电话打不通。"也有人在网络日志里向他大喊："陆海天你在哪里？你能应一句么！！！"那个曾与他在地铁站挥手道别的朋友，如今只能对他说一句："晚安，兄弟。"

朱平失踪的微博也仍在被转发，寻人时留下的号码收到了"无数的电话和短信"，一些甚至远自云南、贵州而来，他们说，只是"想给朱平加油"。

可那时，朱平的哥哥已经在医院确认了妹妹的身份。他恳求朱平的同学，自己父母年岁已高，为了不让老人受刺激，晚点再发布朱平的死讯。那几个已经知道朱平死讯的年轻人，不得不将真相憋在心里，然后不停地告诉焦急的人们，"还在找，不要听信传言"。

这个圆脸女孩的死讯，直到24日中午通知她父母后才被公开。悲伤的母亲再也说不出什么话来，整日只是哭着念叨："我的小朱平会回来的，会回来的。"

黄一宁也总觉得朱平还活着。就在学期结束前，她买了一枚"便宜又好用"的镜头，并且洋洋得意地告诉朋友们，"回家要给爸妈多拍几张好照片"。

黄一宁还记得，朱平说过要回来和他一起吃"泡泡"（温州小吃），说要借给他新买的镜头，答应他来新家画墙壁画。"朱平，我很想你……可是，希望我的思念没有让你停下脚步，请你大步向前。"黄一宁在26日凌晨的日志里写道。

他也曾想过，如果这趟列车能够抵达，"会不会哪一天我突然爱上了你"。

阳光下花草、树木的倒影还留在这个姑娘的相机里；草稿本里还满是这个姑娘随手涂画的大眼睛女孩；她最喜欢的日剧《龙樱》仍在上演；这个夏天的重要任务还没完成，她在微博上调侃自己"没减肥徒伤悲"……

但朱平已经走了。

新华社发布的消息称，截至25日23时许，这起动车追尾事故已经造成39人死亡。死者包括D301次列车的司机潘一恒。在事故发生时，这位安全行驶已达18年的司机采取了紧急制动措施，在严重变形的司机室里，他的胸口被闸把穿透。死者还包括，刚刚20岁的朱平和陆海天。

23日晚上，22时左右，朱平家的电话铃声曾经响起。朱妈妈连忙从厨房跑去接电话，来电显示是朱平的手机。"你到了？"母亲兴奋地问。

电话里没有听到女儿的回答，听筒里只传来一点极其轻微的声响。这个以为

"7·23" 甬温线特大铁路事故路段已清理干净，恢复通车。李震宇 / 摄

马上就能见到女儿的母亲以为，那只是手机信号出了问题。

似乎不会再有别的可能了——那是在那辆永不能抵达的列车上，重伤的朱平用尽力气留给等待她的母亲的最后一点讯息。

赵涵漠

2011年7月27日

牺　牲

侯永芳在零点之前接到了一个电话，屏幕显示是儿子的号码。她对着电话喊了半天，那头始终没人说话，只有一片嘈杂。连呼吸声都听不到。

第二天她的世界就塌了。

8月12日晚，她的儿子甄宇航在天津一处危险化学品仓库的爆炸中牺牲，距离22岁生日只有一周。

甄宇航当了4年消防兵，每次出警返回，习惯给母亲报个平安。现在，哭成泪人的侯永芳知道，那个沉默的深夜来电，用尽了儿子最后的力气。

截至8月21日，这场"特别重大火灾爆炸事故"已造成116人遇难、60人失联，其中多数是最早被派去灭火的消防员。国务院专门派出了事故调查组。天津市委代理书记、市长黄兴国表示自己负有"不可推卸的责任"。对侯永芳来说，世界已经炸成了废墟。

"航航，妈妈想死你了！"在阴沉的天空下，在殡仪馆的墙角，为儿子点亮生日蜡烛，这位在河北老家摆摊卖袜子、卖腰带为生的母亲一遍又一遍地说。

伤口

从空中俯瞰，爆炸在渤海湾畔的土地上留下了一个巨大水坑，像是流脓的伤口。

事发后最早来到伤口边缘的救援部队，见到的是末世般的景象。8月13日凌晨，天津消防保税支队参谋长张大鹏及其战友在爆炸一小时内到这里搜救。他们是第一支进入爆炸核心区的部队。先期派来的队员已下落不明。

后来者实际上已无法进入现场。那个堆满了集装箱和压力罐的物流公司消失了。到第8天，才初步统计出那个院落里存放了"约40种"危险化学品，包括约700吨剧毒的氰化钠。

公司门口宽阔的跃进路也不见了。在公司东南侧两三百米的位置，救援车辆不得不停下来。炸碎的集装箱铁皮扎坏了很多车胎，只能先清出一条路。

他们的身边是一处停车场，大片的新车正在燃烧。据事后清点，被波及烧毁的汽车有3000多辆，使这里成为一处汽车的火葬场。

烟雾弥漫、气味刺鼻的现场一直在爆炸。声音不是很大，但每一声都伴随着目测有十几米高的蘑菇云。直到天亮，爆炸声才变得稀疏。不过，随后的几天

2015年8月，事故现场附近的一个汽车仓储场里，1000辆左右的汽车被烧毁。李超／摄

里，爆炸的声音和冲天的烟柱一直没有真正断绝过。

在冲天的火势下，地上被炸坏的消防栓汩汩往外流水——这是大坑积水的一条源流。

火势压住之前，真正的搜救很难开展。消防车千辛万苦开到了瑞海公司南侧的吉运一道和跃进路，支起高压水炮，向院内的一处仓库打去。肉眼可见，里面堆放的都是容量为25公斤的铁桶。

张大鹏说，头一罐水打进去，铁桶就炸开了，不知里面储存了什么。"我们的战术是引爆。"他说。

水炮的最大射程为五六十米。为了防范风险，负责操作泵档的消防员上车操纵一次，就赶紧往外跑。一罐水只能打35秒。"打一次水，炸一次"，如此反复了几十次。

刚到达时，这支消防部队就发现了4名消防员，一位已经遇难。等到能进入现场，对他们来说，亲眼目睹的牺牲才刚刚开始。

张大鹏介绍，8月13日傍晚6点多钟，他的战友分成灭火和搜救两组。搜救起初沿跃进路由南向北，先从外围搜起。

回家

这天晚上7点多钟，张大鹏在路边草坪上见到了他的多年战友、天津消防开发支队副支队长王吉良。

44岁的王吉良已经没有生命迹象，从后面被一个铁架压住。战友们根据衣服和头发认出了他。他是事发当晚的指挥长，也是牺牲者中职务最高的指挥员。他的战斗服与别人不同，且有一点谢顶，这使他不难辨认。

所有战士都哭了起来。他们的弟兄，一位老兵，牺牲了。

被送到医院时，王吉良的双手紧紧攥着泥土和碎草。同事们痛苦地猜测，爆炸发生时他没有立即牺牲，而是被砸成重伤，经过了痛苦的挣扎。

8月12日晚的灾难太过突然。王吉良战斗服的扣子还没系好就出了门。根据推测，他到现场后首先应该走下指挥车，进行现场观察，然后发出号令，遇上了爆炸。

出事前不久，当了25年消防兵的王吉良对同事王跃说，再过几个月自己服役期就满了，打算自主择业，感到有点累了。

爆炸将这些人或远或近的人生计划炸得粉碎。出事3天前，24岁的战士王琪给母亲打了个电话，叮嘱她把自己的旧衣服和书籍找出来，抽空要捐给贫困地区的小学。

他的父亲王义元咬着牙说："中年丧子是人生最痛苦的事。我没有办法。"

张大鹏形容自己的心情："就是死，也得给他背出来，给家属们交代。生要见人，死要见尸。这叫带弟兄们回家。"

很难说闷爆声不断的现场有真正安全的地方。瑞海公司的办公楼只剩下框架和裸露的钢筋，很多"没有车样儿"的消防车停在附近，这也是找到生还者可能性最大的地方。

在这座危楼前，张大鹏询问和他在一起的中队长侯超："进不进？怕不怕？"

侯超回答："怕，我就不来了！"

他们决定让战士们先撤出来，自己先进去。两人开玩笑说："咱俩要是牺牲了，下辈子还做兄弟啊！"

一个红帽子和一个黄帽子，走到了这座危楼里。

在楼边，他们发现了一位战士的遗体，烧焦了。只能用衣服、用床单裹起来，"不能让他碎"。

从一辆烧毁的水罐车里，搜救者找到了两名战士的残骸，保留着爆炸时的姿势。

所有的死者或伤者，会被小心翼翼地用担架抬出，交给等候已久的急救车或殡葬车。要么是医院，要么是殡仪馆。生和死只有两辆车的距离。

19岁的消防员周倜是一个奇迹。他在事发后30多个小时后的清晨被发现，喉咙在动。为避免二次伤害，搜救者报告了指挥部，等到急救车到来后才敢行动。

周偁当时光着腿，穿着背心、短裤。张大鹏问他是哪个支队的，他以微弱的声音回答"开发的"。生命的回应引起了战友们七嘴八舌的惊叹："有意识，有意识！""坚持住兄弟！""别害怕，别害怕啊！"

"别跟他说话了！"有人提醒。

从周偁所在的位置到救护车，要走六七百米。这段路格外漫长，抬担架的战士换了两拨。在场的10个人都在护送他。他是所有失联者中第一个获救的。直到次日，北京卫戍区防化团又救出了一名50多岁的中年人。这是仅有的令人精神一振的消息了。

目送

"遗体辨认对我来说是打击最大的。"开发支队防火处监督科副科长张建辉说。

他的职责之一，就是随时出发，把战友接回来，或者认出来。他害怕接到殡仪馆的电话。

电话使他的心情格外沉重。拉开冷柜那一刻，他不太敢看，害怕真的是战友。"战友这份感情有时候比亲兄弟还要亲。见到之前，总是抱有幻想和希望"。

而一旦认出战友，感觉"幻想的肥皂泡"破灭了。

辨认消防员遗体的任务是由其战友完成的。一些服役时间较长的战士被抽调做这件事。有些家属会提供儿子的身体特征，比如身上的某颗痣。但是为避免刺激家属，并不会直接请他们去辨认。

火场中的遇难者往往被烧至毁容，而这一次，有的遗体被现场的水和其他物质所腐蚀，有的出现了浮肿。其中一位被找到时腹部已经胀起。

一位战士，遗体的两个部分分别被找到后，送往了两个不同的殡仪馆，最终依靠DNA比对才对上。

张建辉说，如果面部无法识别，会根据体型、牙齿等来判断。消防战斗服耐火性好，遗体上残留的纤维或标记，也是辨认的依据。当然，最终还要靠DNA鉴定。

先找到的遗体都被送到了距离现场较近的泰达医院，后来有的直接被送到了7个安置点，包括天津市区及周边的殡仪馆。

在泰达医院一楼的创伤急救间里，遗体会先得到一些清整。负责这项工作的基本都是从各个殡仪馆赶来的志愿者。怀着对烈士的尊敬，这些志愿者在现有条件下进行清洗，比如用湿毛巾擦脸等。"让他们安心干净地走。"张建辉说。

除了心理上的安慰，这种清理有其必要性。一些遗体需要"规整"，才能装入太平间的冷柜中。

37岁的开发支队特勤五队指导员江泽国的遗体被运回时，殡仪馆工作人员想

2015年8月18日，天津港爆炸事故遇难者"头七"，在天津滨海市民广场，事故中受灾的部分起航家园业主自发组织悼念活动。赵迪/摄

要立即拉走。两位情绪激动的战士万分舍不得，拦住了殡葬车。协商的结果是，这两位战士一路护送指导员的遗体到了殡仪馆，亲眼看到他到了一个"好的安置地方"才放心。

烈士火化时，消防队会举行最隆重的仪式，脱帽敬礼。政府工作人员及各界群众也会赶来送行。

告别仪式上，烈士的遗体已经经过"最好的美容师"的化妆。化妆方案由消防支队和家属共同研究决定。

很多家属的要求特别简单。21岁的烈士宁子墨的父母只提了一个愿望：孩子生前喜欢手枪，希望能用纸扎两把逼真的手枪和一些子弹给儿子带走。

开发支队八大街中队指导员李洪喜的母亲说，如果搜救儿子的过程中会有危险，宁可不要搜救。她对部队领导说，儿子说过，如果在家人和弟兄们之间选择，会选择弟兄。

"我们每个战士清醒来之后都会问，第一，火灭了没有？第二，战友都出来了吗？这是一种本能的反应。"张建辉说。

因此，事故中负伤的消防员出院后，会千方百计请求要去前线，去寻找自己的战友。伤亡惨重的开发支队，陆续迎来了十几位退役的老兵——他们自发在人手较紧的中队站岗执勤，或是到医院陪床。

张建辉对记者说，从前有人劝他转业，他或许会考虑。但是现在绝不考虑。"战友们牺牲了，我们要上去，我们不能打退堂鼓"。

眼下，睡觉对张建辉来说是一件"可怕"的事情。闭上眼，他就会见到那些牺牲的战友，不是死去的模样，而是生前的点滴。他睡觉也不会关灯，"希望有一点光"。

江泽国遇难当天，两人还在支队见过面。他们十几年前在武警学院上学时就认识。8月12日下午，见面时张建辉还拿对方的头发开玩笑，说"脑门儿又亮了"。同期的几位老兵几年前就约好要一起吃饭，江泽国要请客，现在，要请客的人永远失约了。

就像甄宇航的22岁，永不再来。

"这是新中国成立以来，消防官兵伤亡最为惨重的事件。"公安部消防局副局长杜兰萍说。

张　国

2015年8月22日

上海在《圣母颂》中安静下来

随着《圣母颂》的音乐开始响起，原本有些激动的人群渐渐安静下来。

这是一场业余的交响乐演奏，参与者有学生、白领以及从外地赶回来的生意人。他们没有制服，穿着西装、夹克衫、黑色呢子大衣，拥挤着站在上海市胶州路"重庆小天鹅"火锅店门口的4条台阶上。

演出地点，距离11月15日失火的上海静安教师公寓有300米远，隔着3条路口。那场特大火灾造成58人遇难。这一天是11月21日，死者的"头七"，天先是阴着，后来下起雨，可前来献花的人挤满了胶州路。在这场近10万人参与的自发哀悼中，演出只持续了半个小时，《圣母颂》只响了几分钟，听众也仅有几百人。但上海城市交响乐团的平民演奏者们希望，他们的音乐能让逝者"回到家的感觉更好"。

这是一首安魂的音乐

演出是在11时15分正式开始的，比预定时间晚了一会儿。越南人童光荣担任指挥，乐器只有很少几样，面前的谱架只有三四个，贝斯、打击乐和管乐乐器太大，根本没有带到现场。

乐团负责人曹小夏原本希望在失火的大楼底下进行演奏，但因为前来拜祭的人太多，他们未能如愿。现场执勤的警察看到他们拿着提琴、长笛、单簧管、双簧管、圆号等乐器，还挂起了横幅，便走上前来要求他们赶紧散去。

但曹小夏觉得，"听我们的音乐，大家哀思的情绪会好一些，甚至可以缓冲一下部分群众的悲愤"。经过一番协商未果后，她决定，乐团还是留在现场。

看到警察阻拦，围观者中有人激动地喊起来。曹小夏连忙站出来打圆场，希望大家不要吵，因为"我们仅仅是表达哀思，一吵就影响哀思"。

另一名年龄较大的乐团成员则在演出开始前，希望人们不要鼓掌，一起安静地听音乐。结果，曹小夏发现，第一声提琴响起之后，激动的人群迅速安静下来，只听得见音乐。一个乐团成员回忆，这"是一场没有掌声的演奏"。

《圣母颂》是乐团成员选定的第一首乐曲，因为"这是一首安魂的音乐"。他们想用它来告慰那些"可能正在回家"的灵魂。为了与现场气氛一致，他们特地把《圣母颂》改为弦乐，以便更好地起到"安魂、平抚和告慰的作用"。

这首乐曲对曹小夏自己，也有宽慰作用。从11月15日的下午4点多开始，罪恶感便在她心里挥之不去。

当时，她刚刚接完一个朋友的电话，得知胶州路那栋失火的大楼里住着人，并且有人遇难。而两个小时前，她乘车送另一位朋友去机场，曾路过大楼附近，看见了大楼上冒着黑烟，火苗像一条龙一样往上蹿。

不过，看到大楼四周都是防护网，她以为那只是建筑工地，断定里边没有住人，便匆忙赶往机场。但放下电话后，她突然觉得，自己当时就那样过去了，太漠然。

当天晚上回到家里，85岁的父亲、乐团的创建者曹鹏告诉她，"乐团得以自己的方式表示一下，一定要为这次的灾难做点什么"。自从1960年搬到静安区后，曹鹏一直住在这个"文化底蕴很好"的地方。正是在他的支持下，曹小夏从日本辞职回国，牵头组建了这个非官方的交响乐团。

第二天一上网，曹小夏又看见乐团成员们在网上讨论组织义演。她的第一反应是，先跟静安区政府联系，看政府怎么安排。"领导说，乐团有这个想法，政府非常感谢，但眼下很忙，一时安排不开。"曹小夏回忆，在11月16日，她得到了这样的答复。

但乐团成员们却等不及了。一直都有人商量怎么去现场，有人说："大家都可以用一束束鲜花来表达哀思，我们为什么不能用音乐去安慰一下大家？"大家平时都要上班，只有周末有时间，而周日又刚好是逝者的"头七"，他们决定把时间定在这一天。

"'头七'不去，作为一个上海市民，就太不尽义务了。"曹小夏说。她决定在大家自愿报名后，以乐团的名义组织一下。后来，乐团的成员收到短信，"有乐器的请带乐器，没有乐器的请唱歌，歌词自己网上找一下"，最后还特意强调"服装为素服"。

由于是临时动议，乐团成员不少人正在外地出差，直到周六晚上11时，报名的只有20多个人。曹鹏因为出差离开上海，临走前推荐自己的学生、上海音乐学院留学生童光荣当指挥。曹小夏打电话给童光荣时，这个越南人说："我当然会来。"

我们来演奏，不是为激化矛盾，而是为了平抚心灵

起初，《圣母颂》的乐谱只打印了30多份，但周日上午，曹小夏到约定的集合地点后发现，这根本不够用。

乐团里的100多名成员来了50多名，"报名的来了，没报名的也来了"，很多人还带上了自己的父母、爱人。来的人有年轻人，也有六七十岁的老人。除了中国人，还有一个拉小提琴的日本人。

许多没有赶回来的团员打电话给20岁出头的圆号手汪淳，让他帮着献束花，或者帮他们多唱一首歌。汪淳在浦东从事计算机方面工作。火灾发生后第三天，有朋友打电话时提醒他，"你们乐团能不能做场义演？"他回答说，"我们已经有这个想法了，不过不能算演出，只是为了致哀。"

同样吹圆号的刘以佳也来到现场。她的父母和年幼的孩子就住在胶州路上，

与发生火灾的1号公寓隔着一栋楼。"很多人虽然不认识，但肯定打过照面。"她想起这些就难过。而她的父母虽然被政府安置在宾馆里，却每天都会回到现场待好长时间。

乐团公关经理徐俊的本职工作是投资。他正在外地考察项目，周六连夜赶回上海。他在现场的感觉是，"这个时候，跟遇难的人认识不认识都不重要了"。

演出曲目是团员七嘴八舌定下来的，只有很少几首。交响乐除了《圣母颂》，还选了《贝多芬四重奏》中的一段。提议演奏这首音乐的，是吹黑管的谢诚侃。他的理由是，这首乐曲"比较悲伤"。演奏开始前，汪淳觉得这种场合用圆号不合适，就提议圆号手们放下乐器，在周围帮忙举举乐谱，组织一下合唱。

团员们还觉得，音乐除了可以用来安慰逝者灵魂，也可以很好地平抚生者的情绪。因此，除了几首交响乐，他们又挑了3首有很多人会唱的歌，一首是《爱的奉献》，一首是《爱的代价》，还有一首是《让世界充满爱》。乐团的曲谱里没有这3首歌，团员陈寅提前在网上找好，特地多打印了几份，准备在现场分发给听众们，让大家一起唱。

结果，由于人太多，这些歌词也不够用。两个市民在现场为抢歌词，把一张纸撕成了两半，就一人拿着一半参加合唱。

合唱开始时，领唱的小麦克风被递到了汪淳手里，因为他平时在乐团里唱歌唱得好。许多人加入进来，在他旁边，一个孩子因为没有歌谱，便站到指挥童光荣的后面，从他膀子下面费力地看着歌词。

刘以佳发现，围在他们身边那些最初情绪很激动的人，不知什么时候已经平静下来，最后只是默默地流泪。

唱完最后一首《让世界充满爱》后，站在曹小夏身边的一个小女孩问能不能再唱一首。于是，音乐重新响起，众人又跟着汪淳重唱《爱的奉献》。重唱结束后，小女孩又要求再唱了一遍《让世界充满爱》。

没有掌声，许多演唱者含着眼泪。汪淳发现，围观的人也由激动变得安静，最后默默流泪。有官员也来到现场，对他们表示感谢。

"我们来演奏，不是为激化矛盾，而是为了平抚心灵，以我们特别的方式，很纯粹地致哀，"汪淳说，"不是哭啊闹啊，而是很文明而克制地表达着自己的情绪。"

既能享受欢乐和成功，也有承受不幸的能力，这才是一个成熟的城市

约12时，演出结束了。此后，乐团成员陈怡倩在现场念了她以乐团名义撰写的一段悼词。所有乐团成员集体朝大楼的方向默哀了3分钟，周围群众也跟着一起默哀。有戴黑纱的家属，则向乐团鞠躬。

曹小夏感觉，那一刻周围"跟剧院里一样肃静"。

演出结束后，乐团和成员默默散去。谢诚侃立即又赶回浦东加班。小提琴手李欣惠直奔上海大学上下午的课，她的小提琴只好让她妈妈带回家。有个听众走过来跟曹小夏说，"听了你们的演奏，心里觉得特别安慰。"刘以佳则被住在同一小区的叔叔阿姨们叫过去，对她反复表达着感谢。

而从那一刻起，只持续了几分钟的《圣母颂》，成为人们反复说起的话题。网络上，人们传递着现场拍下的视频。各种版本的《圣母颂》被翻了出来，有人在北京"一遍一遍地和上海人一起听"，还有人知道以后，当天就把它教给了正在学琴的孩子。

乐团志愿团团长沈嘉立接到在美国的二哥打来的电话。他看到了关于这次演出的报道，觉得这是"最高尚的悼念方式"。这个美籍华人告诉沈嘉立，当年，在"9·11"的废墟下面，同样有音乐家带着几把小提琴，自发地演奏。

在现场听完这次演奏之后，沈嘉立觉得自己"真正感受到了这个城市的腔调"。虽然这并不是一场专业乐团演奏的，但是才真正代表了上海的水平。这种腔调不是奇怪的，是应该的，自然而然的，义不容辞的。

从现场回来后，曹小夏的电话一直到晚上几乎没停过。打电话的有乐团成员，有朋友。当地一个记者对她说："以前有灾难时，我们常常看到帕瓦罗蒂等

著名音乐家，都是在第一时间赶到灾区，用音乐去抚慰那些不幸的人们。现在我们也有了这样一个乐团，进入灾难现场表达哀思。"

徐俊则这样表达他的感受："上海刚办完世博会。既能享受欢乐和成功，也有承受不幸的能力，这才是一个成熟的城市。"

王　波

2010年11月24日

火车惊魂记

4月9日这天，当兰州人顾革命（化名）赶上了下午2时19分发车的T70次列车时，觉得"很侥幸"。因为上车前，他看报纸上天气预报预告，这天气温会剧降，后半天要变天。

"我可赶在变天之前了"，"赶快跑"。这位常在甘肃新疆之间跑动的人士没料到，自己"跑"进了一场百年罕见的大风暴中。

T70次开出乌鲁木齐，天正下着雨，并夹着雪珠。不到两小时，过了达坂城，到天山山口时，顾革命看到窗外起了沙尘暴，风扬起了沙土。他曾在新疆待过18年，这在戈壁滩上是家常便饭，"已经习以为常，麻痹了。"

在到新疆旅游的乘客穆晓光记忆中，T70次开出乌鲁木齐后半小时左右，窗外即漫天黄沙，偶尔掠过一两户人家。

"跟北京的沙尘暴差不多，没什么大不了。"这位22岁的北京小伙子说。车在吐鲁番站停靠时，他若无其事地在站台买了一支蒙牛三色冰淇淋。

然而当天下午6点多，列车从鄯善站开出不久，风越来越大。穆晓光闻到车厢里逐渐弥漫起一股土腥味。他去盥洗室投了把毛巾，捂住口鼻。

列车内的旅途生活一切照常。

晚7点过，温州人陈安成从10号硬卧车厢出发，走进位于13号车厢的餐厅。他点了一盘18元的青椒羊肚，2元一份的虾皮紫菜汤，以及2元一碗的米饭。7时33分，服务人员打出一张单据。

陈安成坐在铺着干净桌布的餐桌前，等着他的晚餐，并且有点焦急地向服务员催了一次。他没料到等来的是一场大变故。大约7时38分，突然一声锐响，他身边的双层钢化窗玻璃被击穿，玻璃碴子溅了一桌，沙土直接灌进餐车，立刻把陈安成和其他正在进餐的10多位乘客赶出了原本洋溢着饭菜香味的车厢。

据悉，这是T70次列车被这场大风暴击穿的第一扇玻璃。

陈安成正在等餐时，边疆则在紧挨餐车的14号硬座车厢"斗地主"（一种扑克玩法）。突然听到乘务员一边嚷着说餐车窗户破碎，一边跑去关上车厢门。但沙土还是从餐车飞快地卷进来，弥漫了半截车厢。

这位中国政法大学的本科生"一开始以为眼镜模糊了"，赶紧擦了擦，才发现原来是沙土。

没过几分钟，14号车厢列车长办公席边上的玻璃传来了"啪"的破裂声。接着陆续有其他玻璃破裂。

30多岁的女乘务员叫道："把大行李放在座位下，带上随身小行李，大家往前走，大家往前走！"

边疆赶紧背起背包，夹起朋友送的一包馕，一手用毛巾捂住嘴，另一手抱着头，挤在人群中，弯着身子快步向硬卧车厢转移。

当边疆穿过13号餐车时，见到厨师们正用棉被堵着已经破碎的车窗，好让乘客通过。走过操作间，边疆看到一筐茄子，被风吹得像皮球一样满地滚来滚去。

疏散中，边疆似乎没听到什么人声，只听到风在咆哮。

12号软卧车厢中，顾革命记得，不到8点，车停在一个叫小草湖的小站。顾革命看到小站只有一个小院，院内还种着一棵歪歪斜斜的树。

列车"像大海里的船一样在铁轨上晃动"。

天已黄昏。

顾革命朝窗外照了一张相。他记得车子右边停着一辆油罐车。

这时，边疆正在从14号车厢往硬卧车厢转移的路上。他心想：幸好有这油罐车，要不玻璃碎得更多。

8点左右，餐车玻璃破碎的消息传到顾革命耳朵里。几分钟后，这节软卧车厢的第一扇玻璃也开始破碎，像弹弓打过来的声音，"啪"的一声巨响。

沙土疯狂地卷进来，"啪啪"地砸到包厢的门板上。沙土涌进包厢，空气压力骤然增大。顾革命觉得耳膜生疼。

这位54岁的西北汉子说："只有上到海拔3000米以上的高原才有这样的感觉，感觉（空气）压力比飞机起飞时还大。"

顾革命赶紧将毛巾倒上水，捂住口鼻。硬座车厢的人们向硬卧车厢转移，他听见车厢走道里脚步声慌乱急促。

他瞥了一眼窗外，一片混沌。

接下来，车厢的玻璃一块接一块地破碎，每碎一块，他"心也碎了一样"。

他们用枕头堵包厢门缝，堵不住，沙尘依然拱进来，弥漫开来。

边疆穿过一节节车厢，一路上，不时看到乘客拿棉被去堵破窗户。

餐车和硬座车窗破碎的消息在飞快传递。

"能碎成什么样呢？"穆晓光想。他没觉得这事有多严重，只是用湿毛巾捂着口鼻想睡一会。

他回忆，自己的确睡着了一会，直到转移过来的人们把他吵醒。

有人过来问："上铺有人吗？"

穆晓光听到有两名乘客为了一个铺位在争吵，直到乘警干涉。

此时，6车厢的玻璃还没被击穿，其他车厢的旅客正往这里转移。

很快，6车厢安全的局面就结束了。

穆晓光半梦半醒之间听到"咣当"一声巨响，他的铺位正对的玻璃窗被击穿。窗户上的棉被被狂风掀开，西北风怒吼着冲进来，把坐在窗边的一位50多岁的女人刮倒在地。

穆晓光从中铺上跳下来，来不及穿袜子，扑过去摁住棉被。

接下来的情景令人恐惧：午夜11时过后，6车厢的第一块车窗被击穿；大约凌晨3点，车体运行方向左侧车窗全被击穿；狂沙带着黑暗和寒冷从11扇车窗外涌进来。

穆晓光把手伸出窗外，几分钟，手指就冻得没感觉了。

6车厢没放弃努力。

男人们裹上被子，背对车窗，想堵住风口。11扇车窗前站着三四十个男人，形成一堵人墙。穆晓光也在人墙里。他感到了窗外的强大推力，像是有人踹他的背。

"拆床板吧！"穆晓光大喊。

立即有人响应，三四个青壮年，有踹的，有顶的，也有用背扛的。

刚开始，有列车员过来制止，很快，也拿来螺丝刀，跟大家一块拆。

22张中铺，拆了20张。

"咱们堵得挺好的。"边疆事后回忆说。

"绝对是经典工程。"穆晓光附和说。横一块，竖两块，再用一块儿卡住卧铺位的铁架，"非常瓷实"。

乘客被告知，列车要"冲到哈密"再休整。

但是，次日凌晨3时多，T70次停在戈壁滩的高坡上。前方的铁轨被风沙掩埋了。

顾革命有"等死的感觉"，"等到右侧玻璃也烂了，那就死吧。"他说。到时"也许只有趴在地上，才能勉强再延长一点生命"。

他坐在满是沙土的铺位上，一夜无眠。

黑瘦的温州人陈安成疏散到了9号硬卧车厢。

当人群转移到这里，混乱中，青岛人房克信曾找列车员，问："你们有没有紧急预案？"

对方答复："我们从来没有遇到过这样的情况。"

这位曾经的共青团干部主动站了出来："大家听我指挥！"

他站在车厢门口一遍遍地说："请大家有秩序地往前走，不要乱，拿好自己的物品！"

这节车厢的玻璃也相继被击碎后，人们裹着棉被，三四个人并肩堵一面窗户，手抓着铁架，脚蹬住下铺，以防被风吹倒。"像抗洪的人墙"，冻得发抖。

大家几个小时换一班，而有些乘客，就这样站了一宿。其中一位小伙子，被风刮来的石头击中了腰部。

房克信来回在车厢里走动。这位临时组织者要求大家不要喧哗，不要大声说话，因为"车厢里有心脏病患者"，"怕大家恐慌"。

几位乘客证实，人们积极组织了自救。但并非所有的乘客都参与了"抗风抗沙"。有一些乘客，自始至终只是躺在自己的铺位上"呼呼大睡"。"我们堵了多久，他们就睡了多久。"穆晓光说。

在列车由于怕引起火灾而切断一切明火之后，一些乘客依旧抽烟，甚至有人躺在被窝里抽烟。

还有一个未经证实的说法在人群中传播：软卧车厢里有一位官员，当老人和孩子被转移到软卧车厢时，这位官员不愿打开包厢门。

许多人无法与外界联系。边疆听到穆晓光抱怨："我的手机怎么没信号？"陈安成的手机也没有信号。如果当时有信号，他说，"我会先求救"。穆晓光则说，要先给妈妈打个电话，只说一句："火车晚点了，别着急。"

边疆的手机却有信号。他思量了一下，没有给父母打电话，而是拨通了在新疆的叔叔的电话，简单地告诉他"我们这儿有大风，玻璃破了"，并让叔叔不要告诉父母。叔叔在电话里斩钉截铁地说：只要风没把车吹翻，就不要下车！

接着，他用手机给班级辅导员发了条短信。再接着，他又给同学打了个电话，请他帮忙给手机充值100元，以备急需。然后，便关机了。"我要把电留到最后一刻，"后来回忆时笑着说，如果真到了最后一刻，"说不定我还要跟家里人说一说我的理想什么的。"他现在的理想是当一名法官。

他认为自己的行动一直是镇定的。在转移的过程中，当他行进到7车厢时，听到列车广播中说：请各位旅客节约用水，不要洗漱。他拐进7车厢的洗手间，接了三瓶生水。

"我最坏的打算是三天三夜车走不了，这是我的底线。"小伙子说，"这些水足够我未来三四天的生命用水。"

穆晓光记得当时就是感到绝望。"幸好只是等了24小时，再等24小时，我想我一定会从车上跳下去，我会崩溃的。"他说。

但谁都知道，一旦离开列车，在戈壁滩上活下去的希望很渺茫。边疆后来听一位曾在内蒙古阿拉善盟当过兵的乘客说起一个故事：一位16岁的小战士，在阿拉善风口迷路了，搜救队伍在旷野里发现了他的尸体。他枪里的子弹一颗不剩，手里紧拽着断了的老鼠尾巴和断成两截的蜥蜴。

房克信的车厢里，有人写下了遗书。

车厢里很冷，穆晓光估计气温在零摄氏度以下，裹着被子还哆嗦。挨到4月10日早上，他捡起地上的一瓶白酒喝了两口。

与边疆同铺位的一位唐山大叔，据说是从上世纪唐山大地震的废墟中捡回了一条命。他冷得受不住，将原本带回家孝敬父母的两瓶五粮液打开。"不管了，我先喝两口。"边疆听见他说。

边疆隔壁铺位的一个漂亮女孩，用被子盖着腿脚，脸色煞白。24小时里，边疆只听到她说了一句话："这是我第一次出新疆。"

11号硬卧车厢里，乘客张亚东用毯子、被子裹满全身，与四五个人挤在一起互相取暖。"我在车上思考我30几年的人生，"他后来笑着说。

他上过一次厕所。当然，上厕所也得快点解决，因为怕万一翻车，被卡在厕所里。其余时间他还一度盯住窗外一块石头当作参照物，观察列车晃动的幅度和频率。因为一旦要翻车，好赶紧找抓手。

男人们不能显得恐慌，还得讲些笑话。张亚东对面的女孩手机打不出去，一下子哭了。

张亚东示意她看同铺位的两位老人。他俩"满头满脸的沙土"，又"吓呆了"，"一动不动"。

"像不像兵马俑？"他对那位20多岁的女孩说。女孩被逗笑了。

在张亚东手机的"记事本"里，2006年4月9日，有这样一条记录："大风。"

他问：你看过张艺谋导演的《英雄》吗？电影里秦王的兵士要去攻打敌人的时候，他们就吼"风！风！风！"

当风一块一块击穿车厢的玻璃，他"一点一点地绝望"，恐惧就这样慢慢地到来。

他还在笔记本上写下几句私密的话，"不管死还是活，得写下点什么。"张亚东说。

"那个时候，这列车上人人平等，即使千万富翁，也不能打个电话说，我有钱，快来救我！有理性的人都知道，只要风不停，就不会有救援。"张亚东说，"感觉就像现在被判了死刑，等着明天上午执行。"

所幸，风在4月10日上午开始变小。

这时，边疆已经可以将脑袋探出破碎的车窗，顺着车身往前看。"太壮观了！"他说，窗上堵的被子、被单正"像彩旗似地"飘飞。

这天上午，顾革命也往窗外看去，茫茫的戈壁滩，被子、床单、枕头，甚至铺板，撒落一地。有一些被子，在空中被风吹得"像飞毯一样，飘走了"。

但风一直没停，车体始终摇晃。

后来，顾革命的包厢来了一个拿对讲机的人，"看上去像快要冻僵了一样"。据顾革命了解，他是负责鄯善至哈密段运行的陈（音）车长，这位车长凭二十年的工作经验估计风最大时在15级以上。

听车长说，车头的玻璃也被击碎，两名司机行车时用被子上下裹住，只露两只眼睛。他还听车长说，上世纪80年代，这里曾经有一辆没拉够吨位的货车被12级大风吹翻。

车长的到来使顾革命成了消息最灵通的乘客。他因此了解到，铁轨表面被三四十厘米厚的沙土掩埋，要组织人员把铁轨刨出来，但难度很大，逆风方向铲土，刚铲走又被风吹回来；顺风方向铲土，沙土则会被风吹过去掩埋相邻的另一段铁轨。

他听到车长命令，今天无论如何要通车，如果天黑之前通不了车，会有更大的危险。他听到报话机里部署人员兵分两路抢修。

10日下午四五点钟，穆晓光看见一辆工程车开过来，长长地鸣笛，戈壁滩里那"呜——"的一声，"我这一辈子都不会忘，"穆晓光说，"终于有救了！"

顾革命从车长的报话机里听到的最后一个情况是："局长下了死命，再过1小时10分钟必须开通！"

晚7时25分，T70次列车开动了。

"终于走了！"

从列车第一块玻璃被击穿开始，20多个小时内，穆晓光与其他三位乘客共分到了一瓶冰红茶、一瓶冰绿茶、一袋榨菜和一小包瓜子。房克信与其他十几位乘客共分到了三瓶水、四小包榨菜、十几粒果脯和一小袋鸡肉串。

晚9时10分左右，伤痕累累的T70次列车开进了哈密站台。

惊魂未定，另一场"风波"却悄然开始。

在这里，乘客们每人都领到了纸杯，站上提供免费开水。据穆晓光和陈安成说，一层候车室里绝大部分人享受到了座位，尽管不少人是两人挤一把椅子，而二层候车室内一两百人没有座位，先是站着，后来席地而坐。一楼的人们每人分到了两个馒头、一包榨菜和一小瓶饮用水，二楼只有七八个人分到。

房克信回忆，自始至终，站上没有一位领导出面与这几百个蓬头垢面的乘客沟通，告知抢修措施和进展。"我们得不到一点信息。"他说。

像不少乘客一样，房克信也熬不住了，看见站上穿制服的人，也分不清是不是管事的领导，就问：什么时候能修好？

对方的答复是：很快，很快。T70次列车缓缓开出了哈密站台，留下了这三位欲找领导反映问题的乘客，却带走了他们的行李。

这三位乘客搭乘下一班列车赶回北京。

在他们之前，也就是4月12日晚8点多，左侧窗户钉满三合板的T70次列车，带着其他乘客，驶进了北京西客站。

听到列车广播本次列车晚点33个小时的消息，不知为什么，边疆突然觉得很想笑。"怎么会有一辆火车晚点33个小时呢？"他后来说。

走出车厢时，他突然觉得自己被镁光灯包围了，等待在站台上的记者"拍了上面拍下面，拍了列车再拍人"。

而张亚东则看见，一个女孩扑向等在站台上的男友，两人抱头痛哭。

但T70次列车的故事到此并未结束。

早在哈密候车室休整时，一纸联名授权书便在乘客们手中传递。乘客们质疑，既然T70次常年通过这"百里风区"，加上列车出发前早有天气预报称将会降温变天，铁路部门为何没有完善的应急预案？

而房克信也认为，"灾难原本是可以避免的"，在现代信息传播和天气预测技术的保障下，有理由相信铁路调度人员能预知风区的天气状况。

"我并不想要什么赔偿，但希望有关部门给个说法，"张亚东说。

据报道，这次风暴无人伤亡。

几天前坐上T70次时"觉得侥幸"的顾革命，现在却觉得"很倒霉"。他回到兰州后即患上呼吸道感染，"病情一天比一天重"。4月14日他在电话中说，他正坐在家里打着点滴，医生让他继续再打3天。

回到了北京的陈安成15日说，"我的包里现在还有土"。他的脖子被风吹得不能转动，像落枕一样。而边疆回北京后，则发现鼻涕里还有土。衣服洗过了，口袋里依然是土。穆晓光则总觉得晕，"似乎周围还在晃悠"。

15日晚，几位T70次乘客在北京的一个小型聚会上，乘客张亚东明显喝多了。他突然转向在座的一位并未经历此次惊险的女士，口齿不清地问："你知道火车上的玻璃是什么样吗？"

那位女士还没来得及反应，他已拿起一只玻璃杯，突然向餐厅的窗户砸过去，"砰"的一声碎裂的响动。

"别砸了，地上都是玻璃碴子！"女士惊叫道。

"玻璃碴子？"满脸涨红的他吼道，"我告诉你，火车上就是这样！"

话音刚落，第二只玻璃杯从他手中再次飞向窗户。

当晚，餐厅的这面窗户共受到了4只杯子的袭击。所幸，只露出两个窟窿。

包丽敏

2006年4月19日

七 世纪疫情

命运由人不由天
——记大疫之下的武汉人民

武汉不愧为英雄的城市，武汉人民不愧为英雄的人民，必将通过打赢这次抗击新冠肺炎疫情斗争再次被载入史册！全党全国各族人民都为你们而感动、而赞叹！党和人民感谢武汉人民！

——习近平

1月25日中午，钱先生炒了几个菜，用饭盒装上，手机都没带就钻进了车里。还是那条走了多少年的老路，从武昌，过桥到汉口。

路上少有的畅快，到了长江大桥，两侧已经摆了一个个红色的塑料隔离墩，里面灌上了水。

"看来真要封路了！"

钱先生的外甥女是武汉协和医院的心脏科大夫，90后独女，她妈在南方，孩子一个人在汉口，除了上班就是隔离。

"按说不该冒这个险。外甥女那个小区是父亲的房子，离协和很近，住了不少医生。"63岁的钱先生脑子里飞快地盘算着。

但是，微信里3张照片深深刺激着他——协和医护自己裁剪、制作口罩、防护服。他知道，外甥女一直在用自费购买的口罩，去会诊新冠肺炎病人时用一次性手术服替代防护服。

外地亲戚都在群里说，让她请假，别冒险了，咱家培养一个博士不容易。她父母担心却鞭长莫及。

天大地大舅舅最大。

这些家庭这些细胞组合在一起，就是怦怦跳动的大武汉，就是中国的丹田。

程璨 / 制图

怎么帮孩子呢？家里也没什么专业防护设备，钱先生能做的，只有"给她送饭"。

"保护好自己啊！"隔着门，隔着口罩，他把饭盒放在楼道里，远远地看了一眼里面如花似玉的孩子。

回家的路上，钱先生脑子又开始激烈地过程序：扔口罩，钥匙、外衣、鞋要用酒精消毒，赶紧洗澡。家里再用84消毒液擦洗一遍。

因为，武昌家里他还有93岁的老父亲——必须兼顾好！

当天晚上12点，武汉宣布中心城区禁行机动车。

大桥上下，江城内外，闪烁的车流不见了。

900万留守的武汉人，除了几万名确诊病人，更多的，被困在家的方寸之间。

天问

"这个病毒太狡猾了。"钱先生不停地感叹。

武汉九省通衢，商贾云集之地，衔远山吞长江，自古楚河汉界兵家必争。

病毒无形，那些旋转着的、不闭合的RNA，遇到人就扑过去，以摧枯拉朽之势便能毁我们生机勃勃的呼吸道。

它诡谲而阴险，在中国这只"公鸡"的丹田处暴发，要想辐射全国，可谓得尽了地利。

而暴发之时又恰恰在中国春运高峰，全国性的"乾坤大挪移"，它又抓住了天时。

天地人三元，能与这病毒一抗的，只有"人"这个要素了。

武汉人，是被病毒选择最深重的受害者，也同时被历史选择为抗击病毒的急先锋。

2020年的春节注定是张兵这辈子最灰暗的记忆。

"年夜饭吃了什么？我怎么忘了？"

因为那天，爸爸走了。后来妈妈、自己、爱人都进了医院或者方舱。

他想向上天示弱示好，他想进入时空隧道，让一切重来。但命运没给他机会。

这个世界上，是真没有"如果"啊！

张兵本想趁着寒假和春节带着父母、妻子找个海岛一起躲下武汉的湿冷。"如果"能早点离开武汉就好了。

1月13日，78岁的父亲开始发烧，此前父亲的一位牌友也曾发烧，"那时大家都没往这方面想，直到牌友住院，被新闻报道出是新冠肺炎患者，我们才开始怀疑。"张兵说，那时自己还每天去病房陪父亲。

大年三十早上，父亲在ICU走了。张兵都没办法看他最后一面，"脑子蒙蒙地"去办理了殡仪馆相关手续。

初一就将父亲的骨灰"送上了山"。也是在这天，张兵收到医院的电话通知，他也确诊了。同一天，他妻子、母亲也做了CT检查，显示肺部有磨玻璃影，"但没法做核酸检测，只能按照'疑似'处理"。

现在回想起来，张兵说，疫情初期那一个月，是许多武汉人的至暗时刻。

武汉有一张宣传画，"98抗洪我们挺过来了，08雪灾我们挺过来了，这次武汉我们也能挺过来"。

家庭破碎人飘零，不是想挺就挺得过去的。张兵一夜一夜睡不着。伤痛、恐惧的情绪浊浪滔天，而自己只是一叶扁舟，根本无力控制方向。

那段时间，度日如年，眼眶也总是湿的。

"当时医院给开了药就在家隔离。"张兵记得，自己和家人在邻居眼中就像定时炸弹，他能感受到邻居的防备，"这也可以理解，我就退了邻居群，基本不出门，除了去医院检查、开药"。

医院里总是"人山人海"，急诊室内挤满了输液的人，有的人自己拿着架子坐在马路边的广场上输液；急诊大厅排队检查的队伍已经排到了门外，大家也顾不上"隔1米"的要求挤在一起，有的人举着吊瓶排着队，有的人因为呼吸困难直接倒在了地上。

"有那么一段时间，根本看不到希望。"张兵当时在日记中自问，"不知道什么时候才能住上院，什么时候才能好起来？"

自强

突如其来的疫情，让整个城市都蒙了。协和、同济医院的医用物资还没有着落，社区里的物资供应和人们的情绪也都变得紧张。

钱先生琢磨着怎么自我调适。他很快接到了邻居的电话，"不能等了，我们自己组织吧，一个是进货，不要再挤在超市排队，空气太差；一个是自主报体温"。他进了邻居群。大家用接龙的办法轮流买菜、统计体温。

"在帮助到达之前，我们必须要先依靠自己。"他不能给病毒钻空子的时间。

"每天起来，我们就忙着做饭吃饭和消毒，渐渐就没时间忧心了。"钱先生说，早晨起来窗户大开着通风，拿了菜回来，用酒精消毒衣服和鞋底。然后稀释了84消毒片墩地。桌椅、洗手池、厨房设备，每天擦洗很多遍，"不停地劳动就是锻炼"。

让他骄傲的是，他所在的小区是周围唯一一个没有确诊和疑似病例的，"很幸运，我们每一户都是那种高度自律、做事严谨的人"。

"封城"之前，孟元（化名）就听到小道消息，立刻去了菜市场。当时她感到了异样——买菜的人很多，前面阿姨不仅堆满了一小推车的菜，又塞满了两大塑料袋。

孟元回到家，把摊位上最后两棵大白菜，还有10多斤土豆、萝卜等其他易储存的蔬菜，一样一样摆在家里。

爸妈下班回来，还数落她："买这么多菜干嘛？我们初一就回老家了。"两天后，武汉真的封了城，很多人蜂拥去超市抢购。而孟元则靠着这些储备坚持了两周没出门。

2月15日，湖北省武汉市，武昌站铁路桥洞下，一名行人拖着行李通过。李隽辉／摄

  孟元家里开始进行分餐，做好饭用公用餐具去盛，然后拿到不同的房间去吃。开水煮洗完的餐具分别放在3个不同地方，有的放厨房，有的放客厅。大年三十吃年夜饭，3人才坐在了一起，但一顿饭下来几乎全程沉默，"没有人敢讲话，怕飞沫传播"。

  但家里的蔬菜还是告急了，在读博士孟元上得厅堂下得厨房，研究了各种线上买菜、购物的App，做出了一份买菜攻略，算准时间，抓紧下单。等外卖到了，约定好取菜地点，等送菜小哥走后，自己再过去取，"就像对暗号接头一样"。

  在整个武汉超市都充斥抢购人群之时，汉阳芳卉园小区的居民有福了。因为这个小区有个能人。

  30岁的赵勐是"菜鸟驿站"的老板。疫情初现，赵勐当机立断垫资头了1吨大米、1.5吨面粉、1000斤油和800斤面条等，放在驿站内。事实上，春节以来，赵勐经常不在驿站。腊月二十九，他加入志愿者队伍，开车往返仙桃等地，为武汉的医院运送医疗物资。

不在驿站时，赵勔打开驿站的门，发条微信朋友圈，让居民自己下单来拿物资，再通过二维码付款。"付多少钱，居民自己在网上查了价格后取平均值给就行"。

"一段时间以来，大伙儿付钱都很自觉，站里物资也分毫不差。"赵勔认为这个有1400多户居民的小区人素质高、人品好。

赵勔其实就是这个小区的一个租户，但他给了每天忧心忡忡的邻居们最大的抚慰，让"正气存内"，自然，"邪不可干"。

1月27日，没有暖气的房间彻寒。

胡先生的微信里有人@所有武汉人："在家隔离的武汉人今晚组织大型活动，有愿意参加的一起哈。今天晚上8点开始，届时大家打开阳台窗户唱就可以了，不唱不散！合唱《义勇军进行曲》，唱完大喊三声'武汉加油'！"

他立刻打开了窗户，还有半个小时，"大家压抑了那么长时间了，发泄一下情绪很重要"。

才兴奋了不到10分钟，网上一位自称协和呼吸内科的医生却强烈呼吁："请立即叫停小区开窗唱歌事件，极度危险，有传播肺炎可能！"胡先生戴好口罩伸头一望，发现很多家的窗都打开了，人脸模糊，"这楼间距大几十米呢，没问题吧？"

也许是医生的话起了作用，胡先生小区唱歌的人不多，但是听到了很多人用武汉话高喊"武汉加油"。自己带着儿子离窗户一米也跟着喊了一通，感觉心里舒服很多。

"这不是自嗨，是心理自救！"胡先生说，张飞就是"当阳桥头一声吼，喝断了桥梁水倒流"，这是振我声威。

扛着

2月初，抗疫最要劲儿的时候，很多老师学生校友情绪低落。武大宣传部请一群最牛大咖题词，为武汉加油。

情人节那天，武大官微是这些"国宝"的主场。李德仁院士、张俐娜院士、冯天瑜教授等不仅题词，还庄重地落款：于武昌，或者于武大、于珞珈。

於可训老教授更是写了一首诗并亲自朗诵——

我想，我该是又恋爱了／我爱上了让我／天天禁不住热泪盈眶的／这座城市。

我爱上了让我／天天禁不住怦然心跳的／这些人民。

你要让我说／这座城市哪儿好／我让你看看／用血肉和生命垒起的战壕。

你要让我说／这些人民哪儿好／我让你听听／用离别和牺牲谱写的歌谣。

我不能用我喜欢我爱／这些通俗的字眼／也不能用亲吻和拥抱／这些流行的动作／来表达我的恋情。

我只能对着视屏／挥动双手／隔着防护服／送一个飞吻／

然后，轻轻地说／武汉，我爱！

武汉是军工重镇，名校云集，多少国之栋梁聚居于此。他们跟武汉人民一起扛着，这城怎会倒下？

2月12日，80后黎婧确诊新冠肺炎，被送进沌口方舱医院。那几天，武汉天气阴冷，还飘起了雪，黎婧不适应，洗头洗澡上厕所都不方便。心慌慌的，"担心女儿和父母被自己传染"。

直到第五天，"算算日子，家人应该没事。"黎婧悬着的心算落了地。

她打听到了可以洗头的地方。洗完头走到方舱医院的小广场上，发现天放晴了，太阳出来了。她开始观察身边为大家服务的医护人员：裹着厚厚的防护服，一些很平常的动作也"笨笨的、憨憨的"，像极了"大白"。兼职插画师的她手痒痒了。

是的，既然躲不过，就扛吧，家住黄鹤楼旁边的黎婧有武汉人骨子里的倔强。方舱里不乏普普通通的日常，其中却滋长着生的力量，黎婧喜欢，也想记录下这些瞬间。脑子里想着那些瞬间，笔尖随着思绪在纸上滑动，那些烦躁、无聊、不安的情绪仿佛都被驯服了般，安静了下来，有时画着画着自己甚至会不自觉笑起来。这对她来说，是种宣泄，也是种娱乐。

平时不怎么玩抖音的她还开始琢磨着剪辑、配乐，"就是想告诉人们方舱不是'灰色'的，这里的生活充满力量和希望"。

没想到，粉丝数不断攀升，35.5万！

新冠病毒没把她打倒，却把她逼成了新晋"网红"。

有人说，喜怒忧思悲恐惊，传导几个周期后，勇敢的武汉人对病毒建立了心理免疫力。在方舱广阔的空间里，在音乐韵律中，打开了单元门的隔断，放开自我，"不服周"（湖北话，即不甘心不服气——记者注）成为一个群体的强势心理内核。

父亲去世的阴影并没有离开张兵，他到了方舱两夜未眠。

但他不自觉地进入了一种状态——大家朝夕相处，"床头相对"，像是提前进入共享社会，有了吃的喝的都见面就分。

大家甚至会做些无厘头的事，"比如说有时你睡着睡着突然会有人拿个小零食砸你，挺幼稚的，就像回到了小时候"。

平时觉得俗气的像是广场舞，平时觉得幼稚的比如一起吃零食，在这种集体战"疫"的时候，都成了心灵的治愈剂。

"算是苦中作乐吧，集体生活可以充实时间，转移焦虑，还能保持好心情、提高免疫力，不是说战胜病毒，最重要的还是自己的免疫力吗？"张兵说，大家能在方舱相遇，也算是生死之交了。

出舱当天，张兵被转至隔离观察点，他把这里称为"方舱PLUS"，因为饭菜比方舱好吃，还能吃到热干面、喝到"莲藕排骨汤"。每天，他都会在朋友圈里更新"方舱PLUS"的日常。闲着没事，张兵就把能洗的衣服都洗了，没事时他还喜欢自己K歌，录点小视频分享给朋友，他们已经约好等"死里逃生"，生死之交们要去找个小馆聚聚，像往常那样就着酒，谈天说地。

巷战

"别以为苏德战争都是阵地战、坦克战，最惊险、反败为胜的转折点其实是巷战！"林勇（化名）在给单位8个下沉到同一街道的党员做思想工作，他用电影《斯大林格勒保卫战》激励大家，"敌暗我明，掐断感染源就要靠我们'巷战'。"

林勇是武汉市属企业下属文化单位的副总，过完年就接了指令下沉到街道。

刚开始，在家憋坏了，出门觉得是解脱。9个人都穿上了一次性雨衣，眼镜外戴个面罩，里面是一次性医用口罩。全副武装的他们在阳光下合了一张影。

但第一天下来，他就不行了。嗓子哑了，腰疼，趴在床上不想动。当时，居民根本受不了被封，要出院子。他不断解释封闭小区的意义、挨家电话问体温，了解确诊病人家庭情况。

怎么也是个"总"啊，林勇平时办公室坐惯了，哪做过这种"琐碎活"。

后来下雪了，街道干部累倒了，他们9个人成了主力。

每天，他要打电话统计体温，做表格，统计确诊、疑似、治愈人数，组织运货，早7点出发晚7点回家。当时，确诊病人都居家隔离，他负责传递药物和生活用品。担心传染老母，自己每天隔离在15分钟车程以外的房子里。

开始豪言壮语的"巷战"，现在变成了"琐碎"。

有一次，一个居民拨打街道热线要买药。他二话不说买回来送上楼。3天后，这人说药不管用非要退了。他臊得脸通红，好在有口罩挡着，跟店员说退货。店员说，当时买药还有赠品，那就一起退。因为居民不肯拿出赠品，店员就不给退。林"总"被骂了很多难听话。

林勇气得肝疼。外地的同学劝他，你过去只有跟知识分子打交道的能力，现在你得学着跟基层百姓打交道了。

2月8日3时37分，武汉城市防洪勘测设计院有限公司的刘佳佳半夜醒来看手机，发现单位微信群里发布了一则通知：号召党员干部下沉社区。

刘佳佳想了想，也报了名。

他被派遣到武重社区中北路中学教师宿舍。这是一个没有保安、没有物业的"无人值守"小区，需要有人配合管理、24小时值班。

临时搭就的帐篷里，起初只有两张板凳，第二天，有了灯和简易床铺。刘佳佳很快摸清了小区的住户情况：入住12户居民共24人，其中70岁以上的有7人，独居老人有3位，还有1名孕妇。

在社区，每个志愿者都是一块砖，哪里需要哪里搬。

70岁的胡爷爷是独居老人，糖尿病药快用完了。刘佳佳跑了附近3家药店，也没买到。后来，他骑自行车花了30分钟，买回来送到老人手上。

2月23日，在上门发爱心菜时，刘佳佳了解到，孕妇李女士预约了3月4日到医院做产检。3月3日，刘佳佳提前帮忙约好了社区的爱心的士司机。

4日，刘佳佳本来是晚班，但惦记着李女士的事儿，他早晨8点20分还是来了，叫李女士下楼将她送上的士，还把随身携带的自用消毒酒精喷雾塞给她。不做则已，做就要做到最好。刘佳佳又嘱咐保安，李女士从医院回来进小区门要做好消杀，他想了想，又回来说，"消杀过程你们要拍照给我留档"。

由于尽心尽责，刘佳佳被推选为武重社区省直疫情防控党员志愿者突击队队员和小区组长。

至今，他值守的小区无人感染。

到今天，林勇已在街道干了一个月零3天。他发现自己晚睡晚起的毛病改了，每天早晨上班路上心情不错，中午饭后还能坐在椅子上眯40分钟，适应了！"什么总不总的，大难来了，尽力帮更多的人一起活下来"。

林勇又有力气在微信群里发表演说了：每个人都在适应什么是战争状态，战时和过去的和平时期是两回事。医院大夫倒下了，就由各地医护人员补上；街道干部倒下了，就由我们补上；就像部队打残了，再重新组合发起新的冲锋。这就是总体战阻击战人民战争。

胡先生从17楼看着下面的志愿者来来往往地忙碌，感叹：这次武汉共产党员的表现让我钦佩！他们像医生一样浑身包裹着，背上却没有名字，他们干了那么多细碎的工作，我们也不知道谁是谁，但看着他们就很有安全感。

"武汉在渡劫，有10万在努力活下来，有10万在累死累活帮我们活下去，还有800多万人忍住一动不动，也是一种战斗。"胡先生感叹。

至爱

人字的结构，就是相互支撑。

有段时间，坏消息滚滚而来，真假难辨。这种天地不仁以万物为刍狗的感觉，让人喘不过气。

与妈妈在家朝夕相处了40多天，29岁的田甜（化名）发现，"两个人哪怕不说话，只要知道另外一个人在，就觉得安心"。

她做视频，妈妈也积极参与，有时帮她举手机，有时建议她更换角度与光线，还有时，正在拍摄，妈妈不小心"插话"了，母女俩一度"笑场"，再重拍。

很多没被病毒打倒的武汉人也说，一二月份的自己胸闷气短。究其原因，也许病毒密度太高，也许是恐惧带来的窒息。而封城这么久，如果说带来什么好处的话，恐怕就是，懂了家人的重要，发现了人情的魅力。

经历了这一劫，加上篮球巨星科比突然的去世，田甜发现自己的一些观念在悄悄转变，"要勤俭节约，存一些钱，可有可无的东西以后不要买；饮食要健康规律；想做的事要赶紧做，不要拖延，因为每分每秒都很金贵。"

也许，应该听妈妈的话，谈场恋爱——田甜悄悄告诉记者。

湖北大学研二学生肖婷的爸妈离异多年，过去她都是一个月打一两次电话，"有事说事"，报喜不报忧。

这一次，从滞留在武汉的第一天起，爸妈不约而同每天给她打电话，还要求"必须视频"。

从电话里，她知道了爸爸在家乡做巡逻防控志愿者，会提醒爸爸注意防护；第一次知道了妈妈生意里的一些事情，她也开始试着给妈妈出些主意。经历了这次疫情，她发现，自己实际也是渴望多与爸妈交流的，"以后，可能要重新考虑与爸妈的关系了"。

方历娇每天目送丈夫刘佳佳去社区服务，眼里满是担心。但她告诉记者，忽然发现了他在巨大压力下能这么细致，这么拼命，在任何状态下都对社区的老人特别照顾，"为他骄傲"。

如何奖励他呢？这些日子，方历娇厨艺大爆发，起码满足了丈夫的口福再说：土家糯米饭、干煸糍粑、土豆饼、清蒸鳕鱼、红烧对虾、猪蹄火锅……

病毒弥漫在四方，看不见摸不着，而亲情人情是实实在在的，在面对不确定的时候，背后靠着的人，是安全感的源头。

东湖高新区龙泉街高峰村支王咀湾位于武汉城郊。50岁的农民王建平留意到，村里那些打工回来过年的，因为封城走不了。他们没地，菜不够吃怎么办？

他一边晒着太阳，一边琢磨上了跟妻子胡正兰种的七八亩地。小白菜与菜薹长势喜人，"自己反正也吃不完"。

没想到跟妻子两人一拍即合。正月以后，夫妻俩陆续采摘了近600斤蔬菜，分装好后，一部分送给附近缺菜的村民，一部分送至村委会转送给偏远的村民。每户少则三五斤，人口多的就送十多斤。

有的人家要给钱，王建平乐了："谈钱就远了。"

这时候，菜就是战略物资，人情比天大。

3月，武汉大学的早樱娇艳如故，只是寂寞开无主。

有人拍了张照片——一位穿了全身蓝色防护服的校工在艳丽怒放的樱花下匀

匆匆走过——巨大的色彩反差，惊艳了网友。

也有人从照片中看出了这场战役的大功臣——校工的状态。

寒假里，学校还有许多留校生。疫情开始之后，武汉高校都进行了封闭管理，学生被限制在一个个"孤岛"里，他们的安全和生活保障成了学校的头等大事，校工们也成了穿梭在"孤岛"间勇敢忙碌的"摆渡人"。

由于武大太大，在校学生寝室分散，学校想尽了办法。对那些在食堂登记留校的学生，盒饭全部送餐上门，由宿舍管理员专人领取，让学生尽量不出宿舍，避免校内人员流动。

有的留校生开玩笑说，终于实现了"三餐送到床头"的梦想。

武大宣传部负责人告诉记者，截止到目前，除了第一临床学院一个硕士生在一线帮助医务人员被感染以外，留校的796个学生都没有被感染。

靠山

武汉，确实是个神奇的地方，虽是移民城市，但在大开大阖、大旱大涝、巨热巨冷、又辣又咸的特殊环境下，顽强，成了在此生活的人的共同烙印。

长江横穿而过，横渡长江是这个城市每年的节目，所以骨子里有怼天怼地的屈原之风，恨不得上九天揽月下五洋捉鳖。

正所谓，天上九头鸟，地下湖北佬。

不仅有跳起广场舞的彪悍病人，也有"任凭风吹浪打我自岿然不动"的淡定人。

程先生是武汉通信企业的干部，住在一个4000多户的大社区，其中有十几户确诊。生死阴影笼罩之下，45天了，他没怎么下过楼。生活越来越简单，够用就好。但精神上对书的依赖加深了，每日制定了阅读任务，从哲学、文学、历史，到一些专业的通信技术书籍，看了十几本。

程先生每天很忙，在房间里快步走，然后阅读，想问题。

武汉这些年发展很快，进入了"万亿俱乐部"，去年全国前八。

从十几年前悲叹的"中部塌陷"到今天"中部崛起"，武汉成为中部地区的领头羊，成就有目共睹。可，这一下，势头被重创。

"所以武汉今天特别需要学习辩证法。"程先生说，百年基业、承平日久，渣滓太多，需要经历波折，涤荡一下污泥浊水。

"也好。"两个字一出口，他眼睛就湿了，代价太大了，"生死是人世间最大的事，就像汶川地震、唐山地震带给人的，是永久的伤口。"

好在这里有"朴诚勇毅，不胜不休"的文化底蕴，所以他相信"九头鸟"们："武汉保卫战，锻炼了武汉人，也锻炼了全国援助湖北的部队，像是给国家打了疫苗。将来国家靠的就是这一批人！"

1月28日，还在过年的日子，空军预警学院的教授闫世强已回到办公室看书了，"难得的独处与清闲"。

《菜根谭》说，"每临大事有静气。静而后能安，安而后能虑，虑而后能得。"学院虽在武汉市中，闫世强在滔天的祸事中让自己平心静气。

他正在构思新的论文，"我们雷达兵预警系统有很多成熟的经验和做法，再加上近年我国战略预警体系的建设成果，我想结合国家应急预警体系建设这次暴露出的突出问题，开展针对性研究"。

其实，在舆论刚刚批判武汉贻误战机的时候，闫教授就参加了一个"应急圈-智库专家"群，这个群有70多人，既有北京的大学教授，也有深圳研究院的人，既有研究人工智能的专家，也有大数据方面的从业人员，既有军人，也有地方科普人士。"只有充分自信的人才明白，改变，必须有自己的努力"，这个群规定大家不骂不喷，发言必有建设性。

"武汉的痛，不能再重复。"他说。

听说钱先生的外甥女是个刚工作的医生，记者问道："韩国有医生护士罢工，日本私人诊所因不愿被传染而关门。你家孩子一个半月在重症隔离室没休息过，是不是很后悔让她学医？"

钱先生摇头叹息："孩子大了，要独立面对这个世界。湖北的医院里，4万多医护人员，每一个医生护士后面都有一个家庭在顶着。我们不能退。"

何止医护，每一个快递小哥、运货司机，火神山雷神山和方舱工地的建设者，量体温的保安、志愿者，炊事员、送餐员，药店、快餐厅的售货员，还有暴露在病毒感染风险中为大家服务的警察、基层干部……他们背后，都有一个家庭在勉力支撑。

这些家庭、这些细胞组合在一起，就是怦怦跳动的大武汉，就是中国的丹田。

前不久，世界卫生组织赴中国考察专家组外方组长布鲁斯·艾尔沃德说："全世界真的欠了武汉人民的情，我想让武汉人民知道，世界知道你们所作的贡献，我们正在跟世界分享你们的故事，你们正在做的事情非常重要。"

在这场举世震惊的大疫中，武汉一边抗击最残酷的病毒，一边向世界输出了自己的价值观——无与伦比的顽强。

谢谢你们，900万武汉人，春天来了，花开明媚，阳光普照，是你们给中国给世界赢得了时间！

孙庆玲　朱娟娟　堵力

2020年3月13日

方舱里的两平米

　　建成34年的武汉市洪山体育馆第一次成为一家医院。这个迎接过小虎队、李宗盛、NBA明星队等名人的地标，近一个月最多同时容纳了近800名患者。

　　48岁的张兵曾送女儿到这里学游泳，还曾作为保安维持克莱德曼钢琴音乐会的秩序。他对这个体育馆很熟悉，但他从没想过，自己有一天将作为患者，在这里生活15天。

　　2020年2月3日，洪山体育馆成为首批被改建为收治新冠肺炎轻症患者的方舱医院，它是武汉市计划或已经建设的32家方舱医院之一。这座人口超千万的城

　　2月4日下午，武汉洪山体育馆主馆内已经摆置好了200余张床和垫被，等待患者入住。这家方舱医院总计提供了约800张床位。鲁冲／摄

市，累计已有约5万人确诊新冠肺炎。

仅洪山体育馆方舱医院，就有来自河北、辽宁、湖南、青海、广西等地的援汉医疗队进驻。在这个寒冷的冬日，先后有上千名患者挤进这片屋檐，开始了"床挨着床"的群居生活。

相遇

洪山体育馆方舱医院从筹备到迎接第一批患者，时间不足48小时。

2月4日深夜1点，睡梦中的刘连梅接到电话，医院通知紧急集合。她是青海省互助县中医院急诊科护士长，常在深夜紧急赶往医院。

电话里没有说明具体事宜，但她和丈夫隐约感到，可能是要援助武汉，丈夫便驱车送她。凌晨3点，刘连梅和4名同事被定为支援湖北医疗队队员，早上8点集合。

出发前，刘连梅5岁的儿子已经醒来。面对"妈妈要去哪里"的疑问，刘连梅说，"妈妈要去很远的地方学习，你在家里听爷爷奶奶的话。"想到可能要理短发，又补了一句，"妈妈为了学习，可能要把头发剪成你这样。"第二天，在看守所工作的刘连梅的丈夫也开始隔离工作。

刘连梅抵达武汉后，才知道自己要支援"方舱医院"。她只在新闻里听过这个词，不知道它的概念，也没见过图片。她想不到，自己将要面对"一整个体育馆的病人"。

刘连梅接到电话时，千里之外的武汉洪山体育馆，中国一冶的第一批27名突击队员已经开始作业，一些工人刚从雷神山医院建设现场赶来。不到48小时后，这座方舱医院将迎来第一批患者。

2月5日晚11点，这里正进行最后的整备，第一批病人半小时后就要入场了。电工储海宁师傅已经34小时没有合眼，短暂休息后，他又开始地下室场馆的排线工作。数百名身着"中国卫生"队服的医务人员从他身边列队进驻，他们脚边还散落着电线。几十名工作人员正紧急安装围栏，划分清洁区和污染区。

体育馆的另一侧大门，数十个移动厕所刚安装好。厕所内黑黢黢的，还没有灯；用于消毒患者排泄物的消毒池还在建设中。

方舱内已经清场。湖南湘雅二医院的4名医护人员在清洁区穿好了防护服，才发现没有护目镜，紧急求助，最后找上海华山医院医疗队借到了。而这几个护目镜，本来是给6小时后将接班的4名医护人员用的。

救护车正在转运病人。凄风冷雨中，几名医生坐在体育馆外的临时帐篷中预诊。由于防护服不透气，一名医生的内衣被汗水浸透，很快被吹得冰凉。

2月2日，武汉市提出将对"四类人员"集中收治和隔离。2月5日前后，仍有大量确诊患者居家隔离。

那是46岁的方蕾最绝望的时刻。她的公公已经卧病在床两周，几乎无法进食，一家人找遍了关系寻不到一张床位。2月5日，公公确诊新冠肺炎，之前还怀有一丝侥幸的方蕾眼前一黑，"一家人都逃不了"。

之后几天，她的婆婆、11岁的女儿小梦、她本人陆续确诊。

45岁的陈军那时在武汉市中南医院住院。此前，他高烧39℃近一周，血氧一度低于90%。没插管、没上激素，他挺了过来，已经能下床走动。陈军偶尔看新闻，知道很多病情比自己严重得多的患者住院无门。

重症病房让陈军极度压抑。他同病房的几个病友整日戴着呼吸机，不翻身，几乎不说话。夜深人静的时候，病房里只有监护仪的"嘀嘀"声，病友厚重的呼吸声和痛苦的呻吟。陈军压着声音咳嗽，很少下床走动，怕影响病友。

几天后，他从中南医院转入方舱医院。陈军看到有网友说方舱医院是"诺亚方舟"，他很喜欢这个比喻，"之前心里很恐慌，来到方舱，觉得有救了。"

张兵2月6日刚过零点接到通知，自己将被方舱医院收治。"听到医院两个字就很开心了，管他什么医院。"他从1月27日起发烧，还要照顾同样染病的岳母。那几天，他们在医院输液，一排队就是一整天。2月5日下午，他联系上床位，把岳母送进医院。

2月6日凌晨3点，他被统一安排的大巴车接上，连夜进入方舱。对那个夜晚，他只记得雨"很大很大"。之后，他在病床上躺了整整两天。

张兵是洪山体育馆方舱医院的首批患者。这座"庇护所"还有大量细节等待完善，即将有近千人在此共同生活。

磨合

在方舱医院，床与床间隔约1米，这是患者隐私的尺度。

1米，够放一张课桌。课桌上印着"25中"字样，它们来自附近的武汉市第二十五中学。这张课桌和约2米长、1米宽的床，构成了一名患者全部的私人空间。每一张病床背后，都藏着一个家庭的喜乐悲苦。

这里可能是歧视最难以立足的地方，没有人会因为病毒而被另眼看待。几乎每张书桌周围，都立着、卷着CT片。

方舱的第一天是混乱的。饭菜是凉的。卫生间很脏。方舱也很冷，没有热水洗澡。开水机附近全是水，有人为了防护铺上了快递箱，结果显得更脏。

一些插座没有电，用不了电热毯，也没法给手机充电。张兵理解人们的焦急。"我家几个老人在不同的医院，老婆在宾馆隔离，只能靠手机联络。大家都是这个情况。"

一名护士还在交接班，身边就已经围满了患者。有的要吃药，有的要卫生纸、要热水，不断人问"有没有WiFi"。一名医生说，有患者进来不久就摔东西，大吼要出去。

那天夜里，很多人一夜未眠。除了焦虑、不适应，还因为场馆24小时亮灯。一些患者找护士讨来安定药物才睡着。

刘连梅最大的感受是压抑：多数人一天到晚都待在床上，用被子蒙着头，根本不动。"我去问了，他们没有不舒服，只是没心情活动。"

迷迷糊糊躺在床上时，张兵看到了一个收拾垃圾的人，没穿防护服，头发都白了。他意识到，这个人也是病人。那时他就想，等好些了，要去帮忙。打扫起卫生后，他又看不过去开水机溅水，找来水桶暂时储存废水，定期倾倒。

后来，他打算倒废水时，发现已经有人倒过了。"谁都不想自己生活在一个乱糟糟的环境中……人就是这样，要么都不做，有一个人站出来，就会有很多人一起做。"

一开始是星星点点的。有人帮医护人员送药、分发餐食，有人帮忙安抚新进舱的患者。听说方舱产生的垃圾里混了牛奶和粥，不便焚烧处理，有人自发宣传和指导病友做垃圾分类，还轮流在垃圾桶边站岗。

根据地理位置，病友把方舱划成了8个区域，排班做卫生，按分区领盒饭。医护人员顺水推舟，重新划出了5个区域，把原本复杂的1区、2区、左区、右区的名字统一成了A-E区，并选出区长，协调各区的工作。张兵自荐成为区长，还成为方舱医院临时党支部书记。

由于物资紧张，区长的袖标用现成的"控烟劝导员"袖标替代。

有人发现病友不吃午饭，一问，原来是回族人。各区赶紧摸底，统计有特殊饮食需求的人。当天晚上起，饮食就有了清真、无糖和流食等选择。

还有人提出，数百人一起生活，一旦发生火灾，风险很大，病友中有消防知识的便组织了消防培训和演练。5天后，当地消防部门也意识到这个问题，在各方舱开展了消防培训。

一些互助通过微信群实现。有人忘带手霜，在病友群里说了一句，几分钟后就借到了；很多人因为体育馆的灯光睡不着觉，一名区长托在外面的朋友买来眼罩。

考虑到病友仓促搬入方舱医院，工作人员提前购置了牙具、毛巾、卫生巾、袜子、拖鞋、保暖衣等物品，还准备了保温杯。但在微信群里，他们发现了盲点：指甲刀，于是赶紧申请了100个送进方舱。

在那些官方照顾不到的地方，民间智慧开始发挥作用。武汉的冬天阴雨绵

2月9日，武汉市洪山体育馆方舱医院内，患者正在排队进行核酸检测。鲁冲／摄

绵，遇上晴天，近800名患者的上千件衣物需要晾晒，方舱医院内细长的物品被改造为晾衣竿。为了方便看剧，人们用饭盒、水果搭成支架，省去用手举着手机、平板的辛苦。

21岁的周玉婷2月9日进入方舱时，这里已经有了吹风机、微波炉。她很快接受了方舱里的生活，她原以为这里"就是几张床"。后来方舱又陆续配备了制氧机、CT室。

按照规定，方舱医院只接收18-65岁的轻症患者。但出于人性化考虑，也有儿童跟着家长住进来。方舱医院还专门安排了1名儿科医生参与诊疗。

5天后，淋浴间也建好了，只是排队时间有点长，即使饭点也要等待半小时。洗澡是方舱里的女性最操心的事情之一，周玉婷没事就会转悠过去看看人多不多。

生活

方舱的一天开始于早上6点。叫醒周玉婷的，是医护人员递来的温度计。一些老年人还要测血压。

之后，周玉婷要睡回笼觉，到8点发早餐时再起床。元宵节那天，早餐是汤圆。如果不是在方舱，她一般夜里3点睡觉，中午才会起床。

吃完早饭，11岁的小梦和18岁的付巧开始在线上听课。付巧今年高考，患病没有影响她的信心，"大家都远程上课，我也没有吃亏。"小梦则担心，负责录数学课的隔壁班老师讲的解法和自己班上数学老师的不一样。

洪山体育馆方舱医院为这两个学生降低了广播的频率和音量，周围的人也会轻声说话。

付巧感觉，自己在方舱里反而学习效率更高，因为总有人站在背后监督，还提醒她挺直腰背。大家把盒饭送到她手边，帮她烫中药。而在家里，父母一直对她"放养"。

最近，方舱医院的医护人员把医生办公室腾出半间给付巧学习。付巧说，她能感受到医生办公和进出时，都在尽量减小动静。有时，医生累了就在房间另一边坐下闭目养神，或是边捶腿边回消息。2月23日，一名医护人员在防护服上写下"付巧加油，高考必胜"。

早饭后是医生查房、发药的时间。患者一般会待在自己的床位，有问题、有需求都在这时提出。这样，下午一班医护人员进方舱的时候，就能把急需的东西带进来。

张兵选择在这个时间和家人联系。一名在民办学校教书的38岁教师也要按课表线上开课，但他采取了文字授课的形式，因为方舱环境嘈杂，他也不想因为自己在方舱引起学生特别的关心和关注。

中午12点，各区区长把午饭领回。方舱内的餐标是每日120元，此外还有水果和牛奶。小梦和付巧每次都多收到附近病人的那份。

小梦觉得，在方舱比在家更开心，因为"吃喝不用愁"。一名护士告诉记者，一些病患不愿意离开方舱，觉得在这里吃得好，还能出门放风。有人甚至为此逃避核酸检测。

周玉婷已经吃腻了方舱的饭。她从来没有过过这么健康的生活，每天作息规律，三餐荤素搭配，有水果有牛奶。

周玉婷爱吃辣。进入方舱后，她点的第一个跑腿订单，是几包火鸡面。吃到一半，附近的叔叔阿姨都凑过来了。大家都因为太久没有吃辣馋得慌。

"在这里过得太营养了，谁不想吃点垃圾食品？"在他们的委托下，周玉婷把周边商超的火鸡面买到断货。

因为疫情，她"躲"过了春节的家庭聚会，却不得不在方舱接受叔叔阿姨的"盘问"：论文写得怎么样？工作找了吗？谈恋爱了吗？

每天下午3点和晚饭后的7点半，各区组织做健肺操和跳广场舞。到了时间，区长张兵就拿起喇叭动员大家参与。方舱内年龄最大的是一名83岁的老婆婆，她有时也跟着跳两步。记者在方舱见到，一名在旁边泡脚的中年男子也跟着旋律踩出了水花。

张兵很想让那些沉闷的年轻人不要总是躺在床上玩手机，或是几个人聚在一起玩手机，但鲜有成功。

面对张兵的大喇叭，周玉婷一开始假装没听到，后来一到时间就出去溜达。张兵觉得，这也算达到目的。

陈军很少参加这些活动。他忧心老家黄冈的父母，村子"硬核封路"，"断粮、断药怎么办？出了意外，救护车、消防车开不进去怎么办？"他也担心妻子在隔离点被传染，报喜不报忧。他每天都和妻子视频，互相鼓劲。

在方舱一周，他把手机通讯录从头翻到了尾。关系好的同学、朋友，他打了个遍。在方舱里，烟是稀缺品，但陈军找人讨，对方也会大方地给。

他喜欢夜里走出方舱，看看月亮，"白天人多，这会儿安静。"他有时会想到医院重症病房的病友，"不知道他们康复了没有"。有时，他看着月亮出神。

这样的夜晚本属于团聚。夜深了，有患者在室外射灯下和家人视频聊天。

做完作业，小梦会和爷爷打电话。爷爷很疼小梦，小梦晚上上完补习班回家，一说饿了，爷爷就给她做饭。小梦很担心爷爷，"他病了好久。打电话时他不说自己不舒服，但我听得出来，他说话没力气。"

夜里11点半，人们陆续入睡，付巧也没法儿再学习，因为附近的病友和医护都会催促她早点睡觉。在方舱，她有了几十个"家长""班主任"。

一些患者直到出院都没睡安稳过。周玉婷觉得，跟几百人"共处一室"，很别扭，担心自己睡相不好。张兵说，脸上蒙着眼罩和口罩，很闷，因此他会在白天给自己安排很多事情，累一点，夜里好休息。

刚进方舱时，张兵夜里老醒。体育馆的顶灯照得他有点恍惚，整个人被一种不真实感笼罩。他得揉半天眼睛，看清身边有人睡着，有人玩手机、起夜，有护士走动，又觉得心头一暖，这才反应过来，自己在方舱医院，"五味杂陈"。

陈军总是等到别人都睡着了，偷偷在被子里换贴身衣物。不过，他觉得这里已经够好了。在重症病房，为了方便抢救，有病人一丝不挂，只是盖上被子，或是"穿"一件蒙住身体，从背后系上的"布"。

但也有人不在乎这些，洗完衣服后，把内裤随手晾在床头。

缝隙

夜里，看着几百张病床上齐刷刷躺满患者，刘连梅心里不是滋味。"总觉得大家是遭了难，来这里避难。"

她1小时巡场一遍，见到病人的被子掉到地上，就帮忙盖好。她想到了自己睡觉不老实的儿子。

刘连梅给儿子看过自己穿防护服的照片，儿子在视频时间，"妈妈你是去打怪兽吗？"刘连梅回答，"是的，妈妈已经消灭很多敌人了。"

她穿上"打怪兽"的厚重装备需要半小时，然后穿过昏暗的清洁区、潜在污染区、半污染区通道进入方舱。她反复接受过培训，但看到几百名确诊患者，还是心里发怵。

医护人员都是第一次同时面对上百名病人。"和每个人只交流10分钟也忙不过来。病人长时间在这里，也没啥事，和医生沟通就是基本需求。病人喊你，你不沟通也不好，但是一有需求就进去，费一套防护服不说，穿就得半小时，耽误时间。"本地医生韩光说。

平常，医生很少和病人产生私交。这次，他们给病人留下微信、建立微信群，几十名在外面的医生也可以分担工作。

为了方便方舱内外沟通，湖北省肿瘤医院的医生胡胜把自己的手机带进方舱，不再拿出来。后来，他又把自家的iPad放了进去，他想让患者看医生更清楚些，减少恐惧。

几天后，方舱给医护人员配备了几部工作手机。他们的经验后来被其他方舱管理团队学习。

刘连梅来自省外，她遇到的困难还包括理解武汉方言。方舱内的病患以中老年人居多，很多只会说方言，需要会普通话的本地人帮忙翻译。

一次，刘连梅的同事听到有人吵架，赶紧跑过去劝架，还问一边的周玉婷，"他们怎么又吵起来了？"其实，两个中年男人是在互相问候"几码赞过早？"（什么时候吃早饭），因为武汉话听起来凶狠，她误会了。

方舱内偶尔发生纠纷，大多是因为病友不服管，比如不配合垃圾分类，或是往开水机里倒水。在洗衣服的地方，有人批评前面的人不把洗衣粉归位，两人回到方舱里还在吵，吸引了一群人看热闹。

这些纠纷让刘连梅感到了生活的气息，"说明把这里当家了。"头几天，方舱气氛压抑，广播放笑话缓解气氛。只有一个阿姨很活泼，拉着人聊天，还和别人打趣刘连梅长得高，"你们猜那是男的女的。"

她觉得，转折点是方舱第一次有患者出院的时候。"就像黎明前最后的黑暗，大家有了信心。"

她更怕病人有需求也不说。"很多人感到羞耻，觉得在里面什么事情都要找我们，是麻烦我们，因此被动地等我们给，很少主动要。"

张兵记得，第一次外面送卫生巾进来时，12包立刻就被分光了。他意识到，这是个大问题，但大家都不好意思张口，第二天便自作主张上报了更多包的需求。

一个年轻人上卫生间时打湿了鞋子，犹豫了很久才找护士要拖鞋。刘连梅记得，年轻人很认真地解释自己为什么需要拖鞋，拿到拖鞋后又解释了一遍，前后反复道歉，说麻烦护士了。

"其实他不需要说那么多。我们不会评判他的需求，他也不必为此感到羞耻。"刘连梅说。

耻感有时来自社会。

曾有报道未给方蕾和小梦化名，甚至刊出了小梦未戴口罩的照片。小梦同学

2月21日，武汉市洪山体育馆方舱医院内，一名患者在吃晚饭。鲁冲／摄

2月21日，武汉市洪山体育馆方舱医院内，青海省互助县中医院高晓燕护士（右）正在带患者练习八段锦。鲁冲／摄

的家长打电话到学校，问班主任小梦是不是得了新冠肺炎，还表示，希望开学后小梦暂缓去学校。老师这才知道小梦一家在方舱医院。

方蕾说，在她老家黄陂的村子里，村民对她患病有议论。方蕾在新闻里看到，部分她以前做过生意的地方不欢迎湖北人，还有新闻说某些地方举报湖北人有奖。

小梦对这些还不知情。住进方舱医院，她告诉了6个最好的朋友。"她们都鼓励我，让我加油，说一定会好的。"其中一人还告诉小梦，学校组织学生录视频到方舱医院播放，她退出了，因为她想直接到方舱来探望小梦。

周玉婷和付巧主动告诉同学自己在方舱医院，她们没觉得不好意思。周玉婷还会每天把方舱里的伙食拍给同学看，"我吃得比她们都好"。她说，同学们对方舱很感兴趣，经常发来有关方舱医院的图片和视频，问是不是真的，方舱里的设施到底好不好。

再见

如今，张兵和周玉婷已经出院。陈军几次核酸检测结果在阴性和阳性间反复。如果连续两次核酸检测是阴性，且呼吸道无明显症状，他也将出院。

出院前，张兵转交了自己区长的袖章、临时党支部的工作手册和党旗，又叮嘱日常工作的注意事项。这个热心的中年人没有退大大小小的方舱医院群，看到病友需要物资，他帮忙协调。

一名医生告诉记者，最近几天，这里每天的出院人数都在50人上下，入院人数则在30人上下，开始出现"床等人"的情况。

10年前，刘连梅到武汉旅游过。这次来武汉，她坐着大巴在晚高峰经过雄楚大道，一路见到最多的是急驰而过的救护车。

相比10年前，武汉多了很多摩天大楼，但看到空空如也的城市，她感到凄凉，"这座城市真的遇到了很大的麻烦。"她在当天的日志里写道。

同一天到达的广西医疗队的护士说，坐着大巴，看到空荡荡的城市，很多同事都哭了。刘连梅盼着洪山体育馆方舱医院关闭的那一天。

方蕾希望这场疫情尽快过去。她常年出差做服装生意，是家里的顶梁柱。2017年，她出车祸，全身多处骨折，只躺了一个月就继续工作。

她读书少，讨生活艰辛，她希望小梦不再走自己的老路，给小梦报最好的培优班。

小梦说，疫情结束以后，想参加一次闺密们的聚会。因为要上培训班，她错过了此前的每一次聚会。

2月14日是刘连梅和丈夫的结婚纪念日。今年的情人节，相隔千里的两个人互相发了一条短信表达爱意，他们都在短信里写道，"今年很特别"。

2月19日至今，全国每日新增治愈病例均超过确诊病历。武汉市的医院正在重新开设急诊、门诊，逐渐回归正轨。

3月1日。武汉硚口武体方舱已经率先"休舱"，在合适的时候，其他方舱医院也将一个个"关门大吉"。病患、医务人员、环卫、保安、志愿者都会恢复正常的生活。

陈军在方舱认识了2个以前不认识的街坊。他少时住在老城区，整条街的同龄人都认识。但自打搬进公寓楼，邻里间很少来往。

陈军刚去方舱医院时，不熟悉环境，附近的病人很热心，替他拿饭、拿水果，告诉他哪里打热水、哪里比较安静，病床挨着的几个人很快熟悉起来。一问，陈军发现有2个人和自己住得很近。统一接患者出方舱回家的大巴上，周玉婷也发现，同车的人有10个和自己来自同一个社区。

他们在方舱擦肩而过。

（为保护受访者隐私，方蕾和小梦为化名）

（鲁冲对本文亦有贡献）

王嘉兴

2020年3月4日

毕业前的生死课

22岁的武汉女孩董婉婷曾手写下遗书。这位新冠病毒感染者当时走不了路，昏睡一天，醒来后去摸索纸笔，感觉自己正直面死亡的脸孔，在恐惧中落泪。

2020年1月20日，她开始咳嗽、发烧。肺部CT影像是磨玻璃状阴影。她跑过3家医院共计9趟，居家隔离一周半，集中隔离11天，做过4次核酸检测，在重症病房治疗19天，每天吞药40片，有一天抽了11管血做检查。她所在的城市也宣布了"战时"，来自全国各地的超过4万专业医护人员加入了战斗。

3月10日，董婉婷的检查结果达到出院标准，转移到隔离点，核酸检测不

董婉婷在医院创作的毕业设计，梨子上记录着她被隔离至今的日期。受访者供图

"复阳"就能康复回家。在这场求生的征途中，年轻的大四女孩找到了很多答案。

1

死亡的阴影最初表现为不确定性，悄然出现在生活里。董婉婷不清楚从什么时候起，心里的疑问越来越大，撑满闷痛的胸腔：我是不是也感染了？

她的庚子年始于一场高烧，睁开眼零点已过，量体温，38.8摄氏度。

发烧时，她感觉身体沉重，痛觉尖锐。她疲劳，却连着几晚难以入睡，肌肉骨骼都在疼，尤其是后腰。器官出问题后存在感强烈，那是一种难以向健康人描述的难受——她能感到一边的肺泡似乎没有另一边舒展。高烧几天，潜伏几天，又更猛烈地袭来。中途是腹泻。

武汉人的日历一页页翻向春节，新冠肺炎的确诊病例逐渐增多。董婉婷曾听见路人议论着"人心惶惶"，饺子馆里有本地老人为戴不戴口罩争辩。超市里人不少，不知道是为过年，还是因为"封城"囤货。喜庆的歌曲里，夹杂着一个男声播报："……提醒您勤洗手……"

下电梯时她遇见快递员，对方没有口罩。她送了一个，"怕传染一个辛勤工作的人"。

她是问诊大潮中的一滴水。1月23日，她曾去武汉同济医院，上午9点到达，拿到900多号，被告知下午4点才有可能看上病。后来她去了普爱医院，随着队伍缓缓前挪等待抽血，挪了3个小时。她没能输上液——输液要去急诊，而急诊人满了。

大年初一，她起了个大早，又到同济医院。病人不算多。她终于做上了胸部CT。下午拿到结果：双肺磨玻璃影。她没有哭，甚至没有表情变化，手是抖的。

等结果的4个小时内她回家吃饭，看了一会儿电视剧《庆余年》。主人公好像又解决了一个大难题。这段时间她循环播放这部电视剧，平板电脑24小时接着电源。哪怕自己在做其他事情，也需要角色对白的声音填补生活背景。

同济医院开了3针点滴，她没打上第3针。1月25日，武汉市中心城区实行机动车禁行管理，她出不了门了。

在医院输液时，她默默观察着四周的人，回家后记录在日记里。她目睹了一场分别：女人带着五六岁的儿子站在一边，男人在另一边。男人叫了一声："儿子！"小男孩懵懵的，而女人动了动嘴，终于没有靠近。

另一对夫妻对话："专家说打白蛋白（或为免疫球蛋白针剂，说话者不知道正确名称——记者注）或许有效。""干吗啊，这得花多少钱。""倾家荡产也得救你的命。"

"我一屋里人（一家人）都感染了。"她听见一位老爷爷絮叨，"一屋里。我被隔离在汉阳，我儿子在汉口的医院，我儿媳妇被送到武昌了，巧板眼（不凑巧）还都不在一起。"

她听见一个年轻姑娘打电话，猜测那一头可能是姑娘的家人。姑娘说："你不要过来！我要一个人隔离！我住酒店，去哪儿都行，反正我不去你那里……这是传染病，会死人的！你们是不是非要传染才罢休，我不回来！"

女孩挂了电话，又哭了。手机还在振动，对方又打进来了。董婉婷也开始落泪。

武汉市第四医院她去了3次。第一次，医院无法接诊，正在紧急改造以适应新冠肺炎收治要求。第二次，她在发热门诊见到8名医生、4个诊室、1个分诊台。以分诊台为中心，病人围了好几层，每层都想更靠近中心一步。"平时武汉人都没什么排队的习惯，何况特殊时期。"第三次是1月26日，医院已恢复基本的秩序。一个护士建议她：没有确诊试剂盒，排队没有意义，回家隔离吧。

几个月前，董婉婷对这一年的期待是毕业设计和研究生申请。当时她不知道，大小仅相当于十万分之一粒芝麻的新冠病毒正在悄然飘荡。

很久以后，她才感觉与这座生养自己的城市命运相连。1月23日，她开始高烧的第二天，武汉"封城"了。在武汉市确诊病例快速增长时，她的病情加重进入隔离，2月17日作为重症患者入院治疗。3月来临后，她的情况有所好转。武汉市新增确诊病例首度跌至两位数。

董婉婷出现感染症状超过两周后，2月8日，中国大陆累计确诊新冠肺炎感染者33728例，超过"非典"时期最终数据，钟南山通过电视节目发话：不能完全证明拐点到来。武汉雷神山医院也开始使用，当天交付1600张病床。这一天，她接到了一个通知她转移的电话。

到达硚口区隔离点时已是傍晚，这里征用了武汉市第一职业教育中心的宿舍楼。

从一楼大厅往外望，她能看到一轮圆月。上下楼几趟，天色越来越浓重，而"月亮一直在那里"，硕大、金黄、很好看。她想起来，这一天是元宵节，春节过完了。

她记得除夕那天，自己极想看春晚，她已经很多年不看这个节目了。

在独自租住的小房间里，她没吃晚饭就躺下了，用平板电脑观看央视春节联欢晚会的直播。开场是歌舞《春潮颂》。色彩泼在屏幕上，明星齐唱"正月里来正月正，锣鼓唢呐鞭炮声"。2013年起武汉市重启烟花爆竹燃放禁令，窗外的夜没有声响。大概两个节目后，她睡着了。

2

到隔离点的第一天，工作人员指引董婉婷到一楼的储备间领取被褥等物资，没有陪同她上楼，房间任她挑选自行入住。这个隔离点头一天才开放，她属于第二批住户。她从底层开始找起，因为离一层的工作人员越近，"越方便呼救"。其他病人显然思路一致，她一路找到五楼才见到空房。

这里很安静，她偶尔听见走廊里不知是哪一间的住户在咳嗽，"咳得几乎要背过气"。

如果不考虑身体系统里的病毒，一切仿佛大一新生入学。她跑上跑下，领东西送回房间，铺床烧水。房间四四方方带小阳台，被套床单是折痕崭新的蓝色格子布。

被子发完了，只得要了一床褥子盖。董婉婷穿着毛衣和羽绒服裹在床褥里，一夜睡睡醒醒。她觉得武汉这个冬天格外冷，"也可能是心理原因"。

在普爱医院看病时，医院将发热门诊设在空地上的一处单独隔开的小房子里，屋外排着长队。那天风很大，她里里外外穿了7层，戴着围巾、帽子、手套。她第一次体会到，冷的极致是感觉不到冷了。

为病人安全起见，隔离点的门不允许关闭，门锁锁舌处包着毛巾防止自动带上。小楼立于开发区中，四周一片旷野，风灌进楼来，尖啸着，门也砰砰应和，"简直像交响乐"。有一天董婉婷看见窗外由暖黄转为青白，鹅毛大雪降下来。

从第一声咳嗽到住进隔离点，她始终没有把病情告诉妈妈。得病的女儿认为有必要保护自己的母亲。公共交通停了，妈妈没有车，无法实际帮上忙。她觉得，告诉母亲，只会让她感到无能为力，白白担心。

疫情则将她和爸爸逼到一起。她发现自己得到了机会更新父女的相处模式。她不隐瞒自己来自一个"不太完整的家庭"。父母在她幼时离异。父亲再婚，又有了一个女儿。母亲辛勤工作，她几乎由外婆带大。

在董婉婷看来，爸爸的关心总带一种不由分说的独断。而她早习惯自己拿主意。她追随爱好考入艺术高中，又进入大学的艺术专业。父亲始终不赞成这个决定，觉得不好找工作。"你没有那个天分。"他劝说，丝毫没有意识到这句话像刀子一样伤人。

这个冬天以前，父女只在年节见面。已经长大的女儿和中年的父亲已不再发生矛盾，他们维持着彬彬有礼的距离。这一次，董婉婷将自己的身体状况告诉了父亲。后者有私家车，能接送她往来医院，车窗外是越来越空旷的武汉。

董婉婷一度不想再去医院排队了，她感觉到徒劳无功，而身体越来越吃不消。父亲则强烈反对，总逼她打起精神再跑一趟。他想救女儿，以他习惯的那种独断的方式。两人常为此发生争执。

其中一次矛盾爆发于两人的通话中，争到中途，女孩听到，父亲哭了。

这是董婉婷此生第一次看到父亲的眼泪。她发现爸爸竟能在哽咽的同时几乎不受干扰地继续输出自己的观点。这一刻，两个人丰沛的情绪让她"震撼"又"痛苦"。她意识到：天哪，爸爸爱我。

3

她在新闻里看见外面的情况，"江汉路一个人都没有"，这是她打记事起从未见过的景象。她从来没有见过比武汉更"火热"的城市。

2019年，也是这样的冬末春初，她正拿着学校的照相机穿行于这座城市的大街小巷。这是艺术课程《阅读城市》的实践部分。

建筑是热闹的。武汉，160多年前《天津条约》中增辟的通商口岸，如今对外贸易量稳居全国前四的大港口，"九省通衢"。不同的建筑风格在这里摩肩接踵，她拍下照片去书本中对照，认出广东的、浙江的，还有欧洲的。

现代高楼簇拥着"里分"低矮的红色屋顶。里分是武汉在半殖民统治时的租界，现在的城中村落。"比户相连，列里以居"，"里"，就是家的居所。董婉婷的外婆曾在集贤里居住，那里如今已经拆迁。2019年，她在里分租过一个工作室，从早观察到晚。她发现居民多为老人和体力劳动者，不少环卫工人，带荧光条的橙红马甲在巷弄间隐没。居民楼间各种线缆拉得很低，晾晒的各色衫裤飘飘荡荡。黄猫卧在树影和阳光的夹缝里，斜睨着眼。

武汉人，"口头上总是要轰轰烈烈"。武汉话抑扬顿挫，气势惊人，总是显得"很凶"，"汉口话尤其凶"。江汉路是步行街，人头攒动，招牌霓虹，大喇叭放着流行乐，"好像永远有人在吵架"：顾客为价格吵，行人和店家吵。

董婉婷在里分居住时听到最多的也是吵架，父母妻儿，家长里短。路人悠然而过，不觉得有什么热闹可看。吵过了，饭菜香又飘起来。

在她眼中，武汉充满着"江湖气和烟火味"，"烟火味"直接体现在居民楼的建筑外墙上。

2019年军运会后，市容大大优化。此前，董婉婷常见爬着油烟痕迹的街道和水泥墙面。油烟来自热火朝天的重口味厨房，武汉人是"好七佬"（爱吃的人）。

"好七佬"董婉婷"嘴巴刁"，"被武汉惯的"。她会为一口吃的跑老远，去老通城吃煎豆皮，去利济北路买烧卖。菜刀"咚"的一声剁下鸭脖，热干面"刺啦"一声吸入口腔。"过早"（吃早餐）时她一般不化妆，否则会全部花掉。苍蝇馆子，塑料桌椅，空气炎热，汉口的糊汤粉滚烫。她大口啜饮，"汗流到不可思议的程度"。胡椒放得足足的，能把外地人的眼泪辣下来。

董婉婷一直觉得自己不太像武汉人，"说话就不太像，没什么气势"。她觉得自己是"典型的那种艺术生"，内向、敏感，时常担心讲话不如写字表达得清楚。从小到大她只有几个密友，和陌生的世界接触多少让她有些惴惴不安。

在这个火热的城市，她一度有过抑郁的情绪。除了焦虑艺术学习的进展，年轻的灵魂还常陷入宏大的问题。她读加缪的《局外人》，书里的人说，"我以这样的方式生活过，我也可能以另外一种方式生活"，所有的生命无可避免地通向死亡。她审视自己"庸常的、平凡的"生命，问自己：活着的意义是什么呢？

22岁的女孩还无法给自己答案。

"是爱吗？我不知道。"她说，即使是在写遗书时，她也没能写下一个"爱"字。

高烧的夜里她想起外婆。武汉人管外婆叫"家家"，她查资料时翻到一首湖北儿歌：摆摆手，家家走，不杀鸡，就打酒。搭洋船，下汉口，吃鸡蛋，喝米酒，买对糍粑往转走……一家熬腊肉，百家香闻够。

她的家家就像儿歌里唱的那样，总有无穷无尽的好吃食，要送给小外孙。董婉婷的幼年在外婆的老房子里度过，初中时她和外婆一起住在表哥家，夜里常常一起睡在表哥客厅的沙发上。

老太太在董婉婷初三时查出晚期癌症，熬过了一场大手术。家人没瞒她，她也没表现出对死亡的在意。手术终于结束，麻醉药力还未退去，阖着眼的老人嘴里嘀嘀咕咕：红中赖子杠——原来已经在梦里打上了武汉麻将。

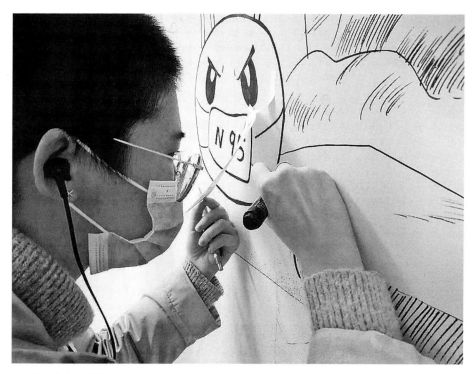

董婉婷在医院绘制墙画　受仿者供图

董婉婷计划在毕业设计里把对外婆从未说出口的感情表达出来。还没动工，她被病毒困在了家里。她不知道自己能否有机会毕业，甚至不知道自己能否活下来，但某一刻她突然清晰地知道，自己要"利用手边有的一切东西"，把毕业设计做出来。

在任何有力气的时候，她开始造纸。用餐巾纸加水溶成纸浆，再一点点塑形，捏合成手边一件外婆衣服的形状。

那是一件褐色的对襟褂子，穿了多年。油污的浸染使得布料有了雕塑的质感。油污来自无数逝去日子的平凡三餐。

4

她不知道自己这样做，是为了转移注意力不去考虑死亡，还是想为可能的死亡做准备，让自己能留下点什么。或许两者都有。

疫情来之前，她无数次思考死亡，从哲学或艺术的角度。但这一次，她听见自己脑海里的声音，简单而强烈：我想活。那"庸常的、平凡的"生命，她一点也不想舍弃。

这种欲望一度表现为愤怒。

阳光偶尔露面的时候，这个小病人坐在隔离点的阳台上，裹着带过来的唯一一件羽绒服，捧着鲁迅的《呐喊》。夜里，她反复读北岛的《回答》：为了在审判之前，宣读那些被判决了的声音：告诉你吧，世界，我——不——相——信！

转移到隔离点时，没给她多少收拾行李的时间。她爱旅游，"说走就走"，常备洗漱包和简单换洗衣物，省下的时间用在挑书上。一本介绍哲学基础知识的《大问题》，她大一时就买了，这时才静下心阅读。她试着回答书里提出的问题：如果还有生命还有几分钟，她想打通电话，给谁她还不知道。

与此同时，越来越多的人闯进这个内向女孩沉默的时间线。

学校的辅导员每天在各个群里转发求救信息，也包括董婉婷的。同学加入了接力，把信息扩散出去，没有人知道传播的哪一个节点最终能帮上忙。越来越多号码触到了她的手机，来自同学，也来自陌生人。人们想知道她状态如何，试图提供帮助。

居家隔离期间，发着烧的董婉婷参与了一次毕业设计的线上汇报。她的导师表达了对她进度的不满，这让她非常委屈。导师一贯严格，在她的眼里近乎"苛刻"。

董婉婷畏惧他，也尊重他。他是《阅读城市》课程的任课教师。在他指导下，这个土生土长的武汉姑娘重新发现自己习以为常的城市，色彩在她眼前鲜明起来。也是在他建议下，她尝试用餐巾纸进行艺术创作。

董婉婷告诉导师，自己写了遗书。电话那头，接近60岁的老师沉默了很久，对学生说：过60年你再想这件事吧。

后来，董婉婷听说老师去找了学校，近乎愤怒地要求救救自己的学生。

在硚口第一职业教育中心隔离点，董婉婷遇见了在大厅里迎接的救援队队长马于飞、隔离点的负责人。她记得马队长对她说："你有什么事情，一定要告诉我。"

马于飞是志愿者，湖北荆州出生，在武汉工作，口音模糊地介于这两者之间。如果不是疫情，45岁的他当时应该正在英国过春节，与居住在那里的妻子儿子团聚。他此前承包工程，和政府打过交道，从他们那儿听说了开设隔离点的消息。机票被取消后他想，干脆做点儿什么吧，于是来到了这里。

2月7日开放后，隔离点迎来居住高峰，300多人陆续搬进来。从各个社区驶来的车子，最晚一班常到后半夜3点。据马于飞介绍，这时期来的病人几乎都是疑似，"核酸一测一个阳性"，平均待3天即会转移去医院。

病人们年龄两极分化，年纪最大的超过70岁，最小的17岁。隔离点居住过13个家庭，都是一家子全部感染，被安置在不能接触的小单间里。

马于飞带队的70多位志愿者从早忙到晚，一趟一趟上病区放饭、测体温。累了，就在办公室的折叠床上略躺一躺。隔离点有一个微信群，病人在其中联系志愿者。然而，老年患者大多不会使用智能手机，要牙刷、热水，只能等志愿者上门询问。老年人大多有基础疾病，药物也依赖志愿者购买。硚口区当时只有一家药房营业，一天开门几小时。

整栋楼都在对抗着未知命运投下的阴影。13个家庭里，有8家暴发过矛盾，需要志愿者劝架。马于飞和同事还需要特别注意老年患者的精神状况。他们中的一些已表现出自杀倾向，"撞墙的都有"，好在都被及时救下。

隔离点每天有两位医生。医生的来源并不固定，有些来自外省的医疗队，有些是当地的志愿者医生。

董婉婷接受了4次核酸检测。每一次等结果时，她都怀着小小的、几乎天真的期待：也许是搞错了。4次结果，3次阴性。后来的新闻提到，不少新冠肺炎患者存在试剂盒假阴性的情况，要配合影像学结果判断。

她的肺正在"溺水"。求助信息显示，当时的她"明显胸痛，淋巴浮肿吞咽有困难，高烧咳嗽，呼吸急促"。发病1个月，居家隔离一周半，隔离点隔离9天，上报3次身体不适，去医院治疗的机会始终没来。2月11日晚，她写下了遗书。

2月17日上午，马于飞来到董婉婷的房间，帮她拿来一盒纸巾。董婉婷一直以为这是一个幸运的转折。实际上，马于飞已经关注她3天了。志愿者告诉他，这个房间的女孩儿不再吃早饭了，他觉得情况不对。

马于飞询问了具体状况，为董婉婷找来了医生。医生判断，已经是重症了。董婉婷不知道外面的情况，马于飞则十分清楚床位的紧张，重症之外还有更重的。他告诉中青报·中青网记者，自己动用了一点私人关系。董婉婷则听说，他跑去防疫指挥部"吵架"了。

当天晚上，董婉婷接到消息，连夜转院，到汉阳区的武汉同济医院接受治疗。直到离开，她都不知道马队长究竟长什么样——防护服遮住了他的脸。

马于飞则忘不了董婉婷看向他的眼神，"那种无助"。这个女孩让他想起自己的儿子。

5

在汉阳同济，声音和光又回来了。即使到深夜，医院的灯也不会完全熄灭。她能听见医生护士穿防护服在走廊来来去去，那是一种类似挥舞塑料袋的声音，脚步沉重。但这让她安心。

到达医院后，她给妈妈打电话，告诉她自己确诊新冠肺炎，已经住院。妈妈让她好好养病，语气里没有惊讶。董婉婷突然感觉到，妈妈可能很早就猜到女儿的情况不对，妈妈都知道。

住院的头几天里，她几乎日夜昏睡。治疗的药物带来副作用，呕吐、恶心。慢慢地，她清醒的时间越来越长。医生告诉她，在她身体内，年轻的免疫系统正在药物帮助下与病毒对抗。

她开始发现，自己"骨子里终究还是一个武汉人"。武汉人执着，而她如此执着于活下去这件事。

眼前的一切都让她觉得惊喜：窗外的天空，墙上的日影，包苹果的硫酸纸透过光线的好看颜色。这是她第二次体会这种惊喜。在学习《阅读城市》时，她读到一种遗憾："常见有人卜居一地数十载，阅尽沧桑却熟视无睹，成了久住的过客，到底没有主人的心情。"

绕着梨子的果柄，她一圈一圈写下日期，从发病到如今活着的每一天。她一天要吞下40多片药，抠出一板胶囊，在表面写下自己的隔离日记，又小心塞回去。还有一颗药，她在上面画了一只小小的蝙蝠。

离开隔离点去医院的夜里，导师告诉她：每个人都做自己可以做到的事情，这个世界就会越来越好。

她反复咂摸这句话。医院在病人中招募志愿者协助护士，她犹豫了一整天才去报名。对方很高兴：你是第一个。

这是她从未有过的举动。得病之前，她花了两年才做好心理建设参加班级聚会。她仍旧内向，紧张于人与人的联系，但她已经开始体会到自己需要这种联系，并感谢它。

护士们的任务很重，不仅有医疗上的，还要负责搬运物料、给病人放饭等杂事。防护服笼罩全身，董婉婷一开始分不出他们谁是谁，只能从声音里听到他们的疲惫。后来她发现，防护服遮不住眼睛，每个人的眼睛都不一样。

志愿者大多都是年轻人，她们在身体状况好时尽力协助护士，帮助减轻她们杂事上的负担。妇女节的时候，董婉婷收到落款为"A10病区全体的医护工作者"的信，写在大红纸上，祝"我们科的小美女早日康复"。随信还有一朵玫瑰花、一盒巧克力。

她们制作了一档音频节目，在医院的广播系统中播出。董婉婷负责组织人员。第一期节目里，有年轻人说：除了生死，没有大事。

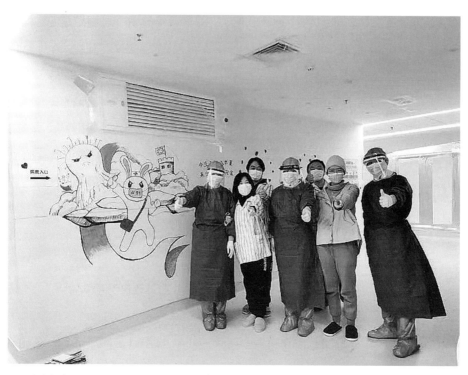

患者组成的志愿者小分队与医护人员合影　受访者供图

武汉的春天如约来了。马于飞感觉到气温上升，忙碌时衬衣外罩一件夹克就够了。他所在的隔离点，疑似病例大大减少，入住者身体状况普遍不算太差。任务量减轻，志愿者缩减到了26个。他偶尔会想想疫情结束后，自己能飞离武汉，赶上与妻儿迟到的相聚。

大四学生董婉婷每天都在操心毕业的事情。她计划出国深造，但雅思考试已经推迟，申请学校时需要的作品集还没来得及整理。在病房里，再次向导师汇报毕业设计进度的时间点到了，她从头天夜里就开始紧张。女孩试探着说自己的论文不好写，导师回了四个字：按要求写。

走出医院时，她还穿着那身50天没换的粉红色羽绒服。她位于A10病区的床位空了，病区的墙上留下她和志愿者伙伴们的墙画：一只戴着口罩的兔子。这之前，医院经过紧急改造，墙面刷了一遍白。她给医护写了一封"出院信"，因为慎重，写了3遍，"那些难以想象的艰难，除了你们，谁又知道呢……这个生病的武汉，因为有你们，才有解药。"

她接着写道："不要麻木！……真实，我们谁也不能逃避它，面对是唯一的解答。"

她还是会时时想起外婆，她的"家家"。外婆术后，她一度担心老人的身体。但一年又一年，老太太坚挺着，照顾孙辈，准备着日日三餐。"心大"，"一个典型的武汉人"。

还是有一点不一样。每年春节前，武汉家庭要腌鱼腌肉灌香肠。这是体力活儿，也是外婆的拿手好戏。手术后，老人再也没做过了。

董婉婷觉得这场疫情永远改变了自己，她"变得更勇敢"了。对于那个困扰过自己的宏大问题，她暂时有了答案。或许，她搞错了顺序："以前我老在寻找生命的意义，因为我觉得，生命要有意义，然后才会有力量。现在我认为，生命本身就是力量。"

武汉将是她"生命中最重要的城市"，而她此刻期待有一天离开，去看看更大的世界——那是22岁的她写在遗书中的愿望。

王梦影

2020年3月11日

父亲留在了火神山

武汉火神山医院的病房陆续空下来，贴上了封条。但70岁的蔡德润永远留在了火神山，确切地说，他身体的一部分留在了这里——他因新冠肺炎抢救无效去世后，家人捐献他的遗体用于研究，帮助世人"认识新冠肺炎的发生发展机理"。

蔡德润是2月8日确诊、3月9日病故的。他的女儿蔡雅卿记得，3月9日武汉下了一场雨，中午1点多，她接到医院的电话，收到父亲病危的消息。

对此类消息，她并不陌生。她的父母确诊后一个多月里，作为新冠肺炎危重症患者，分别在不同医院住院。独生女蔡雅卿总是接到有关父母病情的电话通报。

电话那头向她例行通报病情的口音总在变化——武汉迎来了几万名外地医务人员；她听到的病情也在变化：血氧饱和度下降、吸氧、插管……病危。

能不能够把骨灰给我

新冠病毒的狡猾与凶恶在这个三口之家显露无遗。蔡雅卿与父母共同生活，她的肺部检查结果也显示被感染，核酸检测结果却是阴性。从医学上来说，她是一名密切接触者，一个"临床确诊病例"。父母躺在病床上与死神抗争时，她从隔离点转到方舱医院，再回到家里，失眠，做噩梦，靠药物入睡。有时，半夜医院来电将她从噩梦中惊醒，但带给她更大的噩梦——现实。

她不敢关机，不敢接电话，"父母都是危重症（患者），没有一个好消息"。

3月9日这天的消息是最坏的，火神山医院的医生告诉蔡雅卿，蔡德润的生命体征非常不好，医院正在抢救，要做好心理准备，最好通知一下其他亲属。

蔡德润兄妹5人，他居中，上面有哥哥姐姐，下面有弟弟妹妹，"齐全得很"。2020年5月，他本将迎来71岁生日。

长寿是令这家人自豪的事情。蔡德润的父亲去年过完100岁生日后安然逝去，"一觉睡过去的"，什么病痛也没有。

蔡德润对女儿说，你爷爷的状态是最好的，90多岁还能上街。人如果不能健康地活着，其实是一件很难受的事情，因为自己会觉得很憋屈。本来能吃能喝能上街的人，让他一直躺着就会很难受，那就遭罪了。

这是蔡雅卿唯一一次听到父亲提及生死的话题。后来，听医生说父亲被抢救过五六次，她感觉到，父亲应该很痛苦，他在"遭罪"。

在3月9日的第二次来电中，医生告诉她，情况很不好，估计今天很难挺过去。蔡雅卿沉默，电话那头也沉默。十几秒后，医生轻声问，您父亲如果走了，可不可以捐献遗体做研究？

蔡雅卿蒙了，很惊讶，尽管她能听出对方已经是在很小心地问。她觉得，医生这个时候来问这个问题，肯定是父亲"不行了，没得救了"。她心里"蛮悲的"，对医生说："我现在没法回答你。"

从父母感染新冠肺炎起，蔡雅卿遭遇了太多不期而至的事情。她并不恼火医生的询问，但确实对捐献父亲遗体没有心理准备。她只在电视上看过捐献遗体的事，没想过会发生在至亲身上。

挂了电话，蔡雅卿仍在考虑，很多人是开不了口跟家属谈遗体捐献的——一个人因为传染病走了，家人会很伤心，会有怨言。她试着站在对方的角度去考虑，既然医生顶着"这么大的冒犯（的可能）"主动询问，说明"国家非常需要感染者的遗体"。

她母亲当时病危，伯伯和姑姑们年纪大了，她只能跟小叔商量。年过六旬的小叔在电话那边哭了起来。听到侄女的想法，他很震惊，说"这样不好吧"，提醒她"以后"不要因为此事难过，"以后"千万不要有心理负担，"一般人都不会做这个事情的"。

火神山医院的来电这天共有3次，第三次带来的是噩耗：患者蔡德润逝世于3月9日16时40分。

医生在电话里再一次问她：这个时候跟你说捐献的事情会很难受，但还是希望征求一下你的意见。

蔡雅卿同意了。"我不清楚你们要做什么，因为就是国家需要这方面的一些东西，我同意。"她说，"但是我只有一个要求——你们最后能不能够把骨灰给我？"

医生保证，骨灰会留给亲属，会有工作人员上门沟通。

"父亲最后一程跟医生、护士在一起度过，而现在的话，为医学研究，国家需要的时候，我好像没有什么理由拒绝，就同意了。"蔡雅卿后来这样对中国青年报·中国青年网记者解释她的想法。

他肯定也会大笑着同意

这天傍晚，当看到家门口站得笔直、穿着迷彩服的火神山医院军医赵鹏南，蔡雅卿意识到，她替父亲作出的捐献遗体的决定，即将成为事实。

赵鹏南详细解答了她的问题。

通常来说，遗体捐献者是将器官移植到别人身上，用于生命的延续。但这次不同，烈性传染病逝者的遗体是用于医学研究。

中国科学院院士、陆军军医大学教授卞修武领衔的一支病理诊断与研究团队，在火神山医院陆续开展了已知全球最多新冠肺炎病例的尸检工作，研究结果完善了国家的新冠肺炎诊疗方案。

捐献者们默默支撑了这项工作——截至4月5日，这支团队在武汉完成36例大体尸检和穿刺解剖。包括蔡德润在内，来自火神山医院的有10例。

"这是一项伟大的工作，只有医患同心才能完成。"火神山医院医务部副主任张宏雁对记者说。

她还说，人们表现出的大爱和奉献精神，值得更多人铭记。

在知情同意书上，蔡雅卿签下名字，摁了手印。她在"采集方式"一栏选了"全身"，这意味着把父亲的遗体整个捐献给火神山医院。

"捐都捐了，这事就不应该太小气。"她说。

尸检分为三种：全身尸检、局部尸检、微创穿刺尸检。对遗体的影响依次由大至小，医学价值也由大到小。

"全身"其实是让研究者取走一些器官和组织，最后仍要经过非常精细的处理，恢复遗体的完整性。随后，遗体会送去火化，骨灰交给亲属。

蔡雅卿签署的同意书上写着："这一捐赠样本的举动会为别的患者带来更多治愈的可能。"

她没想"那么大"。她只是希望父亲能够帮到他人。她记得，2月8日到医院检查时，父亲呼吸已经艰难，喘得走不动路，需要人用轮椅推到病床上。他不愿意给人添麻烦，为了减少上厕所，他那天不吃饭、不喝水。

在蔡雅卿眼里，父亲生前是一个极为乐观开朗的人。他爱笑，嗓门儿大，如果开着窗户，在一楼开怀大笑起来，从五楼都能听到。

蔡德润的生前老友保留着近年聚会的视频。这些视频里，蔡德润是饭桌上最开心的那一个。

蔡雅卿经常听父亲说"活一天赚一天"。他从前是长江航运集团的船员，曾在20世纪80年代的一次拖轮船队相撞爆炸事故中幸存。当时他失血过多，昏迷不醒，被救起时上身刺满了玻璃。他回家养伤，每月只拿基本工资，7年后回到长江上继续跑船。

从小到大，蔡雅卿没有听父亲主动提过那次事故。她知道，父亲"没有多要一分钱赔偿"。

她说，一个那么不愿意给他人、给国家添麻烦的人，如果生前知道自己的遗体还能帮助别人，肯定也会大笑着同意。

一点"私心"

女儿签字后，蔡德润的遗体带着特殊的代号，被送到火神山医院的负压尸检方舱内——这是全国唯一的针对烈性传染病的负压过滤式生物安全尸检方舱。

出于保护隐私的考虑，遗体仅以样本编号和研究编号区分。但每次在尸检方舱内，开始工作前，卞修武院士和他的同事会分列在手术台两侧，举行一个简短的默哀仪式。尽管身上的防护装备像太空服一样笨重，他们依然用力向前弯腰，向逝者鞠躬致敬。

39位捐献者，帮助他们建立了已知全球病理数据最齐全的新冠肺炎病理样本库。

张宏雁说，对这种新发疾病的认识，不可能靠一两例来了解所有情况，"我们认为每一例都可能会填补一些未知"。

她还记得，一位男子填完同意书后提出，我们希望医学能够更好地提高技术水平，以后永远不要再发生这种疫情。

而蔡雅卿对记者说，她签字时还有一点"私心"——"我希望我妈妈能够回

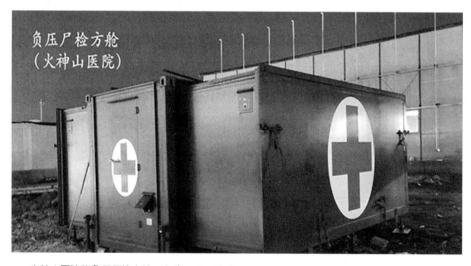

火神山医院的负压尸检方舱　火神山医院供图

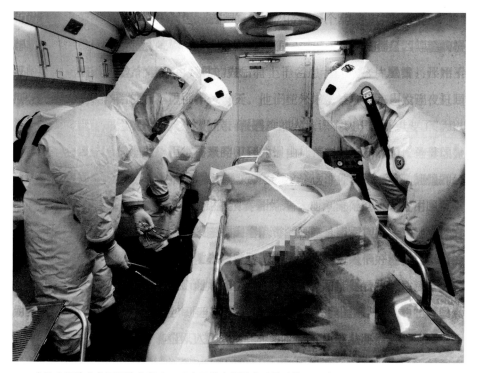

火神山医院的负压尸检方舱内，研究团队向捐献者遗体致敬。火神山医院供图

来"。她觉得，对父亲遗体"好好研究"，有助于弄清楚"这个病"到底怎么回事，让更多"遭罪"的人尽快康复。"我不要一下子变成孤儿，我想我最起码还能有妈妈。"

她的母亲仍在住院，脱离了危险期。在视频聊天时，医生告诉她，虽然病人躺在床上不能动，但是手有了一些握力，是好的迹象。

父亲的葬礼

3月25日，蔡雅卿独自从殡仪馆领到父亲的骨灰。她要为父亲举行一个葬礼。

疫情期间，她没有买到鲜花。社区工作人员帮忙买了一包纸钱和香烛，开车带她去了墓地。

蔡雅卿抱着骨灰盒，轻轻放进墓穴，摆正，盖上盖子。工人用混凝土暂时砌出一个斜坡，给墓碑留好位置。她暂时找不到人刻碑。

她点了蜡烛，烧了纸钱，突然下起很大的雨。上午10点左右她出门时，还是晴天。她慌忙从包里找出一个购物袋，盖在未晾干的混凝土上。

本来，她一直忍着眼泪，"我爸享福去了，不遭罪了，我不应该再哭哭啼啼的，不好，应该让我爸觉得，我会好好活着。"

社区工作人员对她说："雨下大了，你磕3个头，我们把你送回去。"

蔡雅卿跪下磕了3个头，说了一句"爸爸，对不起"，泪水绷不住了，随着雨水流下，"我感觉老天爷都在哭"。

她觉得有很多"对不起"。父亲2月9日转到火神山医院，抱怨女儿慌慌张张，没给他带手机充电器。父亲后来在电话里说火神山医院吃的喝的都蛮好的，还"炫耀"有酸奶，但心烦的是一度打不了电话，只能找医生借充电器。

蔡雅卿当时有点放心了，因为"爸爸说话嗓门儿还是很大"。但是，父亲两天后便上了呼吸机。那是他们最后一次通话。

她甚至怀疑，是自己把病毒带到家里的。武汉"封城"后，父亲的肝炎药吃完了，她去医院买过药，疑心自己带回了病毒。2月7日，父母开始出现症状。

在父亲墓前，蔡雅卿觉得一切太突然了。"就没有个过程……我心里面最难受的是我觉得好多事情都没有完成，好多话都没有说……"她自责，很多事情一直让父亲操心。

去年蔡德润70岁生日，提出想吃自助式烤肉。蔡雅卿狐疑地看着平时打太极、清淡饮食、注重养生的父亲，问了好几遍，"你能吃烤肉吗？"

他说："我没吃过，你平时吃的那些东西，我要跟你一起去吃一次。"

现在她知道，他其实是在跟自己妥协，"这也是一种爱"。

安葬父亲之后，蔡雅卿把父母的床单洗了，把床铺好，定期进去拖地，等待母亲回家。她每天好好吃早饭，"努力让自己生活得像他们在家里面一样。"从前她早上赖床，父亲会给她去买早点。

2019 年 5 月，蔡德润 70 岁生日，女儿带他吃烤肉。*受访者供图*

赵鹏南医生又来了，给她送来感谢信，上面盖着"武汉火神山医院"的红章，让她留个纪念。

拿着这张纸，蔡雅卿确信，父亲永远留在了火神山。

耿学清

2020年4月15日

长夜的尽头

2020年春天，这条命是死是活，已经由不得崔志强了。

他的肺不再工作，机器抽出他的血液，加了氧再输回去。

药物让他沉睡了两个多月。这位新冠肺炎重症患者还活着，但活着的条件昂贵又残忍——ECMO（体外膜肺氧合）不能停机，他也无法真正"醒来"。

他陷入了一个漫长的夜，而这夜色还笼罩着很多人。

武汉花楼街，崔志强离家就诊后，女儿崔瑛夜里常常失眠。她因此注意到，医院的通知短信总在凌晨三四点发来，医护人员刚刚忙完。面对全新的敌人，他们没有特效药或是外科办法，没有参考文献，在黑暗中摸索着迎战。重症和危重症领域是夜幕下的沼泽，先进的医疗设备拽着一些人的生命，另一些人则被吞没。

对于"坏消息"，崔瑛早有心理准备。但她还是希望父亲再撑一撑，至少撑到武汉解封，家人能送他一程。在武汉支援的四川大学华西医院重症医学科主任康焰则更敢想，他想在仪器拖住的时间里，寻找转机，让崔志强活。

事实上，针对这类新冠肺炎导致肺纤维化不可逆、离不开生命支持设备的患者，全世界的医生和研究者都在探索。

一种可能性在暗夜中闪着微光。肺不行，别的器官还行，那换个肺，行不行呢？

1

武汉大学人民医院胸外科医生林慧庆试图抓住那一点光。

关于新冠肺炎患者的肺移植手术，早在2月底，她就向医院提交了可行性报告，3天后院领导签字，"同意"。到了4月，国家卫健委开始主导这项工作。

4月里的一天晚上，她见到了崔志强。确切地说，是通过仪器数值、病案资料和医护人员的讲述初步判断，患者有没有条件"换肺"。此前，中国已经完成4例新冠肺移植手术，有患者术后成功脱离ECMO。

快到午夜时分，林慧庆才结束工作，离开武汉大学人民医院东院区。

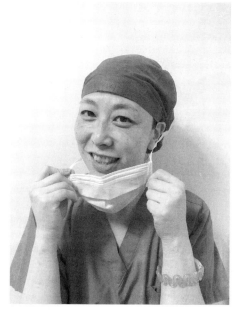

林慧庆　受访者供图

她驾车误入东湖湖区。手机导航失灵，周围一片寂静和黑暗。

几个月后，林慧庆回想那个时刻，觉得是一种隐喻——她很害怕，但必须找到出口。

"你做这个不怕感染吗？"时任科主任曾问她。

"这种病人总要有人做的。"这位两个孩子的母亲回答。

在见到崔志强之前，她曾去金银潭医院现场评估两位患者，看他们是否符合肺移植条件。在研究患者资料后，她理出一份"新冠肺移植评估要求"。

这是一组相当苛刻的条件，包括心肝肾功能要基本正常、凝血功能正常、细菌感染得到控制、多次核酸检测（鼻咽拭子、肛拭子、支气管肺泡灌洗液）持续阴性等。在卫健委专家组一位教授提示下，林慧庆又补充了"患者在清醒状态下同意"条款。

令人遗憾的是，金银潭医院的两位患者，一个患有菌血症，一个有持续性的低血压，都未满足条件。

4月15日，林慧庆又去同济医学院附属协和医院看了6位患者，同去的还有东南大学附属中大医院副院长、重症医学科主任邱海波和国家卫健委医政医管局医疗质量处副处长马旭东。

经过评估，6名新冠肺炎重症患者中有两人符合肺移植条件。但在"神经清醒"后，他们一个点头接受，一个摇头拒绝。

"我们充分尊重病人对生命权利的自主选择。"林慧庆说。

4月16日下午，她得知"本院好像有个人能做移植评估"。那个人就是崔志强。

林慧庆马上出发，她开了一个半小时车，晚上8点多赶到人民医院东院区。"危重症到末期的那些患者，他们真的等不了，随时出现细菌感染，他们就可能失去机会。"

进入ICU病房后，林慧庆翻看了崔志强的全部资料，了解他的感染状况和营养状况。呼吸机监测到的数值显示，崔志强肺的顺应性只有12厘米水柱，不能"像气球一样吸气换气"。她尝试调低ECMO指标，崔志强无法耐受。

这说明他的肺彻底失去功能。"这些都符合肺移植的条件，最重要的是，从3月7日开始，他每次接受核酸检测，结果都是阴性。可以说他已经不是新冠肺炎患者，但有新冠后遗症"。

评估在临近午夜时结束，林慧庆心里有隐约的兴奋和忧虑。崔志强大概率就是她要寻找的病人，但此前，她没有做过病毒性肺炎的肺移植手术，国际上可查的相关文献也只有4篇。

两天后的傍晚，一列火车停靠在武汉汉口车站，陈静瑜踏上站台。

这位著名的中国肺移植专家此前已经完成两例新冠肺移植手术。他将和林慧庆一起，试着终结崔志强的漫漫长夜。

2

夜晚降临的征兆，最初只是一小团磨玻璃影。

除夕吃完年夜饭，65岁的崔志强说身上发冷，有可能发烧。当时武汉已经封城，崔家人感到了恐惧。老幼五口居住在老房子里，房间小，通风不好。崔瑛回忆，怕是"那个病"，家里开了一夜门窗，寒风不停地灌进屋来。

第二天，崔志强到花楼社区医院就诊。CT影像显示，他的右肺上叶有小面积感染。他输了液，开了点药就回家了。

两周过去了，崔志强还发烧。他再去社区医院时得知，放射科医生被确诊了新冠肺炎，没人拍片子了，这才将自己的情况上报社区。

2月6日，崔志强被接到定点酒店隔离。

崔瑛记得，离家前，父亲吃了一大碗面，"又酸又辣"。她以为父亲很快就能回家，因为"得了那个病怎么会有好胃口"。

一只薄薄的保鲜袋，装着牙刷和充电器，崔志强拎着就出门了。

2月7日，他到武汉市红十字会医院就诊。"太吓人了，到处都是人。"他在和家人联络时说，有人发饭，但座位靠抢，也不能喝水，一旦去洗手间，座位就被人占了。

当天，崔瑛接到通知，崔志强核酸检测"双阳"，确诊新冠肺炎。随后，他的病情迅速恶化，开始出现呼吸衰竭的症状。医院床位紧张，有几天，他在楼上吸完氧，又得下楼坐着。

崔瑛不敢去医院看爸爸，怕自己被感染，"妈妈和我孩子怎么办"。她心中充满愧疚，为过去和父亲的每一次争执而后悔。

2019年，崔志强刚满65岁，拿到老年证后他很高兴，因为可以免费公交出行，带外孙去玩。

退休前，他受过工伤，调到企业工会，"画黑板，写海报"。退休后，他帮女儿带孩子，给妻子做饭。他离开家的日子里，妻子干他平时的活儿，才意识到

崔志强　受访者供图

"他原来那么累"。

在女儿的印象中，崔志强性格温和隐忍，疼爱妻女。他是家里的长子，弟妹有事都会问他。谁家闹矛盾，他会帮着劝。"他不在，没有一点家的感觉了"。

崔瑛每天都问父亲的情况，她意识到，手机网络的另一端，崔志强的信号正在慢慢变弱。他说不上几句话，回复微信的次数也少了。

2月16日之后，父女俩彻底失去联络。那天，崔志强发来信息，说不知怎么回事，特别难受。第二天，崔瑛联系医院得知，父亲上了有创呼吸机，已经不能说话了。

2月18日，呼吸机也无法维持崔志强的血氧饱和度，他的命交给了ECMO。

"我很感激了，红十字会医院只有两台这个机器，我爸爸用了一台。"崔瑛说。根据她当时了解到的情况，一些新冠肺炎重症患者连两三天也没撑过去，社区里有的一家人全部走了，有的两口子走了，留下孤儿。"最难受的不是得了什么病，而是一家人见不到最后一面"。

回忆那段日子，崔瑛说武汉的天是灰的。有时她听见飞机从头顶掠过，会吓得要命。"我以为国家不要我们了。"后来她在广播里听到，支援武汉医疗队的数量不断增加，忽然意识到，"那些飞机，是来帮我们的"。

3

康焰就在某架飞机上。

3月18日，崔志强转院至武汉大学人民医院东院区，由四川大学华西医院医疗队负责。

"送来的时候病情很重，片子很糟糕，肺的纤维化特征很明显。"华西重症医学科主任康焰说。但他非常想救这个人，因为除了肺不好，崔志强的心脏、肝肾等功能很好，很有希望。而且"他才60多岁，在武汉的病人里年龄真不算大的"。

随着治疗推进，这位中国重症医学领域的顶级专家曾尝试着帮崔志强摆脱ECMO。他把仪器的指标调低一点，期待肺多少能发挥点功能。但结果是，一点都不行。仪器必须维持在"全流量"的水平，崔志强才能不缺氧。稍微停一下机，生命体征的数值就跟着"不对了"。

康焰不死心，他给崔志强的肺拍CT片，继续监控仪器的数值。但结果令他无奈，"影像学上没有改变，功能上也没有改变"。他后来回忆，当时没想过肺移植，更想不到这些检测结果后来能成为重要的评估标准。

"我知道困难，就想撑住一天算一天。"这位医生只期待在ECMO争取到的时间里，继续治疗，寄望于患者的肺能好转。

4月6日，华西医疗队撤离武汉。康焰不放心，提前去找院领导谈，要把5名重症患者托付给人民医院重症医学科主任周晨亮。

"我去他科里会过诊，每天一起线上讨论，他理论和实践水平都相当不错。"

康焰回忆，回到成都后，他仍在群里关注每个重症患者的情况，"舍不得退群"。

"这些患者还能到哪里去呢？没有地方可去，如果不能交接好这些病人，华西队就不能按时撤离。"周晨亮说，这些医生对重症患者，一方面重视病情，一方面很有感情。

周晨亮接管了崔志强的长夜。

当时人民医院东院的重症医学科只有7位医生，他向医院申请了外科支援，开了动员会："一定要救回来。"

与此同时，国家卫健委专家组还有20人留在武汉，赴各医院处理重症病人。周晨亮记得，北京朝阳医院副院长童朝晖、北京宣武医院重症医学科主任姜利都来过，第一次来，童朝晖就提出了很重要的意见。

也是在那段时间，"重症八仙"的称号开始被人们熟知，代指8位驻守在武汉的重症医学顶尖专家。

沉睡中的崔志强不知道，"八仙"中，康焰、童朝晖、姜利、邱海波、郑瑞强都曾站在他的病床前。

"这是个接力的过程。"周晨亮说，"帮病人撑过最艰难的时候，我相信还是有希望的。这个病我们不熟悉，但现在手里的'武器'比2003年（SARS疫情时）多多了。"

崔志强使用ECMO已经一个多月，细菌通过穿刺插管进入他的血液，引发严重感染。感染得不到控制，他会在几天内死亡。周晨亮想给他更换新管子。

这存在巨大的风险。换管出血量大，ECMO还要停机，患者可能撑不住。此外，"喷溅操作"还有可能让医护人员感染病毒。

那段时间每天下午，周晨亮要参加国家卫健委组织的例行讨论会。专家们对前一天的新冠肺炎死亡患者病历进行复盘，为临床医生提供决策参考。医生们习惯把这个会叫做"死亡讨论会"。

在重症医学科工作了11年，周晨亮有职业化的"谨慎"。但在某一次死亡讨论会后，他决定"冒险"。

"无作为让病人慢慢死去，我不接受。做了所有努力，无力回天，我不遗憾。"周晨亮说，"但有作为，需要有人撑着你。"

康焰曾解释过这种"背后的力量"——应收尽收，应治尽治，国家给医生机会，心无旁骛，不考虑经济、不考虑其他，只单纯考虑医疗问题，用最好的方式救病人，甚至要有勇气去冒险，探没人走过的路。

4月11日，周晨亮和几位同事戴上正压面罩，开始为崔志强更换ECMO管线。

插入静脉的导管有小拇指粗，拔出后需要按压穿刺口止血。崔志强长期使用"肝素"，凝血功能不正常，周晨亮用上了鱼精蛋白，试图抵消肝素的抗凝作用。

颈内静脉导管更换顺利，股静脉导管拔除后，出血严重。失去ECMO支持，崔志强的血氧饱和度持续下降。

周晨亮一边用纱布按压止血，一边摸索着崔志强股静脉的位置，锁定原穿刺孔下方1厘米处，"盲穿"一次成功。

ECMO重新上机，血氧饱和度直接攀上95。

止血纱布满病床都是，"视觉冲击力很强"。周晨亮回忆，"那是我职业生涯中第一次ECMO换管。"

崔志强的血液感染控制住了。仅仅一周之后，这场冒险的意义就凸显出来——它为肺移植手术的条件清单，打上了又一个对勾。

对于医生的尝试，崔瑛从不质疑，她"依从性"很好，信赖每一份医嘱。她还会提前检索一些医学术语，以便节省医生和她谈话的时间。

在内心深处，她接受了父亲可能不会醒来的结果，劝慰母亲："爸爸要是走了，你和我还能再活100年吗？人早晚都会走到那一步，谁也逃不了。"但她又怕遗憾，每天给不可能回复的父亲发短信、微信。手机里与父亲的对话框，留下她一个人长长的独白。

"爸爸，求求你加油好不好？"

"爸爸，我会好好照顾妈妈！"

"爸爸，你在干嘛呀，我们等你回家。"

她记得过去，父亲曾要她答应，万一有天不行了，千万别给他插那么多管子。父亲上了ECMO之后，她发短信向他道歉。

4

尽管对父亲即将承受的痛苦有所预料，但崔瑛还是同意了肺移植手术。她和母亲考虑过卖房子，医生告诉她，治疗费用不需个人负担。

"没什么可犹豫了，不做是百分之百没希望，哪怕只有百分之一的希望也要做啊。"崔瑛说。那是4月18日，医生叫她去谈话，她"见到了一屋子有名气的、厉害的人"。此前，崔志强已通过国家卫健委专家组的评估，针对手术还举行了伦理讨论。

崔瑛把消息告诉红十字会医院，当初治疗过崔志强的医生激动得哭了。

4月19日，一场规模庞大的术前会议在武汉大学人民医院东院区召开。一大早，周晨亮带崔志强拍了CT片，跑着送到会场。

林慧庆脑中长长的条件清单，打上了最后一个对勾。在这条足迹尚少的路上，已经集结了一支队伍。人们期待往前走，会看到长夜的尽头。这一晚，林慧庆失眠了。

4月20日下午，林慧庆在崔志强胸口划下第一刀。电刀切开皮下、肌肉层，她看到了他的肺。

那是魔鬼的宅邸，灰中泛黑，"基本没有血色"。受新冠病毒侵害，肺组织已经高度纤维化、萎缩、变小。

外科医生的手触觉敏锐，林慧庆平时能徒手摸出3毫米的肺结节。这台手术采用三级防护，她全程戴着3层手套，"要让大脑冷静下来，控制每一次切割、缝合、游离的动作"。

触碰到肺部时，她感觉"硬硬的，没有正常肺组织的海绵感"。

为了防止切口出血，手术团队先结扎了崔志强的胸廓乳内血管。

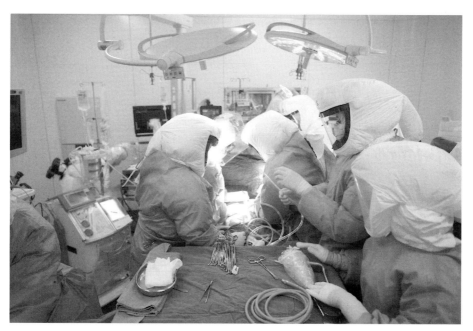

4月20日，崔志强接受肺移植手术中。陈浩／摄

随后，林慧庆手持电锯，伸向面前棒状的白色骨头。她要做的是"第四肋间横断胸骨"，这是肺移植手术开胸的经典切口之一。

戴着四五斤重的正压面罩，林慧庆好像身处隔音层，其他感官也被"一层一层裹起来"。所有医护人员无法用语言交流，生命监护仪器的提示音量被调到最大。

崔志强的整个胸腔暴露出来，"大血管看得到，心脏在跳"。

医生们阻断崔志强的左肺动脉，测试他仅凭右肺能否支撑手术过程。

仪器发出报警声，崔志强的心率下降到每分钟40次，高压降到70毫米汞柱。

此时，原来使用的VV ECMO不够用了，需要用VA ECMO。简单来说，后者除了能够辅助肺部，还能支持心脏。武汉大学人民医院心外科主任王志维上台，在主动脉上做切口，缝"荷包"，用来固定插管。

"主动脉多粗啊，一旦控制不好血要顶到天花板上去的。"林慧庆打了个比方。VA ECMO建立完成，崔志强各项生命体征稳定。

"正事儿刚要开始"。医生们接下来要切除病肺，再将新肺接入胸腔，完成"供受体吻合"。

林慧庆打开崔志强的心包，一共有"三处四条"管路需要离断：上下各一条肺静脉、一条肺动脉主干以及支气管。手术用上了"之线切割缝合器"。"相当于一个订书机，钉子打上去（闭合管路）的同时直接切断。"林慧庆解释说，打断支气管之后，肺全部拿出来了，"摸上去疙疙瘩瘩，很重"。

崔志强被新冠病毒摧毁的肺离开了他的胸腔，进入标本盘。

一支早就做好准备的转运团队马上接管了这个"世界上独一无二的标本"。押运人员穿着三级防护衣物，将密封的病肺带上生物标本转运车，送往中国科学院武汉病毒研究所。

后来，研究人员从这个标本中选取了20个位点检测新冠病毒，全是阴性。"我知道有手术后转阳的病例，但崔志强确实给我们争气。"林慧庆说。

手术室里，两位医生开始修剪器官捐献者的供肺。它来自云南，林慧庆的同事、武汉大学人民医院胸外科医生王博专门飞到昆明，把器官转运箱带回武汉，救护车已在天河机场等候，警车一路护航。

崔志强等到的供肺很健康。术前评估，它的氧合指数达到430，捧在手上，"很轻盈"。捐献者只有20多岁。

一切到了最后阶段。供肺主要由陈静瑜进行吻合，要求血管不狭窄、不扭曲、不成角、不撕裂。这一步要使用无损伤血管钳，在吻合肺动脉与左心房，特别是左心房时，钳子的位置不能太靠近心脏，也不能太远。

当管路全部接通时，崔志强胸腔里淡灰色的供肺，瞬间变成柔和的粉红色。新肺看起来运转正常，医生们慢慢放开血流，让它逐渐适应。

"逼近医护人员的极限。"林慧庆说。三级防护下，无法进食进水，手术进行到四五个小时，正压面罩电量耗尽，还要更换电池。手术进行到七八个小时，"我已经开始感到烦躁"。

最终，历时8个小时的手术结束。崔志强的循环、呼吸系统恢复正常，VA
ECMO撤下。

崔瑛和家人一直在医院大门外等，等到"转钟"（日期变更）。其间他们曾排
练，如果有记者来访问，就对镜头整齐说出"感谢国家"。

5

而崔志强说出的第一句话是，"好疼"。

接受肺移植手术44个小时后，他成功脱离使用62天的ECMO，恢复自主
呼吸。

夜色在一点点褪去，他从漫长的昏睡中逐渐苏醒。

但由于长期卧床，崔志强的肌力为零，褥疮面积大，还要对抗排异、出血等
问题，康复非常困难。

这艰难的一程，李光开跑了。

这位武汉大学人民医院重症医学科副教授1月18日接到命令支援金银潭医院，
4月8日刚回来。

从4月20日开始，由他接管崔志强。

"不管刮风下雨，我天天在这儿，周末也跟他在一起，没有节假日。"李光
说。崔志强术后初期，他需要不断调试仪器，测试移植肺的功能。ECMO停机
后，他又观察了12个小时，才正式撤机。

4月29日，人民医院东院区关闭，崔志强被转到主院继续接受治疗。他从只
能转动一侧眼球，恢复到可以手捏橡胶球。他能说"疼""谢谢""想回家"。到
了6月，他可以唱完一首《团结就是力量》，能自己坐一小会儿。在医护人员的帮
助下，他还可以走一段路。他开始聊起武汉的美食，观看手机里外孙的视频。他
病房的防护级别调低，能常常见到家人。与妻子久别重逢时，他眼泪一下子涌
出来。

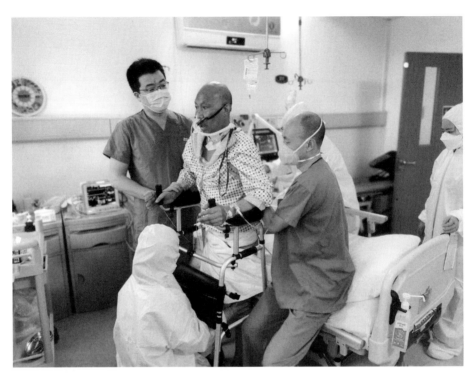

肺移植术后，医护人员帮助崔志强站立训练，图中左一为李光。武汉大学人民医院供图

康焰在微信群里看到崔志强，"完全是另一个人了"。

这一个人，由6名医生、13名护士、2位康复师和一位心理师组成的团队治疗，他的医疗费累计已超过人民币300万元，全部由国家承担。

"生命留住了，那当然值得。而且不管成不成功，不管什么样的生命，不能拿300万元去比。"康焰说，国家提的就是"集中救治"，最重的患者集中到水平最高、最有能力、条件最好的医院。越是生命垂危，越要给最好的治疗。费用上有国家支持的话，医生和家属都没有顾虑。

"看看病人家属的反应，就知道做这件事值不值得。一些家庭的悲剧就这样被我们逆转了，这就是最大的意义。"周晨亮说，"重症医学发展到今天，我们到底能努力到什么程度，这次的经历完全刷新我以前的认识，有些人我觉得肯定救不过来，最后还是救回来了。

他记得自己到重症医学科后不久，接诊过一个9岁患儿，上了呼吸机。小男孩不能说话，难受时就看看他，他就赶紧调试仪器，让孩子舒服一点。晚上，他睡在男孩对面的床上，不敢离开。就这样守了三天三夜，小男孩终于转出ICU病房。临别时，一只小手从被子下面伸出来，紧紧抓住了他的手。

"我们从没有过言语交流，但他的意思我懂。"周晨亮说，"重症病人在最无助的时候，很孤独，很恐惧，他的身边没有家人陪伴，我们是唯一的依靠。"

崔志强清醒后完全不记得这位医生，也没有人特意去介绍，周晨亮笑着表示"我不需要"。康焰则说："没在意过这个事，病人康复了，医生就满足了。"

作为80后，李光小时候的梦想是当超级英雄，拯救世界。后来，他成了一名重症医学科医生，每天，他把羊水栓塞的、脑出血的、重症胰腺炎的、溺水的、中毒的患者从死神手里往回抢，试着让停跳的心脏跳起来。

他曾接诊一位怀着三胞胎、发生心衰的黑人妇女，"一口气救四个"。也曾在马路上被一位女士拉住，说起他治愈她儿子的往事。

不久前，崔志强接受褥疮手术。疮口10厘米×12厘米，术后他不能活动，情绪低落。除了给出治疗方案，李光还要在精神上鼓励他。

"不枯燥，时间长了产生一种特殊的感情。"李光说，"'老崔'是个历史性的人物，而且我们互相陪伴了这么久。生命至上，不光要说到，还要做到。"

在他看来，新冠肺移植是科学探索，是黑暗中的一点光明，但要到达真正的亮处，路途还很长，很崎岖，甚至充满危险。对这位"超级英雄"来说，下一只怪兽，也许是排异，也许是出血，也许是患者精神上的放弃，很多事他无法预料，但他做好准备迎战。

崔瑛还是很担心父亲，但对这个武汉女子来说，她的城市，天空已经不再灰暗。有天她打出租车去医院，半路司机忽然问她，你爸怎么样了。

她定睛端详，发现那是楼下一位老街坊。崔瑛有点惊讶，她本以为爸爸没什么朋友。

"再来医院我送你。"司机说，"之前不敢问是怕他好不了，等他回家，我们都去表示。"

车程要一个半小时，抵达的时候，崔瑛看到计价器没有读数。

（中青报·中青网记者雷宇、王鑫昕对本文亦有贡献）

秦珍子

2020年7月3日

八　人间沉浮

湍流卷不走的先生

进入人生的第99个年头，李佩大脑的"内存越来越小"，记忆力大不如以前了。她一个月给保姆发了3回工资；她说现在的电视节目太难看了，"民国的人去哪儿了？"

在她狭小的客厅里，那个腿都有些歪的灰色布沙发，60年间，承受过不同年代各色大人物各种体积的身体。钱学森、钱三强、周培源、白春礼、朱清时、饶毅、施一公……都曾是那个沙发的客人。

但是有时人来得多了，甭管多大的官儿，都得坐小马扎。

她曾跑遍了半个地球，如今，她的背驼得像把折尺，一天的大多数时光蜷缩在朝南书房的沙发里，困了就偎在电暖气上打盹，即使三伏天，她也觉得冷。前些年，眼看年轻人骑车撞了中关村的老科学家，她还特气愤，跟在后头追。如今，她连站到阳台上向朋友招手的力气都快没有了。

李佩 资料照片

只有牙齿和胃，还顽强地工作着。她的胃曾装过胡适家的肉菜、林家翘家的饺子、钱学森家的西餐，那个时候，厨艺很差的周培源只有洗碗的份儿。如今，她还像年轻时在美国一样，爱吃蒜香面包，用自己的牙慢慢地磨。

她的眼眉越来越低垂，这双被皱

纹包裹的眼睛，见过清末民初的辫子、日本人的刀、美国的摩天大楼，以及中国百年的起起伏伏。如今，没什么能让这个百岁老人大喜大悲了。

她一生都是时间的敌人。70多岁学电脑，近80岁还在给博士生上课。晚年的她用10多年，开设了600多场比央视"百家讲坛"还早、还高规格的"中关村大讲坛"。

没人数得清，中科院的老科学家，有多少是她的学生。甚至在学术圈里，从香港给她带东西，只用提"中关村的李佩先生"，她就能收到了。她的"邮差"之多，级别之高，令人惊叹。

在钱学森的追悼会上，有一条专门铺设的院士通道，裹着长长的白围巾的李佩被"理所当然""舍我其谁"地请在这条道上，有人评价这个只有几十斤重的瘦小老太太"比院士还院士"。

她被称作"中科院最美的玫瑰""中关村的明灯""年轻的老年人"。

"生活就是一种永恒的沉重的努力"

这位百岁老人的住所，就像她本人一样，颇有些年岁和绵长的掌故。

中关村科源社区的13、14、15号楼被称为"特楼"，那里集中居住了一批新中国现代科学事业奠基者：包括1948年中央研究院的9名院士、第一批254位学部委员中的32位、23位"两弹一星"功勋奖章获得者中的8位。钱学森、钱三强、何泽慧、郭永怀、赵九章、顾准、王淦昌、杨嘉墀、贝时璋等人都曾在这里居住。

如今，破败不堪的"科源社区"牌子，"科"字只剩下了"斗"字，老楼的楼道里贴满了"疏通下水道"的小广告，小院里四处堆放着杂物。这里不再是"中国最聪明头脑的聚集地"，而是租住着很多外来打工者，随便敲开一扇门，探出一颗脑袋："王淦昌？贝时璋？郭永怀？没听说过。"

中关村的房价都快十万元一平方米了。不远处的LED超大屏幕闪烁着最新款的高科技产品广告。

李佩先生60年不变的家，就像中关村的一座孤岛。

这座岛上，曾经还有大名鼎鼎的郭永怀先生。

郭永怀、李佩夫妇带着女儿从美国康奈尔大学回国，是钱学森邀请的。钱学森在1956年数次致信郭永怀："请你到中国科学院的力学研究所来工作，我们已经为你在所里准备好你的'办公室'，是一间朝南的在二层楼的房间，淡绿色的窗帘，望出去是一排松树。""已经把你的大名向科学院管理处'挂了号'，自然是到力学所来，快来，快来！"

回国后，郭永怀在力学所担任副所长，李佩在中科院做外事工作。直至我国第一颗原子弹成功爆炸的第二天，郭永怀和好友一起开心地喝酒，李佩才意识到什么。

1968年10月3日，郭永怀再次来到青海试验基地，为中国第一颗导弹热核武器的发射从事试验前的准备工作。12月4日，在试验中发现了一个重要线索后，他在当晚急忙到兰州乘飞机回北京。5日凌晨6时左右，飞机在西郊机场降落时失事。

当时飞机上十几个人，只有一个人幸存。他回忆说，在飞机开始剧烈晃动的时候，他听到一个人大喊："我的公文包！"后来的事情就不记得了。

在烧焦的尸体中有两个人紧紧地抱在一起，当人们费力地把他们分开时，才发现两具尸体的胸部中间，一个保密公文包完好无损。最后，确认这两个人是59岁的郭永怀和他的警卫员牟方东。

郭永怀曾在大学开设过没几个人听得懂的湍流学课程，而当时失去丈夫的李佩正经历着人生最大的湍流。

据力学所的同事回忆，得知噩耗的李佩极其镇静，几乎没说一句话。那个晚上李佩完全醒着。她躺在床上几乎没有任何动作，偶然发出轻轻的叹息，克制到令人心痛。

在郭永怀的追悼会上，被怀疑是特务，受到严重政治审查的李佩一个人孤零零地坐在长椅上。在当时的环境里，敢于坐在李佩旁边，说一句安慰的话，都需要莫大的勇气。

郭永怀走后22天，中国第一颗热核导弹试验获得成功。

那些时候，楼下的人常听到李佩的女儿郭芹用钢琴弹奏《红灯记》中李铁梅的唱段"我爹爹像松柏意志坚强，顶天立地……"

后来，李佩将郭永怀的骨灰从等级森严的八宝山烈士公墓请了出来，埋葬在中科院力学所内的郭永怀雕塑下面。同时，李佩还将一同牺牲的警卫员牟方东的部分骨灰，也安放在雕塑下面。

"小牟太年轻了，太可惜了，也是为着跟他，所以才牺牲的。"李佩说。

郭永怀走后没两年，十几岁的女儿去内蒙古当知青下乡，李佩到合肥中科大继续接受审查和劳动改造。政治的湍流一次次把她们卷进漩涡。

此后的几十年来，李佩先生几乎从不提起"老郭的死"，没人说得清，她承受了怎样的痛苦。只是，她有时呆呆地站在阳台上，一站就是几个小时。

更大的生活湍流发生在上个世纪90年代，唯一的女儿郭芹也病逝了。没人看到当时近八旬的李佩先生流过眼泪。老人默默收藏着女儿小时候玩的能眨眼睛的布娃娃。几天后，她像平常一样，又拎着收录机给中国科学院研究生院的博士生上英语课去了，只是声音沙哑。

"生活就是一种永恒的沉重的努力。"李佩的老朋友、中国科学院大学的同事颜基义先生，用米兰·昆德拉的这句名言形容李佩先生。

女儿郭芹最后一次见到住楼下的作家边东子，用一双诚恳的眼睛说："写写我爸爸吧。"边东子后来写了《中关村特楼的故事》，他说："即使是功力深厚，又如何能写全、写透、写准她了不起的爸爸和同样了不起的妈妈！"

直到1999年9月18日，李佩坐在人民大会堂，国家授予23位科学家"两弹一星"功勋奖章。郭永怀先生是23位"两弹一星"元勋中唯一的烈士。

李佩回家后，女儿郭芹的朋友们都嚷着来她家看"那坨大金子"。该奖章直径8厘米，用99.8%纯金铸造，重515克——大家感慨，"确实沉得吓人"。

4年后，李佩托一个到合肥的朋友，把这枚奖章随手装在朋友的行李箱里，捐给了中国科学技术大学。时任校长朱清时打开箱子时，十分感动。

"捐就是捐，要什么仪式"

在李佩眼里，没什么是不能舍弃的。

几年前，一个普通的夏日下午，李佩让小她30多岁的忘年交李伟格陪着，一起去银行，把60万元捐给力学所和中国科学技术大学各30万。没有任何仪式，就像处理一张水费电费单一样平常。

"捐就是捐，要什么仪式。"老太太对李伟格说。

至今，李佩先生客厅里的茶几还是60年前回国时家里的陪嫁。

早年从美国带回的手摇计算机、电风扇、小冰箱，捐了。郭永怀走后，写字台、书、音乐唱片，捐了。李佩先生一生教学的英语教案，捐了。汶川大地震，挽救昆曲，为智障幼儿园，她都捐钱。

有后辈说她对待名利的样子，就像居里夫人把最大额的英镑当书签，把诺奖的奖牌随意给孩子当玩具。

直到前年，郭永怀104岁诞辰日，李佩拿出陪伴了自己几十年的藏品，捐给力学所：郭永怀生前使用过的纪念印章、精美计算尺、浪琴怀表，以及1968年郭永怀牺牲时，中国民航北京管理局用信封包装的郭先生遗物——被火焰熏黑的眼镜片和手表。

如今，这些东西就保留在力学所的304房间，深棕色的门上面写着"郭永怀副所长办公室"。隔壁是"钱学森所长办公室"。钱学森说得没错，从办公室往外看，是一排高大葱绿的松树。只是已经半个世纪过去了。

时间拔高了松树，也馈赠了李佩很多人生的礼物。

当"文革"结束，她重新恢复工作时，已经快60岁了。她筹建了中国科学院研究生院（后更名为"中国科学院大学"）的英语系，培养了新中国最早的一批硕士博士研究生。

当时国内没有研究生英语教材，她就自己编写，每次上课，带着一大卷油印教材发给学生。这些教材被沿用至今。

她做英语教学改革，被美国加州大学洛杉矶分校语言学系主任Russel Campbell称作"中国的应用语言学之母"。她大胆地让学生读《双城记》《傲慢与偏见》等原版英文书。所有毕业生论文答辩，她都要求学生用全英语做陈述。

很多学生回忆，李佩先生从不大声训斥学生，却有一种"微笑的严厉"，她把最淘气的学生调在第一排，这种无形的压力让人做梦都在说英语。

如今，在中国科学院大学英语系主任彭工眼里，总给同事带小点心的李佩先生做事果断，是一种"有人情味的果断"。

钱、年龄对她而言，都只是一个数字

这个经历过风浪的女人，在那个年代做了很多擦边的事，有的甚至是"提着脑袋"在干。

1979年中美正式建交，李佩就向学生介绍美国大学招收研究生的办法，鼓励大家申请自费留学。

刚刚"文革"结束，人才匮乏。李佩就找到那些曾被打成"右派"甚至进过监狱的英语人才，从事教学工作。事实证明，她的眼光很准。她请出山的"右派"许孟雄，是邓小平同志1979年1月出访美国时英文文件的把关人。

她还和李政道一起推动了中美联合培养物理研究生项目，帮助国内第一批自费留学生走出国门。到1988年该项目结束时，美国76所优秀大学接收了中国915名中美联合培养物理研究生。当时没有托福、GRE考试，李佩先生就自己出题，李政道在美国哥伦比亚大学选录学生。

1987年，李佩退休了，她高兴地说，坐公交车可以免票了。

可她没有一天退休，她接着给博士生上英语课，一直上到80来岁。

中国科学院大学党委副书记马石庄是李佩博士英语班上的学生。如今，他在大小场合发言、讲课，都是站着的。他说，这是跟李佩先生学的，"李先生70多岁在讲台上给博士生讲几个小时的课，从来没有坐过，连靠着讲台站的姿势都没有"。

他说，他一生中遇到过很多好老师，但"我见过的最伟大的老师是李先生"。李先生传授的不仅是知识，而且是"人学"，人格的完善。如果一个教育者只是传授知识，那无非是"从小硬盘变成了大硬盘"。

在马石庄眼里，李先生是真正的"大家闺秀"。她在燕京大学念书，北平沦陷后，她从天津搭运煤的船到香港，再辗转越南，进入云南西南联大。她在日本人的轰炸中求学。

她曾作为中国代表，参加巴黎的第一次世界工联大会和第一次世界妇女大会。她和郭永怀放弃美国三层的小洋楼，回国上船时把汽车送给最后一个给他们送行的人。

"他们这代人回国为的是什么？她一生对教育的关心，对国家命运的关心，不是今天的我们能完全理解的。"马石庄说。

多年的交往中，他感觉这个老太太淡定极了，从没有慌慌张张、一丁点邋遢的时候。"一个人从战火中走出来，经历过无数次政治运动，走过大半个地球，中年丧夫，老年丧女，还有什么让她'不淡定''不沉静'？"

"100年里，我们所见的书本上的大人物，李佩先生不但见过，而且一起生活过、共事过，她见过太多的是是非非、潮起潮落。钱、年龄对她而言，都只是一个数字。一个连孤独都不惧怕的人，还惧怕死亡吗？"

马石庄说，老人从没跟学校提过一件私人的事儿。

只有一次，老太太给马石庄打电话，说"有一件私人的事求学校"。马石庄心里一咯噔，李先生从没开过口啊。

原来，李先生住的楼后面有一间锁了很久、没人用的平房，李佩希望学校把钥匙给她，她想给小区老人收拾出一个读书看报下棋的地方。

最近，上海大学的博导戴世强带来了苏州豆腐干，顾淑林先生带来了大凉山苦荞米，李佩送给卢鼎厚教授月饼，八九十岁的老人们像孩子一样分享美食，交流怎么使用微信。

只是，李佩先生越来越忘事。在一个半小时的时间里，她7次提醒戴世强回上海后帮她买一瓶瑞典出口的药，临离开的时候大家才知道她是帮照顾她的保姆要的。

"李先生一辈子哪里有过私人的事儿！"马石庄感慨。

他不喜欢用"玫瑰"这样的词形容李佩先生，"太轻太花哨了，李先生是永远微笑着迎接明天的人"。

一个老朋友也认为"玫瑰"太轻了，她说，李佩先生有极大的气场，像磁铁一样，能把周围的东西都吸引过来。

毕业后，马石庄选择了当老师，他说，这种选择是受了李佩先生影响，"从李先生身上，看到了教师就是这个社会的精神遗传基因"。

李佩先生参观"两弹一星"纪念馆　熊卫民／摄

探求"钱学森之问"

李佩的晚年差不多从80岁才开始。

81岁那年,她创办中关村大讲坛,从1998年到2011年,每周一次,总共办了600多场,每场200多人的大会厅坐得满满当当。

她请的主讲人也都是各个领域的"名角儿"。黄祖洽、杨乐、资中筠、厉以宁、程郁缀、沈天佑、高登义、甘子钊、饶毅等名家,都登过这个大讲坛。

大讲坛的内容也五花八门:农村问题、中国古代文学史、天体演化、昆虫、爱斯基摩人的过去现在与未来、美国总统大选、天津大鼓等等。

"也只有李佩先生能请得动各个领域最顶尖的腕儿。"有人感慨。

开论坛是极其琐碎的工作。有时候和主讲人沟通,从主题到时间确定,来来回回要打几十个电话。确定了主题,她就带着年轻的朋友在中关村四处贴海报,她说,不能贴得太早,也不能贴在风口处,以免被风刮跑了。

请来这些大人物讲课,全都是免费的。有一次,她邀请甘子钊院士,"老甘啊,我可没有讲课费给你,最多给你一束鲜花"。甘院士说:"你们的活动经费有限,鲜花也免了吧。"后来,花也是李佩先生自己买的。

郭永怀、李佩夫妇陪女儿弹钢琴　资料照片

等到94岁那年,李佩先生实在"忙不动"了,才关闭了大型论坛。在力学所的一间办公室,她和一群平均年龄超过80岁的老学生,每周三开小型研讨会,"除了寒暑假,平时都风雨无阻"。这样的讲坛延续至今。

有人回忆,在讨论"钱学森之问"求解的根本出路时,三个白发苍苍的老者并列而坐。北大资深教授陈耀松先生首先说了"要靠民主"四个字,紧接着，郑哲敏院士说："要有自由。"随后，李佩先生不紧不慢地说"要能争论"。这一幕在旁人眼里真是精彩、美妙极了。

她和老朋友李政道也探讨这个问题。李政道说单用一个"答"字不太合适，所以用了"求答钱学森之问"。李政道说，学习最重要的是要问，"要创新，需学问，只学答，非学问"。

喜欢音乐、年轻时编排过《白雪公主》，演小矮人的李佩先生，也常和李政道谈艺术和科学的关系。

春节时，李政道用炭笔画虎、画狗，当贺年卡送她。他俩认同："艺术和科学是一个硬币的两面，都追求着深刻性、普遍性、永恒和富有意义。"

当然，李佩先生也有发飙的时候，不管自家客厅里，对面坐的是什么大人物。

郭永怀、李佩夫妇和女儿郭芹　资料照片

她反对大学扩招。她反对现在大学减少英语课时。她对坐她家沙发上的一名大学副校长直摇头，她反对人民大学办物理、化学学院，反对清华大学办医学院。她反对"北大要把1/3副教授筛选下去，改革进行不下去"的悲观论调。

她主张教育不能赶热闹。"要坐得住，不要赶热闹"。以前这句话常从郭永怀厚厚的大嘴说出来，他开口讲话时笑意总是从嘴上放射到整个脸部。

在她90多岁的时候，她还组织了20多位专家，把钱学森在美国20年做研究用英文发表的论文，翻译成中文，出版《钱学森文集（中文版）》。对外人，李佩先生常常讲钱学森，却很少提郭永怀，旁人说李先生太"大度"了。

"我一点儿也不孤独，脑子里好些事"

她本可以得到很多荣誉，几十年里，无数协会想让这个能量超大的老太太当会长，她都拒绝了。她唯一拿到手的是一个长寿老人之类的奖牌。

因为访客太多，李先生家客厅的角落摆了很多小板凳。有小朋友来看她，八卦地问："您爱郭永怀先生什么？"她答："老郭就是一个非常真实的人，不会讲假话。老郭脾气好，不像钱学森爱发脾气。"

曾有人把这对夫妇的故事排成舞台剧《爱在天际》，有一次，李佩先生去看剧，全场响起了热烈的掌声。人们从她的脸上，读不出任何表情，那似乎演着别人的故事。

这群年轻演员曾拜访过李佩先生。一位演员说，当他见到了郭先生生前最后一封家书，见到了郭先生的自画小像，郭先生不再是那个遥不可及的雕像。他开始明白李佩先生的那句台词了："我等你，你不回来我不老。"

可"不老"的李佩先生确实老了，她的背越来越弯，开始只是小锐角，后来角度越来越大。

曾经在学生眼里"一周穿衣服不重样"、耄耋之年出门也要把头发梳得一丝不乱、别上卡子的爱美的李佩先生，已经顾不上很多了。

她曾趴在窗边送别客人的阳台蒙满了灰尘，钢琴很多年没有响一声了，她已经忘了墙上的画是她曾和郭永怀相恋的康奈尔大学。记忆正在一点点断裂。

早些年，有人问她什么是美。她说："美是很抽象的概念，数学也很美。"如今，她直截了当地说："能办出事，就是美！"

很少有人当面对她提及"孤独"两个字，老人说："我一点儿也不孤独，脑子里好些事。"

"与其说她忙碌，不如说这是一种忘记。"马石庄评价。

她也过了说理想的年龄。"我没有崇高的理想，太高的理想我做不到，我只能帮助周围的朋友们，让他们生活得更好一些。"她淡淡地说。

相反，她感慨自己"连小事也做不了"。看到中关村车水马龙，骑自行车的人横冲直撞，甚至撞倒过老院士、老科学家，她想拦住骑车人，但"他们跑得太快，我追不上了"。

尽管力气越来越小，她还是试图对抗着庞大的推土机。

在寸土寸金的中关村，13、14和15号楼也面临拆迁命运。李佩和钱三强的夫人何泽慧院士等人，通过多种渠道呼吁保护这些建筑。2012年，北京市政协通过动议案，要求将中关村"特楼"建成科学文化保护区。中关村的居民们感慨：多亏了这两位老太太！

何泽慧院士几乎成了李佩先生仅存的老邻居。院里的老人纷纷走了，钱学森走时，李佩先生还能去送行，等到钱学森的夫人、她的挚友蒋英去世的消息传来时，她已经没力气去送最后一程，只能让李伟格代表她送去了花圈，伤心的她连续3个月没睡好觉。2015年她又给老朋友、101岁的张劲夫送去了悼词。

何泽慧曾对多次登门、甚至有次坐着小马扎的温家宝说："在这里住惯了，哪儿也不去了，除非上八宝山。"

李佩先生也对旁人说："现在，除了到力学所，我就待在家里，哪儿都不去了。"

如今，"内心强大得能容下任何湍流"的李佩先生似乎越来越黏人，有好友来看她，她就像小孩一样，闹着让保姆做好吃的，离开时，她总是在窗边看好友一步三回头地走远，一点点变小。

摘下助听器，李佩先生的世界越来越安静。似乎也没有太多年轻人愿意听她唠叨，知道李佩这个名字的年轻人越来越少了。

但每一个踏进13号楼李佩先生家的人都会很珍惜拜访的时间，会努力记住这个家的每一处细节，大家都明白，多年后，这个家就是一个博物馆。

从玉华

2016年1月13日

"探界者"钟扬

拟南芥，一种看起来细弱的草本植物，因为生长快、体型小、分布广、基因组小，常被植物学家比作"小白鼠"，是进行遗传学研究的好材料，全世界几乎有一半的植物学家都在研究它。

在植物学家很少涉足的青藏高原，执着的钟扬发现了它，他把拟南芥栽种在自己位于西藏大学安置房的后院中，把它做成标本带回了复旦大学。

植物学家、科普达人、援藏干部、教育专家……哪一个身份都可以以一种完整的人生角色在他身上呈现，在生命的高度和广度上，他一直在探索自己的边界，直到他生命戛然而止的那天……

"英雄"少年

"这是我所经历的1979年高考：全省录取率不到4％，我所在班级80％的同学是农村户口，一半考上了北大、清华和科大。"钟扬曾经这样回忆自己高考的经历，他就读的是如今鼎鼎大名的黄冈中学。

1977年，学校在大操场上举行隆重的欢送仪式，庆祝恢复高考后的第一届大学生即将入学，4名考上大学的同学胸前戴着大红花，像英雄一般。

钟扬也渴望成为那样的"英雄"。父亲是当地的招办主任，为了避嫌，父亲不让他以在读生身份提前参加高考，在与父亲赌气的同时，钟扬参加了中国科技大学少年班的考试，当时的竞争非常激烈，就在钟扬差点失去信心的时候，他接到了通知——考上了！

这个15岁考入中科大无线电专业的少年，开始了他不安分的人生。

钟扬的母亲王彩艳回忆，钟扬在考上少年班以后就开始补习数学、物理，因为老师说他这两门考得不好。进入大学以后，钟扬一边忙着学生会宣传委员的事务，一边坚持每月往家里写信。

那时，学习无线电专业的他对植物学产生了浓厚的兴趣，因此转向用计算机技术研究植物学问题。1984年，钟扬被分配到中国科学院武汉植物所工作，那时，他曾用两年的业余时间，旁听了武汉大学生物系的课程。

回忆起这段往事，钟扬的妻子——一直在植物学领域深耕的张晓艳也感叹："他在这方面的知识储备非常充足。"

和钟扬外向热情的性格相比，张晓艳就显得内向了许多。那时候，工作调动是一件非常困难的事，加上不愿和父母分居异地，张晓艳对于与钟扬的婚事一直犹豫不定。

一次，张晓艳在工作结束后回到武汉，钟扬在车站接她时突然开门见山地说，自己把证明开好了。

"什么证明？"张晓艳问。

"我们的结婚证明啊。"

"我还没同意呢，你怎么就把这个证明开了呢？"

"没有问题，大家都觉得可以了，到时间了。"

"于是我就这样有点'被胁迫'地领了结婚证。"张晓艳笑说。

结婚没几年，33岁的钟扬就成了武汉植物所副所长。后来，这位在生活和工作中都雷厉风行的年轻副局级干部干出一件让常人无法理解的事情——放弃武汉的一切，去上海当一名高校教师。

种子达人

2000年，钟扬辞去武汉植物所的工作来到复旦大学，经佐琴成为他的行政秘书、后勤主管。

那年5月钟扬报到时，学校还没有过渡房。经佐琴临时给他找了一个系里别的老师提供的毛坯房，当经佐琴愧疚地和钟扬沟通此事时，没想到他毫无怨言接受了这个连煤气、热水器都没有的房子，洗着冷水澡住了半年。

十几年过去了，钟扬和家人的住房仍没有太大改善，只是从毛坯房搬进了一套仅有几十平方米的小屋。

这和光鲜亮丽的上海形成了强烈对比，和他后来担任的复旦大学生命科学学院常务副院长、研究生院院长的职位也产生了巨大反差。

为了供孩子上学，钟扬夫妻把唯一的房产卖了，如今的住所是岳父岳母的房子。这个小屋紧挨着一片工地，却住着钟扬一家四口和他的岳父岳母。

尽管钟扬对生活品质不讲究，但对于"种子"却一点也不将就。为了自己的"种子事业"，他的足迹延伸到了植物学家的"无人区"——西藏。

从他到复旦大学的第二年，钟扬就开始主动到西藏采集种子。2009年，钟扬正式成为中组部援藏干部。据统计，在这十几年间，他收集了上千种植物的4000

钟扬生前在西藏采样　复旦大学供图

万颗种子，占到了西藏特有植物的1/5。

很多人都有这样的疑问，为什么钟扬要收集种子？

"一个基因能够拯救一个国家，一粒种子能够造福万千苍生。青藏高原这个占我国领土面积1/7的地区，植物种类占到了1/3。有些地方甚至100年来无人涉足，植物资源被严重低估。"钟扬曾在一次公开演讲中这样介绍。

他深扎在此，努力为人类建一个来自世界屋脊的"种子方舟"。

对钟扬来说，采种子是一件乐事。"作为一个植物学家，我最喜欢的植物是蒲公英，如果发现它开花并且结了种子，我会用手抓一把，一摊开里面一般有200颗。我最讨厌的植物是什么呢？椰子。那么大一颗，8000颗的样本数量，我们需要两卡车把它们拉回来。"钟扬调侃道。

然而，在西藏采集种子更多的是随时出现的高原反应和长时间的体力透支。而钟扬却背着他经典的黑色双肩包，穿着磨白了的"29块钱的牛仔裤"，戴着一顶晒变色的宽檐帽，迈着长期痛风的腿在青藏高原上刷新一个植物学家的极限，连藏族同事都称他为"钟大胆"。

钟扬在西藏工作　复旦大学供图

对于钟扬的博士生、西藏大学理学院教授拉琼来说："每次和钟老师采种子都是惊险和惊喜并存。"

"那次，我和扎西次仁（钟扬在西藏的首位植物学博士——记者注）跟着钟老师去采集高山雪莲。我们从海拔5200米的珠峰大本营出发向更高的山地挺进时，钟老师出现了严重的高原反应，头痛欲裂、呼吸急促、全身无力，随时都会有生命危险。"拉琼回忆。

大家都建议钟扬待在帐篷里，而

他却说："我最清楚植物的情况，我不去的话，你们更难找。你们能爬，我也能爬。"最终，钟扬带着学生在海拔6000多米的珠峰北坡采集到了，被认为是世界上生长在海拔最高处的种子植物——鼠麴雪兔子，也攀登到了中国植物学家采样的最高点。

如今，这些种子静静地沉睡在一个又一个玻璃罐头里，等待着有一天，改变人类的命运。按钟扬的话说，也许那个时候，胖胖的钟教授已经不在了，但是他期待着它们可以派上用场。

科学队长

"生命诞生以来，从原核到真核，从单细胞到多细胞，从海洋到陆地，简单与复杂并存，繁盛与灭绝交替，走向了一篇篇跌宕起伏的演化乐章，其间洋溢着生命诞生与繁盛的欢颂，伴随着物种灭绝与衰落的悲怆。"

这是钟扬为2016年刚刚竣工的上海市自然博物馆（以下简称"自博馆"）参与写作的500多块图文展板之一，很少有人知道，这细腻而又富有文采的文字，竟出自这位看起来五大三粗的理工男之手。

如果说，"采种子"是钟扬的"主业"，那么科普则是他最爱的"副业"。

在自博馆建设期间，该馆图文项目负责人之一，自博馆研究设计院展览设计部主任鲍其洞为寻找图文写作顾问"操碎了心"。因为学科跨度大、文字要求高，她先后联系的几家高校都因这个项目难度太大而婉拒。

鲍其洞知道钟扬太忙了，因此想拜托他帮忙牵线或引荐一些专家。令她没想到的是，钟扬二话不说就接下了这个没什么回报、时间紧的"烫手山芋"。

"我们会毫不客气地把最难的部分留给他。在半年多的时间里，每次听说钟老师从西藏回上海了，我们都会立刻和他预约时间，他总是爽快答应。"鲍其洞告诉中国青年报·中青在线记者。

从2001年起开始和上海科技馆合作，他使用过很多身份，有时是评审专家，有时是科学顾问，有时是科普活动主讲人，有时是标本捐赠人，有时甚至是供应商。他时不时会出现在科技馆或者自然博物馆的各个角落，每一次，都带着特定的任务过来。

复旦大学生命科学学院教师赵佳媛是钟扬的学生，她见证了导师这些年在这条"不归路"上越走越远。

2003年～2017年，钟扬共撰写、翻译、审校了10本科普著作，其中不乏《大流感》这样的"网红书"。"《大流感》这本书，内容包罗万象，语言风格多变，钟老师对推敲文字乐在其中，他会忽然在吃饭时得意洋洋告诉大家他的译法，当然偶尔会被我们反驳，他也会欣然接受。"赵佳媛回忆。

对中小学生来说，钟扬可以称作"科学队长"了。他连续7年多次为全国中小学生义务进行形式多样的科普，任学校科学顾问。来自上海实验中学的朱薪宇就深受他的感染。

"当时去听教授讲座，一下子就被钟教授生动的演讲吸引住了，从此我就成了教授年龄最小的学生，并开始跟随他学习科学……听他的课，你永远都不会感到无聊，在钟老师的指引下我慢慢爱上了科学。"朱薪宇说。

"做科学传播是件好事情，我当然支持啊！"在钟扬的鼓励下，朱薪宇和同学们在学校开设了"学与做科学社"。另外，钟扬还帮这个社团撰写舞台剧脚本，并利用零碎时间帮助同学们排练。

钟扬为什么要用这么大的精力做科普？赵佳媛认为，与其说科普，不如简单地说是他愿意教人。

"钟老师对'批判性思维'念念不忘。他觉得对中小学生的科学教育乃至思维教育非常重要，他还想着要把大学专业教材改成适合小朋友的音频故事，想着要为孩子们写一本科学故事书，想着去中学给科学社的孩子们上课，还想着开设更系统化的科学营……"赵佳媛说。

"接盘"导师

复旦大学生命科学学院开设的现代生物科学导论，几乎可以算是全校体量最大的选修课。今年这门课的期末考试试卷上出现了这样一道题："请结合生物多样性的知识，和你本人对钟扬教授先进事迹的学习，谈谈钟扬教授在青藏高原执着于此项事业的生物学意义。"

复旦大学生命科学学院教授杨亚军和院里所有的老师一致决定在今年这门课的最后一节上播放钟扬的微电影《播种未来》，并在学期末的考试中加上这道题。他知道，这些学生本身，也是钟扬执着的事业之一。

"他是少有的敢收转导师学生的人，我想每个学生家庭都会感谢他。"杨亚军说。

复旦大学生命科学学院副院长卢大儒分管研究生的培养工作，目睹了不少钟扬在收学生时的"奇葩事"。

"我们每个人招研究生有一个数量限制，但是他招得特别多，后来我就去了解，才发现事情的真相。"卢大儒说。

卢大儒发现，当学生和老师进行双向选择时，较差的学生，或者不太好调教的学生，老师不喜欢，就会"流落街头"。还有学生跟导师相处以后有一些矛盾，提出转导师。这样，问题来了，谁来接盘？

这时，身为研究生院院长的钟扬总是负责解决最后的兜底问题。"他总说'有问题我来'，这是他的一种责任与担当。他说以后在他的位置上，必须承担这个责任，这个位置必须要有这种担当。"

钟扬的"暖"是有目共睹的，这更体现在他对学生的关爱上。他从不抛弃、不放弃任何一个学生，更会根据每个学生的特点为他们量身定制一套个性化的发展规划，不让一个人掉队。

钟扬曾说："培养学生就像我们采集种子，每一颗种子都很宝贵，你不能因为他外表看上去不好看就不要对吧，说不定这种子以后能长得很好。"

经佐琴回忆，曾经有一个学生，考了3年，钟扬每一年都答应收，但是一直没考上。有教授问他，总是考不上可能是说明他不适合做科研，就别答应人家了。但钟扬一脸纠结地说："总不能断了别人的梦想啊。"

而当钟扬的工作重心转到西藏时，他承认，自己的招生名额渐渐倾向这所他心目中的"世界最高学府"。

钟扬的学生、复旦大学生命科学学院博士生徐翌钦回忆道，实验室里有很多学生是钟老师从少数民族地区招进来的。"这些同学由于底子薄，知识基础与上海本地学生有一定的差距，刚开始都是抱着试一试的想法联系了钟老师，钟老师总是鼓励他们报考自己的研究生，他说，'读我的研究生基础差一点没关系，我帮你补，你只需要有一颗热爱植物学的心。'"

于是，钟扬的学生就像古代的门客一样"各显神通"，有做科学研究的，有做科普的，有从事创新创业的。钟扬停不下来的点子和"脑洞"，就这样在他每个学生中生根发芽，变为现实。

生命延续

2017年5月的一场讲座中，钟扬曾介绍自己实验室里研究过一种"长寿基因"。他们使用生命期5～7天的线虫作为实验对象，当某种基因被敲除后，线虫寿命可增加5～7倍。

有人问，只要敲除一个基因，人是否可以更长寿。钟扬回答："这个基因主管生殖，要想长寿必须在一出生就去除掉，意味着你将终身无法生育"。对于钟扬这样的植物学家来说，生命的长短成为了藏在基因里的密码。

但对于他个人来讲，生命的意义是什么？或许在与千千万万种生命打交道的过程中，钟扬已经有了答案。

"在一个适宜生物生存与发展的良好环境中，不乏各种各样的成功者，它们造就了生命的辉煌。然而，生命的高度绝不只是一种形式。当一个物种要拓展其疆域而必须迎接恶劣环境挑战的时候，总是需要一些先锋者牺牲个体的优势，以换取整个群体乃至物种新的生存空间和发展机遇。换言之，先锋者为成功者奠定了基础，它们在生命的高度上应该是一致的。"在2012年7月6日复旦大学的校刊上，钟扬发表的《生命的高度》一文这样写道。

在探寻生命的边界时，他甘愿成为一个先锋者。

钟扬的身体条件是不适合长期在高原工作的。2015年，钟扬突发脑溢血，对常人来说，这应是一次生命的警告，钟扬却把它理解成工作倒计时的闹钟。

"他有一种想把时间抢回来的劲头。"拉琼回忆道，病好以后，大家都以为原本忙碌的钟老师可以调整一下超负荷的生活节奏，"收敛一点"。没想到的是，他变得更加拼命了。

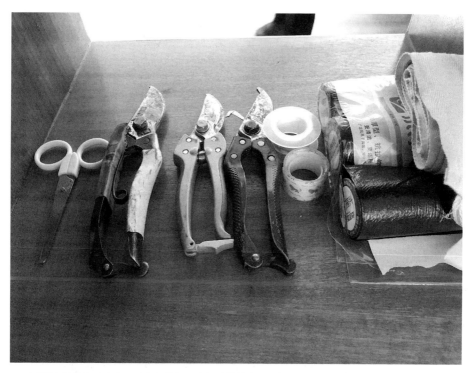

西藏大学的安置房中，一进门的架子上摆放着他出门采样使用的植物修剪器，以及剪刀、胶带、塑料袋等物品。叶雨婷／摄

钟扬的遗像摆放在生前的办公室　叶雨婷／摄

拉琼展示了钟扬2017年6月24日的行程安排：上午到拉萨贡嘎机场，下午3点半参加西藏大学博士生答辩会，5点跟藏大同事和研究生处理各种学科建设和研究生论文等事情，晚11点回到宿舍网上评阅国家基金委各申请书，凌晨1点开始处理邮件，凌晨两点上床睡觉，清晨4点起床,4点半赶往墨脱进行野外科学考察。

钟扬未完成的愿望很多，他希望继续收集青藏高原的种子资料，希望帮助西藏大学学科建设不断提高，希望培养出更多扎根高原的植物学人才⋯⋯

脑溢血之后，医生、亲友、同事都劝钟扬不要再去西藏，说他简直是拿自己的生命做赌注，而他第三次向组织递交了继续担任援藏干部的申请书，成为第八批援藏干部。

"再次进藏时，我明显感觉到他的身体大不如前，连上车和下车都特别吃力。但他总说'没事，我很好'。他对我说，自己的时间太短了，必须这样。"拉琼说。

2017年9月25日，钟扬忙碌的行程在"出差赴内蒙古城川民族干部学院作报告'干部创新能力与思维的培养'"之后戛然而止。

而在他双肩背包的很多张小纸条中，他的工作依然很满——

9月26日，他将回到复旦大学上党课，带大家学习科学家黄大年的先进事迹；

9月28日，他将来到拉萨，参加29日的西藏大学生态学一流学科建设推进会；

之后，他将完成和拉琼参与创办的西藏植物学期刊的创刊文章；和杨亚军一起完成关于"生物样本库的伦理问题和管理政策研究"的国家社科基金项目的招标；继续英文科普书籍《不凡的物种》的翻译工作……

未来，他还希望在成都或上海建立青藏高原研究院，让上海的红树林实现自由生长，让更多的中小学生通过科学课程提高科学思维，让更多的学生致力于青藏高原的种子事业……

"任何生命都有结束的一天，但我毫不畏惧，因为我的学生会将科学探索之路延续，而我们采集的种子，也许会在几百年后的某一天生根发芽，到那时，不知会完成多少人的梦想。"对于生命的意义，钟扬这样说。

叶雨婷

2018年3月26日

无声的世界杯

　　天下着大雨，6名农民工卷着裤管，打着伞，深夜站在广州街头一个露天大屏幕下，仰着脖子凝神观看正在转播的世界杯。因为大屏幕只有画面而没有声音，为此，他们中的一人专门花65元钱买了部收音机，6个人支着脖子，边听广播电台的直播，边看无声的大屏幕。

农民工们坐在至尊国际夜总会对面的马路上，仰头看大屏幕上的世界杯转播。包丽敏　李润文 / 摄

农民工们坐成一溜，戴着耳机听收音机里的转播。包丽敏　李润文／摄

其实，农民工看不看世界杯，看不看上世界杯，原本没人关心。但6月中旬广州一家媒体的一则报道，却深深触动了我们。我们联系到写这则报道的记者，试图打听到这几个农民工的联系方式，对方告诉我们，她们也只是路过时看到了这一场景，就写了这篇报道，并未留下他们的联系地址。于是，我们决定前去广州，深夜等待他们的出现。

No.1　这块大屏幕安装在广州至尊国际夜总会大门的上方。每当夜幕降临，夜总会里穿白制服的服务生和穿红色露背长裙的女招待便忙碌起来。很快，他们的客人坐着奔驰、宝马、尼桑等各种名牌轿车陆续光顾。

夜幕下，大屏幕上有时飞出一张张红唇，有时播送出一两副撩人的身段，或者像万花筒一样呈现着各种花样图案。每天，这块大屏幕就这样播放着夜总会"宣传片"："尊贵""激情""时尚""梦幻"，几个口号一遍遍在大屏幕上翻飞。

直到今年6月中旬足球世界杯开幕后的某天，夜总会三四百米外的建筑工地上，一位开塔吊的农民工突然看到远处这块大屏幕上出现了德国的绿茵场。

"大屏幕上转播世界杯啦！"消息很快从塔吊工人那里传遍工地。

顷刻间，这个工地上就有4名农民工跑到了夜总会对面，坐在马路牙子上，一人买了一瓶啤酒，仰着脖子沉浸在大屏幕转播的无声世界杯之中了。这几个人并未意识到，他们是在分享全人类一个共同的狂欢节日。

一个当时只是凑热闹的农民工还记得，两个漂亮入时的女孩从他们身边经过，其中一个用四川话嘲笑道："看，四个傻×在看球呢。"

另一个农民工似乎没听懂，还对着她们高声调笑："靓妹，来看球！"

那时，这个工地上60层的大楼正要封顶。水电工陶辉那几天连续加班，等到收工已是晚上9点半了。他顾不上冲洗，只是换上一双拖鞋，浑身汗水和着泥浆，就跑到大屏幕下，看下半场比赛。

事实上，陶辉在大楼54层加班时，就不时远远地瞅一眼这边的大屏幕。当镜头拉近时，他虽然看不清球员球衣上的号码，但能看到足球，"看到带球速度"。当镜头推远时，只能看到满屏的绿色。有一天，陶辉实在忍不住了，背着当班的监工偷偷跑到了大屏幕下。

6月13日那天，陶辉终于不用加班，但广州却下起了大雨。"下那么大雨，今天别去看球了。"妻子说。但陶辉抓过一把伞就跑了出去。

世界杯小组赛的比赛每晚9点开始，但那天8点半时，陶辉已经撑着伞站到夜总会对面的马路上了。

他到那儿时，早有一个骑着自行车的人正打着伞抬头仰看大屏幕。接着，陶辉隔壁工地上一个叫老王的农民工也打着伞来了。他拎着一张小板凳，手里还拿着个小收音机。

老王的收音机里也在直播世界杯。他一边看无声的大屏幕，一边听收音机。据说，收音机是他为这届世界杯花了65元特意买的。

那天刮着风，雨把陶辉衬衫的后背打湿了。他打着伞站着，直到雨停，然后把伞垫在湿湿的地上，坐在伞上，继续观看无声的比赛。

陶辉举着伞仰看大屏幕的姿势，就是这时被摄影记者抓拍到的，并上了当地的报纸。

据说，夜总会的大屏幕最多时曾吸引来上百名农民工看球。他们占据了夜总会对面的一长溜马路牙子和人行道。一些人来自陶辉所在的工地——正建造的60层"富力中心"写字楼，一些人则在夜总会斜对面为铂林国际公寓建造32层的商品住宅楼，另一些人在附近修建地铁，还有一些人来自不远处的海关大楼工地。

他们有的铺着凉席，有的垫着报纸。大多数人趿着拖鞋。有人打着赤膊，露出精黑的上身，有人像陶辉一样披着上衣敞开胸，也有人像要出门一样特意穿戴得整整齐齐。

一部分人拿着收音机，将耳机塞进耳朵里。所有的人都仰着脖子在看大屏幕。大屏幕右侧，"至尊国际"大招牌上，七彩的霓虹闪动着，像在跳舞。

下方的大门内，两名身穿白制服的服务生，各将一只手矜持地背在身后，一边将大门拉开，一边优雅地向来客鞠躬。

夜总会似乎没有想到"相当于广告牌"的大屏幕招来了这样一群看客。他们原本只是"转播给过路人看"的。

记者想向这家夜总会探问转播世界杯的详细情况，一位发福的中年男人显得狐疑而又不耐烦地回答："这跟你们有什么关系？"说完转身便走。

"对不起，你们不能在这里待了，我们管事的下了逐客令了。"一位工作人员客气地说。

此前，另一位工作人员则说："这是显示我们这家夜总会的实力。我们是广州惟一一家有大屏幕的夜总会。"

No.2　不管怎样，夜总会的大屏幕让陶辉看上了世界杯。他总是趿着一双蓝色的廉价塑料拖鞋，卷着裤管，按时坐在对面的马路牙子上。他的妻子李向云趿着一双红色塑料拖鞋也看球来了，抱着他们9个月大的女儿陶安康。

李向云坐在马路牙子上给陶安康喂奶，或在中场休息时，给远在重庆老家两岁的大女儿打一件鲜黄色的毛衣。

两个女儿的父亲陶辉今年24岁，1.70米出头的个子，憨憨的，上嘴唇还留着一层软软的黑胡须。

"他是我们的'钢杆'球迷。"他的一位工友介绍。不过，陶辉本人从来没有踢过足球。

陶辉就读的山村初中，只有一只足球，也只有一位物理老师和一位音乐老师会玩。学生们总是站在操场上，看他俩一个踢，一个扑。

2002年，中国队在世界杯预选赛中出线。在一位老乡的带引下，陶辉开始看起了足球。同一年，陶辉几乎一场不落地从老乡出租屋里一台17英寸电视里看完了在日韩举办的世界杯。

"足球赛我一看就喜欢。"陶辉说，"够刺激，看他们的带球速度啊、配合技术啊，多好啊！"

不过今年在德国举办的世界杯，陶辉落了好几场。两三百人的工地，食堂里有两台电视，但据说除了播过一次安全宣传片之外，从来没有打开过。一位包工头花200元买了一台14英寸电视，但因为没有安装有线，有时能收到的比赛转播信号很差，有好几叠重影。人们开玩笑说："这里一下可以进5个球。"

工地外的小卖部也有一台电视，不过通常播放电视连续剧。而夜总会的大屏幕，每天凌晨一点半关闭，两三点开始的球赛，大屏幕下的人们看不上。

每天下午6点半收工后，陶辉就到工地外买一份报纸。先从体育版的足球版看起，再看邻近的国际版，再看国内版"有没有什么稀奇的事情"。他关于足球的各种知识大部分来自这些报纸。他喜欢葡萄牙的菲戈，德国队的克洛泽，不喜欢像罗纳尔多这样"耍大牌的"。"贝克汉姆就是帅，好多女孩就爱看靓仔。"陶辉说，"我喜欢技术好的球员。"

No.3　陶辉今年2月来到广州，带着妻子李向云和当时4个多月的小女儿陶安康，加入这个建筑工地。他参与建造的是一座"超五星级豪华写字楼"。

他们一家三口与7个男工友同住一个工棚。

8张床里，陶家三人的那张床加宽了三四十厘米。李向云让这张床比单身男人们的床整洁得多。床头简陋的木架上，整齐地叠放着三个人的衣物，一只闹钟，一卷手纸，还有工友送给陶安康不多的几个小玩具：一个塑料的金发女娃娃，一只简易的塑料小汽车，一只捏一下会叫一声的橡皮小狗。

陶安康刚长出两颗牙，拿到玩具就用嘴啃：娃娃的脚、汽车的轮子和橡皮小狗的屁股。

陶安康在工地上的5个月里，已经大病一次。那次她得了肺炎，烧了4天后，夜里10点多送到广州一家医院，那时她的体温已经40.3度。医院让交3000元押金，可她父母只凑了800元。

陶辉央求说："能不能先治，我们再想办法？"医院先是松口说交2000元，最后坚持最低也要交1500元。陶辉急哭了。

夫妻俩抱着最后一线希望，决定连夜买火车票回老家给孩子看病。可是火车票卖完了。

"好怕啊！"李向云事后回忆说。凌晨两点多，两人哭着回了工棚。

幸好，哭声吵醒了同屋的一位带班师傅，他立刻找到一位老乡，曾经是乡卫生院的儿科医生，现在广州卖保险。陶安康被连夜送去，这位大姐收了他们600元药费，几天后将陶安康治愈了。

"医院真黑！"陶辉摇了摇头说。

事实上，陶辉在这5个月里已欠了工友们2000多元债务。7月3日这天晚上，陶辉说，虽然他一个月的工资是1500元，但从他来工地到现在，"老板"就没有发过工资，总共只领到了900元生活费。一周前他又向同在广州打工的哥哥借了100元，也已花完了。

陶辉能从食堂里领到一份菜和足够多的米饭，夫妻俩分着吃这只有五六小块肥肉的一份菜。"一个人吃都不够，什么味都没有，只有盐味够。"陶辉笑道。

"哈，吃完饭碗都不用洗，用水冲一下就干净了。"李向云在一边帮腔。有时，她自己买菜偷偷做着吃。不过，自从手头没钱后，他俩又已经连着四五天分吃一份菜了。

No.4 这个工地的工友们就是吃完这样一份饭菜，冲过澡，然后三五成群地坐到夜总会对面的马路牙子上，跟这个星球上所有正在观看世界杯比赛的人们一起，分享着这场盛大的狂欢。

这时，夜幕下的广州，暑热稍稍退去，数不清的外地人不知从城市的哪个角落钻出来，遍布这个城市，开始各种营生。夜总会两三百米外的天桥上，一个黑瘦男人卷着裤管蹲在水果筐后叫卖。一个胖女人懒洋洋地举着各种透明的文胸带子。年轻的外地小伙凑上来招呼："欧美打口CD！"两个少女埋着头坐在地上，请求好心人资助她们读书……

这是6月30日晚12点开始的德国队与阿根廷队的比赛。马路牙子上坐着40多个农民工，许多人攒着收音机，戴着耳机。

"冷静点！冷静点！"一个光头朝着大屏幕喊。

德国队进球了。一个光着上身的年轻人兴奋地大叫："老子进球啦！老子进球啦！"下半场，阿根廷队也进了一球，人群里阿根廷的球迷也大叫起来，鼓掌，大笑。不知谁大喊一声："你要输啦！"

9个月大的陶安康也在"看"球。她一边啃着手指，一边呜呜地出声，有时还兴奋得尖声大叫。妈妈逗她："你是中国第一小球迷！"比赛间隙，工友们逗她："小妹！""你这个小丫头！"他们抱着她像飞机一样，一会儿俯冲，一会儿上升，她高兴得皱起鼻子哧哧地喷气，把妈妈逗笑了，说："怎么跟我们家乡的牛一样。"

当不远处海关大楼尖顶上的时钟指向一点半时，双方的比分还是1∶1。眼看点球大战即将开始，大屏幕突然一片黑暗，绿茵场和明星球员顿时消失。

"啊——"人群中响起一片失望的嚎叫。

"这些王八蛋！"有人高声叫骂。

"回去睡觉吧——"有人快快地嚷。

很快，人群重又回到附近各自建筑工地的工棚中去，给午夜的广州街头留下一地坐烂了的报纸。

捡垃圾的来了。路灯下，晃动着一个大人一个孩子的身影，他们将烂报纸塞进塑料袋。

陶辉回到宿舍，在阳台上站着，等听收音机的工友报告比赛结果。当地粤语台报告了最后比分5∶3。陶辉喜欢的阿根廷队输了。他懊丧地想："今天晚上白看了！"然后去冲了个凉水澡，倒头就睡。

凌晨两点左右，情侣们还在路边的吃食店吃夜宵，一个中年男人推着垃圾车经过，跟陶辉的那些工友一样，他也戴着耳机。耳机线穿进制服的领口，在路灯下闪着银灰色的光。

No.5　这场四年一度的全球盛事笼罩了这个城市。一家餐馆进门处贴着标语："我爱世界杯！"不少饭馆打着广告："现场直播世界杯！"还有店家橱窗里贴出大幅的球星照。人们的话题离不开世界杯。各家报纸争着出版世界杯专刊。

珠江岸边的酒吧街，悬挂起一串串小足球，江风吹动着一长串各国的小国旗。对岸，海珠广场附近的一家酒吧打出广告："性感撩人的足球宝贝，狂热的说唱文化，炫目的街舞足球。"

跟陶辉们不同，在这里，人们以另一种方式享受世界杯的狂欢。

这里，人头攒动，劲爆的音乐震耳欲聋，每一记低音都像在人的心脏上跺上一脚。7月1日晚，两台电视正直播英格兰对葡萄牙的四分之一决赛。电视下的小舞台上，身着迷你裙的足球宝贝风情万种。人们喝着三百多元一打的"英格兰队指定饮品"嘉士伯啤酒，以及两三百元一瓶的红酒，每张桌上点着红蜡烛。有人脸上画着英格兰或葡萄牙的国旗。人们塞满了通道，以至侍应们只能挤进挤出。

一个歌手留一撇小胡子模仿张学友演唱。他扭动着身躯，大喊："来，让我们发泄一下感觉！"台下人群里口哨声和尖叫声刺透了音乐。

足球，美女，音乐，暧昧的灯光，还有酒精。一对年轻的情侣开始热烈地接吻。

凌晨一点半，这里的电视中，英格兰队与葡萄牙队的点球大战开始了。劲爆的音乐暂时停息下来，人们都盯住了电视屏幕。

"每次点球大战都那么残酷！"酒吧的DJ在麦克风里叫道。

但这种残酷，坐在至尊国际夜总会对面马路上的人们感受不到了，因为大屏幕又准时关闭了。

上半场比赛快要结束时，陶辉曾预言："葡萄牙的小小罗肯定要进球，就他表现最出色。"但最终，他没有看到这样一幕：小小罗将足球捧到嘴边印了一吻，然后一脚将这粒点球送进了英格兰队的球门。

这一晚，陶辉奢侈了一把，他花3元钱买了一瓶啤酒，坐在马路牙子上边喝边看球，"给自己助助兴"。

No.6 收音机带给大屏幕下的人们一个奇特的世界杯，一个图像与声音错位的世界杯。

大屏幕上转播的是广东一家电视台播出的球赛，"普通话广播台"的直播与大屏幕上的转播并不同步，相差一二十秒。有时，画面上还没有射门，广播里已经进球了。

但当地的粤语台与大屏幕同步。李晓峰是人群中不多几个能听懂当地粤语广播的人之一。这位来自湖南新宁县的33岁农民工，总是戴副耳机，双手抱膝，一个人垫着报纸坐在马路牙子上观看。

他在百米外新建的海关大楼内做墙面油漆。世界杯刚开始，就遇上工期吃紧，老板要求加班，小组赛的前四场他都没看上。这让他有些懊恼。

"你们没说你们要看世界杯吗？"记者问他。

"说了，但他们还催着要交工。"

"他们没问你们，为什么想看世界杯？"

"没问。"

如果没有世界杯，工地上的生活是单调的。"工地上最大的娱乐是玩扑克。"一位工友说。

李晓峰的闲暇时间靠看报纸杂志来打发。每天看报纸要花四五十分钟，除了广告，基本上所有版面都看。他一年买两三百份报纸，每月看六七本从旧书摊上买来的旧杂志，看完后再到旧书摊去换，两本换一本。

他从不读工地办公室里的报刊，因为"你进去他们好像看不起你一样"。

随着世界杯拉开战幕，只要有可能，李晓峰就会按时坐到大屏幕下看球，一场都不舍得落下。并且，他也为此专门买了一只带耳机的收音机。

但是李晓峰从大屏幕下回到他的工地后，却像水珠进了大海般"消失"了。记者到海关工地去找他，询问了10多位农民工，包括衣服沾满着油漆的油漆工人，却没人知道李晓峰是谁。

甚至有一种可能，工地上几乎没有人知道他的姓名，就像大屏幕下另一个球迷"眼镜"。

"眼镜"在大屏幕斜对面的铂林国际公寓工地上当铁工，陶辉雨中打伞看世界杯被记者拍下的那天，据"眼镜"的工友王福利说，"眼镜"也打着伞在现场。但没过几天，"眼镜"便离开了工地，回了老家。同一工棚宿舍里一同干了近半年的几位铁工工友，没有人知道他的联系方式和姓名。

他们只是叫他"眼镜"，只知道他是湖南人。

事实上，这些工友在这里也只有一个代号。一位来自新疆克拉玛依的铁工聂艮盆被叫作"新疆"，来自贵州的铁工王前钢被叫作"贵州"，王福利则被叫作"山东"。

"新疆，你看，这是法国队的亨利！"7月2日晚，王福利指着路过的一家小饭馆里正重播的比赛，招呼道。他似乎有些自得于自己能准确叫出球员的姓名。

他们三人常一起到大屏幕下看球，住同一间工棚，却从不询问彼此的姓名。

"我们从不相互打听对方的家庭、经历。""贵州"说，"也没人感兴趣。"他在这个城市不下10个工地做过工。"工地就像舞厅一下，如果曲子好，那我们就多跳一曲，曲子不好，我们就换家舞厅接着跳。"

黑瘦矮小的"贵州"就住在"眼镜"的下铺。他只知道，"眼镜"回老家前，有几次，一天干完两天的活，然后夜里看球直到凌晨5点才回工棚，白天再补觉。

他并不清楚大屏幕关闭后，"眼镜"又在这个城市里哪个角落找到了看球的地方。

用王福利的话说，在这个工地上，对球的了解，"眼镜"第一，他第二，其他人算不上球迷，就是看看热闹。"喜欢足球，必须有自己喜欢的球星，必须有一支自己喜欢的球队。"对于足球，他喜欢用"研究"这个词。

那是2002年，中国队在世界杯预选赛出线后，王福利亲眼看到青岛五四广场上球迷的狂欢，敲锣打鼓，歌声震天，"整个广场、青岛市都像沸腾了一样"。几个男孩爬上了10多米高的铁塔振臂高呼，对面一个女孩高喊着"跳下来！跳下来我就嫁给你！"

"究竟是什么东西使这些人疯狂？"王福利说，"从那个时候起，我就开始有意识地研究起了足球。"

除了当班，王福利也是一天不落地到大屏幕下看球。葡萄牙队将英格兰队淘汰出四强的比赛他就是在这里观看的，但等到四强开赛时，他却离开这个城市，去了广东顺德的一个工地。

他们总在流动，常常不知道下一个工地在哪里。下雨那天跟陶辉一同打伞看球的老王，以及一位与他同岁的小伙儿，已经有好几场比赛没有出现在夜总会的大屏幕下了。

No.7　陶辉有一个奢侈的打算。他跟几个工友约好，等到决赛时，要到远一些的中华广场大屏幕看通宵转播的球赛。晚了可以花30多块钱打车回工地，还要买些酒助兴，费用大家分摊。他们甚至商量，也许可以找家酒吧的包间看球，一起承担费用。

"你知道酒吧消费多高吗？"记者问他。

他愣了一下，说："不知道。"

"如果人均花费100元，你能承受吗？"

他想了想，最后像是下了决心似的："应该可以吧，看决赛可以。""难得奢侈一下，四年才一次。"他又补充道。

不过，这些计划要付诸实施，前提是7月7日，"老板"能把答应付清的拖欠工资发下来。即使工资发不下来，哪怕再发300元生活费也行。陶辉说，否则，"估计就看不上了，那就等下一届吧"。

他有一个梦想："等我有了钱，一定要去现场看一场球。"他希望中国能申办世界杯，这样，"去现场看球的费用会低得多。"

陶辉没想到，世界杯决赛之前，他和工友们以这样一种方式争取到了被拖欠的工资。

7月7日中午，"富力中心"工地上几十名工人在四川工人曾强的带领下，上街堵住了工地门口的马路。随后，这位皮肤黝黑、赤裸着上身、穿着大裤衩的矮个胖子，拨打了"110"报警电话。

"是我报的警，我是让你们来帮我们解决工钱问题的。"曾强亮开嗓子，挥动着胳膊向警察呐喊，"我们干了活拿不到钱，没人管，温总理都说了，农民工的工资绝对不能拖欠。有困难，找巡警，巡警就是'110'！"

这位领头者把记者也叫到了现场，"你们来了就好。"他说。

工人们这一招很快使建筑商坐上了谈判桌。曾强不停地给劳动部门打电话，当地劳动局答复是：当天休息，没人上班。"周五你们不上班，你们到底来不来人，我要告你们行政不作为！"曾强对着电话大吼。

No.8　曾强也是球迷。陶辉打着伞看球那天，曾强正在加班，只能在大楼里听着收音机里的球赛直播。他心中的偶像是罗纳尔多。2001年罗纳尔多伤愈复出，第一场便进了两个球，从此他喜欢上了罗纳尔多。"现在别人都叫他'肥罗'，可对我来说，他就像情人一样，有缺点也好看。"

只要有可能，他也跟陶辉一起，坐在大屏幕下，听着收音机观看比赛。他有200度近视，看大屏幕有些模糊，便花了8元钱在地摊上买了一副近视镜。最近，这个剃着光头的粗黑汉子时常歪歪地架着这副方框眼镜。

但曾强不是普通工人。在这个工地200多名工人中，有38名是"我带来的人"。

这位小包工头这样解释他带头"拦马路"的行为："我要得罪了老板，大不了换个工作，可要得罪了工人，以后自己想带人单干，也没人愿意帮我干了。"

"不想当元帅的兵不是好兵。"他补充道。这位没有读完高中便从四川乐山来到广东打工的27岁年轻人，从工地上一名普通的铁工干起，攒下了七八万元钱，现在，他正准备着将这笔钱作为垫路资金，带着他的人到一个新工地去独立承包那里的铁工活，开始他的"老板"生涯。

大约两个月前，他买了一瓶32元钱的红酒，给自己怀着身孕的妻子在珠江边过生日。"来，给你讲点浪漫的。"他说。他给她分析了这项"事业"的前景，"今年干完，我们就有十多万元存款啦。"妻子提议拿这笔钱回老家县城买套房子，开个小店卖花卖水果。

"去你妈妈的水果篮子。"野心勃勃的曾强说。除了罗纳尔多，他的另一个偶像是房地产商人赖军，"他就是从带几个人干起，越带越多。"

No.9 7月7日，工人与建筑商谈判结束，拿到了共70余万元工资。一部分工人拿到全部被拖欠的工资，另一部分人拿到了部分工资。曾强说，陶辉属于另一个老板手下，原本5000多元的工钱，他只领到了1000多元。

"以后再想要回来，估计难了。"他皱了皱眉说。

曾强、陶辉和其他两个球迷工友本来约好了，大家一起打车去中华广场的露天大屏幕看半决赛和决赛，车费和酒费大家均摊。

但是，拿到工资的工人们迅速离开了这个工地，急着到下一个工地去挣钱。7月8日下午，在德国队和葡萄牙队争夺第三名的比赛开始之前，陶辉也带着妻女匆匆搬到了下一个工地。

陶辉搬走时没跟曾强打招呼。工棚里，满地狼藉，陶辉那张加宽的床只剩下光光的床板，还有床头上一个装辣椒酱的空罐。

"这就是工地，"胖子曾强摊了摊手说，"这就是我们的生活。"

陶辉的新工地依旧在这个城市里。"城市不太好，太吵。也就是交通好。你要有50万，在城里算不了什么，可你在老家要有20万，人家都愿意听你的。城市的竞争太激烈了。"7月3日，陶辉坐在大屏幕下的马路牙子上接受采访时这样说。

"可是我喜欢城市。"他的妻子插嘴说，"我不喜欢山区，这里看着舒服一点，连走路也舒服。"

"可是你看别人舒服，别人看你不一定舒服。"陶辉笑着反驳。

"这里能看到的人也多。"李向云接着说。

"可是看的人多是多，真正接触的人并不多，能沟通的又有几个呢？"陶辉接着反驳。

"那也不错啦！"李向云有些不高兴了，"总比山区好。"

No.10 曾强突然发现，7月9日凌晨，只剩他一个人看半决赛了。陶辉搬走了，另外两个球迷工友，一个回了老家，一个也搬去了新工地。这两场球赛，他们不知道会在哪里看。

而他自己，也被老板派到另一个住宅工地，连夜加班赶工期。他心里惦记着半决赛，偷偷跑了出来。他进了一家洗脚房，本想奢侈一回，花25元钱边洗脚边看世界杯，可是，这里的一位女顾客正霸着电视看连续剧。

不过，这天曾强获得了意外的惊喜。他在新工地附近发现了一个酒店的露天大排档，将电视投映到一块幕布上，并且接上了音响。虽然幕布比至尊国际夜总会的大屏幕要小得多，但却是曾强今年看的第一场有声的世界杯。

他没有坐进排档里喝啤酒，只是坐在路边的树下，远远地看比赛。因为在洗脚房花了25元之后，他的钱包里当时只剩下15元钱了。

但是7月10日凌晨，法国队与意大利队决赛时，他请记者坐进了排档，要了5瓶啤酒。他周到地招呼："要不要吃点什么，点吧。"接着摇了摇钱包，说："100块钱我还是消费得起的。"

"两支球队都是防守进攻型，好看！"这个胖子光着黑黑的膀子，兴奋地说。

点球大战中，法国队败北。他快乐得大吼起来。这是曾强希望的结果，因为此前法国队曾淘汰了他喜欢的巴西队。胖子说："这下我可以睡个安稳觉了。"

他将剩下的啤酒一饮而尽，然后伸出手来跟记者握了一握，总结似的说："感谢你们陪我看了一场精彩的足球。"

此时，天已微亮。四年一次的全球足球盛宴，随着电视画面中绚丽的焰火熄灭也已曲终人散。曾强着急着要赶回工地去。这一天，他要把在工棚里同住了许久的怀孕的妻子送回老家待产。工地上还要继续加班，有很多活等着他干。

包丽敏　李润文

2006年7月12日

这块屏幕可能改变命运

这近乎是两条教育的平行线。

一条线是：成都七中去年30多人被伯克利等国外名校录取，70多人考进了清华北大，一本率超九成，号称"中国最前列的高中"。

另一条线是：中国贫困地区的248所高中，师生是周边大城市"挑剩的"，曾有学校考上一本的仅个位数。

直播改变了这两条线。200多所学校，全天候跟随成都七中平行班直播，一

网校位于成都七中的导播室　程盟超／摄

起上课、作业、考试。有的学校出了省状元，有的本科升学率涨了几倍、十几倍——即使网课在城市早已流行，还是令我惊讶。

过去两年，我采访过广西山区的"零一本"县；我也采访过北大的农村学生；我自己在山东一所县中度过三年，和同学们每天6点起床，23点休息，学到失眠、头疼、腹泻，"TOP5、TOP10"仍是遥不可及的梦。

我理所当然地怀疑，学校、家庭不同，在十几年间堆积起学生能力、见识、习惯的巨大差异，一根网线就能连接这一切？

开设直播班的东方闻道网校负责人王红接说，16年来，7.2万名学生——他们称之为"远端"，跟随成都七中走完了高中三年。其中88人考上了清北，大多数成功考取了本科。

那种感觉就像，往井下打了光，丢下绳子，井里的人看到了天空，才会拼命向上爬。

1

为了验证他的说法，11月，我到了直播的两端——成都七中和近千公里外国家级贫困县的云南禄劝第一中学。

在车水马龙的成都武侯区，成都七中林荫校区安静伫立50多年了。它像一所小而美的大学，学生们在音乐课上选修钢琴、尤克里里；教学楼通透的玻璃幕墙里张贴的海报，是清华的竞赛、香港中文大学的入学资讯和一本独立音乐杂志的征稿启事。

炫目的高考成绩只在不太起眼的苗圃边用几行小字展示着。午休时，学生会去露台上的咖啡座，在鸟鸣声中看书，聊会儿天。

相比之下，仍在扩建的禄劝一中更有生机，或者说——闹哄哄的。学生们在课间跑着去室外的厕所；午晚饭时跑着去买面包，要么捧着冒热气的泡面；老师跑着在教学楼里上上下下，但要留心旁边初中刚被兼并的老教学楼。它的门太矮，会撞到头。

禄劝一中把去年直播班里考上清北的两个学生的名字，用加大加粗的黄色字体印在了校门口的巨大红色招牌上。

课堂里是另一副架势。成都七中的学生上课下课，总热衷讨论问题。他们被允许携带手机和平板电脑，用来接收教辅资料。当老师展示重要知识点，学生齐刷刷地用它们拍照。

但在禄劝一中，有的学生会突然站起来，走到教室后面听课。不用问，我也知道他们太困了——有的女生即使站着，也忍不住打哈欠。

也有人趴着睡觉。高一有很多盯着屏幕却不知所措的眼神。屏幕那端，热情洋溢的七中老师提出了问题，七中的学生七嘴八舌地回答。可这一端，只有鸦雀无声的寂静。

禄劝一中的校长刘正德很坦诚：禄劝的中考控制线是385分，比昆明市区最差的学校还低大约100分，"能去昆明的都去了。"

县教育局局长王开富告诉我：在这个90%是山区、距离昆明只有几十公里的小城，十几年前，"送昆明"形成攀比之风。

"恶性循环的开始。"我想。去年在广西，一个县考不上一个本科生，老师跟我哭诉"花钱都买不到生源"。

"我没想到我这么差。"和禄劝一中高一的女生王艺涵聊了两个小时，她把这话重复了6遍。她是镇里中考的第一名，还曾是数学课代表。但这次期中考试，考成都七中的试卷，除了语文，其他科都没及格。

她说现在的英语课，除了课前3分钟的英文歌，其他完全听不懂。她以为某篇课文还没讲，其实老师早讲完了。她花半小时做七中出的阅读题，查很多单词，密密麻麻地填在题目的缝隙里。然后对答案——全错了。

据说高一上学期，不单禄劝，大部分直播班的学生完全跟不上七中进度。七中连续三节英语课让山区的学生一头雾水——一节讲英文报纸，一节是外教授课，一节听TED演讲，都是全英文。

"觉得自己真没用啊。"王艺涵的同班同学刘承燕说。

2

我是周末随班主任家访时见到刘承燕的。从县城到她家，要走上一个多小时的蜿蜒山路。这还是距离县城较近的镇子——有些镇，要开4小时的车。

她家是那种农村常见但城里人不太容易想象的样子：阳光和风从木头房顶里漏进来；家里到处是化肥袋子，有些积了厚厚的灰；屋旁边是猪圈，招来不少苍蝇。

家里除了她，只有爷爷奶奶。坐在这间屋子里，我不确定询问刘家父母的职业是否礼貌。

班主任先开了腔，"开班3个月，父母一次都没接触到。"

刘承燕告诉我，父母在昆明打零工，把打火机从工厂运到市场，平时一两个月来次电话。

她奶奶在旁边笑，"能考个大学就太好了。"

好几位禄劝的老师跟我抱怨：大多学生父母在外务工，只会说"好好学"。有的孩子出了问题，班主任反复致电，家长就是不来；还有家长在电话里直说，孩子就不是学习的料。

据说今年考上北大的那位学生，两岁留守，跟爷爷奶奶生活。直到大学快开学，班主任才第一次见到前来致谢的学生父母——开始还想埋怨父母不够关心孩子，后来一看，当爹的手指早就累成了残疾，伸不直；两口子在福建给人杀鱼，一个月赚5000元。

落差确实存在。成都七中的大部分孩子来自优渥的中产家庭，家长要花很多时间为学生规划学习和课余生活，甚至帮他们争取和"诺奖"获得者对话的机会。

一位学生休息时会去练拳击、游泳，保持好的形体。班里女生会自制插花、香皂送给老师，还在老师嗓子不适时机敏地递上润喉糖，"素质和情商都很高。"

"优秀的孩子离不开优秀的家长。"一位老师强调，自己的工作压力在于，"其他学校，师生'尽力'就可以了，但在七中不行，要高效。"

教师授课如果让学生觉得不满，可能一两个月就被家长投诉，然后遭到撤换。除了成绩，他们还要培养学生的逻辑和兴趣。

我在成都七中随机听了几堂课，几乎都是公开课水准。语文老师讲"规则"主题的议论文，先播放重庆坠江公交的视频，然后让学生自行讨论、发言。谈及秋天的诗歌，旁征博引，列举了五六种秋天的意象。历史老师搜集大量课本上没有的史料分享给学生；政治课紧追热点，刚建好的港珠澳大桥已成了课堂练习的分析材料。

今年的广西理科状元曾楷徽高中三年就是上直播班的。他说，很多学科都会一次性传来十几张试卷。试卷纯手工拟定，每个题考察很多要点，没有任何题型重复。高考应试时大有裨益。

这在县中可能吗？我曾在北大遇到过一个农村娃，他说老师有时醉醺醺的，总爱让他们自习。在那个"零一本"县，很多学生都听得出，老师讲错了。有老师晚自习布置测试卷，直到高考，卷子没有讲评，连标准答案都不曾发。

王红接刚把直播课引入一些学校时，遇到过老师撕书抗议。有些老师自感被瞧不起，于是消极应对，上课很久才晃进教室，甚至整周请假，让学生自己看直播。

远端的孩子透过屏幕，感受着这些差距。禄劝的很多学生至今没出过县城，听着七中学生的课堂发言"游览"了英国、美国，围观他们用自己闻所未闻的材料去分析政史地。

一位山区的名列前茅的高三女生说："没办法，贫穷限制了想象力。"

3

一块屏幕带来了想象不到的震荡。禄劝一中的老师说，高一班里总充满哭声——小考完有人哭，大考完更多。有人在教室里抹泪，有人跑到办公室抽泣。不少学生一提考试就发抖。虽然早就预告了七中试题的高难度，但突然把同龄人间的差距撕开看，还是很残忍。

禄劝的王艺涵听说成都七中平行班的成绩不理想。一问，人家平均"只有"103分；他们班，30分。"数学完全跟不上啊，绝望啦。"

老师帮着重建心态，除了"灌鸡汤"，还安慰学生：只要熬过高一，就会突飞猛进。最近校园里流行的故事是，今年上北大那位，高一也考30多分，跑到办公室里哭。

禄劝一中的学生在上直播课　程盟超／摄

那学生的班主任告诉我，这是真的。

恐怕在高一，禄劝一中没几个学生敢考虑北大。2006年，刘正德刚到禄劝一中当校长，学校当年计划招6个班，结果只凑齐4个。学校一年有20多个学生考上一本，很多家长把孩子送来，要求很简单——平安活着。

我问王艺涵"理想"，她觉得没什么用——初中时立志考昆明，结果惨败。儿时好友大多在昆明市区，不联系了，她很失落。如今班里要写理想大学贴墙上，她就跟风填了浙大，虽然完全不觉得自己能考上。

刘承燕倒是明确地痴迷数学，说自己理想职业是数学老师。这是镇初中的老师告诉的出路，除此之外，她无法想象擅长数学还能做什么。

在成都七中，情况很不一样。七中被直播班的何启田也痴迷数学。他提前修习了高数，为这门艺术的流畅折服，想进一步深造。

这里面有深思熟虑：他的父亲是工程师，何启田幼时总去他的办公室做作业，觉得环境枯燥无聊；母亲则是医生，曾险些遭遇伤医事件。他觉得这些工作"没意思"。

成都和禄劝的老师都说，只知道"好好学习"不够。没有明确志向，为了学习而学习，很容易动力不足。但对于没成年的孩子，"立志"这码事，全依仗环境。

我知道，农村的孩子不是没"志向"，只是更现实，和城里人挂在嘴边高大上的玩意儿不同。

比如禄劝一中那名优秀的高三女孩，她父亲不在了，母亲在镇卫生院拿一份微薄薪水。她哥哥曾是禄劝一中的年级第四，能上一本。但因为没钱，他放弃入学，现在打工供她读书。这是她苦学的一大原因。

今年夏天，有个云南男孩在工地上收到了北大录取通知，走红一时。我奔波了几千公里找他聊了聊，得知他父亲3年前得了肾结石，以为是绝症，打算见儿子最后一面就放弃治疗，却意外在如厕时忍着剧痛把结石排了出来。知道那件事后，他"有了学习的动力"。

有人指责农村孩子没有志向，他们恐怕没见识过那种普遍的、近乎荒诞的闭塞。我曾遇到过农村女孩被大学录取，却不知道这所学校一年的学费要上万元——于是就失学了。

还有一个理科生，农村孩子，为了成为所在高中的首个北大学生，被高中老师鼓励，稀里糊涂填报了一冷门小语种。他大学成绩很不理想，毕竟，"我之前都不知道地球上还有这个国家"。

我把这些事分享给禄劝的学生，他们听后都很沉默。

王红接希望学生们看到外面的世界，给他们目标，看到更多可能，更让他们焦虑，击碎他们的惰性。

然后只需做一件事：重建。

4

王红接十几年间去过很多教育凋敝的小城。师生们总抱怨：努力，但出不了成绩。

"其实效率很低。学生偷着玩，老师也不批改习题，不了解学生。"他发现，很多地方的教学是黑箱——都说要改进，但不知从何抓起。

据他介绍，早在2002年，四川省就将远程教育作为促进公平的重要举措，成都市教育局和成都七中很下力气。

直播带来压力，也是动力。七中考完试，老师们彻夜批改、分析上百份试卷，第二天就讲评。很多地方老师提出这要一周完成，简直不可思议，但现在必须跟上，整个学校紧凑了起来。

崭新的教学方法冲击着这些老师。

"学生们有对比了。"一位禄劝一中的老师说，"我们也得变，不然学生议论。"

一些远端的老师声称，虽然不用"亲自讲课"，但为保证跟上进度，1个直播班的工作量，约等于3个普通班。

这些老师琢磨出一些方法，比如整理七中老师事前发送的课件，编制成学案，布置成头一晚作业让学生预习；课上盯着学生的表情，记录下疑惑的瞬间，琢磨着课后补足；屏幕那端偶有间隙，可以见缝插针给学生解释几句。

为跟上进度，禄劝一中把部分周末和平日直到23点的自习安排了课程，帮学生查漏补缺。有老师连上20个晚自习。

"每天凌晨1点到家，6点去学校，在家只能睡个觉。"另一位老师说，自己6岁的孩子，每周只有半天能见到爹。

"真的累。觉得自己这么穷，每天忙啥呢？"有老师嘟囔着，下一秒话头一转，"唯独上课不觉累。看到学生，讲话声就大起来"。

一位年轻的数学老师戏称，自己有好几个"人格"。为让学生没有违和感，当七中的直播老师严肃，他助教就严肃；下一届老师幽默，他就开朗些。

还有一位班主任称，他为了帮学生减压，每周一、三、五的深夜会带学生去操场跑步，和不爱说话的学生一起站在讲台上大喊"我是最棒的"。

直播课时，七中老师提问，他要求本班学生也站起来回答——开始没人愿意，他就找了个纸箱，塞上带编码的乒乓球，抽签。

"再去其他班，也能教好。"县教育局局长王开富说，一大拨儿年轻老师被直播培养了出来。

禄劝一位老师说，教出好学生，录取率高了，被人称为"名师"，"是一种教师特有的虚荣心。"

"什么是幸福？就是得天下英才教育之。"一位谢顶、穿着旧衣裳的中年男教师，坐在小椅子上说这话，我却丝毫不觉得可笑。

5

禄劝一中主教学楼的大厅里有排玻璃橱窗，今年张贴的是：全县中考前257

名学生报考昆明学校就读，生源严重流失情况下，我校1230名学生，二本上线634人，一本上线147人。

他们甚至特意加粗了一行字，"低进高出，我们从不放弃。"

这里面有暗自较劲——和昆明比，也在和成都比。

网校会定期招募远端学生去七中借读一周。禄劝一中的几位学生去"留学"时，被同学们安排了任务——观察"天才"们的生活。

此前他们听说，成都的孩子是"天才"，平时不熬夜，下课能逛街。

两天后，小视频传回，是七中学生中午留在班里自习。回来后，禄劝一中的学生感慨："天才"们不仅是天才，也很刻苦。他们有规划，会自己琢磨报哪些辅导班。

如何追赶"天才"？只能比他们更刻苦了。

在禄劝一中，直播班的大部分孩子会在3年里，每天只睡四五个小时。一位班主任站在"为理想和尊严而战"的鲜红标语下叹着气告诉我，他的一项工作是凌晨来教室，把那些还在学习的学生抓回寝室。

不过回寝室也不意味着休息。王艺涵每天0点30分熄灯，但很难睡好，心很不安，因为其他舍友上了床，也全都开着小台灯，趴在折叠桌板上继续学。她总觉得被落下了。

这所学校不乏苦学的故事：有年级第一得了阑尾炎，动完手术第三天就要来考试；还有同学为省时间，不吃饭，最后快得厌食症了。

在四川甘孜州的直播班，老师批评学生晚睡，有学生回答，"我得守住阵地。爸爸因为你在家长会上表扬了我，病减轻了不少。我要让他彻底好起来。"

你可以说这样苦读很不科学。但在这儿，一个穷地方，改变就这样发生。禄劝一中高三的前两名学生告诉我，只看卷面成绩，他们已和成都七中的"天才"们相差不大。

3年的漫长竞赛，他们一步步追了上来：高一勉强及格，高二渐渐从100分，上升到110、120……直到现在，满分150分，能拿到140分。

王红接观察了16年，最后得出结论：不要觉得偏远地区的孩子基础差，"他们潜力无限"。

通常情况是，学生用一两个月适应成都七中的节奏，高二开始进步，高三复习时，把前两年学的知识巩固住，成绩会突飞猛进。

这出乎我的意料。我曾经认为，9年义务教育外加环境的巨大差距，很难在3年内弥补。但禄劝的老师笃定地说，他们高一的单科平均分，和七中平行班差50分；到高三，最好时仅差6分了——可塑性和希望都存在。

我能感受到的是习惯的改变。高三两位学生说，经过3年，他们早已知道预习复习。有时自己取舍作业，提高效率；也在课间有针对性地做偏科的习题。

他们屏幕里的七中老师总说，"预习是掌握主动权，是为了和老师平等地交流。"

一位远端老师发觉，学生跟随七中上课后，愈发爱提问题，午饭时教师办公室总挤满了人。有的老师买了饭，却进不了教室，只能在走廊里站着吃。

"高一还偷玩手机，翻墙逃课。到了高三，主动提问，自己找题做。"刘正德说，直播班的师生们在校园里忙碌，其他班也被影响。如今普通班也都静心学习。

直播班真有那么大的作用？我把这个问题抛给禄劝县教育局局长。他想了想，觉得它激发了本有的潜能，"是催化剂"。

6

两边的孩子差距到底有多大，老师一开始也没底。

禄劝的老师说，听直播课时，成都那边的老师有时会突然关掉麦克风，嘴里却飞快念叨。他开始以为是在藏掖知识点，后来才知道，那是在用四川话骂人，骂学生调皮、不扎实、不做作业。

他一下释然了，"原来七中也骂人。"

我和成都七中被直播班的几位学生聊了聊，发现他们不乏同龄学生的普遍烦恼。一位男生说，入学头一个月，答题时想到上万人在看直播，他紧张得手心冒汗。

和大部分男生一样，他喜欢游戏，但上了高中再没痛快玩过。晚上9点半放学，回家做点扩展题，有时也要深夜1点睡下。他们周末要上各类补习班，最喜欢美术、体育这类"休息脑子"的课。

有七中学生在班级交流区里写道，"我希望有三只手，一手抓高考，一手忙竞赛，一手握生活。"

但远端学生对七中的"天才"们，更多还是遥远的崇拜感。七中学生经常会收到远端学生添加QQ好友的申请，微博上甚至有他们的"表白墙"。里面都是

四川汶川中学正与成都七中同步备课　程盟超／摄

溢美之词，他们觉得自己并没那么优秀，因此颇为不安。

在禄劝这边，几乎每位学生都能叫出几位"崇拜"的七中学生的名字。

禄劝一位班主任好几次看到学生给七中的孩子写信，但从未阻止。他觉得自己的学生享受不到优渥的条件，但和他们接触，至少能多分动力。

七中任课老师有时特意将远端优秀的作业拿到本班展示，直播给上万名学生看。一位老师记得，她曾在班上直播了云南山区一位女生的作业。后来听说，那个班所有学生当场激动到哭，接下来一个月全在拼命学。

有七中老师感慨，"远端学生的质朴、感恩，是城市少有的。"有人回忆，他去远端学校做分享，学生们从校门口夹道欢迎，一个个含着泪，挤过来拥抱。

七中老师间流传着几个故事：比如有人去九寨沟旅游，找了个兼职的年轻导游。对方见面一愣，高兴得满脸通红，惊呼"老师"，无论如何不肯收钱，合张影就行。后来问清了，这是每天看自己直播的学生。

去成都交流后，禄劝几位"留学生"也感慨良多，回来后在班会上讲了4个多小时。

最主要的内容是，七中的学生更有目的性，知道为何而学。人家早就有了感兴趣的专业，甚至对人生有了规划，"早就开始学托福，高考只是一步路。"

一些禄劝的老师得到启发，高一就给学生发志愿填报手册，教他们向前看。

我不确定这些东西会在3年里带来哪些改变。高一的王艺涵还很丧气，她觉得七中的学生太优秀了，自己永远看不到，"就算我变优秀，人家不知道跑哪边了。"

但在高三的两位学生那里，我得到了不同的答案。其中一位坚定地说，要比七中的同学更强。

另一位男生说，自己没想和成都的"天才"们比。自己明白和他们的差距，但每个人都有自己的生活。他确实比以前更努力，也进步了。努力是为了活得开心。

7

曾经有北大的农村学生告诉我，她幼年时听朋友讨论麦当劳、肯德基，被人问牙不整齐，为什么不矫正，全都只能低头沉默；到了北大，同学们说自己在洛杉矶、旧金山，或者世界各地度假，她还是插不上话。

禄劝今年考上清华的那位学生说，他要继续熬夜才能跟上进度。有大城市的同学告诉他，"考清华还蛮简单啊"。

但我也看到了乐观的一面。有位考上西安交大的山区女生在回忆里写道：她在大学出演了话剧，是因为直播班组织过情景剧表演；在新学校成绩不错，也多亏在高中养成了预习的习惯。

王红接声称，一些直播班学生，历经3年全英文教学，口语出众，在大学获益良多。

我想，至少这群孩子经历了3年的心理建设，到大学会适应很多。

更长远的影响可能还在山沟里。王开富和刘正德12年前合计着推行直播班，经费不够，硬着头皮上。彼时王开富有朋友把孩子送去昆明，因为缺乏父母关注，成了游荡的痞子。当爹的痛心疾首，和他说禄劝教育不行。

他很生气，"搞一辈子教育，只求最后别被人骂。"

12年后，这届高一，12名已经被昆明市区学校录取的学生，开学后主动申请转回禄劝。十几年来，小城第一次迎来生源回流。

"如果凋敝的学校总没起色，学生一入学就能看到3年后的结局，那他和他的家庭，都会自暴自弃。"

这是王红接的结论。几年前，四川一位贫困县的干部曾拜访他。那位身高超过1米8的壮汉几乎哭着说，县里教育改善后，生源回来了，跟着学生出去的家长也回来了，整个县城又有了人气，"房价都涨了。"

王开富给我展示了一组世界银行的数据：高中毕业人群的贫困发生率只有2.5%。

据他说，禄劝县的年财政收入为6.1亿元，但县里、市里都注资教育，使得全县教育支出反超财政总收入3.5亿元。用了多年时间，实现了高中阶段教育全部免费，毛入学率90％以上。

"在我们这样的贫困县，投资教育，是防止贫困代际传递最好的办法。"

所以，如何看待教育？它可能是先苦后甜，付出才有回报的等价交换。就像王开富给我讲起他自家的故事。那时他还年轻，兄妹五人是村里最穷苦的。直到他考出来，当了老师，又亲手教妹妹考学，找到工作。

但我也相信，直播班故事的成立，还依仗于某些额外的善意。一如某位七中老师，结束分享，离开远端学校时，一转头，发现全校学生，乌压压一片，全站在各自教室的窗前，和他挥手告别。

直播或录像，他们都听过他的课。

他愣住了，然后开始哭。他从未想象过自己能有那么多学生，"好几百人，可能要上千……"

负责网校的王红接和我说起这事儿。"你知道吗？这个学校，其实只交了一个开通直播班的钱。"他笑着说，他早就知道学校其他班都在"偷录"直播，各自播放。"但没关系。所有人都很开心。"

程盟超

2018年12月12日

万家灯火为谁熄灭

这是深秋的一个傍晚。夜色缓缓向四周弥散，几辆闪着红色警灯的警车和消防车由远及近渐次鸣声大作，一下撕破了平西村的宁静。"快去看啊，来了好多人！"消息在村民中间飞快地传递。

转瞬间，警车、消防车、公务车甚至私家车，几十辆车浩浩荡荡向一个方向汇集。从村里、镇里、区里甚至几十公里以外的广州市相继赶来的人，很快在一个点上汇聚起几百人，在"国庆"长假的最后一天，搅动了广州市花都区花山镇的这座村庄。

紧张的人群不时很费力地仰起脖子往上看，因为他们视线聚焦的目标是如此之高：在村水泥道旁的一块玉米地里，在那座相当于16层楼房一般高的高压铁塔的顶端，在好几条22万伏的高压线路丛中，架着一个人。

在薄暮中，塔底的人群只能依稀辨认出，这是一个女人。她骑在绿色角钢搭成的铁塔顶端，仅凭几根交错的铁条支撑着身体的重量，摇摇欲坠。

现场几乎没人认识她。警方只能从围观村民七嘴八舌提供的信息中了解些许眉目：这是一个外地女人，看上去精神恍惚。10月7日下午，她先是跳进村里的一个鱼塘。鱼塘水很浅，只没到她的胸部。她爬出鱼塘，全身湿透，又在村里转了几圈，在17时30分前后，开始攀爬这座高压铁塔。

一名村干部刚好路过，赶紧喝令制止。但他越是叫喊，女人反而爬得越是起劲。据说，她只花了10多分钟，就爬到了铁塔顶端。她在铁塔两侧像手臂一样伸出的横担上来回移动，有几次，她还伸出手去够最顶端的架空地线。

没有人确切知道她为什么要这么做。人们推测，她想自杀。

"她是傻子吗？！"围观的村民中有人发出这样的疑问。

"她死定了！"有人嚷道。

塔底下的人们，"心时刻提到嗓子眼上"：每一分钟，她都可能从50米高空突然坠落，惨状万分地当场死在他们面前。

原本这个轻松而平静的长假即将结束，人们正准备着重新投入上班的日子。但那名村干部那天下午拨打的110报警电话，却无异于一条紧急动员令。为了这个素不相识的陌生女人，许多人从饭桌边被叫到现场参与营救，有些人正等着开饭，有些人则刚吃到一半。

铁塔上的女人也许没有料到，她自己已经打算放弃的生命，这个她初来乍到

营救现场　范舟波/摄

的陌生城市却并不打算放弃。在随后的几小时内，人们为此进行了某种意义上的全城大动员。

停电可不是拉一下闸那么简单

她只是在高耸的铁塔上待着，有时动一动身体，换一换姿势，有时还向下张望几眼。没有人知道她心里在想什么。

警方在距铁塔约30米外拉起警戒线。不止一个警种出动。民警在现场维持秩序，疏散围观人群；交警在外围维护道路交通；甚至还调动了特警，因为消防队唯一的安全气垫在不久前的一次营救中被毁，他们送来一只橘红色的安全气垫，铺在塔底，以防塔顶的女人突然坠地。在通往现场的各个道路岔口，也布置了警力，使赶来参与营救的人们不致迷路。

塔顶的女人也许看到了6名身穿橘红色特勤服的消防队员的到来。18时过后，在微微的夜色中，他们开着庞大的消防车火速赶来，还紧急调来一架如巨人之臂般的消防云梯。

这天下午，广州市公安局消防支队第五大队花都中队的这些小伙子，原本刚刚帮助一户居民摘除了房屋外的马蜂窝。在回消防队的路上，他们接到了这个紧急出警电话。他们通常在发生火灾、水灾、交通事故，以及各类自杀时紧急出动，有时还会帮人们开门取钥匙。但这一次营救，是他们遇到的前所未有的新挑战。

消防云梯的垂直极限高度只有54米，而云梯车距离铁塔约20米，巨人之臂无法够到铁塔顶端。

"当时只能靠人工徒手攀爬去救人。"消防队员事后回忆说，"但我们从来没有上过这样高的铁塔。"事实上，他们此前徒手攀登最高只到达过20多米的高空。

更可怕的是铁塔上的高压导线，它们像一枚随时可能引爆的炸弹。22万伏高压导线的安全距离只有3米。如果铁塔上的女人沿着横担进一步逼近导线，或者她纵身跳下，或者失足跌下，所有这些过程中一旦与导线距离小于3米，便会触电，导线将因此短路，不仅能让她"瞬间炭化"，而且整个铁塔也将因此带电，危及爬上铁塔的救援人员的生命。

前来营救的人们最初试图用代价最小的方式化解危机——说服她自己爬下来。他们通过喇叭用粤语和普通话轮番朝高空喊话，让她用肢体做出示意。但她没有任何反应。

暮色渐渐笼罩大地，吞没了铁塔顶端那个浅色的人影。随着时间流逝，人们担心，她也许已经没有体力自己安全地爬下铁塔。

只有派人上去营救了。

那么就意味着必须停电。

来自消防队的意见："如果不停电绝对不能上，我们要为战士的生命负责。"

然而停电对一座城市意味着什么？工厂的生产线将因此停止运转，医院将有可能不能再施行手术，居民区的电梯将无法升降，红绿灯会因此失灵，交通会发生混乱，路灯也将大片熄灭，如果正好有大规模的集会，还容易发生挤压踩踏……而广州市建在花都区的国际大型航空港白云机场，那些起落的飞机，也有可能受到波及。

停电，城市将为此承受损失。数十万人口将为此遭受影响。

"停电可不是拉一下闸那么简单。"花都区供电局运行部主任董选昌说。

以前，我们紧急处理的只是设备，但这一次是人

董选昌开车走错了两个路口后才找到这里。在他供职电力部门10余年的经历中，一旦输电线路出现问题，他和同事们总是第一时间赶去现场。商家搞庆祝活动用的大气球或者大横幅挂上了输电线路，龙卷风刮起铁皮屋上的铁皮碰到了线路，运输船只不小心撞坏了线路等等各种意外，甚至线路底下农民们种的桉树长势过快，也都有可能导致电网的某一局部失灵。

而眼下，董选昌和同事们遇到了他们此前从未经历过的意外，"以前，我们

紧急处理的只是设备，但这一次是人。"这让他们备感棘手。

看起来，在董选昌和他的同事负责运行维护的1400多个电线杆和电塔中，这个女人似乎只是随意爬上了其中的一座，但受到她威胁的，却是花都电网中的两条主干"大动脉"。

从云贵地区西电东送过来的电力，沿着中国南方电网50万伏的超高压线路，一路输送到这座铁塔约30公里外的换流站，在那里转成22万伏，"拐"进这两条高压线路，再输送进花都区。而整个花都区近1000平方公里辖区所用的绝大部分电力，总共由3条这样的输电线路供给。

这意味着，为了救这个女人，需要切断花都区3条"大动脉"中的两条，也意味着，将停止花都区一半以上的电力供应。

至少半个花都将陷入黑暗。

而仅剩的一条"大动脉"，是修建于上世纪80年代的老旧线路，它从200多公里外的韶关一路穿山越水而来，没有人能保证，它在长途的跋山涉水中不会因为突然的风雨或雷击或人为施工破坏等各种不测而跳闸。

那么，最坏的打算是，整个花都将陷入黑暗。

"我们供电部门承担很大的压力，政府也承担着很大的风险。"花都区供电局副局长莫文雄说，"停与不停，必须由政府来决定。"

毕竟人命关天，哪有见死不救的道理？更何况我们是一级政府

21时30分前后，不停电的情况下能采取的所有营救措施均宣告无效。女人还悬在50米的高空。很长一段时间，她斜躺在铁架上。也许她干脆在黑暗中闭起了眼睛，也许她能眺望到这个城市灿烂的灯火，或者，她也许还会俯视那些像蚂蚁一样匆匆汇聚到她脚下的人群。

人群一直在紧急动员中。

120救护人员早已在现场待命。消防队员早已在现场待命。供电部门的抢修

队伍早已在现场待命。

区供电局的领导到了。市供电局应急办公室的领导到了。花山镇镇政府能出动的干部都出动了。区政府应急办公室主任赶来了。一位副区长赶来了。3位区委常委赶来了。3位常委中，有当天负责值班的区委纪委书记，有区委办公室主任，甚至还有区武装部长。"谁知道呢，当时现场说不准就有可能需要调动部队来帮忙。"区政府应急办公室主任杨志强事后说。

现场组成了临时指挥部。在一条排水沟附近的农田里，摆上几张折叠椅，就是指挥部所在地。指挥部把一家当地电视台记者的摄像机"征用"了，充当望远镜来监测塔顶的营救对象。

消防车上的探照灯照亮了现场。人们不敢将灯柱对准他们的监测和营救目标，怕强光给她造成某种意想不到的刺激，只是偶尔将光柱移上去晃一下，看一看她在铁塔上的动向。

指挥部在紧急磋商。他们在来来回回的电话中与不在现场的相关人员磋商。他们向上级机构层层汇报。

莫文雄的手机打爆了。这位副局长不得不把一位下属的手机电池给"征用"了。

因为这两条"大动脉"不仅主供花都地区用电，还是连接韶关和广州的省内电力大通道，这样的主干线路停电，"需要大动作"，花都区调度没有决策权，广州市地区调度"也说了不算"，调度权在广东省调度中心。

停与不停，三级供电部门经过紧急论证，已经做好两手准备，备好应急预案。"我们有责任把可能面临的风险、预计造成的影响和我们的应对措施——提交给区政府，供他们决策。"莫文雄事后说。

最后的拍板在花都区区委区政府。

有关领导重点询问："白云机场供电能不能保证？"

供电部门答复：可以保证。

区纪委书记钟国雄事后表示，当时的权衡中，只要能保住这座国际航空港，其他的损失是可以承受的。

"毕竟人命关天，哪有见死不救的道理？更何况我们是一级政府。"

来自不同渠道的消息显示，当时"从上到下一致同意停电救人"，"停电还是不停电，没有争论"。花都区委书记潘潇和代区长林中坚也发来指示："救人要紧。"

当晚22时10分左右，董选昌在一旁听到副区长戴新爵用粤语大声说："我们以人为本，停电救人吧。"

听到政府官员这样的表态，他感到有些"吃惊"，"心里挺感动的"。

她脚下这个城市的灯火一片一片地为她而熄灭

然而停电确实"并不是拉一下闸那么简单"，更多的人将被动员起来。

为了尽量减少损失，花都区供电局工作人员紧急就位，开始逐一致电辖区内重要用户。数千条短信同时发出："为了救人，需要紧急停电处理……请全区工业用户准备。"

中国移动花都分公司接到求助电话：需要向广大市民短信通知停电消息，不致引起市民恐慌。

总经理钟伟雄带着几名技术骨干赶来与区政府信息中心汇合，紧急搜集齐所有花都区移动用户资料，导入区政府的"政务信息机"。他们商定，这些短信将不用移动10086端口发出，而使用政府的发送端口，因为"如果民众看到是政府的端口，会比较放心"。

这个建于两年前的平台，此前只对党政机关工作人员发布信息。这一次，这台原本用于办公的设备第一次用于大规模发布，向公众亮相。

"因紧急抢险需要……我区部分区域停电，不便之处，敬请谅解。"近100万个移动用户，包括这位花都分公司老总在内，当晚收到了区政府发送端口发来的停电通知。

花都电视台滚动播出停电通知。通知预告了最坏的可能，"花都电网仅剩一条220千伏线路供电，若此线路再受不可抗力影响而跳闸，花都地区将全部停电。"

"这其实是要让全体花都区市民都要为停电救人做好准备。"区供电局副局长莫文雄解释。

区供电局向省调度中心申请紧急停电。

从22时30分左右起，从低压到高压，输电线路开始依次逐级切断：220伏（380伏）——1万伏——11万伏——22万伏。

为了让这两条从铁塔上女人身旁经过的"大动脉"停下来，花都电网无数条"小血管"和难以计数的"毛细血管"先后被切断。整个花都电网共41万千瓦负荷，在半个小时内切掉23万千瓦。

大约半个花都的行政区域内，路灯大片大片地熄灭，交通信号灯失灵，城市的霓虹瞬间消失。

就在距离这个命悬一线的女人三四公里外的花山镇，一家通宵营业的网吧里，七八十个客人面前的电脑同时黑屏。因为老板将手机落在车里，没有及时看到停电通知。这家网吧的突然停电导致4块主板和3块硬盘损坏，而当晚营业额损失上千元。

几家美容美发店提前结束营业。"24小时营业大旅店"的灯箱广告熄灭了。人们点起了蜡烛。

居民小区里，一位姓唐的女老师早早睡下，却因为电风扇突然罢工，在夜里11时过后被热醒了。她困得双眼睁不开，却不得不给她3岁的女儿扇扇子，扇子一停，小女儿就开始哭闹。她听到有人热得睡不着，到黑了灯的街道上去散步乘凉。

"总之是麻烦死了。"水果摊老板老刘抱怨说。当晚他至少少做了一半生意，整个市场黑乎乎的，想吃宵夜也没处吃，回家睡觉又没有空调，"热得要命"。不过，"反正救人嘛，无所谓啦。"他咧开嘴笑。

在这个大小工厂密集的地区，像老刘这样的水果摊主、卖茶蛋和煮玉米的小贩、烧烤档老板和各色小摊主都等着那些夜里两三点下班的工人们前来光顾，但这个晚上，他们大多不得不在一片黑暗里提前收摊。

大大小小的工厂主也在蒙受损失。新华街一家五金机械加工厂原本要组织大约20个工人加班赶货，据称当晚因为停电，少生产3吨产品。不过在这家老板看来，政府这次行动"很人性化"，完全可以谅解。

一家箱包生产企业，几条原本24小时运转的生产线不得不停下来。"没办法，"它的老板有些无奈地说，"毕竟是救一个人嘛，又不是救一条牛。"

当半个花都陷入黑暗时，只有白云机场、居民密集的中心城区、大商场、大型的生产企业如东风日产、党政机关、驻军部队、电台、电视台以及医院等等，依旧维持着供电。

一家22层高的大酒店启用了自备发电机，在一片黑暗的包围中，依然闪着霓虹。

没有人知道，这天夜里，这个女人在50米的高塔上，是否看到她脚下这个城市的灯火一片一片地为她而熄灭。

稍微出现失误和疏忽，有可能造成大面积的全区域的停电

她依旧骑在铁塔的顶端。当探照灯柱晃上去时，塔底的人们看到一个白色的影子。这期间，她脚上的一只鞋掉了下来。

现场之外，为了实现这次停电，供电部门的区调、地调和省调正通力合作。作为中国南方电网广东电网公司的一个下属单位，仅靠花都区供电局的力量，根本无法让这两条"大动脉"停下来。

甚至周边的区域电网也必须为此调整运行方式。这意味着，不仅整个花都电网为此面临风险，周边区域的电网也将为此承担一定风险。韶关、英德和佛山的调度中心也紧急加入合作。

救援人员爬上塔顶营救女子　高剑辉 / 摄

"各级调度必须密切配合，如果在应急过程中稍微出现失误和疏忽，有可能造成大面积的全区域的停电，而且一时难以恢复。"莫文雄说。

在不同城市的不同调度室里，人们按照应急预案里的程序一步步进行操作。

这套程序从22时30分前后开始，在大约花费了一个多小时后，终于由省调度中心统一调度，在这两条线路分别位于白云区和花都区的两侧变电站里，工作人员紧急到位，两边一起配合操作，先将这两条线路的断路器切开，再将两侧的隔离刀闸拉开。最后，在一系列现场操作完成之后，将线路两侧接地，把余电导入大地。

至此，两条"大动脉"终于真正停了下来。

这时，已经是深夜23时50分。

女人拒绝了他们递过来的葡萄糖水，但没有拒绝安全带

现场之内，23时58分，营救人员整装受命营救。由花都区供电局送电班32岁的工人王成作向导，消防队20岁出头的义务兵吕文波和士官谢展强，背上15公斤重的缓降器、一条100米长的安全绳、一只备用头盔和一部对讲机，开始徒手向塔顶攀登。

在已经营救过五六十人之后，这是两位消防员第一次在这样的高空救人。攀登的过程没有保护，他们"心里有些紧张"，互相提醒脚下有没有踩实。最初他们还戴着棉纱手套，但抓起角铁来很滑，没有手感。

塔上风很大，他们感到塔身在旷野里轻轻摇动。"幸好是晚上。"谢展强后来庆幸说，否则心里容易害怕。

塔底的人们"心都悬了起来"。

借着探照灯的余光，他们小心翼翼爬了上去，途中没有黑暗。在距离女人10

获救女子缓缓降落地面 高剑辉／摄

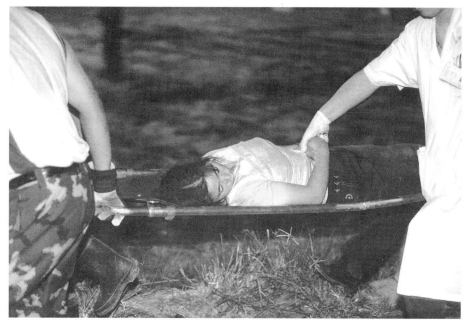

医护人员将获救女子送往医院急救　高剑辉／摄

米处，他们停下来。女人正斜躺着，用大腿夹住铁架，显得很无力。无论他们怎样问话，女人始终不说一句话，只是点头或摇头。

　　他们问她饿不饿，女人摇头。问她困不困，她点头。"那我们带你回去休息。"消防队员这样安抚她。

　　当他们到达塔顶，女人拒绝了他们递过来的葡萄糖水，但没有拒绝安全带。

　　8日0时30分左右，当这个女人在铁塔上待了大约7个小时后，塔底的人们从对讲机里听到报告说已经给她系上安全带，几乎全都松了一口气，"救人总算基本成功，心里终于踏实了。"区纪委书记钟国雄事后说。

　　直到这个女人靠着缓降器缓缓降到地面时，人们这才看清他们为之紧急动员的营救目标。她穿一件白色带蓝条的短袖T恤，一条深色牛仔裤，扎着一只麻雀尾式的辫子，浑身泥污。她依旧不说一句话。救护人员迅速把她抬上担架，送进了医院。

当最后一名消防队员双脚踩到地面时，区领导带头鼓掌，塔下响起了热烈的掌声。

现场人员陆续撤离。8日凌晨2时30分，供电部门开始逐渐恢复供电。3时23分，两条"大动脉"全部恢复送电。9分钟后，花都电网恢复正常运行方式。

这座城市重新恢复了正常。

半个花都陷入黑暗，生命之光却因此大放异彩

参与营救的许多人，直到日后才从报纸上获知了这个搅动了整座城市的女人的姓名。她叫廖固求，39岁，湖南安化人，是一个16岁男孩和3岁女孩的母亲。

有人质疑，一个女人"绑架"了一个城市，花费如此代价救她，到底值不值？

北京一家都市报则评论道："'花都停电救人'让生命更显尊严。"评论说："不难想象，对广州这样一个经济发达、人口密集的城市而言，大面积停电意味着什么。然而，更要想到，停电造成的经济损失虽然巨大，也会给成千上万市民的生活带来不便，可面对危急关头的生命，这一切都可以放弃，'公共利益'固有泰山之重，可有时它在面对个体生命危难时，便如鸿毛之轻。"

也有评论称："半个花都陷入黑暗，生命之光却因此大放异彩。"

另一家媒体评论道："每个人生命本身无贵贱之分，国家、地方……应该动用可以利用的一切资源抢救草根的生命。"

然而也有舆论质疑，这样充满危险的高压铁塔，为何没有足够的设施用于阻碍非专业人士的攀爬。与其不惜代价救人，不如平时作好防范。对此，花都供电局副局长莫文雄回应说，没有经过专业训练的正常人很难攀爬，而从技术角度上讲，要完全防范这种风险，目前不现实。

由她搅动起来的是是非非，廖固求本人并不知道。她在享受了政府的"人道主义关爱"之后，随即面临着法律的处罚。10月8日上午，她从医院被送往花山镇派出所。因为涉嫌扰乱公共秩序，根据《治安管理处罚法》，她被处以10天行

政拘留。

在拘留所里，最初几天她情绪不稳，有时哭闹，有时用家乡话胡乱说着什么。

从她嘴里透露出的有限的信息是：来花都之前，她在湖南老家跟丈夫吵了一架。丈夫说她挣不了钱，她认为他不要她了。

她的一位老乡说，9月30日，她托人在平西村一家制衣厂找到一份工作。没有人知道，一个星期后，她究竟为什么会爬上高压铁塔，让这个城市因她而蒙受了估计以百万元计的损失。其中，仅电力部门损失的电量即达60万度。

"外地人来打工，也是花都的一分子，哪怕是过客，也是一样的。"花都区纪委书记钟国雄事后这样表示。

确实，对这个城市而言，廖固求只是一个过客。10月18日，她走出花都区拘留所，带着身上仅有的"家当"：人民币59元5角、一串黄色手链、一块手表，以及一把钥匙。

她的丈夫从湖南接到通知赶来，已经等在拘留所门外，要带她回家乡。这个瓦匠留着小胡子，穿一件廉价西装，笨拙而拘谨地掏出一包廉价香烟，递给拘留所的警官。他只是木讷地笑着说："谢谢政府救了我的老婆。谢谢啊！"

而他的老婆则坐在拘留所门口，紧闭双眼，简短地叫喊着"不要回去"或者"死了算了"。她被他半抱半推地弄上警车。警车一路送他们前往火车站。

对于被营救的这个女人，这座城市也许不会再有机会了解更多的信息，甚至都无法确切地搞清楚，她是否精神正常。但明确无误的事实是——她是一条生命。

而此刻，平西村也恢复了往日的宁静。只有那座铁塔下，还扔着消防队员的一副棉纱手套，以及廖固求掉下的一只白色旅游鞋。

包丽敏

2007年10月24日

九 微观中国

这个县只有3万人

在中国2800多个县级行政区中，有的以蔬菜集散中心闻名，有的将小吃开遍全国，有的县是快递业巨头，有的县盛产网络主播，有的县每年生产7亿双运动鞋，而佛坪县以人少著称。

佛坪县是陕西人口最少的县，常住人口3.02万人，不到郑州大学人数的一半，一栋互联网总部大楼就能装下全县人。安徽临泉县人口超过200万，是佛坪县的67倍。从GDP来看，全国百强县之首昆山是佛坪的352倍。

这里生活着大熊猫和金丝猴，有时候，动物的新闻比人的多。这里熟人多，很多人是同学的同学，亲戚的亲戚，不少情侣走在街上，不可避免地遇到前任。

县城无论大小贫富，都有一套行政建制支持运转。一家几口都是公务员的现象并不少见。

没有红绿灯和网约车，也没有肯德基和外卖

从西安坐高铁向南，穿过层层叠叠的秦岭隧道，抵达一块被大山包围着像鞋底的狭长平地，就是佛坪县城了。

这里没有红绿灯，没有网约车，出租车有9辆。

出租车司机翟小涛子承父业，从父亲手中接过方向盘，"佛坪很多人都有我的电话"。县城十几分钟就跑完了，他主要往农村跑，谁家小孩拉肚子、发烧、孕妇不方便了，都给他打电话，山里的沟沟堑堑几乎快跑遍了。虽然车辆不多，但交通局和运管所的配置齐全。

桥头的十字路口几乎是县城人口密度最高的地方，一到傍晚，就进入广场舞

时间。退了休的男人"上班式"地在路边打牌下棋，与上下班的人保持着一致的节奏。

一年两次，县城可以用"人头攒动"来形容，一是临近年关，购买年货的人填满了县委县政府前的街道。当地农民的菜摊摆在路边，讨价还价的嘈杂声、刀剁在肉案上的砰砰声，声色交融。在县城几乎走几分钟就能遇到熟人亲切招呼。

另一次是夏天的"秦岭大熊猫文化旅游节"，拍照的游客挤在街上，网红也来直播"带你游佛坪"。

余下的大部分时间，人都是不多的。一个名叫"烤鸭店"的烤鸭店挂着自转的烤鸭，瞧不见店主人。一处名叫"鲜花阁"的花店在上午11点仍然关着门。

佛坪没有肯德基和麦当劳，唯一一家类似的店铺叫"乐麦客"，招牌下写着"中西式复合餐厅"。县城没有咖啡馆，奶茶店也很难觅得踪影。县城的文旅大厦里有一家电影院，一共两个影厅。

曾经有个90后试图在家乡搞外卖生意，但很快倒闭了。同样倒闭的，还有一家健身房，占地一层楼，墙上的运动标语已经褪色。

虽然商贸称不上发达，县里还是完备地配置了食品药品检验检测中心、食品药品稽查大队、质量技术监督检测检验中心、中药产业发展领导小组办公室、节能监察中心、以工代赈办公室、价格认定中心、生产力促进中心、电子商务产业发展办公室、手工业管理办公室以及居民家庭经济状况核对中心。

一家有7个包间的餐厅的老板说，在佛坪"干中餐的不如卖面的，卖面

夜晚的老街　杨杰／摄

的不如卖馍的"。生意越小，生意越好。卖炕炕馍（当地特色小吃）的一天能卖出两三百个，老板的脸被做成表情包，在县城人的微信群里流传，几乎人人认识。

经济发展靠什么

在县城常能看见拎着尼龙公文包的年轻人疾步行走。一公里的街上有交通局、妇幼保健站、消防大队、公安局、交警大队、文化中心、电信局、教育体育局、环保局、地税局、林业局、农业局和水利局。

在另一条更短的街，会依次路过扶贫办、民政局、财政局、检察院、工商局、住建局、陕西佛坪国家级自然保护区管理局，折返时经过气象局、法院、电力局和劳动服务局。一位老县城人到了60岁才知道深山里的家乡还有一个海事局。

佛坪县委机构编制委员会办公室介绍，截至2020年年底，全县有各类编制2194名，其中行政编制640名，事业编制1554名。根据《佛坪县2019年国民经济和社会发展统计公报》，机关事业单位养老保险人数2991人。一份2005年的佛坪县财政支出统计表显示，当年行政管理费支出1802万元，排在支出的首位，占全年总支出的37%。那一年的经济建设支出是405万元。

在佛坪，工商业发展相对缓慢。

山茱萸是佛坪的特产，一到春天，漫山遍野的细小黄花吸引着外地游客，等到秋天，结成红红的果实，是六味地黄丸的主要成分。山茱萸虽是难得的资源，但这些年来从技术、融资，到产业链的延伸上都发展困难。当地人在冬天看到个儿大肉厚的山茱萸烂在树上，内心惋惜，"卖的钱连摘它的工钱都覆盖不了"。

除了做药材，当地想把山茱萸做成食品，却很难在技术上突破，产品要么酸涩，要么失去营养价值。

1999年和2000年，工商银行佛坪县支行和建设银行佛坪县支行相继撤销。

今年两会上，全国政协委员、陕西省政协副主席李冬玉建议优化县级行政区划，她说，越是人口规模小、经济欠发达的县人口流失越严重。西部某省52%的县人口流失。某县2019年常住人口3.02万，地方财政收入3661万元，一般公共预算支出8.65亿元，行政事业和社会组织120余个，财政供养人员6000余人。她因此建议，对人口规模低于10万人的小县进行合并试点，减少行政资源浪费。

关于合并的说法，一直刺激着关注佛坪命运的人的神经。当被问到合并的传言时，一些公务员摇着头不想讨论。

1958年，佛坪县制撤销，境内辖地岭北划归周至县，岭南分别划入洋县和石泉县。"鉴于大县大社不利于管理，1961年又恢复佛坪县建制。"

一些不愿合并的人认为，佛坪处在两县之间，距离两边都较远，合并后将不利于管理。而且此地有大熊猫，又是引汉济渭工程的涵养地，功能特殊。县的设置除考虑人口和版图因素外，还有政治、经济、文化、民族、管理、军事等多个维度。

西安交通大学公共政策与管理学院人口与发展研究所副教授、博士生导师杜金锋认为，撤县要考虑县城原先辐射范围的人口获取公共服务的便利程度，撤县后相应的设施等级会降低，如农村人口看病会更不方便。

他曾跟澳大利亚的学者交流，那里地广人稀的地区，没有配置医院，但会派直升机定点为居民检查。这提供了一种思路，"公共服务设施可以在区域间流动，而不是静止的。"

杜金锋说，经济发展的根本驱动力是产业，"公务员经济县"中，公务员对当地的经济只能是保障，而不是促进。撤县后，当地的消费将继续萎缩。

"未来撤不撤县，核心是对老百姓的公共服务，合并后，还能否保证剩下人的生活便利。"西安交通大学社会学系副系主任悦中山表示。

佛坪有两处公园建在山上，山里人把登山当做一件苦事，而不是娱乐，因此有人一年也没去过一次公园。"这里的需求不是公园，本身就在自然景观里，也许健身设施才更有吸引力。"杜金锋提到，无论从机构设置还是公共服务设施来

政府楼里各部门的信箱　杨杰／摄

说，县城参照了大城市的标准，实际上应该因地制宜，满足当地人的需求。

离开的

　　人少是先天不足加人口流动的结果。新中国成立前，佛坪县城仅有南北走向一条300米的街道，城内居民不足1000人，现在县城内的常住人口有8000人左右。

　　1990年，全县人口35710人；2010年，变成32999人；2019年，全县常住人口30181人，30年间，总人口减少5529人。

　　记者遇见陈丽颖时，她是县城图书馆里唯一的读者。图书馆相对迷你，一楼只有两面墙的书架，种植技术书籍与世界名著并列。陈丽颖出生于1993年，坐在角落里安静地看一本厚书。

　　"我不属于这里，总有一天会走的。"她在江苏的一所学校学习艺术，后来考上了研究生。毕业后，她得到一个在西安的大专当教师的机会。

"当时我父母不让我去西安，一定让我留在这里工作，那个机会就错过了。"陈丽颖花了半年时间消化这件事，现在提起来仍心有不甘，"讲的科目也是我喜欢的，艺术史。"她回家后，在少年宫做美术教师，教幼儿园和小学的孩子画画。

她想给县城带来不一样的东西，给学生看设计感很强的建筑，比如线条流畅的美术馆和博物馆，孩子们却显得躁动，不能接受这些"怪建筑"。

有一个学期，陈丽颖尝试大城市的教学方法，给孩子们一个主题，让他们自由发挥作画。结果发现，很多学生什么都画不出。后来，她恢复了传统的教学，自己画一个，底下的学生跟着她画。

"你怪小孩没有想象力吗，想象的前提是基于生活，很多东西他们没有接触过，怎么去创造？"

县城在重山阻隔中，多年保持着弱小的格局。她已决定在今年夏天离开。那本厚厚的书是关于高等教育的，她还是想找回当初那个机会，去高校工作。

一位从佛坪到北京打工的90后始终记得离家的场景。那是2008年，外出还没有高铁，父母送他到汽车站，走了30分钟。他们提着他的包，给他买了新衣服，担忧着儿子的第一次远行。儿子望着父母的背影，像很多远离家乡的人一样暗暗下决心，一定要出人头地，改变这个家庭。

黄文庆1978年坐林场拉运木料的解放牌汽车来到佛坪，3年后进入佛坪中学任教，直到上完高三最后一课退休，大半生几乎都在佛坪，是这里唯一的特级教师。

"高中难办，大量学生到平川上学。"县城里条件还行的家庭，选择把孩子送到汉中或是西安的寄宿学校读书，一到周五，有"大部队"的家长奔赴城市给孩子送吃的、洗衣服。同一时间，汉中一所私立学校会派两辆大巴车把学生送到佛坪汽车站。

县里只有一所初中和一所高中，一共1089个学生。唯一稍显拥挤并在建设第二所的学校是幼儿园。

从佛坪中学考出去的师范生基本都没回来。一个高三学生在店里打工，她正准备读一所高职，她说这些年学校一年没有几个人考上一本，考上名牌大学的几乎没有。她的同学八成来自农村，在绿水青山里长大的她觉得西安"是很美的地方"。她有些害羞，没出过远门，只在短视频里搜索听过的地名，一个一个划着看。

佛坪中学的教师最费心力的是招生。每年中考的前30名，能留下10个在本地读书已算不错，即便学费住宿费全免，外加奖学金，还是难以让学生留下，教师的孩子也会出去读书。

"人少的地方往往偏僻，基础设施建设受到限制，现代文明也不容易进来。"黄文庆说。

佛坪只有一家被代管的医院，两辆救护车长期安静地停在门口。

许多县城人生孩子都选择到山外的都市，虽然佛坪配置有疾病预防控制中心、流动人口计划生育管理办公室、卫生计生综合监督执法大队、新型农村合作医疗经办中心、妇幼保健计划生育服务中心和老龄健康服务中心。

不大的新华书店，里面多一半是儿童的书，店员说"现在大人看书太少了，基本不看"。书店前是固定牌摊，招牌下有一半店面售卖鸡爪。记者去时，博物馆里，展示民俗的假人比游客多。

黄文庆记得，许多年前，县文化馆订了一本杂志叫《兵器》。很多人议论，"订这本杂志有啥用，你制造兵器吗？""人们的观念是实用的，殊不知这是人的求知欲。"黄文庆说。

他主编了当地的期刊《佛坪文艺》，出版了17期，"演员少，舞台上转来转去就是那些人亮相。"即便这群最活跃的文化人，也从未在佛坪搞过一次文化沙龙。

不久前，这里刚成立了一个体制内的单位：文联。

黄文庆说，小县城人长期以来有意识的惯性，对大城市无比向往。

杜金锋曾做过异地扶贫搬迁的调研，当一方水土养活不了一方人，流动是一种必然。他调研的一户人家，必须要挑水喝，单趟就30分钟，一个40岁的壮劳力没有外出打工的唯一理由是给父母挑水。

　　无论是从农村到县城，还是从县城到大城市，悦中山认为，中国未来的县城总体人口规模在缩小，人口外流是趋势。他在汉中调研，当地去年有340万人，今年只有320万，政府也在担忧人口的流失。西安户籍放开后，渭南市一年流失近14万人。杜金锋在陕南的调查显示，农村在过去几年减少了30%人口，商洛市减少了38%。

　　但悦中山相信经济学家的理论，只要放开限制，未来自然会有劳动力的合理配置。"人们用脚投票。"

留下的

　　县城桥头最明显的位置挂着一张巨幅广告，"××教育"——一家培训公务员和事业单位考试的机构。扫广告上的二维码，"××帮你盯公告，第一时间获取职位表，不必熬夜，不会错过！"还会送上事业单位考试冲刺密卷。

　　很多留下的年轻人没有过多选择，希望跳入有编制的池子中。

　　有人考到超龄仍没考上，有人为考编制已经花了十几万元，并仍在继续。有的考生提个箱子，随时出发，哪里有考试奔哪里，远至苏州。有的跟大学里的老师打好招呼，逃掉课程，一门心思备考。

　　县城工作的优先级是行政单位、事业单位、国有企业。相亲时，女孩只要有编，家底不错，再打扮一下，就是"白富美"了。

　　硕士毕业的陈丽颖在当地算是高材生，别人问她在哪个单位工作，她答自己没有编制、不在系统里，"对方的微表情很让人难受"。

　　县城的建筑中，有两栋商品房高楼建于10年前，剩下大多是家属楼和自建房，以林业局的高楼为最，林业局在这片山林里是抢手部门，热门的还有"管人的和管钱的"部门。

2019年，佛坪招了20多个行政编和50多个事业编，"有编制才能把人才留住。"编办工作人员说。为了腾位子，有的干部51岁退二线。

一位在基层的选调生说，工作是扶贫、各种填表、处理纠纷，一个几百人的村子，一年能用掉几十箱A4纸。

在政府部门工作，有些人中午溜达着回家吃饭睡个午觉。一位养猪户说这里是山区，养猪的人少，管理畜牧业的部门可能清闲。

也有公务员感受到的是繁忙，最近一年，某公务员没在零点前睡过觉，一次到了下午3点，她感到心慌，才意识到还没吃午饭。

退休教师黄文庆愿意女儿女婿在体制内工作，"平平稳稳，生存有保障"。他年轻时教学出了名，市里的私立学校来挖人，工资翻一番，提供一套房，他拒绝了，"我还是觉得体制内更保险。"

"受传统意识影响，吃官家饭，也是种荣耀。"黄文庆说，"在佛坪，创业的很少。"

姜东属于"异类"，他是佛坪电商第一人，1987年出生，长期在外打工，2014年回乡创业。

"结婚后，总要落叶归根。"他看到家乡山里的棕榈能做成床垫，便和妻子创立了公司，早期不懂电商，印了广告单到江苏、山东一带跑市场，收效甚微。一次在火车上遇到妻子的一位东北老乡，才开始有了第一张、第10张、第100张床垫的销路。因为处在山里，每天的运费都要贵50元。"我们在外面见识过别人的事业心，人总是不甘于平凡。"

创业最大的阻力来自家里，父母一看到货码在那，赚不到钱，矛盾就来了。严重的时候，他跟父亲几个月不说话。直到家人听到手机"叮咚"一响，订单来了，气氛才缓和。

另一重阻挠是村里人的冷嘲热讽，外地买家找不到厂子，在村里问路，有村民就说他家床垫如何不好。"嫉妒你说明自己本身胆小，他敢去银行贷款几十万元、上百万元创业吗？"

观念的束缚之外，创业也面临着缺人的问题。姜东想聘请一些优秀的电商人才，发现"少得很，要么就是半吊子"。

村民大多没有在工厂工作的经验，不了解规章制度。很多人在工地做习惯了，累了就在地上一坐。住在周边的人，家里有事总要请假，来回几个小时，如何计算工资。

一位50岁的工人分配到的任务是晾晒棕，姜东发现他的心思不在活儿上，而是偷瞄着老板，如果老板不在，他宁可在太阳下暴晒，也不三下两下把活儿弄完去阴凉下歇着。

"他们听我谈产品听不懂。我说这个东西敢不敢搞一下，他们说，'什么东西，骗人的吧？'"

他所在的村子叫银厂沟，端一碗饭，没吃完就能走遍村子。村里只有375人，去年死亡3人，出生2人。姜东有浓重的乡土情结，喜欢走亲访友。他感到这些年，村庄少有孩子嬉笑打闹的声音，也少有猪叫和狗叫，有的人家大门一锁，几天看不到人。以前大家聊天的大碾盘，现在建成了停车场。他有时怀念小时候一群孩子拿着镰刀去打猪草，旁边跟着小花狗的日子。

姜东在银厂沟常感到一种不被理解的孤独，"好像你跟不打游戏的人解释这个道具如何好，别人听不懂"。在南方，他遇到问题，找个茶社，叫几个朋友出来聊，总是能找到问题的核心，"就像文艺复兴时候，那么多思想一起碰撞"。在这里，人们习惯反问他"有啥用"。

城市综合征

一位当地人曾外出打工，坐42个小时火车，落地广州。一出站，就混入人群中。她在东莞的车间里加工工艺品，"天使的翅膀"和会发光的摆件，一年后回家，孩子叫她阿姨，不叫妈妈。"孩子不认我了，还打什么工"。

2017年佛坪开通了高铁，成为县里的大事。这是当地领导努力争取的结果，被浓墨重彩地写进县志里。自1825年设立佛坪厅，县城建制几经变迁，尽管人少，佛坪在努力维护自己作为一个县的地位。

为了能有人气，佛坪想了许多法子，比如紧紧攥住大熊猫这张名片。山上的广告牌、高铁站的拱门、桥头的装饰、姜东的棕榈床垫上，全是熊猫的身影。

佛坪的人类活动较少，秦岭又为熊猫提供了十多种竹类，使得这里成为国宝的栖息地。当地曾推算，佛坪境内每100平方公里有大熊猫7.8只，密度为全国最高。

在《佛坪县2019年国民经济和社会发展统计公报》中，人们能看到佛坪的发展。

初步核算，2019年全县实现生产总值114767万元，比上年增长8.1％。农林牧渔业完成总产值33463万元，比上年增长4.2％。规模以上工业总产值26618万元，同比增长13.2％。全年接待游客197.6万人次。群众安全感不断提升，公众安全感满意率为96.03％。

公报还提到，佛坪主动出击招引项目，建立招商引资联席会议制度开辟重大招商项目、重点工程项目"绿色通道"，举办首届"古道明珠、静美佛坪"招商推介活动。

黄文庆说，过去讲究"人定胜天""人海战术"，人少的地方都有种自卑。现在科技发展了，许多事情不靠人数决定。"佛坪人口虽少，但人均绿地、蓝天、氧气的比例很高"。

他热爱这个工作了半辈子的地方。2002年，佛坪遭遇洪水，237人死亡或失踪。救援队带着物资和药品乘直升机来灾区探望，螺旋桨卷起地上的灰尘，黄文庆看到，许多佛坪人哭了。

这里地广人稀，人们往往比都市更看重人与人之间的情感。小学同学很可能还是初中同学，也是高中同学。不管是学校医院还是机关单位，面熟的人多。下班后朋友打来电话，相约一起烧烤，人们骑着电瓶车就去了。烧烤店老板也是认识多年的，大家对每道菜都熟悉。

熟人太多有时带来一些麻烦，人们吃饭喜欢去包间，在大堂，熟人多，少不了要多敬几杯酒。还有人吃早点时背对着大门，不然一个馍还没吃完，就抬头跟人打了十几次招呼。

黄文庆喜欢这里的人情味儿。过去走在街上，谁家女子、谁家老汉都清清楚楚，哪一户来了客，几乎整个县城都知道。

即便不知道对方名字，也很可能了解他家在哪里，做什么工作，兄弟姐妹几个。两个人谈恋爱，如果一方有隐疾，另一方不知道，马上有人从好几代前说起。

相亲在这里很普遍，一位当地年轻人经人介绍认识了在西安商场打工的女士，两人匆匆见了一面。他最终娶到她的方式是讨好她在当地的家人，秋收的季节去地里摘玉米、过节了带着礼品探望、修房子跑去帮忙，这期间他没再见过女方，直到她回家，相处了几个月，他便提着四色礼（烟酒等）上门提议把婚事定下。

中等家庭结婚时起码有四五十桌酒席，有的有八九十桌。这里的人很大一部分支出是人情份子，有人估算，一个公务员一年的份子钱大概是两个半月的收入。

在这样的人情社会里，言论、道德、口碑就能约束一个人，悦中山说，一般不用动用法律。这里的犯罪率很低，一是犯了事在山里跑不出去，二是人和人之间总有千丝万缕的关系。

但讲究人情的地方也容易忽视制度，若在圈子里，很容易得到资源，如果不在就被排斥，"影响了整体的公平。"悦中山说。

留在这里的人则找到了一种适合自己的节奏，上了年纪的人安静地坐在老街两侧，与面前的一排盆栽一同晒太阳。过去几百年，佛坪人一直在这块勉强平整的土地上平静生存。入夜，圆月照着青山轮廓，像古诗画面。

一位老县城人说自己患有城市综合征，一到大城市，呼吸也急促了，听力也不行了，心慌得很。一进山，所有症状都消失了。他退休后，爱好养花、去河里捡奇石、集邮，还种了一小块地。

"也许未来佛坪会成为秦岭里的后花园。"悦中山说。

（文中陈丽颖为化名）

杨 杰

2021年4月14日

西二旗迭代

中国互联网潮汐涨落在西二旗。

这片位于北京西北五环的近矩形区域被看作"中国硅谷"的数个有力备选之一。中关村科技园于2000年建成，园区内外玻璃之墙破土拔高，总有更明亮的招牌被挂上去。曾一度风头无两的微软、华为和联想筑起高楼，百度、网易和腾讯相继划分了势力范围，当今势头正劲的创业公司如滴滴规划了一片仿照硅谷景色的园区，绿化讲究。

它一直在生长。这里是过去两年北京市租房交易量增幅最大的区域之一。房价则维持在每平方米8万元上下。明代这里是牧马场，改革开放前属于郊区。

无数程序员在这里日复一日。他们活在"月入五万却过得像月入五千"的"码农"段子里，也隐身于互联网经济的工程师神话中。他们手指下的0和1正编织起一个崭新世界。

过去年代的痕迹存留在路牌上："后厂村""唐家岭"……交通状况如道路名称一般灰头土脸。高峰期时，西二旗桥下大小车辆经年拥堵，此起彼伏的汽笛声里，路边等待搭乘公司班车的队伍可蜿蜒十几米，手中塑料袋里的蒸玉米和包子腾起热气。西二旗地铁站是北京城人流量最大的地铁站之一，每天有22万人次从这里经过。乘客水泥一样被灌进车厢，动弹不得。

在西二旗，迭代是技术世界的主旋律。这也是互联网的一大生存逻辑，新的取代旧的，越快越好，版本更替，产品换代，公司死死生生。

日夜

西二旗自有节奏。

工程师林一任职于西二旗一家创业公司，刚满一年。早上10点以后，格子间逐渐热闹。和这个区域的诸多互联网企业一样，公司对程序员推行"弹性工作制"，这保证了赶在午饭点前的到达不算迟到，也意味着直至深夜的工作并不属于能获补偿的加班。

中午是难得的休息时间。各处软件园的小花园里坐满了人，五六人一组，举着手机打游戏。日光很强，手机亮度调到最大也常见绿色光斑，屁股下石凳隐隐发烫。有的人头发会透出丝缕光线来。因压力而脱发是困扰不少程序员的顽疾，选择烫卷发根能营造蓬松丰厚的效果，在大太阳下会露馅。

中午1点，新浪总部大厦楼下，一些员工在等外卖。外卖是许多员工午饭和加班餐的主要选择。
杨子怡／摄

下午繁忙而易逝。阳光照耀在大楼外空无一人的大街上，大小会议在日光灯下展开，键盘按键落下弹起，内部通信的消息滴滴提示，其他部门来协调交接的人员轻声谈话，五颜六色的耳机被掏出来罩住耳廓——几乎全是头戴式的，将一切声音隔绝在外。

入夜后，大楼灯火通明，一些人迎来了灵感不断的高效时段，还有一些疲惫地只能生产bug（系统错误），于是选择处理一些事务性工作。公司一些单身的年轻男同事即使没有太急的工作，也更喜欢赖在这里——回家不过是面对出租屋的单人床。

林一习惯早上8点钟就到达办公室，灯已经全被打开了，没有人。他关注的问题是"ETA"，即"预计到达时间"。他的工作影响着打开叫车软件下单后，系统显示预约车辆大概还有多少分钟到达。

最简单粗暴的计算方式是以路程长度除以历史车辆平均行驶速度，但实际路况会复杂很多，道路拥挤程度、红绿灯的多少都会影响到达的快慢。手机屏幕上最终显示的数字背后，是巨大数据库支撑下的模型训练和计算，涉及机器学习技术的应用前沿。

他搞不明白"程序员鼓励师"有什么意义。这个概念走红互联网，配图常常是妆容精致的年轻女孩倚在敲击键盘的男程序员背后，巧笑着为他捏肩。

"你们离远一点让我工作行吗？"如果真有人试图如此"鼓励"自己，他大概会求饶。写代码时全神贯注，逻辑一打岔就断了，容忍不得一丝风吹草动。

林一既参与工程实现，也负责技术调研。调研部分的工作和他在学校时的步调没有区别，都是读论文、做实验、写报告。

像他这样的工程师不占多数。写字楼的无数扇窗户后，不知有多少程序员在与新版本上线的截止期交战。迭代是工作的重要部分，先到达，然后再不断修正，追求更好。

"花几个月获得的100分，不如花几周得到的80分。""程序媛"陈嘉嘉曾在西二旗一家互联网巨头工作过很长一段时间，已经很熟悉这个道理。

刚进公司的新人大多承担基础性工作，还包括不少重复劳动；经历渐长，他们能站在更高的地方看见迭代进程的轮廓。工作4年，陈嘉嘉从担心时间不够用的小兵成长为能向更上一级争取时间的中层计划者。

　　上线当天往往平静，一切停当，少有变数。最让人紧张的是头几次测试，预备上线的版本被仔细衡量，找出漏洞。陈嘉嘉记忆深刻的一次测试发生在入职后不久，她坐在自己的格子间里试图集中精力工作，内部消息却不断提示测试的反馈结果，"一会儿发现一个问题"。测试结果默认抄送所有相关人员，无异于"公开打脸"，她几乎要怀疑自己什么都不会。

　　上线的平静也有例外。一次新版本推出前夜，9点，陈嘉嘉突然在内部消息里接到上游环节产品经理的群发消息：大家不要慌！

　　自然，所有人都慌了。新版本定于次日一早8点与用户见面，一个未被检查出的大漏洞突然出现，波及了下游所有环节。半层楼挑灯夜战，一个接一个环节

北京西二旗地铁站，上班的早高峰人群。杨子怡／摄

修改。因为环节众多，一部分靠后环节的同事先回家睡觉，到后半夜上游环节的人完成工作后才被叫醒回来接力。

她那时已一人独力负责一整个环节，带着一种奇异的平静心情，梳理着其他工作等待出场。时针旋转，格子间的键盘敲击声这一处那一处的骤急起来，每一分钟都是为下游环节的战友节省。

她在凌晨5点离开公司大楼，那是夏日，天已经亮起来，带着青色。所有补救工作在新版本上线前完成，地铁迎来了第一批人流，似乎什么都没有在夜里发生过。

去留

28岁的工程师张行不太欣赏迭代。他追求代码之美，定义清晰、便于复制和延展，在数学上简洁漂亮。像一棵树，叶片交错不遮挡彼此的阳光，枝干延伸出无数可能。

迭代的快速进程不允许他有太多精力投注于美的建造。他目前在一家互联网公司参与无人驾驶技术的研发工作，团队最近的任务相当于在1个月内将算法的"房子"扩建一倍：地基重打，构架再建，砖瓦另铺一遍。

他工作过的上家公司是通信领域的一家外企。那家企业的代码倒算"标准漂亮"，工作节奏平缓，办公室着装严肃，不允许穿短裤。他是部门里最年轻的，周围同事大多30岁出头，下班不多待，掐点去接小孩。

2018年新年前夕，他所在的整个部门被裁撤了。在那之前的数月，这个消息是公司只对他们保守的秘密。部门同事被频繁派往海外公差，不再深入工作，只被要求进行交接。宣布的那天，一个西装革履的外国人带着一个膀大腰圆的中国保镖走进了格子间，所有人才醒悟过来。

公司提供了十几万元的补偿金，同事们互相调侃"多裁几次就发财了"。裁员第二天早晨，他睁开眼，在习惯性要起身的一瞬间意识到，自己无班可上了。

整个通信行业内，外企的劣势日益明显。那些"生猛迭代、拼命进化"的中国企业正在占领主导位置。

这个行业也终不敌互联网的风头。风光竟在往日，张行一位同事10年前从东北一家工科院校毕业时，同学们争相去中兴、华为的招聘摊位前递简历，只有那些成绩一般的，才不得不选择深圳市一家名为腾讯的"小民企"。

在西二旗，击退张行前公司的一家中国通信企业里，张行的同学王召常常思索：自己是不是"看得太开了"。

王召很喜欢自己的工作，可运气不好，入职时间卡在公司两次集体涨薪之间，前辈后辈都比他收入高。他能感觉到这家公司与互联网企业在气氛上的差别，更像是家严肃的国企，层级明确，团队气氛容不得玩笑。他换了几次组，试图和最前沿的领域更近一点——"做技术的都有这样的执着"。但行业受限，公司能提供的前沿是有限度的。

他开始考虑跳槽。经验证明，跳槽是程序员解决一切问题的捷径。

对于局外人来说，跳槽总是毫无预警地发生。林一周围，隔一段日子有人会突然提出请客——要离开了。那些事先张扬的跳槽往往难以贯彻，更多时候是一种暗示上司涨薪的要挟。

根据朋友们的经历，下家公司负责面试的人力资源部门负责人对技术专业水平缺乏深入认识。他们往往秉持一个简单粗暴的标准：一个人的价值由他在上家公司的收入决定，在此基础上给予一个涨幅即可。

同公司内，涨薪和升职的比例被严格控制。因此，越频繁的跳槽往往能带来越多的福利。只是，跳得太过火了也会被雇主嫌弃忠诚度太低。一个较合理的节奏被摸索出来：18个月跳一次。

同一领域的圈子里，有时同一拨儿面孔换来换去，在不同的招牌下交叠出现。林一觉得这样不太合理，"外来的和尚不总是会念经"。

陈嘉嘉则认可跳槽的调节作用，"其他公司的经验和视角是值钱的"。她刚跳出了西二旗，薪水也跃到了之前的两倍。她觉得自己还算幸运，每一次在小组和公司间的跳跃，都落在了当时最具增长空间的领域，成长更快，收获也更多。

在她的世界里，等级C是个可怕的字眼。同类词还有等级D或3.25（满分是4），公司不同修辞不同。

这个字眼代表着淘汰。程序员在KPI（关键绩效指标）上不合格时，可能会收获这样的评价。这意味着在未来的一年里，他们没有涨薪资格，也无法获得年终奖。收到这样的判决，他们只有一条路：自己选择离开。

为了激发员工的最大工作效率，互联网公司往往会设置一定的淘汰比例。在陈嘉嘉待过的公司，每10个人中有1个人会被打上等级C的标签。

去留之战也在同公司的团队之间打响。一些互联网公司会在发展成熟的领域设置两支研发目标一致的团队，称为A队和B队。两支队伍在竞争压力下争分夺秒，也毫不留情地指出彼此的失误。只有一队最终能被选择。

林一所在的团队年轻，又前行在未被踏足的道路上，同伴彼此信任，有种归属感。一位业界前辈曾和他们短暂合作过，对自己的代码护得很严，要求明确标出属于自己的成果。年轻人觉得他奇怪。"他可能也觉得我们怪吧，没吃过亏。"林一说。

在林一入职前，这家创业公司正陷于一场大战，对抗一位力求进入中国的国际对手。紧张的空气笼罩在公司上下，钱和人是弹药，被第一时间搬往可能遭到攻击的防线。林一暗自担心了一阵，怕还没毕业东家就没了。

这家公司挺住了，收购了对方的中国分支，对方退出中国市场。今年初再战国内另一家创业公司，公司气氛明显淡定了很多——之前那么大的敌手都斗赢了。

"战争对于我们来说是好事。"林一说，"有战争才需要我们啊。"

钱

陈嘉嘉感谢互联网，她觉得只有在这个急剧扩张的行业里，年轻人可以不靠拼爹，凭一己之力一行一行写出一个未来，获得跨越阶层的报偿。

相比刚入行时，她工资多了4倍还多，年薪接近百万元。她不化妆，忙碌起来头发都可以到公司后才梳，入夏后穿一双塑胶拖鞋，见朋友时才换成凉鞋。她对包包失去了兴趣，日常拎一个小塑料袋，里头兜着门钥匙、手机和工卡。塑料袋是公司发水果时送的，丢了也不可惜。

她能无缝融入西二旗浩荡的"码农"中，夏天是格子衬衫和T恤裤衩的海洋，秋冬则覆盖着连帽衫和羽绒服。他们中不少背着公司统一配发的双肩包，保护着笔记本电脑，随时可以拿出来写上一行代码。

"你根本看不出来他们中有谁手里握着价值几百万元的股权。"陈嘉嘉说。在她看来，收入变了，追求"高效简洁"的生活习惯没必要跟着变。

新公司的格子间里没怎么摆植物和玩偶，她斥巨资购进机械键盘，替换公司配的"不好用的"家什，甚至买了自己的鼠标——"600块呢！"下一步换个显示屏再添置一个睡袋，一个标准程序员式的消费升级就完成了。

一些程序员会小心维持一个只属于自己的世界。有人收集钢笔，也有人购买用于网络游戏的玩具枪支——"给儿子买的"，儿子刚满4个月。

陈嘉嘉不太喜欢新公司的氛围。上班头一周开大会，领导话音落下，全场啪啪鼓掌，齐声叫好，"跟个传销组织似的"。她已经听说新人"破冰"活动上擦边玩笑开得相当过火，打算临近时申请出差躲过一劫。

诸多不适，她还是无法抗拒"给的钱多"。

钱对于她来说是一种肯定。价开的越高，代表对她的工作评价越高，她这个人"不算没有用"。

她单身，有时仿佛穿梭于两个平行世界，一边是处处尴尬的相亲，不断遭到否定；一边是一路凯歌的求职面试，不断获得肯定。

"工作救了我。"陈嘉嘉说。她紧紧攀住那个逻辑和数字构建的世界，写代码、看论文、每天背几个机器学习相关的英文单词。没有空闲给眼泪，在这里，她被需要着。

"其实高工资也是榨取价值的手段，大家都是螺丝钉。"她看得很明白，"但这至少也承认了我有价值不是吗？"

她很少抱怨或抗议，总觉得市场自由，"如果实在看不惯可以选择离开"。

林一很欣赏在另一家互联网公司任职的一位前辈。他的算法将广告投放精准度提高了1％，为公司带来了十几亿元的增收。这些价值自然不能等比例折算为工资，前辈成为业界的一个传奇，"已经值得了。"

西二旗的金钱价值换算法则不一定符合技术思维。林一在做的工作和他实验室里的同伴朝着完全相反的走向。高校科研追求更快更准更强，他则尝试降低计算的精度，同时将所需的服务器由三位数变为一位数，大大降低成本。

对张行来说，钱是家庭平稳运行的燃料。他去年结婚，每月背负着近2万元的房贷和3000元的车贷。

在生活的激流中，他奋力游向金钱闪耀的水域，从国企，到外企，再到现在的公司。缓慢岁月他未曾荒废，花了5000元买了国外的无人驾驶技术在线课程，学了一半，赢得了后来的工作机会。他很快忙碌起来，那一半也没有再学完。

他目前所在的部门每天燃烧着公司巨额的投入，没有人明确知道未来会如何。张行此前坐车看手机都头晕，现在也能在没有司机的飞驰车辆里，平静地对着电脑改代码，风擦着车玻璃呼啸而过。

没有人知道，挣多少钱才够。

陈嘉嘉工作过的西二旗互联网巨头团队里有个男孩，优秀勤奋，进公司第一年就拿了新人奖励，在2016年倾全家之力在北京买了房子，刚交定金，和女朋友谈婚论嫁。变数骤至，他的父亲被查出癌症，进京看病。他放弃了房子为父亲治疗，不得不支付了违约金。治疗漫长痛苦，病情恶化迅猛，他无心工作，接连数月被评价为绩效等级C。女朋友离开了他，他最终离开了公司。

陈嘉嘉最后一次见到他是今年初，他在一家发展不算好的小型互联网企业工作。他的父亲于一年前去世，人生翻转而空。

"这一行没有兜底。"陈嘉嘉说，"往上没有极限，往下也没有。"

爱

一次聚餐，男同事们聊起单身女性，说"一定很强势"。陈嘉嘉端着杯子心里嘀咕：大家都是做算法的，说不清样本，理不清逻辑关系，怎么能得出这样的结论。她终究什么也没说，咽下一口饮料，陪着笑笑。

跳槽之前她还有所憧憬，能遇见新的男人。进小组一看，全体已婚，除了两个94年的小朋友。

陈嘉嘉已经放弃在相貌上取悦异性了，打扮了周围人也发现不了。她曾换过眼镜，百般暗示，项目里和她日日相处的男程序员终于领悟：你是改发型了吗？

同组有个90后小姑娘，淡妆，裙子不重样。女孩周围不缺男前辈环绕，自告奋勇做各种指导。女孩则有些抗拒，一起吃饭总拉着陈嘉嘉，缓冲过于高涨的热情。

陈嘉嘉看着她，仿佛看见刚入职时的自己。有时会有点羡慕，但也明白有分量的项目是轮不到那个女孩来扛的。她觉得，摆在"程序媛"面前的似乎一直有两条路：做一个乖乖接受帮忙的"吉祥物"，或者泯灭自己的性别，去争事业上的成功。她和她的女同事最终几乎都选择了后一条路。

她偶尔会怀念被保护的感觉。在网络游戏的世界里，这个毕业于清华大学的资深工程师自称是一所二本院校的大二女学生，在异性ID护送下，一路打怪升级。后来工作忙起来，她很快把这个游戏抛在脑后。

她如今更喜欢玩一款被戏称为"吃鸡"的枪战游戏。她时间紧，手机进入8分钟的快速版本，端起枪一顿扫射。周末，她能和合租室友一起在电脑上玩时间更久的完整版。室友是位冷静干练的互联网运维，手下管着数十人，在游戏里胆小如鼠，经常藏在坑里默默迎来死亡，不敢动弹。两人合作至今从未赢过，却深深上瘾。

她觉得没有男友的自己在父母眼中大概像一个游离于主线外的数据。她的跳槽曾遭到母亲的强烈反对。母亲在小地方过了一辈子，想不通女儿为什么搞不清生活的重点——不用再赚更多钱，要赶紧找个人嫁了。多次打击之下，陈嘉嘉现在要求非常"务实"，本科，长相收入全不在意，比她个儿高点就行。

"我想要我的父母肯定我。"这个从小优秀的女孩说。

在西二旗，张行的同事、90后程序员周青也正在费力寻找爱情。

他判断自己陷入了死循环。那些想找男朋友的女生，在遇见他时已经有伴了；而另一些应该"根本不想找男朋友，过去一年半了看她什么动静都没有"。在他眼中，偌大公司里数量庞大的单身男女，见面不相识。

他希望能寻觅一个同为程序员的伴侣。周青觉得，喜欢是可以量化的，专业水准是量化标准之一。"当今社会，找对象要强强联合。"

不是没有遇到过量化成绩令他心动的女孩，但几条微信过去，对方就不再有消息了。他写过数千行代码，不知如何另起一个新话题。他最近有点气馁，打算寄望于父母介绍相亲。

未来

没有人是不能被替代的，这是周青入职时学习的第一堂课。

当时带他的直系领导给他上的课。后来他被调去其他部门，领导没挽留，他有点失落。此后两年，他和那个部门以技术见长的其他前辈都保持着良好关系，却再没联系过那位领导。

他觉得两人在大系统内的功能相似，自然要互斥的。这两年里他努力成长为那位领导的样子，一个有点特别的程序员：写代码之外承担催促各方提供资源、控制进度的工作。

"每个人都得找到自己的角色。"周青说。

行业永远年轻，90后程序员已是西二旗的中坚力量之一。与此同时，西二旗一家著名技术企业在2017年被曝裁了一批45岁以上的员工，"清理"了34岁以上的交付工程维护人员，将他们转岗、分流。同年年底，一位42岁的技术人员在被劝退后自杀。

在西二旗，几乎每层楼里都有一个传奇程序员，有着夺目的副业。有"股神""期货神"，最近的风潮则是炒比特币。有位程序员擅长修理国外高级品牌手表，有一套精巧的小工具，将破烂一点点打磨成宝贝。公司能提供给他努力抵达的最高职位是总监，但上升通道狭窄，几不可能。

28岁的张行对未来已经有些焦虑。他难以忘记被裁员时的复杂感受。旧同事群里一些年纪更长的，迟迟难以敲定新的工作。程序世界费心费力，他觉得随着年龄增长精力衰退，自己很可能会越来越难以招架。一路凭借技术能力上升的前辈有，却不算多。他盘算着，"技术总要转向管理的"。

林一不觉得写代码是"青春饭"，"经验自有价值"。在他接触过的国外技术公司中，四五十岁的程序员比比皆是。他们的积累造就了不起的直觉，为年轻后辈的工作避开很多弯路。

下班时间，上地十街，一群西二旗人骑着不同颜色的共享单车奔向地铁站。

杨子怡 / 摄

晚高峰，西二旗人排队走下班车，雨天的车窗上布满了水滴。杨子怡／摄

陈嘉嘉看不清未来，"也许10年后的互联网状况会类似如今的通信行业"，"也许又有新的领域被开辟了。"她并不为自己担心，只需努力工作，不要过早被抛下潮头。

"40岁前实现经济独立不就行了吗？"这个29岁的女生小手一挥。

西二旗正处在新的变化中。不少闪耀的招牌下如今留存的只是公司的一些行政主干。大企业纷纷向更远离城市的方向延伸，开辟价格更低的土地，建立属于自己的大型园区。

在北京市更东、更南和更北的地方，崭新大楼竖立起来。每个早晨，人群从北苑、回龙观和通州等蜂巢般密集的居民区苏醒，汇入万千道路，最终抵达那些玻璃幕墙筑成的忙碌世界。入夜后，无数窗口在航拍里呈现出一片灿烂星点，看不清个体的面孔。

（应采访对象要求，文中人物均为化名）

王梦影

2018年6月13日

寓言镇上的神话中学

说起"毛坦厂",难免会有人瞪着眼睛,迟疑着问:"生产毛毯的厂子?"

其实,毛坦厂不是工厂,跟毛毯也完全不沾边儿,它是安徽省六安市下面的一个乡镇。倒是这个镇上的高中,在社会上流传着一个与"工厂"有关的名声——"亚洲最大的高考工厂"。

每年有近万名复读生及应届高三学生在这里进行"锻造",在高考的检验下过关后,输往全国各地的大学。从规模和"产品合格率"来说,这家皖西山区的

下课后,复读班学生从教学楼走出来。陈璇 / 摄

"高考工厂"，制造着高考史上的"神话"。

复读，或者按照校方的标准表述——补习，无疑是这里最响亮的品牌。近年来，每年有超过8000名来自安徽省内外的复读生涌进这里，接受再次的加工和磨砺。

2013年安徽约有10.5万名复读生参加高考，小小毛坦厂就占了近8%。

挤满学生的中学，是这座小镇的"心脏"，几乎整个镇子人们的生活节奏，都要保持着和它同样的律动。

同时，它也是拉动小镇运转起来的"引擎"。当地的居民说，"没有学校呀，毛坦厂的经济就会崩溃"。

开学了，毛坦厂苏醒了

8月中旬的一天，毛坦厂一年中最热的时候。坐着豪华的奔驰车绕着大山，弯弯折折地来到这座山坳小镇之后，19岁的郑汉超看见的是一座空空的镇子。

大白天，街上空荡荡的，很难见到人影。几只麻雀从半空中飞过，也无法吵醒如同沉睡中的街道。整条街上紧挨着的大小餐馆，几乎都闭上了卷拉门，以至于那些不合时宜闯入镇子的外地人，找不到花钱可以填饱肚子的去处。

用当地老百姓的话来说，每年高考过后，毛坦厂就像经历"大扫荡"一样，变得空寂起来。

8月29日，镇上高中的复读班开课。8000多名复读生，陆陆续续地被10分钟一趟跑得疲惫不堪的客运班车，或者挂着"皖"与某个英语字母组合起来牌照的小轿车，运送到毛坦厂。

随着小镇的"心脏"复苏跳动起来，毛坦厂也从一场短暂的休假中苏醒。

这里最繁华的商业街，学府路和翰林路上，包子铺老板熟练地打开一个又一个冒着热气的笼屉，金黄的手抓饼在铁锅里"滋滋"作响，餐馆里的客人不耐烦地催着服务员上菜，小超市的收银员正在收银机里翻找零钱。

"很难想象，一个镇子竟然像一部手机，可以切换模式。"或者，梦想当电影导演的郑汉超更愿意把毛坦厂的变化，比喻为电影里的特技。

要找到毛坦厂镇情景切换的时间节点，并不太费劲。最明显的那条分界线无疑是"高考日"。6月5日，高考前一天——也是当地的"送考节"——在礼炮声和乐曲声中，70辆大巴和上千辆私家车将过万名高考生接走之后，陪读的家长也散去，毛坦厂镇几乎在一夜之间变成"空心镇"。

如今，时间点拨到"开学时"。8月29日晚上，毛坦厂中学的校长韦发元在吃晚饭时，往肚子里灌了几杯平日里不怎么碰的啤酒，"解解乏"。

就在小镇"心脏"部门的指挥者神经紧绷的同时，由这颗"心脏"所牵动的各个部件，都拧紧发条，沿着它跳动的波线图运转着。

毛坦厂镇政府办公室主任杨化俊和旁人的谈话，会被随时响起的手机铃声打断。"为学校提供后勤服务"，已成为镇政府的重要日常工作。因为外来客人的激增，这里公务员的接待任务，已超过平时的负荷。

镇上的10多家宾馆几乎都住满了，宾馆服务员对抱怨"底楼太潮湿"的房客们，机械地重复那句："全都满了，现在没有换的。"如果不提前预订，想赶着饭点在状元酒楼或者新学府餐馆吃上一顿饭，还要看运气。

来自邻县舒城的陪读家长汤才芳，把手机闹钟调成早晨5点半，这将是未来9个月里她和儿子在毛坦厂每一天的起始时间。

如果一切顺利，郑汉超和汤才芳的儿子可能成为复读班的同学。尽管，一直到奔驰车把他载到毛坦厂之前，这个富商之子还以为父母会把自己送到美国留学。

那本是一条设计得很周密的成才之路。郑汉超初中毕业后，"为了接受更优渥的教育"，被父母从安徽老家送到杭州。郑家在杭州买房，加入当地户籍，费了一番周折之后，终于让家里的独子读上了国际学校。

"怎么说呢，那种学校是国际范儿的，追求个性，自由发展。"8月29日晚上，郑汉超坐在毛坦厂一家宾馆的沙发上，摇晃着他手上的iphone5。他刚向宾馆前台询问是否有iphone5充电器，服务员在打了好几通电话之后，给他找来一个不匹配的"山寨"手机充电器。

"原本打算要向西走，拐了一个弯儿，还是要回到原点，费劲巴拉地到这个山沟里来。"在饭桌上偶尔听朋友提到"毛坦厂"，郑汉超的父亲，一个房地产公司的老板，对这个山坳里的高中产生了强烈的兴趣。

"半路杀出个毛中"，意味着郑汉超的留学计划暂时搁浅。"现在海归也不是那么吃香了。想出国？很容易，只要有钱，有money，有朋友就行了。可是你要是不在国内读个像样的大学再出去，别人就会说你是富二代，鄙视你！"这个精明的商人，一边挥着右手，一边语速飞快地冲儿子讲他的道理。

毛坦厂的魔力很快将这对父子吸引到统一战线上。"如果在这个山沟里闭关苦读一年，考上国内的电影学院，也是梦寐以求的。"郑汉超盼着自己能赶上复读班报名的"末班车"，走进"神一样的毛中"。

政府和镇上每个居民，一切都围着学校转

将毛坦厂镇上的人们拽进同一生活频率的引力，来自这里的两所高级中学——毛坦厂中学和金安中学。

毛坦厂中学始建于1939年，是一所在抗日战争中诞生的老校。2005年，毛坦厂中学与当地一家私立学校联合成立股份制的金安中学，接纳"补习生"和应届高中生，两校相对独立，教学资源共享。但在当地，老百姓还是习惯合称两所学校为"毛中"，称补习生为"复读生"。

神奇，从高考数据上看，或许是对地处山坳小镇的毛中毫不夸张的评价。近10年来，毛中的本科升学率连续达到8成以上，而且还不断将自身的记录刷新。今年，毛中有11222名考生参加高考，其中9258人达到本科分数线。

近年来，毛中的名声已经翻过大别山，飘散在豫皖苏三省之地上。合肥当地一家高考补习学校打出的广告语是，"某某学校，家门口的毛坦厂"。

不过，韦发元校长却说："毛中几乎从不做广告。"

说这句话的底气是，学生和家长大多是在口口相传中听闻毛中的"神话"，慕名涌进毛坦厂镇。高考成绩公布的当天下午，咨询复读的电话就已打到毛中。开始报名后3天，高考补习班的名额就满了。

一座去年竣工的5层砖红色教学大楼，被命名为"补习中心"，专供复读生上课，50多个教室已经坐得满满当当。坐在最后一排的学生，后背委屈地擦着墙。靠近门口的高个子男生，稍微撑一下腿，就会不小心跨出教室。几个学生揶揄着："胖子就免进了。"

由于复读班教室里的学生太多了，老师必须要用扩音器上课。经过回字形教学楼的人，可以听到此起彼伏的吐着英语的女高音，或者带着皖西口音的男中音，汇聚成一部雄壮的"交响乐"。

即便是"一根针插进去感觉都很困难"，开学好几天后，仍然有家长和学生逡巡在教室门外，眼巴巴地瞅着窗户里面黑压压的人头。

那些抱着极大的希望来到毛中，但是又失落而归的家长们留下的背影，成为初秋毛中校园里的寥落一景。

踩着8月份的尾巴，在父亲使出浑身解数之后，郑汉超终于迈进毛中的门槛。不过，他没能进"最牛"的复读班，只能去高三应届班借读。即便如此，郑汉超在商场摸爬滚打多年的父亲，在当天晚上就像谈成一笔大生意那样兴奋。

他拍着儿子的肩膀，嘴角挂着微笑，流露出一个父亲的温柔："知道吗？我做了很多投资，但是你才是我最大的投资，而且这笔投资，只能成功，不能失败。"

对于农村妇女汤才芳来说，"投资"不是她敏感的事情。但是，今年陪儿子来毛中，也算是一次"赌博"。她的儿子今年考上三本院校，但是又不甘心，执拗地要来毛中复读。

"这一年会影响孩子一辈子。"汤才芳说。这个农村妇女的哥姐，分别通过走当年最重要两条路——当兵和上大学，走出农村，改变了命运。她感叹："我是兄弟姐妹里过得最差的，现在就指望我的儿子了。"

正是冲着这个朴素的道理，70多岁的奶奶还在为孙子发挥余热，中年妈妈不得不提前退休来照顾女儿……这些数量庞大的外地人，聚集在毛坦厂，成为这个镇子的重要组成部分。

毛坦厂镇，这个镇区面积只有3.5平方公里的小镇，在毛中开学后，再次恢复到将近5万的人口规模。当地的人口结构，因为高考，已经发生了极大的改变。镇上的本地户籍居民只有5000多人，但随着当地的高中名气越来越大，事实上的人口主体变成两万多的高中生，以及将近1万来自安徽省内外的陪读家长，剩下的就是在学校附近做生意的外地人。

很难说清楚，5万人口究竟是什么数字概念。这5万人每天要制造7000多吨生活污水，消费校门口售卖的将近5000个包子和500多个手抓饼，以及农贸市场和街边商店里难以统计的肉蛋、蔬菜和水果。

为了避免镇子的生活陷入瘫痪，毛坦厂镇近几年修建了3.5千伏的变电站、50亩的垃圾填埋场和日处理量5000吨的污水处理厂。"如果没有学校，这里不可能建设如此规模的基础设施。"镇政府的杨化俊说。

不过，这座小镇没有一家网吧、咖啡馆和KTV——任何可能会让学生"分心"的娱乐场所。毛坦厂最后一家网吧，几年前在陪读家长的强烈反对下，被当地派出所"取缔"。如今，镇上的商家也很"自觉"。很多毛坦厂人说，"和学校共生共荣"。

"我们和毛坦厂中学的关系，可以说是镇校一家，学校的事情，就是我们镇上的事情。政府和镇上每个居民，一切都围着学校转。"今年6月，毛坦厂镇长韩怀国在接受媒体采访时说。

一所山里中学演绎的"逆袭"故事

郑汉超听说，进了毛中的学生，如果想成为成功故事的主角之一，就必须接受和适应这里的规则。

这套规则，是"毛中制造"的核心肌理。毛中分管教学的副校长李振华，将其概括为"全方位立体式无缝管理方式"。毕竟，这座"工厂"的人数规模很庞大。在补习中心上课的超过8000个学生，下课铃响后同时从教学楼往外走，直到整座楼空无一人，要花去将近15分钟。

这里有严苛的时间作息制度。一天24小时会被一张作息表严丝合缝地分解掉。通常，早上6点10分进班早读，直到晚上10点50分下晚自习，休息时间只包括：午饭、晚饭各半小时，午休1小时——午休本是两小时，但学生被要求到教室睡觉，顺便再匀出1小时自习。

有的班主任甚至还要求"统一上厕所"，"以免进进出出影响别人休息"。

毛中的老师们认为，应对标准化的考试，需要大量和重复的训练，因而在这里经受"锻造"的学生，"1年要完成过去3年才可能做完的习题和考试卷"。

在这座"高考工厂"里，竞争的氛围被制造得很浓烈。高三几乎每周都要考试，成绩表张贴在教室门外，排名靠后的名字会被红色的横杠标注。

为了给"毛中制造"提供优质而又勤勉的人力资源，学校在招聘老师时明码标价"年收入6万～10万元"。大部分毛中老师生活水平都不错，可以在六安或者合肥买房，还开上了私家车。

但是，对于老师们来说，这座"工厂"的生存法则非常残酷。学校选聘班主任，每学期根据考试成绩，实行"末位淘汰制"，而班主任可以炒掉任课教师。

近年来，全国各地的高中校长、教师和家长来毛中取经问道的不少。几年前，深圳市福田区教育局也曾到这个皖西山坳里来参观交流。

在校领导看来，毛中的门道，"一点儿都不神秘"。它在校园里几乎随处可见，被赋予各种形式向人们展现——可能是学校花坛里写着"肯吃苦才能代代成才，守规矩方可日日进步"的宣传牌，也可能是教室墙壁上直截了当的"为了大学，拼命吧"的励志标语，或者是老师们爱说的那句口头禅"两横一竖，干！"

这一切都成就着毛中的高考"神话"。曾经很长一段时间里，毛中只是一所不为人知的山区学校，而且它随时面临着和其他乡镇中学类似的命运——在教育资源不平衡的背景下，逐渐衰落。

如今的毛中，演绎着一个"逆袭"的故事。这个地处大别山余脉的中学，正在修建田径馆和游泳馆，还在操场上立起一块巨大的LED电子屏幕。毛中的老师自豪地说："这是华东地区最大的一块电子屏幕。"

有人认为毛中是"高考圣地"，也有人说它是"地狱"，隐喻着中国高考的畸形和异化。在毛中经受过锻造的人，在网络上宣泄着对母校的复杂情绪。有的人对它很痛恨，也有人说："对毛中充满感激。"

信奉毛中"神话"的家长和学生，还是在使劲儿地往那扇门里挤。很多人认为，只要一脚踏进毛中大门，就意味另一只脚踏进了大学。

8月的最后一天，一位六安当地人帮着一对来自庐江县的农村夫妻，往复读班的教室里硬塞进一张黄色课桌。讲起这事时，他咬着牙，双手在半空中环抱，比划着为挪动那张课桌费劲的样子。

这位不付重托的朋友，在那对夫妻面前，拍着胸脯说："放心吧，进了毛中，你们女儿来年高考一定能涨分。"

安徽当地人认为，托关系将亲友的孩子送进毛中，"是很有面子的事情"。

现实是，也有好不容易挤进毛中的学生，在这里待了一两天，就哭喊要逃离。

复读班开课后第二天，一个戴着眼镜的小个子女生站在教室门外抽泣。她拖着哭腔向一位中年妇女哀求道："妈，我真的受不了。我一看到，那么多书，太恐怖了。我很害怕，我真的很害怕。我不读了，不读了。"

穿着套裙、脚踩高跟鞋的母亲，脸涨得通红，恨恨地说："你不读？你为什么不读？这么多人不是都在读吗？你知不知道，为了能让你上这个学，我已经烦透了！"

她伸手将眼睛哭红了的女儿拽到教学楼角落里，指着楼道远处，甩出一句话："你要是不读了，直接从这儿跳下去。"

郑汉超的父亲有些担心，自己的儿子是否也会成为"逃兵"。这个在氛围自由的国际学校里待惯了的男生，已经开始抱怨"毛中太苦了"。

但是，"就像放进炼钢炉的铁块，不可能再伸手往回捞"。平日里娇生惯养的儿子，"在这里吃苦，受委屈，甚至个性被压抑，统统可以接受"。

"其实，这真是中国教育的悲哀，但也是合理的存在。是体制错了，还是勤奋错了？"这个殷切盼望儿子考上大学的父亲反问。

郑汉超还算"争气"，他把iphone5扔进抽屉里，换了一个在镇上买的款式老旧的手机，不能上网，只能用来打电话和发短信。

这个在微博上拥有11万粉丝的男生想起，应该跟关注自己的人们短暂告别一下。他又掏出手机，发了一条微博："你们一直抱怨这个地方，但是却没有勇气走出这里。9个月，咬咬牙，我们不在同一个地方，却有着同一个目标，请等我回来。"

不过，郑汉超并不想告诉朋友们，"这个地方"是毛坦厂，一个被人们视为诞生高考"神话"的地方。

从以"三线"厂为荣，到以"毛中"为荣

9月初，毛坦厂镇政府办公楼的玻璃门上，贴着大红色的高考喜报。

官方对外展示的地方简介里，毛坦厂中学占据着最靠前的段落，高考成绩也是不可或缺的一处笔墨。

对于这个安徽的山区乡镇来说，教育是当地发展布局里的一张王牌。用杨化俊的话来说，学校是毛坦厂发展经济的"引擎"。

这台"引擎"发动起来，给这个镇子注入看得见的商机。数以万计的外地学

房屋出租是毛坦厂本地居民重要的收入来源　陈璇 / 摄

生和陪读家长涌进毛坦厂，催生了当地特色的"房地产经济"。

这些外地的房客，大多住在书店、超市或者农贸市场等的商铺楼上，为毛坦厂当地居民带来一笔稳定而又可观的房租收入。

陪读家长大多抱怨："这里的租金太贵了。"目前，镇上对外出租的房子，最便宜的租金一年大约四五千，最贵的达到两万多元。在当地，"一家本地居民靠出租房，一年收入二三十万，很正常"。

30岁出头的王瑞，去年从江苏常熟回到家乡毛坦厂，扒掉家里的老平房，盖起一栋3层楼的"学生公寓"，"一年的房租收入远超过在常熟开服装店挣的钱"。但是，这山望着那山高，他还是感叹："我还是没眼光，盖房子太晚了。"

那些"有眼光"的当地人，敏锐地围绕着毛坦厂的强力"引擎"寻找赚钱的机会。

去年，金安中学新打开一扇北门，又为毛坦厂镇掘开一条积累财富的通道。

短短一年间，新北门外那条命名为翰林路的水泥路边上，一座座四五层的小楼拔地而起，如今成为部分当地人的"摇钱树"。尽管由于工期紧张，有的楼房外墙还没来得及被白瓷砖填满，裸露着整面墙砖。

毛坦厂镇，正在以制造高考"神话"的毛中为圆心，划出一个中部省份山区集镇的经济图景。几乎与毛中崛起的节奏同步，毛坦厂镇的经济也开始有起色。这个土地面积紧张、工业并不发达的镇子，还曾在2009年、2010年连续两年挤进六安市经济发展综合实力20强乡镇。当地政府介绍，去年毛坦厂的财政收入将近1500万元。这个数字，是邻镇东河口全年财政收入的近4倍。

镇政府的杨化俊说，毛坦厂从过去以采茶和卖竹子为主"山口经济"，发展成为现在的"校园经济"。

在这个拥有明清徽派老街的老镇上，当地镇政府还想打好一张旅游牌。不久前，一条超过千米的明清老街路口，建起一家仿古徽派建筑的"毛坦厂老街游客接待中心"。但是这个崭新建筑物的棕色镂空玻璃门如今却紧闭着，门前还立着由三根竹竿搭起来的晾衣架，上面挂着女人的裙子和内衣。

相比于起步较晚的旅游业，由毛中带动的校园经济，能为毛坦厂镇带来更稳定的消费市场。杨化俊算了一笔直观的经济账："毛坦厂将近3万学生和家长，如果保守估计，每人每天在镇上消费10块钱，全镇第三产业一天的营业额至少30万。"

有时，面对由毛中这台引擎发动起来的市场，毛坦厂这个小镇子也会应接不暇。那些无力承载的消费需求，就会转移到附近的乡镇或者县城，成为周边地带的福祉。

70岁的本地人熊春义很难想象，毛中是如今镇子的中心地带。他更怀念上世纪60年代，坐落在毛坦厂李家冲村的"三线厂"，曾经为这个镇子增添的繁荣景象。

"三线厂"是特定年代的产物。在1964年至1980年，国家在属于三线地区的13个省和自治区的中西部投入巨资，号召工人、干部、知识分子、解放军官兵和民工，在大西南、大西北的深山峡谷建起工矿企业、科研单位和大专院校。当年，毛坦厂这里建起一个生产枪支和汽车配件的军工厂。

9月初的一个下午，干瘦的熊春义老人，蹲坐在墙皮剥落的灰砖楼门口，一边搓着玉米棒，一边回忆起有关三线老厂的画面。他曾在厂区学校的食堂做工，一直到上世纪80年代工厂搬迁到马鞍山之前退休。

那些记忆，就像熊春义住着的这栋三线厂老宿舍楼一样，已经很陈旧。

"那时，厂区是毛坦厂最热闹的中心，姑娘以嫁到三线厂为荣。"当然，他也知道，现在的毛坦厂人"以把孩子送到毛中上学为荣"。他的女儿在毛坦厂镇区生活，以租房为生计。

即使没有这个老人的回忆，如今看着遗留在这里的厂房、医院和学校旧址，以及墙壁上依稀可见的属于那个年代的宣传标语，也会引来毛坦厂年轻一代唏嘘感叹"不同时代的寓言"。

一位毛中的年轻老师说："看上去这个厂区过去是多么繁荣。让我联想到毛中，如今这里也这么繁荣，但不知道以后会如何。看来真是要居安思危啊！"

有关毛坦厂的一切

在毛坦厂待了几天后，来给儿子陪读的汤才芳觉得，"这里没有新鲜事了"。

除了给儿子洗衣做饭，在毛坦厂剩下的大把时光，对她而言，只能用"无聊"来形容。

一到傍晚，小镇会热闹起来。三三两两的中年妇女，绕着毛中院墙外面的小路散步。随着天色越来越暗，零零星星的人，逐渐汇成川流不息的人河。

在路灯下随着音乐扭腰摆臀的人们，会给马路岔口制造一些拥堵，惹得汽车司机拼命地按喇叭。

毛坦厂镇的领导曾经表示，镇上将来要建一个专门供陪读家长们娱乐休闲的文化广场。

鳞次栉比的出租屋门前，头发湿漉漉的女人们围坐成一圈，谈着家长里短或者孩子的考试成绩。腆着肚皮的中年男人，将耳朵凑到收音机旁边，听着黄梅戏。

汤才芳想给自己找更多的事情做。她跟房东"搞好关系"，要来一块免费的菜地。她连夜翻了地，种上了大蒜和香菜。这个过日子精打细算过的女人，抱怨镇上农贸市场的菜价"太贵了"。

种菜开始成为一些陪读家长们所热衷的打发时间的方式。毛坦厂一些弃耕的荒地，被重新撒上了蔬菜籽儿。那些找不到整块荒地的人，只好捣腾起学校院墙外面的土。初秋时节，小镇时常弥漫着一股秸秆烧焦的呛人味道。

近几天，汤才芳在镇上找到活计。她在离出租屋不远的一个服装店里做缝纫工。晚上，当自己儿子正在教室里埋头苦读的时候，她踩着缝纫机的踏板，为这个小镇输入劳力。

在毛坦厂镇，有10多家服装加工厂以及官方都不掌握数据的遍布于大街小巷的小作坊。那些踩着踏板的缝纫女工，绝大部分是镇上的陪读家长。

"现在正值服装企业青黄不接的'用工荒'，但是我们这里基本不愁招人。"毛坦厂镇上最大一家服装企业的王领班说。

为吸引陪读家长来做工，大部分服装企业和小作坊会在招工广告上写着："工资计件，工作时间不受限制"。饭点之前，这些女缝纫工必须扔下手中的夹克袖子或者棉服内胆，赶回出租屋给孩子做饭。

杨化俊欣慰地向外人介绍，一家上海的大服装厂，"看中我们这里有大量的陪读家长"，考虑落地毛坦厂镇。

汤才芳并没意识到，像她们这些来毛坦厂的陪读家长，正在改变当地的劳动力市场。在她看来，除了儿子高考，其余消磨时光的活计，都是无关紧要的事情。

她听说，毛中有一棵百年老枫树。很多家长和学生拜过这棵"神树"以后，"很显灵，第二年高考涨了一两百分呢"。

毛坦厂中学的学生和家长拜百年枫树　陈璇 / 摄

一天下午，汤才芳特意去寻访这棵"神树"。这棵老树长得枝繁叶茂，一根长长的树枝伸出学校的院墙。

走近毛中北门东侧的那面院墙，汤才芳很震惊。观世音菩萨的十字绣和"毛中栽培，神树显灵"的红色锦旗，被铁丝挂起来，几乎遮住大半面斑驳发黑的墙。褪色的锦旗旁边，一块简易房铁皮搭起的棚架下面，香灰堆到1米多高，一大片墙皮已经被熏得脱落，露出红色的裸砖。

汤才芳想烧上一炷香。巷子口，一个中年女人摆着香火摊，装烛火的纸盒上两个手写的大字清晰可见："状元"。

这个陪儿子第二次冲刺高考的母亲，在巷子口停留了一会儿，还是转身离开了。她说："信则有，不信则无。"

一些迷信的甚至说不清的神秘感萦绕在毛坦厂。很多学生会在高考前放孔明灯，希望获得好运。但黄色是忌讳，因为那表示"黄了"。"送考节"那天，前三辆大巴车的车牌尾号都是"8"，出发时间是上午8点8分。头车司机属马，寓意

"马到成功"。

如果真能熬到"马到成功"的那天,郑汉超考上了电影学院,这个未来的导演想拍的第一部电影,"就是有关毛坦厂的一切"。

(应采访对象要求,郑汉超为化名)

陈　璇

2013年9月18日

开往北京的814路公交

河北小镇燕郊，被驶向北京的第一班公交车发动机吵醒了。

清晨5点半，路灯已熄，天还没亮透，814路早班车开始发车。张红英的手机闹钟也响了，54岁的她从床上爬起来，将前一晚泡好的黄豆倒进豆浆机，再把面包塞进烤箱，趁着机器工作的工夫，才去厕所洗了把脸，然后赶紧拎着保温杯，下楼排队。

814路是跨越北京城区和河北燕郊的9条主要公交线路之一，也是离张红英家最近的公交站点。每天早上，至少4000人挤在混合着肉夹馍和煎饼味道的814路车厢里，去北京上班。

这个数字是一位燕郊居民等车时"顺便"统计出来的——成功挤上一辆公交车最夸张时需要40分钟，他有足够的时间来计算。

等车队伍最长时达到300米，但十几位老人总能站在队伍最前端。为了抢占这个有利的上车位置，他们天不亮就出门，可当公交车停在跟前时，这些人却又侧过身子，让后面的人先上。

他们在等自己的儿子、女儿、儿媳妇、女婿。为了让儿女多睡十几分钟，能在上班的路上有个地方坐坐，这些老人提前到公交车站替儿女排队。

张红英就是其中一位母亲，她的女儿在北京国贸附近的一家外企上班。曾有媒体报道，这种每天早上跨省上班的人在燕郊至少有30万。而燕郊政府网上公布的人口数量是50万，这意味着每天早上这座小镇一下子空了一多半，剩下的大多是老人和孩子。许多父母像张红英一样，举家迁徙到这个陌生的河北小镇，照顾孩子以及孩子的孩子。

"其实是一个人在北京上班，全家在为他服务。"一位替女儿排队的父亲说。

上班给北京纳税，晚上睡觉给河北纳税，天天四五个小时在路上跑，哪个父母能忍心

4月的清晨还有些微凉，张红英裹在蓝色防风衣里。她已经在这里帮女儿排了4年队，连814路的公交车司机都认识她，进站时隔着挡风玻璃朝她点点头。

"孩子太累了，来北京找个工作，没想到这么累。晚上加班到家就快12点了，我着急啊，这时间能睡够吗？"张红英的嗓门挺大，"你要给她排队呢，她就能多睡一会儿，要不上班也没精神啊。我多起来一会儿，就当锻炼身体，她能多睡半个小时呢。"

此时，31岁的女儿孙梦已经起来，正在家里享用母亲备好的早餐。孙梦大学时读的是日语专业，老家河北邯郸没有适合的工作，毕业后她进了北京一家日企。已经退休的张红英也跟了过来，照顾女儿起居。她们在北京租房，搬了三次家。孙梦决定，必须在30岁之前买房。

张红英（左三）帮女儿排队，并维持车站秩序。杨姣／摄

那是2009年，北京的房价还没有像现在这样夸张，首付60多万元就可以在东四环附近买套还算不错的房子。但这对一个普通的工薪家庭来说，也是笔不小的开支，她家拿不出这么多钱。

一天，在国贸地铁站附近，张红英接到一张小广告，上面写着首付10万元就能在距离北京30分钟车程的地方拥有自己的房子。那个地方叫燕郊，天安门往东40多公里的一个河北省小镇，清朝皇帝拜谒东陵时的行宫所在地。

那时的燕郊还没有被密密麻麻的住宅楼占领，新开盘的小区对面是一片绿油油的麦子地，柏油马路还没修好，张红英蹭了一腿泥。不过，售楼小姐说，开往北京的814路公交车总站就设在小区门口，到时候上车就有座。张红英痛快地交了订金。

可售楼广告说的30分钟到北京，只是一种理想状态。想开车上班，先得摇到号吧，而且早高峰进京方向的高速公路在收费站就开始堵了。公交车倒是有专用车道，可人多车少，挤不上去，在车门那儿一"挂"就是十几二十分钟，再碰上插队打架的，司机索性熄火不走了。

"这得什么时候走到头啊！"第一次看到814路车站前的长队，刚搬来的老梁简直"看不到希望了"。第二天，他就加入为孩子排队的阵营。"他们上班给北京纳税，晚上睡觉给河北纳税，天天让人家四五个小时在路上跑，哪个父母能忍心啊！我也分析过，家里稍微有点钱有点势力回去能安排工作的人，不会到这个大城市来做这种打拼的工作。"他说。

57岁的老梁老家在内蒙古赤峰，那是一个蓝天白云、街道整洁的全国卫生城市。为照顾在北京工作的女儿，他卖了老家的房子，来到燕郊。"为了孩子，为了养老，没办法。来北京得坐一宿车，年轻时无所谓，硬座都能睡，老了以后睡不着，挺难受，还不如直接搬过来，照顾孩子。"他说。

女儿小梁9点上班，晚上加完班，已经错过了814路末班车，只能坐黑车回来。"真心疼，我只能帮她这么多了，也帮不了别的。"老梁说。每天早上6点，他就起床出门排队。

814路的终点站北京国贸，是通往河北燕郊的交通枢纽。但这并不是小梁的目的地，她还要再挤18分钟的一号线地铁。有一次，老梁去北京办事，和女儿一起走。公交车在国贸桥下停稳后，小梁说了句："爸我先走了啊"，就朝地铁站跑。老梁一路追，使劲追，追到地下通道入口时还能看见个背影，但等他走下楼梯，女儿已经没影儿了。

"这'跑班族'跑得可真够快啊！"他说着笑了起来。

张红英笑不出来。这些地铁里"拿着东西一边吃一边跑"的年轻人，她"看着就揪心"。"在北京打拼实在不容易。你看我姑娘，昨天到家都10点半了，也没吃饭，喝点水，喝点牛奶，就睡了。他们中午就休息一个小时，我让她带饭，就不用下去跑，还能休息一会儿。她不爱吃肉，我早上炒个菠菜鸡蛋，西葫芦，这配色多好啊，有黄有绿的。"她对自己的作品挺满意。

不跟父母在一起时，也很独立、强势，但跟父母在一起，就会不自然地有撒娇的感觉

燕郊的早高峰在6点半就到来了。红色摩的穿梭在街道上，几辆浅绿色的公交车堵在十字路口。黑车司机和早点摊儿的小贩一起霸占了最外面的车道，前者大声嚷嚷着"国贸国贸啦，十块十块，上车就走"，后者踮着脚把刚出炉的热煎饼举到公交车窗口。

节省排队时间的办法有很多种，但插队是这里的大忌。"傻逼！排队！"队伍里不时爆出一声怒吼，还曾有"火爆脾气"的东北邻居把插队者揪出来，摁在地上打到鼻子出血。司机看见也不吭声，打完了，人都坐稳再开车。

张红英看不下去了，"这不是浪费时间吗，姑娘眼看就要上班，时间就要误了"。她和几个排队的父母提议，别光给自己的孩子排队，顺便也维持一下秩序，不然谁都别想走。她从书包里掏出一只"志愿者"红袖箍，套在左胳膊上开始指挥，"一个跟一个，不要挤啊排队啊，还有座呢……好啦，司机师傅关门走啦。"

红袖箍是在北京国贸公交车站排队时别人给的。有一次，张红英想看看女儿回家时排队到底要花多长时间。"我去北京玩啊，顺便去给你排个队。"她跟女儿说。下午5点半，张红英到达国贸桥下的814路公交车站，1小时40分钟后才排到最前面。她一边等女儿下班，一边帮忙维持秩序。

"你是志愿者？"站台上的"黄坎肩"问，还给了她一个红袖箍。

"算是吧，我在燕郊管着呢。"她笑笑说。

女儿孙梦起初并不希望母亲去排队，她说自己早起半小时就行了。"不行！"张红英坚决反对，"早起半个小时就睡不好，睡不好没法上班。我也习惯了，早起一会儿没事。再说，我白天还可以睡觉，你白天不能睡觉啊，我又不上班，就给你排着吧，你太辛苦了。"

反抗失败，孙梦只能给母亲多买些护膝和厚底的鞋子，保护她经常疼痛的膝盖。但是遇到下雨下雪或者母亲身体不舒服时，她会提前"警告"母亲："你要是再去的话，以后我就一直不用你去排队了。"

张红英答应了。可第二天早上，如果不是真的病得起不来，她还是偷偷出门去。

"哪一个当妈的不心疼孩子啊！"62岁的山东人明阿姨站在队伍中苦笑着。她帮在商场工作的女儿排队，"小是不小了，20多岁了，但当妈的不放心啊。你想，要是没座，到那儿站一天多累啊。有时孩子来了，他们还不让进，说我们没排队，排的不是这个队。"她撇撇嘴说。

张红英和女儿也受过委屈。那天，孙梦像往常一样，挤进队伍，站在张红英前面。可后面的小伙子不干了。

"你为什么站我前边？"小伙子的声音很不客气。

"我妈帮我排队了。"孙梦回了他一句。

小伙子拽住孙梦的衣服，抬腿想给她一脚。孙梦闪开了，可站在旁边的张红英急了，她像母鸡一样张开双臂，把女儿扒拉到身后，堵住小伙子喊了一嗓子："你打我吧！"

对着一个老太太，小伙子没敢再动手。车来了，孙梦被后面的人稀里糊涂地挤上去，可她越想越不对劲，"我妈怎么样了？我怕他回来打我妈！"

车开了一站地，孙梦从几乎没有缝隙的车厢里拼命挤出来，打车回814总站。可往常还会在车站维持秩序的母亲不见了，还没带手机。孙梦先去附近的菜市场找了一圈，没人；回家看看，也没人。她哭着打电话给亲戚："我找不着我妈了！"

其实，张红英只是和孙梦走岔了。看见女儿站在楼下，她挺意外。

"他回来了没有？他上车走了没有？"孙梦迎上去问。

"我没事，他不打我。"张红英语气轻松地说。

这不是母亲第一次拦在孙梦身前。还有一次，母女俩正在小区里散步，一只大狗突然扑上来，孙梦下意识地往母亲身后躲。"哎呦，我妈就被咬了。"她带着哭腔说。

张红英的手被狗的牙齿刮破，孙梦直到现在还是很自责。"如果我跟我姥姥在一起，我就会站在她面前，但是跟我妈在一起的话，老觉得还是她在保护我。不跟父母在一起时，我也很独立，比较强势，但跟父母在一起，就会不自然地有撒娇的感觉。"

"但是后来我想，如果再碰到这种情况，我绝对不会让我妈拦着！"这个短发姑娘拿起桌子上的纸巾使劲抹走脸上滑过的眼泪，"我一定会打那狗！"

有时就恨自己，当父亲的没能耐

经过多年观察，张红英发现燕郊排队的父母分为三拨：最早一拨5点半就出现了，那是孩子上班特别早或者特别远的；接下来是包括她在内的"中班"父母，6点半左右开始排队，那是燕郊早上最喧嚣的时候；最后出现的"晚班"父母离开车站时已接近8点，燕郊即将恢复平静。

张红英到达车站时，60岁的辽宁人老包正往家里走。路上，他碰见刚出门的

早高峰时，燕郊的街道显得拥挤。杨姣 / 摄

老蔡。"你今天不排队了？我那个已经上完了，走了。"戴着眼镜的老包站在路边，慢悠悠地说。

"不排，儿子出差了，不在家。"老蔡说。他突然想起了什么，"那不是电视报道，昆山去上海上班的，有地铁，比咱们这儿方便，我看那天报道的时候也挂了一句燕郊，是不是……"

"今年河北的工作重点应该是治理污染，小企业关、停、转，估计涉及交通这块的少。"老包退休前是机关里的公务员，说起话来爱分析。

两年前，老包家在燕郊买了房，他和老伴从老家搬来照顾儿子起居。"我们这个年龄段，孩子就一个两个，儿女在哪儿落脚，父母也就跟着了。"老包说。

"你不得跟着照顾他嘛。"老蔡附和着。一年前，他和老伴离开河南开封老家，来这里照顾刚出生的孙子。早上，他出门排队，老伴留在家里做饭。

老伙计们凑在一起聊聊天，时间倒也过得快。虽然大家叫不上彼此的名字，但谁今天没来、谁搬到北京住、谁的儿子生了孙子、谁的老伴住院，都一清二楚。可是，如果熟人都走了，自己出门时又穿少了，站在那里就不怎么好受了。

"走了好几辆车了，一起的老头老太太都走了，人家孩子都来了咱的怎么还没来？"王立柱戴着鸭舌帽，搓着手说。他帮儿媳妇排队，"有一次等了40分钟她才出来，哎呦，哈哈哈，她没起来，又睡了几分钟"。

59岁的王立柱是黑龙江大庆人。2008年，小儿媳妇生了对龙凤胎，他跟单位请了10天假来北京。"人不就是这样吗，一有孙子，孙子什么样总得看看吧。到这一看，这俩孩子太好了，不能走了。"

王立柱的小儿子以前是水泥厂工人，下岗后和媳妇到了北京，他跑业务，媳妇在秀水商场里当导购。俩人在北京管庄附近租了间平房。王立柱觉得老换地方对孩子不好，他掏出积蓄，又向亲戚借了几万元，让小儿子在燕郊买房，装修完还没晾干，全家人就搬了进去。

每天早上5点，王立柱就睡不着了，他轻手轻脚地起来，烧开水、做早点，然后叫醒儿媳："到点了，起来吧，吃饭了，我去排队。"

"爸你别走了，我站着去吧。"儿媳妇也劝过。

"你站着多累得慌啊，我排一会儿吧。"他饭也来不及吃就出门了。

王立柱的老伴几年前去世，几乎从来没抱过儿子的他一个人照顾两个孩子。一个哭，另一个也跟着哭，一个病，另一个也跟着病，医院的人都认识他了。等两个孩子病好了，王立柱也病了一场。

"现在习惯了，也不累了。刚开始累得我啊，我不干了，爱咋地咋地，把我累死了。可一寻思，儿子呀，也没办法。有时就恨自己，当父亲的没能耐，要是父亲是大款，给孩子几百万，买个大房子，雇个保姆，还用啥啊！咱没能耐，儿子也没啥能耐，有钱人都在北京买房了。"他叹着气，双手插在裤子口袋里，显得有些驼背。

"爸！"一个扎着辫子的瘦高女子在背后叫他。听到这一声，王立柱精神了，脸上又有了笑模样。

儿媳妇来了，一天之中的第一项任务完成。他扬起手跟站在身边的张红英打了个招呼："我先走了啊，回去送孙子上幼儿园。"

真的挺累的，不是来回跑得累，心累

今年两会期间，中央电视台一期节目报道了燕郊这些排队的老人。节目中有一位名叫秦桂珍的60岁老人，黑蒙蒙的天色中，她裹着羽绒服站在人群中，帮女婿排队，冻得眼泪都流出来了。

"他挺辛苦的，从小上学的时候，家离学校二三十里地，半夜起来到学校七八点钟才能赶上上课，所以说他挺苦的，然后到这上班还这么苦，我就挺可怜他的，我就为他排队吧，让他多睡一会儿。"秦桂珍说。

"您眼睛没事吧？"记者问。

"没事……"秦桂珍抹了一下眼泪，盯着远处，探了一下身子，突然咧开嘴笑了，"俺家姑爷子来了！"

女婿肖枫在西北三环上班，814路到达终点站国贸后，他还要挤进一号线地铁，换乘四号线，出来后再坐几站公交车，每天上班路上就要花两个半小时。秦桂珍来燕郊照顾外孙，她看女婿一个人撑着这个家，提出帮他排队。

有一天，秦桂珍慌慌张张地出门，到了车站发现一个人也没有。"哎呀，是不是起晚了？"走回来看见小区门口的保安，一问才发现只有凌晨1点。原来，她的手机白天掉到地上，电池摔出来，闹钟时间弄错了。

在电视里看见丈母娘冻得眼泪都出来了，肖枫心里很愧疚。"挺不好意思的，毕竟她那么大岁数了，还要给我排队。我之前也没太注意，到那儿就上车。"秦桂珍倒觉得没什么，只是听见邻居说"哎呀，上电视了，你是名人了"时，她有点不好意思地笑了。

那期节目播出后，网上形成了两种不同看法。一位网友想起了自己的母亲："真是可怜天下父母心啊！高中时妈妈也是为了每天早上让我多睡会，都把牙膏挤好，早饭摆好，再趁我吃饭时下楼把自行车从车棚推出来。小时候不懂感恩啊，习以为常，现在想想天下父母都一样，不管孩子多大了，都愿意牺牲自己让他过好点。"

"你到高中还不能自理吗？"另一位网友在跟帖中反问。

现实中，张红英也遇到过类似的质疑。有一次，她在北京跟别人聊天，说起自己早上帮女儿排队，对方听了吃惊地问："怎么还要给他们排队啊？"

"公交车人多啊，小区里住了10万人呢！"张红英大声解释，"可怜天下父母心！你们不知道这个情况，要是你们来了燕郊，儿子姑娘在北京上班，你们也会这样。我没法跟你们沟通，你们没看到这个情景。"

看见网上有人质疑这些年轻人，老梁也帮他们辩解："有人说他们真享福啊，还让老爹给排队呢，岂不知道这老爹是自愿的啊！"

实际上，女儿小梁并不希望父亲帮自己排队。怕父亲在外面站的时间太长，小梁起床后在家里紧忙活，"还不如自己去站呢"。她曾经提出不在家里吃早点，就可以省下时间，可母亲不同意。

"她觉得我一天都不在家吃，吃不到炒菜，她早上炒菜给我吃你知道吗？"小梁瞪大眼睛说，"没办法啊，一定要吃，不然我妈白做了，如果吃得少，她又会说，你都没怎么吃！"

小梁今年27岁，她其实并不想在燕郊买房，"我自己在二环租房挺方便的"。现在，她下了班就得往回跑，坐上车还得给家里打个电话，要不然父母不放心。她考虑过回北京租房，但想了想，心里过意不去，"我爸妈在这儿，说白了无依无靠，背井离乡，如果我每天回来，即使我辛苦点儿，但他们会觉得一天能有个盼头"。

因为排队，她还和父亲吵过一架。有一次，老梁身体不舒服。"爸，你别起来别起来。"可父亲说自己没事，硬要出门去排队。小梁急了，"不让你去就不让你去，你说你去了挺冷的，你这还难受着呢，我心里也难受啊"。

"有时候不是你想怎么样就怎么样，你要考虑他们的心情。"偶尔，小梁也会跟别人抱怨一下，"我真的挺累的，不是我来回跑得累，我是心累"。

但这些话她从没对父亲说过。父亲前不久过生日，小梁买了台平板电脑送给他，父亲的微博也是她帮着给注册的。

孙梦的同事也曾劝她搬回北京住，但她不放心母亲，怕张红英一个人在家被推销的骗了，或者高血压犯了没人管。"毕竟我现在年纪还不是特别大，没有结婚，可以来回跑，以后牵绊的事情多了，想跑也没办法跑了。虽然我现在累一点，但是跟我妈在一起还是挺好的。"

为了姑娘就不累，为姑娘干什么就觉得，呀，特别有心劲

央视报道过后，张红英在车站见到过好几拨记者。就连来燕郊看房的北京中年妇女路过814路车站，都会敏感地掏出手机拍照，"就是这儿吧？都成一景了！"

"为什么你们最近对这个事这么上心？"张红英不明白。一名记者告诉她，可能是因为"京津冀一体化"的新闻，人们又想起这个已经发展多年的小镇。

如今，这里有北京百年小吃"小肠陈"，有酷似"必胜客"的"意萨欢乐餐厅"，还可以使用北京公司发的味多美、沃尔玛购物卡，看上去越来越像北京了。但人们留在燕郊的大部分时间都在睡觉，这里因此又被称为"睡城"。

周末，燕郊的年轻人多了起来。孙梦待在家里，她不让张红英做饭，自己下厨做了个糖醋排骨。有时，她会带母亲去北京看电影，看芭蕾舞，或者带她去商场买衣服，然后再去肯德基里吃个圆筒冰激凌。

"她挺好的，老是给你惊喜。"张红英脸上露出笑意。"我过生日，她给我买项链，有珍珠的，有银的，有金的，还给我买玉手镯。"她一样一样数着，"我挺感动的，她休息时间不多，还来陪我。"

"她怎么没跟我这么说过。"听完记者转述，孙梦乐了，"我每次给她买，她都说不好，怕花钱。"

在这些排队的父母口中，孩子都是"懂事的"。来自东北的董阿姨说，一天晚上她回家，发现儿子已经把饭做好了，还喂到她嘴里，说了句："妈妈，谢

谢你。"

"北方男孩子一般不怎么说这些，我看他没咋说，眼泪就在眼圈里，没流下来。"董阿姨也哽咽了。

这些年来，燕郊的楼越盖越多，孙梦家对面新建起来的小区，马上就要交钥匙，上万人即将入住。这几天，连燕郊的黑车司机都在说，到时排队得多壮观，更上不去车了。

这里已经是个体型超大的小镇了，房地产广告牌刷上的最新口号是"低密度"。王立柱送孙子去幼儿园，发现一个班里有接近100个学生，老师都得用大喇叭上课。

为解决814路公交车的排队困境，老梁曾在网上给北京市长信箱写过信。为了让数据有说服力，他拿着工具尺，站在车站旁边量过：早高峰时一块地砖上最多能站两三个人，排队长龙在200—250米之间，乘客等候30—40分钟才能乘上车。

814路进站后队伍乱了，经常会因此发生争执。杨姣/摄

"我经常为女儿上班排队，深知在京城上班的燕郊人的苦楚……敬请北京市领导理解和可怜天下父母心。"他在信中这样写道。

没想到，这封信真的起到了效果。没过多久，814路在早高峰期间缩短了发车间隔，增加了车次。老梁说，现在每个人排队的时间可以减少一半。最近，他又骑着自行车去燕郊火车站附近转悠，挺希望能开一班通往北京的通勤列车。

"这些'跑班'的孩子，他们比我们还苦呢，我们那个时候身体累点，没有那么多压力，现在这些孩子的压力真是太多太多了。这是我自己孩子，那些也是孩子辈的人，哎呀我真替他们……"他没说下去。

张红英能为这些孩子们做的，就是继续留在车站维持秩序。她看见一辆车进站，就能知道这是多少座的，是大车还是小车，能装多少人。有一次下雨，她和几个母亲撑着伞站在车门口，给这些年轻人遮雨。第二天，年轻人买了豆浆、油条和包子，放在她的自行车车筐里。

"也有觉得特累的时候，但为了姑娘就不累，为姑娘干什么就觉得，呀，特别有心劲，心情挺好。"张红英说。她最着急的是女儿的终身大事，"你看，在这大城市打拼多不容易，连自己的个人问题都没时间解决。"聊天时没说几句，她就扯到这个话题上。

"您想给女儿找个什么样的？"记者问。

"在北京有房的。"她首先提了这么一个要求，"这样就不用排队了。"

早上7点左右，孙梦在车站前和母亲会合。她上车，找了个靠窗的位置坐下。不过两分多钟的时间，原本空荡荡的车厢就塞满了人。隔着玻璃，孙梦可以听到母亲在下面喊着"不要挤啊"。有时，个头儿不高的母亲会被后面包抄过来的插队者挤到人群中间。

车门"呲"的一声关上。张红英抬起头，发根露出一圈新生的白色，看起来很刺眼。814路出站了，车窗外，张红英冲女儿微微笑着。孙梦说，这是她最难受的时刻。

"她越笑，我越难受……"泪水漫上来，孙梦说不下去了。

但是，没有时间伤感。一天的征途刚刚开始，814路将向西行驶一个多小时，才能到达北京。孙梦应该抓紧休息一会儿，终点站所在的那座巨大的城市里，还有一大堆公司报表等着她呢。

（应采访对象要求，文中孙梦为化名）

王晶晶

2014年4月30日

后 记

这本书的编选工作从 2022 年 6 月开始，当月我离任中青报总编辑，此时离"文化名家暨'四个一批'人才"基金到期只剩 9 个月。

在启动编选之前，我心里有数，想填补自 2000 年以来，中青报优秀新闻作品选本的空白，因此虽说这只是个个人项目，但希望尽可能体现这张报纸 20 年的工作成果和业务水平。报社为此成立了包括采编、品牌、资料、财务、人事等部门人员参加的项目组。

最初的方案是做一套简单的分类作品集，在讨论过程中，出版社建议采用编年体，以更好体现"历史底稿"的逻辑。这是一个很专业的意见，但本报自采报道对重大事件并不能做到全覆盖，且时间线上也并不一一对应，因此后来采取了编年版＋精选版的模式，前者编选以体现年度特征和历史脉络为标准，后者以影响力和文本价值为原则，一纵一横，力图构建起一个新世纪 20 年新闻记录的中青版本。为了克服即时新闻的局限，编年版加了每年的年度概述，有的报道加了脚注，以凸现作品的左右逻辑联系，以及前后发展脉络。

需要特别说明的是，新世纪 20 年中国和平崛起的历程宏大而繁杂，没有一家媒体可以做到完整记录，即便只是中青报自己的记录，也容得下多个版本。目前这个选本，经过了编辑组的多轮讨论和反复修改，但底层逻辑和篇目挑选仍可能有偏狭和遗漏，它实在只是版本之一种，不足之处，留待以后的修订和其他选本的补充校正。另外，由于体例和篇幅的原因，有些作品作了删节或整合，有的修改了标题，在此也做一下说明。

感谢报社品牌部主任许海涛、内容合作部主任付豪杰和中青在线刘子新,他们承担了多轮联络沟通工作,功败垂成,几系一身。感谢视觉编辑陈剑、程璨,他们的装帧设计和图片编排,充分展现了中青报作品的特质,以及对新闻的理解。感谢研究部文静主任和她的团队,20多年的资料卷帙浩繁,她们不辞辛苦,把整理工作做得一丝不苟。

尤其要感谢的是编辑组的同仁,从玉华、张国、陈卓、秦珍子和杨杰,他们全程参加了本书的编选,从围桌讨论到促膝交流,真是一段值得珍惜的愉快时光。感谢他们知无不言的专业意见,让我超越了自己的思维定式,尽可能地拓展了考察的深度和广度,有幸可以有这样的业务伙伴。

最后要感谢团结出版社的梁光玉社长,以及本书的责任编辑时晓莉,他们高质量的制作,赋予了与这份历史底稿相称的载体。一套典雅的纸质书籍,也许就是我们20多年心血最好的归宿。

毛 浩

癸卯年正月初一

本书图片均原载《中国青年报》,其中部分为资料照片。若有疑问,请联系中国青年报社版权部门。